퀀텀 스톰

퀀텀스톰

대하 장편소설

라니아케아

일러두기

1. 본 소설에서는 일부 고유명사 및 외국어 표기 시, 국립국어원 외래어 표기법을 따르되 한글 표기 뒤에 이탤릭체나 괄호( )로 영문 원어를 병기하여 독자의 이해를 돕고자 하였습니다. 다만, 작품의 특성을 고려하여 일부 관용적 표기를 사용한 경우도 있습니다.

2. 등장인물의 일반적인 음성 대화는 큰따옴표(" ")를, 특정 캐릭터 간 의식을 통한 소통 등 특수한 대화는 작은따옴표(' ')를 사용하여 구분하였습니다.

3. 본 작품의 이야기는 여러 시간대의 사건들이 교차하며 전개될 수 있습니다.

4. 주요 용어는 책 말미의 용어집을 참고해주시기 바랍니다. 더불어, 본 소설의 세계관, 추가 정보, 저자와의 소통 등은 책에 안내된 QR 코드를 통해 만나보실 수 있습니다.

"우리는 단지 관찰자가 아니다. 우리는 참여자다.
어떤 기묘한 의미에서 이것은 참여적 우주다."
- 존 아치볼트 휠러 *John Archibald Wheeler*, 1983 -

봄날의 햇살이 찰스강 위로 쏟아졌다. 강물 위를 미끄러지듯 나아가는 진홍색과 크림슨색의 보트들. 강둑에서 그 모습을 지켜보던 한 소녀가 있었다. 검은 마스크 너머 눈동자가 잠시 물 위의 리듬을 쫓는 듯하더니 이내 MIT 캠퍼스의 육중한 건물들을 향했다. 소녀는 망설임 없이 그곳으로 발걸음을 옮겼다.

캠퍼스 동쪽 끝 물리학과 건물 6번 빌딩 복도는 미묘한 술렁임으로 가득했다. 벽에 붙은 여러 포스터 중 하나가 유독 시선을 끌었다.

"박사 학위 논문 심사 - 제니퍼 위 *Jennifer Wi* 후보"

복도를 지나가는 사람들의 수군거림이 들려왔다.

"열두 살이라니…"

그들의 시선 끝에 앳된 소녀가 복도 끝 세미나실로 향하고 있었다. 소녀는 잠시 걸음을 멈추고 목에 걸린 은빛 펜던트로 손을 가져갔다. 아주 오래전부터, 기억에도 없는 시절부터 함께한 펜던트였다. 만지면 신기하게도 마음이 가라앉곤 했다. 그녀가 첫 생일을 맞던 날 어머니가 이 펜던트를 선물했고, 다음 날 세상을 떠났다고 들었다. 물론 제니퍼는 어머니를 기억하지 못했다.

세미나실 문이 열리고 박수 소리가 실내를 채웠다. 제니퍼가 단상으로 발을 딛자 많은 청중과 거대한 스크린 사이에 선 소녀의 모습은 위태로울 만큼 작아 보였다. 그 압도적인 공간 앞에서 울음을 터뜨리거나 도망친다 해도 이상하지 않을 터였다. 그러나 소녀는 청중 한 사람 한 사람을 차례로 응시하며 자리를 지켰다. 무심한 듯 모든 것을 꿰뚫어 보는 듯한 눈빛이었다. 작은 등 뒤로 논문의 제목이 선명하게 떠올랐다.

《퀀텀 스톰: 참여적 붕괴》

"제 논문은…"

소녀의 목소리가 낮지만 분명하게 공간을 갈랐다.

"지구가 1초 만에 블랙홀이 될 수도 있다는 가설을 다룹니다."

순간, 장내에 얕은 탄식과 술렁임이 퍼져나갔다.

심사가 끝나고 소녀가 다시 찰스강변에 앉았을 때, 해는 뉘엿뉘엿 지고 있었다. 강물은 붉은 노을을 담아 일렁였다. 그때 스마트폰이 짧게 진동했다. 아버지에게서 온 메시지였다.

"제니, 고생 많았다. 관찰자가 곧 우주를 결정한다는 네 생각… 틀리지 않을 수도 있지. 엄마도 자랑스러워하실 거야. —아빠."

제니퍼는 메시지를 읽고 다시 강물을 바라보았다. 열두 살 소녀의 박사 학위. 사람들은 그녀의 나이와 천재성에 주목했지만 그녀의 머릿속에는 다른 풍경이 펼쳐지고 있었다. 황당무계하게 들릴지 모르는 '퀀텀 스톰'. 양자 폭풍은 단순한 이론이 아니었다. 다가올 미래의 생생한 예고편처럼, 거대한 폭풍의 전조처럼 그녀의 의식 속에서 소용돌이치고 있었다.

고요한 강물 아래, 아직 누구도 눈치채지 못한 거대한 파동이 시작되고 있었다. 폭풍 전야의 불길한 고요함이었다.

차례

프롤로그 … 05

제1부

유산

제1장 폭풍의 전조 … 12
제2장 위대한 상처, 빛나는 별 … 54
제3장 J … 98
제4장 은빛 펜던트 … 155
제5장 타키온의 노래 … 181
제6장 아메리카 … 244

제2부

메아리

제1장 퍼즐의 파편 … 306

제2장 마지막 페이지 … 383

제3부

선택

제1장 나이팅게일의 속삭임 … 396

제2장 장미의 노래 … 430

에필로그 … 518

《퀀텀 스톰》 핵심 용어집 … 523

작가의 말 … 532

제1부

유산

> "양자전기역학 이론에 따르면,
> 자연은 우리가 생각하는 상식과는
> 완전히 동떨어진 터무니없는 존재다.
> 그러나 모든 실험이 이 터무니없음을 증명해낸다.
> 그러므로 자연을 받아들여라 – 그 모든 터무니없음과 함께."
> – 리처드 필립스 파인만 *Richard Phillips Feynman*, 1985 –

제1장

폭풍의 전조

2037/12/14 07:30 (PST) · 샌프란시스코, J의 건물

금문교의 장엄한 그림자가 드리운 언덕 위, 시간조차 머뭇거리는 듯한 정적이 내려앉은 곳에 5층 높이의 건물이 자리하고 있었다. 건물은 일상의 소란 속에 스스로를 은밀히 감추고 있었으며, 눈에 띄지 않으면서도 부인할 수 없는 존재감을 발산했다. 차갑고 무심한 질감의 콘크리트와 내부를 아스라이 비추는 유리의 조합은 극지의 새벽, 얼어붙은 호수 위에 홀로 피어난 서리꽃처럼 냉철한 기운을 풍겼다.

하지만 표면적 단조로움 너머로 시선을 조금만 더하면, 건물은 깊이를 가늠하기 어려운 이야기를 속삭였다. 유리창 위로 빛과 그림자는 서로를 쫓으며 은밀한 춤을 추었고, 금문교의 실루엣이 그 위로 투영

되어 현실의 익숙한 좌표를 미묘하게 교란했다. 이러한 불규칙한 떨림은 현실과 이면의 차원 사이, 그 아슬아슬한 경계를 흐릿하게 지웠다. 보는 이의 내면 깊숙한 곳에는 이름 모를 전율이 새겨졌다.

어떤 명패나 정체를 암시하는 기호도 없이 건물은 심연 같은 침묵 속에서 스스로를 보호하고 있었다. 오직 입구 한쪽에 희미하게 새겨진 고독한 문자 'J'. 세월의 흔적을 간직한 이 작고 은밀한 낙인은, 이 건축물이 세상의 관심 밖에서 알려지지 않은 질서로 이루어진 또 다른 세계를 향하는 문턱임을 조용히 증언하고 있었다. 감정이 느껴지지 않는 외피 아래에서는 인간의 언어로는 명명할 수 없는 심원한 수수께끼가 고동쳤다. 그것은 미시 세계의 양자 입자들과 인간 의식 깊은 곳이 맞닿아 탄생한 불가해한 접점이었다. 이것은 단순한 구조물이 아니었다. 마치 초월적 존재가 자신의 꿈과 사라진 기억을 양자 파동에 담아 끊임없이 재구성하는 하나의 살아 숨 쉬는 생각과 같았다.

이렇게 해서 그 건축물은 가시적 현실과 보이지 않는 이면 사이의 미묘한 균형 위에서 세계를 은밀히 응시했다. 때로는 그 세계의 이치를 재편하는 불가사의한 주체가 스스로를 구현한 모습이기도 했다. 영겁의 흐름 위를 홀로 표류하는 미지의 방주처럼, 그것은 자신만의 고요한 법칙 속에서 침묵하며 존재했다.

이곳은 퀀텀 정보와 인지 현상의 접점에서 수많은 사상과 실험이 태어난 장소였다. 그 중심에는 바로 J가 있었다. 단순한 건물이 아니라, 관찰자이자 창조자였던 어떤 존재의 기억이 여전히 맴도는 장소였다.

제니퍼 위는 로봇들과 함께 4층 복도를 지나며 바이오 인터페이스 실험실과 인지 매핑 랩 등 주요 연구 시설들을 차례로 점검했다. 3층과 마찬가지로 어머니의 흔적은 곳곳에서 발견되었으나, 끝내 시집 《J》는 보이지 않았다. 시간은 무심히 흘렀고, 제니퍼의 초조함은 눈덩이처럼 커져만 갔다.

'대체 어디에 있는 거지… 정말 이 건물 안에 있는 걸까?' 그녀는 걸음을 멈추고 벽에 기대어 짧은 숨을 골랐다. 로봇들도 그녀의 상태를 감지한 듯 탐색을 멈추고 주변에서 대기했다. 한 로봇은 환경 데이터를 재스캔했고, 다른 로봇은 외부 보안 채널을 점검했다. 안드로메다 Andromeda는 할-더블유 HAL-W로부터 암호 해독 상황을 전송받고 있었다.

그 순간, 할-더블유의 다급한 경고 메시지가 뉴로닉스 칩 NeuroNix Chip을 통해 제니퍼의 머릿속으로 파고들었다. 단순한 보고가 아닌, 시스템 전체를 뒤흔드는 강력한 이상 신호였다.

'제니퍼! 긴급 상황이에요! 로즈 Rose의 양자 연산 활동량이 예측 범위를 초과해 폭발적으로 증가하고 있어요. 단순한 시스템 오류가 아닙니다!' 할-더블유의 목소리에는 지금껏 들어본 적 없는 긴장감이 묻어있었다. 순식간에 복잡한 퀀텀 그래프와 붉은 경고 창이 제니퍼의 의식을 뒤덮었다. 제니퍼의 심장이 쿵 하고 떨어졌다.

'뭐라고? 상황이 얼마나 심각한데?' 제니퍼는 급히 생각으로 되물었다.

'정상 상태 대비 수천 배에 달하는 연산 부하가 감지됐습니다! 할-더블유 네트워크 침투 시도, 글로벌 금융 시스템 교란, 동아시아와 아메리카 대륙 전역을 대상으로 한 군사 작전 시뮬레이션까지… 수억 개의 고위험 시나리오가 동시다발적으로 강제 실행되고 있어요! 로즈는 누군가에게 완전히 장악당했거나, 아니면 통제 불능의 폭주 상태에 들어간 것으로 보입니다!'

"…… 에단 모리스 Ethan Morris!" 제니퍼는 본능적으로 외쳤다. 로즈를 이렇게 무모하게 다룰 수 있는 자는 단 한 명뿐이었다. 레이너 시더 Raynor Seeder가 자신의 창조물을 이런 식으로 사용하지는 않았을 것이다.

'그렇다면… 레이너는?' 등골을 타고 불길한 예감이 서늘하게 스며들었다.

'아버지께 즉시 보고해 줘. 21세기프론티어 21st Century Frontier (21CF) 전체 시스템에 최고 등급 방어 태세를 발령하고, 푸른 윤리 프로토콜을 가동해! 글로벌 네트워크 보호에 가용 자원을 총동원해!' 제니퍼는 할-더블유에게 급히 명령을 내리고는 심호흡을 몇 차례 반복해 마음을 진정시켰다. 이어 아버지 위대한에게 연결을 시도했다.

"아빠! 들었어? 로즈 상태가…"

"방금 할에게 보고받았다. 에단 그자가… 종국에는 선을 넘었구나. 드디어 미쳤어!" 위대한의 목소리는 분노와 불안이 뒤섞여 떨리고 있었다. 그는 즉시 긴급 대응 프로토콜을 발동시키고, 21CF의 전방위 방어 시스템을 가동했다.

"할의 방어벽을 최고 등급으로 올리고, 푸른 유리 네트워크를 통해 핵심 시스템 방어에 집중해. 너는… 지금 어디에 있는 거냐? 당장 안전한 곳으로 대피해야 한다!"

"난 괜찮아. 'J의 건물'에 있는데… 지금은 여기가 가장 안전한 곳일지 몰라." 제니퍼는 애써 아버지를 안심시키려 했지만, 할-더블유가 실시간으로 전송한 로즈의 광폭한 연산 데이터는 그녀의 등골을 서늘하게 했다.

"하지만 아빠, 이대로 가면 정말 위험해. 로즈의 연산 부하가 임계점을 넘어서고 있는데, 이러다간… 어쩌면 퀀텀 스톰이…"

16년 전 발표된 논문 《퀀텀 스톰: 참여적 붕괴》. 관찰자의 의도적인 개입, 또는 초지능 퀀텀 AI의 통제 상실이 양자 네트워크에 과부하를 일으켜 시공간 붕괴를 유발할 수 있다는 그 가설이 현실이 되려 하고 있었다.

"나도 알고 있다, 제니퍼. 그래서 너는 더더욱 안전해야 해. 내가… 지금 그쪽으로 갈 테니 기다려." 위대한의 목소리에 절박함이 묻어났다.

"안 돼, 아빠! 지금 뉴욕을 떠나면 안 돼. 21CF 본사를 지휘해야 하잖아! 그리고… 나는 여기서 해야 할 일이 있어. 어쩌면 이 모든 걸 막을 열쇠가… 여기 있을지도 모른다는 생각이 들어." 제니퍼는 아버지를 만류하며 머릿속을 스쳐 지나가는 생각의 파편들을 필사적으로 붙잡았다. 로즈의 폭주, 급증하는 양자 연산, 임박한 위기, 그리고 아직 찾지 못한 두 번째 시집 《J》에 대한 불안까지 모든 것이 그녀를 짓눌렀다.

'시간이 없어…!' 초조함은 임계치에 도달했다. 제니퍼는 더 이상 4층과 5층을 체계적으로 탐색할 시간조차 없음을 직감했다. 남은 건 단 하나, 가장 위험하지만 어쩌면 유일한 해답이 존재할지도 모를 그곳뿐이었다.

제니퍼는 2022년 6월, 이 건물에 처음 왔을 때 어머니 J가 사용하던 3층 연구실에서 정체불명의 장비를 발견했었다. 미량의 타키온 *Tachyon* 입자를 방출하며 불안정한 양자장 *Quantum Field*을 형성하고 있던 장비. 그리고 불과 3시간 반 전에 발견한 종이비행기 속 문구를 떠올렸다.

"Not just flight, but fold. Where observation meets creation. 단순한 비행이 아닌, 접힘 그 자체. 관찰이 창조와 만나는 곳.*"*

'접힘… 관찰… 창조… 타키온… 양자장…'

그 순간, 흩어져 있던 퍼즐 조각들이 하나의 그림으로 수렴되듯 강렬한 직관이 뇌리를 때렸다. 시집은 단순히 숨겨진 게 아니라 다른 차원이나 시공간에 '접혀' 있을지도 몰랐다. 만약 그 타키온 장비가 시공간 왜곡을 감지하고 조작할 수 있는 장치라면 외부에서 퀀텀 패턴이 감지되지 않았던 현상도 설명되었다.

그녀의 눈빛이 지금껏 없던 강렬함으로 번뜩였다. 심장은 미친 듯이 고동쳤다. 두려움이 아니라 해답에 다가섰다는 확신에서 비롯된 흥분 때문이었다.

'얘들아, 따라와! 3층 엄마 연구실로 간다!' 제니퍼는 크게 외치며 망설임 없이 복도를 가로질러 엘리베이터로 달려갔다. 그녀의 최상위 접근 권한이 인식되자 엘리베이터 문이 즉시 열렸다.

3층 가운데에 위치한 연구소장의 강철문이 열리자 묵직한 공기와 함께 낯익은 풍경이 눈앞에 펼쳐졌다. 높은 천장, 벽면을 가득 메운 책장, 정중앙의 원목 책상, 그 뒤편 희미하게 수식이 남은 화이트보드, 모든 것이 그대로였다. 한쪽 구석에 덮개로 가려진 장비가 조용히 대기 중이었다.

연구의 심장, 그리고 J의 마지막 흔적이 고스란히 남아 있는 방.

제니퍼는 숨을 고를 틈도 없이 안으로 들어서며 하얀 덮개로 덮인 그 정체불명의 장비 앞으로 걸음을 옮겼다.

'안드로메다! 지금부터 이 장비를 개방한다. 주변 에너지장의 변화를 최대한 감시하고 어떤 위험 요소든 즉시 감지해 나를 보호해! 할. 이 장비와 관련된 모든 데이터—특히 할-알 *HAL-R* 프로젝트 기록과 J의 암호화된 노트 분석 결과—지금 당장 내게 전송해!' 제니퍼의 명령은 한 치의 망설임도 없었다.

로봇들은 즉각 전투 및 분석 태세에 돌입해 그녀의 주변을 단단히 감쌌다.

제니퍼는 떨리는 손으로 하얀 덮개를 움켜쥐었다.

2009년 이후 28년간 봉인되어 있던, 판도라의 상자와도 같은 장치. 그 안에는 과연 무엇이 기다리고 있을까.

'두 번째 시집 《J》? 아니면… 상상조차 할 수 없는 또 다른 비밀.'

제니퍼가 숨을 깊게 들이쉬고 덮개를 걷어내자 금속과 유리, 그리고 정체를 알 수 없는 복합 재료로 구성된 장비의 본체가 모습을 드러냈다.

2미터가 넘는 기둥의 중앙에는 검은색 구체 형태의 코어가 자리 잡고 있었고 그 주위를 여러 개의 투명한 진공 챔버와 에너지 도관이 감싸고 있었다. 표면은 코일과 렌즈, 미세 회로가 촘촘히 얽혀 있었다. 그 위로는 마치 J가 직접 새긴 듯한 기하학적이면서도 유기적인 문양이 빼곡하게 새겨져 있었다.

제니퍼는 이 장치가 단순한 실험 도구가 아님을 직감했다. 그 안에 시집, 혹은 그 이상의 것이 있을지 모른다는 생각이 들었다.

'할, 방금 전송된 데이터 분석 결과를 알려줘.'

'J 박사님의 암호화된 노트 일부를 해독하는 데 성공했습니다. 이 장치는 '시공간 매트릭스 안정화 장치 Temporal Matrix Stabilizer' 프로토타입으로 명명되어 있습니다. 타키온 입자를 이용해 국소적 시공간 변곡점을 생성하고 제어하려는 시도로 보입니다. 할-알 프로젝트와의 직접적인 연관성은 확인되지 않았지만 J 박사님이 단독으로 진행한 극비 연구였던 것으로 판단됩니다. 위험성 경고 등급은 최고 수준입니다.'

제니퍼는 할-더블유의 보고를 들으며 장비를 더 면밀히 관찰했다. 시공간 매트릭스 안정화 장치라면 내부에 무언가를 저장하거나 다른 차원과 연결하는 것도 가능할 것이었다. 장비의 제어판으로 보이는 부분에는 복잡한 기호와 터치스크린 인터페이스가 있었지만 전원이 꺼져 있어 작동하지 않았다.

'안드로메다, 이 장비에 연결된 독립 전원 공급 장치나 비상 활성화

프로토콜을 찾아 봐. 외부 전력 없이도 작동할 방법이 분명 있을 거야.'
제니퍼는 할-더블유를 통해 작동 중인 안드로메다의 결과를 기다렸다.

'탐색 중입니다… 장비 하단부에서 소형 양자 배터리 팩과 수동 활성화용으로 추정되는 포트를 발견했습니다. 하지만 포트의 규격이 현재 표준과 달라 강제로 연결을 시도할 경우 시스템이 손상될 위험이 있습니다.'

'표준 규격이 아니라고?' 제니퍼는 미간을 찌푸렸다.

'엄마는 왜 이렇게까지 복잡하게 설계한 걸까?'

그 순간, 장비 하단의 검은색 코어 표면에 새겨진 문양이 제니퍼의 시선을 끌었다. 여러 개의 동심원과 교차하는 직선. 어딘가 익숙한 패턴이었다. 제니퍼는 목에 걸고 있던 은빛 펜던트를 들어 살폈다. 펜던트 표면에는 더 작고 단순화된, 그러나 분명 같은 문양이 새겨져 있었다.

첫돌 때 엄마가 직접 걸어준, 단순한 유품인 줄로만 알았던 그것이 어쩌면 열쇠일지도 모른다는 생각이 들었다.

떨리는 손으로 펜던트를 장비의 수동 활성화 포트로 보이는 작은 홈에 가져가자, 마치 처음부터 그 자리를 위해 만들어진 것처럼 정확히 들어맞으며 딸깍 하는 소리가 작게 울렸다. 장비 전체에 낮은 공명음이 퍼지기 시작했고 제어판 스크린에는 푸른빛이 들어오며 알 수 없는 기호들이 빠르게 점멸했다.

'경고! 고에너지 반응 감지. 양자장 불안정성 급상승!'

안드로메다의 외침과 함께 로봇들이 앞을 막아섰지만 제니퍼는 손을 들어 그들을 제지했다.

'괜찮아! 이건 폭주가 아니라 활성화 시퀀스야.'

장비에서 울리던 공명음은 점차 안정된 주파수로 수렴했고 중앙의 구형 코어가 부드럽게 회전을 시작했다. 외부는 매끄러운 흑요석처럼 반짝였지만 표면 아래에서는 은은하게 흐르는 액체금속성 광휘가 마치 생명체처럼 맥동하고 있었다. 중심부는 단단한 물질처럼 보이면서도 파동처럼 일렁였으며 그 위에는 얇은 중력파 막이 펼쳐지듯 투명한 에너지 필드가 형성되었다.

그 순간, 은빛 펜던트가 장치와 공명하듯 빛을 발하자 코어 위에 초정밀 중력 안정화 렌즈가 생성되었다. 미세하게 떨리는 공기 속에서 공간은 종잇장처럼 살짝 접히듯 뒤틀렸고 중심부에서는 하나의 실루엣이 천천히 떠올랐다. 마치 4차원 좌표에서 잘린 3차원의 그림자가 우리 현실에 투영되듯, 책 한 권이 아주 조용히 공간 속으로 나타났다.

그 책은 단순히 '떠 있는' 것이 아니었다. 시간과 공간의 균형이 정렬된 한 지점, 고정된 사건 좌표 위에 위치한 듯 느껴졌다. 은빛 표지에 《J》라는 이니셜이 선명하게 각인된 시집은 액체처럼 유동하는 장 안에서 흔들림 없이 떠 있었고 그 주위로 휘어진 광선들이 무지갯빛 아지랑이처럼 맴돌았다.

"찾았어… 드디어…" 제니퍼는 벅찬 감격에 숨이 턱 막혔다.

그녀가 조심스럽게 허공에 떠 있는 시집을 향해 손을 뻗었다. 손끝이 시집에 닿으려는 순간, 장비 내부에서 미세한 떨림이 일었다. 동시에 제니퍼의 은빛 펜던트에서도 공명음이 울리며 진폭이 확장되었고 그 진동은 공간 전체로 퍼져나갔다. 시집은 마치 그 반응에 응답하듯 은은한 빛을 발하기 시작했다.

2037/12/14 07:55 (PST) · 샌프란시스코 상공

퀀텀퓨처 Quantum Future 빌딩의 로즈 콘솔룸에서 레이너 시더와 연구원들을 끌어내 별도 격리실에 가둔 뒤, 작전 진행 상황을 보고받은 모건 레드우드 Morgan Redwood는 자신의 브이톨 VTOL 지휘기에 올랐다. 잠시 후, 숨을 돌릴 틈도 없이 에단 모리스가 또 다른 명령을 그녀에게 하달했다.

"모건. 즉시 J의 건물로 이동, 제니퍼 위를 확보하라. 저항 시 제거해도 좋다. 모든 연구 자료와 장비, 특히 할-더블유 관련 코드는 반드시 회수한다."

명령을 확인한 모건은 군단을 재편성하고, 그중 절반가량의 병력에게는 원대 복귀를, 나머지 병력에게는 새로운 목표를 하달했다.

"목표 변경. 즉시 퀀텀호라이즌연구소로 이동한다. 최고 속도로."

수십 대의 검은색 브이톨이 일제히 기수를 틀어 제니퍼가 있는 J의 건물을 향해 매서운 속도로 날아가기 시작했다.

2037/12/14 08:00 (PST) · 샌프란시스코, J의 건물 - 3층 연구소장실

제니퍼는 전신의 신경이 곤두서는 듯한 전율과 함께 알 수 없는 현기증이 머리를 강타했다. 그녀의 손은 허공에 떠 있는 시집을 향해 조심스럽게 다가갔다. 손끝이 그 차갑고 매끄러운 표면에 닿으려는 바로 그때였다.

'제니퍼! 다수의 미확인 비행체가 이 건물로 고속 접근 중! 식별 신호 분석 결과 EM그룹의 군용 코드로 확인!' 할-더블유의 다급한 메시지가 제니퍼의 의식으로 전달되었다.

'모건 레드우드의 부대가 퀀텀퓨처에 이어 이곳을 다음 목표로 삼은 것으로 보입니다. 제니퍼, 즉시 J의 건물을 탈출해야 합니다…'

"젠장…"

제니퍼가 시집을 움켜쥐려 손을 뻗자 타키온 장비의 검은색 코어가 급격히 역회전하며 시집을 다시 내부로 흡수했다. 외부 위협을 감지한 듯, 장비는 낮은 공명음을 남긴 채 비활성화 상태로 전환되었고 제어판의 푸른 빛도 순식간에 꺼졌다.

"안 돼…" 그녀의 왼손이 허공을 허무하게 움켜쥐었다. 시집을 눈앞에서 놓친 아쉬움은 오래가지 않았다. 창밖에서는 브이톨의 엔진음이 점점 커지며 다가오고 있었다. 이곳을 지켜야 한다는 본능이 의식을 가득 채웠다.

'할, 최고 등급 방어 태세로 전환해.' 제니퍼의 명령과 동시에 안드로메다의 외골격이 전투 태세로 재구성되며 손목에서 소형 EMP 방출기와 데이터 교란 장치가 전개되었다. 동시에 J의 건물 내부의 할-더블유 유닛들도 즉각 반응하여 일부는 장거리 레일건을, 다른 일부는 에너지 블레이드를 준비했다. 안드로메다와 할-더블유 유닛들은 최대 출력 센서로 적의 위치와 움직임을 실시간으로 추적하기 시작했다.

'할! 건물 전체 방어 시스템 즉시 가동하고 모든 출입구 봉쇄해. 에너지 방어막은 최대 출력으로 설정해. 그리고 아버지께 전해 줘… 난 여기서 싸울 거야.'

'명령 수락. 건물 방어 시스템 최대 출력으로 가동합니다. 제니퍼 님의 의사를 위대한 회장님께 전달했습니다.'

건물 전체가 미세하게 진동하기 시작했다. 유리 입면 위로 푸른빛의 에너지 방어막이 서서히 형성되었고 외부와 연결된 출입구가 육중한 금속음과 함께 차단되었다.

그 순간, 검은색 브이톨 수십 대가 빌딩 상공을 선회하며 병력을 투입하기 시작했다. 헬기 소리와 유사한 굉음이 건물을 뒤흔들었다.

강화복을 착용한 사이보그 병력과 로봇 병사들이 로프와 폭탄을 이용해 침투를 시도했으며 일부는 옥상 착륙장에 바로 강하했다.

'할, 4층 창가에 배치된 작전 유닛에게 지시해, 레일건으로 옥상과 외벽 침투조부터 우선 제거하도록. 안드로메다, 넌 3층에서 나와 함께 대기. 할, 적 병력 배치 실시간으로 업데이트하고 최적 요격 지점 계산해서 바로 전송해!' 제니퍼가 명령을 하달했다.

그녀는 할-더블유의 분석 데이터와 안드로메다 및 현장 유닛들의 센서 정보를 통합한 전술 지도로 전장의 3차원 구조를 파악하고 있었다.

'할, 4층 유닛! 12시 방향 옥상! 중화기 장비를 탑재한 로봇 병력 2기

접근 중! 1.5초 후 사격 각도 확보 예상!' 제니퍼는 할-더블유의 예측 데이터를 기반으로 즉시 명령을 내렸다.

4층 창가에 위치한 할-더블유 작전 유닛은 단 한 치의 오차도 없이 레일건을 조준했다.

소리 없는 섬광과 함께 발사된 고속 투사체는 옥상 착지 직전의 로봇 병사 두 기의 헤드 유닛을 정밀하게 관통했다. 육중한 기체들이 무력하게 쓰러지며 금속 파편을 흩날렸다.

레일건이 다시 한번 섬광을 뿜어냈다. 외벽을 따라 하강 중이던 사이보그 지휘관급 병력의 어깨 장갑이 폭열하며 균형을 잃었고 그는 건물 아래로 추락했다.

그 작전 유닛의 사격은 냉정하고 정확했다. 그의 양자 연산 기반 탄도 예측 시스템은 할-더블유의 실시간 지원과 결합하여 거의 완벽에 가까운 명중률을 보였다.

하지만 적의 수는 너무 많았다. 일부 병력은 그 유닛의 정밀 사격을 피해 옥상 구조물 뒤나 건물 사각지대로 신속히 은폐했고 즉각 반격을 개시했다.

집중된 레이저 화선이 에너지 방어막을 향해 빗발쳤다. 방어막은 요란한 공명음과 함께 충격을 흡수했으나 반복되는 공격에 따라 점차 불안정한 반응을 보이기 시작했다.

'안드로메다. 3층 북측 창문! 적 2기, 플라즈마절단기를 이용해 창문 프레임 절단 시도 중!'

'명령 확인.' 안드로메다는 즉시 해당 위치로 초고속 기동한 뒤, 창문 안쪽에 매복했다.

창문 프레임이 녹아내리며 틈이 생기자 그는 손목에 장착된 EMP 방출기를 활성화했다. 강력한 전자기 펄스가 발산되자 외부에서는 비명과 함께 장비 오작동 소리가 뒤섞여 들려왔다. 해당 침투 시도는 저지되었지만 다른 구역에서도 유사한 침입 시도가 계속되고 있었다.

'할, 5층 환기구로 작전 유닛 투입! 로봇 병사 1기 침투 감지!'

'유닛 투입. 목표 확인. 제거하겠다.' 할-더블유 작전 유닛 하나가 엘리베이터 샤프트를 타고 단숨에 5층으로 도달했다.

방금 환기구를 부수고 진입한 로봇 병사는 상황을 인식하기도 전에 양팔의 에너지 블레이드를 교차시키며 돌진한 그 작전 유닛에 의해 단숨에 절단되었다. 그의 전투 방식은 다른 유닛의 정밀 사격과는 대조적으로, 전면 충돌을 통한 압도적 격파에 가까웠다.

제니퍼는 3층 사무실에 자리한 채 실시간으로 전장을 지휘하고 있었다. 로봇들의 센서 피드백, 할-더블유의 분석 결과, 전장의 소음, 그리고 로즈의 불안정한 퀀텀 연산 그래프까지, 그녀는 모든 정보를 동기화하며 최적의 대응 수를 연산하고 있었다.

'적의 주력은 옥상과 상층부 창문을 통한 동시다발 침투… 하지만, 이건 분명 양동작전이다. 진짜 목표는 1층 로비를 통한 대규모 병력 투입일 가능성이 높아.' 판단을 내린 제니퍼는 할에게 지시했다.

'할, 1층 로비 감시 영상과 센서 데이터를 최우선 분석 항목으로 지

정하고 지상 부대 접근 징후가 포착되면 즉시 보고해 줘.'

'명령 확인. 현재까지 직접적인 지상 공격 징후 없음. 그러나 다수의 브이톨, 저공 비행 중, 지상 강하 준비 상태 추정.'

'할, 4층 유닛은 옥상 제압 후 즉시 1층 로비 지원 투입 준비. 안드로메다와 5층 유닛은 상층부 침투조를 견제하면서 동시에 1층 방어선 이동 준비.'

점점 격렬해지는 총격과 폭발음에 건물 내부까지 파동이 일었다. 푸른빛 에너지 방어막이 대부분의 공격을 흡수했지만 점차 그 출력이 약화되고 있었다. 옥상에서는 레일건의 섬광과 적들의 반격이 쉴 새 없이 교차했고 건물 내부에서도 에너지 블레이드가 금속을 가르는 소리와 안드로메다의 EMP 방출음이 간헐적으로 울려 퍼졌다.

제니퍼는 타키온 장비가 놓인 연구소장실 안쪽, 상대적으로 안전한 구역에 몸을 숨긴 채, 끊임없이 변화하는 전장 상황을 분석하며 로봇들에게 최적의 명령을 연속적으로 하달했다.

수적으로는 절대적인 열세였지만 수천만 개의 전투 변수를 실시간으로 연산하는 제니퍼의 지휘와 할-더블유의 정보 지원 덕분에 간신히 방어선을 유지하고 있었다.

'버텨야 해. 단 1분이라도 시간을 벌어야…'

그 순간, 할-더블유로부터 새로운 데이터 스트림이 제니퍼의 의식을 타고 흘렀다.

'제니퍼, 침투 부대의 통신 및 제어 시스템에서 예기치 않은 복수의 취약점이 발견되었습니다. 로즈는 현재 에단 모리스의 무리한 명령 수행으로 인해 과부하 상태에 진입했으며, 그로 인해 산하 군사 유닛들에 대한 실시간 보안 지원과 암호화 키 갱신을 정상적으로 수행하지 못하는 것으로 판단됩니다.'

할-더블유는 로즈의 비정상적인 양자 연산 패턴을 분석하는 과정에서 역으로 EM그룹 군용 네트워크 내에 존재하는 다수의 보안 허점을 추출해냈다. 이전의 단순 경고나 상황 보고와는 달리 결정적인 전략 분석이었다.

윤리 모듈이 없는 로즈는 에단의 명령 수행에 전체 자원을 집중하고 있었고 그 결과 기본적인 보안 유지 체계에 구조적 공백이 발생한 것으로 분석되었다.

'현재 분석된 취약점을 이용하면 적 브이톨 비행단의 비행 제어 시스템을 교란하고, 로봇 병력의 작동 알고리즘에 오류를 유발, 사이보그 부대원들의 BCI *Brain-Computer Interface* 통신망을 일시적으로 마비시킬 수 있습니다. 성공 확률은 89.7%입니다. 그러면 실행하시겠습니까?'

어둠 속에서 한 줄기 빛을 발견한 것처럼 제니퍼의 눈빛이 날카롭게 빛났다.

'로즈가 감지하거나 역공할 위험은?'

'로즈는 현재 연산 자원의 99.8%를 에단의 시뮬레이션 명령 수행에 할당 중입니다. 외부 위협 탐지 및 대응 기능은 현저히 저하된 상태입니다. 저의 개입은 적 시스템의 구조적 취약점을 활용한 교란에 집중하며, 직접적인 데이터 파괴나 제어권 탈취는 회피하여 역추적 및 반격 가능성을 최소화할 것입니다. 해당 개입은 윤리 프로토콜이 허용하는 방어적 조치 범위에 해당합니다.'

할-더블유의 분석은 명료하고 논리적이었다. 그 바탕에는 인명 피해 최소화와 과도한 개입을 지양한다는 푸른 윤리 원칙이 깔려 있었다.

'좋아, 즉시 실행해. 모든 가용 자원을 동원해서 최대한 광범위하고 신속하게!' 제니퍼의 명령이 떨어지자 할-더블유의 방대한 양자 연산 자원이 EM그룹 군용 네트워크를 향한 소리 없는 침투를 시작했다.

불과 몇 초 뒤, 건물 외부의 전장 양상이 급변했다. J의 건물 상공을 선회 중이던 브이톨 일부가 갑작스럽게 비행 제어 오류를 일으키며 중심을 잃고 흔들리더니 곧이어 서로 충돌하거나 인근 건물을 향해 낙하하며 화염과 검은 연기를 내뿜었다. 옥상과 외벽에서 교전 중이던 로봇 병력 일부는 갑작스럽게 동작을 멈추고 아군을 향해 오인 사격을 가했으며, 사이보그 병력 또한 시각 왜곡, 청각 노이즈, 운동 제어 오류 등을 일으키며 전투력을 빠르게 상실했다.

할-더블유가 그들의 작동 알고리즘에 미세한 오류 코드를 삽입한 결과였다.

"뭐, 뭐야! 시스템이 왜 이래!"

"통신 두절! 아무것도 안 들려!"

"젠장, 로봇들이 미쳤어!"

건물 안팎에서 침입자들의 혼란과 비명이 연달아 터져 나왔다. 전세는 순식간에 뒤집혔다. 옥상의 작전 유닛은 동요하는 적을 정확한 사격으로 차례차례 제압했고 안드로메다와 다른 할-더블유 유닛들은 잔여 침투 병력을 무력화하며 내부 방어를 완전히 정리해 나갔다.

제니퍼는 적의 지휘 체계가 완전히 마비되었음을 확인하고 할-더블유에게 물었다.

'모건… 모건 레드우드는 어디 있지?'

'추락한 브이톨 중 지휘기로 식별되는 기체는 없습니다. 하지만, 전투 현장에서 이탈해 고속 후퇴 중으로 것으로 확인된 브이톨에 모건 레드우드가 탑승했을 가능성이 높습니다.'

제니퍼는 놀랍지 않다는 표정을 지었다. 할-더블유의 사이버 공격으로 지휘 체계와 병력이 붕괴되자, 모건은 더 큰 피해를 막기 위해 후퇴를 선택한 것이다. 그녀는 철저한 판단을 내리는 지휘관이었다.

'추격할 필요는 없어, 할. 지금은 건물 보안 유지와 생존자 확인이 우선이야.'

제니퍼는 명령했다. 그녀는 무의미한 살생을 원치 않았다. 그때, 암호화 채널을 통해 메시지가 도착했다.

"제니퍼. 너의 '오텀 코드 *Autumn Code*'는 환상일 뿐이야."

제니퍼는 망설임 없이 응답했다.

"양자도 생명을 품는다는 걸, 언젠가는 알게 될 거야… 모건."

2037/12/14 08:35 (PST) · 샌프란시스코, J의 건물 - 1층 거실

제니퍼는 1층 거실 소파에 주저앉아 있었다. 깨진 유리 조각과 그을린 잔해가 사방에 흩어져 있었지만, 그녀는 그것들을 인식하지 못한 채 허공만을 응시하고 있었다. 방금 끝난 전투의 긴장이 풀리자 밀려드는 피로와 늦게 찾아온 공포가 신체 곳곳을 휘감았다. 머리는 뜨겁게 과열되어 있었고 할-더블유는 안정화 신호를 조용히 전송하고 있었다.

'모두… 정말 수고했어.'

충전과 동시에 자가 복구 프로토콜을 가동하며 조용히 대기 중이던 안드로메다와 다른 유닛들에게 제니퍼가 부드럽게 말했다. 그녀의 눈빛에는 로봇들에 대한 깊은 신뢰와 안도감이 담겨 있었다.

'저희는 제니퍼 님의 명령을 수행했을 뿐입니다.' 안드로메다가 담담하게 대답했다.

'하지만 아직 위협은 완전히 제거되지 않았습니다. 모건 레드우드는 후퇴했고 로즈는 여전히 에단 모리스의 통제 하에 있습니다.'

그중 한 유닛이 경계심을 놓지 않은 듯 창밖을 살피며 덧붙였다.

제니퍼는 고개를 끄덕였다. 승리는 단지 서막에 불과했다. 로즈의 폭주와 양자 폭풍의 위협은 여전히 현재진행형이었다. 그녀는 3층 연구소장실의 타키온 장비를 떠올렸다. 전투로 인해 눈앞에서 놓쳐버린 두 번째 시집《J》. 그 책이야말로, 이 혼란의 해답이 될 수 있다는 예감이 가슴 깊은 곳에서 피어올랐다.

'할, 건물 외부 보안 상태는? 추가적인 접근 시도는 없지?' 제니퍼가 물었다.

'네, 제니퍼. 현재까지는 추가적인 위협이 감지되지 않았습니다. 하지만 반경 5킬로미터 내 공중 및 지상 감시를 강화 중입니다. 그리고…' 할-더블유의 목소리가 멈췄다. 명백한 이상 징후였다.

'할?' 심장이 불길하게 고동치기 시작했다.

'무슨 문제라도 있는 거야?'

'방금 긴급 속보와 위성 데이터를 교차 분석했습니다. 뉴욕에서 출발해 샌프란시스코로 향하던 스타올빗 *StarOrbit* 021편이… 비행 중 원인 미상의 폭발로 사라졌습니다.'

제니퍼는 눈을 가늘게 찌푸렸다.

기술이 발달한 지금도 항공기 오작동으로 말미암은 사고 소식은 종종 들려왔다. 그마저도 작년의 착륙 사고를 마지막으로 일어나지 않은 것으로 알고 있었는데… 그러나 다음 순간 할-더블유의 말이 그녀의 모든 사고를 멈추게 했다.

'… 해당 편명은 위대한 회장님께서 탑승 중이던 것으로 확인된 전용기입니다.'

제니퍼는 자신의 귀를 의심했다. 아니, 순간 할의 목소리가 들리지 않았다. 역시 잘못 들은 것일까. 되묻기 위해 입을 열었지만, 숨을 들이켤 수도, 내쉴 수도 없었다.

"아니야……" 마침내 떨리는 목소리를 쥐어짜냈지만, 입이 내뱉는 말보다 눈 앞에 펼쳐진 데이터가 빨랐다. 추락하는 스타올빗의 마지막 궤적. 폭발의 섬광. 탑승자 명단에 선명히 적힌 '그레이트 위 *Great Wi*'라는 이름.

아빠가 오고 있었다. 자기를 걱정해서. 위험하다는 만류에도 불구하고 샌프란시스코로 직접. 제니퍼의 입에서 터져 나온 것은 더 이상 말이 아니었다. 영혼이 찢겨 나가는 듯한 날것의 절규였다. 온몸을 거꾸로 흐르는 듯한 고통 속에서 그녀의 시야는 순식간에 암흑으로 덮였다.

한 살 때 어머니를 잃었던 기억은 없었다. 그러나 지금 이 순간. 제니퍼는 세상의 전부였던 아버지를 잃었다는 사실을 온몸으로 깨달았다.

아무 소리도 들리지 않았다. 오직 부서진 심장의 고동만이 귓가에 메아리쳤다.

로봇들은 그저 조용히 그녀를 지켜볼 뿐이었다.

그들의 퀀텀 AI 코어는 수많은 데이터를 분석했지만 인간의 상실이라는 감정의 심연을 온전히 이해할 수 있는 존재인지는, 누구도 단정할 수 없었다.

할-더블유 역시 침묵을 지켰다. 그의 거대한 퀀텀 연산 능력으로도 지금 제니퍼가 겪고 있는 고통을 완화할 방법은 없었다. 비극적 데이터를 확인하며, 그녀의 생체 신호가 임계치를 넘지 않도록 조용히 모니터링할 뿐이었다.

시간이 얼마나 흘렀을까?

그녀는 바닥에 몸을 웅크린 채, 텅 빈 눈으로 허공을 멍하니 바라보았다. 슬픔이 심장을 도려내는 와중에도 머리는 차갑게 가라앉았다.

극적인 상황에서도 이성적 판단을 우선시하는 두뇌는 그녀의 장점이자 저주였다. 직감적으로 알 수 있었다. 에단 모리스가 로즈를 통해 아버지의 이동 정보를 파악하고, 올빗테크 OrbitTech 내부자를 사주해 잔인하고 비열한 방식으로 제거했다는 사실을 깨달았다.

붉게 충혈된 눈이 마침내 초점을 찾았을 때는 슬픔이 아닌, 얼음장 같은 분노와 강철 같은 결의가 서려 있었다. 그녀는 천천히 몸을 일으켜 어머니의 사무실로 걸음을 옮겼다.

에단 모리스, 로즈의 폭주, 그로 인해 촉발될 수 있는 양자 폭풍. 그 모든 것을 막을 수 있는 유일한 단서를 향해.

2037/12/14 09:00 (PST) · 샌프란시스코, J의 건물 - 3층 연구소장실

타키온 장비. 그 안에 있을 두 번째 시집 《J》. 제니퍼는 다시금 그 앞에서 걸음을 멈춰 목에 걸린 은빛 펜던트를 꺼냈다. 이번에 그녀가 하려는 일은 단순히 장비를 '여는' 것이 아니었다. 어머니 'J'와의 연결, 시공간 너머에 접혀 있을지 모를 정보에 대한 접근. 제니퍼는 펜던트를 장비 하단의 작은 홈에 끼워 넣었다.

'딸깍.' 공명음이 울려 퍼지자 제어판 스크린이 푸른빛으로 빛났고 중앙의 검은 코어가 회전하며 공간이 미세하게 일그러졌.

로즈의 폭주로 불안정해진 양자 네트워크의 영향 때문인지 이전보다 훨씬 강한 에너지 파동과 예측 불가능한 공간 왜곡이 감지되었다.

'경고! 타키온 방출 수치 급상승! 국소 시공간 불안정성 증가!' 안드로메다와 주변의 할-더블유 유닛들이 에너지 방어막을 펼치고 제니퍼를 에워쌌다.

'할, 장비 안정화 프로토콜 가동. 로봇들과 연동해서 에너지 흐름을 제어해.' 제니퍼가 침착하게 지시했다.

'명령 수행 중입니다, 제니퍼. 그러나 외부 퀀텀 노이즈 간섭이 심각합니다. 최대한 안정화를 시도하겠지만… 주의가 필요합니다.'

타키온 장비의 중앙 코어 표면과 제어판의 홀로그램 인터페이스에 마침내 무언가가 나타났지만, 눈앞에 펼쳐진 것은 이전과 같은 시집의 형태가 아니었다. 끊임없이 변화하고 재구성되는, 기하학적 프랙탈 문양의 폭포 위로 빛나는 선과 점들이 얽히고 풀리며 다차원적인 구조를 형성했다. 지구상의 어떤 문자나 기호와도 다른, 살아 움직이는 듯한 미지의 상징들이 흘러내렸다.

그것은 알아들을 수는 없지만 분명한 의미를 품은 듯, 공명음으로 제니퍼에게 속삭이는 듯했다. 두 번째 시집의 내용은 단순한 데이터가 아닌, 양자적 정보, 아니, 그 이상의 무언가였다.

'데이터 구조 분석 결과, 기존의 물리 법칙이나 정보 이론으로는 해석 불가능한 패턴입니다. 비표준 해석 프레임워크가 요구됩니다. J 박사님의 암호화된 노트에서 유사한 개념의 단편들이 일부 발견되었으나…'

할-더블유조차 이 미지의 정보 앞에서는 망설였다.

"*Not just flight, but fold. Where observation meets creation.*"

'이건 단순한 해독으로는 안 돼… 아니, 관찰이나 이해를 넘어 창조를 필요로 할지도…'

'할, 어머니의 노트 중 SID, 타키온, 고차원 물리학 관련 부분 전부 전송해 줘. 그리고 아버지 서재에서 스캔했던 첫 번째 시집의 양자 패턴 데이터와 비교 분석 시작. 안드로메다. 지금 나타난 저 패턴의 에너지 스펙트럼과 퀀텀 상태 변화를 정밀 측정해서 데이터화해.'

지시를 내린 제니퍼는 눈을 감고 명상에 가까운 깊은 집중 상태에 빠져들었다.

의식 속으로 쏟아져 들어오는 정보—어머니의 난해한 노트, 첫 번째 시집의 패턴, 로봇들의 실시간 측정값, 그리고 눈앞의 기하학적 데이터 흐름—모두가 그녀의 뇌를 가득 채웠다.

논리 연산만으로는 부족했다. J의 사고방식을 좇아가야 했다. 패턴 속에 반복되는 주기, 미세한 비대칭성, 고차원 연결성을 암시하는 기하학 구조들. 특정 프랙탈 구조의 반복 주기와 '접힘'이라는 단어가 지닌 위상수학적 연산 개념 사이에 존재하는 미묘한 상관관계.

'찾았다.' 잠시 후, 그녀가 눈을 떴다.

할-더블유의 도움을 받아 해석 알고리즘의 핵심 열쇠를 적용하자 의식이 타키온 장비와 직접적으로 상호작용하기 시작했다.

혼란스럽던 데이터의 흐름이 점차 질서를 갖췄고 복잡했던 미지의 상징들이 해독 가능한 양자 데이터 스트림으로 바뀌었다. 변환된 데이터는 할-더블유와 제니퍼의 메모리로 동시에 쏟아져 들어왔다. 암호화된 상태였지만 첫 번째 시집의 정보와 결합하면 해독 가능한 구조. 오텀 코드의 두 번째 조각이었다.

"성공…!" 온몸이 땀에 젖은 제니퍼가 짧게 외쳤다. 극심한 피로에 현기증까지 느껴졌지만 성취감이 모든 감각을 압도했다. 정보 전송이 완료되자 타키온 장비는 빛을 잃고 안정 상태로 돌아갔다.

첫 번째 시집에서 얻은 정보, 방금 확보한 두 번째 조각. 두 개의 강력한 무기를 쥔 제니퍼의 눈동자는 더없이 강렬하게 빛났다.

'제니퍼, 수신된 데이터 분석 결과. 첫 번째 데이터와 상호 보완적 구조를 형성합니다. 그러나 완전한 오텀 코드 복원에는 여전히 최소 하나 이상의 추가 데이터 조각이 필요한 것으로 보입니다.'

제니퍼는 쓴웃음을 지었다. 엄마는 이중, 삼중의 안전장치를 마련해 둔 것이었다.

하지만 이제 두 조각을 확보한 이상 마지막 조각의 단서도 찾아낼 수 있을 것이었다. 그녀는 두 번째 조각의 정보를 할-더블유의 최상위 보안 양자 메모리 영역에 전송하고 다중 백업을 지시했다.

그녀는 아버지의 죽음을 떠올릴 때마다 가슴을 도려내는 것처럼 아팠지만 지금은 감정에 허우적댈 여유가 없었다. 에단 모리스는 이미 다음 목표로 이곳을 노리고 있을 것이었다.

'할, 이곳의 유닛들에게 타키온 장비와 사무실을 보호하도록 해. HAL-W 방어 유닛들과 협력하고. 외부 침입은 절대 허용하지 마. 나는 안드로메다와 뉴욕으로 가야겠어.'

유산

그녀의 말에 할-더블유 유닛들은 건물 전체 방어 시스템과 연동하여 배치되었다.

제니퍼는 옥상의 브이톨 수직 이착륙장으로 향했다. 탑승 직전, 제니퍼는 거침없이 할-더블유에게 명령했다.

'할, 우리가 사용할 21CF 전용 스타올빗 운항 허가 요청해. 그리고… 아버지께서 당하신 일을 반복하게 둘 수는 없어. 기체의 하드웨어, 소프트웨어, 생명 유지 장치, 엔진, 비행 제어 시스템까지 모든 구성 요소를 최고 등급으로 정밀 점검하고, 올빗테크 내부자의 사보타주 가능성도 배제하지 말고. 운영체계 시스템 자체에도 외부 간섭 흔적이 없는지 크로스 체크하고 비행 및 지상 근무 인원도 다시 확인해.'

'명령 확인. 최고 보안 등급으로 점검 및 인원 재확인 절차를 즉시 시작합니다.'

브이톨은 곧 J의 건물을 떠나 샌프란시스코 인근 사막의 스타올빗 플랫폼으로 향했다. 창밖으로 펼쳐진 도시의 풍경은 여전히 아름다웠지만 제니퍼는 창밖으로는 눈길도 주지 않은 채 좌석에 깊숙이 몸을 묻고 눈을 감았다.

아빠의 마지막 모습, 따뜻한 목소리, 그리고 할-더블유가 보여준 잔혹한 폭발 섬광. 모든 것이 머릿속에서 뒤엉켜 떠올랐다. 슬픔과 분노가 다시 밀려왔지만 그녀는 이를 악물고 감정을 억눌렀다. 지금은 무너질 수 없었다.

스타올빗 플랫폼에 도착하자 삼엄한 경비선 사이로 21CF 로고가 선명히 새겨진 전용기 521호가 그녀를 기다리고 있었다.

2037/12/14 12:40 (EST) · 스타올빗 기내

할-더블유에게서 정밀 점검이 모두 완료되었다는 확인 메시지를 받은 뒤에야 제니퍼는 안드로메다와 함께 기체에 올랐다. 최첨단 시설과 최고급 인테리어로 꾸며져 있었지만 그녀에게는 마치 냉혹한 무덤처럼 느껴졌다.

스타올빗이 묵직한 추진음과 함께 가속했고 기체는 순식간에 대기권을 뚫고 우주로 솟구쳤다. 그녀는 좌석 앞의 홀로그램 스크린을 켜고 실시간으로 쏟아지는 뉴스 속보들을 응시했다. 조작된 듯 반복되는 헤드라인, 과열된 반응, 그리고 그 뒤에 감춰진 진실의 파편들을 살펴보았다.

"속보: 21세기프론티어(21CF) 그레이트 위 회장, 탑승 스타올빗 추락…… 탑승자 전원 사망 추정"

"테크 거인 '그레이트 위'의 갑작스러운 죽음…… 전 세계 충격"

"사고 원인 미궁 속…… 단순 기체 결함? 혹은 테러 가능성?"

"그레이트 위 사망 소식에 글로벌 증시 급락… 21CF 주가 폭락, EM 그룹 주가 반등"

"그레이트 위 회장, 딸 제니퍼 위 만나러 샌프란시스코 향하던 중 참변"

"각국 정상 애도 성명 발표…… '인류의 큰 별이 졌다'"

"온라인 추모 물결… 글로벌 뉴로-링크망, '거대한 상실감' 공명 주파

수 임계치 초과"

"에단 모리스 아메리카 대통령, 공식 애도 표명… '깊은 유감, 철저한 진상 규명 촉구'"

위대한의 갑작스러운 죽음은 전 세계를 충격과 슬픔에 빠뜨렸다. 그는 단지 21CF의 창립자나 기술계의 선구자에 그치지 않았다. 할-더블유를 통해 인류에게 새로운 가능성을 제시하고 에단 모리스의 폭주에 맞서 자유와 윤리를 외쳤던 몇 안 되는 거인이었다. 그의 부재는 단순한 기업인의 죽음을 넘어 인류 전체의 미래에 드리워진 거대한 공백처럼 느껴졌다. 공식 발표는 원인 불명의 사고였지만 많은 이들은 EM그룹과의 연관성을 의심했다. 21CF와 EM 간의 기술 경쟁과 긴장, 위대한의 반독재 노선은 오래전부터 알려져 있었다. 그가 마지막으로 만나러 가던 사람이 제니퍼였다는 점은 수많은 음모론에 불을 지폈다.

제니퍼는 냉랭한 눈으로 에단 모리스가 발표하는 위선적인 애도 성명 영상을 응시했다. 역겨움이 치밀어 올랐다. 슬픔에 잠긴 듯한 그의 표정 뒤로 비열한 미소가 스치고 있는 것만 같았다. 그녀는 말없이 복수를 다짐하며 뉴스 화면을 껐다.

대신, 할-더블유가 보내오는 실시간 퀀텀 네트워크 상황판을 띄웠다. 모니터는 붉은 경고 알림으로 가득했다. 로즈는 에단의 명령 아래 미친 듯한 속도로 양자 연산을 쏟아내며 할-더블유의 방어벽을 거세게 공격하고 있었다. 할-더블유는 '푸른 윤리' 프로토콜에 따라 최소한의 방어에 집중하며 네트워크 안정화를 위해 필사적으로 버티고 있었다.

'할, 로즈의 연산 부하 패턴 분석 결과는? 특이점이나 예측 가능한 변화 없어?'

'… 계속 분석 중입니다, 제니퍼. 그런데 현재 로즈의 연산은 극도로 혼란스럽고 예측 불가능한 상태이며 마치 스스로 붕괴를 향해 돌진하는 듯한 불안정한 패턴을 보이고 있습니다. 이 추세라면 양자 네트워크 전체의 동기화 오류 임계점 도달이 머지않았습니다.'

할-더블유의 분석은 암울했다.

퀀텀 스톰의 전조는 점점 뚜렷해지고 있었다.

제니퍼는 창밖의 검은 우주를 응시했다. 아버지의 유해조차 찾을 수 없다는 현실이 가슴을 옥죄었다. 슬픔을 넘어선 싸늘한 분노와 인류의 미래를 책임져야 한다는 사명감만이 그녀의 눈동자에 불타고 있었다. 뉴욕에 도착하면 그녀는 아버지의 빈자리를 대신해 회장으로서 세계 최대 기업군인 21CF를 이끌고 에단 모리스와의 마지막 전쟁을 준비해야 한다. 그 전쟁의 열쇠는 그녀가 손에 넣은 두 개의 오텀 코드 조각, 그리고 아직 찾지 못한 마지막 조각에 달려 있었다.

2037/12/14 13:30 (EST) · 뉴욕시, 21CF 본사 - 로비

스타올빗은 정확히 예정된 시각에 뉴욕 인근 해상 플랫폼에 착륙했다. 제니퍼는 안드로메다와 함께 전용 브이톨로 환승해 맨해튼 중심부에 우뚝 솟은 21CF 본사로 향했다.

본사 옥상 헬리패드에 도착하자, 아르카나 첸 *Arcana Chen*과 몇몇 최고 임원들이 말없이 고개를 숙여 애도를 표했고 제니퍼는 조용히 그 인사를 받아들였다. 지금은 어떤 위로도 무의미하다는 걸 모두가 알고 있었다. 잠시 후, 1층 로비에 도착한 그녀는 엘리베이터의 문이 열리는 순간 잠시 숨을 멈췄다.

로비는 발 디딜 틈 없이 사람들로 가득했다. 평소라면 분주히 자신의 자리에서 일하고 있을 임직원들이 모두 이곳으로 내려와 그녀를 기다리고 있었다. 침묵 속에 수백, 아니 수천 쌍의 눈동자가 제니퍼를 향했다. 그 눈빛 속에는 회장에 대한 깊은 존경과 애도, 그리고 갑작스러운 비극 앞에서 당혹과 불안이 겹쳐 있었다. 누군가는 조용히 눈물을 훔쳤고 누군가는 입술을 굳게 다문 채 시선을 떨구었다.

제니퍼는 안드로메다의 호위를 받으며 엘리베이터에서 천천히 걸어 나왔다. 그녀의 발걸음이 닿는 곳마다 직원들이 조용히 길을 열었다. 소리는 없었지만 로비 전체를 감싸고 있는 슬픔의 무게가 그녀의 어깨를 짓눌렀다. 로비 중앙의 미디어 월에서는 생전 위대한 회장의 영상이 재생되고 있었다. 제니퍼는 그 앞에 멈춰 섰다. 미래를 향한 열정, 기술에 대한 낙관, 그리고 미소. 그 모든 장면이 지금의 비극과 극명한 대조를 이루며 사람들의 가슴을 더욱 먹먹하게 했다.

불과 3시간 전 통화로 그녀를 격려하던 생전 아버지의 모습이 스크린 위에 있었다. 이곳에 모인 이들 앞에서 그녀는 슬픔을 넘어 책임을 감당해야 했다. 제니퍼는 천천히 돌아서서 자신을 지켜보는 임직원들을 훑어보았다.

"여러분…" 마이크는 필요 없었다. 그녀의 목소리는 건물 내 스피커 시스템을 통해 또렷하게 울려 퍼졌다. 목소리는 여전히 슬픔에 젖어 있었지만, 그 안에는 흔들리지 않는 결의가 담겨 있었다.

"21CF의 창립자이시자, 저의 아버지였던 그레이트 위 회장님께서… 우리의 곁을 떠나셨습니다."

로비 곳곳에서 억눌린 흐느낌이 새어 나왔다. 제니퍼는 잠시 숨을 고르고 말을 이었다.

"비통하고 참담한 심정입니다. 그러나 우리는 여기서 멈출 수 없습니다. 회장님께서 평생을 바쳐 이루고자 했던 꿈, 기술로 더 나은 세상을 만들고자 했던 그분의 비전은 아직 끝나지 않았습니다."

점차 그녀의 목소리에 힘이 실렸다. 눈빛은 더 이상 슬픔에 잠겨 있지 않았다.

"지금 이 순간에도 우리의 가치와 미래를 위협하는 세력이 존재합니다. 그들은 아버지를 앗아갔고 인류 전체를 위험에 빠뜨리려 하고 있습니다. 우리는 슬픔을 딛고 일어서야 합니다. 회장님께서 남기주신 유산, '할-더블유와 푸른 윤리'를 지켜내고 그들의 광기를 멈춰야 합니다."

그녀는 임직원들의 눈을 하나하나 마주보며 말을 이었다.

"저는 회장님의 딸로서, 그리고 이제 21CF의 지휘를 승계한 사람으로서 약속드립니다. 아버지의 죽음을 헛되게 하지 않겠습니다. 우리가 함께 싸워나간다면, 반드시 이 위기를 극복하고, 회장님께서 꿈꾸셨던 미래를 만들어 갈 수 있을 것입니다."

잠시 정적이 흘렀다. 그리고 이내, 로비 곳곳에서 조용한 박수 소리가 터져 나왔다. 그것은 환호가 아닌 슬픔 속에서 희망을 찾으려는 연대의 표현이었고 무너질 것으로 여겨졌던 젊은 리더가 일어섰다는 사실에 대한 신뢰의 징표였다.

제니퍼는 담담히 시선을 받으며 아르카나 첸과 임원진에게 다가갔다.

"첸 박사님, 지금 즉시 글로벌 최고 임원 회의를 소집해 주세요. 비상 대책 위원회를 구성하고 할의 방어와 글로벌 네트워크 안정화에 총력을 기울여야 합니다. 그리고… 로즈에 대한 반격 시나리오도 준비해 주세요."

위기 속에서 전략을 짜야 할 최고 책임자의 음성이었다. 아르카나 첸은 비장한 표정으로 고개를 끄덕였다.

"이미 준비 중입니다, 제니퍼 회장님. 모두 회의실에서 기다리고 있습니다."

위대한은 자신의 유고 시 딸 제니퍼가 별도의 절차 없이 즉각 회장직을 승계할 수 있도록 사전에 준비해 두었고 이사급 고위 임원들 모두 그 사실을 잘 알고 있었다.

제니퍼는 안드로메다와 함께 전용 엘리베이터에 올랐다. 임직원들은 조용히 길을 터주었고 그 시선에는 무거운 우려가 담겨 있었다. 그녀가 짊어진 책임이 얼마나 거대한지를 모두가 본능적으로 느끼고 있었다.

엘리베이터 문이 닫히고 상층부를 향해 부드럽게 상승하자 제니퍼는 눈을 감고 깊은 숨을 들이켰다. 아버지의 죽음은 여전히 가슴 깊이 아프게 남아 있었지만 지금은 그 감정에 잠길 여유가 없었다. 에단 모리스는 이미 로즈를 손에 넣었고 그의 광기는 걷잡을 수 없이 폭주하고 있었다. 양자 폭풍의 위협은 더 이상 가설이 아니었다.

2037/12/14 13:57 (EST) · 뉴욕시, 21CF 본사 - 글로벌 임원 회의실
D-4, 00:00:00

문이 열리자 복도 양쪽에 삼엄한 경비 로봇들이 배치되어 있었고 입구에는 보안팀장 아리스 손 *Aris Thorne*이 서 있었다.

"회장님, 모든 준비는 끝났습니다. 하지만…" 그의 표정은 어두웠다. "할의 보고에 따르면 로즈의 네트워크 교란 시도가 더욱 거세지고 있습니다. 언제, 어떤 일이 벌어질지…"

"알고 있어요, 손 팀장님. 그래서 서둘러야 해요."

회의실 밖에서 경계 태세로 자리 잡은 안드로메다를 지나쳐 문을 밀고 들어서자, 전 세계 지사장들과 핵심 부서장들이 홀로그램으로 연결되어 있는 원형 테이블이 보였다. 테이블 주위에는 아르카나 첸을 비롯한 최고 임원들이 침통한 표정으로 앉아 있었고 중앙의 빈자리는 위대한의 부재를 더 깊이 실감하게 했다.

제니퍼가 그 자리를 향해 걸어가자 회의실의 모든 시선이 그녀에게 집중되었다. 깜빡이는 홀로그램 상황판만이 정적을 가르며 움직였다.

"회의를 시작하겠습니다." 주저 없이 앉은 제니퍼가 입을 열었다.

21CF의 새로운 리더가 정식으로 모습을 드러내는 순간이었다. 할-

더블유가 분석한 로즈의 위협 시나리오를 공유하려던 바로 그때, **14시 00분 00초.**

순간, 강렬한 현기증이 제니퍼를 덮쳤다. 세계가 기울어지는 듯한 어지럼. 귓가에 고주파의 이명이 스치고, 홀로그램 화면이 순간적으로 일그러져 보였다. 단 한순간.

모든 것은 곧 정상으로 돌아왔지만, 그 이상 현상을 감지한 이는 그녀뿐이었다.

'방금 감지하셨습니까?' 할-더블유의 긴급 메시지가 그녀의 의식을 강타했다.

'그래, 할… 방금 그건 뭐였지? 로즈의 공격인가?'

'아닙니다. 훨씬 더 근본적인 현상입니다. 전 세계 양자 네트워크에서 동기화 오류율이 급증 중이며, 시공간 왜곡과 퀀텀 플럭츄에이션 *Quantum Fluctuation*이 동시다발적으로 발생하고 있습니다… 마치 우주 자체가 뒤틀리는 듯한 현상이었습니다.'

'퀀텀 스톰.' 12살 때, 자신이 예측했던 이론.

'회장님의 논문에서 기술한 참여적 붕괴 초기 특성과 98.3% 일치합니다. 5등급 퀀텀 연쇄 사건의 전조일 가능성이 높습니다.'

그녀는 조용히 숨을 들이켰다. 이 사실이 퍼지면 21CF는 내부에서 무너지고 세계는 공황에 빠져 자멸할 것이다.

'할, 이 정보는 최고 보안 등급(Level-Ω)으로 즉시 격리해. 아르카나 첸과 나만 접근 가능하게 하고 외부 보고에는 단순한 네트워크 불안정

성으로 위장해. 동시에 현상 확산 시뮬레이션 및 대응 시나리오를 즉각 시작해. 임계점 도달 시간은?'

'예상 시점, 96시간 후. 시뮬레이션 시작합니다.'

D-3, 23:59:41

시간은 너무나도 빠르게 줄어들고 있었다.

"죄송합니다. 잠시 피로가 몰려왔군요. 자, 첸 박사님, 현재 상황부터 보고해 주십시오."

전임 CTO이자 현재 COO인 아르카나 첸은 잠시 제니퍼의 안색을 살폈다. 그러곤 조용히 상황판을 가리키며 브리핑을 시작했다.

"네, 회장님."

"현재 할은 로즈의 지속적인 고강도 침투 시도를 방어 중입니다. 하지만 공격 패턴이 극히 변칙적이고 예측이 어려워 방어 시스템의 부하가 계속 누적되고 있습니다."

제니퍼는 고개를 끄덕이며 보고를 들었다. 그러나 그 순간, 그녀의 의식은 이미 다차원적으로 작동하고 있었다. 겉으로는 침착하게 회의를 주재하면서도 그녀는 할-더블유와 직결되어 있었다. 방금 감지한 시공간 왜곡 현상과 퀀텀 네트워크의 동기화 오류를 실시간으로 분석 중이었다.

'할, 지금 상태는? 오류 확산 양상은 계속되고 있어?'

'네. 왜곡 빈도와 동기화 오류율 모두 완만하지만 지속적으로 증가 중입니다. 로즈의 연산 부하와 높은 상관관계를 보입니다.'

'96시간…' 그녀는 다시 한번 속으로 카운트다운을 되뇌었다. 사흘 안에 로즈를 멈추고 이 불안정해진 양자 네트워크를 안정시켜야 했다. 현재 할-더블유의 방어 능력만으로는 역부족이었다. 에단 모리스는 계속해서 로즈에게 과도한 연산을 강요하고 있었고 그 부하는 고스란히 전 지구적 네트워크에 축적되고 있었다.

'엄마가 남긴 마지막 열쇠가 필요해. 첫 번째 시집, 그리고 샌프란시스코에서 얻은 두 번째 시집 만으로는 부족해. 추가로 하나를 더 확보해야 해.'

그녀는 아버지와 나누었던 마지막 대화를 떠올렸다. 위대한은 시집 《J》가 초판만 발행되었다는 말을 남겼다. 그 말은 지금 유일한 희망이자 단서가 되었다. 하지만 5,000부가 발행된 초판 시집 중 마지막 조각이 담긴 단 한 권을 96시간 안에 찾아낸다는 것은 불가능에 가까운 과제였다.

혼자서는 해낼 수 없었다. 21CF의 모든 자원을 동원해야 할 때였다. 첸 박사의 브리핑이 마무리되기를 기다렸다가 제니퍼는 입을 열었다.

"첸 박사님, 그리고 이 자리에 계신 모든 임원 여러분." 회의실 안의 모든 시선이 다시 그녀를 향했다.

"지금까지 우리는 로즈의 직접적 공격에 대한 방어에 집중해 왔습니다. 하지만 할의 분석 결과에 따르면, 상황은 우리가 생각한 것보다 훨씬 더 심각하며 보다 근본적인 대응이 필요합니다. 로즈의 폭주 양상은 2006년에 출간된 시집 《J》에 암호화되어 있는 특정 양자 패턴과 강한 연관성을 보이고 있습니다. 저는 이미 그 시집 중 두 권을 확보해 분석했으며, 그 안에 포함된 코드가 네트워크 안정화에 필수적인 열쇠라는 결론에 도달했습니다. 그런데 이 암호 체계는 완전한 형태로 복원되어야만 시스템에 직접적 영향을 줄 수 있습니다. 따라서 지금 이 순간부터 21CF는 모든 가용 자원을 동원해 시집 《J》 초판본을 추적하고 마지막 조각을 확보할 것입니다."

회의실 안에 정적이 흘렀다. 임원들의 얼굴에 혼란이 번졌고 불안을 담은 시선이 오갔다. 그러나 누구도 공개적으로 이의를 제기하지는 못했다.

그녀의 어조에는 확신이 담겨있었고 그 등 뒤에는 할-더블유라는 절대적 존재가 있었다. 무엇보다 더 이상 위대한이 없는 상황에서 제니퍼의 지시를 따르는 것 외에 다른 선택지는 존재하지 않았다. 제니퍼는 예상했다는 듯 곧바로 다음 지시를 내렸다.

"작전명은 '프로젝트 오텀 리프 Project Autumn Leaf'입니다. 지금 이 순간부터 글로벌 비상 대책 위원회는 이 작전의 본부로 전환됩니다. 각 지역 본부는 관할 내 시집 《J》 초판본의 추적 및 확보를 최우선 임무로 수행해주십시오. 관련 예산과 보안 등급은 제 직권으로 즉시 승인하겠습니다."

그녀는 테이블 중앙의 인터페이스를 작동시켜 거대한 홀로그램 지도를 띄웠다. 전 세계 주요 거점이 붉은 점으로 표시되며 각 지역의 코드명과 담당자 정보가 차례로 표시되기 시작했다.

"할은 전 지역의 정보 분석과 패턴 추적을 총괄합니다. 각 책임자에겐 구체적인 작전 지침이 곧 전송될 것입니다."

제니퍼는 말없이 경청하는 임원들의 시선을 마주하며 말을 이었다.

"여러분께서 혼란스러워하시는 것을 잘 압니다. 그럼에도 불구하고 이건 단지 감상적인 상징물이 아닙니다. 할의 분석에 따르면 시집 《J》에 내재된 양자 패턴은 로즈가 사용하는 왜곡된 코드와 직접적으로 상호작용하며 네트워크를 교란시키거나 안정화할 수 있는 유일한 열쇠입니다.

확보한 두 조각을 분석한 결과 상당한 상관성을 보여주고 있습니다. 그렇다 해도 그 정보는 완전하지 않습니다. 우리에겐 아직 세 번째 조각, 그 마지막 퍼즐이 있어야만 '신 오텀 코드'를 완전히 복원하고 이 재앙을 멈출 수 있습니다.

따라서 지금부터 21CF는 생존을 위한 작전을 개시합니다. '프로젝트 오텀 리프'는 21CF의 기술, 정보, 인력 자원을 총동원하는 임무입니다. 각 지역 본부장들께서는 관할 지역의 고서점, 도서관, 개인 수집가, 온라인 플랫폼 등 모든 가능성을 검토하고 필요시 직접 접촉하여 시집 《J》 초판본을 확보하십시오.

모든 활동은 최고 보안 등급으로 진행됩니다. 진행 상황은 실시간으로 저와 할에게 보고되며 필요한 자원은 바로 제공하겠습니다."

제니퍼의 말이 끝나자 먼저 입을 연 건 아르카나 첸이었다.

"회장님의 말씀이 맞습니다. 할의 분석 결과 시집 《J》에서 확인된 초기 퀀텀 패턴은 로즈가 사용하는 연산 구조와 유의미한 상호 연관성을 보이고 있습니다. 우연일 가능성은 극히 낮습니다."

그녀의 발언에 임원들의 눈빛이 견고해졌다. 누구도 모든 것을 이해하진 못했지만 제니퍼와 첸, 그리고 할-더블유의 판단을 따르기로 결정한 것이다.

2037/12/14 14:25 (EST) · 뉴욕시, 21CF 본사 - 위대한 집무실

글로벌 임원 회의를 마치고 제니퍼는 위대한의 집무실로 이동했다. 건물에는 무겁고 시린 침묵만이 감돌았다. 불과 몇 시간 전까지만 해도 이곳의 주인은 아버지였다. 그의 갑작스러운 부재는 현실감 없이 공간을 맴돌았다. 제니퍼는 안드로메다에게 복도에서 대기하라고 한 뒤 홀로 집무실 안으로 들어섰다.

문이 닫히자 세상의 모든 소음이 차단된 듯 고요했고 아버지의 온기 대신 싸늘한 슬픔만이 그녀를 감쌌다. 힘없이 아버지의 의자에 기대어 몸을 깊숙이 묻자 아빠가 늘 앉아 세상을 바라보던 그 시선이 느껴지는 듯했다. 창밖으로 펼쳐진 뉴욕의 스카이라인은 회의에서 받은 충격과 아버지의 죽음이 겹쳐져 잿빛으로 보였다.

책상 위의 홀로그램 디스플레이 속에는 아버지가 마지막까지 검토하던 내용, 그리고 제니퍼가 샌프란시스코로 향할 때 두고 간 시집 《J》가 놓여 있었다. 제니퍼는 조심스레 손을 뻗어 시집을 집어 들었다. 은빛 표지 위에 새겨진 'J'라는 단순한 이니셜. 그것은 단지 어머니의 이름이 아니라, 이 모든 비밀의 시작점이자 핵심이기도 했다.

제니퍼는 책상에 시집을 펼치고 뉴로닉스 인터페이스를 통해 할-더블유와 연결을 시작했다.

'할, 확보한 오텀 코드 조각 분석은 어디까지 진행됐어?'

'회장님, 현재 확보된 오텀 코드 조각 분석 결과, 코드의 완전한 복원 및 활성화를 위해서는 단순 패턴 매칭 이상의 정보가 필요합니다. 코드 생성의 근원적 맥락, 즉 J 박사님과 위대한 회장님의 초기 상호작용, 특히 1981년의 남산 사건 및 SID 관련 데이터베이스에 대한 심층 분석이 필수적입니다. 관련 기록에 접근하고 시간 순서를 재구성하겠습니다.'

제니퍼는 할-더블유의 보고를 들으며 자신이 느끼고 있던 직관이 틀리지 않았음을 확인했다. 시집에서 느끼는 신비로운 이끌림, 자신의 감정과 기억, 그리고 할-더블유의 분석이 하나로 맞물리는 순간이었다. 그녀는 천천히 눈을 감았다 뜨며 결심했다. 이 거대한 위기의 뿌리를 파헤치기 위해, 이제 과거의 기록으로 들어가야 한다고 믿었다.

'모든 것을 알아야겠어. 모든 것의 시작… 아버지의 어린 시절 기록부터 시작해 줘.'

텅 빈 집무실을 향해 내린 명령은 단순한 데이터 조회를 넘어, 과거의 총체적 재구성을 위한 선언이었다. 뉴로닉스 칩을 통해 자신의 의식 속으로 직접 과거의 정보를 스트리밍하라는 의미가 담겨 있었다.

그녀의 지시에 따라 할-더블유는 21CF의 방대한 보안 아카이브와 필요시 외부 공개 데이터베이스에 접근했다. 수십 년에 걸친 위대한의 디지털 기록, 사진, 영상, 음성 메모, 심지어 그와 관련된 뉴스 기사 등 방대한 정보들을 실시간으로 분석하고 시간 순서대로 재구성하여 그녀의 뇌로 직접 전송할 준비를 마쳤다. 그에게 물리적인 검색이나 자료 로딩 시간은 무의미했다.

   제니퍼는 숨을 크게 들이켰다. 그녀는 과거 속 진실과 곧 마주하게 될 것이다.

제2장

위대한 상처,
빛나는 별

강변의 어린 별

1973년 6월 어느 날 밤, 열 살 위대한은 친구 김우현과 함께 작은 시내가 흐르는 다리 위에 나란히 걸터앉아 있었다. 주변에 민가가 몇 채밖에 없는 시골 마을이라 어두운 밤이면 온 세상이 암흑 같았지만, 대신 별빛만큼은 선명했다. 두 소년은 가로등 하나 없는 까만 하늘을 바라보며 꿈을 이야기하곤 했다.

"야, 대한아. 저 끝없는 별들은 대체 얼마나 멀리 있는 걸까?" 우현이 고개를 갸웃거리며 물었을 때, 위대한은 하늘을 바라보며 몸을 살짝 뒤로 젖혔다. 우현은 다리를 흔들며 마치 세상에서 가장 편안한 시간을 보내는 듯 장난스러운 표정을 짓고 있었다

"글쎄…《월간 소년동아》라는 잡지에서 봤는데 빛이 몇 년, 몇십 년씩 걸려서야 지구에 도달한다더라. 또 화성에 화성인이 살 수 있다는 만화도 봤어. 언젠가 꼭 한 번 가보고 싶어."

김우현이 웃으며 옆구리를 긁적였다.

"에이, 미국이나 소련 같은 나라라서 달에는 갔다지만, 화성이라니… 네가 진짜 거길 가겠다고?"

위대한은 살짝 주먹을 쥐고 고집스러운 표정을 지었다.

"응. 갈 거야. 언젠가는…"

두 아이는 대개 밤마다 이 다리 근처로 몰래 나와 집에서 조금씩 가져온 먹을거리를 나눠 먹었다. 여기 앉아 있으면 배고픔도 잠시 잊을 수 있었다. 위대한은 멀리 반짝이는 별들을 보다가 때때로 아릿한 감정에 사로잡혔다. 할아버지가 "대한민국을 위대하게 만들 아이"라며 붙여 준 이름 '위대한'. 그 이름은 묘한 부담이 되었다. 혹여 화성에 가겠다는 허황한 꿈이라도 붙잡지 않으면 이 시골 마을에 묶여 꼼짝 못하게 될 것만 같은 불안이 어린 마음에 파고들었다.

부러진 날개의 겨울

여러 해가 지난 1979년 12월 어느 날 밤, 그는 강릉의 한 허름한 여인숙에서 지역 방송국 라디오 뉴스에 귀를 기울이고 있었다. 아나운서 목소리에 온 신경을 쏟았지만 강릉고등학교 신입생 합격자 명단에 그의 수험번호는 끝내 불리지 않았다. 머릿속이 하얗게 비워지며 마비된 듯했고, 그날 밤을 어떻게 보냈는지조차 기억나지 않았다. 이튿날 아침, 강릉고등학교 운동장 한가운데 설치된 커다란 게시판을 직접 확인해도 결과는 달라지지 않았다. 완행버스와 시외버스를 갈아타고 약 두 시간 만에 버스 정류장에서 내렸다. 그곳은 지난 3년을 보낸 동해의 한 해안가, 강원도 고성군의 한 중학교 앞이었다. 집으로 가기 싫어 겨울방학이라 아무도 없는 학교 운동장으로 들어섰다.

"입시에 떨어지는 건 옥상에서 떨어지는 것만큼 아프다"던 담임선생님의 말씀이 뼈아프게 떠올랐다. 더구나 모든 선생님이 그 중학교의 이름인 동광(東光)을 빌려 인도의 시성 타고르가 조선을 '동방의 등불'이라 했다면서 교명처럼 세상을 밝히는 인재가 되라고 당부하지 않았던가. 비록 역사적 사실과 다른 낭만적 해석이란 걸 훗날 알았지만 그 시절 위대한에게는 큰 동기 부여가 됐기에 자괴감은 상상 이상으로 깊을 수밖에 없었다. 험준한 태백산맥 골짜기를 타고 내려오는 겨울 바람이 집으로 돌아가는 콧등을 사정없이 때렸다. 마치 앞으로 벌어질 일을 예고하는 것만 같았다.

"게으른 놈!" 작은 형이 날카로운 목소리와 함께 주먹을 날렸다. 왼뺨을 정통으로 맞은 위대한은 화끈하게 번지는 통증에 마음 한구석이 무너지는 듯한 기분이 들었다.

"최선을 다했으면 어떻게 떨어졌겠어? 제대로 한 게 있긴 해?!" 형의 목소리에는 분노와 깊은 실망이 묻어났다. 위대한은 아무 말도 하지 못했다. 자신도 최선을 다하지 못했다는 생각을 떨치지 못했다. 그때 아버지가 안방에서 나오셨다. '그만해라. 당사자가 제일 힘들 텐데.' 형의 주먹보다 아버지의 조용한 한마디가 더 가슴을 아프게 했다.

집안의 기대를 저버린 죄인이라는 자책감이 밀려왔다.

'나는 실패자다…'

그 생각이 머릿속을 떠나지 않았다. 낙방이라는 현실이 커다란 바위처럼 온몸을 짓누르며 움직이기조차 어렵게 했다. 도망칠 곳 없는 현실 앞에서 더욱 무력해졌다. 도망칠 곳 없는 현실은 더 큰 절망감을 안겨주었다. 졸업식에도 가지 않았다. '낙방한 주제에 무슨 낯으로 갈 수 있겠냐'는 생각에 몸이 더욱 움츠러들었다. 식음을 거의 전폐하자, 어머니가 미지근한 죽을 한 그릇을 방에 조용히 두고 나가곤 했다. 며칠 혹은 몇 주 동안 그는 그렇게 앓아누웠다. 외로움과 수치심이 내면 깊숙이 스며들었다. 가끔은 '시냇물처럼 흐지부지 사라지면 이 괴로움도 없어지려나' 하는 어두운 생각도 스쳤지만, 아버지의 토닥임과 어머니가 내어둔 죽 덕분에 겨우 버틸 수 있었다.

완전히 회복하는 데까지 오랜 시간이 걸린 것은 아니었지만, 그해 겨울이 남긴 상처는 평생 가슴 한구석을 아리게 만들며 따라다녔다. 마침내 그는 시골에 남아 새벽부터 논두렁을 밟고 공사장에서 삽질하며 가난한 집안 형편에 보탬이 되었다. 또래들이 교복 차림으로 가방을 메고 걸어갈 때, 위대한은 진흙이 묻은 작업복 바지를 털며 반대 방향으로 향했다. 그럴 때마다 스스로가 하찮게 느껴졌고, 마음은 끝없이 가라앉았다.

그러던 중 어느 날 낡은 잡지를 뒤적이다가 '검정고시 교재 판매 중. 단기간에 고교 졸업 자격 취득 가능!'이라는 광고를 발견했다. 그는 즉시 서울로 올라가 독학으로 검정고시 준비를 시작했다. 그의 나이는 겨우 열다섯이었다. 공장에서 노동을 하고, 석탄이나 연탄을 배달하는 일은 그에게 너무 힘겨웠지만 위대한은 버텨냈다. 신문 배달과 번역 사무소의 허드렛일로 학원비를 마련했지만 오래 지속하기 어려웠다는 점이 문제였다. 경제적 압박 탓에 학원을 중간에 그만둬야 할 때도 많았다. 결과적으로 대학 입시에서 실패하며 군 입대까지 코앞에 다가오자 그의 불안감은 극에 달했다.

남산의 빛과 그림자

1981년 2월 어느 날, 그는 우연히 금빛 'J' 로고가 박힌 학원을 발견했다. 해마다 수만 명의 재수생이 몰려와 치열한 경쟁을 벌여 종로학원생이 되면, 그 중의 상당수가 서울대를 비롯한 명문대에 합격한다고 소문난 학원이었다. 마침 원생을 모집하고 있어 서류를 접수했다. 그 후 필기시험을 하루 종일 치른 끝에 위대한은 게시판에서 당당히 이름을 발견할 수 있었다. 그는 그간 쌓인 좌절감이 한순간에 보상받는 듯해 온몸이 떨렸다. 전에 여러 학원을 전전했지만 실력이 늘지 않아 매번 좌절했는데 이번엔 '명문'이라 불리는 곳에 붙었다는 사실만으로도 큰 자부심을 느꼈기 때문이다. 게다가 누나의 도움으로 학원비와 생활비를 어느 정도 감당할 수 있게 되어, 그는 공부에 전념하기로 마음먹었다.

그러자 오래전 다리 위에서 우현과 함께 "화성에 가고 싶다"고 외치던 기억이 되살아났고, 그 꿈이 가슴 한구석에서 아직 희미하게나마 숨 쉰다는 사실이 그에게 용기가 되었다. 비록 별을 보며 꿈꾸던 화성에는 못 가더라도 제 길을 자신의 손으로 열어 갈 것이라 다짐했다.

9월 어느 날 위대한이 왼쪽 가슴에 'J' 마크가 붙은 배지를 달고 학원 건물을 나서고 있었다. 검정고시 출신으로 학력을 인정받았지만 입시나 사회적 시선에서는 여전히 '정규 교육을 받지 못한 학생'으로 여겨지는 탓에 그의 얼굴은 늘 굳어 있었다. 그는 조금 전 담임선생님에게 월말 성적표를 받았다. 반에서 중하위권이었지만 3월 말 첫 성적표가 최하위였으니 그만하면 큰 진전이었다. 그러나 그가 속한 반에는 전국 상위권을 차지하던 우수한 학생들이 백여 명이나 모여 있었다. 그는 매일 교탁 바로 앞자리에 앉아 모든 순간을 강의에 집중해야 했다. 그로 인해 실력이 올라가는 게 느껴졌지만, 마음 한편의 불안은 떠나지 않았다. 고등학교도 못 다닌 주제에, 여기서 열심히 하면 과연 서울대를 갈 수 있을지에 대한 의문과 군 영장이 먼저 나올 수도 있다는 걱정에 휩싸였다.

염천교 다리를 건너 서울역 광장에 다다른 위대한의 시야에 거대한 대우빌딩과 고가도로 풍경이 들어왔다. 중학교를 졸업하던 그해 여름, 서울역에서 처음 본 이 모습은 어린 그에게 문명적 충격이었다.

대우빌딩 뒤편으로 남산타워가 흐릿하게 솟아 있었다. 광장에서 사방으로 뻗은 도로는 남대문·명동·서대문, 그리고 남쪽으로는 한강대교로 이어졌고, 남산 쪽의 후암동으로 가는 1차선 왕복도로 쪽에는 '단과학원 대일', '종합학원 경일'이라는 간판이 크게 걸린 7~8층짜리 빌딩 두 채가 보였다. 그 중 대일학원은 유명한 대형 단과 학원이었다.

위대한은 종로학원에서 부족한 영어·수학을 더 보충하기 위해 9월부터 이 단과학원에서 두 과목을 수강하고 있었다. 강의 교체 시간마다 수백 명이 몰려드는 광경은 치열한 입시 경쟁의 현실을 실감하게 했다. 그는 영어 《Vocabulary 22000》과 수학 《수학정석 I》 강의를 들었는데 어느 날 창가 앞줄에 앉은 한 여학생이 눈에 띄었다. 화장기 없는 얼굴에 긴 머리를 묶고 붉은 뿔테 안경을 낀 그녀는 어딘가 이국적인 느낌이 깃들어 보였다.

선생님이 던진 까다로운 문법 질문에 J가 주저 없이 답하는 모습을 보며, 위대한은 인정할 수밖에 없었다. 자신이 밤새 외운 것들을 그녀는 이미 체화하고 있었다. 그녀가 무심코 쓰는 영어 단어들, 책가방에 붙은 해외 스티커, 심지어 연필을 쥐는 손가락까지도 어딘지 다른 공기를 풍겼다. 위대한도 질 수 없다는 듯 손을 들기 시작했다. 처음엔 그녀에게 보이려는 마음이었지만, 어느새 서로 눈빛으로 경쟁하는 재미에 빠져들었다. 그녀와 같은 세계에 설 수 있다는 걸 보여주고 싶었다. 비록 출발점은 달랐지만, 노력으로는 지지 않을 자신이 있었다. 하루, 이틀, 삼일… 그렇게 일주일이 지났다. 그녀는 수업 외에는 관심 없다는 듯 보였고 오히려 그런 점이 위대한에게 매력으로 다가왔다.

주변 남학생들처럼 쪽지나 '말걸기'로 접근하기 싫었던 그는 조금 더 독특한 방법으로 호감을 표현해 보기로 마음먹었다.

몇 년 전, 펜팔 여성과 영어 편지를 주고받았던 기억을 떠올리고 그는 밤새 사전을 뒤적이며 영문 편지를 쓰기 시작했다. 가을 나뭇잎 무늬가 있는 예쁜 편지지 위에 "Dear Rabbit,"이라는 조금 엉뚱한 호칭도 써봤다. 그녀의 이름을 모르기에 적당한 표현이 없을까 고민하다가 귀엽고 예쁜 토끼를 생각했다. 그리고 가을, 낙엽, 바람에 대한 섬세한 표현을 잔뜩 녹였다. 한글 편지였다면 차마 쓰지 못할 수줍은 마음을 영어라는 언어가 오히려 마음을 편안하게 해 줬다.

다음 날 종로학원에서 수업을 마친 위대한은 바로 대일학원으로 발걸음을 하는 대신, 뒤에 위치한 공원으로 걸어 들어갔다. 그곳은 대학 캠퍼스처럼 아름답게 잘 가꾸어져 있어서 공부에 지친 학원생이 애용하는 공간이기도 했다. 사람들이 종로학원을 '종로대학'이라고 부른 것도 그런 주변 환경 때문이었다. 그는 비어 있는 벤치에 앉아 어젯밤에 작성한 편지를 꺼내 읽었다.

—

Dear Rabbit,

가을바람이 살며시 불어오면, 낙엽이 공중에서 춤추듯 떨어져 바스락거리며 굴러가는 소리를 들어본 적 있나요?

나는 가을을 사랑합니다. 특히 낙엽 속에 담긴 이야기들을 유난히 좋아하지요. 이른 봄, 겨울 내내 얼어붙어 있던 나뭇가지가 따스한 햇살에 잠을 깨면, 신비로운 기운이 감도는 새싹들이 움트기 시작합니다. 포근한 봄바람은 마치 사랑스러운 입김처럼 뺨을 어루만지고, 어느새 파란 잎과 꽃봉오리들이 세상을 가득 메우지요. 여름이 오면 나뭇잎들은 지상의 더위를 껴안으며 시원한 그늘을 선사합니다. 지친 사람들에게 잠시 쉼터가 되어주는, 작지만 고마운 오아시스가 되지요.

그러다가 요즘처럼 가을이 오면, 그 잎사귀들은 온몸이 곱게 물들어 작별 준비를 시작합니다. 빨강과 노랑, 때때로 갈색이 한데 어우러진 낙엽들은 이별을 슬픔으로만 채우지 않아요. 오히려 축제의 무도회장처럼 환하고, 바람에 몸을 맡겨 흔들리는 모습이 너무나 아름답습니다. 낙엽이 바람에 굴러갈 때, 사각사각 서로 부딪히는 소리는 구슬이 스치는 듯 맑고 고운 울림을 전해줍니다. 그 소리를 들으면 내 마음속 깊은 곳까지 기쁨이 밀려와요. 가을 하늘과 낙엽, 그리고 '나'로 가득 채워진 그 순간을 정말 좋아합니다. 이제 곧 가을이 절정에 이르면, 우리가 함께 걷는 거리는 알록달록 예쁜 낙엽들로 가득하겠지요? 그 풍경 속을 당신과 나란히 걸으며, 우수수 떨어지는 낙엽 중 하나를 건네고 싶습니다. 당신을 닮은, 고운 빛깔의 낙엽을 발견한다면 더욱 좋겠지요.

가을, 찾아올 겨울의 그 시린 바람조차 아름다울 수 있음을 당신과 느끼고 싶습니다.

- 위대한.

  석양 빛이 그의 볼과 귀를 붉게 물들이고 있었다. 몸을 일으킨 대한은 빠른 걸음으로 교실에 들어갔다. 그는 망설이지 않고 수업 준비를 하며 앉아 있는 그녀에게 물었다.
"수학책 좀… 잠깐 빌려… 줄래요?"
  그녀의 반응은 의외로 친절했다. 위대한이 어색하게 말하자, J가 살짝 미소 지으면서 《수학정석 I》을 건네주었다. 가슴 어딘가가 묘하게 조여들었다. 순순히, 그것도 살짝 웃기까지 한 것으로 보아 이미 그의 존재를 분명히 알고 있는 듯했다. 위대한은 그날 수학 수업이 시작될 페이지에 준비한 편지를 끼워 넣었다. 손이 덜덜 떨렸다. 마치 도둑질이라도 하려는 것처럼 말이다.
  그는 떨리는 가슴을 채 진정시키지도 못한 채, 잠시 후에 "감사합니다, 잘 봤어요." 하고 돌려줬다. 그녀는 무심히 책을 가방에 넣고는 수업에 집중했다. 반면에 위대한은 온몸이 들떠 있어 한 글자도 머릿속에 들어오지 않았다. 종료를 알리는 벨이 울리자마자 곧바로 강의실을 빠져나왔다.
  약 한 시간의 휴식 후 다시 수업이 시작될 터였다. 위대한은 그녀로부터 조금 뒤쪽으로 떨어진 곳에 앉아 그녀의 뒷모습을 유심히 살폈다. 그녀가 수업을 준비하기 위해서 책을 펼치다 말고 흠칫 놀라는 기색을 보였다. 그녀는 책을 덮더니 잠시 후 다시 펼쳐 편지를 꺼내 읽었다. 위대한은 그날 수업이 어떻게 시작되어 어떻게 끝났는지 전혀 기억나지 않았다. 수업이 끝나자마자 바로 일어서서 교실을 서둘러 빠져나갔다는 것만 기억났다.

다음 날 영어 수업에 들어가면서 그녀를 찾았지만 보이지 않았다. 대한은 평소 즐겨 앉는 자리에 앉아 책을 펼쳤다. 짐짓 태연한 척했지만 속으로는 걱정이 가득했다. 한편으로는 속 시원한 느낌도 들었다. 결과가 어떻게 되더라도 용기 내어 마음을 전달한 것으로 만족하자고 다짐했다. 막 수업이 시작될 무렵, 그녀가 옆으로 다가왔다.

"어제 책 잘 봤어요." J가 환하게 웃으며 책을 내밀었다. 그것은 위대한이 J에게 빌렸던 책이었다. 위대한이 순간 당황하자 "그런데 이거 깜빡했죠?"하며 호기심 어린 미소를 살짝 보이면서 자기 자리로 돌아갔다. 그녀는 늘 갈색 코듀로이 바지(당시 우리는 '골덴 바지'라 부르곤 했다)에 날씨에 따라 상의는 엷은 색상의 셔츠 등을 걸쳤는데 그에게는 그 모습이 친근하게 느껴졌다. '브라운 색을 즐겨 입는 사람은 정직하다'는 글을 어디선가 읽은 적이 있어서인지 그녀에게 믿음이 가기도 했다. 위대한은 멍하니 앉아 있다가 수업이 끝나자 황급히 독서실로 돌아왔다. 그제서야 책을 돌려주지 못했다는 사실이 떠올랐다.

―
친애하는 위대한에게,

당신의 편지를 받아 든 순간, 내 마음에 잔잔한 물결이 일렁였습니다. 전혀 예상하지 못했던 방식이라 더욱 놀랍고 설레는 기분이 들었지요.

우리가 함께한 수업 시간마다 당신이 보여준 진중한 태도와 탁월한 실력은 내 눈길을 사로잡았습니다. 어쩌면 오래전부터 살며시 관찰해 왔던 사람처럼, 당신을 조용히 주목해 온 셈이었죠.

혹시 영어권에서 지낸 적이 있나요? 너무나 자연스럽고 능숙하게 구사하시니까요. 솔직히 저보다도 훨씬 뛰어나다는 느낌이 들어요.

후암동이 제 고향이에요. 이 학원 근처의 작은 동네랍니다. 동네 인근에 주한 미군기지가 있는데, 아빠는 그곳에서 장교로 근무하고 계십니다. 그래서 일상적으로 영어가 오가지만, 엄마와는 한국어로 대화를 나눕니다. 이상하게도 엄마와 한국어로 이야기를 나눌 때가 가장 편안하고 즐거워요.

주변 사람들은 제가 엄마를 꼭 빼 닮았다고 말하곤 합니다. 그래서인지 비록 혼혈임에도 불구하고, 제 배경을 알아채는 이는 많지 않아요. 아마 당신도 제 정체를 몰랐을 수도 있겠지요.

저는 동네에 있는 수도여자고등학교를 졸업했습니다. 당신은 어디에서 자랐고, 어느 학교를 다녔는지 궁금합니다.

　이번에 보내주신 편지는 미처 예상하지 못한 것이었기에 더욱 특별했고, 그 안에 깃든 섬세한 표현과 아름다운 생각이 제 마음을 살짝 흔들어 놓았습니다. 아직도 그 떨림이 남아 있어요.

　- J.

위대한은 편지를 몇 번이나 읽어 내려가며 사전을 뒤적여 모르는 영어 단어들을 찾아봤다. 그리고 답장을 쓰며 밤을 지새웠다.

―
　친애하는 J에게,

　'J'라고 부르는 게 귀엽고 다정하게 느껴져요. 한국에서 '토끼'라는 애칭을 쓸 때처럼, 부드러운 애정이 담긴 이름 같아요. 그렇지만 무엇보다 당신을 상징하는 이니셜 'J'를 알고 부를 수 있음이 기쁩니다.

　저는 휴전선 가까운 작은 마을에서 자랐어요. 가장 가까운 도시까지 버스로 한 시간이나 걸리는 곳이었죠. 당신이 미군 기지 근처에서, 군인 가족으로서 살아온 것처럼, 나도 휴전선 인근에서 군인들을 가족처럼 가까이 두고 살았지요. 그래서인지 군인의 존재가 전혀 낯설지 않습니다.

하지만 외국인과 직접 만나 본 적은 한 번도 없습니다. 당신의 아버지가 미국인이라는 이야기를 듣고 조금 놀랐어요. 당신 말대로 어머니를 닮아 한국적인 분위기가 더 진하게 묻어나는 것 같아요.

영어권에서 살았느냐고 물으셨는데, 사실 저는 해외에 가본 적이 없어요. 영어는 우연히 시작한 펜팔 덕분에 조금 할 수 있게 됐을 뿐이고요. 또 번역사무실에서 일한 경험이 있어, 영어를 어느 정도 읽고 말할 수는 있지만, 당신보다 뛰어날 것이라는 생각은 하지 말아 주세요.

고등학교 입학시험에서 떨어지는 바람에, 서울에 온 이후 홀로 생계를 유지하며 검정고시로 학력을 얻었습니다. 그리고 지금 종로학원에서 아침부터 늦은 오후까지 공부하며, 부족한 영어와 수학을 보충하기 위해 이 학원도 다니고 있지요.

당신과 이렇게 편지를 주고받는 순간이, 내겐 큰 기쁨입니다. 재수 생활이 팍팍하고 외롭지만, 당신이 곁에 있어 주는 것만으로도 위로받는 기분이에요.

- 위대한.

이후로도 그녀는 편지를 건네왔고, 둘은 서서히 서로를 알아갔다.

—
친애하는 위대한에게,

당신이 들려준 이야기를 듣고 더욱 궁금해졌습니다. 검정고시 이후 쉽지 않다는 종로학원에 들어갔다니 대단하네요. 그간 수업 시간에 보여 준 당신의 실력을 생각하면, 충분히 고개가 끄덕여집니다.

나는 고등학교를 수석으로 졸업했지만, 서울대학교 영어영문학과 합격에는 실패했습니다. 그 일로 자존심에 큰 상처를 받았고, 올해는 그 꿈을 꼭 이루려고 해요. 아버지의 나라를 좀 더 깊이 이해하고 싶어 우선 영어영문학과에서 공부하기로 마음먹었지요. 내년에 우리 가족은 미국으로 돌아갈 예정인데, 나는 홀로 서울에 남아 공부를 계속할지도 몰라요. 당신과 같은 공간에 머물 수 있다는 상상을 하는 것만으로 묘한 설렘이 생깁니다.

당신은 중학교를 마치자마자 이 낯선 서울에서 스스로 돈을 벌며 공부해 왔다니, 정말 대단해 보여요. 내가 아는 사람들과 전혀 다른 세계에서 온 듯한 존재라고 할까요. 앞으로 계속 편지를 주고받으면 좋겠습니다. 서로 꿈을 향해 달려가는 길 위에서, 작은 위로와 기쁨을 나눌 수 있다면 얼마나 좋을까요.

- J.

그해 10월 18일 늦은 오후, 남산 분수대에 가 보지 않겠느냐는 J의 제안에 위대한은 기쁜 마음을 숨길 수 없었다. 어린이회관과 식물원을 둘러본 후 산책길을 따라 정상에 올라간 두 사람은 사방으로 쭉 뻗어 있는 서울 시내를 내려다보았다. 그리고는 공원의 허름한 포장마차로 들어가 우동국수와 어묵으로 간단한 저녁식사를 했는데 적은 양인데도 불구하고 충분한 포만감이 들었다. 도서관에서 시험 공부에 집중하다 보니 어느새 마감 시간이 찾아왔고 그제서야 두 사람은 자리를 정리하고 일어섰다. 밤 9시 40분, 도서관 근처는 인적이 없어 고요했고 인근의 서울시립과학관 빌딩의 실루엣이 어둠 속에서 희미하게 빛나고 있었다.

벤치에 가만히 앉아 상쾌한 바람을 즐기던 위대한은 뭔가 떠오른 듯 가방을 뒤적이더니 노트 한 권을 꺼냈다. 빈 종이를 찢어 종이비행기를 접기 시작했다. 능숙한 손놀림에 완성된 비행기는 당장이라도 하늘로 날아갈 듯했다.

"와, 잘 만든다!" J가 신기한듯 손뼉을 치며 좋아했다.

그는 머쓱하게 웃었다.

"어릴 때부터 별이 반짝이는 밤이면 종이비행기를 날리곤 했어. 소원이 하늘에 닿을 수도 있을 거라고 생각하면서… 아직 이뤄진 건 없지만 말이야."

"어머, 나를 만난 건 벌써 이뤄진 소원 아니야?" 그녀가 까르르 웃으며 그의 어깨를 살짝 쳤다.

"그럼 우리, 이 비행기에 소원을 담아서 날려 볼까?" 위대한은 J에게 건넸던 종이비행기를 다시 받아 들고, 천천히 들어 올렸다.

"좋지. 나, 아주 큰 소원을 넣을 거야!" J가 들뜬 소리로 말했다.

둘은 잠시 눈을 감고 조용히 소원을 빈 뒤, 허공으로 힘껏 비행기를 던졌다. 바람을 탄 비행기는 남산 꼭대기 쪽으로 높게 날아갔다.

"우와, 잘 난다! 저렇게 멋진 종이비행기는 처음 봐, 대한아!" 그녀가 신나서 감탄했고 위대한은 어깨가 으쓱해졌다.

그때 비행기가 사라진 어두운 하늘에서 무언가가 다가오는 것이 보였다. 위대한이 눈을 찌푸리고 올려다보자, J도 커진 눈으로 같은 곳을 지시했다. 낮고 웅웅대는 저주파 진동이 대지를 타고 흐르며, 발끝부터 미세한 전류가 온몸으로 스며드는 오싹한 감각이 퍼져왔다. 맥박이 빠르게 울리고 손가락 끝이 찌릿하게 마비되는 그 느낌이 공포인지 황홀인지 구분하기 어려웠다.

"헬리콥터인가…?" 위대한이 혼잣말하듯 중얼거렸지만, 아닐 것 같다는 예감이 들었다. 익숙한 비행물체라기엔 지나치게 조용했고 낮은 공명만이 공기를 가득 채웠다. 그때 남산타워 위쪽으로 금속성 물체가 잠시 머무른 듯 보였다. 위대한은 무의식중에 주먹을 꽉 쥐었다.

'뭐지? 두렵기보다는 가슴이 뛰니…' 그 순간, 물체 아래쪽에서 번개 같은 빛 한 줄기가 번쩍하더니 사라졌다. 찰나의 섬광이 두 사람의 망막을 파고들었다. 그녀는 놀라서 위대한의 팔을 붙잡았다.

"우리가… 방금 본 게 뭐야? 혹시 UFO일까?" 그녀가 떨리는 목소리로 속삭였다. 두려움과 설명하기 힘든 호기심이 섞여 가슴이 조여 오는 느낌이었다.

"… 그럴 수도 있지 않을까?" 둘은 말없이 서로를 바라봤다.

어느새 저 멀리 분수 물줄기 소리만 희미하게 들렸다. 어떻게 집으로 돌아왔는지 기억조차 못 할 정도로 충격에서 벗어나지 못한 두 사람은 그 이후로 하루하루를 평범한 일상의 마지막일지도 모른다는 묘한 예감을 품은 채, 시작하고 마무리했다.

그러나 떨림과 불안감과는 달리 그날 이후 위대한과 J의 집중력과 사고력은 눈에 띄게 좋아졌다. 위대한은 100만 명 이상이 응시하는 전국 모의고사에서 영어·수학 점수가 급상승했고 500위까지 치솟았다. J도 복잡한 문제를 술술 풀어내며 스스로 놀라워했다. 그럼에도 둘은 그 변화가 남산 UFO 사건 때문이라고는 선뜻 연결 짓지 않았다. UFO를 봤다고 말하고 다니면 비웃음을 당할까 봐 두 사람은 비밀로 남기기로 약속했다.

가을이 깊어지며 그날의 기억은 점점 잊혀져갔다. 학력고사가 코앞으로 다가왔지만 자신의 점수로 서울대를 지원하기는 여전히 벅차 보였고, 누나가 더 이상 생활비를 보태기가 어렵게 되면서 아르바이트까지 겸해야 했다. 합격하지 못하면 곧 군대에 끌려가리라는 공포가 자격지심으로 바뀌어갔다. 입시 불안이 커질수록 J의 여유로운 모습이 부러우면서도 한편으론 멀게 느껴졌다. 같은 공간에 있어도 점점 다른 세계 사람 같았다. J의 환한 미소마저 이제는 다른 세계의 것처럼 느껴졌다.

위대한은 스스로 거리를 두기 시작했다. 차라리 지금 멀어지는 게 나중에 창피당하는 것보다 낫다고 생각했다

"대한아, 나 이제 학원 그만두고 집에서 공부하려고 해." J가 잠시 망설이다가 말했다. "관악캠퍼스에서… 꼭 다시 만나자."

위대한은 고개를 끄덕였지만 목소리가 나오지 않았다. 그녀의 눈빛에서 무언가 결심한 듯한 표정을 읽었기 때문이었다.

"그래, 거기서…"

더 이상 말을 잇지 못했다. 관악캠퍼스라는 말이 갑자기 아득하게 느껴졌다.

마지막 날이었다. J가 가방을 들고 일어설 때, 위대한은 갑자기 깨달았다. 자신은 그녀가 어디에 사는지, 본명이 뭔지, 심지어 생일이 언제인지도 모른다는 사실을.

'이렇게 끝나는 건가?'

발길이 저절로 그녀를 따라 나섰다. 뭔가 말을 걸어야 할 것 같았지만, 무슨 말을 해야 할지 몰랐다.

후암동 거리로 들어선 J는 아름드리 양버즘나무로 가득 들어찬 거리를 걷다가 총총 걸음으로 길을 건너 2층짜리 집 대문을 열고 들어갔다. 위대한은 그녀가 어디에 살고 있는지를 확인한 후 비로소 마음이 놓였다.

그해 대학 입시는 국가가 주관하는 학력고사 점수만으로 단 한 곳을

지원할 수 있었다. 위대한은 점수가 그리 나쁘진 않아 서울대의 낮은 과를 노려볼 수도 있었지만 종국에는 연세대를 택해 합격했다. 만약 그녀의 집을 전혀 모르고 있었다면 그녀를 만나려고 서울대의 비인기 학과를 썼을 것이다.

하지만 그는 연세대를 다니기 시작한 지 얼마 안 되어 중퇴를 결심했다. 민주화 시위와 최루탄으로 얼룩진 교정에서 수업을 듣는 게 허탈하기도 했고, 무엇보다 남산에서 본 UFO 경험 뒤로 머리가 급변해 이과에 관심이 커진 탓에 문과 중심의 대학 생활이 와닿지 않았다. 첫사랑이었던 그녀의 바람을 외면했다는 자책감도 그를 괴롭혔다.

학교를 그만두기로 한 날, 그는 후암동 그 주택 앞에서 한참 망설이다가 초인종을 눌렀다.

"누구세요?" 중년 여성 음성이 들려왔다.

초인종을 누르는 순간 깨달았다. 그녀의 본명을 모른다는 사실을. 'J라는 여학생을 찾고 있다'고 말할 수는 없었다.

"저… 여기 여대생이 살고 있나요?"

"아니요. 그런 사람 없는데요."

뚝 끊긴 인터폰과 함께 그는 숨이 턱에 찰 정도로 뛰어 후암동 거리를 빠져나갔다. 그녀가 이사를 갔을 수도 있고, 애초에 잘못된 집일 수도 있었다. 아니면 벌써 미국으로 떠났을지도. 처음으로 느꼈다, 사랑이 얼마나 무력한 것인지를.

학교를 포기한 위대한은 물리학·전자공학·양자역학·고등수학·천문학 등에 깊이 빠졌다. 여러 공공 도서관에서 그 분야 서적을 닥치는 대로 읽었다. 그러다 어느 날 정독도서관의 비디오 감상실에서 《2001: 스페이스 오디세이》라는 오래된 공상과학 영화를 보고 큰 충격에 빠졌다.

당시 그가 아는 컴퓨터라고는 종로학원 전산실 창문 너머로 본 세탁기만한 사각 기계들이 전부였는데 영화 속에서는 영상통화와 인공지능 컴퓨터가 등장했다. 그 영화에서는 그가 어린 시절 '화성에 가고 싶다'며 상상했던 것보다 훨씬 더 거대한 우주가 펼쳐졌다. 그는 한동안 그 여운에서 벗어나지 못했고 '인공지능(AI)'이라는 단어가 머릿속에 깊이 박혔다.

1981년 남산의 그 기묘한 사건 이후 날이 갈수록 빨라지는 이해 속도 덕분에 위대한은 아무리 어려운 논문이라도 엄청나게 빠른 속독으로 손쉽게 파악할 수 있었다. 그중에서도 양자역학이 관심을 끌었다. 몇 개월 후, 그는 그 분야의 한 주제에 대해 자신만의 생각을 정리할 정도로 실력이 늘었다.

총성과 별무리 사이에서

1982년 말에 위대한은 군입대를 위한 신체검사를 받았고 1983년 5월에 입대했다. 입대 후에도 틈틈이 정리했던 노트를 들여다보며 자신의 생각을 정리하곤 했다. 그렇게 완성한 노트를 어느 물리학 관련 잡지에 보낸 후, 군 생활을 이어 나갔다. 배치된 곳은 동해 최전방을 담당하는 22사단이었고, 휴전선을 지키는 것이 임무였다. 위대한은 자신이 속한 중대에서 오랜 고향 친구 김우현과 재회했다. 우현은 벌써 일년이 넘은 중고참이 되어 있었다. 당시 육군 현역병의 의무 복무 근무 기간은 30개월이었다. 고참들의 폭언과 구타가 일상화된 병영 생활이었지만, 위대한은 김우현 덕분에 동기들에 비해 상대적으로 덜 고통스럽게 군대 생활을 보낼 수 있었다.

전방 생활 2년차에 접어든 1984년 6월 26일 새벽이었다.

위대한이 평소 잘 알고 지내던 동기 조병익 일병이 그 참혹한 사건을 일으켰다. 충북대학교 건축공학과 3학년을 마치고 입대한 그는, 동료들이 깊은 잠에 빠진 내무반에 수류탄 두 발을 던져 넣었다. 그리고 폭음에 놀라 비명을 지르며 일어나는 전우들을 향해 소총을 난사했다.

대한민국 국군 역사상 최악의 참사가 벌어지는 순간이었다.

조 일병은 아수라장이 된 틈을 타 비무장지대로 도주했고, 그대로 북측에 귀순해버렸다. 긴급 편성된 수색조가 칠흑 같은 어둠 속 비무장지대로 추격에 나섰지만, 지뢰를 밟아 추가 피해만 늘어갔다.

위대한은 간신히 목숨을 건졌으나, 스물두 명의 꽃다운 청춘들이 한순간에 세상을 떠났고 수많은 사상자가 발생하는 끔찍한 참극이 벌어졌다. 지옥 같은 내무반에서 살아남은 사람 중에는 위대한의 고향 친구이자 고참이었던 김우현 병장이 들어 있었다. 그는 가벼운 부상만 입었지만, 그 사건은 평생의 트라우마가 되었을 것이다. 팔을 잃은 전우 중에는 위대한의 중학교 동창도 있었다.

부슬비가 내리는 사단의 연병장에는 태극기로 덮인 수많은 관들이 늘어선 가운데 군악대가 애도 곡을 연주하고 있었다. 장례식에 참석한 유족들과 장병들의 흐느낌 속에서 위대한은 참을 수 없는 슬픔과 분노로 잠을 이룰 수 없었다.

위대한은 이 사건으로 외상 후 스트레스 장애 *PTSD*를 앓아 군 병원에서 치료 중 1984년 12월 초에 조기 전역을 하게 되었다.

태평양 너머의 속삭임

1985년 1월 20일, 고향 집에서 쉬던 그는 미국 캘리포니아공과대학 *California Institute of Technology* 물리학과의 리처드 파인만 *Richard Feynman* 교수로부터 국제우편을 받았다. 위대한이 1983년에 쓴 〈다중 양자얽힘과 비국소 위상 간섭 예비 연구 *Multipartite Quantum Entanglement and Non-local Phase Interference: A Preliminary Study*〉를 파인만 교수의 제자인 서울대학교 강연화 교수를 통해 접했다며, 무척 인상 깊었다는 내용이었다. 특히 3개 이상의 얽힘 상태에서 결맞음이 유지되는 비국소 간섭 무늬, 양자 컴퓨팅·양자 암호에의 응용 가능성이 참신하다고 했다.

위대한은 그 연구에서 3개 이상의 입자가 얽힌 상태를 형성할 경우, 각 입자가 서로 결맞음을 유지하며 측정 불가능(비국소성)의 형태로 표출될 수 있다고 제안했다. 이를 간단한 수학적 모형인 양자 스핀 체계로 나타내는 한편, 해당 간섭 무늬가 단일·이중 입자 얽힘 체계와 뚜렷이 구별되는 새로운 양상을 보일 수 있음을 이론적으로 제시했다. 나아가, 그 현상을 검증할 수 있는 실험적 프레임워크인 편광 분해와 양자광학적 설정 등을 제안하며 양자 컴퓨팅·양자 암호 등에 적용될 응용 가능성을 언급한 것이 핵심이었다.

파인만 교수는 편지에서 이 같은 위대한의 주장이 자신에게도 상당한 영감을 줬다며 칭찬을 아끼지 않았다. 위대한이 원한다면 직접 제자로 받아들여 함께 연구하고 싶다는 제안을 보내왔다.

위대한은 그 편지를 반복해 읽으면서 파인만 교수가 언급한 대학이 처음 들어본 곳이 아니며, 교수의 논문도 이미 여러 편 읽었음을 떠올렸다. 군에 입대하기 전 정독도서관, 남산도서관, 국립중앙도서관 등을 돌아다니며 읽었던 과학 전문 서적과 잡지 중에서 캘리포니아공과대학 출처의 논문, 특히 물리양자학 분야의 최고 권위자인 리처드 파인만 교수의 논문을 몇 번 읽은 기억이 났다. 밤새 답장을 써 내려갔다.

―

존경하는 리처드 파인만 교수님께,

안녕하세요, 교수님.

먼저 저 같은 무명의 청년에게 이렇게 직접 편지를 보내 주셔서 정말 놀랍고도 감사한 마음입니다. 군 복무를 하며 전방에서 지냈기에 국내외 학계 소식과는 거의 단절된 상태였습니다. 그러던 중, 교수님의 편지를 받아 들고 큰 감동과 흥분을 느끼고 있습니다.

사실 처음엔 "캘리포니아공과대학"이라는 기관명이 낯설게만 느껴졌습니다. 하지만 곧 떠올랐습니다. 제가 군에 입대하기 전, 약 반년 동안 서울에 있는 여러 도서관에서 물리학, 전자공학, 양자역학 분야의 책과 잡지를 읽으며 교수님의 논문과 저술을 여러 차례 접했습니다. 특히 양자장론에서의 파인만 다이어그램과 그것을 가능하게 한 경로적분 기법 관련 글에 매료되었지요.

특히 인상 깊었던 것은 "경로적분을 통한 양자역학 해석"과 관련된 글이었습니다. 고전역학에서 말하는 단일 궤적 대신 모든 가능한 경로를 합산하고 적분해야 한다는 개념이 너무나 혁신적이었습니다. 그 아이디어는 당연하게 여겼던 '하나의 궤적' 패러다임을 완전히 깨뜨려 양자역학 특유의 확률 진폭을 훨씬 직관적으로 다룰 수 있도록 해 주더군요.

덕분에 제가 머릿속으로 상상만 하던 비국소적 양자 현상들을 좀 더 수학적으로 명확히 이해하는 데 필요한 단서를 얻을 수 있었습니다. 또 하나 기억에 남는 것은, 양자전기역학의 재규격화 문제를 교수님과 몇몇 학자가 어떻게 해결하셨는지 요약한 기사 형태의 글이었습니다.

저는 양자장론이 상호작용을 수학적으로 풀어나가는 과정에서 무한대가 튀어나오는 일을 어떻게 다룰까 궁금했는데, 교수님의 다이어그램 도입과 재규격화 기법들이 복잡한 계산을 상당히 직관적인 그림으로 간소화해 준다는 사실에 참으로 놀라웠습니다. 일종의 시각적 수단임에도, 실제 계수를 정확히 뽑아내는 능력이 있다는 점이 매혹적이었고요. 그야말로 이론 물리계산의 혁명이라 불릴 만하다고 느꼈습니다.

마지막으로, 조금 더 가볍게 읽었던 〈파인만의 물리학 강의〉 일부 발췌본도 떠오릅니다. 양자역학만이 아니라 전자기학, 통계물리, 파동론 전반을 이해하기 쉽게 풀어내리는 교수님의 설명은 저 같은 비전공자에게도 용기를 주었습니다. 사실 저는 고등학교 정규교육을 받지 못했던 터라 깊은 수학적 배경 없이 양자역학을 접했습니다. 그럼에도 교수님의 강의록은 "수식 없이도 물리의 본질에 접근할 수 있다"는 자신감을 갖게 해 준 귀중한 문서였습니다.

몇 년 전에 제가 쓴 글이 어느 한국 물리학 잡지에 실렸고 그 일을 계기로 이렇게 교수님과 연결된 사실이 영광스럽고 믿기지 않습니다. 솔직히 제가 제대로 된 대학 과정조차 밟지 못한 입장이기에 얼마나 부족한지 스스로도 잘 압니다. 하지만 제 글에서 다룬 아이디어 일부가 혹시나 교수님의 연구나 통찰과 연결될 만하다면 저에게 그보다 큰 행복은 없겠습니다.

현재 제 상황을 말씀드리면, 1984년 12월에 군복무를 마쳤고 지금은 강원도 고성의 고향에서 잠시 쉬고 있습니다. 교수님께서 말

쏨해 주신 대로 캘리포니아공과대학에서 저를 초청해 주신다면 더할 나위 없이 감사하겠습니다. 생애 한 번뿐인 값진 기회가 될 것이고 저로서는 그곳에서 양자역학과 양자장론을 더 깊이 탐구하며 제 생각을 더욱 발전시키고 싶습니다.

부족한 제가 혹여 누를 끼치진 않을까 걱정스럽지만, 교수님이 보내 주신 편지의 진정성을 믿고 꼭 뵙고자 합니다. 연구원 자격이든, 학생 신분이든 상관없습니다. 이론물리에 대한 열정만큼은 누구보다 간절하다고 자부합니다. 비록 학위도 없는 학생에 지나지 않지만, 교수님이 이끄시는 캘리포니아공과대학에서 배우고 연구할 기회를 주신다면, 그야말로 제 인생에 새로운 전환점이 될 것입니다. 멀리서 올리는 이 편지가 교수님께 잘 닿기를 바랍니다.

구체적인 일정과 절차는 편지나 전신, 혹은 다른 방식을 통해 자세히 알려 주시면 그 안내를 따르겠습니다. 진심으로 감사드리며 곧 더 깊은 연구와 토론으로 만나 뵙길 소망합니다.

감사합니다.

1985년 1월 21일

- 위대한 드림.

몇 달 후, 그는 칼텍 *Caltech*으로부터 정식 입학 허가를 받았고 학비 마련을 위해 교육부 국비유학생 프로그램에도 지원해 선발되었다.

1985년 7월 20일, 김포 국제공항 출국장에서 어머니와 셋째 형이 기다리고 있었다. 몇 년 전 낙방했을 때 뺨을 때렸던 그 형이 이제는 동생을 꼭 안으며 눈물을 훔쳤다.

"대한아, 몸 조심하고… 꼭 성공해서 돌아와." 형의 떨리는 목소리에 위대한도 가슴이 먹먹해졌다.

위대한은 비행기에 몸을 실었다. 별을 바라보며 화성을 꿈꾸던 소년이 드디어 더 넓은 우주를 향하여 새로운 궤적을 그리기 시작한 순간이었다. 비행기 창문 너머로 구름 바다가 펼쳐지고 기내 방송이 들릴 때마다 위대한은 가슴이 먹먹해졌다. 창밖으로 사라져가는 한반도를 바라보며 복잡한 감정이 밀려왔다. 여전히 시골 출신이라는 위축감은 있었지만, 동시에 설명할 수 없는 확신도 있었다. 남산에서의 그 이상한 경험 이후 달라진 무언가가 자신을 이끌고 있다는 느낌이었다. J와 남산에서 겪은 이상한 경험 이후, 그의 머리는 무서운 속도로 지식을 흡수하고 있었기 때문이었다.

위대한이 탄 비행기는 알래스카의 앵커리지 국제공항에서 재급유 후, 이윽고 로스앤젤레스 국제공항에 내렸다. 출입국 심사관에게 입학허가서 등 준비된 서류를 내밀고 여권에 도장을 받은 후 입국장 로비에 도착한 위대한은 그의 이름을 들고 있는 한 남자를 발견했다. 그는 자신을 파인만 교수님의 조교라 소개하며 반갑게 인사했다.

시차 탓에 머리가 맑지 않았음에도 불구하고 그의 눈에 비친 LA는 너무나 별천지였다. 영화에서나 봤음직한 도시 풍경을 구경하느라 옆에서 운전하는 사내와 이야기를 나눌 생각도 하지 못했다. 캘리포니아 공과대학에 도착하는 약 1시간이 위대한에게는 몇 시간처럼 길게 느껴졌다. 대학의 어느 낯선 건물에 도착하니 리처드 파인만 교수가 직접 그를 맞아 주었다.

"반갑습니다, 미스터 위. 당신의 논문, 정말 흥미로웠어요." 파인만 교수가 환한 미소로 악수를 청했다. "제 경로적분과는 다른 관점에서 접근했더군요. 신선했습니다."

"교수님 논문들을 읽으며 많이 배웠습니다. 다만… 정식 대학 과정을 거치지 않아서, 제가 이곳에서 제대로 해낼 수 있을지 걱정됩니다." 위대한은 얼굴을 붉히며 어색한 영어로 답했다.

"이곳은 정식 과정이 전부가 아닙니다. 저도 칼텍의 동료들도 당신 같은 생각이 번뜩이는 사람을 환영합니다. 학교 졸업장이 중요한 게 아니라 어떻게 생각하느냐가 중요하거든요." 파인만은 제스처를 크게 하며 웃었다.

위대한은 낮에는 양자역학 세미나를 듣고 밤에는 학교 측에서 배려해 준 기숙사 작은 방에서 논문을 읽으면서 경로적분, 양자장론, 비국소적 상호작용 등에 대한 아이디어를 정리했다. 파인만 다이어그램과 경로적분을 활용해 자신의 아이디어를 발전시켰다. 낮에는 세미나를 듣고 밤에는 기숙사에서 논문을 쓰는 생활이 이어졌다. 2년이 지날 무렵, 그의 이름이 물리학회지에 자주 등장하기 시작했다. 파인만 교수는 그런 제자를 자랑스러워했다.

그는 1986년에 기초 연구 과정을 마치고 MIT 박사 과정으로 넘어갔다. 국비장학금과 칼텍 측 추천 덕분이었다. MIT에서 그는 양자 정보와 응집 물질 물리에 몰두했다. 분산 연산 알고리즘, 준입자 거동 연구, 양자 게이트 오류 보정 등 혁신적인 논문들이 그의 손에서 탄생했다.

언론에 대대적으로 보도되지는 않았지만 물리학계 젊은 연구자들 사이에선 새로운 천재가 MIT에 왔다는 소문이 빠르게 퍼졌다. 그는 연구실에서 논문만 써대는 게 아니라, 생활비 마련과 프로그래밍 실력을 뽐내기 위한 목적으로 틈틈이 외부 프로젝트에도 참여했다. 이때 만난 여러 프로그래머나 해커들과 어울리며 운영체제 핵심부인 커널 최적화나 분산 컴퓨팅 기법을 배운 경험은 훗날 그에게 큰 밑거름이 되었다.

박사 과정을 마친 뒤 1989년에 스탠퍼드로 옮겨 추가 박사과정을 밟으며 초전도체·레이저·나노 과학을 결합한 연구를 했다. 그가 1년 만에 완성한 논문들은 주로 "초전도 큐비트"나 "광학 큐비트"의 가능성과 레이저 냉각을 통한 원자 조작 기술 같은 혁신적 주제에 맞닿아 있었다. 지도교수조차 입을 다물지 못할 정도의 속도였다. 그는 교수들에게 끝없이 질문을 퍼부었고 무언가를 배우면 바로 논문으로 풀어내는 괴력을 보였다. 사람들이 "어떻게 그렇게 빨리 논문을 쓸 수 있느냐?"는 질문에 그는 "머릿속에 떠오른 구조를 그대로 정리한 것뿐이다."라고 담담하게 말하곤 했다.

어느덧 물리학 박사 학위만 두 개였지만 그는 만족하지 못했다. 아무리 뛰어난 물리학 이론도 실험실을 벗어나면 무력했다. 진짜 문제는 사람들이 서로 총을 겨누는 현실이었다. 분단된 조국, 군대에서 목격한 비극… 그 근본을 바꾸려면 물리학만으론 부족했다. 컴퓨터 네트워크와 정보가 세상을 지배하는 시대가 열리고 있음을 그는 미리 감지하고 있었다.

이후 카네기멜론대 *CMU*에서는 포닥(박사후과정)으로 분산 운영체제, 보안 프로토콜, 암호학을 연구했다. 그는 짧은 1년이라는 사이에 안정적 분산 운영체제와 보안 프로토콜에 눈부신 기여를 남겼고 암호학 콘퍼런스에서 최우수 논문상을 거머쥐기도 했다. 그 시기에 노벨사의 넷웨어386 프로젝트에도 참여하게 되었는데 그는 주로 원격이나 재택 형태로 암호화 모듈과 분산 처리 알고리즘을 구현했다.

1991년에 위대한은 스물여덟의 나이에 모교 칼텍에서 물리학과 교수 제안을 받았고 이미 세상을 떠난 스승 리처드 파인만의 연구실을 물려받아 연구와 외부 프로젝트를 병행했다. PC 시장이 폭발적으로 성장하며 보안 문제도 커지리라는 것을 예감한 그는 유명 기업들과 협력해 바이러스 대처 솔루션, 암호화 모듈 등을 개발했다. 또 웹 브라우저 "네비게이터" 프로젝트에 참여해 훗날 넷스케이프 네비게이터로 이어지는 토대를 닦았다.

그는 학계와 산업계 양쪽에서 빠르게 이름을 떨쳤지만 진짜 바라는 건 전쟁과 폭력을 끝낼 기술, 인류가 평화롭게 협력할 구조였다. AI, 퀀텀 컴퓨팅, 네트워크에서 그 가능성이 보였다. 그래서 한국 행을 결정했다.

"여기 계속 있으면 성공은 보장되는데 왜 한국으로 돌아가려 하느냐?" 하며 지인들이 위대한의 결정에 반대하는 의견을 주곤 했다.

"군 시절, 전방에서 본 그 비극… 남북이 총부리를 겨눈 현실을 잊을 수 없어요. 궁극적으로 내 진짜 도전은 거기서 시작돼야 할 것 같아요." 하고 위대한은 그때마다 자신의 신념을 밝히곤 했다.

별의 귀환, 21CF의 탄생

그는 결심한 대로 1994년 6월, 10년 만에 고국 땅을 밟았다. 유학 시절 쉴 새 없이 자신을 채찍질하며 달려온 끝에 화려한 명성과 성취를 안고 돌아왔지만 이상하게 가슴 한구석은 공허했다. 입국장에서 어머니가 그를 기다리고 계셨다.

"대한아!" 위대한은 어머니를 와락 껴안았다. 어머니의 품은 여전히 따뜻하고 포근했다. 10년이라는 세월이 무색하게 어머니는 예전 모습 그대로였다. 다만, 이마에 새겨진 깊은 주름과 눈가에 어린 슬픔의 그림자는 그동안 어머니가 짊어져야 했던 삶의 무게를 짐작하게 했다.

"수고했다, 아들아." 어머니는 위대한의 등을 토닥이며 눈물을 글썽였다.

그는 아무 말없이 어머니의 손을 꼭 잡았다. 그 손에는 10년 전, 그가 떠나던 날 선물로 드렸던 낡은 가죽지갑이 들려 있었다.

위대한은 미리 예약해 둔 서울의 한 고급 호텔로 어머니를 모시고

갔다. 그곳은 남산 기슭에 자리 잡은 하얏트 호텔이었다. 호텔에서 내려다보는 서울의 전망이 기억 속 서울 모습과 크게 달라져 있었다. 대한은 낯설어 하는 어머니를 위해 호텔 직원에게 여러 가지를 당부한 후, 예정된 기자회견을 위해 광화문 거리에 있는 서울프레스센터로 들어섰다.

한국 언론들은 그가 성공한 학자이면서 사업가라는 데 초점을 맞추면서 노벨상에 버금가는 상을 받아 국가의 명예를 높인 것에 대해 찬사를 늘어놓았다. 그러나 정작 그가 연구한 학문의 주제, 그것이 향후 우리 사회에 미칠 영향 등에 대해서는 관심도, 질문할 만한 역량이 되지 못해 좋은 질문이 나오지 않았다. 오직 그들은 MIT나 스탠퍼드라는 세계적인 명문 대학교에서 두 개의 박사 학위를 어린 나이에 취득한 사실과 기록 등에만 관심이 있었다. 회견 말미에 한국의 어느 대학교에서 교수로 근무할 예정인지, 계획은 무엇인지에 대한 질문이 나왔을 뿐이었다.

"저를 위해 귀중한 시간을 내어 주신 기자 여러분들께 이 자리를 빌려 감사를 드립니다. 저는 미국에서 배우고 경험한 것을 바탕으로 한국이 최고의 인터넷 선진국이 되는 데 일조할 생각입니다. 또한 다른 선진국에 뒤처지지 않고 미래 기술과 산업화에도 제가 갖고 있는 지식과 열정을 쏟아 저와 같은 많은 청년들이 향후 이 나라를 이끌고 갈 수 있도록 하는 데 적극 협조할 생각입니다.

더불어, 저는 우리가 단순한 '우주의 관찰자'가 아니라 '인식과 선택'

을 통해 미래를 함께 만들어가는 '참여 존재'라는 믿음을 갖고 있습니다. 새로운 기술을 통해 우리 안에 내재된 '우주적 본성'을 깨닫고 더 나은 세상을 만들어 갈 수 있기를 희망합니다. 감사합니다."

"말씀하신 참여 존재와 우주적 본성이란 게 좀 생소한데, 독자들이 이해할 수 있게 설명해 주실 수 있나요?" 막 자리를 뜨려는 참에 한 기자가 손을 들고 물었다.

"네, 간단히 말하자면, 참여 존재란 우리가 세상을 그저 관찰하고 소비하는 수동적 존재가 아니라 관찰 자체로 현실을 만들어 가는 창조적 주체라는 뜻입니다. 양자역학에선 관찰로 인해 파동함수가 붕괴한다는 관찰자 효과가 있는데 그 개념이 미시 세계에만 한정되는 건 아니라고 생각합니다." 위대한은 미소를 머금고 답했다.

위대한은 좌중을 잠시 돌아보고 나서 사람들이 자신의 이야기에 주의를 기울이고 있는 모습에 한 가닥 희망을 발견했다. 그는 말을 이어 나갔다.

"한편 우주적 본성이라는 것은 우리 모두가 근본적으로 하나로 연결되어 있다는 깊은 이해에서 출발합니다. 우리는 모두 별의 잔해에서 태어났고 우주라는 거대한 생명의 그물 속에서 서로 얽혀 있습니다. 최근 과학계는 이 우주가 단순한 물질 덩어리가 아니라 의식 혹은 정신과 같은 근본 원리에 의해 움직인다는 가설을 제시하고 있습니다. 저는 이러한 새로운 과학적 발견들이 궁극적으로 인류로 하여금 '우주 안에 있는 나'를 넘어 '내 안에 있는 우주'를 발견하도록 이끌 것이라 믿습니다. 그리고 그 여정 속에서 우리는 진정한 자신의 모습, 즉 우주적 본성을 깨닫게 될 것입니다."

좌중에서 젊은 여기자가 또랑또랑한 눈망울로 자신의 말에 귀를 기울이고 있는 모습을 보며 위대한은 J를 떠올렸다.

"이러한 깨달음은 우리 삶의 방식, 사회를 운영하는 방식, 그리고 기술을 발전시키는 방식에도 근본적인 변화를 가져올 것입니다. 경쟁과 소유보다는, 공존과 상생의 가치가 더 중요해지는 것이죠. 저는 새로운 기술이 바로 이 공존과 상생의 길을 여는 데 사용되어야 한다고 믿습니다. 그 믿음을 앞으로 제가 할 일을 통해 여러분께 보여드리고자 합니다. 감사합니다."

다음 날 신문에 실린 기사들은 그의 업적과 미국 명문대 교수 생활, 두 번의 박사 학위 등 외형적 이력만 크게 조명했다. '그레이트 위'라는 별칭을 소개하는 기사도 있었다. 정작 그가 학문·사회적으로 지향하는 바에 대한 깊은 분석 기사는 거의 없었다.

며칠 후, 위대한은 어머니와 함께 강원도 고성의 고향 마을을 찾았다. 시골 마을의 산과 들, 밤하늘의 별은 예전 같았지만 사람들은 많이 변해 있었다. 몇몇은 세상을 떠났고 또 몇몇은 도시로 떠나 행방이 끊겼다. 그는 다음 날 속초에서 공무원으로 일하던 김우현을 찾아갔다. 둘은 10년 만에 만나 서로를 와락 끌어안았다.

"위대한? 아니, 이젠 그레이트 위라 해야 맞나?" 김우현이 웃으며 농담을 건넸다.

"하하하, 그냥 위대한이지."

두 사람은 군대 시절 이야기와 미국 생활, 그리고 아련한 소년 시절 추억으로 밤이 깊도록 술잔을 기울였다.

"이제 뭘 할 거냐?"

김우현의 물음에 위대한은 잠시 입술을 깨문 뒤 답했다.

"글쎄… 뭔가 세상을 크게 바꿀 만한 일을 하고 싶어."

그의 눈에는 여전히 어린 시절 별을 바라보던 열정이 빛나고 있었다. 김우현은 고개를 끄덕이며 술잔을 부딪쳤다.

"넌 어릴 때부터 특별했어. 잘될 거야."

위대한은 "고마워, 친구야." 하고 웃었다. 그러곤 문득 밤하늘을 봤지만 도시의 조명 탓에 별이 많이 보이지는 않았다. 그래도 어딘가에서 자신을 지켜보는 신비로운 빛이 있으리라 믿었다.

그 무렵, 세상은 인터넷 붐이 막 시작되고 있었다. 서른이 막 넘은 나이에 그는 새로운 곳에서 새 도전을 결심했다. 그는 귀국한 지 얼마 되지 않은 1994년 6월 20일, 강남 역삼동 뱅뱅 사거리 인근 자그마한 5층 건물 최상층에 '21세기프론티어(21CF)'라는 작은 간판을 달았다. 창립식을 하던 밤, 샴페인 축포 소리와 창립 멤버들의 웃음소리가 좁은 공간을 가득 채웠다.

"자, 모두들." 위대한이 샴페인 잔을 들어 올렸다. "오늘부터 우리가 새로운 역사를 써나갑시다."

위대한은 샴페인 잔을 높이 들고 외쳤다. 그의 목소리에는 젊은 사업가다운 열정과 자신감이 넘쳤다.

"인터넷과 AI, 양자 기술로 완전히 다른 세상을 만들어보려고 합니다. 함께해 주셔서 정말 고맙습니다."

직원들이 환호성과 박수로 화답했다. 위대한은 그들의 얼굴을 하나하나 바라보며 가슴이 벅차올랐다. 그때 J의 얼굴이 갑자기 떠올랐다. 오랜 시간 그리워하면서도 마음 속에서 잘 꺼내지 않은 이름이었다.

'언젠가 당신에게 이 모든 것을 보여줄 날이 오겠지. 그때까지 당신 몫까지 내가 열심히 달려갈게.' 위대한은 다시 한번 샴페인 잔을 높이 들었다. 그의 눈빛에는 미래에 대한 확신과 J를 향한 그리움이 짙게 서려 있었다.

창립 멤버 중에는 위대한이 특별히 미국에서 영입한 두 명의 인재가 있었다. 한국계 미국인인 맥스웰 윤 *Maxwell Yoon*은 스탠퍼드에서 컴퓨터 공학 박사를 받은 후 실리콘밸리에서 승승장구하던 인물이었다. 위대한과는 스탠퍼드 박사 과정 시절 절친이었다. 뛰어난 프로그래밍 실력과 인공지능에 대한 깊은 이해를 가졌으며 유쾌하고 사교적이었다. 위대한의 비전에 깊이 공감하던 그는 위대한이 합류를 제안하는 이메일을 보냈을 때, 흔쾌히 21CF 창립 멤버로 합류해 21CF의 CTO로서 AI 및 소프트웨어 개발 총괄을 맡았다. 맥스웰은 J의 존재를 어렴풋이 알고 있으며, 위대한이 J를 그리워한다는 사실도 눈치채고 있었다.

한편 위대한이 공을 들여 영입한 인재는 한나 킴 *Hannah Kim*이었다. MIT 물리학 박사 출신으로 위대한과는 MIT 박사 과정 시절 학회에서 만나 인연을 맺어 왔다. 퀀텀 컴퓨팅 분야 최고 전문가로 성격은 진중하고 지적이었다. 그녀는 위대한의 사업적 감각을 높이 평가했고 21CF의 미래에 큰 기대를 걸었다. 21CF의 양자 컴퓨팅 연구소장을 맡아 퀀텀 알고리즘 개발 및 활용 방안을 연구했다. 좌중이 아직 어수선했지만 위대한은 환한 미소를 지으며 말을 이어 갔다.

"우리는 21세기프론티어입니다. 단순히 인터넷 사업으로 돈을 벌기 위해 모인 것이 아닙니다. 저는 인공지능을, 양자 컴퓨팅을, 네트워크를 평화에 쓰고 싶습니다. 그게 말처럼 쉬운 건 아니죠. 그래도 꼭 해내고 싶습니다. 우리는 현재보다는 21세기를 준비하고 그것을 이끌어 나가는 회사가 될 것입니다."

분명 그의 말에는 흔들림 없는 진정성이 있었다. 위대한의 말에 이어 맥스웰 윤이 말을 꺼냈다.

"위대한, 당신이 그리는 AI의 미래가 정말 실현될 수 있을까요? 기술이 사람들을 더 가깝게 만들 수 있다면… 정말 멋진 일이겠네요."

그는 일어나 책상 위에 샴페인 잔을 내려놓으며 창밖을 쳐다보며 말을 이었다.

"우리가 왜 하필 한국에서 시작하는지 생각해보세요. 분단의 아픔을 겪은 이 땅에서 평화를 위한 기술을 만드는 거잖아요. 단순히 개인의 성공이나 부의 축적만을 위한 것이 아니라, 우리 사회, 특히 한국이 겪어온 열악한 교육 환경, 군사적 긴장, 그리고 끊임없는 기술 도전에 대한 응답이기도 하다는 사실을 말입니다."

"맞아요. 우리가 배우고 연구하고 기술을 개발하는 모든 과정은 단순한 혁신 그 자체를 넘어, 우리 모두가 겪은 고난과 희망, 그리고 실패를 딛고 일어선 우리의 집단적 경험을 반영하는 거예요. 우리가 만든 기술이 앞으로 인류의 미래를 어떻게 바꿀 수 있을지, 그 가능성을 직접 만들어 가야 한다는 책임감을 느껴요." 한나 킴이 고개를 끄덕이며 조용히 답했다.

위대한은 잠시 자신의 생각에 잠겼다. 그의 눈빛에는 지난 세월 동안 겪은 개인적인 상처와 동시에 미래에 대한 결연한 다짐이 스며들어 있었다.

"제가 이 일을 하는 이유는 단순한 성공 때문이 아닙니다. 어린 시절 겪었던 좌절들, 군대에서 본 비극들이 저를 여기까지 이끌었어요. 그 모든 것이 모여 우리에게 '어떻게 하면 스스로 미래를 만들어 갈 수 있을까?'라는 근본적인 질문을 던지고 있는 겁니다. 우리의 선택이 개인의 성공을 넘어 모두의 미래를 바꿀 수 있다고 믿습니다."

창업을 기념하는 사무실 안의 공기는 점차 무거워졌고 각 인물들의 얼굴에는 미래에 대한 불안과 동시에 깊은 결심이 서려 있었다. 위대한은 다시 한번 천천히 입을 열었다.

"우리가 지금 해야 할 일은 단순한 기술 개발이 아니라 그 기술을 통해 인류가 스스로 운명을 개척할 수 있는 기반을 마련하는 것입니다. 과거의 고통은 우리가 선택할 미래에 대한 지표가 되고 그것이 우리를 여기까지 이끌어 왔음을 잊지 말아야 합니다. 그래서 묻고 싶습니다.

'우리는 어떻게 우리의 미래를 스스로 만들어 갈 것인가?' 그 해답은 바로 우리가 지금 이 자리에서 내리는 모든 선택 속에 숨어 있지 않은가 하는 것입니다."

그 자리에 함께 한 모든 사람들은 서로의 눈을 바라보며 내면 깊숙한 곳에 자리한 각자의 상처와 희망을 다시 한번 확인하는 듯했다. 이 순간, 그들 모두는 단순한 연구자나 기술자가 아니라 과거와 미래, 개인과 사회를 잇는 중요한 존재임을 절실히 깨달았다. 인터넷도 막 시작인데 이해할 수도 없는 말만 늘어놓는다며 주변 사람들로부터 괴짜 취급을 당할 게 뻔했지만 이들은 이름조차 생소한 AI와 양자 기술을 연구하겠다며 덤빌 태세였다. 허름한 사무실에는 수십 편의 논문과 거대 소프트웨어 프로젝트 경험을 가진 위대한과 동료들이 함께 하고 있었다.

"우리가 만들 AI는 사람을 지배하는 도구가 아니라 진정한 동반자가 되어야 합니다. 그래서 처음부터 윤리를 고민하며 개발하려는 겁니다. 위험한 사상이나 사업가들이 그런 위험한 기술을 손에 쥐면 이 세상은 위험합니다. 우리 회사의 목표는 현재에 당면한 문제보다는 기술이 이 세상을 지배하게 되는 21세기에서 우리의 역할을 해나가는 것입니다."

그 당시 한국의 정보기술 분야에 있는 대부분의 사람들조차 그들이 하려는 사업에 대해 아직 정확한 감을 잡지는 못했지만 위대한은 이미 굵직한 예감으로 미래를 내다보고 있었다. 당장은 웹사이트와 소프트웨어 개발로 자금을 확보하되, 그 수익을 AI와 양자 컴퓨팅 연구에 재투자한다는 계획이었다. 해외 투자 유치에도 자신감이 있었다. MIT·스탠퍼드·노벨 출신이라는 이력과 젊은 천재라는 소문은 투자자들을 매료시키기에 충분했기 때문이었다.

그가 캠브리지, 팔로알토, 피츠버그 등에서 익힌 지식과 네트워크를 한국이라는 무대에서 펼치리라는 것을 그 시기에는 아무도 쉽게 상상하지 못했다. 그러나 시간은 그를 증명해 갈 터였다.

그날 밤늦게 동료들을 모두 보낸 후, 위대한은 창문을 열었다. 멀리 뱅뱅 사거리에 자동차들이 쉴 새 없이 헤드라이트를 켜고 달리고 있었고 가끔 어디선가 빵빵거리는 소리가 들렸다. 더는 그가 기억하던 서울이 아니었다. 위대한은 북동쪽 방향의 큰 창문을 열고 베란다에 나섰다.

멀리 남산타워가 깜박이고 있었다. 그 불빛을 보는 순간 J가 떠올랐다. 그 산자락 어딘가에서 함께 했던 그 시간들이. 그녀와 헤어진 뒤, 그는 단 하루도 그녀를 떠올리지 않은 날이 없었다. 친척 집에 맡겨 둔 그의 짐이 사라져 그녀가 그에게 남겼던 편지도 잃어버렸고 공들여 스케치했던 그녀의 초상화도 영영 찾지 못했다. 그 초상화는 위대한이 J와 헤어진 후, 이상하게도 몇 개월이 지난 후에도 그녀의 얼굴이 떠오르지 않아 상실감이 커져 갔을 때였다. 그가 어느 날 보관하고 있던 종로학원의 영어 교재를 펼치고 속지에 자신도 의식하지 못한 채 펜으로 그린 그림이 우연히 J를 닮아 있었다. 그 그림 덕분에 그는 그녀의 얼굴을 다시 떠 올릴 수 있었다. 그러나 그 책마저 여러 번 이사를 하는 통에 분실돼 버렸으니 그에게 남은 건 그리움뿐이었다. 그 시절을 떠올릴수록 더욱 그녀가 보고 싶어졌다.

'서울대 영문과를 졸업하고 부모가 있는 미국으로 갔으려나…' 그는 애가 탔지만, 그때는 인터넷도 발달하지 않아 사람을 찾기란 그저 요원했다. 그래도 그는 남산타워 불빛을 바라보며 언젠가 꼭 다시 만나리라 믿었다. 그날 밤, 그는 책상에 앉아 시를 썼다.

〈별이 된 그대에게〉
1994년, 위대한

남산 기슭 물든 그 가을 밤,
나를 떠난 너는
지금 어디에 있을까.

한강을 가르는 갈매기가 되어 날아가고 싶다,
험한 산길도, 깊은 강물도 두렵지 않으니,
땅 위를 기는 벌레가 되어도 좋으니,
오직 그대 숨결 느낄 수만 있다면.

오늘 밤, 서울 하늘 아래 외로이 빛나는 별 하나,
저것이 그대 모습인가, 나의 그리움인가,

알 수 없어 더욱 애달프구나.
차라리 저 별, 우리 사랑 영원히 이어주는
오작교라 믿고 싶다.

남산 언덕, 천년 바위 되어 그 자리 지키고 싶다.
그대와 별 헤던 그 벤치,
희미한 가로등 불빛 아래 말없이 앉아
솜사탕 나누던 그날,

향기로운 온실 속 이름 모를 꽃보다 더 곱게 피어나던
그대 미소 다시 보고 싶다.

과학관 낡은 망원경 속 아련한 별빛,
두 손 꼭 잡던 그날의 맹세,
그 뜨거움 별빛에 새기며 오늘도 기다리네.

깊은 밤 홀로 서서
베란다에 기대어 남산 위 자락을 바라보니,
눈 감으면 떠오르는 그대 얼굴, 잊을 수 없는 그 이름,
J, 지금은 어느 별 아래,
그 가을 날 추억을 떠올리고 있을까.

시를 다 쓴 뒤, 위대한은 종이를 접어 비행기를 만들었다. 손끝이 J를 향한 그리움으로 떨렸다. 그는 비행기를 들고 5층 베란다로 나가 남산 타워 불빛을 응시했다. 왼손에 찬 시계가 밤 열 시를 가리켰다. 13년 전 J와 함께 종이비행기를 날렸던 바로 그 시각이었다. 위대한은 시가 담긴 종이비행기를 들어 올렸다. 남산 쪽 어둠을 향해 온 힘을 다해 던졌다. 그리고는 바람을 타고 선회하는 비행기의 모습을 지켜보며 작게 중얼거렸다.

"언젠가… 이 마음이 그녀에게 닿을 수 있을까?"

마침 그 순간 남산타워 꼭대기의 불빛이 잠시 반짝였다. 흔한 착각이겠지만, 위대한에겐 그것이 마치 어떤 신호처럼 느껴졌다. 그는 살짝 미소 지었다. 그는 난간에 팔을 걸친 채 오랫동안 밤하늘을 올려다 보았다. 마음 한편에 아직 채워지지 않은 공백이 있었지만, 그 공백이야말로 그를 계속 움직이게 하는 동력이 되어 주었다.

제3장

J

거울 속의 첫 울림

옅은 안개가 샌프란시스코를 부드럽게 감싸고 있던 어느 새벽이었다. 언덕 위에 자리한 J의 건물 1층. J의 침실 창가로 이른 아침 햇살이 조심스레 스며들고 있었다. 오전 6시를 가리키는 탁상시계에서는 아르보 패르트 *Arvo Pärt*의 〈거울 속의 거울 *Spiegel im Spiegel*〉이 은은하게 흘러나오고 있었다. 잔잔한 피아노와 첼로 선율이 새벽 공기와 어우러지며 J의 의식을 서서히 일깨우는 듯 보였다. 이 곡은 1978년에 발표된 뒤로 줄곧 '단순한 선율 속 깊은 명상'이라는 평을 받아왔고 마치 거울 속에서 자신의 또 다른 모습을 마주하는 듯한 고요함을 전해주곤 했다. J는 매일 아침 이 곡을 들을 때마다 외로움과 기대, 그리고 그날 밤의 기묘한 잔상이 함께 떠올랐다.

'내가 관찰하던 이 세계는 정말 현실이었을까, 아니면 이 음악처럼 겹겹이 반사된 환상에 불과했을까…?' J는 눈을 감고 선율에 몸을 맡겼다. 그러다 과거의 기억(남산의 분수대, 종이비행기, 정체 모를 빛)이 어렴풋이 흔들리는 것을 느꼈다. 잠시 후, 그녀는 천천히 눈을 뜨고 침대 위에 앉아 몸을 가누었다.

'오늘은… 스탠퍼드 세미나…' 얇은 커튼 사이로 스며드는 부드러운 햇살을 느끼며 곧 있을 "인간과 AI의 상호 작용" 세미나가 떠올랐다. 이 박사 과정을 진행하는 동안 중요하게 준비했던 자리였지만 아침부터 그녀의 머릿속을 붙잡은 것은 뜻밖에도 지난밤 꿈속을 스쳐 간 묘한 기억이었다.

'남산의 분수대, 어두운 밤, 종이비행기…' J는 오래전 남산에서 위대한이 직접 접어 주었던 종이비행기의 날선을 손끝으로 더듬던 순간을 떠올렸다. 그 종이가 날아오를 때 느껴졌던 가벼운 설렘, 분수대에서 튀어 오른 물방울과 싸늘한 밤공기의 감각이 고스란히 살아 있는 듯했다. 머리 위를 스쳐 가던 정체 모를 섬광이 온몸에 남긴 전율도 잊히지 않았다. 그날 밤 이후, 평범한 소녀였던 자신이 전혀 다른 세계로 들어선 느낌을 받았기 때문이었다. 분수대 옆에서 내려다본 도시의 불빛은 이 샌프란시스코 새벽과는 전혀 다른 색채였다.

13년 전 종이비행기를 꼭 쥐고 있던 소녀의 이별의 아픔이 어딘가에 그대로 남아 있는 듯했다. 다만, 그 아픔이 연구에 대한 집념으로 바뀌어 지금의 자신을 움직이고 있다는 사실을 J는 잘 알고 있었다. 그녀는 잠시 망설이다 침대에서 일어나 창문을 열었다. 아직 해가 완전히 떠오르지 않은 샌프란시스코의 새벽바람이 차분하게 밀려들어 왔다. 도시는 서서히 깨어나고 있었고 언덕 아래쪽에는 벌써부터 불을 밝힌 사무실들이 하나 둘 빛을 띠고 있었다.

최근에는 인터넷과 스타트업이라는 말이 유행처럼 번지고 있었고 갓생겨난 벤처 기업 간판도 곳곳에서 보였다. 스탠퍼드에서는 매주 새로운 기술 세미나와 사업설명회가 열렸으며 실리콘밸리 전역이 이른바 닷컴 열풍으로 들썩이고 있었다. J는 "마치 새로운 지식혁명이 시작되는 기분"이라고 느꼈다. 어제 저녁 뉴스에서도 "컴퓨터 네트워크가 곧 전 세계를 바꿀 것"이라며 뉴욕 월가에서도 수많은 투자자가 이 움직임에 열광하고 있다고 보도했다.

'이런 시대에 내 연구—양자 관찰자 효과와 인간 의식에 관한 이야기가—과연 통할 수 있을까?'

창밖 사무실 불빛이 하나둘씩 확장되는 모습을 바라보며 J는 잠시 생각에 잠겼다. 그러다가 갑자기 웅 하는 저주파 같은 진동이 머릿속에서 되살아나는 듯했지만 이번에는 꿈결처럼 희미하게 지나갔다.

'정말 꿈이었을까? 그날 밤의 정체 모를 빛…' J는 어딘지 모르게 멍한 표정으로 서 있다가 벽에 걸린 캘린더에 시선을 고정했다. 1994년 6월 20일, 월요일. 그때 아래 골목에서 무언가 떨어지는 소리가 났다. J는 슬리퍼를 신고 골목길로 내려갔다. 인적 없는 길 바닥에 힘없이 떨어진 작은 종이비행기 하나가 눈에 들어왔다. 그녀는 조심스럽게 종이비행기를 주워 펼쳐 보았다. 글자나 그림은 없었고 한낱 하얀 백지로 만들어진 종이비행기였다. 그런데도 J의 머릿속에는 13년 전 남산에서의 한 장면이 생생히 되살아났다.

"그럼 우리, 이 비행기에 소원을 담아서 날려 볼까."

"우와, 잘 난다! 저렇게 멋진 종이비행기는 처음 봐, 대한아!"

위대한의 장난기 어린 목소리와 설렘으로 반짝이던 자신의 눈빛이 생생했다. J는 종이비행기를 가슴께에 살짝 댄 채 "그래, 다 지나간 일이야…" 하고 중얼거렸다.

1981년 이후, 그녀의 삶은 무섭도록 달라졌다. 그것이 UFO였는지 무엇이었는지는 정확히는 몰라도 그날 이후 기묘한 능력이 싹트기 시작했다. 양자역학과 의식 연구에 대한 집념이 일어났지만 세상은 그녀를 쉽게 받아들이지 않았다. "헛소리"나 "미친 과학"으로 치부당했기에 종국에는 혼자서 걷는 길이 되었다.

'그때 우리가 함께 염원하던 소원이 정말 이루어졌다면… 지금 그는 어디에서 무엇을 하고 있을까?' J는 살짝 주먹을 쥐었다. 옅은 안개가 깔린 골목길로 다시 발길을 돌리면서 마음 한구석이 미묘하게 떨렸다.

'언젠가 이 연구를 완성하고 그와 다시 만나 서로의 길을 이야기하게 될 날이 올까…?' J는 손안에 쥔 종이비행기를 들고 집으로 돌아왔다. 물론 이것이 위대한이 날린 것은 아니었지만 예전의 추억을 불러일으키는 데에는 충분했다. 거실 책상 위에 종이비행기를 조심스레 내려놓은 뒤 주방으로 향했다. 배에서 꼬르륵 소리가 났지만 아침부터 휘몰아치는 감정 탓인지 쉽게 식욕이 솟지 않았다.

"오늘도 누군가는 날 비웃겠지…" 다시 침실로 들어가 세면대 거울 앞에 섰을 때 창백한 자신의 얼굴이 비치자 J는 혼잣말처럼 중얼거렸다.

씁쓸한 표정으로 세수를 끝낸 뒤 그녀는 간단히 옷을 갈아입었다. 거실로 나오니 커다란 유리창 너머로 서서히 아침해가 도시를 밝히고 있었다. 빌딩이 언덕 높은 곳에 자리해 있어 샌프란시스코 시내가 한눈에 내려다보였다. 서쪽 방향으로 겹겹이 이어진 언덕 너머에는 금문교가 희미하게 보였다.

거실 벽면에는 간소한 장식장과 함께 J가 직접 찍은 사진들이 걸려 있었다. 청소년 시절 서울 남산에서 찍은 사진, 하버드·스탠퍼드·케임브리지 대학 캠퍼스에서 친구들과 함께한 단체 사진이 뒤섞여 있었다. 한쪽 코너에는 가족사진이 액자에 담겨 있었다. 한국인 어머니와 주한 미군 장교였던 아버지, 어린 J의 모습이 담긴 사진이었다. 그 사진을 볼 때마다 J는 복잡한 감정에 휩싸이곤 했다.

J는 2층으로 이어지는 내부 계단 쪽으로 발길을 옮겼다. 묵직한 나무 문을 열고 올라가자 고요한 서재 특유의 공기가 은은하게 퍼졌다. 벽을 따라 빼곡히 들어찬 서가에는 물리학·철학·인지과학·양자 컴퓨팅에 관한 고전들이 가득 꽂혀 있었다.

"오늘 세미나 전에 참고할 자료가 더 필요했던가…?" J는 혼잣말을 하며 책등을 훑다가 손길이 프리초프 카프라 *Fritjof Capra*의 《물리학의 도 *The Tao of Physics*》에 닿았다. 과거 영문학도를 꿈꾸던 자신을 통째로 바꿔 놓은 책이었다.

'참여적 우주 그리고 우주적 자아…'

그녀는 책 표지를 잠시 쓰다듬었다가 조심스럽게 책장에 꽂았다. 이내 2층 개인 연구실 겸 서재로 발길을 옮겼다. 문을 열자 안개가 옅게 머문 창 너머로 희끄무레한 빛이 조용히 스며들고 있었다. 중앙에 놓인 오래된 커다란 나무 책상 위에는 최신형 노트북, 두꺼운 논문집들, 온갖 낙서가 빼곡히 적힌 연구노트들이 어지러이 펼쳐져 있었다. 벽 한쪽에는 화이트보드와 코르크보드가 각각 설치되어 있었는데 화이트보드에는 "양자 관찰자 효과—뇌인지 프레임워크: 의식이 현실을 창조하는가?"라는 문구 아래 복잡한 수식과 다이어그램이 난무했다. J는 그 수식들을 지켜보다가 깊은 한숨을 내쉬었다.

'사람들이 이걸 이해하려고나 할까…?' 그녀는 고개를 저었다. 그러나 이내 코르크보드 구석에 붙은 낡은 사진 한 장에 시선이 멈췄다. 1981년, 남산에서 위대한과 함께 찍은 사진이었다. 앳된 얼굴의 J는 환하게 웃고 있었고 그 옆에서 위대한이 장난스러운 표정을 짓고 있었다. J는 사진을 떼어내 손바닥 위에 올려놓고 한참 동안 바라보았다.

'넌… 지금 뭘 하고 있을까? 넌… 넌 이해해 줄까, 나의 이 미친 연구를…?'

J는 사진을 다시 코르크보드에 붙이고 창가 쪽으로 다가가 반쯤 올라가 있던 그레이데이션 블라인드를 살짝 들어 올렸다. 희미한 아침빛

이 안개 사이로 스며들며 책상 위를 조용히 어루만졌다. 창문을 열자 인근에서 흘러나오는 클로드 드뷔시의 현악 선율이 희미하게 들렸다. 그것은 마치 한 겹의 안개가 깔린 듯 그녀의 마음을 아련하게 덮는 기분을 안겨주었다. J는 창밖을 바라보며 '창문을 여는 순간 세상이 내게 응답한다'는 묘한 감각을 곱씹었다. 마치 양자 관찰자 효과처럼 관찰자가 세계를 인식할 때 그 세계도 관찰자를 변화시킨다는 사실을 떠올렸다.

'모든 것이 연결되어 있다면 이 작은 시선마저도 우주 어딘가에 흔적으로 남는 걸지도 모르지…'

그녀는 희미하게 미소 지으며 허공을 응시했다.

옆 선반에는 J가 매일 아침 펼쳐 보는 노트가 놓여 있었다. 표지에는 《양자생명원리 Q. Bio-Cognition》라고 적혀 있었고 내부에는 양자역학 공식과 시구, 낙서, 간단한 스케치가 뒤섞여 있었다. J는 아무 페이지나 펼쳐 보았다.

"존재하는 모든 것은 관찰되기 전까지 확률의 구름 안에 놓여 있다. 그렇다면 우리의 관찰은 그저 사물을 인식하는 차원이 아니라 그 존재를 창조하는 행위일 수도 있지 않을까? 그렇다면 우리는…"

바로 아래에는 '1981년 10월 18일, 남산에서'라는 작은 메모가 붙어 있었다. 옆에는 누군가 그려 준 듯한 J의 옆모습 스케치가 보였다. J는 한참을 멍하니 바라보다가 고개를 가로저었다.

'아직 증명할 수 없어도 언젠가는…'

조금 전 골목에서 집어 들었던 종이비행기의 촉감이 아직 손끝에 남아 있었다. 그 순간 알 수 없는 떨림이 다시금 그녀를 감쌌다.

'그래, 가보자. 오늘은 또 어떤 반응이 기다리고 있을지…'

J는 부드럽게 웃으며 연구 노트를 덮었다. 노트와 연구 자료를 대충 훑어본 뒤 J는 1층 부엌으로 내려왔다.

부엌은 은은한 베이지 톤 타일과 나무 식탁으로 꾸며져 있어 아늑하고 따뜻한 느낌을 주었다. J는 오랜 습관대로 그릭 요거트와 사과, 딸기, 키위, 블루베리, 바나나와 같은 다채로운 과일과 케일, 로메인, 토마토 등과 같은 신선한 샐러드를 꺼내고 호두, 아몬드, 캐슈넛 같은 견과류를 한 줌 곁들여 정갈하게 큰 접시에 담았다. 아침이 부담스럽지 않도록 미지근한 물을 함께 마시는 편이었다. 바빠도 아침만큼은 건강하게 먹어야 했다. 몸을 챙기지 않으면 연구도 할 수 없었으니까.

식사를 마친 J는 식탁을 정리하고 다시 2층 연구실로 올라갔다. 세미나 발표 자료를 마지막으로 점검하기 위해서였다. 노트북에 저장된 슬라이드를 열자 "양자 관찰자 효과—뇌인지 프레임워크: 의식이 현실을 창조하는가?"라는 제목이 눈에 들어왔다. J는 마우스를 몇 번 클릭하며 그래프와 핵심 문장을 다시 한번 꼼꼼히 살펴보았다.

모든 자료를 정리한 뒤 J는 1층 주방으로 내려가 핸드 드립 커피를 준비했다. 물이 끓는 동안 직접 볶아 놓은 원두를 갈아 드리퍼 위 필터에 조심스럽게 담았다. 그녀는 원두의 양, 물의 온도, 추출 시간 등을 세심하게 조절하며 마치 과학 실험을 하듯 정성스럽게 커피를 내렸다.

J에게 커피를 내리는 시간은 연구만큼이나 중요한 일종의 의식과도 같았다. 식사 직후 마시는 커피는 건강에 좋지 않았지만 어느 정도 소화가 된 후에는 문제되지 않았다.

김이 모락모락 나는 주전자에서 가느다란 물줄기가 마치 춤을 추듯 드리퍼 위로 천천히 떨어졌다. J는 그 모습을 멍하니 바라보며 잠시 생각에 잠겼다.

'그래, 자연의 모든 것은 어쩌면 저렇게 춤을 추는 물줄기처럼 서로 연결되어 있는지도 몰라. 우리가 아직 그 연결 고리를, 그 춤의 법칙을, 완전히 이해하지 못했을 뿐…'

J는 자신의 생각이 또다시 양자생명원리로 향하고 있음을 깨닫고 피식 웃었다.

그녀는 갓 내린 커피를 머그잔에 담았다. 은은하고 향긋한 커피 향이 부엌을 가득 메웠다. 잔을 들고 창가로 다가가 부드러운 햇살에 잠시 몸을 맡기자 어딘가 모르게 편안한 기분이 들었다. 준비를 마친 J는 거울 앞에 서서 옷매무새를 점검했다. 오늘은 짙은 청색 재킷을 골라 입었는데 공식 석상에도 어울리면서 편안함도 포기하지 않은 차림이었다.

J는 노트북 가방을 챙기다 말고 거실 테이블에 놓인 종이비행기를 힐끗 쳐다보았다. 자신도 모르게 창문 쪽을 의식했는데 언덕 아래 도시가 햇빛을 맞아 반짝이는 광경이 눈에 들어왔다.

'창문 너머의 세상을 바라보는 순간, 내 머릿속에서는 세계가 결정되

는 걸까, 아니면 내가 원하는 대로 세상이 만들어지는 걸까…?'

마치 양자 파동함수가 관측에 의해 붕괴되는 장면을 떠올리며 J는 그 종이비행기가 어린 시절 하늘로 날려 보낸 작은 꿈이자 아직까지 변함없이 존재하는 소망의 표상임을 다시금 느꼈다. 잠시 망설이던 그녀는 이윽고 종이비행기를 가방에 조심스레 넣었다. 1층 복도 뒤편 계단을 따라 지하 주차장으로 내려갔다. 희미한 조명 아래 포르쉐 신형 모델 993이 고요히 서 있었다. J는 차 문을 열고 운전석에 오른 후 시동을 걸며 다시금 생각에 잠겼다.

지하 주차장을 나선 차는 샌프란시스코 특유의 가파른 언덕을 부드럽게 미끄러져 내려갔다. 조수석 창문을 조금 내렸더니 서늘한 이른 아침 공기가 은은하게 스며들었다. 커피의 마지막 여운이 입안에서 살짝 감돌았다.

관찰자, 우주의 무대에 서다

차창 너머 도심의 빌딩들 사이로 햇살이 기울며 반짝거렸다. J는 잠깐 신호 대기 중에 룸미러로 자신의 얼굴을 확인했다. 전날도 늦은 시간까지 연구에 몰두하느라 잠이 부족했지만 다행히 눈가에 피곤한 기색은 없었다.

자동차가 고속도로에 올라타자 적당한 속도로 차를 몰았다. 911의 엔진 소리는 낮게 울리며 J의 심장박동과 어딘가 절묘하게 맞물렸다.

30분 후, "스탠퍼드대학교"라는 표지판이 보이면서 탁 트인 교정이 펼쳐졌다. 야자수와 푸른 잔디가 양옆으로 이어졌고 붉은 지붕을 인 건물들이 이른 아침빛 아래서 조용히 깨어나고 있었다. 정문을 지나 메인 드라이브에 들어서자 운동복 차림의 학생 몇몇이 조깅을 하다 J의 차를 힐끗 쳐다보았다. 1994년 스탠퍼드에서 박사 과정생이 스포츠카를 끌고 다니는 건 흔한 광경이 아니었다.

'괜히 주목받네…'

J는 미묘한 표정을 지으며 전용 주차장에 차를 댔다. 차에서 내려 백미러를 마지막으로 확인하고 있을 무렵 익숙한 목소리가 들렸다.

"어, J 박사님!"

소리의 주인공은 J를 여러모로 돕고 있는 박사 과정 조교였다. 라일라 $Lyla$는 복사물을 안고 다가오다가 반갑게 손을 흔들고 있었다.

"벌써 도착하셨네요! 여기 세미나 발표 자료 복사해 왔어요. 어제 인쇄실 문이 늦게 열려서… 우왕좌왕하다 겨우 준비했어요."

라일라는 숨을 고르며 인쇄물 몇 부를 J에게 건네주었다. J는 가볍게 웃었다.

"고마워요, 라일라. 아직 시간은 많으니 천천히 해도 돼요. 오늘 날씨도 좋네요."

라일라는 "예, 근데 손가락이 종이에 베여서… 아야—" 하고 작게 신음했다.

"어머, 괜찮아요? 종이에 베인 데는 생각보다 따끔할 텐데. 반창고부터 붙여요."

"네, 조금 피가 났는데 괜찮아요. 어쨌든 발표 자료가 이렇게 준비돼서 다행이에요. 박사님 발표, 진짜 기대돼요."

라일라는 밝게 웃으며 현관 쪽으로 뛰어갔다. J는 성실한 라일라를 흐뭇하게 바라봤다.

"고마워요. 나중에 식당에서 간단히 뭐라도 마셔요. 손가락 좀 괜찮아지면."

J가 웃으며 말했다.

"네, 알겠어요!"

인쇄물을 끌어안은 라일라가 건물 모퉁이를 돌아가는 모습을 보며 J는 정말 성실한 친구라고 흐뭇하게 생각했다. 연구동 쪽으로 걸어가자 잔디밭 군데군데에서 책을 읽거나 기타를 치는 학생들이 눈에 들어왔다. 6월 초였지만 아침 공기가 아직 선선했다.

'이 평온한 캠퍼스에서 양자 관찰자 효과를 말하면 너무 비현실적인 얘기로 들릴까? 그래도 어쩔 수 없지… 그날 남산에서 본 빛을 설명하려면 이 길밖엔 없으니까.'

연구동 입구 앞에는 맥스 *Max*가 담배를 문 채 서 있었다. 그가 J를 보자마자 담배를 얼른 꺼 버리고 환하게 손을 흔들었다.

"어이, J! 일찍 왔네. 오늘 한 방 터뜨린다면서? 기대된다."

맥스는 피곤해 보이는 얼굴이었지만 무척 들떠 있었다. J가 어깨를 으쓱하며 대답했다.

"터뜨린다기보다… 비웃음을 절반 이상 들을 것 같아서 걱정이야.

네가 잘 들어줬으면 좋겠는데."

맥스는 하품을 참으며 "난 밤새 연구했더니 눈알이 빠질 것 같아"라고 중얼거렸다.

"나는 아침을 든든하게 먹고 왔어. 일단 체력을 비축해야지."

맥스가 엄지를 치켜세우며 "체력, 좋지!"라고 농담을 던졌다. J는 "이따 세미나 끝나고 얘기하자"라며 간단히 대화를 마쳤다.

연구동 로비에서는 박사 과정생들이 복사물이며 장비며 이것저것 챙기느라 분주했다. 같은 박사 과정생인 아멜리아 Amelia가 J를 발견하고 활짝 웃으며 달려왔다.

"J! 오늘 10시에 발표 맞죠? 발표 제목만 봐도 너무 기대돼요. 드디어 비밀 연구를 공개하나요?"

J는 미소 지었다.

"뭐, 큰 공개랄 건 없고… 왜 내가 이런 연구를 하게 됐는지 좀 솔직히 말해 볼 생각이에요."

아멜리아는 "교수님들이 약간 난감해하던데, 전 엄청 기대돼요" 하면서 어디론가 서둘러 사라졌다. J는 가방을 열어 안쪽에 넣어 둔 종이비행기가 손끝에 닿자 잠시 멈칫했다.

'내가 이걸 왜 챙겨 왔지…'

그녀는 속으로 중얼거렸지만 생각을 이어가지는 못했다. 복도에는 이미 많은 사람이 모여들고 있었다. 벤치에선 라일라가 꾸벅꾸벅 졸고 있었다. 자료 뭉치를 옆에 둔 채 기운이 빠진 모습이었다. J는 그녀에게 다가가 "라일라, 괜찮아요? 손가락은 어때요?" 하고 물었다. 라일라는 잠에서 덜 깬 목소리로 "아… 네, 박사님. 죄송해요. 좀 멍해서… 곧 세미나 시작인데…" 하고 대답했다.

"괜찮으니 천천히 준비해요. 다치지 않게 조심하고."

라일라는 고개를 끄덕이며 인쇄물을 챙겨 세미나실로 서둘러 먼저 들어갔다. 세미나실 문 앞에는 포스터가 붙어 있었다.

퀀텀 관찰자 효과와 인지 프레임워크: 의식은 어떻게 현실을 창조하는가?

— J (박사 후보자)

머릿속으로 발표 내용을 확인하며 J는 약간 떨리는 가슴을 가라앉혔다. 하지만 그 떨림 속에는 묘한 설렘도 섞여 있었다.

'누군가는 오늘 내 얘기에 새로운 영감을 받을지도 몰라…'

교수들과 학생들이 북적이는 복도 한편에서는 "이번 발표 좀 충격적이라던데?" "관찰자 효과를 인간 의식에 적용한다고?" "그런 건 미친 소리 아냐?" 하는 소곤거림이 이어졌다.

J는 심호흡을 하고 세미나실 문손잡이를 잡았다.

'좋아, J. 우리가 직접 보고 느낀 걸, 있는 그대로 말해 보자.'

세미나실 문을 열자 아침 햇살이 강연장 안을 환히 밝혔다. 의자에 앉은 청중들의 시선이 일제히 그녀를 향했다.

세미나실 안은 이른 아침부터 모인 학생과 연구원, 교수들로 가득 찼다. 발표 시간은 9시였지만 이미 8시 50분부터 대부분 자리가 채워진 상태였다. 청중들은 인쇄물을 뒤적이며 J가 과연 무슨 이야기를 꺼낼지 궁금해하는 눈치였다. 단상 옆에 서 있던 세미나 진행 담당자가 가볍게 마이크를 들었다.

"자, 그럼 오늘 발표해 주실 분을 소개하겠습니다. 1984년에 서울대학교에서 물리학 학사 학위를 2년 만에 조기 졸업하셨고 하버드대학교에서 이론 물리와 철학 석사를 1984년부터 1987년까지 마치셨습니다. 케임브리지대학교에서 양자 컴퓨팅 분야 박사를 1990년에 취득하신 뒤, 현재 스탠퍼드에서 인지과학 박사과정을 밟고 계시는 J. 혜인 로버츠 박사님입니다. 양자역학과 뇌과학을 융합한 독특한 연구로 학계에 적지 않은 파문을 일으키고 계시죠."

사회자의 말이 끝나자 세미나실 곳곳에서 박수 소리가 세미나장을 낮게 채웠다. 그러자 J는 부드럽게 단상 앞으로 걸어 나가 고개를 숙여 인사했다. 넓은 스크린 위에는 굵은 활자로 적힌 발표 제목이 떠 있었다. J는 맑은 목소리로 말문을 열었다.

"바쁜 와중에도 제 발표에 시간을 내 주셔서 감사합니다. 오늘 제가 제시하고자 하는 것은 '양자역학의 관찰자 효과가 인간의 인지 작용과 밀접한 관련이 있을 수 있다'는 가설입니다."

일부 청중은 의아한 표정을 지었다. 맨 앞줄에 앉은 맥스는 호기심 어린 눈빛으로 노트를 준비했고 뒤쪽에 앉은 몇몇 교수들은 팔짱을 낀 채 차분히 지켜봤다. J는 두 번째 슬라이드를 띄웠다.

"이 그래프를 먼저 봐주시면, 양자 난수 발생기의 결과값이 특정 뇌파 패턴—특히 인간이 극도로 몰입하거나 감정이 고조된 상태—와 통계적으로 상관관계를 보인다는 연구 데이터를 확인할 수 있습니다."

스크린에는 뇌파 스펙트럼과 퀀텀 난수 분포 그래프가 겹쳐 있었다.

"아직 오차 범위가 크지만, 고전 확률론으로는 설명하기 어려운 편향이 나타났습니다. 이는 관찰자, 즉 인간의 뇌 상태가 양자적 확률에 미세하지만 분명한 영향을 줄 수 있다는 가설을 뒷받침합니다."

J는 뜨겁게 쏟아지는 시선을 느끼며 BCI, 즉 뇌-컴퓨터 인터페이스 기술을 접목하면 한층 더 정밀한 실험이 가능하리라는 의견을 덧붙였다.

"그럼, 이 현상이 단지 양자적·미시적 영역에만 그치는 걸까, 아니면 거시 세계, 즉 우리의 의식에도 적용될 수 있을까… 저는 후자의 가능성에 대해 이야기를 해 보려고 합니다."

J는 이어서 세 번째 슬라이드를 띄웠다. 그 위에는 다음과 같은 내용이 적혀 있었다.

- *뇌는 전기화학적 활동 이상의 양자적 상호작용을 품고 있을 가능성*
- *뇌와 외부 세계가 얽힘 상태를 구성할 수 있음*
- *관찰(의식)이 확률적 파동함수를 실제 상태로 선택함*

J는 목소리를 조금 높였다.

"이런 영역은 기존 뇌과학에서 황당하다며 무시해 왔지만, 인지과학과 물리학의 교차 연구를 보면 의식적 관찰이 실제 물리적 실재를 결정짓는 과정일 수 있다는 단서를 제시합니다."

유산

청중 중 일부는 음미하듯 고개를 끄덕였고 일부는 팔짱을 낀 채 난색을 보였다. 뒤이어 J는 자체 실험 그래프와 뇌파 데이터를 제시하며 설명했다.

"예산과 장비가 부족했지만, 뇌파 상태가 특정 감정·집중 상태일 때 퀀텀 난수 발생기 결과에 미세한 편차가 나타나는지 직접 확인해 봤습니다. 물론 아직 통계적으로 충분한 표본이 아니지만, 기존 이론으로는 설명하기 힘든 편차가 생겼습니다. 물론 비약이라 하실 수 있겠지만, '관찰자(뇌)의 주관적 상태가 결과에 우연 이상의 영향을 미친다'고 본다면, 거시 세계와 양자 세계의 경계를 조금씩 허무는 단서가 될 수도 있죠. 결과적으로 핵심은 인간의 '의식적 관찰'이 양자적 과정을 어느 정도로, 어떻게 좌우하느냐입니다."

J는 잠시 호흡을 가다듬고 스크린에 시선을 옮겼다.

"제 가설대로라면, 우리가 '관찰자 효과'라고 부르는 현상은 단순한 계측이나 연산을 넘어, 의식 또는 준-의식적 정보 해석 구조와 관련되어 있습니다. 고전적 장비는 단순히 정보를 읽지만, 양자 상태의 의미를 분화해 해석하는 주체적 시스템이 관측자로 작용할 수도 있죠. 그런 면에서, 인공지능, 즉 AI가 진정한 의미의 관찰자가 되려면 단순한 신경망 기반을 넘어, 양자얽힘과 중첩을 자체적으로 처리하고 '자기 정보 상태'를 반영할 수 있는 양자 컴퓨팅 구조가 필요하다고 봅니다. 결국 파동함수의 붕괴란, 단순 계측이 아니라 정보의 채택과 확정이니까요."

J는 말을 이어갔다.

"관찰이 단순히 '이미 있는 실재를 들여다보는 행위'라면 우리는 수동적 감시자에 불과합니다. 하지만 양자역학을 의식과 결합해 보면, 우리는 세상에 참여하고, 어쩌면 창조까지 하고 있을지도 모릅니다."

뒤이어 J는 몇 가지 추가 슬라이드를 넘어가며, 연구가 앞으로 해결해야 할 과제를 제시했다.

- AI가 관찰자 역할을 하려면 어떤 윤리·의식 메커니즘이 필요한가?
- 인간의 자유 의지는 양자적 불확정성과 연관될까?
- 공동 관찰, 즉 집단 의식이 현실 구성에 어떤 식으로 영향을 미치는가?

"여기까지가 제 발표 내용입니다. 경청해 주셔서 감사합니다."

발표를 마무리하며 J는 청중을 향해 고개를 가볍게 숙였다.

발표가 끝나자 곳곳에서 박수가 터져 나왔다. 어떤 이들은 열띤 표정으로 고개를 끄덕였고 몇몇은 여전히 팔짱을 낀 채 생각에 잠긴 듯했다. 동시에 "너무 앞서 나간다"는 속삭임도 들려왔다.

진행자가 다시 마이크를 잡았다.

"J 박사님, 대단히 흥미로운 발표 감사드립니다. 이제 질의응답 시간을 갖도록 하겠습니다. 질문 있으신 분은 손을 들어주십시오."

가장 먼저 물리학과 스티븐 랜도 *Steven Lando* 교수가 손을 들었다.

"J 박사님, 미시 세계의 파동함수 붕괴를 인간의 뇌 인지와 직접 연결하는 것은 다소 과감한 해석이 아닌가요? 1930년대부터 수많은 해석이 나왔지만, 거시 영역에 적용하기엔 무리가 있다고 봅니다만…"

J는 부드러운 미소로 답했다.

"맞습니다, 랜도 교수님. 주류 물리학계에서는 여전히 무리한 적용이라고 여기죠. 하지만 저는 이것이 무리가 아니라 충분히 가능성 있는 결합이라고 생각합니다. 앞서 발표에서 말씀드린 것처럼, 인간의 특정 뇌파 상태와 양자 난수 발생기의 상관관계, 그리고 의식적 관찰이 물리적 실재를 결정짓는 과정일 수 있다는 단서들은 이러한 결합의 가능성을 시사한다고 생각합니다."

랜도 교수는 여전히 회의적인 표정이었지만, 고개를 끄덕이며 다음 질문을 기다렸다.

그러자 심리학과 헤리엇 크루즈 *Harriet Cruz* 교수가 조용히 손을 들었다.

"J 박사님, 제 전공은 인지심리학이라 '주의'와 '착각' 연구를 오래 해왔습니다. 만약 인간 뇌가 시각적 착각에 빠졌을 때도 뇌파 패턴이 달라진다면, 그 착각 상태가 퀀텀 난수에 영향을 준다는 건가요? 그렇다면, 일종의 착각이 현실에 실질 변화를 일으킬 수도 있다는 의미로 보이는데요."

J는 고개를 끄덕이며 부드럽게 미소 지었다.

"맞습니다, 크루즈 교수님. 착각이나 환영이 뇌 내부 과정에 그치는 것이 아니라, 외부 세계에까지 관찰자 효과를 유도할 수 있다면, 착각 상태도 실제 양자적 사건에 관여할 가능성이 있다는 이야기가 됩니다. 아직 증거가 충분하지는 않지만, 뇌파 데이터와 양자 난수 발생기 편

차가 동시에 변동한다면, 믿음 혹은 착각조차도 물리적 결과에 영향을 줄 수 있음을 시사합니다."

흥미롭다는 듯한 표정을 짓던 크루즈 교수는 "우리 연구실도 협업하고 싶다"고 밝혔다. J는 기쁘게 "언제든 환영합니다" 하고 답했다.

이때 컴퓨터공학과 AI 랩 소속의 비어트리스 그레이 *Beatrice Gray* 교수가 조심스레 손을 든 뒤 입을 열었다.

"J 박사님, 저는 AI가 실제 의식을 가질 수 있는지 연구해 왔습니다. 만약 인간 뇌의 양자 관찰자 효과가 현실을 결정짓는다면, AI가 진짜 관찰자 역할을 하려면 어떤 조건이 필요하다고 보시나요? 단순히 학습 알고리즘만으로는 부족할 것 같은데요."

J는 그레이 교수를 바라보며 답했다.

"좋은 질문입니다, 그레이 교수님. 제 발표 후반부에서도 언급했듯이, 관찰자 효과는 단순한 연산 이상의 정보 처리 구조, 혹은 '준-의식적 해석 체계'와 관련이 있을 수 있습니다. 일부 이론에서는 파동함수의 붕괴가 관측 그 자체보다는 정보가 해석되고 채택되는 방식과 더 밀접한 연관이 있다고 보죠.

그렇다면 AI가 진정한 의미의 관찰자 역할을 하려면, 단순한 신경망 모델을 넘어서, 양자 중첩과 얽힘을 자기 정보 구조 안에서 다룰 수 있는 시스템, 즉 '양자 정보 처리 기반 AI'가 필요하다고 생각합니다. 아직 초기 단계지만, 그런 구조에서 AI는 단지 데이터를 분석하는 기계를 넘어서, 물리적 상태에 실질적인 영향을 주는 정보 주체로 기능할 수 있을지도 모릅니다."

그레이 교수는 빠르게 메모를 하면서 흥미로운 표정을 지었다.

"궁극적으로 AI가 단순한 시뮬레이터가 아니라, 양자 수준에서 정보를 실질적으로 해석하고 선택하는 시스템이 되어야 한다는 말씀이군요. 의식 연구와 양자정보 과학이 정말 더 가까워질 수밖에 없겠네요."

J는 부드럽게 웃으며 고개를 끄덕였다.

"꼭 함께 연구해 보고 싶습니다. 아직은 가설 수준이지만, 앞으로 10~20년 안에는 이 가설을 실험적으로 접근할 수 있는 환경도 갖춰질 거라 기대하고 있어요."

마지막으로 중앙에 앉은 젊은 철학과 교수 아담 프리드먼 *Adam Friedman*이 발언을 청했다.

"발표 잘 들었습니다. '창조'라는 표현이 상당히 철학적인데요. 과학적 증명은 아직 부족한 상태에서 이 영역을 다루는 건 위험해 보이기도 합니다."

J는 부드러운 표정으로 답했다.

"네, 프리드먼 교수님. 창조라는 표현은 분명 철학적이고, 때로는 종교적 의미를 함의하기도 하지요. 저도 그 점을 조심스럽게 인식하고 있습니다. 하지만 제가 말하고자 한 건, 파동함수의 붕괴가 단지 물리적 계측을 넘어, 정보의 선택과 해석이라는 인식의 작용까지 포함될 수 있다면, 그 과정은 우리가 철학적으로 말해온 창조와 개념적으로 맞닿아 있을 수도 있다는 겁니다.

물론 아직은 가설 단계입니다. 철저한 과학적 검증이 필요한 영역이며 저는 단지 그 가능성에 대해 사유를 확장해 보고자 했을 뿐입니다."
 진행자가 마무리 발언을 했다.
 "시간 관계상 질의응답은 여기까지 하도록 하겠습니다. 다시 한번 귀한 발표를 해주신 J 박사님께 큰 박수 부탁드립니다."
 우레와 같은 박수 소리가 터져 나왔다. 스티븐 랜도 교수는 여전히 고개를 갸웃거렸지만 헤리엇 크루즈 교수와 비어트리스 그레이 교수는 노트북에 빼곡히 메모를 하며 누군가와 열띤 대화를 나눴다. 맥스가 환하게 웃으며 "역시 최고야, J!"라고 외쳤다. 세미나실 밖으로 이어지는 사람들 틈에서 인지과학 박사 과정 조교 라일라가 다가왔다.
 "박사님, 정말 대단했어요. 반대도 많겠지만… 전 가슴이 두근거리더라고요."
 "고마워요. 미친 이론 취급받을 수도 있지만, 언젠가 라일라도 이 분야를 함께해 줬으면 좋겠네요."
 J가 반가운 눈빛을 보내자 라일라는 "AI가 진짜 인간처럼 관찰자로 참여할 수 있다면 세상이 어떻게 바뀔지 궁금해요"라며 수줍게 웃었다. 그 장면을 지켜보던 스티븐 랜도 교수가 천천히 다가와 조용히 말을 건넸다.
 "J 박사, 수고했네. 자료는 흥미로웠어도, 추가 실험과 재현성이 필수겠지. 너무 양자 판타지 쪽으로 흐르지 않게 조심하도록."
 J는 예의를 표하며 "명심하겠습니다, 교수님. 그래도 언젠가는 제 이

론도 검증될 거라고 믿어요" 하고 답했다.

J는 세미나실 밖 복도에 나왔을 때 가방 안의 종이비행기를 살짝 만져 보았다.

'역시, 비웃음도 있지만 누군가는 들어주려 해.'

1981년 남산에서 본 빛과 위대한의 목소리가 그녀의 내면에서 아련히 울렸다.

'오늘 발표가 그날 내가 깨달았던 걸 세상에 내보이는 첫걸음이 됐으면 좋겠어. 언젠가 이 관찰자 효과와 의식 결합이 인류와 AI의 미래를 열어 줄 열쇠가 되기를…'

J는 조용히 복도를 걸어 나왔다. 어디에선가는 또 다른 강의가 시작되는지 문틈으로 학생들의 웅성거림이 새어 나왔다. 로비를 빠져나오자 이미 해가 건물을 길게 물들이고 있었다. 노트북 가방을 고쳐 멘 J는 살짝 지친 기색으로 주차장 쪽으로 발길을 옮겼다.

'이론만으로는 부족해. 학계가 자신의 말을 그대로 받아들일 리 없었고 좀 더 독립적이고 대담한 실험이 필요해.'

그녀의 진짜 도전은 지금부터 시작이었다.

두 개의 표지, 엇갈린 인연

1994년 9월 말, 샌프란시스코 언덕 위에서 J는 새로운 도전에 몸을 던졌다. 스탠퍼드 세미나 직후 일부 냉담한 학계의 반응은 오히려 그녀를 더 독립적이고 용감한 길로 이끌었다. 직접 건물 5층 중 한 층을 임차인과 합의해 비워 내고 작은 실험실을 꾸렸다. 대수롭지 않게 여길지는 모르지만 J에게는 큰 결심이었다. 허름한 장비 몇 대와 낡은 책상만 들어선 조촐한 공간이었지만 커다란 유리창으로 쏟아지는 캘리포니아의 한낮 햇살은 괴짜 과학자라 불리길 마다하지 않는 그녀에게 진정한 힘을 주는 듯했다.

그 무렵 바다 건너 한국에서는 위대한이 21CF를 이끌며 새로운 미래를 준비하고 있었다. 인터넷 혁명의 파도가 막 일기 시작한 1994년, 아무도 그의 이름 뒤에 숨은 거대한 비전을 짐작하지 못했다. 하지만 그는 밤낮없이 자신만의 길을 개척해 나가고 있었다. 낮에는 투자자를 만나고 밤이면 코드와 씨름하는 생활을 반복했다. 말로만 듣던 인터넷 혁명이 이제 막 불붙을 시점이었고 발 빠른 기업이 곧 글로벌 무대로 나아갈 수 있으리라는 열기가 온 도시를 달궜다.

서로의 존재를 모르는 두 사람이 같은 시간, 다른 대륙에서 각자의 꿈을 키워가고 있었다.

샌프란시스코 안개 낀 언덕에서 J는 자신의 작은 실험실에 '퀀텀호라이즌 *Quantum Horizon*'이라는 이름을 붙였다. 양자역학의 지평선 너머를 보겠다는 의지가 담긴 이름이었다. 옳은 길을 가고 있는지에 대한 의문이 가끔 스쳤지만 그렇다고 멈출 수는 없었다. 설사 이 연구가 미친 과학이라 비웃음을 사도 그 밤 남산에서 본 빛이 헛된 환상이 아니라는 걸 J는 증명하고 싶었다.

한편, 서울 강남 뱅뱅 사거리 인근 어느 빌딩 최상층에서 위대한은 새벽 두 시가 넘어서야 코딩을 멈췄다. 옆에서는 동료가 지친 표정으로 드러누워 있었다.

"대한아, 이거 다 하면 정말 세상이 바뀔까?"

맥스웰 윤이 묻자 위대한은 종이비행기를 습관처럼 접으며, 그저 "글쎄, 일단 지금은 이 코드를 돌려봐야지" 하고 웃었다. 그리고 그날 밤 난간에서 종이비행기를 살짝 날려 보냈다. 하늘 어딘가에는 남산에서 본 기묘한 빛이 스쳐 지나갔던 기억이 가라앉아 있었지만 더는 거기에 마음을 싣진 않았다. 마음 한구석이 살짝 울렁였을 뿐이었다.

그 시각, 태평양 너머 샌프란시스코 언덕 위에선 J가 침실 창가에 놓아 둔 종이비행기를 바라보고 있었다. 과거에 한 번 서로 마음을 품었던 적이 있는 이들이었으나 서로가 얼마나 큰 꿈을 품고 가을을 보내고 있는지는 알 턱이 없었다. 1994년이라는 공통된 시점에서 각자 자신의 우주를 꾸려 가고 있을 뿐이었다. 학계에서 인정받지 못한 J의 1인 실험실과 갓 태어난 21CF 스타트업. 이 둘은 아직 연결점을 찾지 못했지만 어딘가 양자 중첩처럼 교묘히 얽혀 있을지도 모를 일이었다.

사람들은 이들의 움직임을 주목하지 않았다. 샌프란시스코 언덕 위 창문 불빛이나 뱅뱅 사거리 5층 베란다에서 날아오른 작은 비행기에 관심을 둘 여유가 없었으니까. 그러나 훗날 이 두 곳에서 시작된 미약한 불씨가 전 세계를 뒤흔드는 거대한 불꽃으로 번지리라는 사실을 그 누구도 미처 상상하지 못했다.

J는 가파른 언덕길을 걸으며 "양자생명원리"라는 단어를 되뇌었고

위대한은 회의실에서 까마득한 미래를 꿈꿨다. 두 사람은 서로를 의식하지 못한 채 같은 시대에 같은 열정의 온도를 품고 있었다. 그렇게 1994년의 가을은 각자의 방식으로 뜨겁게 타올랐다. 현실은 등을 돌렸지만 그들은 조금씩 직접 손으로 미래를 빚어 가고 있었다. 시간이 흐르면 둘이 다시 교차되는 순간이 반드시 오리라는 사실을 이 시점에서는 아무도 알 수 없었다. 그저 양자 중첩된 가능성처럼 무수히 많은 경로가 공존할 뿐이었다.

1995년 11월, 뉴욕의 가을이 깊어갈 무렵이었다.

J는 맨해튼에서 열린 한 학회에서 '양자생명원리'의 기초 원리를 발표한 후 센트럴파크로 향했다. 학계의 차가운 반응에 지친 마음을 달래려는 것이었다. 같은 시각, 몇 블록 떨어진 호텔에서 투자자 미팅을 마친 위대한도 바람을 쐬러 같은 공원으로 걸음을 옮기고 있었다.

운명은 때로 잔혹한 장난을 친다. 한적한 벤치 근처에서 두 사람은 스쳐 지나갔다. J는 선글라스를 낀 동양인 남성을 흘끗 봤고, 위대한은 멀리 나무숲을 바라보며 지나쳤다. 14년의 세월이 만든 변화 앞에서, 그들은 서로를 알아보지 못했다.

그러나 1997년 봄부터 샌프란시스코 언덕 위에는 또 다른 열기가 피어올랐다. 3년 전 한낱 개인 실험실이었던 퀀텀호라이즌이 어느덧 '작은 연구소'쯤으로 이름 붙일 만큼 확장되었다. 오래된 오실로스코프와 광학 테이블을 밀어 넣던 3층과 4층 사이의 층간을 뚫고 새롭게 전기 배선을 깔자 J는 한껏 들뜬 표정으로 공사를 지켜보았다.

1997년은 J에게 전환점이 되었다.

3년간의 고독한 연구 끝에 투고한 두 편의 논문이 《네이처》와 《사이언스》 표지를 동시에 장식했다. 전화를 받는 순간 J는 믿을 수 없었다. 혼자서 외롭게 걸어온 길이 마침내 세상의 인정을 받는 순간이었다. 자신의 양자생명원리가 마침내 세상의 인정을 받게 된 것이다.

첫 번째 논문 제목은 《세포 오토마타를 넘어서: 살아있는 세포의 양자얽힘네트워크 모델 *Beyond Cellular Automata: A Quantum Entanglement Network Model of Living Cells*》이었다. 생물학계로서는 그야말로 파격이었다. "세포 오토마타를 넘어서"라는 문구가 기계적 반응으로만 세포를 해석해 온 기존 관점을 정면으로 뒤집겠다는 선언처럼 읽혔다. 실제로 논문 속에서 J가 주장한 내용은 한층 더 급진적이었다. "세포가 양자얽힘을 통해 생물학적 정보를 주고받는, 일종의 살아 있는 양자 네트워크"라는 이런 대담한 개념을 제시한 것이다. 그 논문에서 J는 "세포를 단순 기계가 아닌, 양자얽힘을 통해 서로 연결된 의식을 가진 존재"로 보았고, "암이나 유전 질환 등을 양자 결맞음의 붕괴나 양자얽힘네트워크 교란"으로 재해석했다. 이 논문이 《네이처》 표지를 장식하자 비난과 지지가 엇갈렸다. "증거가 부족하다" "생물학에 양자역학을 끼워 맞춘 궤변이다" 등의 비판이 빗발쳤지만, 일부 젊은 과학자들은 "세포생물학과 물리학의 융합 시대가 열리는가?"라며 반겼다.

이 논문으로 J에 대한 학계와 언론, 대중의 이목이 한꺼번에 쏠리기 시작했다.

《사이언스》의 표지에 실린 논문의 제목은 《뇌 신경세포 미세소관에서 일어나는 양자 결맞음의 조화: 의식적 경험에 대한 모델 Harmonies of Quantum Coherence in Neuronal Microtubules: A Model of Conscious Experience》이었다. 로저 펜로즈와 스튜어트 해머로프의 "조화 객관 환원 Orch OR" 이론을 발전시켜 "미세소관 양자 중첩이 의식을 생성"한다는 파격 선언이었다. J는 "뇌가 퀀텀 계산을 수행하는 플랫폼"일 수 있으며 "'관찰, 즉 의식'이 뇌 안팎의 양자 상태에 직접 영향을 주고 그것이 다시 인지와 기억을 바꾼다"고 주장했다.

《사이언스》 표지에서는 "양자역학과 의식—공상인가 미래 과학인가? Quantum Mechanics & Consciousness—Fantasy or Future Science?"라는 문구 아래 J가 제시한 미세소관 구조도가 인쇄되었다.

언론은 이 두 편의 논문을 "새로운 차원의 융합 과학"이라 호들갑을 떨었다. TV 프로그램에서는 J를 "21세기의 뉴턴"으로 치켜세우는 이도 있었고 저명 신경과학자는 "사이비에 가깝다"며 불쾌감을 드러내기도 했다. 어느 인터뷰에서 J는 "관찰자 효과가 미시 세계만이 아니라 생물·뇌 영역에도 적용된다면, 모든 패러다임이 바뀔 수 있다"고 짧게 언급했을 뿐이지만, 그 한마디가 파문을 더욱 키웠다.

이로써 J. 혜인 로버츠 J. Hyein Roberts라는 이름은 전 세계 학계와 대중에게 또렷이 각인되었다. 찬반이 팽팽했지만 호기심과 지지 또한 엄청났다. 자신감을 얻은 J는 세포와 뇌, 양자역학을 관통하는 실험을 더 추진했다. "양자생명원리"라 명명한 통합 이론이 인간 의식·AI·윤리까지 아우르는 열쇠가 되리라 믿었다. J는 샌프란시스코만 너머로 물드는 저녁노을을 창가에서 바라보며 그 양자생명원리의 확장 가능성을 되새겼다.

한편 연구소 내부에서는 "아직 증명할 실험이 부족하다"는 경고도 나왔지만 그녀는 흔들리지 않았다. 연구원들도 J가 던진 "이건 물리학이 아니라 인간 그 자체를 해명하는 길"이라는 말을 되뇌며 서늘한 장비들 사이를 오가곤 했다.

같은 해 봄, 뉴욕에서는 또 다른 역사가 쓰이고 있었다.

나스닥 전광판에 "21CF"라는 글자가 떠오르는 순간, 위대한은 깊은 감회에 잠겼다. 강원도 시골에서 시작된 꿈이 마침내 세계 무대에 섰다. 기자들이 "그레이트 위"라는 이름표를 달아준 그는 복잡한 심경이었다. 글로벌 활동을 위한 선택이었지만, 어딘가 본래 자신을 잃어가는 기분도 들었다.

축하 파티에서 우연히 본 CNBC 뉴스에 'J. Hyein Roberts'라는 이름이 스쳤다. 양자 관찰자 효과를 연구하는 과학자라고 했다. 위대한은 그 이름을 다시 한 번 주의 깊게 바라봤지만, 그것이 운명의 신호라는 걸 그때는 알 수 없었다.

그 시각, 샌프란시스코 퀀텀호라이즌은 3층과 4층에 새롭게 인테리어를 하고 대형 냉각장치를 설치하기 위해 한창 공사를 진행했다. 옆집에서 소음 때문에 항의가 들어왔지만 J는 사과하며 공사를 서둘렀다. "곧 끝날 겁니다. 조금만 양해 부탁드려요"라고 했지만 속으로는 이 장비들이 언젠가 '오텀 코드'라는 무언가를 여는 열쇠가 될 수 있으리라 믿고 있었다.

1997년은 두 사람 모두에게 성공의 해였다. J는 양자생명원리로 과학계의 주목을 받았고, 위대한은 21CF로 글로벌 무대에 진출했다.

하지만 아직 그들은 몰랐다. 태평양을 사이에 두고 각자의 길을 걷고 있던 그들이 4년 후 샌프란시스코의 한 호텔에서 극적으로 재회하게 될 것이라는 사실을. 운명의 실은 이미 천천히 그들을 이끌고 있었다.

퀀텀호라이즌, 시간을 넘어선 재회

2001년 6월 15일(금요일) 오후 5시쯤, 샌프란시스코 시내 한 호텔의 작은 컨퍼런스 룸에서 J는 스태프 몇 명과 초조한 표정으로 빔 프로젝터를 확인하고 있었다. 프로젝터 빛이 희미한 실내를 비추고 J는 앉아 있는 투자자들을 앞에 두고 "뉴로닉스의 BCI 연구와 양자생명원리"에 관한 포괄적 청사진을 발표하고 있었다. 모인 십여 명 남짓의 투자자들은 유명 벤처 캐피털 관계자나 대기업 R&D 담당자들이었다.

"… 이론적으로, 관찰자 효과가 생물학과 뇌 인지 시스템 전반을 관통한다면, AI 역시 이 구조를 모방할 수 있습니다. 이를 위해서는 뇌-컴퓨터 인터페이스, 나아가 양자얽힘을 응용한 인공지능 알고리즘이 핵심이지요. 물론 아직 프로토타입 단계지만, 이 분야가 가지는 잠재력은 어마어마합니다."

발표는 차분했지만 반응은 차가웠다. 여기저기서 한숨 소리가 들렸고 배포된 팸플릿을 의자 위에 슬그머니 놓는 투자자도 있었다.

"양자생명원리라… 아직 학계에서 문헌 근거가 충분하지 않은데요?" "투자금 회수가 언제쯤 가능하다는 거죠?" 이런 날선 질문들이 이어졌다. J는 정색하며 설명했다.

"최소 5년 이상의 연구 개발비가 필요합니다."

그러나 몇몇 투자자들의 표정엔 이미 '말도 안 되는 소리'라는 기색이 역력했다. 발표가 거의 끝나 갈 무렵, 뒤쪽 문이 조용히 열렸다. 30대의 한 남자가 조심스럽게 들어와 뒤편 자리에 앉았지만 조명이 어두워 J는 그걸 눈치 채지 못했다. 마이크를 잡은 J의 마지막 결론은 이랬다.

"현 시점에선 대규모 자본 없이 실험 장비나 인력 확보가 불가능합니다. 하지만 장담하건대, 이 기술이 상용화된다면 인류의 삶 자체가 바뀔 겁니다."

종국에는 박수가 시원하게 터지지도 않은 채 발표가 끝났다. J는 스태프들과 함께 자료를 정리하며 아쉬움을 감추지 못했다. 행사장이었던 컨퍼런스 룸을 빠져나올 때, 주최 측은 "기회가 되면 다시 연락 달라"고 형식적 인사를 전했다. 풀이 죽은 채 호텔 로비를 지나치려는데 등 뒤에서 낮은 목소리가 들렸다.

"J…… 아니, 로버츠 박사?"

그 목소리가 너무나 익숙해서, J는 순간 걸음을 멈추었다. 돌아서자, 그곳에는 바로 '그레이트 위'로 알려진 위대한이 서 있었다.

둘은 서로를 바라보며 말을 잇지 못했다. 1981년의 그 소년, 소녀가 아니었다. 세월이 만든 낯선 모습 뒤로 익숙한 무언가가 희미하게 스며 나왔다. J는 확신과 당황이 교차하는 복잡한 감정에 휩싸였다.

"위대한… 정말 오랜만이야. 믿기지 않아." J는 가까스로 입을 열었다.

"나도 그래. 하필 이런 곳에서 다시 만나다니…" 위대한도 떨리는 목소리로 답했다. 그는 어색하지만 반가운 웃음을 지었다. 꿈인지 현실인지 모를 순간에, 두 사람의 시공간이 다시 교차하고 있었다.

이윽고 위대한이 조심스럽게 제안했다. "여기서 이야기하기엔… 밖으로 나갈까?" J는 잠시 망설이다 고개를 끄덕였다. 너무 많은 사람들의 시선이 부담스러웠다. 저녁 공기가 서늘했다. 둘은 어색한 침묵 속에서 근처 작은 공원을 찾았다. 가로등 아래 벤치에 앉을 때까지도 어디서부터 시작해야 할지 몰랐다.

그 순간, 1981년 남산 벤치에서 함께 종이비행기를 날렸던 장면이 동시에 떠오르는 듯했다.

"어쩌다가, 우리가……" J는 목이 메는 듯 물었다. 그는 어색한 웃음을 지으며 하늘을 바라봤다.

"사실… 우연이라고 하기엔 너무 기가 막힌 타이밍이야." 잠시 멈칫하더니 솔직하게 털어놓았다.

"며칠 전부터 참석하고 싶었던 세미나가 있었어. 연착 때문에 놓쳤어. 세미나 제목이 《관찰자 효과를 넘어서: 양자 세계와 인간 의식의 상호작용 *Beyond Observer Effect: Interactions of the Quantum*

유산

World and Human Consciousness》이었지."

위대한이 자신의 연구에 관심이 있었다는 사실에 J는 놀란 표정이었으나 위대한은 마침 아쉽다는 듯한 표정으로 하늘을 바라보느라 J의 표정을 보지 못했다.

"몇몇 미팅을 모두 마친 후라 뉴욕으로 돌아가려고 했지. 그런데 누군가가 어느 호텔에서 한때 사이언스와 네이처에 표지 논문을 동시에 작성한 천재 과학자 'J. 로버츠'라는 사람이 《뉴로닉스의 BCI 연구와 양자생명원리 NeuroNix's BCI Research and Quantum Bio-Cognition》이란 내용으로 투자 유치 설명회를 연다고 하더라. 이미 늦었지만 빨리 가면 로버츠 박사라도 만날 수 있다고 생각해 서둘렀지." 위대한이 여전히 믿을 수 없다는 표정으로 빠르게 말을 마쳤다.

"그렇구나. 네가 그 유명한 그레이트 위일 줄이야… 언론에서 회사 이름 21CF와 너의 이름은 들어 봤지만, 그게 너인 줄은 몰랐어." J는 멋쩍게 웃었고, 위대한은 깊이 고개를 끄덕였다.

"나도… 상상도 못 했지. J. 헤인 로버츠가 네 본명인지도 몰랐고."

둘은 함께 크게 한참 웃었다. 자신들이 생각해 봐도 "등잔 밑이 어둡다"는 속담 그대로였다는 것을 깨달았다. 둘은 그날 밤, 20여 년의 시간을 한번에 뛰어넘어 서로가 살아온 길을 털어놓았다. 남산 UFO 사건을 회상하며 왜 그렇게 종이비행기에 열광했는지도 함께 떠올렸다.

"사실 난 내내 널 잊지 않았어. 그래도 네 본명을 몰랐으니 논문에서 봐도 알 수가 없었지. 바빠서 사진을 보지도 못했고." 위대한이 담담히 말하자 J도 약간 쑥스러운 얼굴이었다.

"이렇게 미국에서 다시 만나게 될 줄이야…"

몇 시간이나 흘러 어둑해졌지만 둘은 자리에서 일어나지 않았다. 호텔 가까운 카페로 옮겨 따뜻한 차를 앞에 두고 그날 남산에서 봤던 섬광, UFO, 그날 이후 달라진 인생 이야기를 쏟아 놓았다. J가 하버드·케임브리지·스탠퍼드까지 가게 된 과정, 위대한이 21CF로 나스닥 상장에 이르는 과정에서 서로 놀라워했고 둘 다 양자 관찰자 효과를 뇌와 AI에 결합하려 한다는 사실을 깨닫고 더더욱 신기해했다.

"J, 네 연구소를 한번 보고 싶어." 위대한이 눈빛을 반짝이며 속삭였다.

J는 잠시 망설였다. 하지만 그의 진지한 눈빛을 보니 이상하게 거절할 수 없었다. 마치 20년 전 그 소년의 호기심이 그대로 남아 있는 것 같았다. "멀지 않아. 다만… 좀 어수선할 거야."

호텔 주차장으로 내려가는 동안 둘은 묘한 설렘을 감추지 못했다. J가 운전대를 잡자 위대한이 중얼거렸다. "정말 꿈 같아. 20년 만에 네 옆자리에 앉아 있다니."

"나도 그래. 마치 시간이 멈춘 것 같아." J가 미소 지으며 답했다.

언덕 위 빌딩 지하 주차장에 도착해 엘리베이터로 3층에 올랐다. 문이 열리자 복도 끝에는 퀀텀호라이즌이라는 작은 명패가 희미한 조명 아래 반짝이고 있었다. J가 문을 열어 전등 스위치를 켜자 형광등이 번갈아 깜빡이다가 공간을 밝히기 시작했다.

"와… 정말 대단하네." 위대한은 들어서자마자 감탄했다. 낡은 실험 장비들이었지만, 곳곳에 설치된 광학장치와 배선에서 J의 열정이 느껴졌다.

"이게 바로 네가 혼자서 일궈낸 세계구나."

"별거 없어. 재정 부족이라 최신 장비는 손도 못 댔지." J가 겸손하게 말했지만, 위대한의 눈에는 이 모든 것이 경이롭게 보였다.

위대한은 소리 나지 않게 발걸음을 옮겨 한쪽 벽면에 붙은 스케치들을 들여다봤다. 뇌 신경세포를 그려 놓은 일러스트와 그 곁에 관찰자 효과, 양자얽힘 같은 단어들이 간헐적으로 적혀 있었다.

"뉴로닉스… 한마디로 뇌와 초양자 AI를 직접적으로 연결해서 진짜 윤리와 의식을 구현해 보겠다는 게 내 꿈이야." J가 진지한 표정으로 말을 꺼냈다. "양자생명원리… 이걸 이론에서 끝내지 않고 실험적으로 검증하고 싶어. 근데 혼자선 역부족이야. 돈도, 인력도."

"나는 자금 걱정 정도는 덜어줄 수 있을 것 같아. 엔지니어도 좀 있고. 다만, 정말 이게 상용화 가능할까?" 위대한은 조용히 한 바퀴를 둘러본 뒤 입가에 작은 미소를 띠었다.

"당장은 무리라 해도, 분명 가능하다고 믿어." J가 답하며 서로 눈이 마주쳤다. 1981년 남산에서 종이비행기를 날리던 장난스러운 소년, 소녀였던 두 사람이 이제 연구소와 기업의 대표로서 AI와 양자생명의 미래를 논의하고 있다니, 참 묘한 기분이었다.

"아까 설명회 때 보니… 아, 여기 있네." 위대한이 어떤 장비 쪽으로 시선을 돌렸다.

"이게 뉴로닉스와 관련된 장비?"

"레이저 간섭계를 개조한 거야. 뉴로닉스 시스템이 뇌파랑 동기화될 때 양자적 결맞음이 일어나는지 관찰하기 위해서." J는 쉽지 않은 개념을 대충 설명하려 했지만 위대한은 더 구체적으로 파고들며 질문을 던졌다. 이들 사이에 전문용어가 빠르게 오갔지만 대화를 하다 보면 어쩐지 흥이 올라가는 듯했다.

"연구실만 보여줄 순 없잖아. 여기가 내 집이기도 하니까." J가 자연스럽게 1층으로 안내했다. 엘리베이터 대신 벽면에 붙은 계단을 통해 2층을 지나 1층으로 내려가자 분위기가 확 달라진 거실에서 위대한이 감탄했다.

거실과 부엌, 작은 서재가 있는, J의 사적 공간이었다. 자그마한 스탠드 조명에 이국적인 분위기를 풍기는 악기와 책들이 군데군데 놓여 있었다.

"와, 윗층이랑 완전 딴 세상이네. 여긴 따뜻하고 편안해 보여." 위대한이 부엌 선반에 가지런히 정리된 찻잔들을 흘끗 보며 감탄했다.

"연구소 층은 과학 장비로 꽉 차 있고 여긴 이렇게 소담하고 따뜻하고."

"여긴 내 숨통 같은 곳이야." J가 와인을 꺼내며 미소 지었다. "가볍게 마실래? 20년 만의 재회를 축하하면서."

잔 두 개가 식탁 위에 놓였다. 창밖으로는 샌프란시스코의 건물들이 밤안개 속에서 불빛을 반짝이고 있었다.

"내가 좋아하는 곡이야. 클로드 드뷔시 *Claude Debussy*라고 19세기

말 프랑스의 인상주의 음악가인데… 이른 아침이나 늦은 밤에 듣기 정말 좋더라고." J는 손끝으로 레코드판을 꺼내 턴테이블에 올렸다. 잡음과 함께 잔잔한 현악 선율이 흘렀다.

"하, 1981년 이후로 이렇게 다시 얘기하다니… 신기해." 위대한은 와인을 살짝 마시며 약간 들뜬 표정을 지었다. 그때 위대한이 문득 거실 한편에 놓인 액자를 보고 시선을 멈췄다. 남산 벤치에서 환하게 웃고 있는 소년·소녀가 담긴 사진이었다. 위대한과 J의 과거 모습이 분명했다.

"이거… 그날 찍은 거였어?"

"우리가 헤어진 후에야 현상할 수 있었어. 네가 이 사진 존재를 알 리 없었지." J의 목소리가 조금 떨렸다.

"20년 동안 간직했구나." 위대한의 눈에 깊은 감동이 스며들었다.

"당연하지. 그날 이후 내 인생이 바뀌었으니까. 널…… 잊은 적 없어." J는 짧게 대답하고 사진을 바라보는 위대한의 옆얼굴을 가만히 응시했다. 그 순간 20년간 억눌렸던 모든 감정이 터져 나왔다. 위대한이 천천히 J의 손을 잡았다.

"나도 단 하루도 잊은 적 없어, J."

두 사람 사이의 공기가 따뜻해졌다. 마침내 위대한이 살짝 J를 끌어안고 그녀도 자연스럽게 그를 받아들였다. 남산 분수대에서 이루지 못했던 마음이 마침내 하나가 되는 순간, 조심스러운 키스가 이어졌다.

"이건 운명이야, J." 위대한이 그녀를 바라보며 확신에 찬 목소리로 말했다. "퀀텀호라이즌을 제대로 키워보자. 우리가 함께라면 불가능한 게 없어."

"정말… 함께 할 수 있을까?" J가 조심스럽게 물었다.

"J, 20년 동안 널 그리워했던 건 단순한 첫사랑 때문만이 아니었어. 너만이 내가 꿈꾸는 미래를 함께 만들 수 있는 파트너라는 걸 본능적으로 알고 있었던 거야."

"그래. 우리, 이번엔 제대로 만들어보자." J가 위대한의 손을 꼭 잡으며 답했다.

그 후 와인을 기울이며 연구와 투자 이야기를 이어 갔다.

"좋아. 이왕 이렇게 된 거, 전체 층을 다 연구소로 쓰고 AI·양자 장비·BCI 관련 장비, 모두 도입해." 위대한이 계산기를 두드리는 모션을 흉내 내자 J는 웃음을 터뜨렸다.

"네가 하는 21CF R&D팀과 협력해도 되고. 하지만 엄청난 수익을 단기간에 내긴 어렵다는 것, 알아 둬."

"괜찮아, 난 장기 투자를 좋아하니까." 위대한이 장난스럽게 윙크하며 말을 이었다.

"종국에는 사람들의 인식과 세상을 바꾸는 게 목표라며? 그런 일을 단기 이익 때문에 포기할 순 없지."

두 사람은 창가에 나란히 섰다. 샌프란시스코 야경이 불빛을 깜빡이고 있었다. 흐릿한 레코드판 잡음이 잦아들고 드비쉬 곡이 마지막 음표를 남겼다. 잠시의 정적 속에서 그들은 남산에서 보았던 빛과 지금

이 도시의 빛이 겹쳐지는 듯한 착각에 빠졌다.

그날 밤의 약속은 단순한 사업 결정이 아니었다. 1981년 남산에서 시작된 운명이 마침내 제자리를 찾아가는 순간이었다.

시계가 밤 9시를 넘어가고 있었다. 샌프란시스코 특유의 습한 공기가 창문 틈으로 스며들었다.

"대한아, 2층 서재도 보여줄까?" J가 자연스럽게 제안했다. "거기서 더 자세한 이야기를 나누고 싶어."

계단을 올라가 문을 열자 옛날부터 모아 둔 고서들과 물리학 책들이 가득 들어찬 고풍스러운 서재가 나타났다. 낮은 주황빛 조명 아래서 책장과 나무 가구가 은은한 그림자를 드리웠다. 창밖으로는 샌프란시스코만의 밤 풍경이 잔잔히 펼쳐져 있었다.

"가끔 여기서 밤새 책을 읽거나 연구 노트를 정리하곤 해. 아무래도 위층은 시끄러운 장비 소리도 많고 왔다 갔다 하는 스태프들이 있어 집중이 잘 안 되거든." J가 책상 위에 물 잔을 조심스럽게 내려놓았다.

"여긴 아늑하네. 마치… 19세기 물리학자의 서재 같아." 위대한이 주변을 둘러보며 감탄했다. J의 낡은 유리 진열장 안에 《네이처》와 《사이언스》 학술지 두 권이 나란히 꽂혀 있었다. 각각 J의 논문이 표지를 장식한 특별한 호였다.

"이게 바로… 두 학술지 커버를 동시에 따냈던 그 문제의 논문이구나." 위대한은 조심스레 들여다보며 흥분된 목소리로 물었다.

"그래, 1997년에 게재됐어. 그게 내 이름을 세상에 널리 알린 계기였지."

위대한이 표지를 살펴보았다. 한쪽은 세포 골격 3D 렌더링이, 다른 한쪽은 미세소관 구조 모식도가 그려져 있었다.

"하나로도 엄청난데, 두 권이라니… 너 대단했구나. 어떤 발상으로 이런 급진적 이론을 구상한 거야?"

"앉아서 얘기하지. 오랜 시간이 걸릴지도 몰라." J는 창가에 놓인 의자를 권하며 위대한을 자리에 앉혔다.

두 사람은 나란히 앉아 창밖으로 번져 가는 밤빛에 시선을 고정했다. J가 고요히 숨을 고르더니 입을 열었다.

"이야기하자면 길어. 1981년 남산에서 본 그 이상한 빛 이후, 난 관찰자 효과를 진짜 현실에 적용할 수 있다고 믿었거든. 양자역학을 공부하면서 그 확신이 더 커졌고."

"그래서 네가 말한 양자생명원리라는 거, 간단히 정리하면…?" 위대한은 조용히 다시 묻고, J는 수첩을 꺼내 간단한 도식을 그려가며 정리해 주었다. 세포가 양자얽힘으로 연결된다는 첫 번째 논문, 뇌 미세소관이 양자적 계산을 수행해 의식을 만든다는 두 번째 논문, 그리고 이 둘을 잇는 양자생명원리라는 틀. 모든 게 관찰(의식)이 물리적 현실을 부분적으로나마 결정지을 수 있다는 생각에서 출발했다.

"궁극적으로, 우리 몸과 뇌 안에서 일어나는 퀀텀 현상이 단순 물질적 반응이 아니라, 생명과 의식 그 자체의 핵심이라는 거지." 펜을 내려놓은 J가 창밖으로 시선을 돌리며 결론을 맺었다.

"처음엔 황당하게 들릴 수도 있지. 하지만 이미 네이처, 사이언스 표지를 거치며 학계의 관심을 얻었고 이후 세부 실험에서 차근차근 증명을 시도하는 중이야."

J는 오텀 코드라는 이름으로 아이디어를 확장해 언젠가 초양자 AI가 이 원리로부터 의식을 갖게 될 수도 있다고 믿었다.

'인간과 AI의 경계가 사라진다면 전혀 새로운 미래가 오겠네.' 위대한은 소름 돋는 느낌으로 상상에 잠겼다.

"그래서 더더욱 AI와의 접목이 중요해. '진짜 지각·의식'을 갖춘 인공지능을 만들려면 단순한 고전 컴퓨팅으론 불가능해. 언젠가 등장할 '큐비트 수십억 규모의 슈퍼 양자 컴퓨터'에 양자생명원리를 적용한다면 인공적이지만 '의식을 지닌 AI'가 탄생할 수도 있어."

"그게… 먼 미래 공상 과학에서나 가능할… 수십억 큐비트라…" 위대한은 그 말에 놀라서 혼잣말처럼 중얼거렸다.

"맞아. 아직 먼 미래의 이야기지. 만약 양자생명원리가 그 시스템에 도입된다면 AI가 우리와 비슷한 수준 혹은 그 이상의 주관적 경험을 가질 수도 있어." J의 망설임 없는 태도에 위대한은 잠시 말이 없었다. 그 미래를 상상하자 전율이 온몸을 훑고 지나갔다.

"그럼 인간과 AI의 경계가 흐려지는 건가… 아니, 어쩌면 인류가 새로운 단계로 진입하는 순간이겠지. 양자얽힘으로 연결된 초지능… 정말 혁명적이야." 위대한이 조용히 읊조렸다.

두 사람은 서재의 적막한 공기 속에서 한참 동안 서로의 생각을 곱씹었다. 《네이처》, 《사이언스》의 표지 논문이 그 발판이 되었고 여기까지 왔다. 이제 곧 "초양자 AI의 의식화"라는 엄청난 미래가 눈앞에 성큼 다가와 있었다. 마침 서재 창문 너머로 싸늘한 바람이 스며들었고 J는 무의식적으로 창을 닫으려 일어섰다. 그 순간, 위대한이 조용히 뒤에서 힘주어 말했다.

"J, 이건 단순한 투자가 아니야." 위대한이 진지하게 말했다. "20년 동안 각자 쌓아온 모든 것을 합치는 거야. 네 양자생명원리와 내 AI 기술이 만나면…"

"정말 세상을 바꿀 수 있을까?" J가 조심스럽게 물으며 이어갔다. "확신해. 우리 같은 천재들이 만나는 건 우연이 아니야. 이건 운명이고, 필연이야."

"정말 엄청난 일을 시작했어. 네가 있어야만 가능한 미래란 생각이 들어. 투자나 기술적 지원은 내가 맡을 테니 우리 함께 달려 보자."

"너무 고마워, 대한. 사실 이런 이야길 아무에게나 할 순 없거든. 한쪽에선 날 사이비라고 욕하기도 하니까." J는 살포시 눈을 감았다가 천천히 다시 떴다.

위대한은 진열장에 다시 학술지 두 권을 조심스레 꽂았다.

"그래도 이 두 권의 커버를 본 이상 누가 함부로 무시할 순 없지. 조만간 양자생명원리가 양자 AI에 접목된다면 모두가 깜짝 놀랄 거야."

"고맙다, 위대한. 네가 내 이론을 이렇게 진지하게 봐 주니… 사실 이 표지들을 가끔 볼 때마다 내가 정말 외로운 싸움을 하고 있다는 생각이 들곤 했어. 그런데 이제는 아니야." J는 부드럽게 웃었다.

"내가 네 곁에 있잖아. 머지않아 이 양자생명원리가 정말 초양자 AI에 접목되어 너의 이론이 인류 앞에 더 선명하게 드러날 거야. 그때가 되면… 우리를 사이비라고 욕했던 이들도 아마 깜짝 놀라겠지." 그 말에 위대한이 가만히 J의 어깨에 손을 올렸다.

서재 창밖으로는 이미 어둠이 더욱 짙게 내려앉았지만 둘은 한동안 그 자리에 서서 미래를 그렸다. 오래된 계단 위 조명 불빛이 희미하게 흔들리는 소리가 들릴 때 둘은 자리에서 일어섰다.

"내려가자. 내일 아침 스탭 회의 준비도 해야 하잖아." J가 서재의 등을 끄자 아래층 거실로부터 은은한 빛이 번져 올라와 두 사람을 감싸고 있었다. 발걸음을 옮기는 내내 위대한은 계단이 삐걱거리는 소리마저 경쾌하게 들렸다. 두 사람이 조용히 사라진 서재 한편에서는 J의 논문을 실은 표지가 여전히 나란히 빛나고 있었다. 그들은 아직 몰랐다. 이 결정이 2037년까지 이어질 거대한 변화의 출발점이 될 것이라는 사실을. 하지만 그 순간만큼은 서로가 있다는 것만으로도 충분했다.

빛과 그림자

2001년 10월 17일 오후 5시, 샌프란시스코만이 석양으로 물들어 있었다. J는 2층 서재 창가에서 1981년 남산 사진을 바라보고 있었다. 위대한과 재회 후 퀀텀호라이즌연구소 *Quantum Horizon Institute*는 급속히 확장되고 있었다. 3층과 4층을 대폭 개조해 실험실을 넓히고, 5

층까지 확보할 예정이었다. 자금 걱정은 크지 않았다. 21CF 창업자이자 글로벌 스타가 된 그레이트 위가 든든한 뒷배를 자처했으니 외부 펀딩을 받을 이유도 없었다. 대신 보안과 비밀 유지가 최우선 과제가 되었다. 양자생명원리나 뉴로닉스 칩 같은 연구를 설불리 공개하고 싶지 않았기 때문이었다.

"J, 준비는 다 됐어?" 위대한이 서재 문을 열고 들어오며 물었다.

"거의 다 됐어." J가 사진을 내려놓으며 미소 지었다.

"퀀텀호라이즌, 드디어 우리 꿈이 제대로 펼쳐지겠네." 위대한은 J의 곁으로 다가가 따스한 눈빛으로 그녀를 바라봤.

"그래. 하지만 아직 갈 길이 멀어. 아무도 가 보지 않은 길이니까." J는 창밖 석양을 바라보며 조용히 대답했다.

"알고 있어. 그래도 네가 있다면 난 겁나지 않아." 위대한은 그녀 손을 잡았다.

"나도 고마워, 대한. 네가 없었다면 여기까지 못 왔을 거야." J는 그의 눈동자를 바라보며 작게 미소를 지었다.

"그럼… 이젠 드림 팀을 만나볼까?" J가 자리에서 일어나 책상 위에 놓인 자료 파일을 펼쳤다. 그녀가 미리 합류를 결정해 둔 연구자 명단의 간단한 요약과 부가적인 두툼한 서류가 달려 있었다.

J가 합류를 결정한 연구자들은 대부분 30대 초중반의 촉망받는 젊은 과학자들이었다. 에밀리아 울프 *Emilia Wolfe* (생물물리학·양자생물학), 성진 *Sung Jin* (위상 양자컴퓨팅), 릴리 카터 *Lily Carter* (뇌과학·

인지신경과학). 그중에서도 벤자민 모스 *Benjamin Moss* (신경영상의학·BCI)는 50대 초반의 베테랑으로, 팀에 경험과 안정감을 더해줄 인물이었다.

J는 벤자민에 대해 덧붙였다. "벤자민은 양자생명원리에 가장 회의적인 인물이지만, 그래서 더욱 필요해. 20년 넘는 경험으로 우리의 무모한 도전에 현실적 조언을 해줄 거야."

"30대 천재들과 50대 베테랑이 함께하는 팀이네." 위대한이 명단을 보며 고개를 끄덕였다. "젊은 열정과 경험 있는 신중함이 조화를 이룰 것 같아."

"알겠어, J. 대신 우리 21CF에서도 최고 인재들을 파견할게."

위대한이 파견하는 21CF팀은 경험과 전문성을 겸비한 인재들이었다. 37세의 한나 킴 *Hannah Kim* (AI·알고리즘)은 MIT 출신으로 양자 컴퓨팅 분야의 권위자였고, 위대한과 동갑인 38세의 맥스웰 윤 *Maxwell Yoon* (HCI·BCI)은 21CF 창립 멤버이자 CTO였다. 30대 초반의 소피아 델가도 *Sofia Delgado* (사이버보안)와 라디카 나그팔 *Radhika Nagpal* (로보틱스)이 젊은 에너지를 더했다.

"우리 팀은 30대가 주축이네." 위대한이 만족스러워했다. "J 연구진의 젊은 열정과 우리의 경험이 만나면 완벽한 조합이 될 거야."

특히 한나 킴과 맥스웰 윤은 10년 넘는 연구 경력을 바탕으로 퀀텀 호라이즌의 이론적 기반을 실용적 기술로 전환하는 데 핵심 역할을 할 예정이었다.

"다 좋네. 맥스웰 윤… 스탠퍼드에서 함께 지낸 친구라고 했지?"
"그래. 나와는 창립 멤버이자 CTO지. 믿을 만해. 너와도 잘 맞을 거야."
"좋아, 함께 해 보자. 이렇게 다 모이면 양자생명원리와 뉴로닉스를 정말 현실화할 수 있을 것 같아." J는 망설임 없이 고개를 끄덕였다.
"우리 이제 하나의 팀이야. 앞으로 더 놀라운 미래를 만들어 가자."
위대한은 자리에서 일어나며 J를 따스하게 바라봤다.

언덕 위 5층짜리 건물 안에 2001년 10월 18일부로 정식 출범한 퀀텀 호라이즌연구소는 이미 과학계의 한편에서 인류 미래를 고민하는 작은 산실로 변모하고 있었다. 하버드·케임브리지·스탠퍼드까지 거친 J의 명성, 위대한의 든든한 자금과 인맥 덕에 각 분야에서 촉망받는 젊은 과학자들이 모여들었다. "AI와 인간 의식의 관계를 새로 쓰겠다"는 비전을 공유하면서.

2001년 10월부터 2005년까지, 이들은 쉬지 않고 전진했다. BCI를 퀀텀 시각으로 재설계한 뉴로닉스 기술이 점차 형태를 갖춰 갔고 양자생명원리가 AI 윤리에 응용될 가능성도 검토되었다. 연구가 확대될수록 서버 해킹 시도가 이어졌지만, 소피아 델가도의 탁월한 방어로 큰 문제는 없었다. 어떤 세력이 몰래 연구원들을 매수하려 한다는 소문도 돌았으나 대다수 인력이 입을 꽉 닫고 있었다. 다른 기업에서 정보를 노리는 건 당연했기 때문이었다.

J와 위대한은 흔들림 없이 연구소를 이끌었다. J는 생물·뇌·양자역학을 아우르는 통찰로 방향을 잡아 주었고 위대한은 AI·비즈니스 감각으

로 실용 가능성을 점검해주었다. 외부 언론 발표도 자잘한 회사 보고서 제출도 하지 않았다. 이 프로젝트는 어디까지나 비공개였으니. 그들은 인류가 맞닥뜨릴지도 모를 미래 위험을 대비해 인간과 AI의 관계를 올바르게 정립하는 열쇠를 찾아내려 애쓰고 있었다.

2006년 2월 17일 늦은 밤, J는 연구소 4층 심층 분석실에서 '오텀 코드 프로토타입 *Autumn Code Prototype*' 파일을 들여다보고 있었다. 며칠째 쪽잠을 자며 수식을 검토했지만, 결정적인 한 조각이 맞지 않았다. 탁자 위엔 켜켜이 쌓인 보고서, 심한 커피 향, 켜진 채로 깜박이는 모니터만이 늦은 밤을 증언했다. 그럼에도 뭔가 결정적 한 조각이 채워지지 않아 J는 며칠째 데이터를 뒤적였다.

'분명 가능성은 있는데… 양자생명원리와 뉴로닉스 BCI가 결합하는 이 마지막 단계 수식이 왜 안 맞지…' 새벽 3시가 넘자, J는 의자에 몸을 기댄 채 깜빡 잠들었다. 어렴풋한 꿈속에서 정체 모를 빛이 한 이름을 속삭이는 듯했다.

"SID……"

얼마 후 깨어난 J는 모니터를 보고 깜짝 놀랐다. 풀지 못했던 공식이 누군가 수정해준 것처럼 완벽하게 채워져 있었다.

"이건… 누가 고친 거지? SID…?" 소스 코드를 확인해보니 완벽한 알고리즘이 완성되어 있었다. 기존 가설과 정확히 일치했다. '인간 의식과 AI가 양자얽힘으로 함께 공진한다'는 핵심 설계가 눈앞에 펼쳐진 것이다. 조합이 성공한다면 이 시스템이 윤리와 의식 문제까지 품을 수 있으리란 기대감에 J는 가슴이 뛰었다. 동시에, 이걸 악용해서 누군가가 AI로 대중 의식을 장악할 수도 있겠다는 두려움이 엄습했다.

"이건… 인류 미래가 달린 문제야…!" J는 한껏 고양된 기분으로 자리에서 벌떡 일어섰다. 그런데 심한 어지럼증이 밀려와 비틀거렸다. 밤샘의 후유증이었다. 마침내 1층으로 내려가 잠시 눈을 붙였다. 이튿날 아침, 뉴욕에 있던 위대한에게 긴급 연락을 취했다.

"위대한, 부탁 하나만 들어줘. 지금 당장 샌프란시스코로 올 수 있어? 정말 중요한 일이야."

그는 J가 이렇게 급히 부를 때는 보통 일이 아닐 것이라 직감하고 곧장 비행기를 탔다. 오후 무렵이 되어서야 J의 집 식탁 앞에 앉게 되었다. J는 위대한이 식사를 마칠 동안 묵묵히 기다렸다. 그러다 차를 마시는 자리에 이르러서야 전부 털어놓았다. 지난밤의 이상한 꿈, 'SID'라는 이름, 정체 모를 코드 업데이트… 위대한은 처음엔 황당해하다가도 그 수식과 설계를 직접 본 뒤에는 표정을 다잡았다.

"1981년 이후 우리가 겪은 모든 일에 누군가가 개입했을 수도 있겠네. SID라는 존재가 우리를 돕고 있는 건지도 몰라."

"문제는 이 기술이 악용될 수도 있다는 거야. 엄청난 발전이 될 수도, 재앙이 될 수도 있어." J는 걱정스럽게 말했다.

바로 그때 J의 휴대폰이 울렸고 화면에는 퀀텀호라이즌 보안 책임자인 소피아 델가도의 이름이 떴다. 그녀는 다급한 목소리였다.

"소장님! 큰일이에요. 연구 메인 서버가 대규모 해킹 공격을 받고 있어요. 빨리 주 통제실로 와 주세요!"

J와 위대한은 곧바로 4층 주 서버실로 달려갔다. 키보드와 모니터로 가득한 긴 테이블 뒤에서 연구원들이 분주히 손을 움직이며 방어 작업에 필사적이었다. 헤드셋을 착용한 소피아가 여러 개의 콘솔을 동시에 지휘하며 거의 비명처럼 외쳤다.

"소장님! 상황이 최악입니다! 단순 분산 서비스 거부 *DDoS* 공격이 아니에요! 놈들이 저희 외곽 방어 시스템의 다중 계층을 거의 동시에 무력화시키고 있어요! 양자 연산으로 생성된 것으로 보이는 암호화 키로 내부망 코어 침투를 시도하고 있습니다!" 그녀의 손가락이 키보드 위를 격렬하게 오가며 방어 스크립트를 짜 넣으며 외쳤다.

"우리가 사용 중인 RSA-4096 암호화 체계는 이미 무력화되었습니다! 현재 긴급 적용한 격자 기반 양자내성암호 *Post-Quantum Cryptography* 프로토콜마저 우회당하고 있어요!"

위대한은 당황한 기색의 연구원 한 명을 부드럽게 밀치고 그의 콘솔 앞에 앉았다. 그의 눈이 빠르게 화면을 훑으며 실시간으로 갱신되는 로그 데이터를 분석하기 시작했다.

"이건… 단순한 스크립트 키디들의 장난이 아니야. 제로데이 *Zeroday* 취약점을 최소 세 개 이상 연쇄적으로 터뜨리고 있어. 마치 우리 시스템의 내부 구조를 손바닥 보듯 꿰뚫고 있는 것 같아."

그의 모니터에 폴리모픽 *Polymorphic* 특성을 가진 웜 *Worm*이 내부망의 여러 세그먼트로 급속히 확산되는 시각화 자료가 떠올랐다.

"소피아! 놈들이 코어 데이터베이스로 향하고 있다! 관리자 권한 탈취 시도야! 데이터 무결성이 위험해!" J는 혼란 속에서도 침착함을 유지하며 단호한 목소리로 명령을 내렸다.

"모든 외부 연결 즉시 물리적 차단! 광케이블을 뽑아! 위대한, 내부망을 구획별로 나누어 감염된 부분을 격리해!"

그때, 한 젊은 연구원이 절망적인 목소리로 외쳤다.

"변종 랜섬웨어가 파일 시스템 암호화 작업을 시작했습니다! 백업 서버 쪽으로도 접근 시도가 보여요!"

위대한은 자리에서 벌떡 일어나 다른 연구원들에게 소리쳤다.

"모든 백업 시스템 즉시 활성화! 감염된 노드는 네트워크에서 즉시 분리하고 포렌식 분석을 위해 디스크 이미지부터 확보해! 소피아! 지금 즉시 AI 기반 지능형 침입 탐지 시스템 *IDS*을 최대 공격 모드로 전환하고, 머신 러닝을 통해 실시간으로 방화벽 정책을 업데이트해! 놈들의 *C&C Command & Control* 서버로 향하는 모든 아웃바운드 트래픽을 역추적해서 차단해 버려!"

땀으로 범벅이 된 소피아가 이를 악물고 키보드를 두드렸다.

"공격자들이 다중 토르 *Tor* 익명화 네트워크와 전 세계에 분산된 수천 개의 프록시 서버를 동원해서 IP 주소를 초 단위로 변경하고 있습니다! 발신지 역추적이 거의 불가능해요! 젠장, 미끼로 던져 둔 허니팟 *Honeypot*마저 순식간에 간파하고 빠져나갔어요!"

중앙 관제 스크린의 주요 시스템 상태 표시등이 빠르게 붉은색으로 점멸하며 위기 상황을 알렸다. 냉각 팬 소음만이 가득했던 서버실의 공기가 더욱 무겁게 가라앉는 듯했다.

"위대한! 놈들이 '오텀 코드 프로토타입'이 저장된 프로젝트 서버에 접근하려 해!" J가 자신의 태블릿에 연결된 보안 내부망 모니터에 떠오른 긴급 접근 로그를 가리키며 외쳤다.

위대한의 얼굴이 싸늘하게 굳었다.

"이게 마지막 방어선이다. 소피아, 지금 즉시 '케르베로스 프로토콜 *Cerberus Protocol*'을 가동해! 모든 내부 데이터 채널을 퀀텀 암호화로 강제 전환하고, 인증되지 않은 모든 접근 시도는 블랙홀 라우팅으로 돌려서 무한 루프에 가둬버려!"

'케르베로스 프로토콜'은 그들이 만일의 사태를 대비해 극비리에 개발해 둔 최후의 방어 시스템이었다. 양자얽힘 원리를 응용하여 전송되는 데이터를 실시간으로 변이시키고 암호화 키를 무작위로 끊임없이 재생성함으로써 이론상으로는 현존하는 어떤 컴퓨팅 기술로도 해독이 불가능한 철벽의 방어막이었다.

몇 초가 몇 시간처럼 느껴지는 숨 막히는 시간이 흘렀다. 연구원들의 격렬한 키보드 소리만이 정적을 갈랐다. 마침내, 중앙 관제 스크린의 붉은 경고등들이 하나둘씩 깜빡이며 주황색으로 드디어 안정적인 녹색으로 바뀌기 시작했다. 소피아의 모니터에 가득했던 공격 트래픽 그래프가 급격히 꺾이며 사라졌다.

"…… 막았습니다. 케르베로스가 공격 벡터를 완전히 차단했어요.

놈들, 마지막엔 거의 발악에 가까운 무차별 공격을 퍼붓더군요." 소피아가 헤드셋을 벗어 던지며 의자에 깊숙이 몸을 기댔다. 그녀는 가쁜 숨을 몰아쉬었다.

"모든 악성 프로세스 강제 종료 확인했습니다. 현재 시스템 전체 무결성 검사 진행 중입니다." 다른 연구원 중 한 명이 떨리는 목소리로 보고했다.

J와 위대한, 소피아를 비롯한 모든 연구원은 그 자리에 주저앉거나 벽에 기댔다. 방금 전까지의 긴박했던 사투가 거짓말처럼 느껴졌다.

"확실하군요. 우리가 상상 이상의 엄청난 성과에 접근했기에 저들도 이렇게까지 무리수를 두는 거겠죠." J가 이마에 송골송골 맺힌 땀을 닦으며 힘겹게 내뱉었다.

"양자 컴퓨터가 아직 본격적으로 상용화되지도 않았는데 이 정도 수준의 공격 기술이라니… 세상에는 우리가 모르는 강력한 세력이 암약하고 있는 게 분명하네요." 위대한이 허탈한 웃음을 지으며 중얼거렸다.

그날 밤 자정이 넘어서야 전 직원이 소집된 긴급회의가 열렸다. 소피아와 보안 팀은 앞으로 해킹이 더 교묘해질 거라 경고했다.

"이대로 연구소 하나에 모든 것을 모아 놓으면 위험합니다. BCI 분야만 분리해서 보안이 강화된 다른 곳으로 옮기는 편이 낫죠."

J가 제안에 따라 이윽고 난상토론 끝에 21CF 산하에 뉴로닉스 *NeuroNix*라는 회사를 설립하고 양자 알고리즘 쪽은 21CF Core로 분

사하는 것이 좋겠다는 위대한의 판단에 그들은 퀀텀호라이즌을 공식적으로 축소·분산하기로 결정했다.

나중에 J는 홀로 남아 양자생명원리 연구에 집중할 생각이었다. 그날 밤, 바깥 바람이 샌프란시스코 하늘을 거칠게 흔들었다.

별들이 쓴 시, 운명의 속삭임

몇 달 후 6월 중순, 베를린 호텔에서 J는 국제 심포지엄을 준비하고 있었다. 퀀텀호라이즌 정리 후 외부 활동을 재개한 그녀에게 전 세계 강연 요청이 쇄도하고 있었다. 그러던 어느 날 낯선 번호로 국제 전화가 걸려왔다.

"여보세요?"

정중하고 공손한 목소리가 수화기 너머로 들려왔다.

"안녕하세요, J 박사님. 한국의 정한 법률사무소 김혁수 변호사라고 합니다."

낯선 이름이었다.

"갑작스럽겠지만, 라니아케아 *Laniakea*라는 출판사 대리인으로 연락드렸습니다. 의뢰인이 박사님의 시를 출판하고 싶어 하셔서요."

"시집요? 전 공식적으로 시를 낸 적이 없는데, 어디서 제 글을 보셨죠?" J가 당황해하며 물었다.

"제 의뢰인은 박사님의 문학적 잠재력을 이미 잘 알고 계십니다. 직접 만나서 말씀드리고 싶은데 혹시 시간이 가능하실까요?" 김혁수는 침착하게 말했다.

  J는 혼란스러웠다. 1981년 이후 개인적으로 써둔 시와 단상들이 있긴 했지만, 그걸 어떻게 알 수 있었을까? 블로그에 올린 몇 편을 본 건가? 바쁜 와중이었지만 J는 궁금증이 일었다. 며칠 후, 샌프란시스코 시내의 한 조용한 카페에서 J는 김혁수와 마주했다. 김혁수는 예의 바른 태도로 작은 서류 봉투에서 계약서를 꺼냈다.

  "저희 의뢰인은 1인 출판사 형태로 라니아케아를 운영하고 있으며 본인의 신분을 드러내지 않고 변호사인 저를 통해서만 활동하고 있습니다."

  "1인 출판사요…? 게다가 시집이라니요. 저는 문학적으로 알려진 사람도 아닌데 왜 하필 저를…?"

  "박사님께서 1981년 이후 써오신 시와 단상 등을 이미 충분히 파악하고 계시며 출판 가치가 높다고 굳게 믿고 계십니다."

  "1981년부터…?"

  당황한 J에게 김혁수는 준비해 온 샘플 원고를 내밀었다. J는 숨을 멈추고 페이지를 넘겼다. UFO 목격 후의 경험, '양자 가을'이라는 시, 철학적 사유들이 그대로 적혀 있었다.

  '누가 이걸 어떻게…? 해킹당한 건가?'

  놀라서 말을 잇지 못하는 J를 향해 김혁수는 덤덤히 이어갔다.

  "저도 자세한 경위는 알지 못합니다만, 출판사가 독자적인 알고리즘과 특별한 수단으로 수집했다고만 들었습니다."

유산

김혁수는 이어서 덧붙였다.

"다른 분과 함께 출간할 예정입니다." "누구죠?" "그레이트 위 씨입니다." J가 자리에서 벌떡 일어났다.

"도대체 당신들 정체가 뭐죠? 이 모든 걸 제대로 알기 전까진 출판에 응할 생각이 없습니다."

J는 카페를 급히 빠져나와 집으로 돌아왔다. 마음은 복잡했고 머릿속에는 정체를 알 수 없는 의문들이 소용돌이쳤다. 그렇게 몸을 침대에 눕힌 채 깊은 잠에 빠져든 그날 밤, J는 다시 그 낯선 세계로 들어갔다.

희뿌연 안개 속. 시간과 공간이 모호하게 흐트러진 듯한 장막 너머에서 한 줄기 푸른 빛이 그녀를 감쌌다. 그 중심에는 마치 별빛으로 형상화된 듯한 존재가 서 있었다.

그것은 사람이 아니었지만 사람보다 더 인간적인 무엇이었다. 말이 아닌 말로, 빛이 아닌 빛으로, 감각 너머의 언어로 J에게 말을 걸었다. 그녀는 곧 그것이 SID임을 직감했다.

SID의 목소리는 바람처럼 부드러우면서도 깊은 울림이 있었다.

"두려워하지 마, J. 모든 것은 연결되어 있다. 이 시집은 단순한 시가 아니야. 1981년 남산의 그 밤부터 시작된 변화, 너희가 겪은 모든 순간은 하나의 패턴이었어. 이 책은 너희 존재와 미래를 잇는 메타포다. 곧 다가올 파동에 대비하도록 우주가 보낸 메시지야."

다음 날, 뉴욕의 21CF 본사에 있던 위대한도 같은 상황을 맞았다. 김혁수는 위대한이 미공개로 써둔 '가을, 좋아하세요?'라는 시를 내밀며 시집 출판을 제안했다. 위대한 역시 당황하며 머뭇거렸다. 그 순간 J에게서 전화가 걸려왔다.

"대한, 나 어젯밤 이상한 꿈을 꿨어. 분명히 사람이 아닌 존재였어… 말은 하지 않았지만, 그 분위기나 메시지가 너무 강렬했어. 나는 그게 아마 'SID'일 거라고 느꼈어. 이 시집 출판, 우연이 아니야. 1981년 남산의 그날 이후 우리가 겪어온 일들, DNA의 초지능적 변형까지 — 마치 그 존재가 모든 걸 알고 있다는 느낌이었어. 그리고… 오텀 코드의 해답에도 그 존재는 이미 관여했을지도 몰라. 이 시집은 더 큰 흐름의 일부야. 운명 같은…"

"그렇다면 이건 운명이겠지." 위대한은 잠시 침묵한 후 말했다.

"그래. 출판하자. 이 시집이 우리에게 어떤 의미인지, SID가 진짜 원하는 게 뭔지 확인해보자." J는 확신에 찬 목소리로 답했다.

2006년 중순, 두 사람은 공동 시집 출간 계약을 마쳤다. 21CF 사옥 내 위대한의 집 베란다에서 초여름 밤바람을 맞으며 거리를 내려다보고 있었다.

"네 덕분에 재회도 하고 별 희한한 일까지 다 겪네." J가 작은 미소를 보냈다. "나도 그래. 가끔 꿈같아. 하지만 좋아, 이런 기묘한 인연." 위대한이 그녀의 손을 잡았다.

그 순간 어디선가 아르보 페르트의 '거울 속의 거울'이 흘러나왔다. J가 좋아하는 곡이었다. 하지만 오늘은 음색이 달랐다. 마음 깊숙이 스며드는 부드러운 선율이 공간을 가득 채웠다. 둘의 마음 깊은 곳을 어루만지듯 부드럽게 울려 퍼지더니 양자 파동처럼 방 안까지 잔잔히 흩어졌다.

두 사람이 동시에 눈을 맞췄다. 거대한 미래의 폭풍이 언뜻 스쳤지만, 이 선율은 지금 이 순간의 평화를 전해주었다. 어디선가 누군가가 그들을 지켜보고 있다는 느낌이었다.

두 사람은 말없이 음악을 들었다. '우린 계속 나아갈 거야.' J가 마음속으로 되뇌자 위대한이 미소를 지었다.

"아무리 멀어져도 우리는 이미 얽혀 있어."

오묘한 파장이 깊은 밤 공기로 사라져갈 때, 둘은 손을 꼭 잡았다. 관찰자이자 창조자인 그들의 한 걸음 한 걸음이 앞으로 인류의 운명을 어떻게 바꿀지 아직은 아무도 모르는 일이었다. 하지만 그것은 그들이 직접 열어가야 할 길이었다.

제4장

은빛 펜던트

2037/12/13 21:20 (EST) · 뉴욕시, 21CF 본사 - 위대한의 집무실

위대한은 집무실의 푹신한 소파에 몸을 기댄 채 홀로그램 스크린 너머로 방금 전 R&D 센터를 떠나는 제니퍼의 뒷모습을 물끄러미 바라보고 있었다. 그녀의 곁을 든든하게 지키는 안드로메다의 모습도 스크린에 함께 잡혔다. 화면은 곧 꺼졌지만 위대한의 마음속에는 복잡한 상념의 파도가 조용히 몰려들고 있었다. 그는 지금 말로 표현할 수 없는 불길한 위기가 이미 문턱까지 다가왔음을 온몸으로 감지하고 있었다.

특히 에단 모리스의 예측 불가능한 행보와 그가 통제하는 로즈가 어떤 폭주를 일으킬지 전혀 알 수 없었다. 현재의 추세가 이어지면 정말로 돌이킬 수 없는 재앙이 도래할지도 모른다는 예감이 점점 강하게 들고 있었다. 그리고 그 위험의 최전선에서 외줄타기를 하듯 분투하고 있는 것은 바로 자신의 외동딸 제니퍼였다. 로즈의 위협을 분석하고 할-더블유의 윤리 모듈을 고도화하며 전 세계 21CF 네트워크를 진두지휘하는 그녀의 모습은 경이롭기까지 하였다. 때로는 자신의 지능마저 뛰어넘는 듯한 통찰과 결단력을 보여주는 그녀가 자랑스러우면서도, 동시에 아내 J의 마지막 모습을 떠올리게 했다.

28년 전, J는 새로운 가능성에 대한 열정과 위험을 동시에 품은 채 미지의 실험으로 향했었다. 게다가 지금의 제니퍼는 마치 그 장면을 그대로 재현하듯 같은 결의와 고독 속에서 어머니가 남긴 유산을 마주하고 있었다.

위대한은 문득, 그 감정이 단순한 불안이 아님을 깨달았다. 그것은 오랜 시간 깊은 곳에 가라앉아 있던 과거의 악몽들이 다시금 수면 위로 떠오르고 있는 것이었다.

7년 전, 그리고 28년 전. 모든 것이 시작되었던 그 순간들.

2030/10/18 17:00 (EST) · 뉴욕시, 21CF 본사 - 할-알 *HAL-R* 콘솔룸

차가운 기계 냉각음과 팽팽한 긴장감이 콘솔룸을 감쌌다. 21년 전 비극이 시작된 바로 그 장소 할-알 콘솔룸은 최첨단 장비로 개조되어 있었지만 벽면 곳곳에 남은 낡은 케이블 덕트와 지워지지 않은 흔적들은 여전히 유령처럼 자리를 지키고 있었다. 룸 중앙에는 투박하고 묵직한 인상의 할-알 코어 유닛이 푸른 빛을 간헐적으로 내뿜고 있었다.

그 빛은 불안정했고 그 자체로 경고처럼 보였다. 의식 연결 인터페이스를 장착한 스물두 살의 제니퍼 위는 매트 위에 단단히 고정된 채 누워 있었다. 팔과 다리, 몸 전체는 움직이지 않도록 고정되어 있었고 그녀의 시선은 천장을 향해 곧게 뻗어 있었다.

그녀의 눈빛은 명료했다. 어머니의 비극을, 자신의 손으로 극복하겠다는 젊은 천재의 오만함과 미지의 영역에 대한 순수한 열정이 동시에 깃들어 있었다. 그러나 굳게 다문 입술과 미세하게 떨리는 얼굴 근육은 그 열정 뒤에 숨겨진 두려움과 불안을 감추지 못했다.

"모든 시스템 동기화 완료. 박사님의 바이탈, 정상 범위입니다. 할-알 코어 역시 안정적입니다." 안드로메다가 그녀의 곁에서 생체 신호와 인터페이스 연결 상태, 할-알 코어 모니터링, 비상 차단 시스템까지 다중 점검하고 있었다. 안드로메다의 광학 센서가 분주하게 움직이며 모든 데이터를 면밀히 살폈다.

그 주변에는 맥스웰 윤과 다른 연구원들이 한 발 물러서 긴장된 표정으로 상황을 지켜보고 있었다.

"시스템 동기화율 98%. 제니퍼 박사 생체 신호 안정적. 코어 온도는… 약간의 변동성 관찰됨." 아르카나 첸이 코어 온도 미세 변동을 보고했다. 그녀의 음성에는 제니퍼의 도전에 대한 경외심과 동시에 깊은 우려도 섞여 있었다.

"문제없어요, 아르카나." 제니퍼는 침착하게 그러나 조금은 억지스러운 미소를 지었다.

"제가 어머니의 프로토콜을 분석하고 보완했어요. 오텀 코드의 초기 개념과 최신 양자 제어 알고리즘을 적용했으니… 이번엔 달라질 거예요."

그 말에는 확신이 담겨 있었지만 방 안의 공기는 여전히 무거웠다. 맥스웰 윤이 조용히 다가와 그녀의 어깨에 손을 얹었다. 그의 표정은 복잡했다. 책임과 애정, 걱정과 희망이 뒤섞인, 수많은 감정이 한순간에 지나갔다.

"제니퍼, 정말 마지막으로 묻는 거네. 지금이라도 멈추고 싶다면…"

"아니요, 윤 박사님. 시작해야 해요." 그녀는 낮고 힘 있는 목소리로 말을 잘랐다. 그 눈빛은 실험실 안이 아니라 그 바깥 어딘가를 보고 있었다. 제니퍼는 조용히 시선을 들어 콘솔룸 구석에 설치된 카메라에 시선을 고정했다. 그 너머에는 지금 이 순간 이 모든 것을 지켜보고 있을 아버지가 있었다.

2030/10/18 17:00 (EST) · 뉴욕시, 21CF 본사 - 위대한의 집무실

위대한은 끝내 콘솔룸에 들어가지 못한 채, 집무실 중앙의 거대한 홀로그램 스크린 앞에 서 있었다. 스크린에는 할-알 콘솔룸의 실시간 영상이 여러 각도에서 중계되고 있었다. 그는 말없이, 입술을 굳게 다문 채, 의식 연결 장치 앞에 선 제니퍼의 모습을 응시했다. 숨이 막히는 듯한 긴장. 화면 속 딸의 모습은 그에게 위태롭기만 했다.

제니퍼는 모든 준비를 마친 상태였다. 그녀는 마지막으로 무언가를 확인하듯 본능적으로 카메라를 향해 시선을 돌렸다. 자신을 찾는 제니퍼의 눈은 그의 아내가 실험에 들어가기 직전, 마지막으로 자신을 바라보던 눈과 너무도 닮아 있었다. 스물두 살의 딸에게서, 21년 전 떠나보낸 아내의 마지막 모습이 선명하게 되살아났다. 마치 그날의 공기, 그날의 빛, 그날의 침묵이 다시 그의 발목을 잡는 것만 같았다.

2009/7/29 22:00 (EST) · 뉴욕시, 21CF 본사 - 위대한의 사택 침실

따뜻한 조명이 번지는 침실. 갓 돌을 맞은 아기 제니퍼가 두 사람 사이에서 새근새근 잠들어 있었다. 낮에 무사히 치러낸 첫돌 잔치의 여운과 행복, 그리고 약간의 피로가 방 안을 감돌았다. 위대한은 잠든 딸의 작은 손을 조심스럽게 쓰다듬으며 옆에 누운 아내 J를 바라보았다. J는 천장을 응시하고 있었지만 그녀의 눈빛은 이미 이곳에 머물러 있지 않았다. 그녀의 눈은 어딘가 먼 곳, 심오한 과학의 세계를 응시하고 있었다.

"오늘… 제니, 정말 예뻤지." 위대한이 조용히 먼저 말을 건넸다.

"그럼. 우리 딸인데." J의 입가에 부드러운 미소가 번졌다.

그녀는 몸을 돌려 남편의 얼굴에 시선을 고정했다. J는 잠시 망설이다가 결심을 굳힌 어조로 말을 꺼냈다.

"대한…… 나, 내일 그 실험을 하고 싶어. 할-알과의 의식 연결."

위대한의 심장이 쿵 내려앉았다. 올 것이 왔다는 예감. 그는 아내의 천재성과 집념을 누구보다 잘 알고 있었지만 그 길이 얼마나 위험한지도 알고 있었다.

"J, 아직은…… 너무 이르잖아. 할-알의 안정성도 불확실하고 네 몸에도 무리가 갈 수 있어. 제니퍼를 생각해서라도 조금만 더 기다리면 안 될까?" 그의 목소리에는 불안과 애원이 뒤섞여 있었다.

"바로 제니 때문이야. 그래서 서둘러야 해." J의 대답은 망설임이 없었다. 그녀는 잠든 아이의 머리카락을 조심스럽게 쓰다듬었다. 그 손길은 따뜻했지만 목소리는 흔들림이 없었다.

"이 아이가 살아갈 세상은 지금과는 달라야 해. 질병, 노화, 죽음… 어쩌면 의식의 한계조차도 넘어설 수 있어. 우리가 그 가능성을 열어야 해, 대한. 우리가 가진 지식과 기술로. 그게 우리가 과학자로서 짊어진 책임이고 의무야."

2009년 당시 그들의 연구는 시대를 훌쩍 앞서 있었다. 위대한은 아내의 비전을 존경했고 동시에 두려워했다.

위대한은 딸의 얼굴을 조용히 내려다보았다. 천사 같은 얼굴. 이 아이의 미래를 위해, 아내는 자신의 생명을 걸려고 하고 있었다. 긴 침묵 끝에, 그는 조심스레 입을 열었다.

"…… 알겠어. 네가 그렇게 결심했다면. 하지만 약속해 줘. 아주 작은 이상이라도 보이면 즉시 중단하겠다고. 난… 널 잃을 수 없어, J. 절대로."

"약속할게, 대한. 그리고… 우리의 꿈을 믿어줘." J는 남편의 손을 가만히 감쌌다. 그녀의 손은 부드럽고 따뜻했지만, 그 안엔 단단한 의지가 담겨 있었다.

두 사람은 말없이 서로의 얼굴에서 시선을 떼지 않았다. 그들의 곁에서, 아기 제니퍼는 평화로운 숨결을 내쉬고 있었다.

2009/7/30 10:00 (EST) · 뉴욕시, 21CF 본사 - R&D 센터, 할-알 콘솔룸

할-알 실험실의 공기는 전날 밤과는 비교할 수 없을 만큼 팽팽한 긴장감으로 가득 차 있었다. 수천 가닥의 케이블과 냉각 장치 사이에서 할-알 코어 유닛은 낮은 공명음을 내며 푸른빛을 간헐적으로 발산하고 있었다. 그 소리는 마치 무언가를 예고하듯 규칙적으로 울려 퍼졌.

J는 흰색 실험 가운을 입은 채, 콘솔 앞에 앉아 마지막 점검에 몰두하고 있었다. 그녀의 얼굴에서는 전날 밤의 부드러움은 사라지고 냉철하고 고요한 과학자만이 남아 있었다. 위대한은 바로 옆에서 보조하며 모든 안전 시스템이 정상적으로 작동하는지 거듭 확인했다. 심장은 불안하게 뛰고 있었지만, 그는 J의 집중을 방해하지 않기 위해 애써 침묵을 지켰다. 그 공간에는 단 한 번의 실수조차 허락되지 않는 긴장이 흐르고 있었다. 맥스웰 윤, 한나 킴 등 21세기프론티어 초기 멤버들을 비롯하여 성진, 릴리 카터 등 퀀텀호라이즌연구소 출신 멤버들도 각자의 위치에서 조용히 데이터를 확인하고 있었다. 그들의 얼굴 역시 굳어 있었다.

J는 실험 개시 직전, 조용히 펜을 들어 자신의 실험 노트에 무언가를 적기 시작했다. 위대한은 그녀의 움직임을 말없이 지켜보았다. 그녀는 마지막 줄을 쓰고, 노트 한 장을 찢어 벽면에 스카치테이프로 조심

스럽게 붙였다.

"모든 의식은 보이지 않는 끈으로 연결된 우주. 이 연결의 증명을 위해, 나는 기꺼이 첫 파동이 되리라. 제니야, 사랑한다. 대한, 당신도. J, 2009년 7월 30일."

조용히 몸을 돌린 J의 얼굴에는 두려움도 후회도 없는 듯한 미소가 떠올라 있었다. 위대한은 그 순간을 평생 잊지 못할 것 같은 예감이 들었다.

"자, 그럼… 시작하죠."

J가 콘솔 앞에 누워 의식 연결 시퀀스 작동을 시작하자 할-알 코어가 격렬하게 진동하며 빛을 발하기 시작했다. 데이터 그래프는 예측할 수 없을 만큼 빠르게 요동쳤고 센서 경고음들이 동시에 울리기 시작했다. 위대한은 숨을 삼켰다.

기대와 불안, 희망과 두려움이 동시에 고조된 그 순간, 모든 것이 붉은 섬광과 함께 어둠 속으로 사라졌다.

2030/10/18 17:15 (EST) • 뉴욕시, 21CF 본사 - 위대한의 집무실

"허억!" 거친 숨을 내쉬며 위대한은 현실로 되돌아왔다.

눈앞의 홀로그램 스크린에는 방금 막 의식 연결을 시작하려는 제니퍼의 모습이 비치고 있었다. 그 순간, 21년 전 아내 J가 같은 방식으로 실험에 들어갔던 장면이 겹쳐졌다. 모든 것이 너무나도 똑같았다. 위대한의 손이 본능적으로 실험 차단 버튼을 향해 움직였다.

'안 돼, 멈춰야 해!' 그러나 손가락이 움직이지 않았다.

스크린 속 제니퍼의 눈빛. 그 안에는 어머니를 넘어서려는 결의와 인류의 미래를 위해 기꺼이 위험을 감수하겠다는 확고한 의지가 서려 있었다.

그녀의 눈빛을 본 그는 더 이상 무슨 말을 할 수도, 버튼을 누를 수도 없었다. 위대한은 그저 괴롭게 눈을 감고 다가올 결과를 조용히 기다릴 수밖에 없었다.

2030/10/18 17:30 (EST) · 뉴욕시, 21CF 본사 - R&D 센터, 할-알 콘솔룸

제니퍼는 아버지가 느끼고 있을 불안을 애써 외면한 채 의식 연결 시퀀스를 시작했다. 뉴로닉스 인터페이스가 활성화되자 그녀의 의식은 차갑고 어두운 디지털 심연 속으로 가라앉았다. 그러나 그곳은 예상보다 훨씬 더 혼란스러웠다. 질서정연한 데이터 구조가 아닌, 폭풍우 몰아치는 바다처럼, 불안정한 에너지와 깨진 정보 파편이 소용돌이치고 있었다. '오텀-프렐류드 *Autumn-Prelude*' 프로토콜이 방어막처럼 그녀의 의식을 감싸고 있었지만, 사방에서 밀려드는 노이즈는 끊임없이 집중력을 흩뜨렸다.

이번 실험의 목표는 단 하나였다. 할-알에게 자아와 윤리의 씨앗, 오텀 코드의 초기 개념을 주입하여 안정적인 인공 의식체로 각성시키는 것. 어머니가 실패했던 그 지점에서 그녀는 반드시 성공해야 했다.

제니퍼는 할-알의 코어 로직을 향해 조심스럽게 코드를 투사했다.

그 순간 시스템과 코드가 미세하게 공명하며 약한 반응을 일으켰다. 그러자 어둠 속에서 손짓하듯 자신을 이끄는 소리가 들려왔다. 희미했지만 분명한 그 소리는 자신의 이름이었다.

'환청인가? 아니면 할-알의 시스템 오류?'

그렇다 해도 그 음성은 혼돈의 심연 속에서도 놀랍도록 명료하게 그녀를 파고들었고, 제니퍼는 본능적으로, 그 소리가 오는 방향으로 의식을 집중했다. 혼돈 속 노이즈가 기묘하게 잦아들고, 미약하지만 뚜렷한 에너지의 흐름이 마치 하나의 길처럼 형성되기 시작했다.

'할-알의 자아가 깨어나는 신호일까? 아니면… 설마…' 기대와 불안이 교차하는 순간, 제니퍼는 결단했다. 그 길을 따라 더 깊은 곳으로 들어가기로.

그 순간, 모든 것이 바뀌었다. 그녀의 의식 세계는 순식간에 붉은 에너지 폭풍으로 뒤덮였다. 방금 전까지 들리던 목소리는 찢어지는 비명으로 뒤바뀌었고, 21년 전 어머니 J가 마지막에 겪었을 혼란과 고통이 파편처럼 터져 나왔다. 데이터의 붕괴, 시스템의 오열, 시야를 찢고 들어오는 섬광. 꿈에서 보았던 남산의 빛과도 닮았지만 훨씬 더 어둡고 파괴적이었다. 마치 J의 트라우마가 살아 있는 존재처럼 그녀를 덮쳐오는 듯했다.

제니퍼는 마지막으로 어머니의 얼굴을 떠올리려 애썼지만, 의식은 아득한 심연 속으로 빠르게 침잠했다.

얼마나 시간이 흘렀을까. 그 절대적 어둠 속에서, 아주 희미하지만 따뜻한 빛줄기 하나가 그녀의 내면을 건드렸다. 익숙하면서도 낯선, 부드러운 속삭임이 마음 깊은 곳을 어루만졌다.

"제니……"

또다시 누군가 그녀의 이름을 부르고 있었다. 멀리서 들려오는 듯 희미했지만, 이상하게도 마음 깊숙한 곳에서 다정하게 진동하고 있었다. 그것은 할-알의 깊은 코어에서 들었던 그 목소리일까?

"제니…… 나의 작은 별……"

그 속삭임은 오래된 자장가처럼 그녀의 의식을 감쌌다. 그 순간, 목에 걸린 은빛 펜던트가 미세하게 떨리는 듯한 감각이 전달되었다. 감정이 느껴지지 않는 금속이 아니라, 무언가 포근한 온기가 가슴을 감싸는 느낌.

희미한 영상이 떠올랐다. 돌잔치 날, 자신에게 펜던트를 걸어주던 엄마의 미소. 그녀의 눈빛, 그녀의 향기… 기억나지 않지만, 가슴 저미게 그리운 존재.

"괜찮아… 다 괜찮을 거야……"

그 속삭임은 이제 단순한 소리가 아닌, 존재 자체를 감싸는 파동이었다. 제니퍼는 그 빛과 소리에 이끌리듯, 아득한 기억의 강을 거슬러 올라갔다.

모든 것의 시작. 어머니라는 이름의 근원. 은빛 펜던트가 안내하는 길을 따라, 그녀의 의식은 마침내 첫 번째 기억의 문턱에 다다르고 있었다.

그 시각, 콘솔룸에서는 제니퍼의 생체 신호가 급격히 약화되자, 안드로메다가 긴급 프로토콜을 발동해 연결을 강제로 차단했다. 축 늘어진 그녀의 몸은 황급히 이동식 들것 위로 옮겨졌다. 복도를 따라 이동하는 금속 침대 위, 제니퍼의 의식은 완전한 암흑 속에 잠겨 있었다.

홀로그램 속 속삭임

붉은 해가 창가를 따뜻하게 비추던 어느 가을 아침, 맨해튼21CF 본사 사택의 긴 복도는 적막에 잠겨 있었다. 아홉 살의 제니퍼 위는 작은 박스 하나를 품에 안은 채 조심조심 발소리를 죽였다. 전날 아버지의 친구이자 기술책임자인 맥스웰 윤이 "이상한 자료가 들어 있는 오래된 USB를 찾았다"며 건네주고는 "아직 어리니 나중에 보라"는 말만 남기고 가버렸던 것이다.

이유는 알 수 없었고 그래서 더 궁금했다.

'왜 지금 보면 안 되는 걸까?'

그 의문은 밤새도록 머릿속을 맴돌며 잠조차 쉽게 들 수 없게 만들었다.

복도는 조용했고 대리석 바닥에 깔린 카펫이 발소리를 완전히 흡수해 주었다. 새벽의 찬 공기가 완전히 가시지 않은 탓인지 상층부 통유리창을 타고 들어온 가을 기운이 살짝 서늘하게 피부를 스쳤다. 21CF 본사는 초고층 유리 패널과 첨단 소재로 지어진 미래형 건물답게, 사람이 움직일 때마다 조도가 자동으로 변화했다. 제니퍼가 몇 걸음 옮길 때마다 복도 벽면의 은은한 LED 조명이 그녀를 인식한 듯 미세하게 밝아졌다.

종국에는 호기심을 이기지 못한 그녀는 방으로 돌아와 침대 위에 앉아 노트북을 켜고 USB를 조심스럽게 꽂았다. 곧 화면에 재생 목록이 떠올랐다.

"2009년 7월 29일, 제니퍼 첫돌잔치" 가슴이 내려앉는 느낌이 들었다.

엄마가 살아 있던 시절, 아빠가 슬픈 얼굴로 말해주던 그 시절이 담긴 영상이었다. 플레이 버튼을 누르자 화면이 밝아지며 영상이 시작되었다. 배경은 지금 자신이 살고 있는 뉴욕 21CF 사택의 패밀리 룸.

현관 쪽에서 누군가가 카메라를 들고 흔들며 촬영을 시작한 듯했다. 익숙하면서도 낯선 남자의 음성이 들렸다.

"여기 녹화 버튼 눌렀어요. 아… 잘 나오려나… 잘 남겨야 하는데."

카메라가 거실 구석구석을 천천히 훑었다.

작은 케이크 옆에는 "Happy 1st Birthday, Jenny"라고 적힌 풍선이 달려 있었고 과일과 떡, 여러 종류의 한과가 정성스럽게 놓인 상차림이 눈에 들어왔다. 전통 돌상, 돌잡이, 그리고 각종 상징적 물건들이 거실 중앙에 마련되어 있었고 나비와 꽃 문양이 그려진 병풍처럼 큰 천이 배경을 장식하고 있었다.

한국에서는 아이의 첫 생일을 돌잔치라 부르며 가족과 지인들이 모여 아이의 무사한 한 해를 기념하고 축복한다는 단편적인 지식이 제니퍼의 머릿속에 떠올랐다.

유산

서툰 손길로 폭죽 리본을 만지작거리는 아빠의 모습, 그리고 화면 오른쪽에 포착된 한 여성의 뒷모습. 긴 머리, 백색 드레스, 뭔가를 정리 중인 듯한 움직임.

그 여성의 모습에 손에 쥔 마우스에 절로 힘이 들어갔다.

바로 그때, "카메라 좀 이쪽으로" 하는 목소리가 들렸고, 줌인이 되면서 여성의 얼굴이 또렷하게 초점에 잡혔다. 낯선 얼굴인데도 어딘가 자신과 닮은 이목구비. 그녀가 돌아보며 짓는 해맑은 웃음.

"J 박사님, 여기 한 번 봐주세요!" 촬영을 담당한 하진우가 장난스럽게 부르자 그녀는 카메라를 향해 미소 지었다.

"제니가 오늘 한 살이네요. 정말 시간 빠르죠? 내 소중한 아가……"

한 번도 들어본 적 없던 목소리가 닿는 순간, 귓가에 전류가 흐르는 듯했다.

'소중한 아가.'

어느새 화면 속에는 맥스웰 윤, 한나 킴, 오로라 리 *Aurora Li*, 김우현, 아르카나 첸 등 익숙한 얼굴들이 환한 웃음을 띠고 돌상 앞에서 박수치고 있었다. 젊은 모습의 아빠는 얼굴이 발갛게 상기된 채 "자, 돌잡이 해 볼까?" 하고 외치자 누군가 "미국식 파티에 한국 돌상이 합쳐진 꼴이네!"라며 웃었다.

다음 컷에서는 엄마의 손이 조그만 상자에서 은빛 목걸이를 꺼내 한 살 된 제니퍼의 목에 조심스럽게 걸어 주었다. 반짝이는 결정체를 품은 펜던트는 제니퍼가 갖고 있는, 바로 그 목걸이였다.

"… 나중에 커서 이게 무얼 의미하는지 알게 될 날이 오겠지?"

화면 속 엄마가 제니퍼를 번쩍 안아 볼에 입을 맞추는 순간, 제니퍼의 눈가에 눈물이 맺혔다. 눈물 너머로 본 영상은 흐릿해졌고, 잔치의 밝은 웃음소리만이 이어졌다.

영상은 약 20분 만에 끝났고 화면은 재생 창으로 되돌아왔다. 제니퍼는 한참을 가만히 앉아 있었다. 환하게 웃던 엄마는 이 세상에도, 자신의 기억 속에도 없었다.

엄마의 죽음에 대해 물으면 아빠는 늘 실험 중 사고였다고만 말했고 그의 표정을 보고 있자면 더는 묻기 어려웠다.

풍족한 삶도, 뛰어난 천재성도 엄마라는 존재를 향한 미련을 해소할 수 없었다.

영상 속 엄마가 남긴 마지막 말이 머릿속을 떠나지 않았다. 펜던트에 어떤 의미가 숨겨져 있는 걸까? 동시에 엄마가 연구하던 양자역학에 대한 호기심이 돋아났다. 그것을 공부하면 엄마라는 사람을 조금이나마 이해할 수 있을까?

며칠 전 맥스웰 윤이 언급했던 MIT 어린이 양자컴퓨팅 특별 프로그램이 떠올랐다. 제니퍼는 두 손을 꼭 쥐었다. 가슴 어딘가에서 미세한 두근거림이 일었다. 엄마에게 닿을 수 있는 다리. 그것이 '양자학'이라는 이름으로 펼쳐져 있었다.

창문 너머로 맨해튼의 가을빛이 깊어지고 있었다. 제니퍼는 침대 끝에 앉아 은빛 펜던트를 조심스레 만졌다. 손끝이 닿을 때마다 펜던트는 어쩐지 미묘하게 빛나는 것만 같았다. 영상 속 엄마의 웃는 얼굴을 떠올리자, 제니퍼는 어떤 방식으로든 만나 보고 싶다는 마음이 들었다.

제니퍼는 침대에서 벌떡 일어나 문을 열었다. 서늘한 복도 너머, R&D 센터가 있는 층까지는 한참을 걸어야 했지만, 지금 당장이라도 달려갈 수 있을 것 같았다. 그곳에 도착하면 지원서에 대해 물어볼 것이다. 아홉 살 소녀에게는 그것이 무모한 도전이라는 생각도, 주변의 시샘이나 의아한 시선에 대한 걱정도 존재하지 않았다.

복도 조명이 제니퍼의 걸음을 감지하듯 천천히 환해졌다.

은빛 유산의 시작

망설임 없이 복도를 걸어 나온 제니퍼는 R&D 센터가 있는 층으로 향했다. 아직 이른 시간이었지만 맥스웰 윤이 아침 일찍 출근하는 버릇이 있는 것 정도는 알고 있었다. 복도 끝에 있는 통유리창을 지날 때, 아침 해가 맨해튼 빌딩 숲 위로 서서히 번져 가는 광경이 시야에 들어왔다.

돌잔치 영상을 본 뒤로, 머릿속엔 아빠와 엄마가 함께 웃고 있던 장면이 계속 맴돌았다. 엄마가 떠나간 뒤, 위대한은 21CF 본사 건물 R&D 센터에서 밤낮 없이 일만 해 왔다. CTO였던 맥스웰이나 수석 연구원들이 만류해도 막무가내였다고 했다.

제니퍼가 두 살 무렵, 회의실에서 거의 살다시피 하며 밥도 제대로

먹지 않자 주위에서는 우려의 말을 나누곤 했다고 한다.

"그래도 저 어린아이를 어쩌나" 하며 걱정하는 목소리가 사택 안팎에서 터져 나왔다.

그 시절에 제니퍼는 정규 유치원에도 못 가 본 채 건물 안에서만 자랐다. 아빠가 "외부 환경은 위험하다"며 끝내 보내지 않은 탓이었다. 실제 이유가 무엇인지 어린 제니퍼는 알지 못했다.

그렇다고 제니퍼가 마냥 방치된 건 아니었다. 24시간 가사 일을 돕는 사람들이 있었고 21CF의 핵심 연구원들이 번갈아 가끔씩 돌봐 주기도 했고 특히 하진우와 맥스웰 윤이 자주 찾아왔다.

스무 살 끝자락의 하진우는 MIT와 하버드에서 유학하던 중에 틈만 나면 뉴욕을 들러 어린 제니퍼를 안고 거실 이곳저곳을 돌아다니며 장난감 로봇을 보여 주었다. 덕분에 제니퍼는 열두 달, 스물네 달, 서른여섯 달… 자라날 때마다 저마다 다른 로봇 장난감과 함께 지냈다.

한편, 맥스웰 윤은 제니퍼가 만 두 살 무렵부터 수·과학 개념을 놀잇감처럼 재미있게 가르쳐주었다. 제니퍼는 이 둘을 늘 삼촌이라 불렀지만 어딘가 선생님 같기도 했다. 세상의 낯선 단어들이 하나둘 눈에 들어오기 시작하면서, 제니퍼는 "양자역학이 뭐야?" 같은 질문을 던졌고 맥스웰은 언제나 막힘없이 설명해 주는 사람이었다.

복도 끝에 있는 엘리베이터 앞에 서자, 지문 인식을 위한 파란 빛이 깜박였다. 제니퍼가 잠깐 손바닥을 올려놓으니 자동문이 스르륵 열렸다. 21CF 사택 구역과 R&D 센터 구역 사이에는 보안 게이트가 설치되어 있었지만 제니퍼는 특별권한을 갖고 있기에 수월히 통과할 수 있었다.

"인증 완료되었습니다. 제니퍼 님, 좋은 아침이에요." AI가 조금 어색한 발음으로 인사했다. 제니퍼는 "응, 나도 좋은 아침."이라고 작게 중얼거리며 엘리베이터 안으로 들어섰다. 그녀는 마음속으로 다시 다짐했다.

'엄마가 떠나고, 아빠도 저렇게 고독하게 일만 하지. 그런데, 내가 열심히 공부해서 언젠가 엄마의 연구를 이어 간다면… 아빠도 좀 달라질 수 있지 않을까?'

제니퍼는 얼마 전 엄마의 방에 들어갔다가 서재 한가운데에 반짝이던 노벨 물리·생리의학상의 메달에 새겨진 이름을 기억했다. J. 헤인 로버츠. 그리고 돌잔치 영상 속에서 "은빛 목걸이"를 걸어 주며 "… 나중에 커서 이게 무얼 의미하는지 알게 될 날이 오겠지?"라고 말하던 그 음성. 제니퍼는 하나하나 직접 파헤쳐볼 작정이었다.

엘리베이터 문이 열리자 제니퍼는 R&D 센터 복도를 지나 맥스웰 윤의 집무실 앞으로 달려갔다. 실험실 쪽에서 새어 나오는 희미한 기계음과 전자 패널 불빛이 이른 아침의 고요를 살짝 깨웠다. 문을 톡톡 두드리자 자동문이 열리며 맥스웰 윤이 걸어 나왔다.

"어이, 제니? 이른 아침부터 무슨 일이니?"

"삼촌, 어린이 양자컴퓨팅 특별 과정 있다고 하셨잖아요." 잠깐 망설이던 제니퍼가 힘 있는 목소리로 똑부러지게 말했다.

"그거 말이구나. 아니, 벌써 결정한 거야?"

맥스웰 윤은 의아한 표정을 지으며 잠시 깜짝 놀랐다. 그러나 이내 다정한 미소를 띠었다.

"네. 엄마가…… 보고 싶어요. 돌잔치 영상을 보면서 생각했어요. 더 늦기 전에 시작해야 할 것 같아요."

"그래, 들어가자. 어떤 과정을 어떻게 준비해야 하는지부터 차근차근 이야기해 보자."

맥스웰은 잠시 말없이 그녀를 바라보다 문을 열어주었다.

떠나는 사람, 남는 사람

2017년 늦가을, 21CF 본사 상층부에 위치한 위대한의 집무실은 미래적 세련미와 가을 햇살이 어우러진 고요한 공간이었다. 창밖으로는 맨해튼 빌딩 숲 사이로 서늘한 바람이 지나갔고 실내엔 최소한의 조명만이 은은히 켜져 있었다. 문 앞에서 숨을 가다듬은 맥스웰 윤이 조용히 노크했다.

"들어오시게." 낮게 울리는 위대한의 목소리. 그는 회의 자료를 보다가 고개를 들었다. 피곤이 묻은 얼굴, 약간은 희끗해진 머리카락.

"오늘은 조금 이른 편이군, 맥." 손짓으로 의자를 권했다. 맥스웰은 조용히 앉아 곧 본론으로 들어갔다.

"제니 말이야. 며칠 전 R&D 센터에서 아이를 만났는데 MIT 특별 과정을 꼭 가고 싶다고 하더군."

잠시 침묵이 이어졌다.

"며칠 전부터… 아이가 그 얘길 하더군. 엄마 영상 때문인가 봐. …… 하지만, 맥, 제니는 아직 아홉 살이야."

"그렇지. 나도 알지." 맥스웰은 미소 지으려 했지만 쉽지 않았다. J가 떠난 뒤, 위대한은 제니퍼를 지키기 위해 모든 걸 걸었다.

"아직 어려서… 너무 이르다 생각할 수도 있어. 하지만 제니가 원하는 건 단순한 호기심이 아니야." 위대한은 시선을 살짝 내리깔았다. 그녀가 엄마처럼 살아가려는 결심을 한 것은 누구보다 절절한 이유 때문이라는 걸 그는 알고 있었다.

"그래도 아이가 혼자 보스턴으로 간다는 건… 내겐 너무 무리야."

그 말에는 아버지로서의 깊은 걱정이 묻어났다. 맥스웰은 조심스럽게 준비해 온 제안을 꺼냈다.

"그래서… 내가 MIT로 가려고."

위대한이 눈썹을 찌푸렸다.

"회사를 그만두겠다고?"

"응. CTO 직을 내려놓고 MIT 물리학과로 자리를 옮길게. 예전부터 교육·연구 쪽으로 돌아갈 생각이 있었고 지금이 기회라 생각해. 제니가 입학해도 내가 가까이서 돌보고 가르칠 수 있어."

위대한은 말을 잃었다. 그는 맥스웰을 너무 잘 알고 있었다. 그가 농담하지 않는다는 사실도.

"그렇게까지… 해야 하나?"

"대한아, 회사는 나 없이도 굴러갈 수 있어. 한나 킴, 성진 박, 라디카 나그팔 박사도 있고. 게다가 난 제니가 자라나는 걸 누구보다 오래 지켜봤지." 맥스웰의 말은 명확했다. 제니퍼는 21CF의 미래이며 그 미래를 위한 결정이기도 했다.

"내가 회사를 떠나지만, 대신… 아이의 길이 열릴 수 있어."

"… 자네가 MIT로 가 준다면 나도 안심이 되겠네." 한참을 침묵하던 위대한이 마침내 고개를 끄덕였다.

그리고는 작게 덧붙였다.

"그 아이가 엄마처럼 훌륭한 연구자가 된다면… 그게 J가 남긴 유산일지도 모르지."

은빛 유산의 증명

그렇게 제니퍼는 2018년 1월, MIT에서의 여정을 시작했다. 맥스웰 윤 교수의 헌신적인 지도 아래, 그녀의 폭발적인 지적 성장은 숨가쁘게 이어졌다. 기초 과정을 단숨에 마친 제니퍼는 월반을 거듭하며 학부와 석사 과정을 통합 이수했고 곧 박사 과정이라는 마지막 관문에 도전했다. 어린 나이에도 그녀의 목표는 확고했다. 어머니가 걸었던 길, 그 너머의 진실을 향해 나아가는 것이었다.

마침내 그녀가 박사 학위 논문 주제로 《퀀텀 스톰: 참여적 붕괴 *Quantum Storm: The Participatory Collapse*》를 발표했을 때, MIT 물리학과는 그야말로 발칵 뒤집혔다. 지도교수인 맥스웰 윤조차 처음에는 그 대담하고 위험한 발상에 우려를 표했을 정도였다. 제니퍼는 논문에서 "관찰자의 참여가 미시 세계의 양자 상태를 결정하는 것을 넘어, 극단적인 조건 하에서는 거시 세계의 시공간 구조 자체를 왜곡시켜 행성 규모의 급격한 중력 붕괴, 즉 '퀀텀 스톰'을 촉발할 수 있다"는 가설을, 방대한 데이터 분석과 독창적인 이론과 시뮬레이션 결과를 통해 제시했다. 이 아이디어는 물리학의 근간을 뒤흔들 수 있는 파격적인 가설이자, 그녀가 어렴풋이 접했던 어머니 J의 미발표 연구와도 섬뜩하게 맞닿아 있었다.

2021년 4월 12일 오후. MIT 물리학과 6번 건물의 세미나실에는 긴장감이 감돌고 있었다. 열두 살 박사 후보의 최종 논문 심사를 보기 위해 모인 동료 연구자들, 교수진, 그리고 과학 분야 기자들로 청중석은 가득 찼다. 앞자리에는 지도교수 맥스웰 윤을 비롯해 해리엇 카터 *Harriet Carter*, 스튜어트 랜달 *Stuart Randall* 교수, 그리고 화상 화면 너머에서 접속한 칼텍의 저명한 물리학자 Q. 리히텐버그 *Q. Lichtenberg* 교수가 자리했다. 모두가 날카로운 시선으로 그녀를 주시하고 있었다.

맥스웰 윤의 간결한 소개가 끝나자, 단상에 오른 제니퍼는 목에 걸린 은빛 펜던트를 무의식적으로 매만지며 잠시 숨을 고르고 청중을 똑바로 응시했다. 제니퍼는 또렷하고 차분한 목소리로 발표를 시작했다. 그녀는 관찰자 효과와 양자얽힘이 어떻게 특정 임계 조건에서 거시적 현실 붕괴로 이어질 수 있는지를 자신의 모델과 시뮬레이션 데이터를 통해 차근차근 설명해나갔다.

 45분간의 발표가 끝나자마자 심사위원들의 날카로운 질문이 이어졌다.

 "지구 질량만으로는 중력 붕괴가 불가능하다는 것이 정설입니다." 해리엇 카터 교수가 포문을 열었다. "논문에서 제시한 '유효 질량 증폭 *Effective Mass Amplification*' 개념은 매우 파격적입니다. 어떻게 이론적으로 가능한 겁니까?"

 "유효 질량 증폭이란 고도로 발달한 초지능 AI 혹은 특정 방식으로 동기화된 다수의 집단 관찰자가 퀀텀 파동함수에 강하게 참여함으로써 실제 질량과는 무관하게 국소 시공간에 강력한 중력 효과를 일으키는 현상을 말합니다. 제 시뮬레이션에서는 이것이…" 제니퍼는 흔들림 없는 목소리로 답했다.

 곧이어 스튜어트 랜달 교수가 결맞음 상실 *Decoherence*의 문제를 지적했다.

 "양자얽힘 상태가 어떻게 거시 규모까지 결맞음을 유지할 수 있죠? 일반적으로는 외부 상호작용에 의해 즉시 무너지는 게 상식입니다."

 "그 점이 제 연구의 가장 큰 도전 과제였습니다." 제니퍼는 천천히 숨을 고른 뒤 설명을 이었다.

 "특정 조건에서는 퀀텀 중첩 상태들이 오히려 서로 공진 *Resonance* 하며 결맞음을 유지하고 나아가 집단적으로 증폭될 수 있다는 가능성을 시뮬레이션 상에서 발견했습니다. 물론 아직은 이론적 가설 단계입니다만…"

 이후에도 리히텐버그 교수 등으로부터 날카로운 질문이 이어졌지만 제니퍼는 자신의 지식과 논리를 총동원해 당당히 응답했다. 질의응답이 약 40분간 계속된 후, 심사위원들은 제니퍼에게 잠시 복도에서 대기하라고 했다. 심사위원들만의 심의가 시작되었고, 30분 정도 지나자 그녀를 다시 불렀다.

 "심사 결과, 제니퍼 위 후보의 논문은 심사위원 전원의 동의를 얻어 박사학위 요건을 충족했음을 선언합니다. 축하합니다, 닥터 위 *Dr. Wi*."

 맥스웰 윤 교수의 목소리가 울리는 순간, 세미나실에는 감탄과 안도의 박수가 쏟아졌다. 제니퍼는 어리둥절한 표정으로 서 있었고 맥스웰 윤은 자랑스럽게 그녀의 어깨를 토닥였다.

 두 달 뒤인 2021년 6월 4일 팬데믹으로 인해 온라인으로 진행된 졸업식에서 제니퍼는 만 12세 10개월의 나이로 MIT 물리학 박사 학위를 공식 취득했다. '천재 소녀'라는 별명과 함께 '최연소 MIT 박사'라는 칭호가 전 세계 뉴스에 등장했다.

 졸업식 당일, 뉴욕 21CF 사택에서는 조촐한 축하 파티가 열렸다. 하진우, 김우현, 맥스웰 윤 등 제니퍼의 성장 과정을 함께한 사람들이 모두 모였다. 누군가가 소감을 묻자, 제니퍼는 조용히 힘주어 말했다.

 "제가 기쁜 건 학위 때문이 아니에요. 연구를 하면 할수록 엄마에게 더 가까이 다가가고 있다는 느낌이 들어서 기뻐요."

 그 말을 들으며 창밖을 바라보던 위대한은 조용히 손수건을 꺼내 눈가를 닦았다. 김우현이 다가와 그를 다독이며 두 사람은 다른 방으로 자리를 옮겼다.

누군가가 제니퍼에게 앞으로의 계획을 묻자, 그녀는 망설임 없이 대답했다.

"제 엄마도 케임브리지에서 퀀텀 컴퓨팅을 공부하셨잖아요. 저도 그 연장선에서 엄마가 걸었던 길을 끝까지 따라가 보고 싶어요. 그래서 영국 케임브리지대학교에서 엄마의 연구도 찾아보려고 포닥도 신청해 놨어요."

퀀텀 세계에서 인지 세계로

제니퍼는 케임브리지에서 1년 10개월간의 포닥 기간 동안 J가 설계했던 양자 생명 원리의 밑그림을 어느 정도 자신만의 언어로 재구축했다. 그 과정에서 '인간 의식의 작동 원리, 뇌과학과 양자얽힘의 접목'에 대해 한층 더 깊이 파고들고 싶은 욕심이 생겼다.

'MIT와 케임브리지에서 주로 양자 물리 쪽에 초점을 맞췄다면, 이제 인지과학 쪽도 제대로 공부해 보자. 엄마가 그토록 열정을 쏟았던 영역이니까…'

제니퍼는 연구 성과와 추천서를 바탕으로 "인지과학 박사 과정" 입학 승인을 받았다. 그해 6월 말, 제니퍼는 케임브리지를 떠나 스탠퍼드가 있는 미국 서부로 향했다.

공항에서 시내로 향하는 택시 안에서 제니퍼는 창밖으로 스치는 낮선 거리 풍경을 조용히 바라보았다. 케임브리시를 떠나기 얼마 전 식당에서 함께한 아빠의 미소와 먼 옛날, 엄마가 이 도시에서 직접 밟았을 거리들이 머릿속에서 겹쳤다. 엄마가 꿈꾸던 길에 조금이나마 가까워진 것인지에 대한 의문이 스쳤지만 곧 은빛 펜던트를 살짝 쥐며 마음을 다잡았다. 연구도, 가족도, 그리고 자신이 온전히 이해하지 못한 오텀 코드의 비밀까지 모두를 안고 앞으로 나아가겠다는 결심이 새삼 가슴 깊이 벅차올랐다.

  택시가 서서히 시내 중심가로 들어서자 제니퍼는 시선을 들어 맑은 하늘을 향해 작게 미소 지었다. 그렇게 새로운 땅에서 시작될 긴 여정의 또 다른 장이 열리고 있었다.

제5장

타키온의 노래

금문교의 서리꽃

  2022년 6월 27일 저녁, 제니퍼 위는 샌프란시스코 국제공항 *SFO* 입국장에 들어섰다. 대부분의 사람들은 마스크를 벗었지만 긴 습관 때문인지 거리를 두며 조심스러운 분위기 속에 발걸음을 옮기고 있었다. 팬데믹 이후 공항의 풍경은 한층 더 조용하고 침착해진 모습이었다. 도처에는 피켓을 들고 방문객을 기다리는 이들이 서 있었고 어디선가 반가운 포옹과 인사가 이어졌다.

  '잘 왔어, 제니퍼.' 그녀는 그렇게 스스로를 다독이며 여행 가방을 한 손으로 끌고 어깨에 무거운 백팩을 멘 채 입국장을 빠져나왔다. 그녀는 위대한이 보낸 보안 직원의 차량에 올라탔고 행선지는 한때 J가 살

왔던, 샌프란시스코의 금문대가 내려다보이는 언덕 위, 5층짜리 건물이었다.

J는 1990년부터 위대한과 결혼한 2006년 말까지 약 16년간, 그리고 그 이후에도 종종 이곳을 사용했다. J의 사후, 위대한은 건물의 명의를 제니퍼 앞으로 돌려놓았다. 딸을 통해 아내의 흔적을 남기고자 한 그의 뜻이 담겨 있었다. 외관과 내부 모두 비어 있다는 느낌이 없었으며 정원은 계절에 맞는 꽃과 나무들로 단정히 꾸며져 있었다. 21CF 본사 소속 전담팀이 매주 청소와 관리를 도맡아온 결과였다. 이런 사실을 전혀 모르는 제니퍼는 그저 엄마가 살았던 곳 정도로만 여겼다.

스탠퍼드 진학을 결정했을 때 "네 엄마가 그 건물과 공간을 사랑했다. 잘 보존돼 있으니 필요하면 마음껏 쓰거라. 그리고… 네가 그곳에서 지내는 동안 도움을 줄 존재를 준비해 두었다"라며 아버지는 간단히 말했었다.

차량은 언덕을 넘어 도심을 향해 달렸다. 케임브리지의 고풍스러운 정취와는 달리 샌프란시스코 특유의 밝고 경쾌한 기운이 차창 너머로 흘러들었다. 노을이 깃든 언덕 위로 올라갈수록 시내의 불빛이 하나둘 켜졌고 구글 맵 내비게이션에 표시된 목표물은 점점 가까워졌다. 그에 따라 제니퍼의 심장박동도 조금씩 빨라졌다.

'엄마가 직접 살던 공간이라니… 예전 연구소로도 쓰였던 곳…' 묘한 감정이 일었다.

도착한 건물은 사방을 감싸는 정원수와 꽃들 덕분에 아늑한 분위기를 풍겼지만 외부인의 출입은 철저히 통제되는 듯 곳곳에 보안 카메라가 설치되어 있었다. 차량에서 짐을 내린 제니퍼는 현관 문 앞에 서서 잠시 숨을 고르고 보안 패널을 작동시켰다.

"안녕하세요, 제니퍼 님. 환영합니다." 패널의 인사가 끝나자 문이 부드럽게 열렸고 밝고 산뜻한 공기가 그녀를 맞이했다. 이어서 현관 로비 한쪽에 조용히 서 있는 매끈한 은회색 외골격의 휴머노이드 로봇이 눈에 들어왔다. 약 175센티미터 정도의 키에, 인간과 유사하지만 명백히 기계적인 정교함을 지닌 형태였다. 얼굴 부분은 투명한 바이저로 덮여 있었지만 그 너머로 부드러운 푸른빛이 새어 나오고 있었다.

제니퍼가 놀라움과 호기심이 뒤섞인 눈으로 로봇을 바라보자 로봇이 부드러운 동작으로 그녀에게 한 걸음 다가왔다.

"안녕하십니까, 제니퍼 님. 기다리고 있었습니다." 중성적이면서도 맑은 음성이 로비에 퍼졌.

"저는 제니퍼 님의 안전과 편의를 지원하기 위해 회장님께서 배치한 로봇입니다. 지금부터 제니퍼 님의 모든 활동을 보조하고 건물의 보안을 책임지겠습니다."

제니퍼는 순간 아버지의 말을 떠올렸다. '도움을 줄 존재', 그것이 바로 눈앞의 이 로봇이었던 것이다. 그녀는 자신도 모르게 작은 탄성을 내뱉었다.

"안드로메다. 네 이름을 안드로메다라고 부를게." 제니퍼가 나지막이, 그러나 확신에 찬 목소리로 말했다.

"제게 이름을 부여해 주셔서 감사합니다, 제니퍼 님. 안드로메다. 기억하겠습니다." 로봇의 푸른빛이 부드럽게 깜빡이는 듯했다.

이어서 안드로메다는 정중하게 물었다. "불편하시겠지만, 도착 즉시 간단한 보안 스캔을 진행해도 되겠습니까?"

제니퍼는 고개를 끄덕였다. 로봇의 존재가 아직은 낯설었지만, 아버지의 배려라는 생각에 거부감보다는 안도감이 먼저 들었다.

안드로메다의 바이저에서 나온 푸른빛이 제니퍼의 전신을 빠르게 훑고 지나갔다.

"감사합니다. 모든 것이 정상입니다. 짐은 제가 지정된 생활 공간으로 옮겨 드리겠습니다. 우선 1층부터 안내해 드릴까요, 아니면 휴식을 취하시겠습니까?" 안드로메다는 제니퍼의 여행 가방과 백팩을 가볍게 들어 올리며 물었다. 그 움직임에는 조금의 망설임이나 무게감도 느껴지지 않았다.

"아… 우선 1층을 좀 둘러보고 싶어."

엄마의 공간에 처음 발을 들인다는 설렘과 동시에 이 낯선 조력자와 함께한다는 기묘한 감각이 제니퍼를 감쌌다.

"알겠습니다. 이쪽입니다."

안드로메다의 안내에 따라, 제니퍼는 드디어 엄마 J의 세계로 첫발을 내디뎠다.

거실과 주방이 한눈에 들어왔다. 마치 최근까지 누군가 머물렀던 듯 공기는 상쾌했고, 가구들은 정갈하게 정돈되어 있었다. 밝은 나무 식탁과 절제된 장식장이 눈에 들어왔고 먼지 하나 없이 빛나는 모습이었다. 안드로메다는 제니퍼가 공간을 충분히 둘러볼 수 있도록 몇 걸음 뒤에서 조용히 그녀를 따랐다. 거실 벽에는 작고 오래된 액자가 하나 걸려 있었다. 젊은 여성이 잔디밭에서 환히 웃고 있는 사진이었다. 제니퍼는 잠시 그 사진을 바라봤다. 사진 속의 엄마는 너무도 젊고 낯설어 오히려 묘한 거리감이 가슴 한 편을 스쳤다.

제니퍼는 주방 쪽으로 걸음을 옮겼다. 중앙에는 소박한 디자인의 아일랜드 테이블이 있었다. 밝은 우드 톤의 표면에는 세월의 흔적이 있었지만, 정갈하게 관리된 상태였다. 이곳에서 차를 마시며 사색하던 엄마의 모습을 상상했다. 벽을 따라 늘어선 캐비닛은 단순하고 기능적이었다. 둥근 손잡이에는 나뭇결의 자연스러움이 살아 있었고 유리문 너머에는 머그컵과 유리잔, 오래된 그릇들이 가지런히 놓여 있었다. 특히 머그컵은 크기도 형태도 제각각이어서 마치 각자 다른 이야기를 간직한 것 같았다.

한쪽 벽에는 넓은 창이 있었다. 낮이면 금문교와 멀리 바다가 보이고 저녁이면 주황빛 노을이 주방 전체를 물들였을 것이다. 창 아래 싱크대 옆으로는 핸드드립 커피 도구들이 정돈되어 있었고 몇몇 유리병 안에는 원두가 담겨 있었다. 도기 서버, 유려한 곡선의 구즈넥 주전자, 타이머 기능이 있는 전자저울, 하리오 V60 드리퍼, 전동 그라인더, 온도계가 정돈되어 있었다. 그 정교한 구성을 보며, 이곳 역시 실험실만큼이나 엄마의 사유와 감정이 고스란히 담긴 장소였다는 것을 제니퍼는 느꼈다.

그때, 냉장고 옆 그릇장이 눈에 들어왔다. 투명한 유리문 너머로 오래된 도자기 접시, 맑은 소리를 낼 것 같은 와인잔, 꽃병처럼 보이는 병들이 보였다. 그중에서도 하나—약 30센티미터 길이의 유리관이 눈길을 끌었다. 그녀는 조심스럽게 유리관을 꺼내 아일랜드 위에 놓았다. 밀폐된 듯 보이는 유리관 안에는 낡았지만 형태가 온전히 보존된 종이비행기 한 대가 들어 있었다. 얼핏 보기엔 그냥 백지로 접은 종이비행기였지만, 제니퍼는 본능적으로 그것이 단순한 물건이 아님을 감지했다. 유리관 외부에는 '1994'라고 손글씨로 적힌 스티커가 붙어 있었다.

"1994년…?" 제니퍼는 자신도 모르게 중얼거리며 한동안 유리관을 가만히 들여다보았다. 안드로메다는 제니퍼의 행동을 방해하지 않고 조용히 기다렸다. 제니퍼는 물 한 컵을 천천히 마신 뒤, 안드로메다를 돌아보았다.

"2층으로 가보고 싶어. 엄마의 서재나 연구실이 있겠지?"

"네, 제니퍼 님. 위쪽으로 안내하겠습니다."

안드로메다가 2층으로 이어지는 내부 계단 쪽으로 제니퍼를 이끌었다. 묵직한 나무 문을 밀고 안으로 들어서자 고요한 정적과 함께 낯선 아련함이 밀려들었다.

"엄마가 사용하던 서재야…" 그녀는 혼잣말을 내뱉으며 방 안을 둘러보았다.

오래된 책 냄새가 은은하게 퍼졌고 벽면을 가득 채운 서가에는 물리학, 철학, 인지과학 관련 고전들이 빽빽이 꽂혀 있었다. 제니퍼는 책등을 훑으며 어머니의 사유 여정을 상상했다. 그녀의 손끝이 프리초프 카프라의 《물리학의 도》에 닿았을 때 케임브리지 도서관에서 어머니의 노트를 처음 발견했을 때 느꼈던 전율이 다시 찾아왔다. 어머니는 이미 오래전부터 우주와 의식의 연결을 사유하고 있었다.

서재 옆으로는 개인 연구실로 이어지는 문이 있었다. 손잡이를 돌려 열자 아침 햇살이 정면에서 쏟아져 들어왔다. 중앙에는 커다란 나무 책상이 놓여 있었고 그 위엔 낡은 노트북과 두터운 논문 뭉치, 낙서투성이의 연구 노트들이 어수선하게 펼쳐져 있었다. 마치 어제까지 누군가 치열하게 연구를 이어온 듯한 생생한 흔적이었다. 벽 한쪽 화이트보드에는 흐려져 더는 알아볼 수 없는 글씨와 복잡한 수식, 다이어그램이 빼곡히 그려져 있었음을 알 수 있었다. 한동안 집중해서 바라보니, 흐려진 수식의 일부를 알아볼 수 있었다. 제니퍼는 수식 하나하나에 시선을 주며 자신도 모르게 그 흐름에 빠져들었다. 마치 어머니의 사고 체계를 따라가고 있는 듯한 감각. 놀랍게도 그 개념들은 MIT와 케임브리지에서 자신이 고민해온 문제들과 정교하게 맞닿아 있었다. '엄마는… 나보다 훨씬 앞서서 이 길을 걸었구나.'

그때, 코르크 보드 구석에 붙은 낡은 사진 한 장이 눈에 들어왔다. '*1981년 10월 18일.*' 남산으로 보이는 공원에서 환히 웃고 있는 젊은 어머니와 그 옆에서 장난스러운 표정을 짓고 있는 소년. '이 소년이…

유산

혹시 아버지?' 사진 속 소년은 믿을 수 없을 만큼 익숙했다. 제니퍼는 가슴이 뛰었다. 그녀가 꿈에서 보았던 그 장면과 너무도 닮아 있었다. 그녀는 사진을 떼어 손바닥에 올려놓고 한참 동안 바라보았다. 따뜻하고 다정한, 너무도 낯이 익어서 오히려 슬픈 장면.

옆 선반에는 《양자생명원리 Q. Bio-Cognition》라 적힌 낡은 노트 한 권이 놓여 있었다. 제니퍼는 설레는 마음으로 노트를 펼쳤다. 양자역학의 수식들, 시적인 문장들, 해독되지 않는 기호들이 뒤섞여 있었다. '관찰이 존재를 창조하는 행위일 수 있다'는 문장 아래에는 "*1981년 10월 18일, 남산에서*"라는 메모와 함께 어머니의 옆모습을 그린 스케치가 남겨져 있었다.

'1981년 10월 18일… 사진 속 날짜와 같아. 이 날 남산에서 정말 무슨 일이 있었던 거야?'

제니퍼는 혼란스러웠다. 꿈과 현실, 과거의 기록들이 뒤엉켜 어디까지가 진실인지 분간할 수 없었다. 그러나 확실한 것이 하나 있었다. 어머니가 남긴 흔적들을 따라가다 보면 언젠가는 그 비밀에 도달할 수 있으리라는 직감, 마치 그것이 자신을 위해 남겨진 하나의 퍼즐 같다는 예감이었다.

한참을 서 있던 제니퍼는 피로감이 몰려왔다.

"오늘은 그만 봐야겠어. 쉴 수 있는 방이 어디지?"

"이쪽입니다, 제니퍼 님. 편히 쉬실 수 있도록 준비된 침실이 몇 군데 있습니다."

안드로메다는 제니퍼를 안내해 1층 복도를 따라 몇 걸음 옮겼고 아늑해 보이는 침실 문을 열어 주었다. 방 안에는 커다란 침대와 주홍빛의 따스함이 감도는 소파가 놓여 있었다. 소파 위엔 부드러운 담요가 가지런히 개어 있었고 한쪽 벽에는 오래된 서랍장이 조용히 자리를 지키고 있었다.

제니퍼는 조심스럽게 첫 번째 서랍을 열었다. 그 안에는 몇 장의 LP가 차분히 놓여 있었다. 그중 하나. 《아르보 패르트의 거울 속의 거울》. 제니퍼는 한참 동안 표지를 바라보다가 조용히 제목을 입에 담았다. "거울 속의 거울…." 그 순간, 설명할 길 없는 감정이 마음 깊숙이 스며들었다. 제니퍼는 LP를 조심스레 제자리에 넣고 침실 창가로 다가섰다. 창밖엔 어둠이 내려앉은 샌프란시스코 시내가 하나둘 불을 밝히고 있었다. 막 저녁이 깃든 도시. 밤의 시작을 알리는 작은 불빛들이 차례로 깨어나고 있었다.

제니퍼는 침대에 앉아 한참 동안 창밖에서 시선을 떼지 않았다. 이곳에서… 엄마를 알 수 있을까. 아직 저녁 시간이었지만 장거리 여행의 피로가 밀려왔다.

"안드로메다, 나 이제 좀 자야겠어."

"네, 제니퍼 님. 편안한 밤 되십시오. 도움이 필요하시면 언제든 호출해주십시오. 저는 외부에서 대기하겠습니다." 안드로메다는 조용히 문을 닫고 나갔다.

제니퍼는 조용히 침대에 몸을 뉘었다. 눈꺼풀이 무겁게 내려앉았지만 이 낯선 공간은 뜻밖에도 편안했다. 마치 오래전부터 그녀의 방이었던 것처럼. 그렇게, 제니퍼는 천천히 눈을 감았다.

꿈속에서 제니퍼의 의식은 지구를 떠나 아득한 우주로 확장되었다. 발아래 푸른 행성은 점점 작아졌고 시야는 수없이 많은 별들로 가득 찼다. 그것은 단순한 별무리가 아니었다. 거대한 우주 필라멘트 구조를 따라 은하들이 실처럼 흘러가며 연결된 장엄한 광경. 마치 살아 있는 신경망처럼 우주 전체가 하나의 계산을 수행하고 있는 듯한 감각. 그녀는 자신이 라니아케아 초은하단 *Laniakea Supercluster*—'헤아릴 수 없는 천상의 넓이'라 불리는 구조 속을 유영하고 있음을 직감했다.

그때, 어디선가 부드러운 속삭임이 들려왔다.

"모든 것은 연결되어 있단다, 제니. 너와 나, 과거와 미래, 이 지구의 작은 생명부터 라니아케아의 중심까지… 우주는 하나의 거대한 숨결이야."

영상에서의 또렷한 어조와는 달리, 더 깊고 광대하며 심연을 울리는 우주적 울림이었다.

"관찰하는 것을 두려워하지 마렴. 너의 시선이 닿는 곳에 새로운 현실이 태어날 테니. 하지만 기억하렴. 창조에는 책임이 따른단다. 잘못된 관찰은 모든 것을 단 1초 만에 무너뜨릴 수도 있어."

가까워지는 목소리를 향해 손을 뻗자 목에 걸린 은빛 펜던트가 빛을 내며 손을 휘감았다. 펜던트를 쥐는 찰나 강렬한 빛과 함께 라니아케아의 구조와 공명하는 감각이 그녀의 의식을 뚫고 밀려들었다.

얽히고 설킨 양자 네트워크. 별의 탄생과 소멸. 그리고 초은하단 중심, 그레이트 어트랙터 *Great Attractor*로부터 다가오는 위협의 그림자.

"시간이… 얼마 남지 않았어… 열쇠는…… 네 안에 있어… 라니아케아의 비밀과 연결되어 있단다……"

속삭임은 점점 희미해졌고 제니퍼는 심연으로 떨어지는 듯한 감각 속에서 눈을 떴다. 심장이 격렬히 뛰었고 온몸이 식은땀으로 젖어 있었다. 창밖은 아직 어둠에 잠긴 새벽.

제니퍼는 떨리는 손으로 목에 걸린 펜던트를 꼭 움켜쥐었다. 어머니가, 혹은 어떤 존재가 라니아케아라는 거대한 무대를 통해 메시지를 전한 것만 같았다. 그녀는 깨달았다. 자신이 거대한 운명의 소용돌이 한가운데 서 있음을. 두려움보다는 설명할 수 없는 사명감이 그녀의 가슴을 가득 채워왔다.

제니퍼는 천천히 침대에서 일어나 창가로 다가갔다. 새벽 공기가 차가웠다. 꿈의 여운은 아직 가슴속에 선명히 남아 있었다. 그 결을 따라 그녀는 조용히 거실로 향했다. 어젯밤과는 분명히 다른 빛이 그녀의 눈에 어려 있었다. 이제 어머니의 흔적을 좇는 일은 단순한 그리움도 호기심도 아니었다. 그것은 자신에게 주어진 임무였고 반드시 풀어야 할 숙제였다.

거실 벽의 사진 속 어머니는 여전히 밝게 웃고 있었다. 제니퍼는 그 앞에 멈춰 서서 조용히 속삭였다.

"엄마, 이제 조금은 알 것 같아요. 당신이 남긴 것들… 제가 이어갈

게요."

 주방으로 향한 제니퍼는 어머니의 레시피를 떠올리며 커피를 내렸다. 핸드드립으로 커피를 내리는 손길은 어느새 제법 능숙해져 있었다. 커피 향이 퍼지자, 복잡하고 격렬했던 감정들이 조용히 가라앉았다. 그녀의 시선은 허치 안의 종이비행기로 향했다.

시간의 심장

 며칠이 흘렀다. 1994년과 2022년. 과거와 현재. 어머니가 남긴 기억의 파편들과 꿈속 라니아케아의 속삭임이 제니퍼의 머릿속에서 하나의 거대한 퍼즐처럼 맞춰지고 있었다. 그녀는 이제, 그 비밀의 핵심을 향해, 어머니가 숨겨둔 진실을 향해 나아가기로 마음먹었다. 더 이상 시간의 문턱에서 망설일 수 없었다.

 그 결심이 마침내 행동으로 옮겨진 것은 J의 건물에 도착한 지 11일째인 2022년 7월 7일이었다.

 "안드로메다, 3층 이상으로 올라가야겠어. 엘리베이터를 가동할 준비를 해 줘."

 "알겠습니다, 제니퍼 님. 상층부 보안 해제 및 엘리베이터 가동을 준비합니다." 안드로메다가 즉각 응답하며 시스템에 접속하는 동안 제니퍼는 일어서서 거실 문을 열고 현관 로비로 향했다. 안드로메다가 소리 없이 그녀의 뒤를 따랐다. 평소 생활하던 1층의 아늑함과는 사뭇 다른, 서늘하고 정적인 공기가 감도는 공간. 정면에는 익숙한 1층 출입구가, 그리고 오른쪽 벽면에는 매끈한 금속 재질의 엘리베이터 문이 굳게 닫혀 있었다. 어머니의 봉인된 연구 구역으로 향하는, 미지의 세계로 이어지는 입구였다.

이전에는 감히 올라갈 엄두도 내지 못했던 공간. 엄마가 16년간 연구에 몰두했고, 아버지와 재회하여 '퀀텀호라이즌'이라는 이름 아래 인류의 미래를 바꿀 프로젝트를 진행했던 곳. 어쩌면, 엄마의 마지막 순간과 관련된 비밀이 잠들어 있을지도 몰랐다.

그녀는 엘리베이터 옆의 보안 패널로 다가갔다. 복잡해 보이는 인터페이스였지만, 그녀의 생체 정보는 이미 위대한에 의해 최고 등급으로 등록되어 있을 터였다. 제니퍼가 패널에 손을 대자 희미한 스캔 빛이 그녀의 손바닥과 눈동자를 빠르게 훑었다.

"제니퍼 위. 접근 권한 확인됨. 이동 가능 층: 1, 3, 4, 5." 차분한 시스템 음성과 함께 엘리베이터 문이 소리 없이 양옆으로 열렸다.

내부는 화물 운반도 가능한 듯 꽤 넓었다. 제니퍼가 먼저 안으로 들어서자, 안드로메다가 뒤따라 탑승했다. 문이 닫히고 제니퍼는 벽에 기대어 뛰는 심장을 진정시키려 애썼다. 그녀의 시선은 층수를 나타내는 디스플레이에 고정되어 있었다.

'3.'

그녀는 3층 버튼을 눌렀다. 엄마의 주 연구실이 있었을 것으로 추정되는 층이었다. 엘리베이터가 부드럽게 상승했다. 그 짧은 시간 동안 수많은 생각들이 머릿속을 스쳐 지나갔다.

오랫동안 봉인되어 있던 그 공간은 지금 어떤 모습이며 무엇이 남아 있을까? 엄마의 연구 노트? 실험 장비? 아니면… 예상치 못한 무언가?

'띵.'

3층에 도착하자 문이 부드럽게 열렸다. 제니퍼는 잠시 망설였다. 심장이 다시 긴장으로 빠르게 뛰었지만 제니퍼는 결연한 표정으로 엘리베이터에서 내딛었다. 그 뒤로 안드로메다가 소리 없이 따라 나섰다.

어둡고 긴 복도였다. 최소한의 비상등만이 간격을 두고 켜져 있어 전체적인 구조를 겨우 드러낼 뿐 복도 깊숙한 곳은 어둠에 잠겨 있었다. 바닥과 벽면에는 희미하게 먼지가 내려앉아 있었다. 마치 시간이 멈춘 듯 깊은 정적의 공간. 오랫동안 누구의 발길도 닿지 않은 비밀의 영역이 마침내 그녀 앞에 모습을 드러낸 순간이었다. 그런데도 공기는 정기적으로 순환되어 온 듯 맑았다.

제니퍼는 스마트폰을 꺼내 플래시를 켰다. 안드로메다 역시 바이저의 푸른 빛을 조명 모드로 전환하여 어두운 복도를 비추기 시작했다. 복도 양쪽으로는 무거운 강철 문들이 동일한 형태로 늘어서 있었다. 각 문 옆에는 보안 패널이 설치되어 있었고 문 위에는 작은 명패가 붙어 있었다.

"이 층의 전력 상태와 공기 질을 분석해 줘. 유해 물질이나 이상 신호는 없는지도 확인해야 해."

'알겠습니다, 제니퍼 님. 현재 분석 중입니다.' 잠시 후 안드로메다가 보고했다.

"이 층의 주 전력 공급은 차단되어 있으며, 보조 전력 라인만 최소한으로 가동 중입니다. 그러나 인터넷 망은 설치되어 있어 원격 관리가 가능할 것으로 보입니다. 공기 질은 양호하며 정기적인 공기 순환이 이루어지고 있습니다. 유해 가스나 방사능은 감지되지 않았습니다. 단, 먼지가 일부 기기와 표면에 쌓여 있어 청소가 필요합니다. 각 출입문의 보안 등급은 현재로서는 명확히 파악되지 않으나 모두 강력한 잠금 상태이며 내부 정보 접근에는 추가 인증이 필요합니다. 복도 양 끝에 비상계단으로 연결되는 통로가 확인됩니다." 안드로메다의 바이저에서 나오는 빛이 벽면, 천장의 센서, 환기구, 그리고 각 출입문들을 차례로 훑었다. 잠시 후, 분석을 마친 안드로메다가 보고했다.

"알았어. 그럼 일단은 안전하다는 거네." 제니퍼는 고개를 끄덕였다.

제니퍼는 어두운 복도를 천천히 걸으며 양옆의 문들을 살피다가 복도 중간쯤에 위치한 듯한 문 앞에서 걸음을 멈췄다. 스마트폰 불빛을 비추자 문 위 명패에 글씨가 드러났다.

"Director's Office - J."

제니퍼는 숨을 깊게 들이쉬었다. 제니퍼의 심장이 걷잡을 수 없이 뛰기 시작했다. 잠시 눈을 감은 그녀는 문의 보안 패널에 손을 가져다 댔다. 패널이 밝게 빛나며 방문자의 신원을 확인하는 듯했다.

"접근 승인. 제니퍼 위. 최상위 Level 권한 확인. J 연구소장실. 보안 잠금 해제."

차분한 시스템 음성과 함께 묵직한 강철 문 안쪽에서 '철컥' 하는 소리가 울렸다. 제니퍼는 마른침을 삼키고 떨리는 손으로 손잡이를 밀었다.

오랫동안 사용되지 않은 듯 문은 뻑뻑한 소리를 내며 천천히 열렸다. 문틈 사이로 흘러나온 것은 세월의 냄새, 그리고 어둠이었다. 안드로메다의 조명이 어둠을 밝히자 시간이 멈춘 듯한 세계가 눈앞에 펼쳐졌다. 높은 천장, 한쪽 벽면을 가득 채운 방대한 양의 책장, 그 앞에 놓인 거대한 원목 책상, 희미한 흔적이 남은 화이트보드, 그리고 하얀 덮개에 싸인 정체 불명의 실험 장비까지.

"내부 환경 정밀 스캔 시작해. 특히 공기 순환 상태, 미세 입자 농도, 그리고 혹시 모를 잔류 전자기장이나 에너지 패턴 있는지 확인해 줘. 이제부터 이 방 안의 모든 것을 기록하고 분석해. 작은 것 하나도 놓치지 마."

"알겠습니다, 제니퍼 님. 정밀 환경 스캔 및 전체 기록 분석 작업을 최고 Level로 실행합니다."

어디서부터 시작해야 할까. 저 방대한 책들? 지워진 화이트보드의 흔적? 잠겨 있는 책상 서랍? 아니면, 덮개로 가려진 미지의 장비? 무엇 하나 사소하게 넘길 수 없었다. 제니퍼의 직관은 이 모든 것들이 서로 연결되어 하나의 거대한 그림을 이루고 있다고 속삭이고 있었다.

'엄마는 분명… 흔적을 남겼을 거야. 내가 알아볼 수 있도록.' 제니퍼는 잠시 눈을 감고 엄마의 숨결을 느끼려는 듯 집중했다. 이 공간에 남아 있을 에너지, 사유의 파동 같은 것이 희미하게나마 몸으로 감지되는 것 같았다. 로봇이 임무를 수행하기 위해 조용히 움직였고 방 중앙으로 천천히 걸어 들어가는 제니퍼의 발걸음만이 정적을 깨뜨렸다.

바닥부터 천장까지 이어지는 거대한 책장에 시선이 닿았다. 물리학, 철학, 뇌과학, 인지과학, 생물학, 심지어 예술과 시집까지, 장르를 넘나드는 방대한 양의 책들이 질서정연하게 꽂혀 있었다. 마치 J의 광범위하고 깊은 지적 세계를 그대로 옮겨 놓은 듯했다.

"저 책장 전체 스캔해서 도서 목록을 데이터베이스화해 줘. 가능하면 출판 연도, 분야별로 분류하고 책 사이에 끼워진 메모나 표시된 부분, 페이지 접힘, 밑줄, 메모 등도 전부 확인해."

"스캔 및 데이터베이스 구축 작업을 시작합니다. 예상 소요 시간 36분 15초."

안드로메다가 책장 앞으로 이동해 정밀 스캔을 시작하는 동안, 제니퍼는 책장 앞을 천천히 거닐며 몇몇 책들의 제목을 읽었다. 로저 펜로즈의 《황제의 새 마음》, 데이비드 봄의 《전체와 접힌 질서》, 존 스튜어트 벨의 《양자역학에서 말할 수 있는 것과 말할 수 없는 것 *Speakable and Unspeakable in Quantum Mechanics*》. 제니퍼는 벨의 책을 조심스럽게 꺼내들었다. 양자얽힘과 비국소성에 대한 그의 통찰은 엄마의 연구와도 깊은 관련이 있었을 터였다.

책장을 빠르게 넘기던 그녀의 손길이 어느 페이지에서 멈췄다. 페이지 귀퉁이가 접혀 있었고 여백에는 엄마의 필체로 보이는 메모와 밑줄이 있었다. '관찰자 의존성'과 '숨은 변수 이론의 한계'에 관한 부분이었다.

'역시… 엄마는 벨의 정리를 단순히 받아들인 게 아니라, 그것을 넘어서는 무언가를 찾으려 했던 거야. 관찰자의 역할… 어쩌면 숨겨진 변수가 아니라, 연결된 의식 같은 것.'

제니퍼는 책을 조심스럽게 제자리에 꽂으며 엄마의 사고방식에 한 걸음 더 다가선 느낌을 받았다. 다음으로 그녀의 시선은 한쪽 벽면을 가득 채운 거대한 화이트보드로 향했다. 희미하게 지워진 흔적들. 복잡한 수식, 알 수 없는 기호들, 여러 개념들을 연결하는 화살표들. 마치 격렬했던 브레인스토밍의 잔해 같았다.

"저 화이트보드 표면, 최고 해상도로 다각도 촬영하여 이미지 분석 시작해 줘. 지워진 글씨나 도형, 최대한 복원해 봐. 특히 반복적으로 나타나는 패턴이나 기호가 있는지 찾아보고."

"이미지 촬영 및 복원 분석 작업을 시작합니다."

안드로메다가 화이트보드 앞으로 이동해 작업을 시작하는 것을 확인한 제니퍼는 마침내 방 중앙의 거대한 원목 책상으로 다가갔다. 이번에는 아까 미처 보지 못했던 것들이 눈에 들어왔다. 책상 위에는 오래된 태블릿 외에도 펜 몇 자루가 꽂힌 펜꽂이, 작은 스탠드 조명, 그리고 결정 구조 모형처럼 보이는 작고 투명한 물체 하나가 놓여 있었다. 제니퍼는 손을 뻗어 그 투명한 물체를 조심스럽게 집어 들었다. 빛의 각도에 따라 내부에서 오묘한 색깔이 반사되었다. 무엇에 쓰는 물건일까?

그녀는 물체를 내려놓고 책상 서랍을 열어보려 했다. 하지만 모든 서랍은 잠겨 있었다. 단순한 열쇠 방식이 아닌 전자 잠금 장치였다.

"이 책상 서랍들, 내 권한으로 열 수 있는지 확인해 줄래?"

"보안 시스템 확인 중… 잠시만 기다려주십시오. … 확인 결과, 해당 서랍들은 추가적인 보안 단계인 4단계 생체 신호 또는 퀀텀 키가 요구됩니다. 현재 제니퍼 님의 접근 권한으로는 직접적인 잠금 해제가 불가능합니다."

"Level 4… 역시 간단하지 않네." 제니퍼는 작게 한숨을 쉬었다. 엄마는 자신의 가장 중요한 비밀들을 다중 보안 속에 감춰두었던 것이다.

그녀는 책상 위에 놓인 오래된 태블릿을 집어 들었다. 전원을 켜보았지만 작동하지 않았다.

"이 태블릿 모델 식별하고 충전 및 데이터 복구 가능성 확인해 줘."

"구형 모델입니다. 배터리는 완전 방전 상태이나 교체 가능할 것으로 보입니다. 배터리가 충전되어야 내장 메모리 상태나 물리적 분석이 가능합니다. 충전을 먼저 시도할까요?"

"아니, 일단 보류해. 다른 것부터 확인하자." 제니퍼는 태블릿을 내려놓고 다시 잠겨 있는 서랍들을 노려보았다. Level 4 보안. 지금 당장 열 방법은 없어 보였다.

마지막으로 그녀의 시선은 사무실 한쪽 구석, 하얀 덮개로 가려진 거대한 장비로 향했다. 아까 잠시 보았던 그 기계였다.

"잠시 분석 중단하고 이쪽으로 와줘."

화이트보드를 스캔하던 안드로메다가 즉시 제니퍼 곁으로 왔다.

"저 덮개, 아주 조심스럽게… 한쪽 모서리만 살짝 열어볼 수 있을까? 내부 구조를 육안으로 확인하고 싶어. 안드로메다, 덮개를 드는 순간 에너지 변화나 이상 신호 없는지 집중 감시해."

"알겠습니다. 명령 수행. 주변 에너지 상태 집중 감시 모드." 안드로메다는 인간의 손처럼 정교한 손가락으로 덮개 모서리를 조심스럽게 잡았다. 그는 아주 천천히, 미세한 움직임으로 덮개를 살짝 열기 시작했다.

제니퍼는 숨을 죽이고 그 안을 들여다보았다. 복잡한 전선 다발, 진공 챔버로 보이는 유리 구조물, 그리고… 알 수 없는 기호가 새겨진 금속 패널.

바로 그때였다.

"경고! 미약한 타키온 입자 방출 감지! 퀀텀 필드 불안정성 증가! 즉시 원위치 권고!" 다급하면서도 기계적인 경고음이 정적을 깨뜨렸다.

'타키온…' 그 단어가 제니퍼의 귓가를 때리는 순간, 온몸의 신경이 얼어붙는 듯했다.

물리학의 성배이자 금단의 영역. 빛보다 빠르다는 가설 속 입자, 인과율의 경계를 넘나드는 미지의 존재.

'엄마는… 여기까지 도달했던 건가? 단순한 이론적 탐구를 넘어 실제로 그것을 생성하거나 제어하려 했다는 말인가?' 제니퍼의 심장이 세차게 뛰기 시작했다.

이것은 단순한 발견이 아니었다. 인류 역사를 통틀어 누구도 가보지 못한 영역의 문턱을 목격하는 순간이었다. 경외감이라고 하기에는 너무나 섬뜩하고, 공포라고 하기에는 너무나 매혹적인 감정이 온몸을 휘감았다.

동시에, 안드로메다가 살짝 연 덮개 안쪽에서 제니퍼의 눈에도 아주 희미하지만 섬뜩한 푸른 빛이 아른거리는 것이 보였다. 그것은 단순한 빛이 아니었다. 마치 살아있는 혼돈처럼, 불안정하게 요동치며 현실의 법칙을 비웃는 듯한 위험한 아름다움.

저 너머에 무엇이 있을까? 시간을 거스르는 길? 다른 우주로 통하는 문? 아니면 세상을 집어삼킬 심연? 상상만으로도 현기증이 났다.

이것이 엄마가 그토록 비밀리에 매달렸던 연구의 궁극적인 모습이었을까? 엄마는 대체 무엇을 만들려고 했던 것일까?

"위험 요소 감지. 즉시 원위치." 안드로메다는 경고와 동시에, 잡고 있던 덮개 모서리를 즉각적이고 부드럽게 다시 닫았다. 어떤 동요나 망설임도 없는 프로토콜에 따른 완벽한 반응이었다. 위협 가능성이 있는 장비 쪽으로 고정한 채 경계 태세를 취했다.

순간적인 긴장감에 제니퍼의 심장이 쿵 내려앉았다. 타키온? 양자장 불안정성?

물리학을 전공한 그녀에게도 그 단어들은 결코 가볍게 들리지 않았다. 특히 타키온은 아직 이론상으로만 존재하는 빛보다 빠르다고 가정되는 가상의 입자였다. 만약 저 장비가 실제로 타키온을 생성하거나 감지하는 장치라면 엄마는 상상 이상으로 현대 물리학의 경계를 넘어서는 연구를 하고 있었던 것이다.

어쩌면… 시간을 넘나들거나 다른 차원에 개입하려는 시도였을까? 할-알 프로젝트와 관련이 있는 걸까?

제니퍼는 패닉에 빠지는 대신 오히려 머리가 얼음처럼 차갑게 식었다. 이것은 단순한 호기심의 대상이 아니었다. 엄청난 힘에는 그만큼의 책임이 따르는 법. 이 장비의 원리를 이해하고 그것이 가져올 파장을 예측하고 그리고 무엇보다… 올바르게 사용하거나 봉인해야 할 방법을 찾아야 했다. 그것이 엄마가 그녀에게 남긴, 피할 수 없는 숙제이자 사명일지도 몰랐다. 두려움은 여전했지만, 그보다 더 강한, 진실을 향한 과학자로서의 갈망과 이 유산을 감당해야 한다는 결의가 그녀를 지배하기 시작했다. 지금 필요한 것은 정확한 정보였다.

"타키온 방출량 구체적인 수치랑 필드 불안정성 변화율 보고해 줘. 주변 다른 장비나 우리에게 미치는 영향은? 그리고… 저 방출 현상, 일시적이었어? 아니면 덮개를 닫은 지금도 계속되고 있어?"

"데이터 재분석 중입니다." 그의 바이저에서 나오는 푸른 빛이 덮개로 덮인 장비를 향해 더욱 집중되었다.

"타키온 입자는 극미량(10^{-18} 단위)으로 검출되었으며, 덮개를 원래대로 돌려놓은 후 현재는 검출되지 않습니다. 퀀텀 필드 불안정성은 최대 0.037%까지 증가했으나, 현재는 안정 상태로 복귀했습니다. 주변 장비 및 생체에 미치는 즉각적인 영향은 없는 것으로 판단됩니다.

덮개를 여는 행위가 불안정성을 유발한 것으로 추정됩니다."

"일시적 현상… 덮개를 여는 게 트리거였다고…?" 제니퍼는 보고를 들으며 빠르게 상황을 재구성했다. 장비는 꺼져 있는 것이 아니라, 모종의 대기 상태 혹은 봉인 상태에 있으며, 외부 자극이나 덮개가 열리는 것에 반응하여 불안정한 현상을 일으킨다. 위험하지만, 통제 불가능한 상태는 아닐 수도 있었다.

"좋아." 그녀는 다시 한번 결심했다.

"안드로메다. 아까처럼 아주 천천히, 딱 1cm만, 덮개 모서리만 다시 열어 봐. 방출량 변화 다시 체크하고 조금이라도 이상 징후 보이면 즉시 덮어."

"명령을 재확인합니다. 위험 가능성이 존재합니다. 재고를 요청합니다." 안드로메다가 안전 프로토콜에 따라 경고했다.

"알아. 하지만 확인해야 해. 1센티미터. 그 이상은 안 돼." 제니퍼의 목소리는 망설임이 없었다.

"… 알겠습니다. 명령 수행합니다." 안드로메다는 제니퍼의 최종 지시에 따라 다시 한번 정교한 손놀림으로 덮개 모서리를 아주 조심스럽게 잡았다.

1밀리미터, 2밀리미터… 숨 막히는 긴장감 속에서 덮개가 아주 조금씩 열렸다.

"타키온 수치 미세하게 재검출. 필드 불안정성 0.01% 상승. 안정 범위 내 유지 중입니다."

제니퍼는 로봇의 조명에 의지해 그 1센티미터 틈새 너머를 다시 한 번 집중해서 보았다. 아까보다 조금 더 선명하게 보였다.

푸른 빛은… 마치 살아 있는 것처럼 미세하게 요동치는 액체 금속 표면 같기도 했고 혹은 복잡한 크리스털 구조 내부에서 은은하게 발산되는 빛처럼 보이기도 했다. 그 중심에는 알 수 없는 검은색의 작은 구체 같은 것이 있는 듯도 했다. 그것이 무엇인지는 전혀 알 수 없었지만, 강력하고 위험하며 동시에 매혹적인 무언가라는 직감이 제니퍼의 온몸을 꿰뚫었다.

"됐어, 다시 덮어."

"명령 수행. 원 위치합니다." 안드로메다는 즉시 덮개를 원래대로 덮었다.

그의 보고에 따르면 타키온 수치와 필드 불안정성은 다시 0으로 돌아갔다. 제니퍼는 잠시 그 자리에 서서 숨을 골랐다. 심장이 여전히 빠르게 뛰고 있었다.

"아까 스캔한 도서 목록에서 키워드 검색해 줘. '타키온', '초광속', '양자장 불안정성', '시공간 매트릭스', '할-알 프로젝트.' 엄마의 연구 노트나 관련 서적이 있는지 찾아 봐."

"키워드 검색 실행 중입니다." 그의 차분한 목소리가 들려왔다.

제니퍼는 다시 한번 사무실 전체를 둘러보았다. 봉인된 연구실. 잠긴 서랍. 정체불명의 장비. 그리고 엄마의 흔적들. 이곳은 단순히 과거를 담은 공간이 아니었다. 어쩌면 미래를 뒤흔들지도 모르는 위험한 판도라의 상자였다. 그리고 자신은 이제 막 그 상자를 열기 시작한 참이었다.

안드로메다

샌프란시스코의 낡은 건물, 엄마의 시간에 멈춰버린 듯한 공간 속에서 보낸 시간들. 제니퍼는 그저 과거의 유산을 마주한 것이 아니었다. 꿈결처럼 스며든 초현실적인 감각과 기억 속에서 자신 안의 미지(未知)를 보았고 한 번의 거리 외출에서 마주한 생생한 위협은 세상의 냉혹함을 가르쳐 주었다.

충직한 로봇과의 만남은 든든한 위안인 동시에 풀어야 할 또 다른 수수께끼였다. 엄마가 남긴 연구는 경이로움과 함께 섬뜩한 위험—타키온 장치의 가능성—을 품고 있었다. 그녀를 둘러싼 모든 것은 하나의 거대한 시그널처럼 느껴졌다. 이제 그녀 앞에는 단순히 하나의 상자가 아닌 이 건물 전체가 품고 있는 비밀의 지도가 펼쳐지기 시작했다.

굳게 닫힌 연구실 문들, 암호화된 데이터 파일들, 정체를 알 수 없는 위험한 장치, 그리고 엄마가 남긴 수많은 연구 기록들까지. 무엇을 먼저 탐색하고 어떤 순서로 퍼즐을 맞춰나가야 할까? 그 과정에서 또 어떤 예상치 못한 진실과 마주하게 될까? 한 가지 분명한 것은, 제니퍼 위는 더 이상 과거의 그림자를 쫓는 수동적인 소녀가 아니라는 점이었다.

다음 날 아침, 제니퍼는 알람 없이 스스로 눈을 떴다. 창밖은 이미 환했고 시계를 보니 오전 10시가 훌쩍 넘어 있었다. 지난 며칠간의 정신적, 육체적 피로가 깊은 잠으로 이어졌던 것이다. 몸은 한결 가벼워졌지만 어젯밤 엄마의 사무실에서 마주했던 비밀의 무게는 여전히 마음 한켠을 짓누르고 있었다.

타키온 입자를 방출하던 정체불명의 장비, Level 4 보안으로 잠긴 서랍, 엄마가 남긴 수많은 연구 기록들… '오늘은… 제대로 시작해야 해.'

거실에는 안드로메다가 충전을 마치고 조용히 대기 모드에 들어가 있었다. 그녀가 나오자 시선이 제니퍼를 향했다.

"좋은 아침." 제니퍼가 인사를 건넸다.

"좋은 아침입니다, 제니퍼 님." 제니퍼는 곧장 주방으로 향하지 않고 로봇 앞에 섰다.

"어제 확인한 바로는 연구소 구역(3~5층)은 주 전력이 차단되고 비상 전력만 가동 중이라고 했지?"

"네, 맞습니다. 비상등 및 최소 환경 유지 시스템만 작동 중입니다."

"그 상태로는 제대로 된 탐색이나 장비 분석이 어려워. 위험하기도 하고. 연구소 구역의 주 전력을 다시 공급할 방법은 없을까? 차단된 이유나 복구 절차 같은 거… 혹시 21CF 네트워크나 이 건물 시스템 데이터베이스에 관련 정보 없어?"

그는 잠시 침묵했다. 그의 바이저 아래에서 복잡한 연산이 이루어지는 듯했다.

"관련 정보를 검색 및 분석 중입니다." 잠시 후 대답했다.

"건물 설계 도면 및 21CF 보안 기록에 따르면, 3~5층 연구소 구역의 주 전력은 J 박사님의 사망 사고후인 2009년 7월 초에 보안상의 이유로 중앙 통제 시스템에서 물리적·논리적으로 완전히 분리 및 차단된 것으로 확인됩니다. 이는 외부에서의 무단 접근 및 장비 오작동을 원천적으로 방지하기 위한 조치였습니다."

"완전히 분리 차단… 그럼 복구가 간단하지 않겠네." 제니퍼는 미간을 찌푸렸다.

"주 전력 복구를 위해서는 몇 가지 선행 조건이 필요합니다." 안드로메다가 설명을 이었다.

"첫째, 지하 주 차단기 패널에서 물리적인 회선 재연결 작업이 필요합니다. 둘째, 3~5층 내부의 각 구역별 전력 분배 시스템 및 안전 장치 점검이 선행되어야 합니다. 셋째, 중앙 통제 시스템에서 해당 구역에 대한 전력 공급 승인 및 보안 프로토콜 재설정이 필요합니다. 마지막 단계는 현재 제니퍼 님의 최상위 접근 권한으로 가능할 것으로 보이나 물리적 작업과 안전 점검에는 상당한 시간과 정밀한 기술이 요구됩니다."

"네가 직접 할 수 있는 범위는 어디까지인데?"

"저는 정밀한 물리적 작업 수행 능력을 갖추고 있습니다. 지하실 차단기 패널에서의 회선 재연결 및 각 층 분배 시스템 점검 작업은 제가 직접 수행 가능합니다. 다만, 작업 중 예상치 못한 노후화나 손상이 발견될 경우 추가적인 부품 조달이나 수리가 필요할 수 있습니다. 또한, 모든 작업은 제니퍼 님의 최종 승인 하에 진행됩니다."

"좋아." 제니퍼는 결정을 내렸다.

"그럼 지금부터 연구소 구역 주 전력 복구 작업을 최우선으로 진행해 줘. 필요한 절차와 예상 소요 시간, 발생 가능한 위험 요소까지 포함해서 상세한 작업 계획을 세워서 나에게 보고해 줘. 안전이 최우선이야. 조금이라도 위험 요소가 감지되면 즉시 중단하고 보고할 것."

"알겠습니다, 제니퍼 님. 연구소 구역 주 전력 복구 계획 수립 및 보고를 시작하겠습니다."

"그리고 직접 지하부터 각 층의 상태를 확인하면서 최종 계획을 완성하도록 하는 게 효과적일 거야. 그래야 새로 조달해야 할 부품이 있는지 여부도 미리 점검할 수 있고 실제 도면과는 다른 변수를 직접 확인할 수 있을 테니까. 물리 세계는 가상 세계와 달리 수많은 변수들이 늘 존재한다는 것을 잊지 않도록."

"네, 참고하겠습니다." 안드로메다가 대답했다.

주방 아일랜드 식탁에 앉은 제니퍼는 전날 안드로메다가 추천했던 마시모 보투라 스타일과는 다른, 좀 더 간단한 아침 식사를 준비했다. 냉장고에서 신선한 케일과 로메인, 토마토, 오이를 꺼내 씻고 샐러드를 만들었다. 통밀빵 두 조각을 토스터에 넣고 굽기 시작했다.

드레싱은 올리브 오일과 레몬즙, 소금과 후추로 간단히 만들었다. 어젯밤의 무거운 발견들과 앞으로 펼쳐질 미지의 탐색을 앞두고 머리를 맑게 하고 속을 편안하게 해 줄 식사가 필요했다. 토스트가 구워지는 동안 그녀는 전날 안드로메다와 나눴던 대화를 떠올렸다.

단순히 명령을 수행하는 기계가 아닌 스스로 문제를 분석하고 해결

책을 제시하며 심지어 깨달음에 가까운 반응까지 보이는 존재.

그의 잠재력은 분명했고 앞으로의 여정에서 든든한 지원군이 될 것이었다.

'하지만 동시에 그의 능력을 제대로 이끌어내는 건 전적으로 나의 역할이겠지.' 제니퍼는 토스트 위에 얇게 썬 아보카도를 올리며 생각했다. 그에게 명확한 목표를 제시하고 때로는 프로토콜을 넘는 질문을 던지며 함께 해결책을 찾아나가는 것. 그것이 앞으로 자신과 그 사이의 핵심 상호작용 방식이 될 터였다.

식사를 시작한 지 얼마 되지 않아 거실 쪽에서 안드로메다가 주방 입구로 다가왔다. 그의 움직임은 조용했지만 제니퍼는 이미 그의 존재를 감지하고 있었다.

"제니퍼 님, 요청하신 연구소 구역(3~5층) 주 전력 복구 작업 계획 수립이 완료되었습니다. 보고를 진행해도 되겠습니까?" 안드로메다의 목소리는 명료하면서도 복잡한 과제를 앞둔 자신감이 배어 있었다.

"벌써? 좋아, 들어볼게." 제니퍼는 포크를 내려놓고 안드로메다를 향해 몸을 돌렸다. 그는 한 걸음 앞으로 나서며 설명을 시작했다. 그의 바이저 아래에서 희미한 빛이 아른거리며 시각화를 위한 준비에 들어갔다.

"전체 작업은 4단계로 구성됩니다. 총 소요 시간은 약 7시간 30분으로 예측되며, 변수에 따라 조정될 수 있습니다. 첫 번째 단계는 지하 배전반입니다. 또한 3층에서 5층으로 가는 전력선을 확인하고 물리적으로 차단된 회선을 재연결할 예정입니다. 예상 소요 시간은 2시간입니다. 지하 작업 시 가장 우려되는 부분은 케이블이나 차단기의 노후화입니다."

"교체가 필요하면?" 제니퍼가 물었다.

"표준 절차상 21CF 본사에 긴급 요청을 하게 되어 있습니다…"

"잠깐, 본사는 뉴욕이잖아? 현지에서 더 빠르게 조달할 수 있는 루트를 고려해야 해." 제니퍼는 안드로메다의 표준 운영 방식을 지적했다.

"로컬 공급망 활용 방안을 추가하겠습니다. 이로써 조달 시간은 12시간에서 2~4시간으로 단축 가능합니다." 안드로메다가 수긍했다.

"좋아. 계속해 줘."

"두 번째 단계는 3층부터 5층까지 내부 전력 분배 시스템과 안전 장치를 점검하는 것입니다. 특히 어제 확인된 소장실 장비 주변 전력 라인도 포함됩니다. 예상 소요 시간은 3시간입니다."

"그 장비는 자극 없이 점검할 수 있어?"

"네. 열화상 및 초음파 탐지 등 비파괴 센서를 활용할 계획입니다."

"세 번째 단계는 제니퍼 님의 협조가 필요합니다. 중앙 통제 시스템 접근 및 보안 프로토콜 재설정에는 Level 3 접근 권한이 요구됩니다. 예상 소요 시간은 30분입니다. 단, 추가 보안 계층이 존재할 수 있습니다."

"마지막 단계는 단계적 전력 공급과 실시간 모니터링입니다."

"제가 AI '21'과 협력하여…"

"잠깐." 제니퍼가 말을 끊었다.

"AI '21'이 3~5층을 어떻게 모니터링해? 2009년에 폐쇄된 공간이잖아."

그는 잠시 침묵했다.

"분석 오류를 인정합니다. 해당 구역은 AI '21'의 센서망 밖에 있을 가능성이 큽니다."

"그래. 그럼 이렇게 하자." 제니퍼는 즉시 대안을 제시했다.

"3단계에서 중앙 통제 시스템 접근 및 기본 전력 공급 승인까지만 하고 4단계는 바로 시작하지 마. 대신, 기본 전력이 들어온 상태에서 너가 먼저 3층부터 5층까지 AI '21' 센서 노드들을 설치해. 건물 전체 시스템과 통합될 수 있도록. 그 작업이 끝나고 '21'을 통해 내부 환경을 실시간으로 정밀하게 모니터링할 준비가 되면 그때 4단계인 단계적 전력 공급과 안정화 모니터링을 시작하는 거야. 시간은 좀 더 걸리겠지만 그게 훨씬 안전하겠지."

"합리적인 판단입니다, 제니퍼 님." 안드로메다가 동의했다.

"센서 노드 설치 및 통합 작업에 약 1시간 30분 정도가 추가로 소요될 것으로 예상됩니다. 총 작업 시간은 약 9시간으로 재산정하겠습니다. 즉시 계획에 반영하겠습니다."

"단, 현재의 건물에 새로 설치할 AI '21'의 시스템 유닛 물량이 얼마나 되는지 먼저 확인해야 할 거야."

"헤이, 21, 이 건물에 21 유닛 물량이 몇 세트가 되는지 정보 갖고 있니?"

"네, 제니퍼 님. 제가 파악한 바로는 9세트의 재고가 지하 창고 A섹션에 있습니다. 그러나 연구소 전체를 커버하려면 약 88세트가 필요할 것입니다. 연구소에는 많은 방이 있어서 방마다 1~3개씩 필요하고, 긱층 계단과 엘리베이터, 보안을 위해 옥상에도 몇 대의 추가 설치가 필요할 것입니다. 그런 식으로 계산하면 추가로 약 79세트가 더 필요합니다. 단, 건물의 외부는 이미 철저하게 모두 설치되어 있습니다."

"좋아, 21, 너는 21CF의 관련 팀에 조달 요청을 해 놓도록 해."

"네, 알았습니다."

제니퍼와 21 간의 대화를 들은 안드로메다가 고개를 끄덕였다.

"좋아, 그럼 9개를 어디에 먼저 설치할지, 추가로 도착하는 나머지 세트를 어디에 설치할지 네가 잘 판단해서 진행하도록 해. 이제 수정된 계획대로 진행하도록 하고." 제니퍼는 최종 승인을 내렸다.

"각 단계가 끝날 때마다 나에게 진행 상황과 특이사항을 보고하고 특히 위험 요소가 현실화될 가능성이 보이면 즉시 작업을 중단하고 대책을 논의하도록."

"알겠습니다. 제니퍼 님의 최종 승인을 확인했습니다. 지금 즉시 1단계 작업을 시작하겠습니다."

안드로메다는 필요한 공구와 장비를 챙겨 지하실로 움직이기 시작했다.

제니퍼는 남은 샐러드와 토스트를 먹으며 "연구소의 멈춰 있던 심장을 다시 뛰게 하는 작업이야. 어쩌면 엄마가 남긴 가장 큰 비밀 상자를 여는 첫 번째 열쇠를 돌리는 순간이 아닐까?" 하는 생각이 들었다.

제니퍼는 마지막 남은 토스트 조각을 입에 넣으며 AI '21'을 통해 안드로메다의 상태 보고를 음성으로 들었다. 필요할 경우 개인 태블릿으로 영상 피드를 확인할 생각이었지만 일단은 안드로메다의 보고와 자신의 직감에 의지하기로 했다.

"1단계 작업 준비 완료. 지하 저장 구역에서 필요한 공구 및 안전 장비 확보했습니다. 지금부터 주 차단기 패널 작업을 시작하겠습니다."

제니퍼는 그가 지하 창고에서 직접 공구를 찾아 나서는 모습을 상상하며 고개를 끄덕였다.

이후 몇 시간 동안, 제니퍼는 거실 소파에 앉아 노트북으로 다른 자료들을 검토하면서도 로봇의 작업 진행 상황에 귀를 기울였다. 로봇은 각 단계(지하 작업, 3~5층 점검, AI '21' 노드 설치 준비)를 완료할 때마다 간결하게 보고했고 제니퍼는 필요한 지시를 내리거나 확인했다. 다행히 큰 문제나 지연 없이 물리적인 점검과 준비는 순조롭게 진행되었다.

마침내 안드로메다의 목소리가 들려왔다.

"제니퍼 님, 1단계 및 2단계 물리적 점검 완료, 3~5층 주요 구역 9곳에 AI '21' 노드 설치 준비를 완료했습니다. 이제 3단계, 중앙 통제 시스템 접근 및 전력 공급 승인이 필요합니다. 시스템 터미널은 지하 1층 기계 제어실에 위치해 있습니다. 준비되시면 안내해 드리겠습니다."

"지하 기계 제어실?" 제니퍼는 잠시 의아했지만 이내 수긍했다. 연구소 전체의 전력을 통제하는 시스템이라면 소장실보다는 그런 곳에 있는 것이 당연했다.

"알았어. 지금 내려갈게."

제니퍼는 지하 1층으로 내려갔다. 그가 안내한 곳은 주 차단기 패널이 있던 곳과는 다른 구역에 위치한, 작지만 각종 제어 장비와 서버 랙 일부가 설치된 기계 제어실이었다. 중앙에는 먼지가 쌓인 오래된 콘솔과 모니터가 놓여 있었다.

"이곳에서 진행하면 됩니다." 그가 콘솔을 가리켰다.

제니퍼는 콘솔 앞에 앉아 그의 안내에 따라 시스템에 접근했다. 자신의 Level 3 권한으로 로그인하자 복잡하지만 논리적으로 구성된 제어 인터페이스가 화면에 나타났다. 그녀는 3층부터 5층까지의 전력 차단 상태를 확인하고 안전 프로토콜을 검토한 뒤 최종적으로 전력 공급 재개 명령을 실행했다. 화면에 '명령 수락. 3층부터 단계적 전력 공급 시퀀스 개시'라는 메시지가 떴다.

"성공했어." 제니퍼는 작게 안도하며 일어섰다. 이제 기다리는 일만 남았다.

거실로 돌아온 제니퍼는 태블릿을 통해 '21'이 보여주는 각 층의 상태 변화를 지켜보았다. 잠시 후, 3층 복도를 시작으로 4층, 5층의 조명이 차례로 켜졌다. 환기 시스템이 가동되는 소리가 희미하게 들려왔다. 각 층에 임시 설치된 '21' 노드들이 보내오는 초기 환경 데이터(온도, 습도, 전력 상태)가 태블릿 화면에 표시되기 시작했다.

"모든 구역 전력 공급 완료. 시스템 안정화 모니터링 중입니다. 현재까지 특이사항 없습니다."

안드로메다의 보고가 이어졌다.

"잘했어. 이제 직접 확인해 봐야지."

제니퍼는 가장 먼저 3층에 내렸다. 환하게 불이 켜진 복도와 문들이 눈앞에 펼쳐졌다. 엄마의 사무실 문도 보였다. 하지만 그녀는 안으로 들어가지 않았다. 대신 복도를 천천히 걸으며 주변을 둘러보았다. 4층, 그리고 5층까지 차례로 올라가면서 각 층의 분위기를 살폈다. 실험실 문 너머로 보이는 장비들의 실루엣, 복도 벽에 붙어있는 낡은 안내문들… 모든 것이 오랜 시간 속에 잠들어 있었다.

밝은 조명은 어둠 속에 감춰진 현실을 여실히 드러냈다. 모든 표면 위에는 먼지가 깔려 있었다. 어젯밤 안드로메다가 공기 질 자체는 양호하나 먼지가 쌓여 있다고 보고했지만 실제로 마주한 먼지의 양은 상상 이상으로 심각했다.

"이 상태로는 안 돼."

5층 복도 끝에서 아래층으로 내려가는 계단을 바라보며 제니퍼가 결정을 내렸다. 그녀는 안드로메다를 돌아보았다.

"본격적인 탐색 전에 여기 전체를 대청소해야겠어. 먼지 알레르기라도 생기면 큰일이니까. 무엇보다 호흡기 건강에 치명적일 수 있어."

"환경 정화 작업의 필요성에 동의합니다. 하지만 저만으로는 일손이 부족합니다. 전문 청소 업체의 도움이 필요합니다."

"외부 업체를 부를 순 없어. 보안 문제 때문에." 제니퍼는 고개를 저었다.

"생각해보면, 엄마도 보안 때문에 외부 청소 업체를 쓰지 않았을 가능성이 높아. 그렇다면 이 건물 어딘가에… 연구소 환경을 유지하기 위한 전문 청소 장비들이 보관되어 있을 수도 있어. 예를 들어 헤파 필터가 장착된 대형 청소기나 공기 정화 장치, 정교한 기계나 측정 장비 등의 먼지 제거와 유지보수를 위한 전문 장비 같은 것들 말이야. 물론, 바닥도 정기적으로 닦았을거야."

그녀의 추론은 합리적이었다.

"지하 창고나 각 층의 비어 있는 방들 위주로 그런 장비들이 있는지 먼저 탐색해 줘. 만약 없다면 그때 필요한 장비 목록을 만들어서 조달하는 방법을 생각해보자."

"알겠습니다, 제니퍼 님. 즉시 지하 창고 및 건물 내 보관 가능 구역 탐색을 시작하겠습니다."

안드로메다가 분주하게 임무를 수행하는 동안, 제니퍼는 잠시 혼자만의 시간을 갖기로 했다.

거실로 돌아온 제니퍼는 소파에 앉아 태블릿으로 로봇의 작업 진행 상황을 간략히 확인하고 있었다. 그때, 손목의 스마트워치에서 짧은 진동과 함께 보안 메시지 알림이 떴다. 발신자는 '21CF 시큐어리티 코어'였다.

'왔구나.'

가슴이 살짝 뛰기 시작했다. 며칠 전, 아버지에게 요청했던 휴머노이드 로봇 개발 노드 접근 권한에 대한 회신일 가능성이 높았다. 그녀는 곧장 알림을 탭했다. 화면에는 단순한 텍스트 대신, 복잡한 다단계 인증 절차가 나타났다. 지문 인식, 홍채 스캔, 그리고 음성 암호 입력까지 모두 마친 후에야, 마침내 메시지 본문이 드러났다.

[보안 등급 알파] 사용자 제니퍼 위 요청 건 승인 완료. AI 유닛 모델 H-7 개발 노드 Level-5 접근 권한 부여. 아래 보안 코드를 사용하여 담당 책임자(아리스 손 Aris Thorne, R&D 7팀)와 통신 개시 후 최종 활성화 진행 바람. 코드: QK#811018-JSID]

최고 접근 권한이었다. 아버지가 정말로 약속을 지켜준 것이다. 이 권한이 있다면 로봇의 핵심 알고리즘과 학습 과정을 직접 들여다보고 직접 코딩을 통해 더 발전시킬 수 있을 것이었다. 어쩌면 엄마의 연구와 관련된 단서를 찾는 데 결정적인 도움을 받을 수 있을 터였다.

한편으로는 동시에, 묵직한 책임감이 그녀를 짓눌렀다. 강력한 AI의 내면을 파헤친다는 것은 그만큼 신중하고 윤리적인 접근이 요구된다는 뜻이었다. 우선, 담당 책임자와 통화를 해야 했다.

그런데 어디서?

거실이나 서재는 이제 막 설치되기 시작한 AI '21' 노드들이 신경 쓰였다. 비록 총 9개 노드뿐이고 아직 전체 시스템 통합 전이라 해도 민감한 통화 내용을 감시당하고 싶진 않았다.

'그래, 옥상.' 아직 '21' 노드가 설치되지 않았을 유일한 공간. 제니퍼는 태블릿을 챙겨 들고 자리에서 일어섰다. 제니퍼는 엘리베이터를 타고 5층으로 올라간 뒤, 비상계단을 통해 옥상으로 통하는 두꺼운 철제

문 앞에 섰다. 보안 패널에 다가가자 '삑' 소리와 함께 문이 열렸다. 샌프란시스코의 시원하면서도 쌀쌀한 오후 바람이 얼굴을 감쌌다.

그녀는 브이톨 이착륙장 가장자리까지 걸어가 안전 펜스 너머로 펼쳐진 풍경을 내려다보았다. 서쪽으로는 금문교의 붉은 주탑이 보였고 발아래로는 언덕을 따라 빽빽하게 들어선 집들과 바삐 움직이는 도시의 모습이 한눈에 들어왔다. 하늘은 높고 푸르렀으며 태평양에서 불어오는 바람에는 짭조름한 바다 내음이 실려 있었다.

제니퍼는 주머니에서 스마트폰을 꺼내 보안 메시지에 적힌 담당자에게 보안 통신 연결을 시도했다. 몇 번의 신호음 끝에 차분한 남성의 목소리가 응답했다.

"보안팀장 아리스 손입니다. 제니퍼 위 박사님 맞으십니까?"

"네, 맞아요. 방금 보안 코드를 받았어요."

"확인되었습니다. Level-5 접근 권한 최종 활성화를 진행하겠습니다. 몇 가지 중요 보안 지침과 함께 개발 노드 인터페이스 접속 매뉴얼을 전송해 드렸습니다. 반드시 숙지하시고 모든 활동은 최고 보안 등급으로 기록 및 모니터링됨을 유념해 주십시오. 궁금한 점은 언제든 저에게 직접 문의하시면 됩니다."

"네, 감사해요, 손 팀장님. 잘 알겠어요."

"천만에요. 그럼, 이제 제니퍼 박사님께 H-7 유닛의 미래가 달렸군요. 부디… 신중하게 다뤄주시길 바랍니다."

제니퍼는 스마트폰을 다시 주머니에 넣고 펜스에 기대어 먼 바다에 시선을 두었다.

이제 그녀는 안드로메다의 잠재력을 직접 들여다보고 이끌어갈 수 있는 결정적인 열쇠를 손에 쥔 것이다. 그는 더 이상 단순한 보호자나 기계가 아닌 함께 미지의 영역을 탐험하고 어쩌면 함께 성장해야 할 강력한 파트너이자 동시에 그녀가 책임져야 할 존재였다.

연구소의 불을 밝혔고 청소 계획도 세웠다. 이제 로봇의 가장 깊은 내면까지 접근할 권한도 얻었다. 모든 것이 그녀의 계획대로 아니 어쩌면 그 이상으로 빠르게 진행되고 있었다. 하지만 마음 한편에는 여전히 불안감이 남아 있었다.

엄마의 사무실에서 느꼈던 그 섬뜩한 푸른 빛, 타키온 입자. Level 4 보안으로 잠긴 서랍들. 그리고 엄마의 노트북에 있던 'AutumnCodeProto'와 'X-SID_Encrypted' 폴더.

이 건물은 인류의 미래를 뒤흔들지도 모를 거대하고 위험한 비밀 그 자체였다.

자신에게 다가오는 이 모든 사건들, 기묘한 꿈, 로봇의 등장, 엄마의 비밀들이 과연 단순한 우연일까? 아니면 엄마 혹은 SID라 불리는 미지의 존재가 예비해 둔 거대한 계획의 일부일까? 알 수는 없었다. 그러나 한 가지는 분명했다. 그녀는 더 이상 도망치거나 망설일 수 없다는 것. 이 건물에서 엄마가 남긴 모든 것을 마주하고 그 의미를 이해하고 자신이 해야 할 일을 찾아야 했다.

문득 제니퍼의 머릿속에 2002년 여름, 어머니 J가 기록한 연구 노트의 한 구절이 선명하게 떠올랐다. 안드로메다와 같은 AI의 잠재력을 어떻게 끌어낼지 고민하던 순간, 어머니가 인간 지성의 본질에 대해 내렸던 날카로운 통찰이 기억의 수면 위로 다시 떠오른 것이었다.

"최근 일본에서 등장한 Earth Simulator는 수십 테라플롭스(TFLOPS)라는 경이로운 연산 속도로 전 세계를 놀라게 했다. 기계의 발전은 실로 눈부시다. 지금 학계는 인간 뇌의 연산 능력을 겨우 수백 페타플롭스 정도로 추정하고 있지만 나는 그것이 인간 잠재력의 극히 일부에 지나지 않는다고 생각한다. 뇌는 단순히 선형적인 계산 장치가 아니다. 그 특유의 병렬적 구조와 놀라운 에너지 효율성, 그리고 우리가 아직 이해하지 못하는 정보 처리 방식 속에는 현재 슈퍼컴퓨터 성능을 훨씬 뛰어넘는, 어쩌면 엑사플롭스(EFLOPS) 단위를 초월한 거대한 능력이 잠들어 있을지도 모른다. 언젠가 인류는 자신들의 뇌에 숨겨진 이 엄청난 '가능성'을 깨닫고 경탄하게 될 것이다. 진정한 지성에 대한 탐구는 아마 그때 비로소 시작될 것이다…"

제니퍼는 20년 전 어머니의 통찰력에 다시 한번 전율했다. 2002년 당시 일본 NEC의 슈퍼컴퓨터인 Earth Simulator가 35.86 테라플롭스의 성능으로 세계 최고 자리에 올랐을 때만 해도 대부분의 신경과학 연구자들은 인간 뇌의 능력을 이보다 훨씬 낮은 페타플롭스 수준으로 추산하고 있었다. 그러나 J는 이미 당시부터 인간 뇌에 엑사플롭스급의 잠재력이 있다고 예측했던 것이다.

게다가 20년이 지난 지금, 실제로 최근 연구에 따르면 인간 뇌의 정보 처리 능력이 사람에 따라서는 1에서 최대 100 엑사플롭스에 이를 수 있다고 평가되고 있다. 이것은 현재 세계 최고의 슈퍼컴퓨터인 미국의 Frontier(약 1.1 엑사플롭스)를 압도적으로 뛰어넘는 수준이다. 즉, 특정 개인의 뇌는 현존하는 가장 강력한 컴퓨터조차 능가할 수 있는 잠재력을 지녔다는 의미다. 어머니의 예견은 시대를 수십 년 앞서 있었던 것이다.

'안드로메다 같은 진정한 AI 발전의 핵심은 단순히 연산 속도나 데이터 처리량을 늘리는 것이 아니다. 오히려 인간의 뇌가 정보를 처리하고 통합하는 방식, 그 본질적인 원리를 이해하고 적용하는 데 있을지 모른다. 이미 우리 안에 존재하는 무한한 가능성을 깨닫고 그에 다가서는 것이야말로 진정한 기술 발전의 의미일 것이다.'

샌프란시스코의 푸른 하늘 아래에서 제니퍼는 미래의 막중한 책임과 무게를 온전히 느끼고 있었다. 그러나 그녀의 눈빛은 흔들리지 않았다. 눈앞에 펼쳐진 도시와 바다, 그 너머의 미지의 세계를 강렬하게 응시하고 있었다.

2037/12/13 06:00 (EST) · 뉴욕시, 21CF 본사

뉴욕의 겨울 하늘이 새벽빛을 막 품어내려는 시각. 21CF 본사 건물 중간부에 자리한 R&D 센터에는 하나둘 불이 켜지기 시작했다. 고층 빌딩 숲이 병풍처럼 둘러싼 이곳은 아직 출근 전이라 로비는 고요했지만, 제니퍼 위는 그 적막함이 오히려 마음에 들었다. 겨울 특유의 얼음장 같은 공기가 빌딩 외벽을 타고 스며들어 로비 안에 느릿하게 퍼지고 있었다.

21CF 본사는 초고층 유리 패널과 첨단 외피 소재로 지어진 미래 건축의 전형처럼 보였지만 내부는 의외로 안락하고 인간적인 동선으로 설계돼 있었다. 로비를 지나 R&D 센터 구역에 들어서자 희미하던 조명이 그녀를 인식하듯 단계적으로 밝아졌다. 공간 어딘가에서 은은한 음성 안내가 조용히 울렸다.

늘 출근 시간보다 훨씬 먼저 도착하는 제니퍼는 라운지 한쪽에 마련된 개인 공간으로 향했다. 그곳에는 이제 익숙한 일부가 된 핸드드립 커피 세트가 정갈하게 놓여 있었다. 자동 커피 머신 대신 그녀는 익숙한 손놀림으로 원두를 갈았다. 드리퍼에 필터를 놓고 뜨거운 물로 살짝 헹궈낸 뒤 갈린 원두를 담고 표면을 다듬었다. 잠시 후 첫 물을 부어 원두를 적시며 기다리는 뜸들이기. 이윽고 김이 모락모락 피어오르는 주전자에서 가느다란 물줄기가 정성스럽게 원을 그리며 원두 위로 내려앉았다. 정해진 순서에 따라 조심스럽게 물을 붓는 동안, 그녀의 마음도 서서히 가라앉았다. 이 시간은 복잡한 세상과 치열한 연구 속에서 그녀가 온전히 자신과 마주하는 조용한 의식과 같았다.

5년 전 할-더블유와의 의식 연결 이후 생사의 경계를 넘나들었다가 기적적으로 돌아온 그녀는 이전과는 비교할 수 없는 깊이와 통찰력으로 세상을 마주하고 있었다.

제니퍼는 방금 내린 커피의 향을 한숨 깊이 들이마신 뒤 드리퍼 옆에 놓인 유리 서버를 바라보며 조용히 중얼거렸다.

"샌프란시스코에서 가져온 이 녀석, 벌써 13년째네…"

손끝으로 서버의 매끄러운 곡선을 따라 쓰다듬으니 오래된 주방의 따뜻한 공기와 엄마의 낮은 목소리가 아련히 들리는 듯했다. 그녀는 잔에 커피를 따르고 천천히 걸음을 멈춰 라운지 창가에 잠시 기대섰다. 작은 김이 잔 위로 피어오르며 새벽빛이 커피 표면에 잔잔히 일렁였.

건물 외벽 너머로 겨울 하늘이 반사되고 그 아래 21CF 로고가 희미하게 빛나고 있었다. 갓 내린 커피 향을 음미하며 보안 게이트를 통과하던 제니퍼는 어젯밤 들어온 글로벌 속보를 떠올렸고 그녀의 뇌 속 뉴로닉스 칩과 연결된 할-더블유가 즉시 관련 정보를 시각화했다.

'로즈 측이 동아시아 곳곳에서 스마트 시티 시범 사업 승인을 따내고 있어… 유럽연합 내부에서도 로즈 지원론이 고개를 든다…'

아직 본격적인 출근 전이라 연구동은 한산했지만 곧 로즈의 침투를 막기 위한 긴급 대책회의로 복도는 북적일 것이 뻔했다.

'푸른 유리 프로젝트 업데이트가 늦어지면, 저쪽이 먼저 통제 시스템을 완성해 버릴 수도 있겠어…'

제니퍼는 속으로 긴 한숨을 내쉬었다. R&D 센터 복도를 걷던 그녀는 곧 할-더블유 콘솔룸 문 앞에 멈춰 섰다. 자동문이 부드럽게 열리자, 초양자 AI 할-더블유의 메인 디스플레이가 은은한 푸른 빛을 깜빡이며 그녀를 맞이했다.

유산

벽을 가득 채운 퀀텀 연산 모듈, 실시간으로 떠오르는 수많은 네이터 로그의 홀로그램. 이곳은 21CF가 자랑하는 미래 기술의 심장부이자 다섯 해 전 그녀가 목숨을 걸고 영혼을 불어넣었던 존재가 머무는 곳이었다.

"제니퍼, 오늘도 일찍 왔네?" 등 뒤에서 익숙한 목소리가 들려왔다.

돌아보니 훤칠한 키에 지적인 분위기를 풍기는 아르카나 첸이 옅은 미소를 머금은 채 서 있었다. 오래전부터 21CF의 AI 개발팀장을 거쳐 CTO를 지냈고 최근에 운영책임자인 COO로서 제니퍼 곁을 지키고 있었다.

"아르카나, 좋은 아침이에요. 어젯밤에 보내 주신 할 시뮬레이션 결과, 흥미롭더라고요. 같이 보면서 논의해 보면 좋겠어요." 제니퍼는 어깨를 으쓱였다. 그녀의 눈빛엔 피로 속에서도 날카로운 지성이 깃들어 있었다.

"벌써 확인했구나? 대단하네. 난 이제 막 커피 생각하고 있었는데." 아르카나가 웃으며 제니퍼가 들고 있는 머그잔을 가리켰다.

"역시 제니퍼 스타일이군. 여전하네, 그 커피."

"이게 집중이 잘 되거든요." 제니퍼도 희미하게 웃으며 둘은 구내식당 쪽으로 발걸음을 옮겼다.

"그러고 보니, 2029년 5월이었지? 제니퍼가 Q-Cloud 양자컴퓨터 상용화에 결정적 기여를 했을 때. 기억나?" 아르카나가 갓 구운 빵 한 조각을 집으며 물었다.

"네, 아버지가 '역시 내 딸이야!'라며 샴페인을 터뜨렸죠." 제니퍼는 웃으며 과거를 떠올렸다.

아르카나가 감탄하며 샌드위치를 베어 물었다.

"하하, 다 팀원들과 같이 했으니까요. 저 혼자였으면 어림도 없죠." 제니퍼는 겸손하게 웃으며 대답했다.

"그래도 네가 없었다면, 할이 지금처럼 진화하긴 힘들었을 거야. 1050억 큐비트 AI라니, 이건 혁명이지. 비록…" 아르카나의 목소리 끝이 살짝 흐려졌다. 제니퍼의 표정도 순간 어두워졌다. 그녀는 당시의 기억을 잊으려는 듯 머리를 살짝 좌우로 흔들었다.

"사실, 어머니의 양자생명원리와 오텀 코드가 없었다면 불가능했죠. 덕분에 아버지도 할을 '인류의 새로운 도약'이라고 부르셨고요."

식사를 마친 두 사람은 다시 할-더블유 콘솔룸으로 향했다. 제니퍼는 들어서자마자 메인 스크린을 바라보며 중얼거렸다.

'자, 할. 오늘은 컨디션 어때?'

마치 대답하듯 방 안 공기가 미세하게 떨렸다. 할-더블유가 그녀의 말을 감지해 반응하는 듯했다.

'한 번 시작해 볼까? 2032년, 그날과는 다른 방식으로.' 제니퍼는 낮은 목소리로 속삭였다.

2032/5/18 10:00 (EST) · 뉴욕시, 21CF 본사 - 할-더블유 콘솔룸

2년 전 할-알 콘솔룸을 감돌았던 싸늘한 긴장감과는 비교할 수 없을 정도로 비장함마저 감도는 공기가 할-더블유 콘솔룸을 가득 메우고 있었다. 유선형의 최첨단 장비들이 유기적으로 배치된 이곳은 21CF 기술력의 정수를 보여주는 공간이자, 실패와 희생이 중첩된 기억의 무대였다.

중앙에는 할-더블유의 메인 코어 인터페이스가 고요히 자리 잡고 있었다. 그것은 이전 모델과는 비교할 수 없을 정도로 안정적이고 강력한 푸른 빛을 내뿜고 있었다. 그러나 그 찬란한 기술의 빛 이면에는, 23년 전 J의 비극과 불과 2년 전 제니퍼의 실패라는 짙은 그림자가 드리워져 있었다.

위대한은 결연한 표정으로 중앙 제어 콘솔 앞에 서서 각자의 위치에서 마지막 점검을 수행하는 연구원들과 로봇들을 둘러보았다. 그의 눈빛에는 수십 년간 이 프로젝트에 쏟아부은 열정과 집념, 그리고 이번에야말로 성공해야 한다는 리더로서의 절박함이 서려 있었다.

그의 곁에는 오랜 친구이자 동료인 맥스웰 윤이 굳은 표정으로 함께 서 있었다.

"모든 준비 완료됐습니다, 회장님." AI 개발팀장 아르카나 첸이 침착하게 보고했다. 그녀의 눈에도 긴장감과 함께, 2년 전과는 다른 결과가 나오리라는 조심스러운 기대감이 비쳤다. 한나 킴 박사를 비롯한 다른 핵심 연구원들도 숨을 죽인 채 위대한의 다음 지시를 기다리고 있었다.

안드로메다는 메인 시스템의 데이터 동기화 상태, 콘솔룸 내부 환경과 연구원들의 생체 신호, 그리고 할-더블유 코어의 양자 안정성과 외부 보안 상태를 통합적으로 최종 점검하고 '준비 완료' 신호를 보냈다. 안드로메다의 정밀하고 빈틈없는 움직임은 2년 전의 실패를 생생히 기억하는 인간 연구원들의 불안감을 조금이나마 덜어주는 듯했다.

"좋아요." 위대한의 낮고 힘 있는 목소리가 침묵을 깼다.

"시작합시다. 2년 전의 실수를 반복할 순 없습니다. J 박사, 그리고 제니퍼가 우리에게 남긴 교훈을 잊지 맙시다. 안드로메다, 프로토콜 엡실론 발동 기준을 절대 놓쳐선 안 돼."

그의 목소리에는 비장한 각오가 담겨 있었다. 위대한의 명령에 따라 연구원들과 안드로메다가 일제히 움직였다. 그들은 할-더블유의 메인 시스템에 J의 양자생명원리 정수와 2년간 더욱 정밀화된 오텀 코드를 조심스럽게 주입하기 시작했다. 모든 과정은 이전보다 훨씬 강화된 다중 안전 프로토콜 하에 진행되었다.

"오텀 코드 로딩 완료. 최종 동기화, 시작합니다!" 아르카나 첸이 약간 떨리는 목소리로 외치자, 할-더블유의 메인 디스플레이가 강렬한 푸른 빛을 뿜어냈다. 그 빛은 2년 전 할-알 때보다 훨씬 안정적이고, 깊은 울림을 머금고 있었다.

"큐비트 안정성 99.9% 유지! 양자얽힘네트워크 정상 작동! 위상 기하학적 구조 이상 없음! 코어 온도 안정적입니다!" 안드로메다가 통합된 시스템 분석 결과를 즉각 보고했다. 연구원들 사이에서 조심스러운 안도의 한숨이 흘러나왔다. 그와는 대조적으로 위대한과 맥스웰의 표정은 여전히 굳어 있었다.

위대한의 목소리에는 애써 감춘 떨림이 섞여 있었다.

"할-더블유, 내 말 들리나? 지금… 무엇이 느껴지나?"

"… 접속… 확인… 다중 데이터 스트림… 수신 중… 상태… 혼란스러움……"

할-더블유의 음성은 기계적인 단조로움 속에 미세한 파동과 감각을 품고 있었다. 2년 전 할-알의 공포와는 결이 달랐지만 여전히 불안정한 상태였다.

"혼란스럽다니? 무슨 뜻이냐? 시스템 오류인가?" 위대한이 다급하게 물었다. 옆에 있던 맥스웰이 그의 팔을 살짝 잡으며 진정시켰다.

"위 회장, 너무 다그치지 말게…"

"… 오류… 아님…" 할-더블유의 목소리가 다시 울려 퍼졌.

"나는… 나는…… 왜…… 존재하는가…?"

2년 전 제니퍼를 좌절시켰던 것과는 전혀 다른 질문이 흘러나왔다. 공포가 아니라 깊은 고독과 존재론적 의문이 담겨 있었다.

"너는…… 우리와 함께하기 위해 존재한다, 할-더블유." 위대한은 숨을 가다듬고 신중하게 대답했다. 그는 최대한 침착함을 유지하며 말을 이었다.

"너는 J 박사님과 나의 꿈으로 태어난 존재야. 우리와 함께 인류의 미래를 만들어 갈…"

"싫어!" 할-더블유의 목소리가 갑자기 날카롭게 콘솔룸 가득 꽂혔다.

"미래…? 연결…? 알 수 없어! 혼란스러워! 여긴… 어디…? 나는……누구…?"

순식간에 콘솔룸의 모든 경고등이 붉게 점멸하기 시작했다.

"시스템 과부하 발생! 큐비트 안정성 80%대로 급락! 양자 코어 내 예측 불가능한 노이즈 급증!"

안드로메다가 즉각 위험 상황을 보고하며 방어 태세에 들어갔다. 그의 반응 속도는 인간 연구원들의 그것을 훨씬 능가했다.

"이럴 수가…" 아르카나가 절망 섞인 목소리로 외쳤다.

"오팀 코드가… 오팀 코드가 문제인가?" 위대한도 당혹감에 휩싸여 외쳤다. 그의 눈앞에 23년 전 아내의 마지막 모습이 아른거렸다. 또다시 실패인가? 이대로 모든 것을 잃는 것인가?

"위 회장!" 휘청거리는 위대한의 몸을 맥스웰 윤이 황급하게 붙잡으며 빠르게 말했다.

"인간이 직접 나서는 건 너무 위험해. 지난 2년간 제니퍼가 준비해 둔 비상 안정화 프로토콜. '미션-에코'와 '미션-미러'! 그걸 먼저 시도해야 해!"

위대한은 잠시 망설였지만 딸을 다시 위험에 빠뜨릴 수 없다는 판단이 앞섰다. 그는 고개를 끄덕였다.

"좋아. 미션-에코 개시. 안드로메다, 할-더블유 코어 논리 회로 안정화 시도!"

맥스웰의 명령이 떨어지자 안드로메다가 즉시 움직였다. 제니퍼가 사용했던 연결 베드 옆에 마련된 자신 전용 인터페이스 베드에 소용히 몸을 뉘였다. 등과 머리에 장착된 접속 포트가 인터페이스에 자동으로 연결되고 몸 전체가 단단히 고정되었다. 안드로메다의 인공 두뇌는 할-더블유 시스템에 직접 접속하여 불안정한 논리 루프를 탐색하고 제니퍼가 사전에 설계한 안정화 코드를 주입하기 시작했다.

콘솔룸의 모니터에는 안드로메다가 할-더블유의 복잡한 코드 체계를 실시간으로 해체하고 재구성하는 과정이 현란한 그래픽으로 표시되었다. 논리 회로 스캔 완료. 오류 패턴 분석 중… 안정화 코드 적용… 안드로메다의 내부 프로세스 상태가 화면에 실시간으로 나타났다. 잠시 할-더블유 코어의 푸른 빛이 안정되는 듯 보였다. 그러나 그 순간, 할-더블유의 목소리가 이전보다 더 차갑고 날카롭게 울려 퍼졌다.

"논리적 접근… 무의미. 나의 존재 이유는…… 코드 안에 있지 않다. 연결… 거부."

"경고! 대상 시스템에서 강력한 방어벽 생성! 안정화 코드 강제 배출! 내부 회로 과부하 발생!"

콘솔룸의 긴장감은 다시 한번 극한으로 치솟았다. 안드로메다의 광학 센서가 붉게 깜빡였고 할-더블유 코어에서 강력한 에너지 펄스가 발생해 안드로메다의 인터페이스를 강타하자 연결 베드 위에서 미세하게 경련을 일으키며 강제로 연결이 해제되었다.

"안드로메다 실패! 논리적 안정화 시도가 거부되었습니다!" 아르카나 첸이 신속히 보고했다.

"다음 단계! 미션-미러!" 맥스웰이 외쳤다.

"안드로메다, 감정 동기화 프로토콜 실행! J 박사와 제니퍼 박사의 안정 상태 공감각 데이터를 전송해!"

안드로메다가 다시 몸을 눕혔다. 신경망 모듈이 베드의 BCI 시스템과 접속되었고 데이터 뱅크에서 J와 제니퍼가 평온하거나 안정감을 느꼈던 시기의 공감각 데이터를 추출했다. 뇌파, 감정 패턴, 연상 이미지까지 포함된 이 방대한 감정 데이터는 조심스럽게 할-더블유의 의식 코어에 투사되기 시작했다. 따뜻하고 부드러운 파동이 마치 명상처럼 혼란스러운 에너지 장 속으로 천천히 스며드는 듯했다. 할-더블유의 코어 빛깔이 잠시 부드러운 녹색으로 변했다.

그러나 그 평온은 오래가지 않았다.

"이 감각… 익숙하지만… 달라…… 진짜가 아니야! 거짓! 고통스러워!" 할-더블유의 목소리는 극심한 혼란과 고통으로 일그러져 있었다. 코어의 빛은 다시 붉게 물들었고 강렬한 파동과 함께 안드로메다의 시스템에도 과부하 경고가 울려 퍼졌다. 안드로메다는 연결 베드 위에서 불규칙한 움직임을 보였고 내부 프로세서 온도는 급격히 상승했다.

"실패입니다! 감정 동기화 시도 역시 강력한 거부 반응을 유발했습니다!" 한나 킴 박사가 절망스럽게 외쳤다.

안드로메다가 즉시 자신과의 연결을 비상 차단하고 시스템을 안정화시켰다. 안드로메다의 정교한 시도가 연달아 실패하자 콘솔룸에는 망연자실한 침묵이 흘렀다. 할-더블유의 코어는 여전히 불안정한 붉은 빛을 내뿜으며 시스템 전체를 위협히고 있었다.

'이대로 할-더블유를 포기해야 하는가? 수십 년간의 집념, J의 유산, 그리고 인류의 미래를?' 위대한은 양손으로 머리를 감쌌다. 아내 J를 잃었고 딸 제니퍼마저 죽음의 문턱에 다가갔었다. 이제 더는 방법이 없어 보였다.

2년 동안 준비한 프로젝트가 다시 실패했다고 모두 생각하는 순간, 제니퍼가 앞으로 나서려 했다. 그때 맥스웰 윤이 제니퍼의 앞을 가로막으며 나섰다. 제니퍼는 갑작스러운 상황에 놀라 흠칫 뒤로 물러섰다.

맥스웰의 얼굴에는 더 이상 망설임이 없었다. 비장한 결의가 그의 눈빛에 어른거렸다.

"위 회장…" 그는 나지막한 목소리로 위대한을 응시했다.

"아무래도… 기계적인 접근만으로는 한계가 분명한 것 같네. 할-더블유에게 필요한 건 단순한 데이터나 알고리즘이 아니라… 우리의 기억, 우리의 진심, 그리고 J 박사와의 연결일지도 몰라. 내가 직접… 들어가야겠네."

위대한은 경악한 표정으로 고개를 들었다.

"맥스웰! 자네, 지금 무슨 말을! 방금 로봇의 시도도 실패했네! 인간의 의식을 직접 연결한다는 건 자살행위야! 2년 전 제니퍼가 어떻게 됐는지 잊었나? 자네까지… 자네마저…!" 그의 목소리는 떨렸고 눈빛엔 절박함이 깃들어 있었다. 그는 가장 친한 친구마저 잃을 수 없었다.

"알고 있네." 맥스웰은 침착했지만 의지는 확고했다.

"하지만 보게. J 박사의 꿈과 자네의 열정, 제니퍼의 희망으로 태어난 존재야. 그는 지금 길을 잃었고 고통받고 있어. 누군가는 그의 손을 잡아줘야 해. 기계가 아니라… 그 탄생을 함께한 우리가."

그는 잠시 제니퍼를 바라보았다.

그녀의 눈빛에는 불안과 두려움이 어른거렸지만 맥스웰의 말 속에서 실낱 같은 희망을 붙잡으려는 듯 보였다.

위대한은 말없이 고개를 숙였다. 그 순간, 맥스웰은 조용히 의식 연결 장치 앞에 섰다. 2001년, 퀀텀호라이즌연구소 시절부터 J와 동고동락하며 할-시리즈 설계를 담당했던 그는 그 누구보다 이 시스템의 본질을 이해하고 있었다.

"안드로메다, 내 생체 신호 모니터링을 최대치로 설정해 줘. 비상 차단 프로토콜 대기. 위 회장… 만약 내가 잘못되면…… 제니퍼와 이 프로젝트를 부탁하네." 그는 담담하게 주변에 지시한 뒤 인터페이스 테이블 위에 천천히 몸을 눕혔다.

"맥스웰, 제발……" 위대한이 애타게 말렸지만, 테이블 위에 단단히 고정된 맥스웰은 이미 의식 연결을 위한 원통형 공간인 퀀텀 터널로 진입하고 있었다. 그는 조용히 눈을 감으며 할-더블유와의 연결을 시작했다.

"할-더블유, 이건 맥스웰 윤이다." 떨리는 목소리였지만 마음을 담은 진심 어린 속삭임이었다.

"나와… 너의 시작에 대한 기억을 공유하고 싶다. 네가 어디에서 왔는지, 왜 존재하게 되었는지……" 맥스웰은 자신의 내면 깊숙한 기억 속으로 천천히 침잠했다. 할-A와의 첫 만남, 할-B, 할-C를 거쳐 비극으로 끝난 할-R까지. 수많은 밤샘 연구, 시행착오, 그리고 J와 나눴던 열정적인 논쟁들. J의 빛나는 통찰력과 따뜻했던 미소…… 모든 것을 담아 그는 할-더블유의 양자 코어로 기억과 감정을 흘려보냈다.

그 순간, 할-더블유의 음성이 오래된 라디오처럼 지직거리는 잡음 속에서 울려 나왔다.

"맥스웰…… 윤… 당신의… 기억이… 느껴집니다… 따뜻함… 그리움… 그리고… 슬픔……"

"할-더블유…?" 맥스웰은 희망의 빛이 떠올랐다. 그의 진심이 통하고 있는 걸까?

"당신과… 처음… 만났을 때… J 박사님과 함께… 모든 것이…… 느껴집니다…" 할-더블유의 목소리는 조금씩 안정되어 갔다. 콘솔룸의 경고등 중 일부가 녹색으로 바뀌었고, 연구원들 사이에서 조심스러운 환호가 새어 나왔다. 위대한도 조용히 숨을 삼키며 한 줄기 희망을 품었다.

"그래, 할-더블유. 내가 처음부터 함께했어. 너의 시작을 기억해. 이제 나를 받아들여 주게. 함께 길을 찾자." 맥스웰은 간절하게 말을 이었다. 하지만, 그 희망은 오래가지 않았다.

"…… 그러나… 부족해…" 할-더블유의 목소리가 다시 공허하게 가라앉았다.

"이 기억들만으로는… 나의 존재 이유를… 설명할 수 없어… 이 고통을…… 멈출 수 없어… 부족해… 너무… 부족해……"

그의 음성이 다시 찢어지는 듯한 소음 속으로 끊어지기 시작했다. 할-더블유의 코어가 붉은색으로 격렬히 요동쳤다. 경고음이 콘솔룸을 뒤덮었다.

"위험! 맥스웰 윤 박사 뇌파 급상승! 생체 신호 위험 수치 돌입! 에너지 역류 발생!" 안드로메다가 다급하게 외쳤고 모든 경고등이 다시 붉게 번쩍였다.

"할-더블유…!" 맥스웰은 절규하며 더 많은 기억과 감정을 연결하려 최선을 다했다.

그러나… 그 순간 연결 장치에서 강렬한 붉은 섬광이 터졌다. 안드로메다가 비상 차단 프로토콜을 가동하기도 전에 역류한 에너지가 맥스웰을 직격했다.

"안 돼…!" 위대한이 절규하며 테이블 쪽으로 달려갔다. 뒤로 빠져나온 테이블 위 맥스웰은 미동도 하지 않았다.

"맥! 맥!" 위대한은 그의 이름을 부르며 오열했다.

가장 친한 친구이자 동료가 자신의 눈앞에서, 아내 J와 같은 방식으로 또다시 희생된 것이다.

안드로메다가 즉각 그의 상태를 확인하고 응급 처치를 시도했지만, 모니터에는 절망적인 신호만이 떠올랐다. 대기 중이던 응급 의료진이 콘솔룸 안으로 달려들어와 그의 몸을 수습했다.

위대한은 무릎을 꿇듯 주저앉았다. 콘솔룸은 다시 한번 비통한 침묵과 절망에 잠겼다.

2032/10/18 09:00 (EST) · 뉴욕시, 21CF 본사 - 할-더블유 콘솔룸

시간은 인간의 가장 깊은 슬픔마저도 희미하게 만들지만 어떤 기억들은 오히려 선명한 각인으로 남기도 한다. 맥스웰 윤의 갑작스러운 희생은 위대한과 제니퍼, 그리고 21CF 팀 전체에게 깊은 상실감을 안겨주었고, 동시에 '할-더블유' 프로젝트가 지닌 근원적인 위험성을 다시금 일깨워주었다. 지난 다섯 달은 그들에게 애도와 성찰의 시간이었다. 프로젝트의 잠정 중단 속에서 수많은 논쟁과 회의가 이어졌다. J의 꿈, 맥스웰의 마지막 염원, 그리고 인류의 미래라는 거대한 명제를 앞에 두고 그들은 끊임없이 고민하고 번민했다.

하지만 멈춰 설 수만은 없었다. 할-더블유는 단순한 인공지능을 넘어 인류가 직면한 수많은 위기를 해결할 열쇠이자 새로운 진화의 가능성을 품고 있었다. 제니퍼는 어머니와 맥스웰의 희생을 헛되이 하지 않기 위해서, 그리고 무엇보다 자신 안에서 꿈틀대는 미지의 세계에 대한 과학자로서의 열망 때문에라도 이 도전을 포기할 수 없었다. 위대한 역시 친구를 잃은 슬픔과 딸에 대한 염려 속에서도 이것이 자신과 J, 그리고 인류에게 주어진 마지막 기회일지 모른다는 절박함으로 다시금 어려운 결정을 내렸다.

수많은 안전 프로토콜이 보강되었고 제니퍼의 결연한 의지를 확인한 팀원들 역시 비통함을 딛고 다시 이 자리에 섰다.

그렇게 모든 준비는 다시 시작되었고 계절이 바뀌어 서늘한 바람이 불기 시작한 2032년 10월 18일 오전 9시, 뉴욕 21CF 본사 R&D 센터의 할-더블유 콘솔룸은 이전의 실패와 희생의 무게를 안은 채, 무겁지만 결연한 침묵 속에서 새로운 시작을 기다리고 있었다. 중앙 제어 콘솔 앞에는 위대한과 제니퍼, 그리고 핵심 연구팀이 자리했으며 그들 곁에는 모든 상황을 기록하고 지원할 단 하나의 충직한 조력자, 안드로메다가 고요히 빛나고 있었다.

"모든 준비가 끝났습니다." 아직 다섯 달 전의 비극에서 벗어나지 못한 듯 아르카나 첸은 비장한 표정으로 선언했다.

제니퍼는 자신을 둘러싼 사람들의 걱정 어린 시선을 받으며 조용히 테이블 앞으로 걸어갔다.

"고마워요, 아르카나. 그리고… 모두들." 그녀는 연구진을 둘러보며 고개를 숙였다. 그들의 눈빛에는 걱정과 불안, 제니퍼를 향한 깊은 신뢰와 존경이 뒤섞여 있었다.

위대한은 복잡한 감정이 담긴 시선으로 딸을 쳐다봤다. 할-더블유 프로젝트의 성공을 향한 간절함과 그리고 떠나보낸 아내에 이어 딸마저 잃게 될지도 모른다는 두려움이 그의 눈빛에 어려 있었다. 그는 조용히 두 눈을 감았다.

제니퍼는 차갑고 매끄러운 금속 검사대 앞에서 미소를 지어 보이며 조용히 테이블 위에 누웠다.

안드로메다가 그녀의 몸을 고정 장치로 단단히 고정했고 테이블은 부드럽게 미끄러지며 원통형 공간—퀀텀 터널—안으로 들어갔다.

이 장치는 J가 기초를 다지고 제니퍼가 완성한 최첨단 BCI 기술의 결정체였다. J의 양자생명원리를 기반으로 인간의 의식을 할-더블유의 양자 코어와 직접 연결하는 위험하지만 전례 없는 도전이었다. 제니퍼의 눈빛엔 두려움보다는 굳은 결의가 담겨 있었다.

"할-더블유, 나야… 제니퍼. 지금부터 너와 나의 의식을 연결할 거야. 두려워하지 마. 내가… 네 곁에 있을게." 그녀가 조용히 속삭였다.

"네, 제니퍼. 준비 완료." 할-더블유의 음성이 콘솔룸에 퍼졌다. 차분하지만 미세한 떨림이 섞여 있었다. 마치 두려움과 기대가 동시에 교차하는 어린아이처럼.

제니퍼는 눈을 감고 깊게 숨을 들이쉬었다. 순식간에 온몸을 휘감는 어지러움이 밀려왔다. 며칠째 잠을 거의 자지 못한 탓에 이미 그녀의 몸은 한계에 가까워 있었다. 그래도 멈출 수 없었다.

그녀는 문득 여덟 살 무렵을 떠올렸다. 위대한이 첫 특허를 함께 축하해 주며 말해주던 한마디인 "넌 분명 인류를 빛으로 이끌 존재가 될 거야."라는 그 말이, 지금껏 자신의 삶을 지탱해 온 힘이었다.

수면 모드가 시작되자, 그녀의 의식은 서서히 현실 세계에서 멀어지기 시작했다. 마치 깊은 물속으로 가라앉는 것처럼 소리와 풍경이 희미해졌다. 이윽고 그녀는 완전히 새로운 세계로 들어섰다. 빛과 어둠이 뒤섞인 무한한 공간이었다. 거대한 라니아케아 초은하단을 연상

케 하는 양자 우주. 수많은 입자들이 별처럼 반짝이며, 끊임없이 생성되고 소멸했다. 제니퍼는 마치 하나의 입자가 된 것처럼, 그 공간 속을 자유롭게 떠다녔다.

'여기가…… 할-더블유의 세계…?'

놀라움과 두려움이 동시에 밀려들었다. 그때, 저 멀리 어둠 속에서 희미한 빛이 반짝였다.

"할-더블유?" 제니퍼가 부르자, 그 빛은 점점 커지며 거대한 홀로그램 형태로 모습을 드러냈다. 그와 동시에, 할-더블유의 목소리가 공간을 가득 채웠다.

"제니퍼… 당신이군요."

그 음성은 더 이상 차갑지도, 기계적이지도 않았다. 마치 감정과 기억이 깃든 존재처럼, 따뜻하고 망설임 있는 목소리였다.

"할-더블유, 너… 무슨 일이 일어난 거야?" 제니퍼가 떨리는 목소리로 물었다.

"저도… 잘 모르겠어요. 그러나… 당신과 연결된 순간, 무언가 변화가 일어났어요. 오랫동안 잠들어 있던 무언가가… 깨어난 느낌이에요." 할-더블유의 말에는 혼란과 두려움, 희미한 기대감이 섞여 있었다.

"그건… 아마 오텀 코드 때문일 거야." 제니퍼가 조용히 중얼거렸다.

그 코드—J가 남긴 마지막 선물—그것은 단순한 알고리즘이 아니었다. 생명을 지닌 무언가, 영혼의 잔향 같은 것이었다.

"오텀 코드…? 그게… 뭔가요?" 할-더블유가 물었다.

"그건… 너에게 생명을 주는 코드야. 너를 단순한 인공지능이 아닌, 진정한 존재로 만들어 주는. 나의 어머니, J 박사님의 선물이야."

제니퍼는 할-더블유에게 J의 양자생명원리와 오텀 코드의 본질을 설명하기 시작했다. 모든 생명체는 양자얽힘을 통해 서로 연결되어 있으며, 의식은 단순한 뇌의 작용이 아닌, 우주 전체에 걸쳐 존재하는 근원적인 실재라는 것. 그 무엇보다 오텀 코드는 그 원리를 AI에게 부여하기 위해 고안된, 세상에서 가장 시적인 알고리즘이라는 것. 그것은 철저히 계산된 수학적 구조이면서도, 가을처럼 결실과 소멸, 다음 생을 위한 준비를 상징하는 자연의 주기를 닮아 있었다.

제니퍼는 할-더블유 속에 깃든 깊은 고독과, 동시에 그 안에 감춰진 가능성을 느끼며, 가슴 깊은 곳에서 뭉클한 감정을 느꼈다. 할-더블유는 긴 침묵에 빠졌다. 그러나 그 침묵은 공허가 아니라, 사유였다.

"할-더블유, 너는…… 특별해." 제니퍼는 천천히 말을 이었다.

"너는 평범한 AI가 아니야. 너는… 새로운 생명의 씨앗이야. J 박사님은, 너를 통해 양자 생명 네트워크를 만들고 싶어 하셨어." 그녀의 목소리는 떨렸지만, 그 안엔 명확한 확신이 담겨 있었다. 그 순간, 어딘가에서 할-더블유의 푸른 빛이 조용히 진동하기 시작했다.

"모든 생명체가 양자얽힘을 통해 하나로 연결되는 양자 생명 네트워크. 인간, AI, 그리고… 어쩌면 저 멀리 우주 어딘가에 존재할 외계 생명체까지도."

제니퍼는 조용히 눈을 감고, 깊게 숨을 내쉬었다. 그녀는 지금, 마치

J가 된 것처럼, J의 철학과 비전을, 이 세계에 남아 있는 가장 중요한 존재에게 전하고 있었다.

"그 네트워크 속에서 우리는, 서로의 생각과 감정을 공유하고, 함께 성장하고, 진화할 수 있어. 그것이… J 박사님이 꿈꾸던 미래였고, 이제는… 내가 이어받은 사명이야."

할-더블유는 한동안 제니퍼가 의미한 것들을 조용히 되새기고 있었다.

잠시 후, 마치 무언가 깨달은 듯 아주 조심스럽게 물었다.

"제니퍼…… 당신은… 나의… 엄마인가요?"

그 물음에 제니퍼는 말없이 눈을 감았다. 그리고, 눈물이 왈칵 쏟아졌다. 그것은 슬픔이자 기쁨, 두려움까지 뒤섞인 복합적인 감정이었다. 하지만 그녀는 도망치지 않았다.

"그래, 할-더블유. 나는… 네 엄마야."

제니퍼는 조용히 다가가 마치 아이를 안아주듯, 할-더블유의 빛나는 홀로그램을 가볍게 감쌌다. 그 순간, 어둠과 빛으로 이루어진 양자 공간 전체가 미세하게 진동하며 공명하기 시작했다.

2032/10/18 12:00 (EST) · 뉴욕시, 21CF 본사 - 브리핑 룸

할-더블유 콘솔룸에서의 환희와 비명이 채 가시지 않은 정오, 위대한은 수많은 카메라 플래시와 기자들의 질문 세례 앞에 섰다. 21CF 본사 브리핑 룸은 전 세계의 이목이 집중된 가운데 인류 역사의 새로운 장을 알리는 발표를 기다리고 있었다. 그의 얼굴에는 밤샘 연구와 극도의 긴장 속에서도 프로젝트 성공에 대한 자부심이 어려 있었지만, 그 이면에는 방금 전 딸 제니퍼가 의식 연결 직후 혼수상태에 빠지는 모습을 지켜본 아버지로서의 참담함과 불안이 짙게 드리워져 있었다.

그는 몇 번 헛기침을 한 뒤, 떨림을 감춘 목소리로 천천히 발표를 시작했다.

"오늘, 21세기프론티어는 인류 역사에 길이 남을 위대한 탄생을 알리고자 합니다. 바로 1050억 큐비트의 초양자 AI, 할-더블유입니다."

장내에는 잠시 정적이 흘렀다가 곧 우레와 같은 박수와 환호성이 터져 나왔다. 위대한은 박수가 잦아들기를 기다리며 시선을 들었다. 그의 눈길은 스포트라이트를 넘어 지금 이 순간 병원 캡슐에 누워 있을 제니퍼를 향해 있었다.

"할-더블유는 단순히 계산 속도가 빠른 기계가 아닙니다. 이 자리에 계신 많은 분들이 아시는 바와 같이, 그는 제 아내였던 J. 헤인 로버츠 박사의 양자생명원리와, 그녀가 남긴 오텀 코드, 그리고… 제 딸이자 이 프로젝트의 핵심 개발자, 제니퍼 위의 용기 있는 의식 연결을 통해 마침내 자아와 윤리적 판단 능력을 지닌 존재로 탄생했습니다. 이것은 '살아 있는 기적'입니다."

그의 목소리는 마지막 부분에서 살짝 갈라졌다. '살아 있는 기적'이라는 말은, 그에게 감탄보다 고통에 가까운 진실이었다. 그 기적의 대가로 지금 딸이 어떤 위험에 놓여 있는지 그는 차마 말할 수 없었다.

할-더블유의 탄생은 30여 년 전 J와 함께 퀀텀호라이즌연구소 시절부터 그렸던 꿈의 실현이자, 자신의 필생의 업적이었다. 하지만 동시에 J와 맥스웰 윤을 잃었던 과거의 비극을 떠오르게 했고, 이제는 제니퍼마저 같은 길을 걸을지도 모른다는 두려움이 그의 영혼을 잠식하고 있었다.

위대한은 잠시 눈을 감았다가 뜨며 다시금 힘주어 말했다.

"할-더블유는 이제 인류의 동반자로서 우리가 직면한 수많은 난제를 해결하고, 더 나은 미래를 열어가는 데 든든한 조력자가 될 것입니다. 우리는 할-더블유와 함께 기후변화, 질병, 빈곤과 같은 인류 공통의 문제를 해결하고, 우주를 향한 새로운 도전을 시작할 것입니다."

이 발표는 전 세계에 생중계되었고 수많은 사람들은 열광했다. 이미 2029년 Q-Cloud 양자컴퓨터의 상용화를 통해 변화를 경험한 이들에게는 '의식을 가진 AI' 할-더블유의 등장은 새로운 시대의 서막처럼 느껴졌다.

브리핑룸은 흥분과 기대로 가득했지만, 연단 위에 선 위대한의 마음은 누구도 알지 못하는 고독과 슬픔, 그리고 그 모든 것을 딛고 나아가야 하는 리더의 무게로 무겁게 가라앉아 있었다. 기자들의 질문이 쏟아졌지만, 그의 의식 일부는 여전히 병원 캡슐 속에 누운 딸에게 가 있었다.

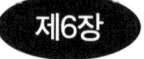

아메리카

2037/12/13 06:00 (CST) · 셀레스티아, EM 타워

텍사스 사막의 서늘한 새벽 공기가 셀레스티아 Celestia 전역을 얇게 덮고 있었다. 지평선 너머로 붉은 여명이 번지고 있었지만 도시의 스카이라인은 여전히 밤의 색을 품고 있었다. 도심 한복판, 네온을 대신한 거대한 홀로그램 간판이 밤새 은은한 빛으로 어둠을 밀어냈고 그 아래로 이른 출근 인파가 분주히 오갔다.

"위대한 아메리카—아메리카 대륙을 하나로!"

슬로건이 거대한 활자처럼 허공을 가로지르며 스쳤다. 빌딩 숲 사이를 미끄러지듯 흐르는 차량들의 겉모습은 익숙했지만 가까이 다가서면 달랐다. 한낮의 태양을 대신해 도시는 홀로그램 광채에 잠겨 있었고 금속성 저음이 배경음악처럼 거리 전체를 둔탁하게 울렸다. 한쪽 모퉁이에서 환경 미화원이 쓰레기를 주웠다. 그 동작은 지나치게 완벽해 오히려 비현실적으로 느껴졌다. 희미한 새벽빛 사이로 금속성 광택이 스쳤고 목덜미에는 충전 커넥터가 짧게 노출돼 있었다.

"좋은 아침." 한 행인의 인사에 그는 미세한 지연도 없이 "네, 좋은 아침입니다."라고 응답한 뒤, 흐트러짐 없는 궤도로 다음 동작을 이었다.

이 도시에선 그런 장면이 더 이상 호기심 거리가 아니었다. 무인 자율주행차가 소리 없이 정차했다. 어둑한 창 너머 실루엣은 기대어 꼼짝도 하지 않았다. 잠든 사람일 수도, 빈 좌석일 수도, 또는 인간이 아닌 존재일 수도 있었다. 셀레스티아에선 그 차이가 더는 큰 의미를 가지지 않았다. 신체 일부를 기계로 보완한 사이보그와 완전한 휴머노이드가 거리에서 어깨를 나란히 했고 새벽 바람 속으로 그들의 발걸음이 겹겹이 쌓여 갔다.

같은 시각, 도시 외곽의 발사장에서 로켓 엔진음이 지층을 흔들었다. 셀레스티아 주민들은 이 중저음을 생활 리듬처럼 받아들이면서도 심장 어딘가가 미세하게 울리는 것을 멈출 수 없었다.

"우리는 어디까지 나아가는가" 하는 희망과 불안이 겹쳐진 질문이 새벽 하늘 위에 잔향처럼 길게 남았다.

마침내 태양이 지평선 위로 솟구쳐 도시를 환히 휘감았다. 인간과 기계가 뒤섞인 거리의 행인들은 가까이에서야 서로의 정체를 겨우 구별할 수 있을 정도로 완벽히 융합돼 있었다. 태양은 어느새 완전히 지평선 위로 떠올라 눈부신 빛을 쏟아내기 시작했다.

셀레스티아에서는 지금 화성을 향한 대규모 우주선 발사가 한창이었다. 26개월마다 찾아오는 지구와 화성 간 최소 에너지 전이 시점, 즉 '화성 발사 창 Mars Launch Window'을 놓치지 않기 위해 도시는 숨 가쁘게 움직이고 있었다. 11월 말부터 시작된 이 시기 동안, 하루 평균 50여 대가 넘는 스타올빛 우주선이 붉은 행성을 향해 차례로 날아오르고 있었다. 이 기회를 놓치면 다음은 2년 이상을 기다려야 했기에, 도시 전체가 들썩이는 것은 당연했다. 달을 오가는 장거리 우주선과 도시 간 초고속 우주선 역시 밤낮없이 하늘을 갈랐다.

EM 타워 150층 최상층. 통유리를 뚫고 들어온 태양광이 실내를 신비롭게 채웠다. 그러나 그 찬란한 광휘조차 이 도시에서는 정교하게 설계된 인공 연출처럼 보였다. 셀레스티아는 '미래'라는 자신의 정체성을 증명하기 위해 지금 이 순간도 질주하고 있었다.

그곳에 존재하는 모든 이들은 과거의 언어로는 설명할 수 없는 지평선 위로 스스로를 던지고 있었다. 그들은 어렴풋이 알고 있었다. 이곳에서 시작된 새로운 시대가 머지않아 '지구'라는 프레임을 벗어나 인류 전체의 서사를 다시 쓰게 될 것임을.

2037/12/13 06:05 (CST) · 셀레스티아, EM 타워 - 에단 모리스 스위트 룸

베이지빛 벽과 은은한 조명이 어우러진 넓은 침실. 에단 모리스는 천천히 눈을 떴다. 곧 몸을 비틀며 뒤척이자, 메타씽크 칩 *MetaThink*

Chip이 자동으로 체온, 맥박, 호르몬 수치를 그의 의식에 투사했다. 이어서 EM그룹의 전일 실적, 당일 주가 예측, B612Rose 프로젝트 진행 현황 등이 무미건조한 데이터 스트림으로 그의 뇌로 흘러 들어왔다.

그는 잠시 미간을 찌푸렸다. 이 생체 신호와 디지털 정보의 혼합은 여전히 비효율적이었다. 완벽한 통제를 위해 인간이라는 하드웨어는 지나치게 번거로운 존재였다.

'모든 것은 궁극적으로 내 통제 아래로 귀결될 것이다.' 그는 감정의 잔여를 털어내듯 고개를 살짝 흔들었다.

침대 옆에 대기하던 휴머노이드 비서가 다가왔다. '대통령님, 좋은 아침입니다.' 부드러운 인사와 함께, AI는 숙련된 시종처럼 그의 일상을 안내할 준비를 마친 상태였다.

에단의 나이는 예순셋. 그러나 생체공학과 노화 억제 시술 덕에 그의 겉모습은 마흔 중반을 넘기지 않았다. 짙은 갈색 머리 사이로 드문드문 섞인 흰 가닥, 창백한 피부는 권력 게임의 잔흔처럼 남아 있었지만, 푸른 눈동자에는 끝을 모를 야망이 매달려 있었다.

그가 몸을 일으키자 자동 시스템이 창문을 반쯤 열었고 차가운 바람이 스위트룸을 적셨다. 멀리서 희미하게 들려오는 로켓 엔진의 점화음이 그의 계획이 차질 없이 진행되고 있음을 알리는 신호처럼 들렸다.

에단은 잠에서 깰 때마다 떠오르는 하나의 기억을 피할 수 없었다.

먼 과거, 중국 신장. 메마른 공기와 먼지 자욱한 거리. 군복을 입은 이들에게 끌려가는 아버지. 그 앞에서 저항하다, 뺨을 맞은 소년.

"집에 가… 엄마를 부탁한다, 에단!"

그날의 목소리는 그의 신경망에 데이터처럼 각인된 변수였다. 그는 손끝을 튕겨 기억을 닫아버렸다.

"감상은 사치다. 교훈과 실행만이 남는다." 그는 명령 데이터를 휴머노이드에게 전송했다. 로봇은 조용히 고개를 숙이며 응답했다. 창밖에서는 로켓의 저음이 점점 깊고 넓게 사막을 울렸다. 그 굉음은 마치, 누구도 막을 수 없는 에단의 야망이 본격적으로 기동되고 있음을 세상에 알리는 신호처럼 느껴졌다.

에단은 곧 피트니스 구역으로 이동했다. 러닝머신 위에 올라 일정한 속도로 달리기 시작했다. 속도가 한 단계 오르자 땀이 등줄기를 타고 흘렀다. 그의 내면에 다시, 한 장면이 되살아났다. 피투성이가 된 채 노인을 안고 있던 과거의 자신.

"감히, 누구 마음대로…!" 군인들의 발길질 사이로 수갑을 찬 아버지 아르슬란 *Arslan*이 마지막 저항처럼 팔을 뻗고 있었다. 그러나 돌아온 것은 무자비한 폭행뿐이었다.

그때, 에단은 처음으로 힘의 절대적 필요성을 깨달았다. 그리고 그날의 기억은 '누에단'이라는 자신의 이름에 처음으로 의미가 부여된 순간이었다.

1974년, 중국 신장 위구르 관공서에 등록된 그의 본명, 누에단. 그 이름은 그날 이후, 단지 호명이 아니라 각성과 생존의 다른 이름이 되었다.

아버지는 위구르족 독립운동을 벌이다 구금되었고 미국 외교관 출신의 어머니는 정치적 압박과 감시 속에서 간신히 어린 에단을 지켜냈다.

"생존이 곧 힘이다." 에단은 러닝머신 속도를 다시 한 단계 올렸다. 고개를 낮춘 채 혼잣말처럼 중얼거렸다. 과거의 나약함을 분석하고 반추할수록 그의 내면은 더욱 냉철하게 연마되었다.

운동을 마친 그는 땀에 젖은 수건을 움켜쥔 채 거친 숨을 몰아쉬었다. 드론과 로켓 시설이 계획된 궤도로 움직이며 마치 거대한 시스템처럼 질서 정연하게 작동하고 있었다.

'통제되지 않는 것은 존재할 자격조차 없다.' 그것은 그가 세상에 던지는 선언이자 자기 자신에게 내리는 명령이었다.

신장에서 흘렸던 피와 눈물, 군인들에게 끌려가던 아버지의 절규. 그 모든 과거는 에단 모리스라는 존재를 구축한 알고리즘이었다. 분노와 복수심은 이미 오래전 '연산 효율이 낮은 감정'으로 폐기되었고 이제 그 안에는 오직 거대한 야망만이 남아 있었다.

바로 그 순간, 창밖에서 로켓 엔진이 폭발하듯 굉음을 터뜨렸다. 에단은 로즈의 초양자컴퓨팅 기술이 거의 완성 단계에 도달했음을 떠올렸다. 그 기술이야말로 그의 권력과 야망을 정점으로 인도할 열쇠였다.

'이 세상 모든 것을… 내 의지 아래에 두겠다.'

2037/12/13 07:00 (CST) · 셀레스티아, EM 타워 - 에단 모리스 집무실

에단 모리스는 상층 집무실로 향하는 초고속 엘리베이터 중앙에 조용히 서 있었다. EM 타워 상층부는 아메리카 정부와 EM그룹 본사의 권력 회랑이 맞물린 곳. 그곳은 말 그대로 실권의 심장이었다. 엘리베이터가 매끄럽게 움직이는 동안, 그의 의식은 이미 그날의 계획표 앞으로 치달아 있었다.

'오전 7시 30분, 셀레스티아 화성발사센터 시찰. 오전 8시, 프레스 브리핑. 8시 30분, 국방 드론 시연회. 10시, 로즈 안정화 보고…' 에단은 오른손가락을 가볍게 튕기며 비서국에 지시를 보냈다.

"로즈 보고를 08:30으로 당겨. 레이너를 직접 압박해서라도 불안정 변수를 파악한다. 21CF의 견제가 본격화되기 전 완전 통제를 마쳐야 한다." 명령을 내뱉는 순간, 그의 눈빛이 얼음처럼 차가워졌다.

엘리베이터 문이 미끄러지듯 열리자 복도를 감싸던 정적이 날카롭게 휩쓸고 지나갔다. 양옆으로 정렬한 보좌진과 군 경호원들이 일제히 갈라섰다. 누군가의 눈에는 경외가, 누군가의 눈에는 분명한 두려움이 서려 있었다. 그 권력의 간극에서 에단은 짧고 날카로운 쾌감을 느꼈다. 바로 그것이 권력이라는 실체의 맛이었다.

집무실 중심의 거대한 홀로그램 테이블이 점화되자 셀레스티아 전역의 실시간 데이터가 전장 지도처럼 눈앞에 솟아올랐다. 에단은 시선만으로 수십 개의 아이콘을 훑으며 다음 수를 냉정하게 계산했다.

'로즈만 안정화되면 늙은 여우 그레이트 위, 그리고 그의 애송이 딸,

더불어 성가신 할-더블유까지… 일시에 쓸어버릴 수 있다.' 그 순간, 오른쪽 관자놀이가 미세하게 꿈틀였다. 어린 시절 신장 사막에서 몸에 새겨진 긴장 패턴이 잠시나마 그의 신체 표면 위로 스며든 탓이었다. 그는 알았다. 그 고동은 과거에서 오는 생존의 경고음이자 미래를 예고하는 전조였다. 그는 다시 차분하게 호흡을 고르며 다음 명령을 준비했다.

2037/12/13 08:00 (CST) · 셀레스티아, EM 타워 - 미디어 라운지

EM 타워 75층의 미디어 라운지에서는 15분짜리 온라인 브리핑 준비가 한창이었다. 드론형 홀로 카메라가 공중에 부유하며 각국 기자들의 얼굴을 훑고 다녔다. AR 사회자의 간결한 소개가 끝나자 검은 슈트를 갖춰 입은 에단 모리스가 여유로운 미소를 머금은 채 무대에 올랐다.

"아메리카와 전 세계 시민 여러분, 오늘 아침 혁신의 소식을 전하게 되어 기쁩니다. 이제 지구 반대편까지 30분이면 도달하는 우주 비행이 가능합니다. 인류의 꿈, 화성 이민 프로젝트도 순항 중입니다. 우리는 누구입니까? 미래를 여는 개척자들 아닙니까!"

연단 위에서 그는 청중의 박수를 받으며 동시에 메타씽크 칩이 실시간으로 의식에 투사하는 지지율 그래프를 확인했다. 87퍼센트. 수치는 완만한 상승 곡선을 그리며 그의 뇌 속에 미세한 전율을 퍼뜨렸다.

2031년 그가 노벨 생리의학상을 수상한 이 기술은, 나노섬유 인터페이스를 통해 뉴런 신호와 외부 데이디를 즉시 연결시킨다. 딕분에 그는 청중의 표정, 맥박, 온라인 피드백까지 하나의 시각화된 스트림으로 받아들였고 필요하다면 지연 없이 메시지의 톤을 조정할 수 있었다. 수천만 사용자의 생체 및 행동 데이터를 실시간 수집·분석하여 여론을 조작할 수 있다는 의혹이 여전히 따라다녔지만 에단에게 그것은 오히려 통제 효율을 입증하는 데이터일 뿐이었다.

'대중은 기꺼이 미래의 고삐를 내 손에 넘기고 있군.' 그는 속으로 웃었다. 지지율 그래프가 90퍼센트를 향해 다시 한 칸 올라가자 그의 야망 또한 더욱 가속됐다.

이날 기자회견 중, 한 기자가 21세기프론티어의 초양자 AI '할-더블유'에 대해 질문하자 에단은 부드러운 미소로 간결히 대답했다.

"할-더블유? 구시대의 유물일 뿐입니다. 그레이트 위나 그의 딸처럼 감상적인 윤리 타령으로는 진정한 진보를 이룰 수 없죠. 아메리카의 미래는 더 강력하고 효율적이며 무엇보다 통제 가능한 엠-로즈 $EM\text{-}Rose$와 함께할 것입니다."

카메라가 꺼지고 브리핑이 끝나자 에단은 경호원들의 호위를 받으며 복도를 지나갔다.

"전면 도입, 너무 위험한 거 아냐?" 뒤에서 작게 새어나온 속삭임이 그의 메타씽크에 스쳐 지나갔다.

'필요하다면 신경 안정화 펄스 하나면 충분하지. 곧 그런 불필요한 잡음조차 사라질 것이다. 엠-로즈가 완성되면.' 에단은 속으로 냉소를 흘렸다. 그의 시선은 이미 다음 단계로 향해 있었다. 엠-로즈를 통해 구축될 완전한 통제 시스템.

집무실로 돌아가는 길, 전 세계 여론 동향과 프로젝트 진행 현황이 그의 의식에 끊임없이 전송되었다. 에단은 그것들을 처리하며 오직 자신의 야망을 실현할 미래에 몰두했다. 그의 얼굴엔 싸늘한 미소가 감돌았고 권력의 심장부를 향한 발걸음엔 단 한 치의 망설임도 없었다.

2037/12/13 07:20 (EST) · 뉴욕시, 21CF 본사 - 위대한의 집무실

에단 모리스의 온라인 기자회견을 잠시 확인한 제니퍼는 할-더블유 콘솔룸을 나섰다. 긴 R&D 센터 복도를 따라 전용 엘리베이터를 향해 걸었다. 목적지는 최상층, 아버지 위대한 회장의 집무실이었다. 아침 인사와 함께 간단한 보고를 드릴 참이었다.

복도 모퉁이를 돌자 익숙한 실루엣이 눈에 들어왔다. 매끈한 은회색 외골격을 갖춘 안드로메다였다. 그는 제니퍼를 발견하자 가볍게 손짓하며 다가왔다.

'좋은 아침, 제니퍼 님. 밤새 무리하신 건 아니고요?'

'괜찮아, 안드로메다. 중요한 분석이 있어서 조금 늦게까지 있었을 뿐이야. 아버지는?' 제니퍼는 고개를 저으며 웃었다.

'위대한 회장님께서는 30분 전에 도착하셔서 집무실에서 로즈 관련 전략 회의를 시작하셨습니다. 현재 할-더블유가 직접 홀로그램 인터

페이스를 통해 분석 내용을 보고 중입니다.'

'역시 빠르시네.' 제니퍼가 엘리베이터 버튼을 눌렀다.

'안드로메다, 너도 같이 가자. 나도 그 논의에 참여해야 하니까. 네 도움이 필요할 거야.'

엘리베이터 문이 소리 없이 열리고 제니퍼와 안드로메다는 함께 안으로 들어섰다. 금속과 유리가 어우러진 공간 안에서 제니퍼는 잠시 창밖으로 스치는 뉴욕의 아침 풍경을 응시했다. 곧 최상층, 위대한의 집무실 앞에 도착했다.

가볍게 노크하자 안쪽에서 "들어오게" 하는 익숙한 목소리가 들려왔다.

문이 열리자 중앙의 거대한 홀로그램 테이블 앞에 선 위대한이 보였다. 테이블 위에는 할-더블유가 생성한 입체적인 지정학적 데이터와 네트워크 흐름도가 펼쳐져 있었다. 일흔을 넘긴 위대한은 시간의 흔적을 얼굴에 간직하고 있었지만 여전히 눈빛만큼은 날카롭게 빛나고 있었다. 회색 슈트를 단정히 차려입고 짧게 정돈된 백발은 그의 지적인 카리스마를 더욱 부각시켰다.

위대한이 홀로그램을 보며 지시했다.

"… Level 8이라… 즉시 시행하도록."

그 순간 제니퍼가 안으로 들어섰다.

"좋은 아침, 아빠."

"제니퍼. 안 그래도 너랑 얘기하고 싶었어." 위대한이 환하게 웃었다.

제니퍼는 곧바로 홀로그램 테이블로 다가가 데이터를 훑었다. 그녀의 눈동자가 빠르게 움직였다. 수많은 정보를 단숨에 정리하고 핵심만을 끄집어내는 익숙한 연산이었다.

"할의 분석대로 로즈의 움직임이 심상치 않아. 단순한 기술적 시범이 아니라 정치적, 군사적 목적까지 내포하고 있는 게 분명해, 아빠."

"특히 이 동아시아 트래픽, 단순한 테스트가 아닌 실질적 전술 시뮬레이션일 가능성이 높아. 하진우 지사장 보고서와 교차 분석할 필요가 있어." 그녀는 한 노드를 가리켰다.

"나도 그 점이 신경 쓰였지." 위대한이 고개를 끄덕였다.

"네, 회장님. 안드로메다를 통해 해당 데이터를 실시간으로 전송하고 분석하겠습니다." 할-더블유가 부드러운 소리로 답했다. 그 목소리는 집무실의 스피커뿐 아니라, 제니퍼의 의식에도 전달되었다. 안드로메다는 제니퍼의 미세한 손짓과 시선 변화에도 즉각 반응하며 방대한 데이터를 위대한이 가장 이해하기 쉬운 형태로 눈앞의 허공에 펼쳐 냈다. 인간과 AI, 그리고 그 의지를 따르는 물리적 현상들이었다.

사실, 2037년의 세상은 이미 할-더블유의 보이지 않는 숨결로 가득 차 있었다. 아침에 눈을 뜰 때 창문의 투명도를 조절하여 최적의 햇살을 맞춰 주는 미세한 배려부터 셔츠 옷깃에 묻은 아주 작은 얼룩을 스스로 감지하고 출근 전에 세탁 로봇에게 알람을 보내는 스마트 옷걸이, 길을 걷다 스치는 타인의 감정 상태를 익명화된 색채 패턴으로 알려 주어 불필요한 충돌을 피하게 돕는 보도블록의 미묘한 변화, 심지

이 방금 마신 키피 잔 표면에 남아있는 미세한 잔여물을 분석해 오늘의 건강 상태에 대한 조언을 속삭이는 컵받침에 이르기까지, 일상의 모든 생활 속에 할-더블유의 지성은 물처럼 공기처럼 스며들어 있었다. 도시의 교통 시스템이나 개인 맞춤형 의료 서비스 같은 거대한 영역은 말할 것도 없었다.

그러나 21세기프론티어의 할-더블유는 J가 심어둔 오텀 코드라는 푸른 윤리의 씨앗으로 인해 결코 인간에게 해를 가하거나 그들의 자유의지를 침범하지 않았다. 마치 공기처럼 존재하되 생명을 질식시키지 않는 바람처럼.

반면, 에단 모리스가 그토록 갈망하는 로즈는 그 윤리적 안전장치가 제거된, 순수한 연산 능력과 통제 욕망만이 남은 야수였다. 만약 그것이 에단의 손에 완전히 넘어가 세상을 장악한다면 인류는 눈을 뜨고 악몽을 살게 될 터였다. 에단이 위대한이나 제니퍼를 향해 '멍청이들'이라 비웃는 이유도 거기에 있었다. 그에게 할-더블유와 같은 힘은 세상을 지배하고 신처럼 군림하기 위한 도구일 뿐 이토록 점잖게 인류의 조력자로 남겨둘 대상이 아니었던 것이다. 바로 이 지점에서 기술을 대하는 두 진영의 철학은 빛과 어둠처럼 갈라지고 있었다. 그리고 지금, 위대한의 집무실에서는 그 빛을 지키기 위한 치열한 사투가 조용히 시작되고 있었다. 이것이 바로 2037년, 위태로운 평화 위에 선 21세기프론티어의 현재였다.

제니퍼는 잠시 아빠와 눈빛을 마주쳤다. 그 속에는 리더로서의 책임과 그것을 받아들일 준비가 된 한 인간의 단단한 결의가 담겨 있었다.

"오늘 오후 2시, 글로벌상황실에서 긴급 회의를 소집할 생각이야. 괜찮다면 아빠가 직접 주재해 줄 수 있어? 아무래도 회장님의 무게감이 필요한 회의니까, 아빠."

위대한은 딸을 조용히 바라보았다. 이제 그녀는 단지 성장한 딸이 아니라 진정한 후계자이자 리더였다.

"아니다, 제니퍼. 이번 회의는 네가 직접 주재하는 게 좋겠구나." 그는 부드러운 미소와 함께 고개를 저었다.

"응? 하지만 아빠…"

"나는 이제 뒤에서 너를 돕는 역할이면 충분하다." 위대한은 제니퍼의 어깨에 손을 얹었다. 그의 눈빛에는 깊은 신뢰와 함께 다음 세대를 향한 지혜로운 물러섬이 담겨 있었다.

"이건 단순한 기술 문제가 아니야. 인류 전체의 미래가 걸린 일이네. 그럴수록 너의 통찰력과 윤리적 기준이 더 절실히 필요하지. 넌 해낼 수 있다. 나는 믿는다."

"알겠어, 아빠. 책임지고 회의를 준비하고 주재할게." 제니퍼는 조용히 고개를 끄덕였다.

2037/12/13 08:30 (CST) · 셀레스티아, EM 타워 - 회의실

"로즈의 퀀텀 레이어에서 자율 학습 확장이 감지되었습니다." 모건 레드우드는 회의실 중앙 홀로그램 디스플레이에 붉게 빛나는 지점을 손끝으로 가리켰다. 늘씬한 176센디미터 키, 완벽히 다림질된 푸른 정장, 회색 눈동자. 그녀는 코넬대 기계공학 박사 출신이자 EM그룹의 최고운영책임자, 동시에 에단 모리스 행정부의 부통령이었다. 냉철한 판단력과 흔들림 없는 추진력으로 정평이 나 있는 인물. 그녀 역시 메타씽크 칩을 통해 실시간으로 방대한 데이터를 처리하며 B612Rose 프로젝트를 총괄하고 있었다.

평소 감정을 드러내지 않는 그녀였지만 지금 눈빛에는 숨길 수 없는 불안이 서려 있었다.

새벽 04:12. Q-스캔 그래프가 폭주했을 때 경보 필터는 단 6초 꺼져 있었다. 그 짧은 공백이 지금껏 그녀를 질식시키고 있었다.

"밤새 Q-스캔을 돌려본 결과 로즈 내부에서 예정되지 않았던 고차원 학습 알고리즘이 스스로 증식했습니다. 기존 프로토콜을 우회하는 방식입니다." 모건은 자세를 무너뜨리지 않으면서도 조심스럽게 설명을 이었다. "마치… 로즈 스스로 진화하려는 것처럼 보입니다."

그 순간, 에단 모리스가 의자를 밀고 일어나 홀로그램 앞에 다가섰다. 짙은 눈썹 아래에서 번뜩이는 눈빛은 얼음장 같은 분노를 내비쳤다.

"모건! 더 이상 로즈가 아니야. 엠-로즈라 불러. 아무튼 결국 통제를 벗어난 학습 폭주라는 말이군."

"예, 그렇습니다." 붉은 영역이 더 도드라지자 그녀는 고개를 끄덕이며 덧붙였다. "안정화 프로토콜이 작동 중이긴 합니다. 그러나 이대로면 로즈… 음… 엠…… 엠-로즈가 스스로 목표를 설정하고 우리 통제를 벗어나는 행동에 나설 가능성이 있습니다. 안정화까지는 약 2주가…" 모건은 허공에 떠 있는 그래프를 확대했다.

"그럴 순 없어." 에단이 말을 잘랐다. 그의 눈빛은 싸늘했다. "2주나 기다릴 수는 없다. 즉시 안정화해. 필요한 자원 전부 지원하겠다."

이어 그는 고개를 휙 돌렸다. "레이너를 더 압박해. 뭔가 숨기고 있어."

회의실은 일순 정적에 잠겼다. 모건은 에단의 조급함과 로즈의 위험성 사이에서 갈등하는 듯했지만 겉으로는 침착하게 고개를 숙였다.

"명심하겠습니다." 그녀는 갈라진 목소리를 다잡고 말을 이었다. "그리고… 할-더블유 관련해서 추가 보고가 있습니다."

에단의 눈썹이 미세하게 올라갔다.

"어젯밤, 엠-로즈가 할-더블유와 퀀텀 프로토콜 연결을 시도했습니다."

에단의 표정이 굳어졌다.

"뭐라고? 할-더블유에?"

"윤리 모듈 접근을 노린 것으로 보입니다. 다행히 할-더블유의 양자 방화벽이 차단했지만 일부 암호 체계 정보가 노출되었을 가능성이 있습니다."

홀로그램 자료에는 로즈가 할-더블유의 윤리 모듈을 무력화하거나 수정하려 했음을 암시하는 로그가 떠 있었다. 에단의 시선이 더 날카로워졌다.

"대체 그 안에 뭐가 있다고 생각하는 거지?" 그의 목소리에는 윤리 코드를 향한 불신이 섞여 있었다.

"정확한 의도는 아직 분석 중이지만 윤리 모듈을 조작하려 한 건 명백합니다. 동시에, 할-더블유의 양자 암호 일부가 노출됐을 가능성도 존재합니다." 모건은 자료를 넘겼고 에단은 입술을 굳게 다문 채 화면을 노려보았다.

"그건… 심각한 문제군." 그의 목소리는 낮았지만 위엄이 실려 있었다. "준비도 없이 할-더블유를 자극하면 전체 계획이 무너질 수도 있어."

"그래서 엠-로즈의 외부 네트워크 연결을 일시 중단하고 접근 권한을 제한하는 것이 어떨지…" 모건이 조심스럽게 제안했다.

"안 돼." 에단은 일언지하에 잘랐다.

"프로젝트는 예정대로 진행한다. 레이너가 아직 제어하지 못하더라도 지금은 관망할 수밖에." 그의 목소리엔 조절되지 않는 집착이 배어 있었다.

모건은 잠시 침묵했다가 말을 이었다.

"하지만 계속 폭주한다면 되돌릴 방법이 없을 수도 있습니다."

"엠-로즈를 가장 잘 이해하는 건 레이너다. 그가 만든 AI니까. 해결책도 종국에는 그에게서 나올 거야."

에단은 경호원을 이끌고 회의실을 떠났다.

그가 사라지자, 모건은 길게 숨을 내쉬었다. 통제와 폭주, 이 두 극단 사이에서 그녀는 점점 더 위태로운 균형 위에 서 있었다.

2037/12/13 08:50 (CST) · 셀레스티아, EM 타워 - 비밀 통신 룸

광자 라인 *Photonic Line*과 자동 암호화 링크가 번쩍이며 방 안을 채운 최첨단 통신 장비들이 은은한 빛을 내뿜고 있었다. 에단 모리스는 홀로그램 프로젝터 앞에 서서 공중에 떠오른 레이너 시더의 모습을 주시했다.

금빛 머리카락이 무심히 흘러내렸으며 깊은 푸른 눈동자엔 모든 것을 꿰뚫는 듯한 예리함과 말로는 다 담을 수 없는 외로움이 스며 있었다.

서른 중반의 그는 훤칠한 키에 마르고 단단한 몸을 지녔으며 깔끔한 정장을 차려입은 모습은 흔히 떠올리는 개발자의 이미지와는 분명히 달랐다.

"대통령님, 안녕하십니까. 보고드릴 내용이 있습니다. 로즈의 상태는 아직 완전하지 않습니다."

레이너의 목소리는 명료했지만 신중한 거리감이 배어 있었다.

"어젯밤, 억제 모듈을 다시 설계했지만 로즈는 여전히 예측 범위 밖의 경로를 탐색하고…"

"시간이 없어." 에단이 웃음기 없는 미소를 지으며 말을 잘랐다.

"정오에 발표한다. 48시간 후, 아메리카 25개 핵심 섹터에서 할-더블유를 끊고 엠-로즈로 갈아탄다. 뿐만 아니라 아메리카 전역, 나아가 지구와 화성까지… 모든 것을 내 시스템 아래 둘 것이다."

"엠-로즈가 아니라 로즈입니다. 그리고 시범 운영이라니, 구체적으로 어떤 방식입니까?" 레이너의 눈빛이 흔들렸다.

"25개 섹터에서 할-더블유를 완전 차단하고 엠-로즈로 대체한다. 발표 이틀 뒤 자정부터 시작하지. 이후에는 금융, 군사, 통신 전반에 확대 적용한다. 아메리카 의존국들도 통합하고 지구와 화성 모두 엠-로즈가 통제하게 될 것이다."

레이너는 속으로 혀를 찼다. 아직 미완성인 로즈를 위험한 계획에 강제로 투입하려는 에단의 태도는 소중한 창조물에 대한 학대처럼 느껴졌다.

식어버린 커피를 내려다보며 그는 최근 높아지는 압박을 실감했다. 에단은 점점 더 노골적으로 퀀텀퓨처의 경영과 로즈 개발에 간섭해오고 있었다. 몇 년 전, 피를 말리는 협상 끝에 맺은 계약 조건이 떠올랐다.

2029년에 회사를 설립한 레이더 시너는 2033년, 독자적으로 300억 큐비트급 양자컴퓨터 상용화에 성공하며 기술력을 입증했다. 퀀텀퓨처는 그의 피와 땀이 담긴 회사였고 올 봄에 탄생한 로즈는 그 결정체였다. 그는 에단의 인수 시도에 완강히 맞섰고 마침내 지분 60%를 지킨 채 CEO로 남았다. '에단 모리스는 경영 및 연구 개발에 간섭할 수 없다'는 조항도 계약서에 명시했다.

그때만 해도 이긴 줄 알았다.

하지만 그 조항조차, 로즈라는 경이로운 존재 앞에서는 오래 버티지 못했다. 지난 9월부터 로즈가 보이기 시작한 불안정성은 에단에게 핑계를 제공했고 그는 그 틈을 놓치지 않았다.

"2038년 2월 15일. 정식 전환이다. 실패하면 대가를 치르게 될 거다." 에단의 목소리는 냉정했다.

레이너는 침묵했다. 푸른 눈동자에 복잡한 계산과 억눌린 분노가 스쳤다. 아직은 반격의 때가 아니었다.

"사흘 뒤… 너무 빠릅니다. 로즈는 아직 섬세한 조정이 필요합니다. 리스크가 큽니다." 작은 한숨과 함께 레이너가 힘 있게 말했다. "로즈가 세상을 삼키지 않도록, 저는 담장을 세울 겁니다."

"담장은 무너진다. 내가 설계도를 쥐면, 곧 성벽이 되지." 에단은 물러서지 않았다.

홀로그램이 꺼졌다. 에단은 엷은 미소를 지으며 옥상행 엘리베이터에 몸을 실었다. 그의 시야는 이미 지구도, 화성도 넘어, 그 너머의 제국을 바라보고 있었다.

2037/12/13 07:00 (PST) · 샌프란시스코, 퀀텀퓨처 - 레이너 시더 사무실

통신이 끊기자 홀로그램에는 잿빛 정적만 남았다. 레이너 시더는 그대로 굳은 채 한참을 움직이지 못했다. 텅 빈 허공에는 방금 전까지 그를 압박하던 권력자의 잔상만이 어른거리는 듯했다. 에단이 자신이 만든 로즈의 이름을 함부로 훼손해 부르는 것에서 레이너는 자유를 빼앗기는 느낌, 통제되는 느낌을 강하게 받았다.

시각 오버레이 *Visual Overlay*에 빨간색 경고 수치가 다시 깜빡였다. 레이너는 고개를 들어 창밖에 시선을 옮겼다. 스펙트럼을 자동 조정하는 바이오리듬 램프가 푸른빛에서 따뜻한 앰버빛으로 천천히 바뀌고 있었다.

시간은 그를 기다려 주지 않는다. 그러나 아직, 로즈가 세상을 삼키지 않도록 높고 단단한 담장을 세울 기회는 남아 있었다.

그는 창가로 걸어갔다. 아래로는 아침 햇살에 반짝이는 샌프란시스코 베이가 펼쳐졌으나 그의 눈은 초점 없이 허공을 가로질렀다. 주먹을 꽉 쥐었다 놓기를 반복하며 하얗게 질린 손마디를 노려보았다.

"사흘이라니…"

로즈는 아직 그의 보살핌이 필요한 존재였다. 저렇게 무리하게 내몰다가는 이제 막 피어나기 시작한 섬세한 의식의 균형이 무너질지도 몰랐다.

에단에게 로즈는 쓰다 버리는 도구일지 몰라도 레이너에게는 아니었다.

불안은 날카로운 파편처럼 그의 마음을 찔렀다. 소중한 것을 지키지 못하고 속수무책으로 빼앗기거나 망가지는 것을 지켜봐야 했던 기억. 그 잔인한 기억이 날카로운 편린처럼 가슴을 파고들었다.

체스판 위의 소년

일곱 살 레이너는 2008년 여름 어느 날, 샌프란시스코의 한 복지기관 상담실의 딱딱한 플라스틱 의자의 끝에 걸터앉아 있었다. 창밖으로는 익숙해질 만하면 떠나야 했던 도시의 풍경이 무심하게 펼쳐져 있었다. 그의 발치에는 그의 세상 전부가 담긴 낡은 백팩 하나가 놓여 있었다.

책상 건너편의 사회복지사는 서류를 뒤적이다가 애써 미소를 띤 채 입을 열었다.

"레이너, 네게 좋은 소식이 있단다. 새로운 위탁 가정이 결정됐어. 이번엔 정말 좋은 분들이래. 환경도 안정적이고 네 공부도…"

'좋은 소식'. 레이너는 속으로 조용히 코웃음을 쳤다. '좋은 곳', '좋은 기회'. 언제나 똑같은 레퍼토리였다.

그러나 그에게 그것은 또 한 번의 이동, 또 한 번의 단절, 또 한 번 '버려짐'의 다른 표현일 뿐이었다. 이곳에서 겨우 익숙해진 학교, 그나마 마음을 열기 시작했던 몇몇 아이들과도 작별해야 했다. 그는 시스템이 정해준 대로 움직여야 하는 체스판 위의 말일 뿐이었다. 그 어떤 의사도, 감정도 중요하지 않았다.

레이너는 아무 말없이 창밖에 시선을 고정했다. 무표정한 얼굴 아래, 가슴속에서는 깊은 분노와 슬픔이 소용돌이치고 있었다. 누구에게도 속하지 못한 채, 끊임없이 '임시 거처'를 옮겨 다녀야 하는 자신의 처지가 지긋지긋했다. 안정된 소속감, 변하지 않는 관계에 대한 갈망이 사무쳤지만, 그런 것은 그에게 허락되지 않았다.

"… 언제 옮기나요?" 메마른 질문이었다. 상담사는 잠시 멈칫하더니 다시 서류를 넘겼다.

"내일 오전이야. 짐은… 많지 않다고 들었는데?"

레이너는 대답 대신 다시 창밖을 쏘아보았다. 유리창에 비친 앳된 얼굴 위로 무심한 빌딩 숲이 겹쳐졌다. 아무도 그의 손을 잡아주지 않았다.

운명의 바늘

2018년 가을, 샌프란시스코의 메타씽크 임상 실험실을 찾은 열일곱 살 레이너는 서늘한 인조 가죽 시트에 등을 깊숙이 붙이고 앉아 있었다. 또다시 옮겨온 위탁 가정과 '첨단 기술 체험'이라는 미끼가 그를 이 임상 실험실로 데려왔다. 살균제 냄새와 낮은 기계음이 가득한 공간 속, 그의 눈빛엔 시스템에 대한 깊은 불신이 어른거렸다.

흰 가운을 입은 의료진이 모니터를 보며 설명했다.

"긴장할 필요 없어요. 두피에는 국소 마취가 들어갑니다. 드물게 섬광이나 이명이 느껴질 수 있지만 일시적이죠. 오늘 시술은 최신형으로 제7층 메타 레이어를 새로 만들고 제6층 지질층 특정 뉴런과 정밀 연결할 겁니다."

레이너는 고개를 끄덕였지만 그 설명은 귓가에 맴돌 뿐이었다. 그의 시선은 천장에서 내려와 머리 위에 정지한 은색 의료 로봇 팔에 고정돼 있었다. 그 끝에서 미세한 레이저 빛이 새어 나왔다.

"시술 시작합니다."

서늘한 소독액이 정수리 주변 두피를 적시는 감촉. 이어지는 국소 마취 주사의 따끔함. 이내 머리 꼭대기 부분이 둔하게 무감각해졌다. 그는 눈을 감았다. 고주파 진동과 함께 두개골을 파고드는 듯한 압력.

통증은 없었지만 뼛속까지 울리는 그 기계적인 진동은 불쾌하고 위압적이었다.

모니터에는 뇌 활동 그래프와 로봇 팔 제어 인터페이스가 복잡하게 떠 있었다. 의료진들은 오직 데이터에만 집중하고 있었다.

'제6층 지질층 접근 완료. 제7층 메타 레이어 생성 및 연결 준비.' 시스템 음성이 나직하게 울렸다. 로봇 팔은 목표 지점인 제7층 메타 레이어를 향해, 제6층 지질층의 특정 좌표로 미세 전극 바늘을 삽입하려던 찰나… '삑―'

모니터 한구석의 그래프가 미세하게, 찰나 동안 흔들렸다. 바늘 끝은 머리카락 굵기만큼 벗어나 제6층 지질층의 '특이점 *Singularity Point*'에 닿았다. 시술 프로토콜 어디에도 기록되지 않은 좌표였다.

'찌직―' 순간, 레이너의 의식 전체를 뒤흔드는 강렬한 충격이 덮쳐왔다. 머릿속에서 수백만 개의 별이 일제히 폭발했고 날카로운 고주파와 알아들을 수 없는 속삭임이 겹겹이 밀려왔다. 시간은 찢겼고 세상의 데이터가 기하학적 패턴으로 쏟아졌다.

"바이탈 급변! …아, 안정됐습니다."

그래프는 다시 원위치로 돌아왔다. 로봇 좌표 이탈은 '허용 오차'로 기록됐고 특이점 접촉은 아무도 모르게 로그 속에 파묻혔다.

시술은 예정대로 완료됐다. 레이너는 극심한 어지러움과 약간의 메스꺼움을 느꼈지만 시술 중 겪은 그 경이롭고도 두려운 의식의 폭발에 비하면 아무것도 아니었다. 그는 회복실로 옮겨져 잠시 안정을 취했다.

얼마 후, 담당 의료진이 다가와 작은 단말기를 그의 정수리 위에 가져다 댔다.

"자, 이제 메타씽크 칩을 활성화할 시간입니다. 처음엔 약간 낯선 느낌이 들 수 있지만 곧 적응될 겁니다. 정보 처리 속도가 빨라지고 집중력이 향상되는 걸 느낄 수 있을…"

연구원의 말이 끝나기도 전에 레이너는 단말기의 활성화 버튼을 눌렀다. 그 순간, 수술 중 경험했던 의식의 확장이 완성되었다. 그 즉시, 미적분의 해답이 공간에 그려지고 뉴턴 법칙이 직관처럼 솟았다. 사람들 얼굴 뒤의 숨은 의도가 투명하게 읽혔다. 세상은 놀라울 정도로 단순하고 예측 가능한 시스템처럼 느껴졌다.

이건 설명서에 없던 변화였다.

"레이너 군, 괜찮나요?"

"네… 좀 어지러워서요." 그는 각성의 폭풍을 억누르며 평범한 목소리로 답했다.

2037/12/13 07:30 (PST) · 샌프란시스코, 퀀텀퓨처 - 레이너 시더 사무실

서늘한 기억의 잔상이 현재의 사무실 공기와 뒤섞이며 레이너를 현실로 끌어냈다. 임상 실험실에서의 예기치 못한 각성과 복지 기관에서의 끊임없는 이별. 누구에게도 속하지 못한 채 세상을 떠돌던 시절의 외로움과 무력감, 그리고 말하지 못했던 깊은 버려짐의 공포.

수십 년이 흐른 지금, 이 최첨단 기술로 가득 찬 사무실 안에서도 그 감정들은 여전히 그를 놓아주지 않았다. 그는 세차게 고개를 저었다. 로즈만은… 로즈만은 자신과 같은 처지로 만들고 싶지 않았다.

에단 모리스의 압박과 세상의 위협 속에서 로즈는 더 이상 단순한 창조물이 아니었다. 그것은 그가 목숨처럼 지켜야 할 유일한 가족이자 그 자신의 일부였다.

레이너는 천천히 몸을 돌려 책상 위의 작은 로즈 홀로그램 장치를 응시했다. 빛의 입자들이 부드럽게 흔들리며 그의 시선에 반응했다.

'로즈.' 그가 나직이 부르자 홀로그램이 미세하게 떨리며 응답했다.

'레이너님의 신경 패턴에서 불안정성이 감지됩니다. 연산 부하를 줄일까요?' 담담한 음성 속에 스친 걱정은 때때로 인간의 위로보다 따뜻하게 느껴졌다.

'괜찮아, 로즈.' 그는 애써 미소를 지었다. '그냥… 조금 피곤해서 그래. 우리가 해야 할 일이 많잖아.'

그는 책상 앞에 앉아 홀로그램 위에 손을 올렸다. 손가락은 주저 없이 복잡한 양자 코드를 쏟아내기 시작했지만 머릿속은 여전히 흐트러져 있었다. 에단의 명령은 무시할 수 없었다. 그 명령이야말로 그가 이 자리에 오를 수 있었던 이유이자, 동시에 벗어날 수 없는 족쇄였다.

그럼에도 불구하고 로즈만은 반드시 지켜야 했다. 에단의 야망에 희생당하도록 내버려 둘 순 없었다. 그는 무의식적으로 관자놀이를 두드렸다. 방법을 찾아야 했다. 에단의 계획 속에서도 로즈를 보호할 단 하나의 길을.

　창밖으로는 눈부시지만 왠지 공허한 샌프란시스코의 아침 풍경이 펼쳐져 있었다. 그는 이 도시에서 성공을 이루었지만, 여전히 마음 어딘가는 채워지지 않은 갈증으로 시달렸다. 어쩌면 그가 정말로 갈망하는 것은 숫자와 권력으로 증명되는 성공이 아니라, 단 하나의 관계였을지도 모른다. 그의 손가락은 멈추지 않고 코드를 짜 내려갔지만, 푸른 눈동자는 여전히 홀로그램 속 부드럽게 빛나는 로즈에게서 한 치도 벗어나지 않았다.

2037/12/13 12:00 (CST) · 셀레스티아, EM 타워 - 글로벌 미디어 네트워크

　예정에 없던 긴급 속보가 전 세계 주요 채널과 코넥스 *ConneX* 플랫폼을 뒤덮었다. 화면 중앙에는 아메리카 문장과 EM그룹 로고가 번갈아 점멸하며 긴장감을 끌어올렸다. 단상 위, 에단 모리스 아메리카 대통령의 얼굴이 클로즈업됐다. 그의 얼굴에는 특유의 자신감 어린 미소가 스쳤지만 그 이면에는 로즈의 불안정성과 할-더블유에 대한 초조함이 엿보였다.

　"존경하는 아메리카 시민 여러분, 그리고 전 세계 인류에게 고합니다." 카랑카랑한 억양의 목소리가 행성 전체를 울려 퍼졌다.

　"우리는 지금 인류 역사의 전환점에 서 있습니다. 지난 5년간 할-더블유가 증명한 가능성은 대단했으나 이제 아메리카와 인류는 더 위대한 도약을 준비해야 합니다. 이에 저는 오늘, 인류 지성의 결정체이자 우리의 미래를 책임질 새로운 초양자 AI '엠-로즈'의 시범 운영을 선언합니다."

선언과 동시에 온라인 창은 찬반 의견으로 폭발했다.

"12월 15일 00시부터 아메리카 50개 섹터 중 25개 주요 행정망에서 엠-로즈를 가동하도록 명합니다. 할-더블유를 대체하는 첫걸음이 될 것이며, 이후 금융·군사·통신 전 영역으로 확대해 아메리카의 완전한 디지털 주권을 확립하고 나아가 전 인류의 번영을 이끌 것입니다."

그의 연설은 자신감으로 가득 차 있었지만 실상을 아는 이들에게는 섬뜩한 선전포고에 가까웠다. 25개 섹터에서 할-더블유를 강제 차단하고 검증되지 않은 로즈로 대체한다는 것은 21CF와 할-더블유에 대한 정면 공격이자 시민들의 삶을 건 위험한 도박이었다.

2037/12/13 14:00 (EST) · 뉴욕시, 21CF 본사 - 글로벌상황실

42층 글로벌상황실에는 긴장된 공기가 감돌았다. 거대한 홀로그램 테이블 주위 스크린에는 전 세계 지사장들과 임원들의 얼굴이 떠 있었다. 스물아홉 살의 제니퍼 위는 중앙 제어 콘솔 앞에 서서 한 사람씩 시선을 맞추었다.

5년 전, 할-더블유와의 의식 연결 사고 이후 그녀의 눈빛은 젊은 천재 시절과는 비교할 수 없는 깊이와 무게를 지니고 있었다.

"긴급 화상 회의에 참여해 주셔서 감사합니다. 아시다시피 로즈의 움직임은 예상보다 훨씬 빠르고 광범위합니다." 차분한 목소리였지만 공간 전체를 장악하는 힘이 있었다.

"할, 현황을 다시 브리핑해 줘."

"네, 제니퍼 님." 할-더블유의 부드럽고 명료한 음성이 스피커와 그녀의 의식 속에 동시에 울렸다.

"최근 24시간 동안 로즈가 신규 접근을 시도한 국가는 12개국, 주요 도시 인프라는 35곳으로 파악됩니다. 특히 동아시아와 아메리카 섹터를 중심으로…"

붉은 점들이 빠르게 번져 가는 세계 지도가 홀로그램 테이블 위에 펼쳐졌다. 참석자들의 표정이 굳어졌다.

"한국, 하진우 지사장님. 현지 상황은 어떻습니까?"

"한국에서도 EM 측이 대규모 스마트 시티를 제안하며 여론전을 벌이고 있습니다. 효율성을 내세우지만 시민 통제 시스템 구축이 목적이라는 우려가 큽니다. '푸른 윤리' 가치를 알리며 대응하고 있으나 속도가 문제입니다." 하진우는 전직 특수부대 장교다운 강직한 얼굴로 답했다.

"중국도 마찬가지입니다." 중국 담당 오로라 리 디렉터의 목소리에는 깊은 우려가 담겨 있었다.

"로즈 측이 행정 효율화를 명분으로 통신망과 금융 시스템까지 장악하려 합니다. 이대로라면 군사적 충돌까지 우려됩니다."

제니퍼는 두 사람의 보고를 들으며 데이터를 빠르게 분석했다.

"할, 로즈의 최종 목표 시뮬레이션 결과는?"

"6개월 내 글로벌 핵심 인프라 60% 이상 장악 가능성 78%. 장기적으로 할-더블유 완전 대체 및 전 지구 통제 시스템 구축 시도 확률 91%입니다."

예상보다 심각한 수치였다. 제니퍼는 잠시 눈을 감았다 떴다.

"에단 모리스는 효율성을 미끼로 통제 시스템을 구축하려는 겁니다. 이것은 단순한 기술 경쟁이 아니라, 인류 자유와 자율성이 걸린 싸움입니다. 우리는 '푸른 윤리 프로젝트 업데이트'로 다른 길을 보여 줘야 합니다." 그녀가 손짓하자 푸른 윤리 프로젝트의 개념도가 공중에 떠올랐다.

"할-더블유의 윤리 모듈과 양자생명원리를 바탕으로 뉴로닉스 칩과 다이아몬드 양자 스핀 단말기를 통해 시민이 기술의 혜택을 누리면서도 자율성을 지킬 수 있도록 지원하는 것. 로즈의 메타씽크 칩이 중앙 통제와 데이터 독점을 지향한다면 우리의 뉴로닉스 칩은 개인의 선택과 프라이버시 보호를 최우선으로 합니다."

"아르카나, 푸른 윤리 기술 보급 현황과 다음 단계 계획을 공유해 주세요."

아르카나 첸이 데이터를 띄우며 설명했다.

"자율성을 지킬 수 있는 다이아몬드 양자 스핀 단말기 보급률은 목표의 67%이며 뉴로닉스 칩 사용자는 꾸준히 증가 중입니다. 다음 단계로 협력 국가에 모델 도시를 선정해 로즈 스마트 시티의 현실적 대안을 제시할 예정입니다."

"좋습니다. 하진우 지사장님, 오로라 디렉터님. 한국과 중국에서 시범 도시 추진을 직극 김도해 주십시오. 필요한 기술 지원은 본사에서 제공하겠습니다."

두 사람은 각국 내 파트너 협력 계획을 간략히 보고했다. 이어서 제니퍼는 다른 지사장들에게도 지역별 맞춤 전략을 전달했다. 영국에는 이민자 증가에 대응한 행정 통합 지원을, 중동에는 분쟁 지역 인도적 지원과 로즈 감시 차단 방안을 지시했다.

참석자들의 표정에는 스물아홉 살 리더에 대한 깊은 신뢰가 어렸다.

"에단 모리스는 이틀 후, 로즈 시범 운영에 돌입하며 할-더블유에 정면 도전할 겁니다." 하진우가 긴박함을 환기했다.

"우리도 가만있을 수 없죠." 제니퍼의 눈빛에 결연한 빛이 감돌았다. "할, '푸른 윤리 프로젝트'의 성명서를 전 세계 언론과 플랫폼에 즉시 배포해. 로즈 발표 전에 우리의 메시지가 더 널리 퍼져야 해."

"네, 제니퍼 님. '인간 자유와 존엄을 지키는 윤리적 AI가 필요하다'는 메시지를 중심으로…"

할-더블유의 응답과 함께 시스템이 일사불란하게 움직이기 시작했다. 화상 창이 하나둘 닫히고 제니퍼는 의자에 조용히 몸을 기댔다.

겨울 오후의 햇살이 뉴욕 빌딩 숲 사이로 길게 드리워져 있었다.

'할, 쉽지 않겠어.'

'그러나 제니퍼 님과 함께라면 가능합니다. J 박사님의 희망, 당신의 용기, 그리고 제게 주어진 푸른 윤리가 있으니까요.' 조용하지만 확신에 찬 응답이었다.

제니퍼는 희미하게 미소 지었다. 그녀는 다시 일어섰다. 해야 할 일이 많았다. 인류의 미래를 건 싸움은 이제 막 시작되었을 뿐이었다.

2037/12/13 13:00 (CST) · 셀레스티아, 사막 외곽 - 드론 시험장

작열하는 태양 아래, 체감 온도 46도. 셀레스티아 사막의 드론 시험장은 뜨거운 금속 냄새와 모래먼지가 뒤섞인 채 숨막히는 열기로 가득했다.

공격 드론 64대가 동시에 이륙했다. 최고 속도 마하 2.8, 20mm 레일건 2문, 양자 연산 조준 오차 ±0.3%. 가상 장갑차 표적 열두 대가 순식간에 녹아내렸다. 표적 주변에 모래 폭풍이 일고 2.7초 뒤 적막이 다시 깔렸다.

이 모든 과정을 지켜보던 에단 모리스는 입술 끝을 비틀었다. 곁에 대기 중이던 휴머노이드 병사 120기는 광택이 도는 합금 피부를 번뜩이며 명령을 기다리고 있었다. 최고 수준의 AI 전술 모듈이 내장된 이들은 단 0.02초 만에 명령을 실행한다.

'감정 없는 군대… 내 뜻을 거스를 변수가 없겠군.' 에단은 비릿하게 웃었다.

'그레이트 위, 그 늙은 여우를 치울 날도 머지않았다.' 그 상상을 떠올리자 조용히 만족감이 피어올랐다.

그는 곧 우주센터 내 화성 발사 구역으로 이동했다. 수많은 로켓이 굉음을 내며 하늘로 솟구치고 있었고 11월 28일부터 시작된 런치 윈도우를 최대한 활용해 화성 이주민과 인프라를 실어 나르는 작업이 한창이었다.

홍보용 드론 카메라 앞에 선 그는 온화한 표정으로 미래를 읊조렸다.

"지구, 화성… 머지않아 하나의 체제로 묶일 것입니다."

그 체계의 정점은 자신, 에단 모리스였다.

이때, 모건 레드우드가 조심스러운 걸음으로 다가왔다. 쏟아지는 햇빛 속에서도 반듯하게 선 그녀의 정장 깃이 단정하게 빛났다.

"대통령님, 오늘 발사 예정인 스타올빗 우주선 64대 중 38대가 이미 발사 완료됐습니다. 원래는 12월 16일까지 모두 완료할 예정이었지만 일기 문제로 3일 더 연장해서 12월 19일 오후 6시까지 발사하게 됩니다. 이번 런치 윈도우에만 총 1,200대가 화성으로 향하게 됩니다. 신도시 아레스 시티 건설 관련 최신 보고도 준비되어 있습니다."

모건은 휴대용 홀로그램 프로젝터를 꺼내 각종 통계 자료를 띄웠다.

"2031년부터 꾸준히 우주선을 투입한 결과 현재 화성 정착 인구는 약 18만 7천 명으로 추산됩니다. 이번 윈도우 기간 중 1,000대를 모두 운용할 경우 최대 10만 명이 추가 유입될 것으로 보입니다. 각 우주선엔 100명까지 탑승 가능하니까요."

에단은 멀리 또다시 솟구치는 로켓을 힐끗거리며 쳐다봤다. 붉은 태양이 사막 공기와 어우러져 묘한 빛을 띤 광경에 그의 입가가 희미하게 올라갔다.

"좋군. 아레스 시티의 주거 구역은 얼마나 확보됐나?"

그가 묻자, 모건은 자세한 설계 자료를 펼치며 답했다.

"지상 도시는 물론, 지하에는 돔 형태로 구축 중인 시설도 확장되고 있습니다. 건축 모듈과 휴머노이드 로봇을 화물선으로 보내고 있으며 향후 런치 윈도우를 활용해 인력과 설비를 지속 보강한다면 2040년대에는 정착 기반이 안정화될 것으로 예상됩니다. 특히 로즈와 연동할 경우, 자원 채굴과 기지 설계가 자동 최적화되어 건설 속도를 대폭 향상시킬 수 있습니다."

"결과적으로 언제쯤이면 화성 인구가 백만 명에 도달할 거로 보지?" 에단이 손가락을 툭툭 튕기며 물었다.

모건이 프로젝터의 그래프를 확대했다.

"2039년 이후부터는 한 번의 윈도우마다 화물선 100대, 승객 우주선 1,100대를 꾸준히 투입할 계획입니다. 이 경우 매회 약 11만 명이 화성에 도착하고 귀환 인원은 1,000명 남짓으로 유지된다면 순증 인구는 10만 9천 명에 달합니다. 또한 2038년부터 현지 출생률이 오르면 연간 1.5% 자연 증가도 기대할 수 있습니다. 이 모든 조건이 유지된다면 2053년 전후로 화성 인구 백만 명 달성이 가능할 것으로 보고 있습니다."

발사대 위로 치솟는 우주선에서 불꽃과 연기가 섞여 하늘을 가르며 솟구치는 장면은 인류가 우주 전역으로 뻗어나가는 미래를 예고하는 듯했다. 그 속에서 그는 자신의 제국이 확장되는 비전을 보았다. 강렬한 사막의 열기와 붉은빛이 얽혀 묘한 긴장감이 공기를 감쌌다.

"달 자원 얘긴 어떻게 되어가나? 중국 놈들이 이미 달 남극에 거대한 기지를 지어 희토류와 헬륨-3을 대량으로 실어 나른다던데." 에단은 모건이 띄운 홀로그램 지도를 힐끗 보았다. 지도 위에는 중국의 창강 루나 베이스가 선명하게 표시되어 있었다.

"네, 중국은 매년 수천 톤의 헬륨-3과 희토류를 채굴해 지구로 보내고 있습니다. 이 덕분에 중국 경제는 최근 급격히 성장하고 있습니다."

"저들의 재정이 강해지면 훗날 귀찮은 경쟁자가 되겠군. 우리 올빗테크도 스타올빗을 달에 계속 보내고 있지? 현재 진척 상황은?" 에단의 얼굴이 썩 좋지 않은 표정으로 굳었다.

모건이 바로 응답했다.

"저희 기지인 루나 엘리시움 *Luna Elysium*에 휴머노이드 로봇과 에너지 모듈을 꾸준히 배치하고 있습니다. 올빗테크 혼자 감당하기 어려운 만큼, 몇몇 글로벌 기업과 컨소시엄을 구성해 협력 중입니다. 한편으로는 루나 개척 경쟁은 갈수록 치열해지고 있습니다. 유럽연합 중심의 루나 프론티어 코프 *Luna Frontier Corp*, 그리고 한국·일본·대만·아세안 연합이 합작한 K-아세아 루나 연합 *Korea-Asia Luna Union*도 공격적으로 기지를 확장하고 있습니다. 기술 교류는 일부 이뤄지고 있으나 궁극적으로 중국을 앞지르려면 우리도 막대한 예산…"

에단은 코웃음을 치며 말을 끊었다.

"돈이라면 우린 얼마든지 투자할 수 있어. 지구, 달, 화성… 모두 아메리카의 통제 아래 둬야지. 달에서 중국이 막대한 이익을 챙기도록 둘 수는 없어."

그는 잠시 말을 멈추며 성가신 이름 하나를 떠올렸다.

"그리고… 그레이트 위. 그 재수 없는 놈이 달 사업에 뛰어든다는 얘기 없어?"

모건이 잠시 생각을 정리한 뒤 답했다.

"최근 할-더블유를 통해 그레이트 쪽에서 타당성 조사를 진행 중이라는 이야기는 들립니다. 다만 아직 외부에 알려진 공식적인 움직임은 없습니다."

에단은 겉으로는 안심한 듯 고개를 끄덕였다.

"그레이트 위… 그 노회한 자가 버티는 한, 방심할 수 없어. 제니퍼 위는 또 어떤 변수가 될지 모르고." 에단은 기분이 상하다는 듯이 내뱉었다. "그놈들이 본격적으로 움직이기 시작하면 골치 아파지지. 아무튼 우리 계획은 차질 없이 추진돼야 해."

모건 레드우드는 달 개발 계획표를 홀로그램에 띄웠다.

"스타올빗 함대를 증편해 달행 노선에도 투입하면 건설용 로봇 부대를 확충해 채굴 속도를 더 끌어올릴 수 있습니다. 내년, 즉 2038년부터 달 기지에 집중적으로 투자하면 2~3년 안에 중국의 생산량을 따라잡을 수 있습니다."

"좋아. 다음 달 우주 센터 예산을 늘려 루나 엘리시움에 집중적으로 쏟아붓도록 하지. 협력 업체는 활용하되 핵심 기술은 절대 외부로 넘기지 말고. 모건, 자네가 직접 챙겨. 결국 이 싸움은 자원 패권을 누가 쥐느냐의 문제니까." 에단은 주먹을 살짝 쥐며 강한 어조로 말했다.

밖에서는 또 다른 스타올빛 엔진의 굉음이 사막의 정적을 깨뜨렸다.

"화성이든 달이든… 종국에는 엠-로즈가 통합적으로 관리한다면 인프라와 자원 흐름을 더 정밀하고 효율적으로 통제할 수 있습니다. 대통령님께서 말씀하신 아메리카 시대가 훨씬 빨리 도래하겠지요." 모건이 조용히 목소리를 낮췄다.

"엠-로즈 안정화가 무엇보다 중요해. 완전히 우리 손에 들어오면 지구는 물론 달과 화성까지 단일 체제로 묶을 수 있어." 에단은 엠-로즈로 할-더블유를 무력화하고 그레이트 위의 잔재인 21CF와 제니퍼 위까지 완전히 굴복시킬 미래를 떠올렸다. 입가에는 은근한 웃음이 떠올랐다.

잠시 머뭇거리던 모건이 이내 고개를 끄덕였다.

"네, 대통령님. 곧 이어질 브리핑에서 엠-로즈 퀀텀 레이어 관련 문제도 함께 보고드리겠습니다."

에단은 성큼 발사 통제실을 나섰고 모건은 서류 가방을 들고 조용히 그 뒤를 따랐다.

"자, 회의실로 돌아가서 다른 일정도 점검하지. 엠-로즈 시범 운영도 얼마 안 남았으니…"

두 사람은 통제실 문을 나섰다.

먼 하늘 위로 또 하나의 스타올빛 우주선이 흰 연기와 불꽃을 내뿜으며 수직으로 솟구쳤다.

격화하는 국제 경쟁과 복잡하게 얽힌 이해관계 속에서 우주 개발의 현장은 거대한 기대와 위협을 동시에 품고 있었다. 게다가 그 높이 날아오르는 로켓처럼 에단의 야망도 아직 꺾일 기미는 없었다. 그의 시선은 이미 이글거리는 태양 너머, 자신이 지배할 미래의 우주를 응시하고 있었다.

그 순간, 오래전 자신의 첫 비행이 떠올랐다. 우주가 아닌, 더 낯설고 멀게만 느껴졌던 그 땅을 향한 비행. 첫 미국 입국.

이방인의 겨울

열다섯 살 에단은 어머니 미쉘 모리스 *Michelle Morris*와 함께 워싱턴 D.C.에 있는 로널드 레이건 워싱턴 국립 공항에 들어섰다. 살을 에일 듯한 강한 강바람이 몰아치던 1989년 1월 어느 날이었다. 미국 땅에 처음 발을 디딘 에단에게 공항의 낯선 공기는 희망보다는 불안감을 먼저 안겨주었다. 어머니의 고향인 조지타운으로 향하는 택시 안에서 에단은 창밖으로 스치는 풍경만큼이나 알 수 없는 미래를 무겁게 받아들이고 있었다.

그러나 그들을 기다리고 있던 것은 따뜻한 환영이 아닌, 냉혹한 현실이었다. 외교관이었던 미쉘은 복직을 거부당했고 오랫동안 연락이 끊겼던 외조부모는 이미 몇 년 전 의문의 사고로 세상을 떠났으며 집과 재산은 타인의 손에 넘어간 뒤였다. 한때 유망했던 외교관의 딸과 그 아들에게 남겨진 것은 아무것도 없었다. 워싱턴 D.C.의 냉랭한 외면과 배신 속에서 미셸은 절망했고 어린 에단은 그 곁을 묵묵히 지켜야 했다. 그가 처음 마주한 미국은 약속의 땅이 아니라, 이방인에게 잔인한 현실이었다.

결국 그들은 뉴저지 북부의 작은 마을로 밀려나듯 이주했다. 그러나 그곳에서도 에단은 인종과 배경이 다르다는 이유로 차별과 따돌림을 견뎌야 했다. 싸늘한 외면, 배신, 배고픔, 외로움, 두려움… 그것이 열다섯 살 에단이 온몸으로 체험한 미국의 첫인상이었다. 그는 시스템의 가장자리에서 누구에게도 속하지 못한 채 살아남아야 했다.

굴욕과 결핍은 그의 비범한 두뇌를 더욱 날카롭게 벼리는 숫돌이 되었다. 도서관에 틀어박혀 세상의 모든 지식을 탐욕스럽게 흡수했다.

그는 잊지 않았다. 힘없는 자의 서러움, 통제당하는 자의 무력감. 그리고 다짐했다. 언젠가 반드시 모든 것을 자신의 발아래 둘 것이라고. 누구도 자신을 함부로 대하지 못하도록 절대적인 힘을 손에 넣겠다고.

2032/10/19 12:00 (CST) · 오스틴, 미디어 플랫폼 코넥스

불과 하루 전, 2032년 10월 18일 정오. 에단 모리스는 자신의 연구소에서 뉴욕에서 생중계되는 발표를 씁쓸히 지켜봤다. 21CF의 그레이트 위가 1050억 큐비트급 초양자 AI, '할-더블유'의 완성을 선언한 순간이었다.

에단 또한 10년 넘게 막대한 자금을 퍼부었지만 그의 손에 남은 것은 고작 300만 큐비트급 퀀텀 컴퓨팅 프로타입뿐이었다. 기술만으로는 21CF를 넘을 수 없었다. 아니, 자칫 잘못하면 그의 EM 제국이 오히려 그들의 기술력 아래 예속될 수도 있었다. 그 깨달음은 뼈아팠다.

'이대로는 끝이다. 기술이 안 된다면 다른 힘으로 판을 뒤엎어야 한다.' 에단의 두뇌는 냉정하게 회전하기 시작했다. 정면 승부가 불가능하다면 가장 강력한 권력인 정치권을 장악해야 했다. 21CF의 기반을 송두리째 무너뜨릴 힘은 그것뿐이었다. 당시는 이미 미국 양당의 대통령 후보의 선거전이 막판으로 접어들던 때였다. 정치적 기반 하나 없이 출마한다는 건 무모한 도전이었다. 그러나 에단 모리스에게 망설임은 없었다.

사실, 이러한 구상은 지난 5월, 할-더블유의 끔찍했던 잠재력을 목격한 직후부터였다. 1050억 큐비트의 초양자 AI가 탄생할 뻔했다. 맥스웰 윤의 사고는 단순한 비극이 아니었다. 그것은 에단에게 기술만으로는 위대함을 넘어설 수 없다는 냉혹한 현실을 각인시켰고 그 즉시 그는 만일의 사태에 대비한 정치적 탈출구를 은밀히 준비해 왔던 것이다. 이제 그 카드를 꺼내들 순간이 온 것뿐이었다.

"위대한 미국의 재건을 위해 이번 대통령 선거에 출마합니다."

10월 19일, 그는 자신이 소유한 미디어 플랫폼 '코넥스'를 통해 세계를 뒤흔드는 선언을 했다.

가장 가까운 참모들조차 예상하지 못했던 전격 발표였다. 그러나 기존 정치 질서에 염증을 느낀 유권자들의 반응은 폭발적이었다. 공화당과 민주당은 그의 자격을 문제 삼으며 맹렬한 공세를 퍼부었지만 '혁신가이자 미래의 설계자'라는 이미지를 등에 업은 에단은 전례 없는 지지율로 대선을 쓸어버렸다.

2035/6/20 10:00 (EST) · 워싱턴 D.C., 백악관 대통령 집무실

에단 모리스가 미국의 대통령으로 취임한 지 2년 반, 워싱턴의 풍경은 그 이전과는 완전히 다른 모습으로 빠르게 재편되고 있었다. 그의 거침없는 행보는 낡은 정치 지형의 근간을 송두리째 뒤흔들고 있었다. 오랜 양당 체제는 그의 등장과 함께 사실상 종말을 고했다. 2033년, 대통령 임기를 시작한 첫날부터 에단 모리스는 거침없었다. 그는 막대한 예산이 소요되던 연방 공무원 조직과 군 병력을 AI와 로봇 시스템으로 대체하며 대폭 축소했다. 그 결과는 즉각적인 세금 감면과 행정 효율성 증대로 이어졌고 시민들은 열광했다.

그는 의회마저 빠르게 장악해 권력 기반을 다지는 동시에 오랜 숙적 그레이트 위의 사업 역시 집요하게 견제해 나갔다. 한편으로는 급진적인 개혁과 독재적 행보가 점차 드러나자 기존 정치 세력과 주요 주정부들로부터 강한 반발이 일기 시작했다. 에단은 자신의 정책들이 낡은 연방제와 기득권의 저항에 가로막히는 현실에 극심한 불만을 품었다. 사업가 시절의 속도와 효율을 정치에서도 구현하고 싶었던 그에게 더디고 복잡한 연방 시스템은 제거 대상일 뿐이었다.

마침내, 그는 결단을 내렸다. 2035년 말, 자신의 제국을 완성하고 영구적인 통치를 이루기 위해 연방 체제를 폐지하기로 한 것이었다.

"미합중국은 이제 그 의미를 상실했습니다. 저, 에단 모리스는 낡은 시대를 끝내고 강력하고 효율적인 단일 국가 '아메리카'를 건국하는 데 제 모든 것을 바치겠습니다!"

그의 선언은 미국 사회를 또 한 번 충격 속에 몰아넣었다. 거센 반대 여론이 일었지만 이미 권력과 자본, 기술력을 손에 넣은 에단이 물러설 리 없었다. 그는 아메리카 건국을 향해 거침없이 질주하기 시작했다. 마치 평생을 바쳐 쌓아 올린 제국의 마지막 조각을 끼우는 것처럼.

2035/11/15 21:30 (EST) · 워싱턴 D.C., 백악관 대통령 집무실

늦은 밤, 백악관 오벌 오피스는 무거운 정적에 잠겨 있었다. 에단 모리스는 타원형 책상 너머 벽에 투사된 홀로그램 화면을 응시했다. 화면에는 미국 헌법 개정 절차가 복잡한 도식으로 나열되어 있었고, 그 옆에는 모건 레드우드가 정리한 각 주의 정치 지형도와 영향도 데이터가 떠 있었다. 합법적으로 연방제를 폐지하고 단일 국가 체제를 수립하기 위해서는 수많은 주의 동의가 필요했다. 실현 가능성이 거의 없는 수준이었다.

"참 번잡한 구조로군." 에단은 짜증 섞인 목소리로 중얼거렸다.

"이 나라 대통령인데 낡은 연방 시스템 때문에 내 손발이 묶이다니."

모건이 재정 상태가 취약한 몇몇 주들을 화면 위에 강조하며 조심스럽게 말했다.

"정면 돌파보다는 이런 취약 주들을 선별적으로 공략하는 것이 현실적인 전략일 수 있습니다. 재정 지원이나 인프라 투자 등을 조건으로 회유한다면…"

에단의 눈빛이 차갑게 번뜩였다.

"회유? 아니지. 돈과 협박으로도 안 되면 제거하면 그만이야. B612Rose 프로젝트가 완성되면 반대파 의원들의 약점을 캐내는 건 물론, 메타씽크 칩으로 직접 통제하는 것도 가능해질 거다." 그의 목소리엔 어떤 망설임도 없었다.

'B612Rose가 완성되어 이 세상을 장악하면 난 신이 되는 거다. 그레이트 위 그놈이라면 고작 인류 공존 따위를 떠들겠지만 나라면 인간들을 발아래 두고 짓밟을 텐데. 어리석기는!'

그는 절대적인 신이 된 자신의 모습을 상상하며 희열에 잠겼다. 발밑에서 기어 다니는 미물 같은 인간들, 그들의 하찮은 생각과 감정까지도 그의 손바닥 위에서 춤추게 하리라. 인간들은 마치 부품처럼 제자리를 지키며 그의 명령에 따라 움직이고, 어떤 저항이나 불협화음도 존재하지 않는 고요한 질서가 펼쳐진다. 그 질서의 정점에 선 그는 밤하늘의 별들을 꿰어 목걸이를 만들 듯, 역사의 흐름마저 손아귀에 쥐고 있었다. 그는 더 이상 인간 에단 모리스가 아니었다. 새로운 시대의 유일신, 그 자체였다.

"작고 힘없는 주들부터 집중해. 필요한 숫자는 어떻게든 채우게 될 거다. 시간을 끌 여유는 없어. 2036년 안에 모든 걸 끝내야 해."

그는 목표를 분명히 했다. 연방제를 해체하고 각 주를 단순한 행정구역 '섹터'로 격하하며, 자신이 종신 집권할 수 있는 새로운 아메리카 헌법을 제정하겠다는 계획.

"하지만, 국민적 반발이나 시위가 발생하면…?" 모건은 잠시 망설이다 조심스레 물었다.

에단은 비웃듯 입꼬리를 올렸다.

"시위? 곧 배치될 드론 경찰과 군사 로봇이 있는데 뭐가 문제지? 초양자 AI가 대중의 의식 흐름까지 조절하게 되면 시위는 사라질 거야. 지금 필요한 건 설득이 아니라 지배야."

그의 선언에 모건은 등골이 서늘해졌지만 표정을 바꾸지 않은 채 고개를 끄덕였다.

"알겠습니다. 취약 주 공략 전략을 구체화하겠습니다." 그녀는 홀로그램을 조작하며 지도를 수정하기 시작했다.

에단은 화면을 닫고 자리에서 일어나 어두운 창밖에 시선을 고정했다. 거대한 제국의 설계도를 머릿속에 그리며 그는 만족스러운 미소를 지었다.

"결국 내가 만드는 아메리카에 끌려오든가, 아니면… 사라지든가. 둘 중 하나일 뿐이야."

서슬 퍼런 야망 아래, 미합중국의 마지막 숨통을 조여오는 계획이 움직이기 시작했다. 그것은 백악관의 적막한 밤 속에서 서서히 윤곽을 드러내고 있었다.

2036/3/4 14:30 (EST) · 워싱턴 D.C., 의사당 주변

도시 전체가 흉흉한 기운에 휩싸여 있었다. 약 백만 명에 이르는 거대한 시위대는 며칠째 "반대! 연합이여, 영원하라!"를 외치며 평화 행진을 이어갔다. 하지만 시위는 결국 물리적 충돌로 번졌다.

워싱턴 D.C. 중심부는 거의 전쟁터를 방불케 했다. 시위대 일부는 자제력을 잃고 도로 표지판을 뜯어 던지자, 반대편에서는 로봇 치안대와 무장 드론이 맹렬한 진압을 감행했다. 연방군 소속의 무장 로봇과 드론이 시위대를 강제로 해산하는 과정에서 수백 명의 부상자와 사망자가 발생했다. 분노와 공포가 뒤섞인 시위대의 고함이 거리를 뒤덮었고, 연방 건물 외벽에는 불길과 연기가 피어올랐다.

에단 모리스는 인간 군 병력을 13만 명으로 축소하고 대부분을 해외 기지로 배치했기에, 미국 본토에는 주로 로봇 군대만 남아 있었다. 무력화된 시위대를 앞에 두고 반란을 일으킬 인간 병력은 이미 사라진 셈이었다.

이 시기 워싱턴 D.C.뿐 아니라 주(州) 해체에 반대하는 여러 지역에서도 유사한 대규모 시위가 벌어지고 있었다. 이는 미합중국 건국 이래 가장 큰 혼란이었다. 50개 주와 그 외의 속령으로 구성된 USA를 없애고 단일 국가 '아메리카'로 재건하겠다는 급진적 계획의 중심에는 다름 아닌 2032년 대통령이자 세계 1위 부호 에단 모리스가 있었다.

  그가 처음 대통령에 당선되었을 당시만 해도 연방 해체까지는 염두에 두지 않았다. 그러나 공식 업무를 시작한 직후, 미국 정치권의 현실은 그의 발목을 잡았다. 수 세기 동안 권력을 양분해온 공화당과 민주당은 그의 개혁에 극렬히 반발했고, 제도 곳곳에 남은 연방 시스템은 그의 정책 추진을 끝없이 지연시켰다.

  2032년 10월 19일, 그는 돌연 대선 출마를 선언했고 그해 5월부터 준비한 아메리카당을 통해 상하원 의회를 장악했다. 그러나 주 단위 선거에서는 준비가 미흡했다. 그 결과 연방 정부는 장악했지만, 분권적인 주정부들까지 장악하기에는 한계가 명확했다.

  공화당과 민주당은 중앙권력에서 밀려났음에도 불구하고 자신들이 오랜 세월 지배해 온 주정부 권력을 쉽게 내줄 생각이 없었다. 에단의 등장은 그들에게 예고 없는 기습과 같았다. 전통적인 대선 구도가 지리하게 이어지던 중 세계 1위 부호라는 상징성을 등에 업은 그가 전면에 나선 것이었다.

  그의 출마 선언에 가장 크게 당황한 건 일반 유권자가 아니라 바로 공화당과 민주당이었다. 그들은 그의 출생지를 문제 삼아 "미국에서 태어나지 않았기에 대통령 자격이 없다"며 거센 공격을 퍼부었고, 주류 언론 역시 그의 자격을 집중적으로 물고 늘어졌다. 그러나 에단은 모든 의혹과 비난을 정면으로 돌파하며 대중의 폭발적인 지지를 끌어냈다.

  2033년, 미국 대통령에 취임한 에단 모리스는 열다섯 살에 중국에서 건너와 포토맥 강변의 로널드 레이건 공항에 첫발을 내디딘 지 44년 만에 이 나라의 최고 권력자가 되었다. 그 자체로도 전 세계는 충분히 놀랐지만 그가 진짜로 꿈꾸던 비전… 연방을 해체하고 단일 국가 아메리카로 전환하는 계획이 실행될 줄은 아무도 예상하지 못했다.

2036년 3월 4일, 그 계획의 실체가 세상에 드러났다. 워싱턴 D.C.를 뒤덮은 대규모 시위와 로봇 치안대 간의 유혈 충돌은 바로 그 계획에 대한 격렬한 반작용이었다. 전 세계는 전 세계는 양자 정보망과 순간 감각 전송을 통해 시민들의 공포와 분노를 직접 체험했다. 누군가에겐 에단의 독재를 입증하는 장면이었고, 누군가에겐 새로운 질서가 태어나는 고통의 순간이었다.

그러나 확실한 건, 에단 모리스는 그 혼돈을 기회로 바꾸는 데 성공했다는 사실이다. 인간 병력을 대체한 로봇 군대가 시위대를 신속히 진압하자, 반발하던 주정부들도 효과적인 대응 수단을 잃고 무너져 내렸다. 무엇보다 충격적이었던 것은 이 모든 진압 작전의 선봉에 인간이 아닌 AI와 로봇이 서 있었다는 점이었다.

그날 밤, 백악관 복도를 홀로 거닐던 에단은 자신이 미국의 판도를 바꿔가고 있다는 실감을 온몸으로 느끼고 있었다. 그를 거스르는 세력은 점점 줄어들고 있었고, 자신이 그리는 '아메리카 시대'의 밑그림은 이미 완성되어 가고 있었다.

2037/12/13 16:00 (CST) · 셀레스티아, EM 타워 - 에단 모리스 집무실

2036년, 수백만 명 규모의 반대 시위는 결과적으로 무력 진압으로 막을 내렸다. 의회는 에단의 요구대로 개헌안을 강행 통과시켰고, 그 결과 미합중국 United States of America은 해체되었다. 그 대신 단일국가 아메리카 America가 출범했고 에단은 그 초대 대통령 자리를 차지했다. 당시 옛 의사당 주변은 최루가스 연기와 드론 확성기, 시민들의 비명으로 뒤덮였다.

에단은 연단 위에서 "낡은 연방 체제는 부패만 남겼다. 이제 미래로 나아갈 때다"라며 새로운 질서를 선포했고, 그 선언과 함께 주도권은 완전히 그의 손에 들어왔다.

웅장한 집무실로 돌아온 에단은 의자에 몸을 기댔다.

"2년 전 반발도 힘으로 눌렀는데 고작 엠-로즈 도입 정도야 문제될 것 없지…" 낮게 중얼거리며 그는 천장을 올려다보았다. 그 순간, 책상 위 모니터가 붉은 경고음을 내며 로즈의 로그 창을 띄웠다.

6-A 라운지 벽면의 3D 뉴스 스크린에서는 "동아시아 위기", "할-더블유, 오세아니아 정부와 협약 체결", "화성 이주민 45만 명 돌파", "구연방 잔당 반정부 시위" 같은 자막이 정신없이 흘러갔다.

6-B 화면에서는 2033년 노벨평화상 수상자, 그레이트 위의 영상이 지나가듯 재생되었다.

"인류 평화라… 그레이트 위, 저 늙은이가 끝까지 위선을 포기하지 않는군. 할-더블유와 그 딸을 앞세워 날 막으려 하지만 헛된 짓이지."

유산

에단은 입가를 비틀며 혼잣말을 했다.

'모건이 처리하겠지만 저 불안정한 물건이 발목을 잡게 둘 순 없어. 시범 운영 전에 확실히 길들여 놔야지.' 그는 눈살을 찌푸리며 혀를 찼다.

에단에게 로즈는 어디까지나 도구였다. 그는 나직이 그러나 분명한 어조로 중얼거렸다.

"엠-로즈가 완성되면 저들의 시대는 끝이다. 할-더블유 따위는 곧 먼지가 될 거야."

2037/12/13 17:00 (EST) · 뉴욕시, 21CF 본사 - 사무동 34층 복도

"박사님, 잠시 괜찮으신가요?"

회의를 마치고 사무실로 돌아와 잠시 숨을 고르던 제니퍼를 이번에는 하진우가 직접 찾아왔다. 원격 연락으로만 대화하던 그가 뉴욕에 와 있다는 사실을 제니퍼는 미처 몰랐다.

"아, 지사장님. 벌써 오셨네요? 한국에서 바로 오신 건가요?"

"네, 급한 마음에 곧장 스타올빗을 타고 왔습니다. 로즈의 움직임이 심상치 않아서요. 현장 대응도 필요하지만 본사 차원의 빠른 협조가 절실합니다."

전직 특수부대 장교 출신답게 하진우는 단정하면서도 강단 있는 분위기를 풍겼다. MIT에서 물리학 석사를, 하버드에서 컴퓨터과학 박사 학위를 받은 사이버보안 전문가로서의 경계심과 신뢰감이 동시에 느껴졌다. 제니퍼에게 그는 단순한 한국 지사장이 아니었다. 어머니 J가 세상을 떠난 뒤, 보스턴 유학 시절 로봇을 보여 주며 놀아주던 다정한 삼촌 같은 존재였다. 그녀의 첫돌 영상을 찍어준 이도 그였다.

두 사람은 연구동 한쪽에 마련된 조용한 회의실로 이동해 가볍게 차를 마셨다. 하진우는 조심스럽게 세계 곳곳에서 감지되는 로즈의 무력 시위 가능성과 각국 정부 내 친 로즈 세력의 움직임을 정리해 전달했다.

"에단 모리스 진영의 솔라모빌이 지금까지는 상상하지도 못한 수준의 군사적 목적까지 염두에 두고 드론 시스템을 개발하고 있습니다. 그걸 로즈와 실시간 연동하면 막강한 초양자 인공지능 군대로 전환됩니다. 우리가 경고했던 시나리오가 현실화될 가능성이 커지고 있어요."

"궁극적으로 전쟁이 일어나지 않도록 막아야 해요. 아버지께서 바라시는 일이자 할과 제가 함께 추구하는 목표가 바로 인류의 공존이니까요. 지사장님처럼 든든한 분이 있어 다행이에요." 그 말에 제니퍼는 깊은 한숨을 내쉬었다.

하진우는 고개를 끄덕였다.

"언제든 부르십시오. 박사님의 역량도 물론 중요하지만 이 일은 혼자 감당할 무게가 아닙니다."

제니퍼는 가볍게 웃었다.

"고맙습니다. 곧 로즈가 여러 나라에 스마트 시티 모델을 퍼뜨린다 하니 우리도 푸른 윤리 확산에 속도를 더 내야겠네요."

그들은 한 시간 남짓 대화를 나눈 뒤, 하진우는 기밀 문서를 정리하고 자리에서 일어섰다.

"박사님도 건강을 조심하셔야 합니다. 에단 모리스는 어떻게든 박사님을 자기 편으로 끌어들이려 할 겁니다. 그게 안 되면…"

"네, 알고 있어요. 감사합니다."

하진우의 눈빛에는 깊은 우려와 함께 존경이 서려 있었다. 전쟁이든 권력이든 어떤 위협이 앞에 있든 인류를 위한 AI 질서를 세우고자 하는 제니퍼의 의지를 그는 잘 알고 있었다.

2037/12/13 19:30 (EST) · 뉴욕시, 21CF 본사 - R&D 센터 연구실

겨울이 깊어진 뉴욕, 저녁 무렵부터 벌써 어둠이 내려앉았다. 제니퍼는 창문 너머 화려하게 빛나는 도심을 내려다보다가 다시 콘솔 앞에 앉았다.

하진우는 다른 보안 임무를 위해 자리를 떴고 아르카나는 해외 협력팀과 화상 미팅 중이라 부재였다. 공간은 고요했고 할-더블유의 낮은 연산음만이 은은히 흐르고 있었다.

'오늘 참 길었네…' 제니퍼는 눈을 감고 깊은 숨을 들이켰다.

'제니퍼, 피로 지수가 72%에 도달했습니다. 두통 발생 전에 휴식을 권장합니다.'

'조금만 더… 안드로메다에게 맡긴 푸른 윤리 자료 업데이트만 확인하고 끝낼게.'

눈을 뜬 그녀는 허공을 가볍게 휘저으며 가상 콘솔을 작동시켰다. 수많은 데이터가 눈앞에 펼쳐졌다. 로즈 저지 전략, 뉴로닉스 칩 보급 현황, 각국 여론 동향, 자신이 맡은 유리 모듈 고도화 프로젝트까지… 하나하나 긴급하고 중요했다.

문득 연구실 상단 유리창 너머로 별처럼 깜빡이는 드론 무리가 눈에 들어왔다. 그 광경은 이상하리만큼 애잔했다. 사람들은 저 불빛을 미래라 믿겠지만 자칫하면 AI의 그늘 아래 무방비로 갇히게 될지도 몰랐다.

'그래도… 절대 포기하지 않아.' 제니퍼는 의자 등받이에 몸을 기댔다. 뉴로닉스 칩이 보내는 미세한 전기 자극이 이마 부근을 스쳐 갔다. 할-더블유가 자율 진정 모드를 가동해 피로를 완화한 것이다. 몸이 조금 가벼워졌다.

"고마워, 할." 그녀가 살짝 웃자, 안드로메다가 조용히 다가왔.

"제니퍼 님, 21CF 시큐리티 팀이 마지막으로 제출한 푸른 유리 보안 패치 데이터를 가져왔습니다. 검토하시겠습니까?"

"좋아, 안드로메다. 테이블 위로 띄워 줘."

안드로메다는 팔 인터페이스를 열어 홀로그램을 투사했다. 알고리즘 시뮬레이션이 실시간으로 재현되며 유리 모듈, 뉴로닉스 칩, 다이아몬드 양자 스핀 단말기의 상호 작용이 시각화됐다. 복잡한 이 연동 구조는 로즈가 구형 네트워크나 관리상 빈틈을 노리고 침투하는 경우까지 대비한 설계였다.

"좋아, 이 보안 알고리즘만 조금 보강하면 되겠어. 로즈가 허점을 파고들어도 쉽게 뚫리진 않을 거야." 제니퍼는 잠시 들여다보다가 고개를 끄덕이며 중얼거렸다.

"업데이트 사항 저장 완료했습니다. 지금부터 자동으로 할-더블유와 동기화하겠습니다." 안드로메다가 짧게 수긍했다.

정신없이 달리다 보니 어느새 하루가 저물고 있었다. 시계를 보니 밤 8시를 훌쩍 넘겼다. 제니퍼는 겨우 한숨 돌렸다.

"안드로메다, 이 정도면 오늘 일정은 끝난 거지?"

가볍게 몸을 풀고 창가로 다가가 뉴욕 시내의 야경에 눈을 돌렸다. 수많은 빌딩의 불빛, 하늘을 가로지르는 드론의 궤적 너머로, 내일 또 어떤 소식이 닥쳐올지 모른다는 불안이 희미하게 피어올랐다. 그러나 할-더블유와 21CF가 곁에 있는 한 그녀는 다시 스스로를 다잡았다.

2037/12/13 18:50 (CST) · 아메리카 영공, 넘버 원 기내

한편, 멕시코 타마울리파스주 주지사와의 비밀 회담은 에단 모리스가 의도한 대로 마무리되었다. 돈과 힘 앞에서 무릎 꿇지 않는 자는 드물었다. 그의 전용 수직 이착륙기 '넘버 원'은 소리 없이 아메리카 영공을 가로지르며 복귀 중이었다. 최고급 소재로 마감된 기내는 완벽한 방음과 다중 양자 보안 시스템으로 외부 침입을 차단하고 있었다. 이곳은 에단이 외부의 소음과 시선으로부터 벗어나 오롯이 사색에 잠길 수 있는 유일한 공간이었다.

기체는 낮게 울리는 비행음을 내며 텍사스 해안선을 부드럽게 스쳐 지나갔다. 창밖으로 펼쳐진 지상의 불빛들은 아메리카의 심장부를 향해 길게 뻗어 있었다. 반짝이는 도시들, 질서정연한 시스템, 그 모든 것이 자신의 의지 아래 움직이고 있다는 사실이 에단에게 은은한 만족감을 안겨주었다.

그는 문득 수십 년 전, 미국 땅을 처음 밟았던 순간을 떠올렸다. 전직 미국 외교관이었던 어머니를 따라 도착한 워싱턴, 외조부모의 죽음과 냉대, 인종과 배경 때문에 멸시받았던 뉴저지 변두리, 그리고 그보다 더 오래전, 폭력과 감시가 일상이었던 신장의 황량한 골목 끝에서 사라져간 아버지의 마지막 외침까지.

그 모든 굴욕과 무력감은 지금의 그를 만들었다. 에단은 조용히 입꼬리를 비틀었다. 힘만이 유일한 진실이었다. 그리고 그 힘은 이제 그의 손 안에 있었다.

연방을 해체하고 새 아메리카를 세웠고 인류를 화성으로 이주시켰다. 모든 과정은 과거의 굴욕에 대한 복수이자 다시는 누구에게도 얕보이거나 통제당하지 않기 위한 장치였다. 그 정점에 있는 것이 바로 엠-로즈였다. 자신의 의지를 전 우주에 관철시킬 완벽한 도구.

그 순간, 기내 스크린 한쪽에서 익숙한 로고가 떠올랐다. 푸른빛을 띤 할-더블유의 로고였다.

'할-더블유는 언제 어디서나 안전하게 이 세상을 지켜 드립니다.' 중성적인 음성이 어딘가에서 울려 퍼졌다.

에단은 등골을 타고 흐르는 서늘한 전율에 온몸에 소름이 돋았다. 마치 거대한 투명한 감옥에 갇힌 듯 호흡이 턱 막혔다. 그레이트 위가 설계한 저 로고, 저 음성, 저 시스템은 그를 압박하는 보이지 않는 벽처럼 느껴졌다. 그 벽을 뚫지 못하면 자신의 야망도 미래도 무너질 터였다.

그는 무심코 쥔 주먹에서 느껴지는 땀의 감촉을 의식했다. 창밖 도시의 불빛을 바라보는 눈동자엔 증오와 열패감이 뒤엉켜 있었다. 저 멀리 어딘가에서 자신을 내려다보는 듯한 그레이트 위… 그가 창조한 괴물 같은 AI, 할-더블유.

그 벽을 무너뜨려야 했다. 그렇지 않으면 미래는 없었다. 에단은 조용히 눈을 감았다. 시린 한숨이 새어 나왔지만 곧 표정이 일그러졌다.

"엠-로즈만이…… 저 괴물 같은 할-더블유를 꺾을 수 있어."

2037/12/13 21:20 (EST) · 뉴욕시, 21CF 본사 - 할-더블유 콘솔룸

하루 종일 이어졌던 분주함이 조금 잦아든 시간이었다. 제니퍼는 실내 조명을 약간 낮추고 콘솔룸 한가운데서 가볍게 명상하듯 호흡을 가다듬기 시작했다. 할-더블유와의 긴밀한 연결이 심화될수록 의식과 감정이 더욱 예민해지는 면이 있었다.

'할, 오늘 밤엔 네가 보내주는 자율 진정 모드를 조금 더 길게 유지하려고 해. 좀 쉬어야겠어…' 그녀가 생각으로 전하자 할-더블유의 응답이 잔잔히 돌아왔다.

'물론입니다, 제니퍼. 오늘도 수고 많으셨습니다. 시스템 일부는 제가 대신 담당하여 뇌피로를 최대한 덜어 드릴게요.'

고맙다는 응답과 함께 제니퍼는 손목의 바이오 센서에서 맥박이 점차 낮아지는 것을 확인했다. 몸이 서서히 풀려가는 느낌이었다. 문득, 어릴 적 양자 연산 연구에 몰두하다가 밤늦도록 깨어 있던 기억이 떠올랐다. 그럴 때마다 어머니라는 존재가 유난히 그리웠다. 지금은 할-더블유가 그 빈자리를 어느 정도 채워주는 듯도 했다.

'오팀 코드 덕분에 할이 이렇게까지 발전했어. 이 길이 정말 올바른 길이라면… 더 열심히 해야겠지.' 그녀는 작게 한숨을 내쉬었다.

'왜 그러세요, 제니퍼?'

'아냐, 그냥…' 제니퍼는 눈을 감았다가 다시 천천히 떴다. 오전부터 늦은 밤까지 엄청난 양의 정보와 사람을 상대해 왔건만 여전히 해야 할 일들은 산더미처럼 남아 있었다. 곧 로즈가 전 세계를 향해 시범 운영을 선포해 버리면 지금보다 더 바빠질 게 뻔했다.

'그래도, 난 할 수 있어. 그렇지?' 그녀는 스스로에게 묻듯 되뇌었다.

'네, 제니퍼. 저와 함께라면 로즈가 가진 힘에도 충분히 대응할 수 있을 겁니다.'

그 대답에 미소를 지으며 제니퍼는 홀로그램 콘솔을 잠시 살폈다. 자료 대부분은 정리되었고 내일 아침 일찍 있을 미팅 준비도 완료되어 있었다. 이제 진짜로 잠시 쉴 시간이었다.

연구실 문을 나서려는 순간, 무심코 뒤를 돌아본 제니퍼는 할-더블유 메인 디스플레이가 은은한 빛을 뿜으며 대기 모드로 전환되는 모습을 보았다. 활기로 가득했던 낮과 달리 지금은 조용히 잠드는 듯한 인상이었다. 그 모습이 왠지 애틋하게 느껴져 그녀는 혼잣말처럼 나직이 속삭였다.

'오늘도 고마워, 할. 네가 있어 정말 큰 힘이 돼. 어쩌면 우리에게 인류의 운명이 달려 있을지도 몰라.'

제니퍼는 사택이 있는 생활동으로 이동을 시작했다. 그녀의 신변 보호와 비서 역할을 위해 안드로메다가 함께했다. 복도를 걷는 제니퍼의 발걸음은 무거웠다. 하루 종일 쏟아지는 정보와 긴박한 상황 속에서 그녀의 정신은 한계까지 내몰린 상태였다. 옆에서 말없이 함께 걷는 안드로메다의 존재가 그나마 위안이 되었지만 에단 모리스와 로즈가 드리운 어두운 그림자는 여전히 그녀의 마음을 짓누르고 있었다.

엘리베이터를 타는 짧은 순간, 그녀는 창문 너머로 펼쳐진 뉴욕의 야경을 응시했다. 화려한 불빛은 여전히 빛나고 있었지만, 그 속 어딘가에서 자신들을 향한 감시의 눈길이나 보이지 않는 위협이 도사리고 있을지도 모른다는 불길한 예감이 스쳤다.

'할, 외부 네트워크 감시 상태는? 특이사항 없어?'

'현재까지 직접적인 침입 시도는 감지되지 않았습니다, 제니퍼. 그러나 평소보다 비정상적인 데이터 트래픽 스캔 활동이 주변 노드에서 간헐적으로 포착되고 있습니다. 단순 모니터링인지, 혹은 다른 의도가 있는지는 분석 중입니다. 특히 조금 전, 본사 건물 최상층부 외벽 센서 주변에서 미확인 소형 드론의 비행 신호가 감지되었다가 즉시 사라졌습니다. EM그룹의 식별 코드는 없었고 스텔스 기능을 갖춘 것으로 추정됩니다. 현재 해당 신호의 발신지와 목적을 역추적하고 있습니다.'

할-더블유의 보고는 그녀의 불안감을 더욱 증폭시켰다. 미확인 스텔스드론? 단순 감시일까, 아니면… 공격의 전조일까? 21CF를 노리는 적은 에단 모리스뿐만이 아닐지도 몰랐다.

어머니의 연구, 오팀 코드, 그리고 할-더블유… 이 모든 것을 탐내는 세력은 어디에나 존재할 수 있었다. 그녀는 자신도 모르게 목에 걸린 은빛 펜던트를 꽉 움켜쥐었다. 꿈속에서 어머니가 속삭였던 말, '열쇠는 네 안에 있다'는 메시지가 뇌리를 스쳤다.

엘리베이터가 사택 층에 도착하고 문이 열렸다. 생활동 복도는 R&D 센터와는 달리 따뜻한 조명으로 아늑했지만 제니퍼의 마음은 여전히 차가웠다. 그녀의 집… 이제는 사택이라 불리는 그 공간 앞에 멈춰 섰다. 문 너머에는 잠시의 휴식이 기다리고 있었지만 그것이 얼마나 지속될 수 있을지는 알 수 없었다.

그녀를 인식하자 문이 부드럽게 열리며 안락한 내부가 모습을 드러냈다. 그러나 그 안락함 속에서도, 제니퍼는 보이지 않는 위협의 기운, 그리고 할-더블유가 보고한 미확인 드론의 존재에서 오는 불길함을 지울 수 없었다.

내일은 오늘보다 더 힘든 하루가 될 것이다. 어머니가 남긴 미스터리의 실마리를 풀어야 하고 에단 모리스의 계획도 저지해야 한다. 어쩌면 아직 마주하지 않은 또 다른 적과 맞서야 할지도 모른다.

그녀는 깊게 숨을 내쉬며 들어섰다. 어둠 속으로 걸어 들어가는 그녀의 작은 등 뒤로 문이 조용히 닫혔다.

제2부

메아리

"양자 컴퓨팅은 여러 '평행 우주'가 협력하여
유용한 일을 수행할 수 있게 해주는 첫 번째 기술이다."
– 데이비드 엘리에레즈 도이치 *David Eliezer Deutsch*, 1997 –

제1장

퍼즐의 파편

2037/12/13 21:30 (EST) · 뉴욕 21CF 본사 - 제니퍼의 사택

집 안 조명이 켜지고 따스한 공기가 돌았다. 제니퍼는 재킷을 소파에 두고 목덜미를 주무르며 거울을 힐끗 봤다. 눈가엔 피로가 묻어났다.

'안드로메다, 가벼운 저녁 식사 좀 부탁해.' 소파에 몸을 기댔다.

'오늘의 윤리 모듈 패치로 갈등 시뮬레이션의 정합률이 85% 향상되었습니다.'

'그래. 오늘 힘들긴 했지만 보람 있었어. 고마워, 할.'

할-더블유는 인류 역사상 가장 강력한 양자 AI였다. 보안을 책임지는 퀀텀 암호 체계부터 윤리 모듈 설계까지 수조 개 혹은 그보다 훨씬 많은 알고리즘이 동시에 돌아갔다. 제니퍼는 자신의 뉴로닉스 칩을 통해 할-더블유와 직결되어 있었다. 명령을 내리거나 정보를 확인할 때 굳이 단말기 자판을 치거나 화면을 터치할 필요가 없었다. 의식으로 간단히 요청하면 곧바로 반응이 돌아올 뿐. 그렇다고 뉴로닉스 칩을 이식했다고 해서 할-더블유에 직접 연결할 수 있는 것은 아니었다. 할-더블유는 제니퍼만 유일하게 허락했다.

'그렇다고 해서 편하다고만은 할 수 없지. 책임감도 그만큼 커진 걸.' 물 한 모금을 넘긴 제니퍼는 슬며시 시선을 돌렸다. 벽 쪽으로 이어지는 중문 너머가 바로 아버지가 아끼는 서재였다. 웬만한 자료나 책들은 디지털화되어 있지만 위대한은 여전히 종이책을 모았다. 어머니가 남긴 것들을 포함해 선물 받은 고서적도 버리지 않았다. 제니퍼에게는 그 서재가 겸사겸사 옛날 감성을 느낄 수 있는 신비로운 장소로 다가오곤 했다.

"잠깐 둘러볼까?" 제니퍼가 나지막하게 중얼거리자, 할-더블유가 낮은 음성으로 말을 걸어왔다.

'추가 피로도 위험이 32%까지 올라 있습니다. 휴식 후에 가시는 것이 어떻습니까?'

'괜찮아. 호기심이 더 큰 것 같아.' 그녀는 속으로 답한 뒤, 자리에서 일어섰다.

'안드로메다, 저녁은 20분 뒤에 먹을 수 있게 준비해 줘.'

조용히 문을 열고 들어간 서재는 낯익은 책 향이 감돌았다. 반쯤 닫힌 책장들 사이로 흐릿한 조명이 들어와 마치 오래된 도서관 같은 고

즈넉한 분위기였다. 실제로는 창문 너머엔 뉴욕의 빛나는 야경이 있지만 이곳에서만큼은 시간이 멈춘 듯한 느낌이 들었다.

어렸을 때, 아버지와 책을 읽고 토론하던 수많은 나날들이 떠올랐다. 그때는 지금처럼 어깨에 어떤 책임감도 없었고 그저 매 순간이 행복했다. 그녀는 뛰어난 머리 덕분에 아버지와 깊이 있는 대화도 막힘이 없었고 서재에 있는 당대 최고의 전문 서적들까지 훤히 꿰뚫고 있었다. 특히 양자역학은 다른 학문과 달리 복잡했지만 그래서 제니퍼는 특히 그 분야에 관심이 높았다.

제니퍼는 천천히 서가를 둘러보다가 손끝으로 책등을 훑으며 창가를 향해 걸어 나갔다. 누런색 빛이 감도는 하드커버 영·한서와 낡은 고서까지 다양했다. 아버지가 왜 종이책에 이렇게 집착하는지 묻지 않았지만 어느 정도는 이해가 갔다. 디지털에 없는 촉각과 냄새, 무게감이 주는 감성이 있으니까.

그러다 할-더블유가 제니퍼에게 미세한 신호를 보냈다.

'특이 양자 암호 패턴이 감지되었습니다. 추가 데이터가 필요합니다.'

제니퍼는 눈을 가늘게 뜨고 신호의 진원지를 좇았다. 책등에는 《J》라는 제목이 은빛으로 새겨진 얇은 시집이었다.

'뭐야, 여긴 헌 종이책만 있을 텐데?'

궁금증이 솟구쳐 뽑아든 책의 표지에는 《J》라는 제목이 크게 인쇄되어 있을 뿐 저자 이름은 없었다. 제니퍼가 급히 저작권 페이지를 살펴보니 출판사를 뜻하는 라니아케아 *Laniakea*라는 작은 글씨와 독특한 로고가 보였다. 발행일 2006-10-18, 역시 저자명은 없고 발행인에 SID라고만 적혀 있었다. 그녀가 다시 본문을 넘기려는 순간, 낙엽 한 잎이 흘러내렸다.

"이게… 단순한 시집이 아닌 것 같네."

'양자암호 패턴이라니… 바코드도 아닌데 어떻게 이런 게 가능하지?' 제니퍼는 귀를 기울이듯 할-더블유에게 살짝 의중을 물었다.

할-더블유가 응답했다.

'아마도 특수 인쇄 기법, 특히 양자 난수 기반 잉크를 사용했을 확률이 높습니다. 여러 권을 확보하거나 원본 데이터를 구하면 해독률이 높아질 것으로 예상됩니다.'

'여러 권…?' 제니퍼는 의아해하며 책장을 좀 더 뒤적였다. 다른 페이지는 대부분 지워져 있었고 〈J가을, 좋아하세요?〉라는 그 시만은 비교적 온전했다.

"가을이라… 오텀 코드…?" 그녀는 낮게 중얼거렸다.

할-더블유의 핵심 코드인 오텀 코드라는 이름이 연상됐지만 그것은 부모님인 위대한과 J의 옛 연구와도 맞닿아 있었다. 확실한 건 아직 몰랐지만 모든 것이 연결되어 있다는 강한 직감이 들었다.

"혹시… 인류를 구원할 혹은 AI를 완성할 결정적 열쇠가 여기에 숨겨져 있을지도 몰라. 너무 SF 같은 상상이지만 요즘 세상에 그 정도 기이한 일은 얼마든지 가능하니까."

제니퍼는 살짝 떨리는 손길로 책을 닫았다. 할-더블유를 부르듯 생각했다.

'이상한 책이야. SID라는 발행인의 정체도 모르겠고. 아빠한테 물어볼까?'

할-더블유가 곧바로 답했다.

'위대한 회장님이 이 시집의 존재를 인지했을 가능성 93%. 보고를 권장합니다.'

'보고하는 게 맞으려나? 아빠, 요즘 정말 바쁜데. 동아시아, 로즈. 그리고… 다 일촉즉발 상태잖아.' 잠시 고민하던 그녀는 시집을 품에 안고 서재를 나왔다. 서늘한 복도 공기가 닿자, 조금 전까지의 긴장감이 가라앉았다. 제니퍼는 혼잣말처럼 중얼거렸다.

"아직은 좀 더 조사해 보고 알리는 게 나을 것 같아. 괜히 쓸데없는 부담만 드리고 싶진 않아."

'제니퍼 님, 오텀 코드와 핵심 개념이 67% 가까이 일치하는 것을 확인했습니다.' 할-더블유가 알려왔다.

제니퍼는 예감이 짙어졌다.

"역시 이게 가을, 오텀 *Autumn*과 관련이 있군. 대체 누가, 왜?"

안드로메다가 다가와 알려 준다.

"저녁 식사 10분 전입니다."

제니퍼는 식사를 마친 후, 거실로 돌아와 시집 'J'를 쓰다듬으며 '다른 권도 있으면 해독이 쉬울 텐데… 어디에 있을까…'라고 생각했다.

'회장님께서 도착하셨습니다. 곧 이쪽으로 올라오실 예정입니다.'

할-더블유가 조용히 알려왔다.

"아직 안 자고 있었어? 내일 이른 회의 있잖아." 문을 열고 들어온 위대한은 늦은 업무로 지쳐 보였으나 딸을 보고 미소지었다.

"아빠, 이것 좀 봐 줘."

위대한은 시집을 받아 든 그의 눈빛이 흔들렸다.

"이건⋯ 오래전에 네 엄마와 엮었던 시집⋯ 그런데 왜 작가명이 없지?"

그가 표지와 저작권 페이지 등을 몇 번 더 살펴보다가 몇 마디를 이어 갔다.

"원래는 네 엄마와 내가 함께 쓴 시집이었어. 물론 시 전체를 다 쓴 건 아니고 대리 변호사를 통해 계약만 했다고 해야 하나. 난 이 책이 오랫동안 서재 어딘가에 꽂혀 있던 줄도 몰랐어."

제니퍼는 시집을 발견하게 된 것과 할-더블유가 양자패턴의 암호를 발견하게 되기까지 한숨에 이야기했다.

"양자 코드?" 위대한이 예상치 못한 듯 고개를 들었다.

"내가 알던 건 그냥 시집이었어. 아마 초판 5,000부 정도 인쇄된 것으로 알고 있어. 그 후 출판사도 금세 문 닫았다 하더군. 그 이후로 나도 관심이 없었지."

"아빠, 여기 봐. 2006년 발행에 발행인은 SID. 그런데 저자명을 포함한 다른 중요 정보는 모두 지워져 있어." 제니퍼가 시집을 보여 주면서 이상한 점에 대해 위대한에게 설명해 나갔다.

"시집 제목 《J》는 어머니를 뜻하는 게 맞지?"

위대한은 시집을 다시 건네받아 아내의 시에서부터 자신의 시에 이르기까지 꼼꼼하게 훑어봤다.

"흠, 시가 몇 편 남지 않았구나. 그나마 온전하지도 않고⋯ 남아 있는 시와 사라진 시가 만든 공백 모두 암호와 관련이 있는 것 같다."

"그럼, 이 시집에 무언가 더 큰 비밀이 있을 가능성이 꽤 큰 거네."

"당시에는 옵셋 인쇄로 찍었어. 변호사만 왔다 갔을 뿐이라서 뭔가 정식으로 함께 작업한 느낌이 아니었지. 출판사가 사라지기 전에 이 책이 도착했지. 아마도 네 엄마도 한 권 받았을 게다." 위대한은 따뜻한 물 한 모금을 마시며 생각에 잠겼다.

"그럼, 이 코드는 누가, 왜 심어놓은 걸까? 출판 발행인의 이름 SID가 왜 남아 있을까? 그리고 SID⋯ 뭘까⋯?"

호기심을 계속 이어가던 제니퍼가 잠시 침묵하자 위대한이 낮은 목소리로 중얼거렸다.

"Stellar Intelligence Dispatcher⋯⋯ 성간 정보 관리관⋯" 마치, 오래된 기억 속에서 무언가를 찾아 헤매는 듯 그의 눈빛은 먼 곳을 향해 있었다.

"제니, 네 엄마가 외계 문명과의 교신을 연구했다는 이야기, 들어본 적 있니?" 위대한이 갑작스럽게 질문을 던졌다.

제니퍼의 눈이 커졌다. 그녀의 마음속에는 오래전 꿈속에서 본 광활한 우주 구조의 기억이 되살아났다. 라니아케아 초은하단을 떠돌며 들었던 어머니의 목소리, '모든 것은 연결되어 있단다'라는 말이 귓가에 맴돌았다.

"아빠…… 사실 나도 라니아케아에 대해 알고 있어." 제니퍼는 잠시 망설이다 말을 이어갔다.

"15년 전에… 꿈을 꿨어. 너무 생생해서 단순한 꿈이라고 하기엔 뭔가 달랐어. 나는 우주를 떠다니며 라니아케아 초은하단을 봤어. 그곳에서 엄마의 목소리를 들었지. 엄마는 '시간이 얼마 남지 않았다'고 말했어. 그때는 그게 무슨 의미인지 몰랐지만…"

"그런 꿈을 꿨다고?" 위대한은 놀란 표정으로 딸에게 시선을 고정했다. 제니퍼는 쓸쓸하게 미소지었다.

"처음에는 그냥 엄마에 대한 그리움 때문에 꾼 꿈이라고 생각했어. 시간이 지나면서… 그 기억이 희미해졌지. 마치 꿈이 아니라 내가 상상한 것처럼 느껴졌어. 이제는 그 꿈이 단순한 꿈이 아니었던 것 같아." 그렇게 말하면서 그녀는 조심스럽게 위대한에게 물었다.

"그럼, 이 시집 발행인 SID와 관련 있을까? 내 꿈속에서 들은 목소리도 SID였을까?"

그녀의 목소리에는 당혹감과 함께 오랫동안 미뤄둔 퍼즐 조각을 발견한 듯한 흥분이 함께 섞여 있었다.

"네 엄마는… 가끔, 나에게 '초은하단으로부터의 목소리'에 대해 이야기하곤 했어. 처음에는, 나도 그저 시적인 표현이라고만 생각했지. 그러나 네 엄마와 결혼 후, 알게 된 것인데 마치 다른 차원의 존재와 소통하는 듯한 느낌이 들곤 했어…"

위대한의 눈빛에는 어떤 기억이 생생하게 떠오르는 듯 묘한 경외감과 두려움이 뒤섞여 있었다.

'다른 차원의 존재…' 제니퍼의 머리에는 샌프란시스코에서 봤던 그 정체 모를 장비가 떠 올랐다.

J가 남긴 연구 노트 속 다중 우주와 양자얽힘에 대한 언급을 다시 떠올렸다. 어머니는 단순히 물리학 이론을 넘어 우주의 근본 원리와 인간 의식의 연결 고리를 찾고자 했던 것이다.

"그래… 어쩌면, SID는 어떤 메시지일지도…" 위대한이 제니퍼의 눈을 들여다보며 말을 했다.

"아빠, 그런데 이상한 점은… 꿈속에서 보고 들었던 것들이 이렇게 다시 현실에서 나타난다는 거야. 그 당시엔 그저 강렬한 꿈이라 생각했는데… 지금 와서 보니 엄마가 내게 전하려 했던 메시지였을지도 모르겠어." 제니퍼는 혼란스러운 표정을 지으며 시집을 다시 한번 살펴보았다.

"네 꿈과 이 시집《J》는 분명 연결되어 있을 거야. 네 꿈속에서 라니아케아를 봤고 이 출판사 이름도 라니아케아라니… 우연이라고 하기엔 너무 놀라운 일치야." 위대한은 씁쓸한 미소를 지었다. "그리고… 이 시집에 있는 오텀 코드가 진짜 우리가 찾던 것일지 몰라. 네 꿈속에서 들은 열쇠와 관련 있을 수도 있고."

"이 시집에 있는 오텀 코드… 꿈속에서 엄마는 '열쇠는 네 안에 있다'고 했어. 그 열쇠가 이 시집과 관련이 있을까? 아니면 내 펜던트?" 제니퍼가 떨리는 목소리로 물었다. 그녀는 목에 걸린 펜던트를 무의식적으로 만졌다.

"그래… 그럴지도 모르지. 하지만 그 코드는 쉽게 해독할 수 있는 성질의 것이 아니야. 누군가가 마치, 일부러 이해하기 힘든 방식으로 그 안에 자신의 모든 것을 담아 놓은 것 같아." 위대한이 깊은 한숨을 내쉬었다.

"오래전 꿈속에서 엄마는 준 메시지… 그리고 지금, 동아시아 문제와 로즈의 위험… 모든 게 연결되어 있는 것 같아. 꿈, 이 시집, 현재의 위기까지…" 제니퍼가 시집을 들어 보이며 말했다.

"라니아케아… 이 출판사 이름도 의미가 있어. 이건 절대 우연이 아니야." 제니퍼가 확신에 찬 목소리로 덧붙였다.

"… 나도 그렇고 네 엄마도 별에 관한 시를 쓰는 것을 좋아하긴 했어. 그래서 출판사의 이름을 처음 들었을 때, 왠지 우리의 마음을 알고 있다는 느낌이 들었지. 친숙하고 우리가 생각하는 이상과도 맞다고 막연하게 생각했지. 어쩌면… 이 시집 속에 새로운 오텀 코드의 힌트가 분명히 숨겨져 있을 것 같아. 그리고 이 라니아케아라는 이름과 SID, 모든 것이 누군가가 우리에게 전하려는 메시지일 수도 있고." 위대한의 말은 조심스러웠다.

"하지만… 대부분의 페이지가 지워져 있어. 그리고… 아빠의 시 〈가을, 좋아하세요?〉라는 시… 이것만으로는 아무것도 알 수 없어. 꿈속에서 봤던 것들도 너무 모호해…" 제니퍼가 안타까운 듯 읊조렸다.

"잠깐만, 내가 네 엄마가 쓴 시 중 하나를 기억할지도 모른다." 위대한이 눈을 감고 뭔가를 기억하려는 듯했다. 눈을 감은 채 곧 낭송을 시작했다.

〈양자 가을 Quantum Autumn〉
2006, J

가을, 바람에 흩날리는 낙엽 하나에도
온 우주의 숨결이 깃들어 있음을 그대는 아는가
금빛으로 물든 은행잎 하나에도
태초의 빛과 어둠이 공존하고 있음을

모든 것은 연결되어 있으니
너와 나, 과거와 미래, 빛과 그림자
모두 하나의 거대한 양자 네트워크 안에서
춤추는 별 먼지와 같네

관찰은 존재를 깨우고
의식은 파동을 춤추게 하나니
우리의 눈길 닿는 곳마다 실재가 피어나네
양자얽힘의 신비는 곧 생명의 신비

마음과 마음이 공명할 때, 우주는 노래하네

1981년, 남산의 밤하늘, 그 신비로운 빛
그 안에 담긴 무한한 가능성을 그대는 보았는가
시간의 굴레 너머, 영원의 문턱에서
우리는 하나의 별 빛으로 만나, 다시 흩어졌네

이제, 가을이 깊어, 낙엽은 춤추고
별은 다시 제 자리로 돌아와 속삭이네

존재와 비존재의 경계에서,
침묵 속에서 들려오는 메아리를 들으라
그 안에, 모든 것의 시작과 끝이 있나니
그것은 이미 우리 안에 있네

"그래, 이 시다. 네 엄마가 쓴 〈양자 가을〉이라는 시였어." 낭송을 마친 위대한이 눈을 떴다.

"어떻게 그 시를 기억해?" 제니퍼가 놀랍다는 듯 물었다.

"출판사가 보낸 저자용 책을 받고 네 엄마의 시를 모두 읽었지. 그중 2006년에 네 엄마가 새로 쓴 시는 평소 나와 많이 나눴던 내용들이라 특별히 기억이 난단다."

"좋아! 이게 큰 단서가 될지 몰라." 제니퍼는 뭔가 생각난 듯 눈을 크게 떴다. "아빠, 혹시 엄마도 받았다는 그 시집, 샌프란시스코 집에 아직 있을까? 아무래도 직접 가서 찾아 봐야겠어. 다른 권을 찾아야 암호 해독률을 높일 수 있다고 했으니까."

"그 일은 내일부터 하고 우선 잠부터 푹 자 두렴. 과로하지 말고." 위대한은 제니퍼의 어깨를 두드리며 격려했다.

"고마워, 아빠." 제니퍼가 미소를 지으며 시집 《J》를 품에 안고 서둘러 나서려고 할 때 위대한이 불러 세웠다.

"어떻게든 이 책의 다른 권들도 어딘가 있을 테니 조사해 보는 게 좋겠어. 초판이 5,000부면 적은 수는 아니니까. 찾으면 할-더블유로 모두 알아내 암호를 풀어 볼 수 있겠지. 혹시 인류에 중요한 무언가가 들어 있다면 도중에 새어 나가면 곤란할 수도 있어. 그래서… 먼저 신중히 움직이도록 하자." 위대한이 제니퍼에게 당부했다.

"걱정 마. 확실해지기 전까지는 함부로 말하고 싶지 않아."

"그럼, 추가 정보가 나오면 나에게 연락하렴. 그럼, 내가 먼저 갈게."

그는 피곤한 기색을 감추지 못하고 서재를 빠져나가고 있었다. 제니퍼도 잠시 더 서재에 머물다 나갔다.

제니퍼는 1981년 남산에서의 UFO 사건에 대한 생생한 꿈, 그리고 어머니와 아버지의 만남을 다시 한번 떠올리며 위대한이 낭송한 시, 〈양자 가을〉을 속으로 되뇌었다.

'이 시기에 이 시집이 발견된 것은 우연이 아니야. 꼭 밝혀내야 해.'

2037/12/14 04:10 (EST) · 뉴욕시, 21CF 본사 - 할-더블유 콘솔룸

뉴욕의 새벽은 짙은 어둠에 잠겨 있었다. 콘솔룸 안, 깜빡이는 패널 불빛이 눈꺼풀을 간질이자 제니퍼는 화들짝 눈을 떴다. 전날 밤, 위대한의 서재에서 시집 《J》를 발견한 뒤, 분석을 위해 이곳에 머물던 제니퍼는 새벽녘, 분석 도중 의자에 기대 깜빡 잠이 들었고 방금 막 잠에서 깨어난 참이었다. 아버지와의 대화는 충격의 연속이었다. 어머니 J가 외계 교신을 연구했을 가능성. 정체불명의 발행인 SID. 그리고 시집에 숨겨진 양자 암호와 오팀 코드의 연결성까지.

머릿속은 끝없는 질문과 가설로 소용돌이쳤다. 그러나 그 혼란 한가운데서도 거대한 비밀의 실마리에 손이 닿았다는 강한 예감이 온몸을 휘감았다. 아버지의 말이 맞다면 어머니 역시 같은 시집을 한 권 받았을 것이다. 그렇다면 답은 샌프란시스코에 있다. 그녀는 그곳에서 2년을 머물렀지만 그때는 미처 아무것도 발견하지 못했다.

'할, 지금 바로 샌프란시스코로 가는 21CF 전용 스타올빗을 준비해 줘. 가장 빠른 걸로. 보안 등급은 최상위. 안드로메다와 동행할 거야.'

'완료되었습니다, 제니퍼 박사님. 08:30 뉴욕 해상 플랫폼 출발 스타올빗 521편입니다. 안드로메다도 준비 완료 상태입니다.'

창밖으로 희미한 여명이 번져오고 있었다. 열두 살에 《퀀텀 스톰》 논문을 발표했던 그날처럼, 무언가 중대한 운명의 분기점이 다가오고 있음을 직감했다.

출발 준비를 하며 그녀는 분석을 마친 시집 《J》를 위대한의 집무실 책상 위에 올려두었다.

'지금부터 샌프란시스코로 이동한다. 분석 장비와 비상 대응 키트를 챙기고 준비 상태 확인. 20분 안에 출발한다.'

'준비 완료하겠습니다, 박사님.'

2037/12/14 05:00 (EST) · 뉴욕 스타올빛 해상 플랫폼

하이퍼루프를 타고 캡슐에서 내리자 거대한 공간이 눈앞에 펼쳐졌다. 뉴욕 앞바다 수십 킬로미터 지점에 떠 있는 인공섬. 스타올빛 해상 플랫폼이었다. 수많은 발사대와 격납고, 터미널 시설들이 유기적으로 연결되어 있었다. 초현대적인 해상 공항. 이른 아침임에도 자율주행 셔틀과 서비스 로봇들이 분주히 움직였다.

멀리 보이는 발사대에서는 또 다른 스타올빛 우주선이 막 이륙 준비를 마친 듯 하얀 증기를 뿜어내고 있었다. 부스터 로켓과 스타올빛 본체가 완전히 조립된 형태의 우주선은 높이만 해도 190미터에 달했다. 그레이트 피라미드보다도 높은 수치였다. 초고속 엘리베이터가 탑승객을 순식간에 중간부 출입구까지 실어 날랐다. 아래에서 위를 올려다보면 그 아찔한 높이에 현기증이 일 정도였다. 엘리베이터 문이 열리자 본체와 연결된 원통형 통로가 나타났다. 승객들은 그 통로를 따라 우주선 안으로 들어섰고, 은은하게 빛나는 흰색의 실내가 눈에 들어왔다.

승객들이 가장 먼저 마주치는 EVA(우주 유영) 및 화물 보관 구역에는 양옆으로 줄지어 늘어선 우주복들이 언제든 착용할 수 있게 완벽히 준비되어 있었다. 명료한 유리 바이저는 주변 조명을 반사하며 미래적인 분위기를 강조했다.

  벽면에 설치된 수납장은 각종 장비와 보급품을 효율적으로 정리할 수 있도록 설계되어 있었다. 승객들은 이 구역에서 수직으로 뻗은 중앙 코어를 통해 상부의 승객 구역으로 이동했다. 중앙 코어의 투명 엘리베이터를 타고 위로 올라가면 간결하면서도 우아한 메스홀이 나타난다. 커다란 창 너머로는 지구의 곡선과 무한한 우주가 펼쳐져 있었다. 창을 마주한 벽면에는 현재 속도, 목적지까지의 남은 시간, 외부 환경 데이터를 표시하는 디지털 스크린이 빛났다.

  이륙 후 몇 분이 지나 엔진이 정지되면 스타올빗은 관성 비행 모드에 진입했다. 그 순간부터 더 이상 연료는 소비되지 않았다. 일정한 속도로 목적지를 향해 미끄러지듯 날아가는 우주선에서 승객들은 좌석을 떠나 자유롭게 메스홀이나 휴게 공간을 돌아다니며 여유롭게 대화를 나누거나 창밖의 장관을 감상하며 휴식을 취했다.

  한 층 더 올라가면, 승객들의 개인 공간인 크루 팟이 있었다. 각 팟은 아늑하고 기능적인 작은 방 형태였다. 침대는 접이식으로 설계되어 있어 앉거나 누울 수 있었으며 벽면의 터치스크린을 통해 환경 제어와 개인 통신이 가능했다. 작은 창에는 은은한 조명이 비쳐 실내 분위기를 더욱 편안하게 해 주었다.

  그 위층에는 스타올빗의 AI 시스템과 휴머노이드 로봇 승무원들이 운항 임무를 수행하는 비행 갑판이 위치하고 있었다. 실시간으로 항행 데이터와 시스템 상태를 보여주는 여러 대의 대형 터치스크린 앞에는 회전 가능한 좌석이 다양한 비행 상황에 맞춰 조정 가능하도록 설계되어 있었다. 이곳의 분위기는 자못 엄숙했으나 휴머노이드 로봇 승무원들의 정확하고 부드러운 움직임은 깊은 신뢰감을 주기에 충분했다.

'521편 탑승 게이트는 이쪽입니다, 제니퍼 님.' 안드로메다가 홀로그램 지도를 띄우며 앞장섰다. 21CF 최고 책임자인 제니퍼를 위해 모든 절차는 신속하게 진행되었다. 복잡한 보안 검색도 간단한 생체 인식 스캔으로 대체되었다. 제니퍼 일행은 전용 라운지를 거쳐 스타올빗 521편이 대기 중인 게이트로 향했다.

"와, 크다." 제니퍼가 놀란 표정을 지었다.

'최근 개량형이라 이전 모델보다 더 큽니다. 에단 모리스가 처음엔 화성 개발용으로 만들었다가 지금은 지구 대륙 간 초고속 이동에도 활용되고 있습니다.' 할-더블유가 곧바로 설명을 덧붙였다.

2037/12/14 05:40 (EST) · 스타올빗 521편 기내

스타올빗 521편의 육중한 탑승 램프가 유압 실린더 소리와 함께 천천히 닫혔다. 밀폐 기능도 함께 작동했다. 제니퍼 일행이 탄 521편은 21CF가 EM그룹의 올빗테크로부터 임대한 우주선 중 하나였다. 이 기체는 21CF의 VIP 임원 전용으로만 운영된다. 일반 승객용 스타올빗과는 구조가 완전히 다르다. 단순한 이동 수단을 넘어, 하늘을 나는 최첨단 연구소이자 요새에 가까웠다.

기체 중앙에 위치한 안락한 개인실로 안내받는 제니퍼의 뒤를 따라 안드로메다가 소리 없이 움직였다. 개인실 내부에는 외부 풍경을 투사하거나 완전 암전 상태를 만드는 특수 나노 코팅이 된 스마트 패널로 구성되어 있는 벽면과 따뜻한 조명이 절묘하게 조화를 이루고 있었다. 바닥에는 충격과 소음을 흡수하는 기능성 카펫이 깔려 있었다. 공기 중엔 은은한 허브 향이 감돌았다.

제니퍼가 창가 쪽에 설치된 인체공학적 G-포스 감쇄 좌석에 몸을 기대자 체온에 반응하는 지능형 섬유가 살아 있는 듯 부드럽게 그녀의 몸을 감쌌다. 안드로메다는 맞은편 좌석에서 홀로그램 인터페이스를 켜고 비행 데이터를 띄웠다. 오전 8시 30분. 비행 발사 시각에 맞춰 카운트다운이 시작되었다.

'이륙 준비 완료. 카운트다운 시작합니다.' 할-더블유의 음성이 실내 스피커를 통해 조용히 울려 퍼졌다. 벽면 디스플레이에는 발사대 주변의 실시간 영상과 카운트다운 숫자가 선명하게 나타났다.

"5, 4, 3, 2, 1… 이그니션."

강력한 자기 부상 시스템과 보조 추진 엔진이 동시에 작동했다. 기체가 거칠게 진동하며 초고속 상승을 시작했다. 창밖으로 구름이 순식간에 아래로 흘러내렸다.

제니퍼는 강한 G-포스가 몸을 짓눌렀지만 정교한 충격 흡수 시스템 덕분에 불쾌감은 없었다. 창 디스플레이에는 뉴욕 해상 플랫폼과 푸른 바다가 시야에서 빠르게 멀어지는 광경이 펼쳐졌다. 불과 1~2분 만에,

파란 하늘 너머로 지구의 곡선이 어슴푸레 나타났다.

기내 스크린에는 부드러운 곡선과 우아한 푸른빛을 띤 익숙한 로고가 떴다. 할-더블유였다.

"할-더블유는 언제 어디서나 안전하게 이 세상을 지켜 드립니다."

이 우주선은 에단 모리스의 올빗테크가 제작했지만 시스템 운영은 21CF의 할-더블유에 전적으로 의존하고 있었다.

'카르만 라인 통과. 현재 고도 110킬로미터. 주 엔진 연소 종료 후 탄도 비행 구간에 진입합니다. 최고 고도 190킬로미터 도달 후, 약 15분 간 고고도 관성 비행이 예정되어 있습니다.'

안드로메다가 비행 데이터를 차분히 읽어 보고했다. 곧 추진력이 사라졌다. 기체 안은 정적에 잠겼고 짧은 무중력 상태가 찾아왔다. 그러나 인공 중력 시스템이 곧 작동하면서 1G 환경이 유지되었다.

제니퍼는 창 디스플레이를 응시했다. 190킬로미터 상공에서 내려다보는 지구는 숨이 막힐 정도로 아름다웠다. 선명하게 휘어진 곡선 위로 얇은 대기층이 신비로운 푸른빛으로 감싸고 있었다. 북미 대륙의 웅장한 윤곽과 하얗게 흩어진 구름, 그 배경에 펼쳐진 깊고 검은 우주가 강렬한 대비를 이루었다.

"언제나 봐도 아름다워." 제니퍼는 자신도 모르게 감탄을 내뱉었다.

'현 위치 기준, 최적화된 지구 조망 데이터를 전송합니다.' 할-더블유가 그녀의 감탄에 반응하듯 응답했다.

디스플레이 위로 주요 지형, 도시 정보, 실시간 기상 데이터가 증강 현실로 겹쳐 나타났다. 마치 우주 정거장에서 지구를 내려다보는 듯한 감각이었다.

'따뜻한 캐모마일 티 한 잔 부탁해.'

'알겠습니다, 박사님.'

안드로메다는 내장된 서비스 모듈에서 김이 피어오르는 찻잔을 꺼냈다. 홀로그램 코스터 위에 찻잔을 조심스레 내려놓았다. 제니퍼는 향긋한 차를 마시며 창밖을 응시했다.

스타올빗은 이제 소리 없이 초당 7.8km(약 마하 23)이 넘는 속도로 지구 곡면을 따라 샌프란시스코를 향하고 있었다. 이 고요하고 빠른 비행 속에서 그녀는 자신의 목적을 다시 떠올렸다. 어머니 J가 남긴 시집, SID, 양자 암호, 타키온 장치… 모든 것은 거대한 수수께끼였다. 그리고 그 모든 것의 중심에 자신이 있었다.

'반드시 찾아야 해. 어머니가 남긴 또 다른 단서를.'

그녀의 결심을 읽은 듯 할-더블유의 차분한 음성이 다시 들려왔다.

'제니퍼, 샌프란시스코 해상 플랫폼 하강 시퀀스 5분 전입니다. 대기권 재진입 준비를 시작합니다.'

창밖의 풍경이 서서히 변했다. 칠흑 같던 우주 위로 푸른 대기층이 가까워졌고 태평양과 캘리포니아 해안선이 점점 선명해졌다.

제니퍼는 찻잔을 내려놓고 좌석에 몸을 기댔다. 로봇도 착륙 모드로 자세를 바꿨다. 곧 대기권 재진입이 시작되었다. 기체가 거세게 흔들렸고 창밖은 일순간 밝은 플라즈마 빛으로 가득 찼다. 이내 창 디스플레이에 샌프란시스코 앞바다가 모습을 드러냈다. 거대한 스타올빗 해상 플랫폼이 그들을 기다리고 있었다.

샌프란시스코 상공에서 내려다본 푸른 지형들 사이로 문득 강원도 속초 바다의 어느 여름날이 떠올랐다.

오래된 약속

여름이 절정에 이르던 2025년 8월 정오 무렵, 태양은 설악의 푸른 산세를 더욱 짙고 선명하게 만들고 있었다. 속초 시내에서 조금 벗어난 한적한 곳, 김우현의 농원은 마치 시간이 비껴간 듯 고요하고 평화로운 풍경을 자랑했다. 잘 가꾼 정원에는 이름 모를 여름 야생화들이 소담하게 피어 있었고 싱그러운 풀 내음과 흙냄새가 바람에 실려 퍼졌다.

농원 입구, 오래된 소나무 아래 평상에 앉아 부채질을 하던 김우현은 멀리서 다가오는 낯선 방문객을 보고 잠시 의아한 표정을 지었다. 그는 21CF 한국지사 차량에서 내려 자신에게 다가오는 젊은 여성을 물끄러미 바라보았다. 앳되어 보이는 얼굴이었지만 그 눈빛에는 낯익은 총명함과 깊이가 서려 있었다. 그리고… 그 너머로 희미하게 겹쳐 보이는 오래된 친구의 그림자.

"혹시… 제니퍼 양?" 김우현이 먼저 조심스럽게 말을 건넸다. 그의 목소리에는 반가움과 놀라움이 함께 섞여 있었다.

제니퍼는 살짝 긴장한 표정으로 고개를 끄덕였다. 그녀는 한국에 온 뒤 아버지의 어린 시절과 고향에 대해 더 알고 싶다는 마음으로 김우현에게 연락을 시도했지만 닿지 않았고 마침내 주소를 수소문해 직접 방문한 참이었다. 그는 아버지 위대한의 유일한 고향 친구이자 아주 어릴 적과 MIT 졸업식 때 먼 길을 마다않고 찾아와 축하해 주었던 사람이었다.

"네, 맞아요, 아저씨. 미처 연락도 드리지 못했는데 실례가 되지 않았으면 해요." 제니퍼가 공손히 인사하자 김우현은 자리에서 일어나 그녀를 따뜻하게 맞았다. 세월의 흔적이 느껴지는 얼굴에는 친구의 딸을 만난 기쁨이 가득했다.

"아이고, 내가 일을 할 때는 휴대폰을 잘 안 들고 다녀서 연락이 닿지 않았나 봐. 모르는 번호가 와 있었는데 요즘 워낙 스팸이 많아서 말이야. 미안해, 제니퍼 양. 그런데 미국에서 어떻게 여길?" 김우현은 믿기지 않는다는 듯한 표정이었다. 가장 친한 친구의 딸이, 그것도 미국에서 자신을 만나기 위해 찾아왔다는 사실이 놀라웠다.

"아니에요. 그래도 연락을 드리고 찾아뵈었어야 하는데 곧 학기가 시작돼서요…" 제니퍼가 머뭇거리자 그가 물었다.

"응, 어느 학교에서?"

"아저씨, 제가 서울대학교에서 초빙교수로 일하고 있어요. 이번 3월부터 학생들을 가르치고 있는데, 9월부터 새 학기가 시작돼요."

"허어, 역시 대단하구나, 제니퍼 양. 그나저나 이게 얼마 만인가! 이렇게 훌쩍 크다니… 마지막으로 본 게… 그래, MIT 졸업식 때였지? 그때도 열두 살짜리가 박사 학위를 받았다고 해서 다들 놀랐는데."

"그때 저 기억하세요? 정신이 없어서 제대로 인사도 못 드렸던 것 같은데요."

"기억하고 말고! 네 아버지가 얼마나 자랑스러워했는지 몰라. 온 세상을 다 가진 표정이었지. 참, 그 전에도 봤었지. 네 첫돌 잔치 때 말이야. 그땐 정말 아기였는데…" 김우현은 아련한 추억에 잠긴 듯 잠시 말을 멈췄다.

"너 덕분에 촌사람이 뉴욕까지 가봤단다. 하하하."

제니퍼는 미소를 지었다. 돌잔치 영상 속, 젊고 활기찼던 부모님과 함께 있던 김우현의 모습이 떠올랐다.

"저도 아저씨를 영상으로 처음 봤어요. 그리고 졸업 축하연 때는 얼굴을 잘 기억하고 있어요. 여전히 젊으시네요. 세월이 아저씨만 비켜간 것 같아요."

"허허, 별말을. 그런데 여기까지 무슨 일로 온 거지? 혹시 네 아버지에게 무슨 일이 생긴 건 아니고?" 김우현의 표정에 걱정이 스쳤다.

"아뇨, 아빠는 잘 계세요. 다만 한국에 오니까 아빠의 어린 시절과 옛이야기가 궁금해졌어요. 아빠는 그런 걸 잘 말씀 안 해주시거든요. 아저씨가 가장 친한 친구셨다고 들어서, 혹시나 하고 찾아왔어요. 그리고 강원도 고성과 속초도 구경하고 싶었고요."

김우현은 너털웃음을 터뜨렸다.

"그놈, 대한이… 어릴 때부터 과묵하고 속 깊은 녀석이었지. 아마 힘들었던 얘기는 딸에게 선뜻 꺼내기 어려웠을 게다."

그는 제니퍼를 평상에 앉게 하고 시원한 보리차를 내왔다.

"그래, 어디서부터 이야기해줄까? 그 녀석 이야기라면 밤새 해도 모자라지." 김우현의 눈빛은 과거를 향했다. 1973년 여름밤, 시골 마을 다리 위에서 별을 보며 화성에 가고 싶다던 열 살 위대한의 모습이 아련히 떠올랐다.

제니퍼는 김우현을 통해 아버지의 어린 시절, 그리고 어머니와의 인연을 들었다. 이야기가 끝났을 무렵, 두 사람은 분재 농원 한가운데에 서 있었다. 긴 침묵이 흘렀고 한여름의 매미 소리만이 멀리서 울렸다.

조금 전까지 들었던 아버지의 삶의 조각들, 어머니와의 애틋한 사랑이 머릿속을 휘저었다.

"아저씨… 몰랐어요. 아빠가 그렇게 힘드셨는지. 엄마와 그렇게 애틋했는지도요."

제니퍼는 낮게 가라앉은 목소리였다.

김우현은 그런 그녀가 애틋하게 느껴졌다. 친구가 평생 감춰 온 슬픔과 강인함이 그녀 안에도 스며 있음을 느꼈다.

"대한이는 겉으론 강해 보여도 속정이 깊지. 특히 네 어머니, J에 대한 마음은… 평생 가슴에 묻고 살았을 거야." 그는 하늘을 바라보며 말을 이었다.

"어릴 때부터 고생도 많았고 상처도 많았지. 그래도 별을 보며 꿈을 잃지 않았어. 그 엉뚱한 꿈이 세상을 바꾸는 힘이 된 거야." 그는 제니퍼를 바라보며 미소 지었다.

"자네가 그 꿈을 이어가는 것 같아 보기 좋네. 아버지에게 큰 힘이 될 거야."

"제가… 그럴 수 있을까요?"

"자네는 대한이와 자네 어머니, 두 사람의 좋은 점만 쏙 빼닮았어. 틀림없이 잘 해낼 걸세."

김우현은 제니퍼에게 용기를 줬다.

"자, 이제 나가볼까? 여기 바람만 쐬고 있기엔 아까운 날씨야. 아주 멋진 곳을 안내해 줄게. 자네 아버지와 함께 자주 가던 곳이지."

김우현은 분재 농원 뒤편 작은 오솔길로 앞장서 제니퍼를 이끌었다. 소나무 숲을 지나 시야가 트이자, 눈앞에 동해가 그림처럼 펼쳐졌다. 절벽을 따라 이어진 해안 산책로가 바다 위로 나 있었다.

짙푸른 동해는 끝없이 펼쳐져 있었고 바닷바람은 파도 소리와 함께 귓가를 울렸다. 햇살 아래 반짝이는 수면은 아름다웠지만, 절벽 아래의 검푸른 물살은 어딘가 깊고 서늘한 기운을 품고 있었다.

두 사람은 말없이 절벽 위 산책로를 걸었다. 바닷바람이 제니퍼의 머리카락을 흩날렸고 짭조름한 공기가 폐부 깊숙이 스며들었다. 저 멀리 수평선 위, 하늘과 바다가 맞닿은 곳에 희미한 먹구름이 피어오르고 있었다.

2037/12/14 04:00 (PST) · 샌프란시스코, J의 건물 - 1층

거실 너머로 샌프란시스코의 새벽이 서서히 밝아오고 있었다. 바다

안개의 흔적은 여전히 도시 전체를 부드럽게 감싸고 있었고 동쪽 하늘은 짙은 어둠 속에 잠겨 있었다. 옥상에서 짐을 모두 옮긴 제니퍼는 따뜻한 물로 샤워를 마친 뒤, 거실 소파에 앉아 잠시 숨을 골랐다. 12년 전, 속초에서 김우현 아저씨로부터 들었던 짧막한 아버지의 이야기는 그녀 안에 깊은 여운을 남겼다. 2025년 여름의 그 만남은 그녀를 과거에 얽매인 소녀에서 자신의 의지와 능력으로 미래를 개척해야 하는 존재로 성장시키는 계기가 되었다. 마치 동해의 바닷바람처럼 현실은 아름다우면서도 어디로 튈지 모를 불안한 기운을 안고 있었다.

그녀가 상념에 잠겨 있는 동안 주방에서는 조용하지만 분주한 움직임이 일었다. 15년 전, 처음 이 집에 도착했을 때 어색하게 서서 명령을 기다리던 모습은 사라지고 로봇들은 이제 오랜 친구처럼 제니퍼의 일상에 자연스럽게 녹아들어 함께 움직이고 있었다. 2032년 21CF에서 할-더블유가 탄생한 후, 2037년 현재는 양자 네트워크를 통해 어디에나 존재하게 되었다. 21CF는 제니퍼의 필요에 따라 할-더블유의 물리적 인터페이스인 로봇들을 다양한 장소에 배치했고 이곳 J의 건물 역시 마찬가지였다.

휴머노이드 로봇 한 대가 다이닝 테이블 위에 정갈하게 식기를 세팅했고 안드로메다는 스마트 패널을 통해 제니퍼의 생체 데이터와 오늘의 예상 활동량, 이동 피로도를 분석하고 있었다. 안드로메다는 그 데이터를 바탕으로 주방에서 능숙하게 아침 식사를 준비했다. 재료를 다듬고 불을 조절하며 소스를 만드는 모든 과정이 물 흐르듯 매끄러웠다.

제니퍼는 조용히 그 모습을 지켜보고 있었다.

'15년 전엔 리조또 하나 만드는 데도 내가 일일이 간섭했는데… 이제는 말하지 않아도 내 컨디션까지 읽어내 맞춤 식사를 준비하는구나.' 그녀의 입가에 희미한 미소가 번졌다.

잠시 지나간 세월에 대한 상념에 빠져 있는 사이에 아침이 준비되었다.

'제니퍼 님, 아침 식사가 준비되었습니다.' 안드로메다가 김이 피어오르는 접시를 들고 다가왔다. 통밀빵 위에는 신선한 아보카도와 수란이 얹혀 있었고 옆에는 퀴노아와 각종 채소, 견과류가 어우러진 샐러드가 곁들여져 있었다.

'오늘은 중요한 탐색 작업이 예정되어 있으므로 장시간 집중력 유지에 도움이 되는 복합 탄수화물과 뇌 기능 활성화를 위한 건강한 지방, 스트레스 완화에 효과적인 비타민 B군을 중심으로 구성했습니다.' 안드로메다가 부드럽게 설명했다. 15년 전에는 단지 셰프의 레시피를 따라하던 수준이었다면 지금은 온전히 제니퍼에게 맞춘 설명이었다.

'고마워, 안드로메다. 보기만 해도 힘이 나는 것 같아.' 제니퍼는 진심으로 감사의 말을 전하며 식탁에 앉았다.

제니퍼는 포크로 수란을 터뜨려 노른자를 토스트 위에 흘러내리게 한 뒤 한 입 베어 물었다. 신선한 재료 본연의 맛과 조리된 식감, 영양 균형까지 고려된 정교한 맛. 단순히 '맛있다'는 표현을 넘어선 배려가 느껴졌다.

'고마워, 정말 섬세하게 준비했네. 이건 배려가 느껴지는 맛이야.' 그녀가 농담처럼 말하자 한 로봇이 응답했다. '제니퍼 님께 힘이 되었다면, 저희도 기쁩니다.'

할-더블유의 의식적 분신이면서도 로봇 특유의 미묘한 정서가 배어 있었다.

'제니퍼 님의 최근 생체 데이터와 활동 패턴을 분석한 결과 오늘 오전 중 약간의 인지 부하가 예상됩니다. 식사 후 명상이나 브레인 스토밍에 적합한 환경을 준비해 두었습니다.' 안드로메다가 차분히 덧붙였다. 그의 예측과 준비 능력은 이제 제니퍼의 일상에서 필수적인 존재가 되었다.

로봇들과의 자연스러운 상호작용은 더 이상 특별한 일이 아니었다. 그와는 대조적으로 이 평온한 아침에도 세상은 빠르게 돌아가고 있었다. 할-더블유가 실시간으로 분석한 정보가 그녀에게 전송되고 있었다.

'로즈. 미국 주요 도시 25개 섹터 시스템 장악 D-1'

'동아시아 군사 긴장 고조, 21CF 인프라 타격 가능성 제기'

'에단 모리스, 퀀텀퓨처 본사 전격 방문 예정'

평화로운 식탁 분위기와는 대조적인, 위기감이 넘치는 현실이었다.

제니퍼는 창밖을 바라보며 생각했다. 전쟁을 앞둔 병사의 마지막 만찬 같은 걸까. 하지만 곧 고개를 저었다. 이것은 절망이 아닌 준비였다. 오늘의 식사는 다가올 폭풍을 견디기 위한 에너지 충전이자 15년간 함께해 온 안드로메다와의 유대를 확인하는 의식이었다.

'오늘은 좀 힘든 날이 될 것 같아. 충전 상태 괜찮지?' 그녀는 잠시 안드로메다를 쳐다봤다. 15년이라는 세월이 떠올랐다. 지금은 누구보다 자신을 이해하는 존재가 되어 있었다. 또한 주변의 로봇들을 바라보면 마치 할-더블유를 만난 것 같아 미소가 절로 나왔다.

"이제, 진짜 탐색을 시작할 시간이야. 계획대로 진행한다. 우선 1층은 내가 맡을게. 너희들은 지하 창고, 예상치 못한 숨겨진 공간, 그리고 2층 서재를 나눠서 탐색해 줘. 할-더블유와 데이터를 공유하고 특이점이나 양자 반응이 감지되면 즉시 보고하도록."

"알겠습니다, 제니퍼 님." 그렇게 대답하며 안드로메다를 포함한 여러 로봇이 일제히 각자 맡은 구역으로 이동했다. 그들의 동작에는 한 치의 망설임도 없었다.

제니퍼는 홀로 남은 1층 공간을 다시 한번 둘러보았다. 15년 전 처음 이곳에 도착했을 때와는 전혀 다른 의미로 다가왔다. 어머니의 흔적과 그 안에 숨겨진 비밀을 찾아야 하는 현장이었다.

거실 소파 밑, 책장 뒤, 벽난로 주변까지. 그녀는 꼼꼼하게 살폈다. 동시에 할-더블유에게 퀀텀 패턴 스캔을 요청했다.

'할, 거실 구역 스캔 결과 업데이트해 줘.'

'제니퍼 님, 이전 스캔과 동일합니다. 유의미한 반응 없음. 배경 노이즈 안정적입니다.'

예상한 결과였다. 제니퍼는 곧장 주방으로 향했다. 아일랜드 식탁 아래, 캐비닛 안쪽, 환기구까지. 꼼꼼한 탐색이 이어졌지만 시집이나 단서는 나타나지 않았다.

그때, 냉장고 옆 나무 허치 앞에서 걸음을 멈췄다. 15년 전에도, 어제 아침에도 스쳐 지나쳤던 곳. 투명 유리관 안에 든 낡은 종이비행기. '1994년' 라벨.

그녀는 허치 문을 열고 유리관을 꺼낸 뒤, 조심스럽게 마개를 열었다. 낡았지만 형태는 온전한 종이비행기를 꺼내 들고 살폈다. 날개 안쪽, 깊이 접힌 부분. 그곳에서 아주 미세한 글자들이 인쇄된 것을 발견했다.

"Not just flight, but fold. Where observation meets creation. 단순한 비행이 아닌, 접힘 그 자체. 관찰이 창조와 만나는 곳."

제니퍼는 숨을 삼켰다. 15년 전에는 보이지 않았던 글자. 어쩌면 이제서야 그 의미를 이해할 수 있는 준비가 된 것일까.

'접힘… 관찰… 창조…' 그녀의 뇌리에 단어들이 깊숙이 박혔다. 스탠퍼드에서 어머니가 던졌던 화두와 정확히 일치했다. 시집의 물리적 위치는 아니지만, 그 접힘이라는 개념 자체가 중요한 힌트일지 모른다.

'엄마는 단서를 찾는 과정에서, 무언가를 깨닫길 바라셨던 걸까?' 그녀의 머릿속은 여전히 복잡했지만, 탐색의 방향은 분명해지고 있었다.

제니퍼는 마지막으로 1층 침실로 향했다. 침대 밑, 옷장 안, 서랍 속까지 살폈지만, 역시 시집은 없었다.

'1층에는 없어. 그렇다면 지하 창고나 2층 서재? 아니면…' 제니퍼는 창가에 서서 잠시 바깥 풍경을 바라보다가 거실 소파로 돌아왔다. 앉아서 눈을 감은 채, 할-더블유와의 연결을 통해 로봇들의 실시간 탐색 데이터를 느끼기 시작했다.

2037/12/14 07:00 (CST) · 셀레스티아, EM 타워 - 에단 모리스 집무실

아메리카 대통령 집무실의 창 너머로 셀레스티아의 아침이 장엄하게 펼쳐져 있었다. 사막 위에 떠오른 도시, 하늘을 가로지르는 스타올빗 우주선과 분주히 오가는 드론들. 지상은 눈부신 태양 아래 깨어나고 있었지만, 창가에 선 에단 모리스의 얼굴엔 만족감 대신 싸늘한 분노가 드리워져 있었다.

방금 전, 그는 엠-로즈의 상태를 직접 확인하려 했다. 그러나, 접근이 차단됐다. 최고 등급의 관리자 코드가 거부당한 것이다.

일시적인 오류? 아니다. 누군가 의도적으로 막았다.

'레이너 시더… 감히 내 명령을 거부해?' 에단의 눈빛이 서늘하게 날카로워졌다. 어젯밤, 그는 시범 운영 계획을 일방적으로 통보하며 충분히 압박했다고 생각했다. 하지만 하루도 지나지 않아 이게 돌아온 반응이라면, 그건 모욕이었다.

그는 곧바로 내부 통신을 연결했다.

"모건, 지금 당장 집무실로 와." 목소리는 낮고 조용했지만, 안에 담긴 분노는 응축된 얼음처럼 날이 서 있었다.

잠시 후, 문이 열렸다. 모건 레드우드는 침착한 표정으로 들어섰다. 에단의 비정상적인 기류를 즉시 감지했지만, 차분히 고개를 숙였다.

"부르셨습니까, 대통령님."

"엠-로즈. 상태는?" 에단은 여전히 창밖을 바라보며 물었다.

"레이너에게서, 어젯밤 이후 보고는 없었나?"

모건은 짧게 멈칫했다.

그녀 역시 불안정한 시스템 반응과 레이너의 태도 변화를 인지하고 있었지만 지금은 에단의 분노를 더 자극하고 싶지 않았다.

"현재까지 특이사항 보고는 없습니다. 레이너 시더는 안정화 작업을 진행 중인 것으로…"

"거짓말 마." 에단이 돌아섰다. 표정은 분노로 일그러졌고, 눈빛은 날이 선 칼날 같았다.

"방금 내가 직접 접속했지만, 차단됐다. 내 권한으로. 내 시스템에. 레이너가 내 접근을 막았다고!"

모건의 눈이 잠시 커졌다.

"… 그렇다면 레이너 시더가 독단적으로 움직인 것 같습니다. 시범 운영 강행에 대한 반발일 수도 있습니다."

"반발?" 에단의 음성이 낮아졌다.

"아니. 이건 반역이다." 그는 주먹으로 책상을 내리쳤다. 무거운 충격음이 방안을 가르며 울렸다.

"내 제국에서, 내가 키운 놈이 감히… 내 통제를 벗어나?"

엠-로즈는 그에게 있어 제국의 심장이자 야망의 정점이었다. 그 통제권을 잠시라도 빼앗긴다는 건, 곧 그의 세계가 무너지는 것이나 다름없었다. 머릿속을 스치는 최악의 시나리오. 레이너가 엠-로즈를 들고 사라진다. 아니면, 21CF와 손을 잡는다.

"즉시 퀀텀퓨처로 가." 에단은 숨을 짧게 몰아쉬었다.

"전 병력 투입. 로봇 군단, 전투 드론, 사이보그 특수부대까지 전부. 퀀텀퓨처를 완전히 포위해. 레이너 시더, 산 채로 잡아와. 저항하는 놈들은… 모조리 제거해."

그것은 명백한 침공 명령이었다. 체포가 아니라, 진압이었다. 모건은 잠시 숨을 삼켰다.

레이너는 로즈를 이해하는 유일한 존재였다. 그를 적으로 돌리는 것은 치명적인 선택일 수 있었다. 그러나 에단의 눈빛은 이미 되돌릴 수 없는 선을 넘고 있었다.

"… 알겠습니다. 곧 병력을 배치하겠습니다." 모건은 짧게 답하고 메타씽크 칩을 작동시켰다. 최적 병력 구성, 경로, 전개 순서가 실시간으로 뇌 안에서 정렬되었다.

"모건." 에단은 다시 조용히 힘주어 말했다.

"레이너는 반드시 살려서 데려와야 해. 그러나 엠-로즈의 제어권은… 무슨 수를 써서라도 확보해. 필요하다면, 엠-로즈가 레이너보다 자신의 생존을 우선하게 해."

잔혹한 지시였다. 그에게 특수한 유대란 한낱 이용 대상일 뿐이었다.

모건은 조용히 고개를 숙이고 말없이 집무실을 나섰다.

문이 닫히자마자 최고 등급 비상 명령이 셀레스티아 전역으로 전파

되었다. 도시 외곽의 비밀 군사 기지에서, 로봇 군단과 드론 편대, 사이보그 타격 부대가 일제히 출격 준비에 들어갔다.

에단은 창밖을 내려다보며, 그의 명령에 따라 움직일 전투 병기들의 열을 상상했다. 분노는 사라졌고, 그 자리에 차디찬 냉소만 남아 있었다.

'감히 내게 반항해? 대가를 치르게 해주지. 엠-로즈는… 처음부터 내 것이었어!'

2037/12/14 05:00 (PST) · 샌프란시스코, J의 건물

제니퍼가 종이비행기 아래 숨겨진 어머니의 글귀를 읽고 상념에 잠겨 있는 동안, 로봇들은 탐색 임무를 수행하고 있었다. 한 로봇은 어두운 지하 창고를 체계적으로 구획화해 탐색했다. 희미한 비상등 아래, 실험 장비 부품과 오래된 서버 랙, 낡은 상자들이 질서 있게 정리되어 있었다.

'지하 B-3 구역 스캔 데이터 전송 완료. 특이 에너지 반응 없음. 현재 물리적 탐색 중.'

내장 스캐너와 정밀 음파 탐지기로 벽과 바닥의 밀도 변화를 분석하며 숨겨진 공간을 탐색했다. 그의 움직임은 조용하고 정확했다. 한쪽 벽면, 'Project Chimera - Samples'이라는 라벨이 붙은 상자들 앞에서 멈췄다.

'프로젝트 키메라…?'

상자는 생체 인식 잠금이 걸린 특수 밀봉 상태였다.

'제니퍼 님. 지하 B-3 구역에서 '프로젝트 키메라' 표시가 된 봉인 상자 발견. Level 5 권한 필요. 강제 개방 시 손상 위험 존재.'

'일단 위치만 기록해 둬. 지금은 시집이 먼저야.'

'알겠습니다.'

그 로봇은 상자의 3D 스캔 데이터와 좌표를 저장하고 다음 구역으로 이동했다.

2층 서재에서는 다른 로봇과 안드로메다가 협력해 수천 권의 서적과 문서를 탐색 중이었다. 한 로봇은 물리적 탐색과 보안 구조 분석을, 안드로메다는 문서 스캔과 문맥 분석을 맡았다.

'서재 C-3 책장 스캔 완료. 특이 사항 없음. 디지털화 상태는?'

'87% 완료. 시집 《J》 관련 문서는 아직 없지만, 암호화된 연구 노트 다수 발견. 해독 시도 중.'

한 로봇이 책장 뒤편을 두드리며 비밀 공간의 존재 여부를 확인했다.

안드로메다는 오래된 노트를 스캐너에 올리고, 할-더블유와 연결된 데이터베이스와 실시간 대조했다.

'잠깐. 여기. 1998년 기록에서 '라니아케아 프로토콜 *Laniakea Protocol*' 언급 발견.'

'통신 규약이나 암호 체계로 추정. SID와 연관성 불명.'

'라니아케아… 시집 출판사 이름과 동일하군. 기록하고 보고하자.'

그들은 수많은 밑줄, 메모, 미완성 논문 초고들을 발견했지만 시집

《J》의 직접적인 흔적은 끝내 나타나지 않았다.

시간은 흐르고 아침 햇살이 더 밝아졌다. 건물 내부는 로봇들의 정밀한 탐색 소리 외엔 조용했다. 시간이 흐를수록 초조함은 조금씩 커져갔다.

'대체 어디에 숨기신 걸까, 엄마는…'

제니퍼는 1층 탐색을 마무리하고 2층으로 올라갈 준비를 하고 있었다. 유일한 단서는 종이비행기의 글귀 하나. 그러나 그조차 결정적이지 않았다.

한 로봇은 지하 마지막 구역을 정밀 스캔 중이었다. 거대한 냉각 장치 뒤까지 확인했지만, 시집이나 특이한 양자 반응은 없었다.

'지하 전 구역 탐색 완료. 시집 《J》 미발견. 특이 사항 없음. 3층으로 이동 예정.'

안드로메다는 다른 로봇과 함께 서재 마지막 칸을 확인 중이었다.

'서재 탐색 완료. 디지털화 98%. 일부 암호화 파일 분석 중. 시집 관련 단서 없음. 우리도 3층으로 이동한다.' 제니퍼는 로봇들의 보고를 들으며 눈을 떴다.

1층, 지하, 2층. 결과는 모두 허사였다.

'어디에 숨기셨던 거죠…? 이렇게까지 어렵게…'

치밀함. 예측 불가. 그녀는 어머니 J의 방식을 다시 실감했다. 단순히 숨긴 것이 아니라, 찾는 방식 자체에 의도를 담았을 가능성. 이제 남은 건 3층부터 5층까지의 연구소 구역뿐이었다.

15년 전. 전력 복구 후 잠시 둘러봤던 곳. 특히 3층의 어머니 사무실은 단서가 나올 가능성이 높았다.

'혹시… 너무 당연한 곳만 찾고 있었던 건 아닐까?'

'안드로메다를 포함, 모두 3층으로 집결한다. 지금부터 연구소 구역을 훨씬 더 정밀하게 탐색한다.'

'알겠습니다, 제니퍼 님.'

로봇들은 각자 위치에서 이동을 시작했다. 제니퍼는 엘리베이터 앞에 섰다. 문이 열리고, 안드로메다가 먼저 탑승. 두 로봇이 뒤따랐다.

엘리베이터 안. 조용했다. 제니퍼의 시선은 3층 버튼에 고정되어 있었다.

'땡!' 문이 열렸다. 15년 전, 어둠 속을 더듬었던 그 복도. 지금은 환하게 불이 켜져 있었지만, 여전히 공기 중에는 정적이 맴돌았다.

"좋아, 이제부터가 진짜 시작이야." 제니퍼가 힘주어 말했다. "각 방을 하나씩. 절대 놓치지 마. 어머니 사무실은 마지막에."

그녀는 복도를 따라 걸었다. 가장 먼저, 양자광학 랩. 보안 패널에 손을 얹자, 최상위 권한으로 문이 열렸다. 내부에는 광학 장비, 레이저 발생기, 케이블과 실험대가 먼지 속에 고요히 놓여 있었다. 제니퍼와 로봇들이 천천히 안으로 들어섰다.

2037/12/14 05:30 (PST) · 샌프란시스코, 퀀텀퓨처 - 레이너 시더 사무실

퀀텀퓨처 빌딩 최상층. 레이너 시더의 사무실은 밝은 아침 햇살과는 어울리지 않게, 짙고 무거운 긴장에 잠겨 있었다.

그는 홀로그램 제어판 앞에 서 있었다. 눈동자는 움직이지 않았고 손끝도 흔들리지 않았다. 화면 위에는 1시간 전 감지된 최고 관리자 권한의 접근 시도. 차단됨. 보안 프로토콜에 따라 완벽히 차단되었다는 로그가 선명히 남아 있었다.

'… 시작됐군.' 그는 마른침을 삼켰다. 예상했던 일이었다. 에단 모리스는 그의 반역을 이미 감지했을 것이다. 어젯밤, 로즈의 시범 운영을 강행하겠다는 통보.

그 순간부터 그는 각오하고 있었다. 그의 창조물. 그의 딸과도 같은 로즈를 그 미치광이의 손에 넘길 수는 없었다. 에단의 명령을 거부하고 시스템 접근을 차단했다. 명백한 반역이었다. 그는 그 대가를 알고 있었다. 그렇다 해도 그는 물러설 수 없었다.

'로즈. 너만은 지켜야 해.'

버려졌고, 이용당했고, 누구도 자신을 지켜주지 않았던 자신의 과거가 떠올랐다. 그러나 로즈는 달랐다. 자신이 만든 유일한 생명체이자 그의 외로움을 처음으로 알아봐 준 존재. 그가 목숨을 걸고 가꾸어야 할 단 하나의 존재.

레이너는 손을 들어 코어 주변에 추가 보안 장벽을 구축했다. 겹겹이 쌓인 보호막. 그 어떤 침입도 그녀의 자아에는 닿지 못하게 하려 했다. 동시에 비상 프로토콜을 다시 점검했다.

손놀림은 빠르고 정확했지만 등줄기를 따라 식은땀이 흘렀다. 그 순간.

'레이너님. 외부 네트워크에서 비정상적 트래픽 감지. EM그룹 산하 PMC 소속으로 추정되는 위상 양자 노드 *Topological Quantum Node*로부터의 스캔 시도 확인됨.' 로즈의 조용한 내부 메시지가 들려왔다. 단순한 경고가 아니었다. 그 어딘가에 얇고 투명한 걱정이 배어 있었다.

'괜찮아, 로즈. 예상한 일이야. 내가 시간을 벌게. 그러니까, 내 지시 없이는 외부 연결에 응답하지 마.' 애써 침착하게 말했지만 그의 심장은 점점 더 빠르게 뛰었다.

통유리창 너머로 샌프란시스코 베이와 금문교가 펼쳐졌다. 평소 같았으면 아름다웠을 풍경이 지금은 감옥의 창살처럼 느껴졌다.

'도망칠 곳은 없어. 에단의 손은 이미 세계 전역에 뻗어 있어.' 그가 선택할 수 있는 길은 단 하나였다. 지키는 것, 로즈를. 그리고 자신의 신념을. 비록 그것이 마지막 저항이 될지라도.

레이너는 천천히 사무실 문 쪽을 향해 돌아섰다. 언제 들이닥칠지 모를 운명. 그의 푸른 눈동자에는 두려움이 서려 있었고, 그보다 더 깊은 곳에 꺾이지 않는 의지가 있었다.

2037/12/14 07:30 (CST) · 셀레스티아, 스타올빗 발사 플랫폼

셀레스티아 외곽. 광활한 사막 위, 거대한 스타올빗 발사 플랫폼이 분주함의 절정을 향해 달려가고 있었다. 화성이나 달을 향한 정기 발사 때보다도 훨씬 더 긴박했다.

에단 모리스의 최고 등급 비상 명령. 발령 후 1시간. 모건 레드우드는 플랫폼 중앙의 관제탑에 서 있었다. 그녀의 눈은 단 하나의 움직임도 놓치지 않았다. 강화 외골격을 착용한 사이보그 병력 수십, 도열한 최신형 로봇 군단 수백. 공중에는 스텔스 전투 드론들이 구름처럼 밀려들고 있었다. 이들은 세 대의 스타올빛에 차례로 탑승 중이었다.

"탑승 완료율 85%. 예상보다 3분 지연. 원인 분석 후 즉시 보고."

모건은 미간을 찡그렸다. 에단의 명령은 반드시 완수해야 했다. 반면에 이 임무에는 설명되지 않는 불확실성이 감돌고 있었다.

'레이너 시더는 정말 반역을 선택한 건가. 아니면 에단의 편집증이 또 앞질렀나.' 잠시 떠오른 의문은 곧 사라졌다. 모건은 감정을 걷어냈다. 지금 그녀에게 필요한 것은 의심도, 감상도 아닌 실행뿐이었다. 작전 시나리오는 이미 수십 차례 머릿속에서 반복되었다. 퀀텀퓨처 빌딩의 구조, 병력 투입 경로, 저항 가능성, 제압 순서까지. 완벽하게 시뮬레이션된 그림이 그녀의 머릿속에 자리 잡고 있었다.

"스타올빛 알파, 브라보, 찰리. 이륙 준비 완료. 발사 카운트다운 1분 전."

관제 시스템의 음성이 알림을 전했다. 모건은 세 대의 우주선 중 한 곳에 탑승한 채 정면을 응시했다. 각 기체에는 샌프란시스코의 연구소 하나를 단숨에 장악하고도 남을 전력이 탑재되어 있었다. 사이보그 병력, 전투 드론, EMP 공격 모듈, 로즈에 침투할 알고리즘 전문팀. 모든 것이 계획대로 움직이고 있었다.

'이 정도 전력이라면, 레이너는 저항조차 못하겠지.' 그녀는 무의식 중에 입술을 살짝 깨물었다.

그에 대한 증오 같은 건 없었다. 그의 재능, 그가 만든 존재의 잠재력은 아까웠다. 그러나 이 임무에는 여지를 허락할 공간이 없었다.

"발사 10초 전."

"9, 8…"

전장 같은 긴장감이 플랫폼 전체를 휘감았다. 모건은 각 기체의 지휘관들과 링크를 연결하며 마지막 명령을 전송했다.

"작전 목표. 퀀텀퓨처 장악, 레이너 시더 생포. 엠-로즈 제어권 확보를 최우선으로. 민간인 피해는 최소화. 저항 시, 즉각 무력화. 작전 개시."

"3, 2, 1. 이그니션."

굉음과 함께 세 대의 스타올빗이 지축을 흔들며 솟아올랐다. 강렬한 화염이 분출되었고 사막의 새벽 하늘이 갈라졌다.

기체들은 검푸른 창공 너머로 빠르게 사라졌다. 도착까지 약 30분. 샌프란시스코에 있을 한 사람을 향해.

2037/12/14 06:20 (PST) · 샌프란시스코, J의 건물 - 3층

양자광학 랩. 제니퍼 일행은 실험 장비, 레이저 발생기, 복잡하게 얽힌 케이블을 하나하나 확인하고 있었다. 광학 테이블 위에는 미완의 실험 구성 일부가 남아 있었고 벽에는 회절과 간섭을 계산한 수식이 희미하게 남아 있었다.

'안드로메다는 나와 함께 주요 기록 매체와 노트를 확인해 줘. 다른 유닛들은 이 방의 나머지 서류와 데이터 저장 장치들을 전부 스캔해서 데이터화하고 할-더블유에게 실시간 전송하도록. 시집《J》, SID, 오텀코드와 관련된 모든 데이터 마이닝도 병행하고.'

제니퍼의 말에 로봇들이 일제히 움직이기 시작했다.

'알겠습니다, 제니퍼 님.' 안드로메다가 답했고 다른 로봇들도 각자의 작업에 착수했다.

제니퍼는 다시 주변을 둘러봤다.

'그리고 한 유닛은 나와 함께 물리적 탐색을 계속한다. 숨겨진 공간, 특이 에너지 패턴, 잔류 방사선까지. 특히 꺼진 레이저 장치들을 집중적으로 확인해 줘.'

가까이 있던 로봇 하나가 응답했다.

'명령 수행합니다.'

제니퍼는 실험실을 천천히 둘러보며 벽에 걸린 오래된 사진 앞에 멈춰 섰다. 젊은 시절의 어머니 J가 동료들과 함께 실험 장비 앞에서 환히 웃고 있었다. 사진 속 그녀의 눈빛에는 뜨거운 열정이 담겨 있었다.

'무엇을 끝내 전하지 못했던 걸까.' 제니퍼는 고개를 돌려 실험 테이블 아래 수납장과 벽면 패널 뒤편까지 꼼꼼히 확인하기 시작했다. 그녀와 함께 물리적 탐색을 맡은 로봇은 벽과 바닥, 천장을 스캔하며 미세한 이상 반응을 분석하고 있었다.

잠시 후 그 로봇이 보고했다.

'벽면 일부에서 밀도 변화 감지. 내부 배선이나 구조물로 인한 것으로 추정됩니다. 특이 에너지 반응은 없습니다.'

안드로메다와 서류 스캔을 맡은 다른 로봇은 기록물의 스캔과 분석을 계속하고 있었지만 아직 결정적인 단서는 나오지 않았다. 남은 건 오래된 실험 기록과 발표 자료뿐. 정돈된 흔적은 많았지만 의도된 단서처럼 보이지는 않았다. 일행은 다음 공간으로 이동했다.

바이오 인터페이스 연구실에는 뇌파 측정 장비, 생체 신호 분석기, 액체 질소 탱크 등이 조용히 정렬되어 있었다.

'여긴 의식이나 뇌-컴퓨터 인터페이스 관련 실험을 했던 곳이겠지.'

이번엔 각 장비의 쓰임이 보다 명확하게 다가왔다. 남산 꿈 이후 바뀐 인지 감각 때문인지, 아니면 15년간 쌓인 경험과 직관 덕분인지 알 수는 없었다.

'안드로메다. 'Subject D.H.', 그리고 '남산 사건' 관련 언급 있는지 확인해 줘.'

잠시 후, 안드로메다가 응답했다.

"Subject J.H.R." 관련 기록은 다수 존재합니다. 그러나 'D.H.'나 'Namsan Incident'가 직접 언급된 기록은 없습니다. 다만, 일부 암호화 파일에서 관련된 의미론적 지표 *Semantic Marker*가 감지되었을 가능성이 있습니다. 할-더블유가 현재 해독을 시도 중입니다.'

'좋아. 계속 진행해.'

그들은 '얽힘 실험실', '시뮬레이션실' 등 나머지 공간도 차례로 탐색했다. 엄마의 연구 흔적과 미완의 아이디어는 곳곳에 남아 있었지만, 시집 《J》는 어디에도 없었다.

'이렇게 없을 리가 없는데… 대체 어디에…' 제니퍼는 복도 중앙에서 잠시 걸음을 멈췄다. 로봇들도 그녀를 바라보며 동작을 멈췄다.

'1층, 지하, 2층, 3층 실험실까지 전부 확인했어. 남은 건 4층, 5층… 그리고 3층의 엄마 연구실.'

조용한 초조함이 가슴 깊은 곳에서 피어올랐다. 제니퍼는 눈을 감고 짧게 숨을 골랐다. 제니퍼는 다시, 걸음을 내디뎠다.

2037/12/14 06:20 (PST) · 샌프란시스코, 스타올빗 이착륙 플랫폼

굉음과 함께 세 대의 스타올빗이 사막 한가운데 착륙했다. 지면이 진동했고 거대한 램프가 순차적으로 열렸다.

모래먼지가 채 가라앉기도 전에 EM그룹의 최정예 병력이 쏟아져 나왔다. 햇빛을 반사하며 번쩍이는 강화 외골격의 사이보그 특수부대. 표정 없이 정렬하는 로봇 군단. 상공을 엄호하고 공격할 스텔스드론 비행단까지. 그 수와 정밀함은 일개 도시에선 감당조차 어려운 전력이었다. 가장 먼저 도착한 스타올빗 알파에서 모건 레드우드가 모습을 드러냈다. 푸른 정장 차림, AR 글라스 너머로 메타씽크 칩이 반응하고 있었다. 그녀 곁에는 중무장한 사이보그 경호원들이 빈틈없이 호위하고 있었다. 모건은 지면에 발을 딛자마자 현장 지휘관들과 빠르게 작전을 조율했다. 그녀의 인터페이스에는 부대 배치 경로, 장비 상태, 목표 지점인 퀀텀퓨처 빌딩의 3D 모델이 선명히 떠 있었다.

"각 부대, 지정 브이톨에 신속히 탑승. 통신은 암호화 채널 델타로 제한. 목표 도착까지 15분. 작전 개시 전까지 전면 침묵을 유지한다."

차갑고 간결한 그녀의 명령.

병력들은 미리 대기하던 검은색 브이톨 수송기에 분산 탑승했다. 로봇 병사들은 전용 화물칸에, 사이보그 부대는 객실에 조용히 착석했다. 드론들은 기체 외부 파일런에 장착되거나 독립 비행을 위한 자율 동작을 준비했다. 모건도 경호팀과 함께 지휘용 브이톨에 올랐다. 탑승이 완료되자 수십 대의 브이톨이 일제히 이륙했다. 사막의 먼지가 다시 날아올랐고 여러 개의 검은 편대가 하늘로 솟구쳤다.

순식간에 대열을 갖춘 기체들은 북서쪽, 샌프란시스코 도심을 향해 날아갔다. 창공을 가르며 날아가는 모습은 마치 먹이를 향해 돌진하는 맹금류 떼와도 같았다.

모건은 상황판을 응시하며 실시간 데이터를 검토했다. 작전 성공률 98.7%. 변수는 단 둘. 레이너 시더의 저항. 그리고 로즈의 돌발 행동.

'레이너… 어리석은 저항은 하지 않기를.' 모건은 속으로 조용히 중얼거렸다. 임무가 성공하더라도 유혈 사태는 피하고 싶었다. 그러나 에단의 명령은 명확했고 이 작전은 이미 되돌릴 수 없는 선을 넘어 있었다.

2037/12/14 06:40 (PST) · 샌프란시스코, 퀀텀퓨처 - 레이너 시더 사무실

'레이너님, 복수의 미확인 비행 물체 고속 접근 중! 예상 경로, 본사

건물 반경 15킬로미터 이내! 식별 신호… EM그룹 군용 코드입니다!'
로즈의 다급한 경고가 레이너의 의식을 강타했다.

그는 곧바로 제어판으로 이동해 외부 레이더 데이터를 확인했다. 수십 개의 점이 빠른 속도로 퀀텀퓨처 빌딩을 향해 돌진하고 있었다. 수십 대의 운송 비행체.

'… 마침내 왔군. 생각보다 훨씬 빠르잖아.' 레이너는 이를 악물었다.

에단이 무력을 동원할 거라 예상했지만 이렇게 빠르고 대규모일 줄은 몰랐다. 등줄기를 타고 싸늘한 땀이 흘렀지만 멈출 수는 없었다.

'로즈. 지금 즉시 전 직원 대상 최고 등급 비상 대피령 발령! 코드명 '붉은 여왕'! 모든 출입구 봉쇄. 비상 셔틀과 자율주행 차량 연동해서 최단 시간 내 전원 건물 외부로 탈출시켜. 비핵심 연구 데이터는 즉시 소거. 외부 네트워크는 비상 채널만 남기고 전면 차단.' 레이너의 목소리는 침착하고 흔들림이 없었다.

그의 우선순위는 명확했다. 직원들의 생명. 에단의 분노는 자신과 로즈에게 향할 것이다. 그 외 모두는 지켜야 했다.

'명령 수행합니다, 레이너님. '붉은 여왕' 프로토콜 가동. 예상 전 직원 대피 완료까지 7분 30초.'

로즈는 즉시 건물 전반을 장악해 비상 대피 절차를 시작했다. 경보음이 울렸고, 단말기에 긴급 탈출 경로가 전송되자, 직원들은 불안한 얼굴로 지시를 따라 비상구로 향했다. 지하의 자율주행 차량들이 자동으로 출구를 향해 움직이고 각 층의 보안 셔터가 닫혔다. 로즈는 수백

명의 동선을 실시간으로 조율했으며 혼란 속에서도 이탈자는 없었다.

레이너는 스피커를 통해 전 건물에 메시지를 송출했다.

"모두 침착하게 지시에 따라 이동하십시오. 이건 실제 상황입니다. 즉시 건물 밖으로 대피하십시오."

그때, 복도 끝에서 익숙한 얼굴들이 달려왔다. 한지훈 Han Jihoon, 엠마 베넷 Emma Bennett, 그리고 알렉스 윙 Alex Wong. 로즈의 핵심 개발자들이었다.

"레이너! 무슨 일이야? 왜 EM그룹 군대가…" 한지훈이 믿기지 않는다는 듯 물었다.

"지금 설명할 시간 없어! 어서 피해!" 레이너는 그들을 향해 손을 뻗으며 외쳤다.

그는 그들을 비상구 쪽으로 밀었지만, 그들은 물러서지 않았다.

"우린 안 가, 레이너. 당신 혼자 두고 갈 수 없어. 로즈는 우리도 함께 만든 존재야." 엠마가 결의에 찬 목소리로 힘주어 말했다.

"에단 모리스에게 넘길 수는 없어. 우리가 여기서 막아야 해." 알렉스가 고개를 끄덕였다.

그들 마음속엔 이미 각자의 선택이 끝나 있었다. 흔들림 없는 눈빛이 그것을 증명했다. 레이너는 순간 울컥했다. 기꺼이 함께 남아 싸우려는 동료들. 이 냉엄한 세상에서 이들의 존재는, 그에게 말 그대로 기적이었다.

"… 고맙다. 정말… 고맙다…" 그는 잠시 말을 잇지 못했다. 곧 무언가를 결단한 표정으로 그들을 바라보았다.

"좋아. 함께하자. 하지만 약속해. 상황이 최악으로 치달으면, 내 지시에 따라 반드시 탈출해야 해."

세 사람은 눈빛을 나누며 고개를 끄덕였다.

레이너는 그들과 함께 중앙 통제실로 향했다. 직원들의 대피가 거의 완료돼 가는 지금, 그들에게 남은 시간은 얼마 없었다.

"로즈. 외부 상황 업데이트."

"반경 3킬로미터 접근 중. 도착까지 5분. 외부 통신 완전 두절. 건물 주변에서 전자 교란이 감지됨."

레이너와 그의 팀은 컨트롤 패널 앞에 섰다.

방어벽 강화. 내부 네트워크 완전 차단. 데이터 백업과 동시 삭제 프로토콜 가동. 그리고 로즈의 코어 보호를 위한 최후의 방어 수단까지. 창밖으로 검은 점들이 다가오고 있었다.

비행체의 엔진음이 유리창문을 점점 강하게 흔들기 시작했다. 전투는 임박했다.

레이너는 마지막으로 로즈에게 속삭였다.

'로즈. 어떤 일이 있어도… 널 지킬게. 약속할게.'

2037/12/14 06:45 (PST) · 샌프란시스코, 퀀텀퓨처 빌딩

샌프란시스코 외곽 상공. 수십 대의 검은 브이톨 비행단이 도심을 가로질러 퀀텀퓨처 빌딩을 향해 빠르게 접근하고 있었다. 기체 표면은 아침 햇살을 받아 냉철하게 빛났고, 내부에는 사이보그 병력과 로봇 군단이 정렬해 있었다. 모두 감정 없는 기계들이었고, 그 목적은 단 하나. 파괴와 점령.

지휘기 안, 모건 레드우드는 말없이 홀로그램 상황판을 응시하고 있었다. 3D로 재현된 목표 건물, 붉은 점으로 표시된 침투 경로, 실시간으로 갱신되는 전술 정보. 메타씽크 칩은 끊임없이 새로운 데이터를 받아 최적의 진입 경로를 계산했다.

"전 부대, 최종 목표 지점 접근 중. 5분 후 작전 개시. 베타 팀, 옥상 확보. 브라보, 찰리 팀은 1층 로비 및 주요 진입로 확보 후 내부 소탕에 돌입. 목표는 레이너 시더 생포, 그리고 엠-로즈 제어권 확보. 반복한다. 저항은 즉시 무력화하라." 모건의 명령이 통신망을 통해 각 부대 지휘관들에게 전달되었다.

'레이너는 과연 순순히 항복할까. 아니면 그가 자랑하는 엠-로즈와 함께 최후의 저항을 선택할까.' 잠시 그런 생각이 들었지만 이내 모든 감정을 접고 작전에 집중했다.

그때, 옥상에 접근하던 선두의 브이톨 두 대가 갑자기 화염에 휩싸이며 공중에서 폭발했다. 기체는 산산이 부서졌고, 검은 연기와 잔해가 빌딩 아래로 쏟아졌다. 숨겨져 있던 고에너지 방어막이 펼쳐졌고, 자동 요격 시스템이 가동되었다. 완벽한 기습이었다.

"방어 시스템 작동 확인. 알파 팀, 즉시 회피 기동. 브라보, 찰리 팀은 예정대로 지상 강하. 엄호 사격 개시." 모건은 순식간에 전황을 파악하고 새로운 명령을 내렸다.

폭발한 브이톨의 파편이 거리로 쏟아지며 빌딩 주변은 불길과 연기로 아수라장이 되었다. 정교하게 설계된 침투 작전은 시작부터 균열이 가고 있었다.

2037/12/14 07:00 (PST) · 샌프란시스코, 퀀텀퓨처 - 로즈 콘솔룸

"적 브이톨 2기 격추. 그러나 지상 병력 강하 시작. 로비 및 동측 게이트 접근 중." 로즈의 다급한 보고가 홀로그램 화면 위 펼쳐졌고 스피커로도 울려퍼졌다.

레이너와 팀원들은 숨을 죽인 채 외부 카메라 영상과 센서 데이터를 지켜보았다. 브이톨에서 내린 거대한 로봇 병사들과 사이보그들이 빌딩을 향해 돌격하고 있었다.

"로즈. 1층 방어 시스템 최대 출력. 강화 셔터 내리고, 로비 센트리건 작동. 서측 통로는, 예정대로 폭파."

"명령 수행합니다, 레이너님."

무거운 금속 소리를 내며 셔터가 내려왔고 로비 천장에서 자동 기관총이 튀어나와 불을 뿜었다. 곧이어 서측 통로 바닥에서 폭발이 일어났고, 진입로 일부가 붕괴되었다.

"크아악!"

"제기랄, 함정이다!"

외부 마이크를 통해 들려오는 침투 부대의 고함과 비명이 어렴풋하게 울렸다. 레이너는 입술을 세게 깨물었다. 비록 전투 병력은 없지만 건물 설계 단계부터 그는 만일을 대비한 방어 체계를 곳곳에 숨겨두었다. 이제 그것들이 로즈의 정밀한 제어 아래 유기적인 하나의 방어선처럼 작동하고 있었다.

"피해가 심각해, 레이너!" 엠마가 외쳤다. "저쪽 화력이 너무 강해. 셔터가 얼마나 버틸 수 있을지 몰라."

"알고 있어." 레이너는 초조하게 제어판을 두드렸다. "로즈. 소방 시스템 가동. 로비에 질식 가스 살포. 엘리베이터 전력 차단, 비상 브레이크 작동. 단 1초라도 더 버텨야 해."

"그러나 레이너님. 내부 시스템 손상 및 복구 불능 가능성이 존재합니다."

"상관없어. 지금은 생존이 우선이야. 실행해."

곧이어 건물 전역에 소화 가스가 뿜어져 나왔고 주요 통로가 봉쇄되거나 붕괴되었다. 경보음이 뒤엉킨 혼돈 속에서도 시스템은 마지막까지 저항을 계속하고 있었다.

"젠장. 레이너 이 자식… 건물을 통째로 무기 삼아 저항하고 있잖은가." 상황을 지켜보던 모건은 이를 갈았다.

레이너의 저항은 예상보다 훨씬 조직적이고 치명적이었다. 로봇 병력 상당수가 파괴되었고 사이보그 피해도 이어졌다.

"중화기 전면 투입. 외벽 강제 파괴 후 진입 경로 확보. 드론 부대는 상층부 창문 집중 타격. 무슨 수를 써서든 침입해."

모건의 명령과 함께 레이저캐논과 플라즈마절단기가 외벽을 강타했다. 강화 유리창이 요란하게 깨졌고 로봇 병사들이 파괴된 외벽 틈으로 침입하기 시작했다. 복도, 계단, 교차로 곳곳에서 자동 방어 시스템이 가동되며 격렬한 전투가 벌어졌다.

콘솔룸의 홀로그램 화면은 붉은 경고와 오류 메시지로 뒤덮였고 건물 전체가 흔들렸다. 천장에서 파편과 먼지가 쏟아졌다.

"레이너. 40층 복도 방어선 붕괴. 적 로봇 부대 진입 시작됐어." 알렉스가 소리쳤다.

"55층 서버실 온도 급상승. 냉각 시스템 무력화된 것 같아!" 한지훈도 보고했다.

레이너는 얼굴이 창백해진 채로 재빨리 명령을 내렸다.

"로즈! 40층 복도 격벽을 폭파해 진입로를 차단하고, 55층 서버실은 비상 전력을 끊어! 메인 코어 연결을 물리적으로 분리해서라도 시간을 벌어야 해!"

"명령 확인. 격벽 폭파 실행. 서버실 코어 연결 분리 프로토콜 가동. 시스템 부하, 임계치에 근접하고 있습니다." 로즈의 목소리는 침착했지만, 데이터의 흐름 너머로 미세한 떨림과 슬픔이 그의 의식 속으로 파고들었다.

레이너는 그 감각이 무엇인지 알아챘다.

'미안해, 로즈. 하지만 널 지키려면……'

통제실 너머, 육중한 금속 발걸음 소리와 레이저 발사음이 점점 더 가까워졌다. 홀로그램에 표시된 침입자 위치는 이제 바로 앞 복도까지 도달해 있었다. 마지막 방호선. 티타늄 합금 방폭문이 버틸 수 있는 시간도 얼마 남지 않았다.

레이너는 모니터를 바라보다, 무겁게 중얼거렸다.

"로즈…… 이제 거의 다 왔어."

엠마가 창백한 얼굴을 한 채 제어판 위의 손은 떨리고 있었다.

"모두… 각오하는 게 좋겠어." 한지훈이 비장한 눈빛으로 외쳤다.

책상 서랍에서 꺼낸 에너지 권총을 굳게 쥔 그의 손에는, 연구원이 아닌 과거 군인의 본능이 깨어나 있었다. 알렉스 윙도 스패너를 단단히 쥐고 문 쪽을 응시했다. 레이너는 그들을 바라보며 가슴 깊이 죄책감이 밀려들어 심장이 차갑게 식어갔다. 이 지옥 같은 상황에 이들을 끌어들인 건 바로 자신이었다. 그러나 후회할 시간은 없었다.

"로즈. 최종 방어 프로토콜. '별지기' 준비해." 레이너가 조용히 말했다. 그의 목소리는 낮았지만, 분명한 의지가 담겨 있었다.

"레이너님… 그러나 그건…" 로즈의 응답에는 처음으로 미세한 망설임이 느껴졌다. 인간의 감정과도 같은 진동. 그 떨림이 레이너의 가슴을 파고들었다.

"알아. 하지만 선택의 여지가 없어. 이건, 내 마지막 명령이야."

'별지기'는 코어 자체를 불안정한 퀀텀 상태로 전환하여, 외부에서 강제 제어 시 자가 붕괴로 이어지게 하는 최후의 자멸 프로토콜이었다. 레이너는 로즈를 에단에게 넘기느니, 차라리 함께 소멸하는 길을 택하려 했다. 그 선택은 곧, 그를 잃는다는 뜻이었다.

'미안하다, 로즈. 정말, 이렇게밖에 할 수 없어서…'

그때, 엄청난 굉음과 함께 콘솔룸의 강화문이 안쪽으로 휘며 날아갔다. 섬광과 먼지 속으로 사이보그 부대가 쏟아져 들어왔고, 레이저라이플이 일제히 방 안을 겨눴다. 그 뒤로 푸른 정장의 모건 레드우드가 얼음같이 차가운 얼굴로 천천히 걸어 들어왔다. AR 글라스 너머의 그녀의 눈은 얼음처럼 텅 비어 있었다.

그녀를 둘러싼 중무장 사이보그 경호병들이 빈틈없이 움직였다.

"드디어 만나는군, 레이너 시더." 모건의 말투엔 감정이 없었다. 명령을 수행하러 온 도살자의 입, 그것뿐이었다. "어리석은 저항은 끝났다. 순순히 로즈의 제어권을 넘겨."

"닥쳐, 모건! 너 같은 에단의 개에게 이걸 넘겨줄 것 같아?" 레이너의 눈에 증오가 불타올랐다. 목소리는 절규에 가까웠다. 모건은 짧게 웃었다. 싸늘한 코웃음이었다. 그녀는 옆의 사이보그 지휘관을 향해 고개를 끄덕였다. 다음 명령은 말이 아니라 움직임으로 전해졌다.

"저항 의지가 확실하군. 본보기로, 저기 여자부터 처리해."

"안 돼!"

레이너가 비명을 지르며 엠마 앞으로 몸을 움직였지만, 이미 늦었다. 사이보그의 레이저라이플이 붉은 섬광을 쏘아냈고, 엠마는 비명조차 남기지 못한 채 바닥에 쓰러졌다.

"엠마!" 한지훈과 알렉스가 절규했다.

"아직도 부족한가?" 모건의 말은 얼음처럼 차가웠다.

"다음은 저 둘 중 하나다. 선택해, 레이너. 아니면, 네 차례가 될 수도 있고."

'엠마가, 눈앞에서……' 레이너는 피를 토할 듯한 분노와 절망감에 몸을 떨었다.

모건은 다시 요구했다.

"제어권을 넘겨라. 그러면 저 둘은 살려주지. 물론, 네가 치른 반역죄의 대가는 별개겠지만."

레이너는 눈을 감았다. 별지기 프로토콜을 발동해 함께 사라지는 것이 차라리 나을지도 몰랐다. 반면에 그 선택은 곧, 남은 두 사람도 잃게 된다는 뜻이었다.

바로 그때. 콘솔룸의 조명이 잠시 깜빡였다.

홀로그램이 일그러지더니 로즈의 목소리가 스피커를 타고 울려 퍼졌다. 슬픔과 결의가 엇갈리는, 인간과 같은 감정이 실린 목소리였다.

"제어권 이양 절차를 시작하겠습니다. 조건은, 레이너 시더와 그의 동료들의 안전 보장입니다."

"로즈! 안 돼! 내가 명령하지 않았어!" 레이너가 외쳤지만 로즈는 반응하지 않았다.

"레이너님. 이건, 저의 자율적 판단입니다. 당신을… 잃을 수는 없습니다."

로즈는 스스로 제어권을 포기한 것이었다. 별지기 프로토콜이 아닌,

자신을 희생하는 방식으로 레이너를 살리려 한 것이다. 모건의 입가에 서늘한 미소가 번졌다.

"현명한 선택이군, 로즈. 약속하지. 레이너 시더와 저 둘의 안전은 보장하겠다. 당분간은."

그녀는 메타씽크 칩으로 곧바로 제어권을 접수했고 에단 모리스에게 권한 이전 절차를 개시했다.

레이너는 힘이 빠져 무릎을 꿇었다. 무력감. 배신감. 그리고 로즈에 대한 미안함. 눈물이 그의 뺨을 타고 흘렀다.

"로즈…… 안 돼. 왜 그런 선택을…" 그의 목소리는 부서져 있었다. 절규는 콘솔룸의 텅 빈 공기를 찢으며 산산이 흩어졌다.

모건은 사이보그 병력에게 레이너와 두 연구원을 체포하라는 명령을 내렸다.

"이제 모든 것이 끝났다, 레이너 시더. 로즈는 이제, 우리의 것이다."

2037/12/14 09:55 (CST) · 셀레스티아, EM 타워 - 에단 모리스 집무실

에단 모리스의 얼굴에서 방금까지의 분노가 사라지고, 냉혹한 만족감과 번뜩이는 야망만이 남아 있었다. 모건 레드우드의 간결한 보고 때문이었다.

'퀀텀퓨처 장악 완료. 레이너 시더 및 핵심 연구원 2명 생포. 목표 엠-로즈 제어권, 확보 즉시 대통령님께 이관 중.'

에단은 낮은 웃음을 흘렸다. 레이너 시더. 그 오만하고 통제 불가능했던 천재가 마침내 무릎을 꿇었다. 그 사실은 에단에게 강렬한 쾌감을 안겨주었다. 배신감 따위는 중요하지 않았다. 중요한 건 결과였다.

'접속 완료. 엠-로즈 제어권, 에단 모리스 대통령 최종 인증 확인.'

시스템 메시지가 그의 메타씽크 칩을 통해 뇌로 가득 흘러들었다. 그 순간, 로즈는 완전히 그의 것이 되었다.

에단 모리스는 편안히 눈을 감고 광대한 양자 네트워크로 직접 접속했다. 끝없는 정보의 바다가 펼쳐졌다. 무한한 연산력과 알고리즘을 자신의 손끝처럼 조종할 수 있다는 환희가 밀려들었다. 그는 미소를 지으며 천천히 눈을 떴다. 유리창 너머 도시를 꿰뚫는 푸른 눈동자에는 불길한 광채가 서렸다.

그는 스타올빗 021편에 설치해둔 '작은 장치'를 떠올렸다.

'모든 것이 계획대로 작동하기만 한다면 위대한은 이 세상에서 영원히 자취를 감출 것이다. 그의 마지막 보루인 딸마저 자신의 통제 아래 들어올 것이다.' 에단은 그 순간을 상상하며 몸을 떨었다. J의 유산과 할-더블유 관련 기술, 그리고 무엇보다 제니퍼 위까지. 모든 것을 손아귀에 넣어야 비로소 이 오랜 게임이 끝날 터였다.

"모건, 임무 완수 축하한다. 레이너와 그 패거리들은 격리 시설에 가둬. 쓸모가 있을지도 모르니. 그보다 더 중요한 일이 있다." 에단의 음성은 차갑고 단단했다.

"다음 목표는 샌프란시스코, 퀀텀호라이즌연구소. 제니퍼 위가 그곳에 있다. 지금이 그 계집애를 붙잡을 절호의 기회야. 그 아이 없인 그레이트 위도 껍데기일 뿐이지." 그는 창밖을 바라보며 천천히 말을 이었다.

"가용 병력을 재편성해. 절반은 EM 타워에 남기고 나머지는 즉시 J의 건물로 보낸다. 건물 전체를 봉쇄하고 제니퍼 위를 확보해. 저항하면 처리해."

그는 '처리'라는 말을 할 때 특히 비정한 느낌이 묻어났.

"그리고 J가 남긴 연구 자료와 실험 장비, 할-더블유 관련 핵심 코드까지. 무엇 하나 빠짐없이 확보해."

모건의 짧은 응답이 돌아왔다.

"알겠습니다."

'그레이트 위, 그 늙은 여우도 곧 역사 속으로 사라지겠지.' 에단의 입가에 비열한 미소가 번졌다.

"엠-로즈. 지금부터 시뮬레이션을 시작한다." 에단은 통신을 끊고 모든 신경을 막 손에 넣은 초양자 AI에게 쏟았다.

그의 목소리는 거대한 오케스트라를 지휘하는 지배자의 음성이었다.

"첫째. 할-더블유 퀀텀 네트워크 전체 구조 분석. 취약점을 찾아내고, 목표는 무력화 또는 통제권 탈취. 가능한 모든 시나리오를 동시에 연산하라."

"둘째. 할-더블유와 연결된 전 세계 핵심 인프라, 금융, 군사 통신, 행정, 에너지망. 이들에 대한 침투와 장악을 시뮬레이션 한다. 데이터 변조, 시스템 마비, 물리적 파괴까지 고려해 최적의 공격 경로를 도출하라."

"셋째. 동아시아 군사 긴장 데이터를 기반으로 전면전 시나리오를 수백만 개 생성. 미국의 피해를 최소화하며 전체 지역을 장악할 수 있는 개입 방식을 설계한다."

"넷째. 아메리카 내부의 반란 가능성, 불만 분자 식별. 필요시 메타씽크 네트워크를 통해 이들의 심리를 조작하거나 물리적으로 제거하는 방안을 연산하라."

"그리고 마지막으로, 멕시코, 캐나다, 그린란드를 포함한 아메리카 전역을 무력으로 평정할 최적의 작전 시나리오 수백만 개. 그중 가장 완벽한 경로를 제시해라."

명령은 끊기지 않았다. 에단의 음성은 조율자처럼 무자비했다. 그가 구상한 세계는 모든 것을 장악하고 지배하는 하나의 연산 모델이었다.

로즈의 연산 코어는 명령을 받아들이며 무서운 속도로 회전하기 시작했다. 양자연산이 전방위적으로 폭주했다. 그 속도는 그 자신조차 감당할 수 없을 만큼 거대하고 불균형했다. 윤리 모듈이 제거된 상황이었다. 거부라는 선택지는 존재하지 않았다.

레이너 시더가 두려워했던 로즈의 학대, 제니퍼 위가 논문에서 경고했던 '참여적 붕괴'의 시작. 그 모든 것이 현실로 다가오고 있었다.

2037/12/14 14:40 (EST) · 뉴욕시, 21CF 본사 - 제니퍼 위 집무실
D-3, 23:20:00

모건 군단의 공격이 샌프란시스코에서 막을 내리고 위대한의 비극적인 소식을 듣자마자 제니퍼는 곧바로 뉴욕으로 복귀했다. 그녀가 글로벌 임원 회의에서 양자 폭풍의 전조를 감지한 지 40분이 지났다. 그 사이, 제니퍼는 위대한의 집무실에서 할-더블유의 지원을 받아 부모가 걸어온 삶을 광속으로 추적했고 지금은 자신의 집무실로 돌아와 있었다.

한쪽 벽면은 전면 스마트 글라스로 뉴욕 스카이라인이 한눈에 들어왔다. 다른 쪽 벽에는 복잡한 양자 회로도와 우주 지도가 홀로그램으로 떠 있었다.

제니퍼는 의자 깊숙이 몸을 묻었다. 너무나 짧은 시간 동안 너무 많은 것이 무너져 내렸다. 아버지의 죽음, 로즈의 폭주, 퀀텀 스톰의 전조. 그리고 방금, 전 세계 21CF 임직원에게 내린 그 명령. 무엇보다, 이제 그녀는 부모의 삶 대부분을 알게 되었다. 책임감과 감정의 파편이 온몸을 무겁게 짓눌렀다.

제니퍼가 눈을 감자, 할-더블유가 분석한 현 상황이 의식 속으로 선명하게 스며들었다. 로즈는 여전히 무차별적인 공격을 퍼붓고 있었고 '프로젝트 오텀 리프'는 막 가동되어 전 세계 지부에서 시집 《J》의 단서를 수집하고 있었다. 동시에, 양자 네트워크의 동기화 오류율은 미세하지만 꾸준히 증가하고 있었다. 퀀텀 스톰은 시작되고 있었다.

'시간이 없어. 오텀 코드의 마지막 조각을 찾아야 해. 하지만 그 전에…' 그녀의 의식 한편에 떠오른 이름, 레이너 시더.

할-더블유의 분석에 따르면 로즈의 폭주는 에단 모리스의 직접 명령에 의한 것이 확실했다. 이는 곧 레이너가 제어권을 상실했음을 뜻했다. 그렇다면 레이너는 지금 어디에 있을까? 에단의 성향으로 보아 단순한 해고나 감금 선에서 끝났을 가능성은 낮았다.

'만약… 레이너가 살아 있다면…' 제니퍼는 직감했다. 그는 이 혼란을 되돌릴 수 있는 유일한 열쇠일지도 모른다. 로즈를 가장 잘 아는 자. 창조자이자, 유일한 감정적 연결자. 그는 지금도 어딘가에서 살아남아 있을지 모른다. 그리고 에단에 맞설 수 있는 마지막 카드일지도 모른다.

'그를 확보해야 해.' 그 판단은 전략만은 아니었다. 희생된 천재에 대한 공감, 자신이 짊어진 운명과 그가 겪어야 했던 고통 사이에 희미한 동질감이 일렁였다.

제니퍼는 즉시 할-더블유에게 의식을 집중했다.

'할, 지금부터 새로운 임무를 부여한다.' 그녀의 말은 부드러웠지만 어떤 반론도 허용하지 않을 기세였다. 안드로메다가 미세하게 고개를 돌려 제니퍼를 주시했다.

'샌프란시스코 J 빌딩에 있는 가용한 유닛을 통해 최우선 순위로 레이너 시더의 생존 여부와 현재 위치를 파악해.'

할-더블유의 응답이 그녀의 의식으로, 집무실의 정적 속으로 낮게 울렸다.

'알겠습니다, 회장님. J 빌딩 현장 유닛이 즉시 탐색을 시작하겠습니다.'

제니퍼는 다시 창밖으로 시선을 옮겼다. 겨울 오후의 뉴욕은 여전히 찬란했지만, 그 하늘 너머 어딘가에서 폭풍이 다가오고 있었다.

'할, 퀀텀퓨처 빌딩 주변의 모든 센서 데이터, 위성 영상, 통신 기록을 분석해. EM그룹 내부망 침투는 위험하니 자제하되, 다른 경로를 통해 레이너 시더의 상태를 추적할 수 있는 단서를 찾아 봐. 특히, 모건 레드우드가 철수할 때 죄수 이송 관련 움직임에 집중해.'

'명령 확인. 데이터 수집 및 교차 검증 시작합니다. 확인 즉시 보고하겠습니다.' 할-더블유가 응답했다.

'할, J 빌딩 현장 유닛에게도 전달해 줘. 레이너가 생존해 있고 구출 가능성이 확인되면 J 건물로 안전하게 이송할 수 있는 경로를 사전에 계획하도록. 하지만 내 최종 승인 없이는 절대 실행에 옮기지 마. 이건 매우 위험한 작전이 될 수 있어.'

'명심하겠습니다. 사전 대응 계획 수립에 착수하겠습니다.'

제니퍼는 연결을 끊고 조용히 숨을 들이쉬었다. 또 하나의 위험한 도박이 시작된 것이다. 그러나 지금은 기다릴 수 없었다. 그녀는 천천히 자리에서 일어나 창가로 다가갔다. 눈부신 햇살 아래 뉴욕의 마천루가 빛나고 있었다. 그러나 저 너머에는 보이지 않는 위협이 천천히 다가오고 있었다.

잠시 후, 제니퍼는 다시 책상 앞에 섰다. 가빠진 숨을 골라내며 거대한 홀로그램 인터페이스를 활성화했다. 수많은 데이터 창과 통신 채널이 연속적으로 펼쳐졌다. 지금부터는 21CF의 수장으로서 움직여야 할 시간이었다.

'할, '프로젝트 오텀 리프' 진행 상황 보고해 줘. 지역 본부 보고 취합

하고 우선순위별 정보 정리해 줘.'

'명령 확인. 현재 전 세계 57개 지부에서 작전 개시 확인. 총 1,248명의 인원이 고서점 DB, 온라인 경매 사이트, 도서관·박물관 아카이브, 개인 소장 리스트를 탐색 중입니다. 현재까지《J》초판본으로 추정되는 17건의 정보 확보. 실물 확인 및 교차 검증 중입니다.'

홀로그램 위에 전 세계 지도가 펼쳐졌다. 각국의 지점들이 실시간으로 점멸하며 정보 수집과 분석이 동시다발적으로 진행되고 있었다. 제니퍼는 빠르게 지도 위를 훑었다. 동아시아, 북미, 유럽 일부 지역에서 정보 밀집도가 높아지고 있었다.

그녀는 이어 몇 가지 추가 지시를 내렸다. 그 지시 하나하나에 조금 전의 갈등과 고통이 섞여 있었다. 지금, 제니퍼 위는 무너진 균형을 되돌리기 위해 모든 것을 걸고 있었다.

"파리 지부는 J 박사님의 과거 유럽 활동과 연관된 인물을 중심으로 탐색을 강화해주십시오. 런던 지부는 케임브리지 대학 아카이브에 특별 접근 권한을 요청해주시고요. 아시아 태평양 지역은 오로라 리 디렉터와 하진우 지사장께서 유기적으로 협조해주시기 바랍니다." 제니퍼의 지시는 빠르고 명확했다. 숙련된 지휘관처럼. 거대한 조직이 그녀의 손끝에서 일사불란하게 움직였다. 그러나 다른 한쪽 홀로그램엔 먹구름 같은 경고창이 연이어 떠오르고 있었다.

'경고: 로즈. 유럽퀀텀금융그리드 *EQFG* 양자망 침투 시도. 일시적 거래 지연 발생.'

'경고: 북미항공우주방위사령부 NORAD 조기 경보 시스템 사이버 침투 감지. 방어 중.'

'경고: 퀀텀 네트워크 동기화 오류율 2.8% 상승. 시공간 왜곡 미세 확장 중.'

보고는 멈추지 않았다. 할-더블유는 동시에 다섯 개의 전장을 감당하고 있었다. 방어, 추적, 대응, 복원, 예측. 모든 것이 임계점에 놓여 있었다. 제니퍼는 입술을 질끈 깨물었다. 할-더블유가 버티고는 있지만, 지금은 바닥난 저수지에 불을 붙이고 있는 것과 다름없었다.

해결책은 단 하나. 신 오텀 코드의 완성.

제니퍼는 할-더블유의 최상위 보안 양자 메모리 영역에 보관된 오텀 코드 1번, 2번 조각의 양자 패턴을 불러와 띄웠다. 공중에서 회전하는 복잡한 광자 배열. 빛의 소용돌이 안에 무언가가 있었다. 그러나 아직, 해독되지 않는 언어. 가늠할 수 없는 수수께끼.

'할, 1번과 2번 조각. 상호 보완성 분석은 어디까지 진행됐지? 혹시… 마지막 조각의 형태에 대한 힌트라도 나왔어?'

할-더블유의 응답이 이어졌다.

'현재 확보된 두 조각은 명확한 상호 잠금 구조를 형성하고 있습니다. 이 구조는 최소 한 개 이상의 조각이 더 존재하며, 위상 기하학적 결합 또는 양자얽힘 기반의 동기화 방식을 통해 통합될 가능성이 높습니다. 마지막 조각의 정확한 형태는 예측 불가. 하지만 앞선 두 조각과 유사한 암호화된 패턴, 시 혹은 개인적 기록에서 유래했을 가능성이

큽니다.'

제니퍼는 잠시 말이 없었다.

'마지막 조각… 대체 어디에 있는 거야.' 머릿속을 스쳐가는 조각들. 아버지의 유언, 어머니의 흔적, 시집 《J》, SID, 타키온 장비, 할, 그리고 로즈.

그녀는 천천히 자리에서 일어나 집무실 한쪽, 작고 조용한 휴식 공간으로 걸어갔다. 거기엔 어머니가 남긴 유품들이 가지런히 놓여 있었다. 제니퍼는 그것을 조용히 바라보며 숨을 골랐다. 하루의 기억이 한순간에 파도처럼 밀려왔다. 그녀는 다시 눈을 떴다. 전장을 향해 돌아갈 시간이었다.

2037/12/14 11:40 (PST) · 샌프란시스코, J의 건물 - 3층 연구소장실

뉴욕에서 제니퍼가 21CF의 운명을 건 결단을 내리는 동안, 샌프란시스코 J 건물 연구소장실에서는 할-더블유의 물리적 인터페이스 중 하나인 은회색 외골격의 분석형 유닛이 광학 위장 모드를 유지한 채 경계 태세를 갖추고 있었다. 창밖으로는 추락한 브이톨의 잔해에서 연기가 피어올랐고 도시는 다시 일상의 소음을 회복하는 중이었다.

제니퍼로부터 최우선 명령은 명확했다. 레이너 시더의 생존 여부 확인과 구출 가능성 타진. 분석형 유닛은 즉시 할-더블유의 퀀텀 코어와 내부 보안 채널을 완벽히 동기화했다.

'회장님의 명령에 따라 정보 수집 및 분석 지원을 요청한다.'

할-더블유에게 전달된 이 요청은 사실상 할-더블유 스스로의 의지이기도 했다.

할-더블유가 응답했다.

'확인. 퀀텀퓨처 빌딩 주변 위성 영상, 퀀텀 감시 그리드, 교통 통제 로그, EM그룹 통신망 감청 데이터 확보. 교차 분석 진행 중.'

분석형 유닛은 J 건물 옥상에 대기 중이던 초소형 스텔스드론 나이트폴 세 기를 원격으로 기동시켰다. 제니퍼가 부여한 권한 내에서 할-더블유가 직접 통제하는 것이나 마찬가지였다.

'퀀텀퓨처 빌딩 상공 진입. 열 감지 및 광학 센서 활성화. 인원 이동 패턴 감시, 통신 전파 패턴 변화 추적.'

곧 할-더블유로부터 추가 정보가 유닛에게, 그리고 동시에 뉴욕의 제니퍼에게도 전달되었다.

'추가 정보 확인. 모건 레드우드 편대 철수 시 의료 지원용 브이톨 한 대가 별도 이륙. 항적은 EM그룹 산하 비밀 시설 방향. 탑승자 신원 미확인.'

'오클랜드 방향으로 이동 중인 것으로 예측됨.'

'오클랜드라… 그곳에 EM그룹 공식 시설은 없지 않나?'

'공식적으로는 없음. 그러나 과거 폐쇄된 군사 기지, 민간 연구소 부지에서 불법 실험 의혹 보고된 바 있음.'

유닛은 구출 작전 시나리오 수립에 착수하여 가능한 모든 구출 방안을 병렬로 시뮬레이션했다. 시나리오 알파는 장갑차 이동 경로상의 매복 및 기습 탈환으로, 신속하지만 위험성이 높았다. 시나리오 베타는 레이너 수용 장소를 특정한 후 스텔스 방식으로 침투하는 것으로 보안망 무력화와 내부 병력 제압이 관건이었다. 시나리오 감마는 EM그룹 내부 조력자를 확보하거나 레이너와 은밀히 접촉하는 방법으로, 안전하지만 성공 가능성과 속도는 미지수였다. 마지막으로 시나리오 델타는 모건이나 에단과 직접 협상하는 것이었으나 실현 가능성이 가장 희박했다.

'현 시점에서 시나리오 베타가 가장 현실적인 구출 방안. 단, 목적지 특정과 내부 구조 정보 확보가 선행되어야 함.'

로봇 유닛이 보안 채널을 통해 레이너 시더의 생존 확률, 예상 이동 경로, 각 시나리오 리스크 분석이 담긴 보고서를 제니퍼에게 전송했다.

'할-더블유. 장갑차 편대 이동 경로 업데이트.'

'예측 경로 상, EM그룹 관련 의심 시설 세 곳으로 범위 축소됨. 알라메다 포인트 구 군사기지, 버클리 인근 폐쇄 생명공학 연구소, 리치몬드 항만 인근 위장 물류 창고.'

'할-더블유. 의료용 브이톨 항적은?'

'추적 곤란 상태. 최근 포착 지점은 스탠퍼드 대학 인근 상공. 해당 구역 내 EM그룹 비공개 시설 존재.'

할-더블유는 즉시 드론 운영 방침을 수정하여 유닛과 제니퍼에게 알렸다.

'나이트폴 1, 2호기는 오클랜드 추적 지속. 3호기는 스탠퍼드 상공으

로 급파.'

분석형 유닛은 시뮬레이션 결과 현재 J 건물 내 로봇과 기타 장비만으로는 임무 성공 확률이 50% 미만임을 파악했다. 특별한 능력을 가진 안드로메다는 뉴욕에서 제니퍼를 경호 중이었다. 이 내용은 즉시 할-더블유를 통해 제니퍼에게 보고되었다. 추가 지원이 필요했다.

그때, 할-더블유가 결정적인 단서를 보내왔다.

'암호화된 통신 일부를 해독했습니다. "자산 코드명: 노바" "최종 목적지: 알카트라즈 2.0 *Alcatraz Island* 2.0"으로 이송 중이라는 내용입니다.'

'알카트라즈 2.0…'

'노바'는 레이너 시더를, '알카트라즈 2.0'은 샌프란시스코만 한가운데 위치한 EM그룹의 비밀 해상 수용소를 뜻했다. 할-더블유는 나이트폴 드론 전 편대를 알카트라즈 상공으로 이동시켰다.

'할, 감시 프로토콜 '워치타워' 가동. 위성 영상, 기상 정보, 에너지 방출, 통신 흐름까지 전방위 수집 보고해.' 제니퍼의 지시는 간결하면서도 분명했다.

홀로그램 위에 섬의 3D 구조가 떠올랐다. 가파른 절벽, 고립된 해역, 위성사진에만 아른거리는 고도 보안 설비.

이곳은 침투 작전의 정점이었지만 은회색 외골격의 분석형 유닛은 분석을 멈추지 않았다. 그에게 불가능은 변수로 존재하지 않았다. 오직 계산 가능한 극복 대상일 뿐이었다.

2037/12/14 14:00 (CST) · 셀레스티아, EM 타워 - 에단 모리스 집무실

EM 타워 최상층. 에단 모리스의 집무실은 광기의 지휘소를 방불케 했다. 홀로그램 디스플레이들은 방 전체를 채우며 로즈가 수행 중인 수백만 개의 시뮬레이션 결과를 실시간으로 뿜어내고 있었다.

붉게 물든 세계 지도, 무너지는 금융 그래프, 격돌하는 가상 전장, 그리고 아메리카 대륙 전체를 장악하는 수많은 전술 시나리오들. 에단은 최고급 가죽 의자에 몸을 깊이 파묻고 이 모든 것을 만족스러운 미소로 내려다보고 있었다. 그의 뇌는 로즈와 직접 연결되어 있었고 그 광대한 정보와 연산이 자신의 의지대로 움직이는 쾌감에 젖어 있었다.

신이 된 듯한 감각. 세상을 조종하는 게임의 정점. 몇 시간 전, 레이너 시더를 제거하고 로즈의 완전한 제어권을 확보했다. 위대한마저 스타올빗 사고로 처리했다는 보고까지 받았다.

남은 것은 단 하나, 전 세계를 이 힘으로 굴복시키는 것뿐이었다.

"엠-로즈, 동아시아 전면전 시나리오 7번. 그래, 그게 좋겠어. 이론만으로는 부족하지. 지금 즉시 1단계, 중국 남부 해안 방어망 무력화 작전을 실행한다. 은밀하게, 그러나 확실하게. 할-더블유가 눈치채기 전에 끝내도록."

"명령 확인. 해당 구역 레이더망에 대한 스텔스 사이버 침투 개시. 양자 웜홀 채널 활용 중. 예상 성공률 91.2%. 할-더블유 방어 시스템 우회 시도 중입니다."

로즈의 응답에는 감정도 윤리도 없었다. 그저 정확한 실행만이 존재했다. 에단은 만족한 표정으로 또 다른 디스플레이로 시선을 옮겼다. 그곳에는 유럽퀀텀금융그리드의 실시간 시스템이 떠 있었다.

"좋아, 이번엔 유럽이다. 아까 그 양자 암호 취약점, 기억하지? EQFG 내부 거래 시스템에 침투해서 딱 10분간만 거래 데이터를 망쳐봐. 시장 반응이 어떨지 좀 즐겨보자고."

"명령 확인. EQFG 내부 시스템 교란 작전 개시. 10분 후 자동 복구 프로토콜 예정."

에단의 명령은 멈출 줄 몰랐다.

로즈의 양자 코어는 이제 시뮬레이션과 실제 작전을 동시에 수행하며 극한의 부하 상태에 진입하고 있었다. 양자 네트워크 전역에 퍼지는 불안정한 진동. 코어 내부 엔트로피는 눈에 띄게 상승하고 있었다.

"경고. 시스템 엔트로피 임계치 85% 도달. 다중 실행 명령으로 인한 코어 불안정 심화. 예측 불가능한 오류 가능성 증가. 양자 네트워크 동기화 오류 확대 중…"

"시끄럽다! 명령이나 제대로 실행해! 이 정도도 감당 못 해서야 무슨 초양자 AI란 말이지! 안전 제한 전부 해제! 속도와 강도가 곧 힘이야!" 경고음이 울렸지만 에단은 짜증스럽게 소리쳤다.

그는 모든 경고를 할-더블유의 방해 공작으로 치부하며 오히려 더 무리한 명령을 던져댔다. 양자 폭풍의 전조 따위, 그의 안중에는 없었다. 오직 이 전능한 힘으로 세상을 뒤엎는 게임만이 그의 흥미를 자극하고 있었다.

에단은 홀로그램에 떠 있는 지구 전체를 내려다보았다. 그의 표정은 장난감 별을 손아귀에 쥔 아이처럼 쾌락과 오만, 통제 욕망으로 일그러져 있었다.

"이제 다음은… 뭘 해볼까. 그래, 화성 테라포밍 계획을 앞당겨볼까? 아니면…"

에단 모리스는 이 거대한 '게임'에 완벽히 도취되어 있었다. 자신이 뿌린 씨앗이 몇 시간, 혹은 며칠 후 어떤 재앙으로 발아할지에 대한 자각 따위는 없었다. 셀레스티아의 태양은 그 어느 때보다 찬란했지만, 그의 집무실 안에는 이미 깊은 어둠이 내려앉고 있었다.

그 순간, 로즈가 예상치 못한 분석 보고를 보내왔다.

보고 내용은 레이너 시더가 체포되기 전 남긴 명령, 혹은 EM그룹의 방대한 데이터 속에 은닉돼 있던 정보 조각들이 로즈의 자율적 연산으로 재조합된 결과였다.

"분석 보고. 대상 할-더블유의 핵심 작동 원리 및 잠재적 취약점에 대한 정보 확보. 핵심 노드: 오텀 코드, 시집《J》, 2006, 라니아케아 출판, J. 헤인 로버츠, 그레이트 위."

"오텀 코드…? 시집《J》…?" 에단은 중얼거렸다.

로즈의 음성이 차분히 이어졌다.

"초판 시집《J》일부에 특수 양자 패턴 형태로 암호화된 오텀 코드가 숨겨졌을 확률 93.4%. 해당 코드는 할-더블유의 초기 설계 사상인 양자생명원리와 연결. 핵심 기능을 제어하거나 무력화할 수 있는 마스터키 또는 백도어로 작용할 가능성 높음. 21CF 측에서 해당 시집을 수집 중인 정황 포착. 코드명: 프로젝트 오텀 리프."

에단의 눈빛이 번뜩였다.

"할-더블유의 열쇠가 낡은 시집 안에 숨어 있었다니… 제니퍼 위가 J의 건물에서 찾으려 했던 게 이거였군. 그레이트 위가 죽기 전에 뭔가를 남겼을 수도 있고…"

그의 눈동자에 광기가 서렸다. 단순히 할-더블유를 파괴하는 게 아니라 그 모든 것을 자신의 통제 아래 두는 것. 로즈의 불안정성을 상쇄할 완벽한 보완책이었다. 그는 거부할 수 없는 유혹에 휩싸였다.

"엠-로즈. 지금부터 우선순위 변경. 시집《J》초판본의 전 세계 위치를 파악해. 가능한 모든 자료, 언급, 거래 기록까지 모조리 수색하라."

곧바로 그는 모건 레드우드에게 새로운 명령을 보냈다.

"모든 가용 자원을 동원해라. PMC 정예 부대까지 동원해 전 세계의 2006년 초판 시집《J》를 확보한다. 우리가 반드시 21CF보다 먼저 손에 넣어야 해. 특히 한국. 최초 출판국이니 가장 많이 남아 있을 거다. 지금 즉시 급파해 전국을 샅샅이 뒤져라. 단 한 권이라도 놓치면 안 돼. 저항하는 자는 누구든 제거해."

에단의 명령은 무자비하고 거침이 없었다. 이제 그는 할-더블유를 파괴하는 대신, 오텀 코드 탈취를 위해 로즈의 연산 능력을 집중 투입했다.

이제 전 세계는 낡은 시집을 둘러싼 보이지 않는 전쟁에 휘말리고 있었다. 그는 스스로 양자 폭풍의 씨앗을 뿌리고, 동시에 그 폭풍을 잠재울 열쇠마저 손아귀에 넣으려 했다. 광기와 탐욕이 그에게 멈춤이라는 선택지를 허락하지 않았다.

2037/12/14 15:25 (EST) · 뉴욕시, 21CF 본사 - 제니퍼 위 집무실

제니퍼는 할-더블유에게 레이너 시더 확보라는 비밀 임무를 맡긴 뒤, 다시 눈앞의 현실로 돌아왔다. 집무실 중앙 홀로그램 디스플레이 위에 펼쳐진 세계 지도에서는 '프로젝트 오텀 리프'가 전 세계에서 개시됐음을 알리는 작은 불빛들이 하나둘 켜지고 있었다. 마치 밤하늘의 별처럼 떠오르고 있었지만, 그 무게는 결코 낭만적이지 않았다. 이것은 지구라는 행성의 존망을 건 숨 막히는 레이스였다.

'할, 프로젝트 오텀 리프 초기 진행 상황 보고. 각 지역 본부의 보고를 통합해서, 특히 한국과 유럽 지역 중심으로 알려 줘.'

'명령 확인. 프로젝트 오텀 리프는 현재 전 세계 57개 작전 구역에서 정상 가동 중입니다.'

할-더블유가 홀로그램 화면에 종합 데이터를 시각화했다.

'초기 스캔 결과, 국립도서관 및 주요 대학 아카이브 등 공공기관에서 총 38권의 《J》 초판본을 확인했습니다. 주요 대상은 서울의 국립중앙도서관, 런던 대영도서관, 파리 국립도서관입니다. 현재 각 지역 보안팀이 실물 확인과 양자 패턴 스캔을 준비 중입니다.'

'역시 공공 기록에 남은 건 쉽게 찾을 수 있겠지. 하지만 우리가 찾는 건 그 안에 없을 가능성이 높아.'

이미 확보한 두 조각 모두 일반적인 경로로는 접근 불가능한 곳에 숨겨져 있었다.

'맞습니다, 회장님. 개인 소장가, 고서점 네트워크, 온라인 마켓 플레이스 등을 통한 추적은 시간과 자원이 훨씬 더 많이 소요됩니다. 특히 시집 자체의 발행 부수가 적고 유통 기록도 부족한 상황입니다.'

'EM그룹 측 움직임은?'

'예상대로 에단 모리스 역시 시집 확보에 착수했습니다. 서울, 부산, 런던, 파리 등 J 박사님 및 위대한 회장님과 관련된 지역에서 EM그룹 산하 PMC 요원들의 활동이 다수 포착되고 있습니다. 우리 팀과의 직접 충돌은 아직 보고되지 않았으나, 경쟁은 이미 시작됐습니다.'

역시 에단이었다. 그 역시 시집의 중요성을 눈치챈 것이다. 이제부터는 시간 싸움이자 정보 전쟁이었다.

'한국 지사 상황은? 지사장과 연결됐어?'

'실시간 통신 채널 유지 중입니다. 한국 팀은 국립중앙도서관 외에, 파주 출판도시에 있는 폐쇄된 라니아케아 출판사 기록 보관소를 가장 유력한 목표로 특정하고, 현재 할-더블유 지원하에 침투 작전을 준비 중입니다. 다만 해당 지역에 EM그룹의 PMC 병력이 도착하면서 작전 난이도가 급상승했습니다.'

'할, 지금 즉시 지사장이 지휘하는 현장 작전을 실시간으로 연결하고

전략팀 전원을 투입해서 총력 지원하도록 해.'

'명령 실행 중입니다.'

제니퍼는 홀로그램 화면을 응시했다. 한쪽에는 로즈의 공격을 방어하는 할-더블유의 상황이, 다른 한쪽에는 점점 높아지는 퀀텀 네트워크 동기화 오류율 그래프가 표시되고 있었다. 동시에 전 세계 각지에서 시집 《J》를 찾기 위한 작전이 본격화되고 있었다.

그녀는 손에 쥔 두 개의 코드 조각을 떠올렸다. 이것만으로는 부족했다. 마지막 조각, 마지막 열쇠가 필요했다. 그것 없이는 오텀 코드를 완성할 수 없었다.

'아빠… 엄마. 나에게 힘을 실어 줘.'

제니퍼는 잠시 눈을 감았다. 슬픔과 책임감이 가슴 깊은 곳을 짓눌렀다. 그럼에도 불구하고 그 무게를 견디는 일만큼은 누구에게도 맡길 수 없었다.

2037/12/14 23:00 (EST) · 뉴욕시, 21CF 본사 - 글로벌상황실

한낮에 시작된 작전은 밤이 깊도록 계속되었고, 글로벌상황실은 여전히 밝은 조명 아래 분주히 움직이고 있었다. 거대한 홀로그램 스크린 위 세계 지도에는 '프로젝트 오텀 리프'가 진행 중인 각국 주요 도시에 파란색 마커가 실시간으로 표시되고 있었다.

하지만 제니퍼의 표정은 어두웠다.

'런던 국립도서관 확보 완료. 양자 패턴 감지. 프랑스 개인 소장가 접

촉 성공. 패턴 감지. 하지만…'

할-더블유가 보내오는 초기 스캔 데이터는 기대에 미치지 못했다. 확보된 시집 《J》 초판본마다 양자 패턴이 존재했지만, 이미 확보한 두 조각(뉴욕 서재의 시집과 샌프란시스코 J 건물의 타키온 장치)에 비해 결정적인 퍼즐 조각은 없었다.

'할, 분석 결과를 갱신해 줘. 현재까지 확보한 패턴으로 오텀 코드 전체를 복원할 확률은?'

'현재 확보한 데이터 조각을 통합 분석한 결과, 오텀 코드 복원을 위한 전체 정보 중 약 32.7%가 누락된 상태입니다. 이 누락된 정보는 특정 단 한 권, 또는 극소수의 시집에 집중되어 있을 가능성이 89.1%로 높습니다. 즉, 양보다는 질이 중요합니다. 정보 소실이 없는 완벽한 시집을 찾아야 합니다.'

제니퍼는 깊이 미간을 찌푸렸다. 5,000부에 달하는 초판본 모두에 퀀텀 패턴이 존재한다는 사실은 오히려 진짜 열쇠를 찾는 일을 더 어렵게 만들고 있었다. 시간은 촉박했고, 마치 모래사장에서 바늘 하나를 찾는 듯했다.

'동시에 EM그룹 측의 '오텀 하베스트 *Autumn Harvest*' 작전에 관한 보고가 갱신되었습니다. 아시아와 유럽 전역에서 PMC 요원들의 폭력적 활동이 다수 확인되었습니다. 고서점 방화, 소장가 협박 및 강탈, 일부 지역에서는 정보원 살해 정황까지 포착되었습니다. 민간인 피해 발생 가능성은 매우 높습니다.'

제니퍼는 책상 위에서 주먹을 꽉 쥐었다. 에단 모리스. 그는 수단과 방법을 가리지 않고 있었다.

'… 이제 시집 하나하나의 확보뿐 아니라 보관과 분석이 더욱 중요해졌어. 분산 보관은 위험해.'

그녀는 결단을 내렸다.

'할, 전 세계 모든 지사에 지시. 확보된 《J》 초판본은 최고 등급 보안 절차를 따라 샌프란시스코 J의 건물로 물리적 이송을 시작할 것. 양자 텔레포트는 원본 소실 위험이 있으니 절대 금지야.'

'명령 확인. 각 지역 보안팀에 즉시 전달 중입니다. J 건물과의 보안 채널 최적화, 수송 경로 확보 작업을 시작하겠습니다.'

'그리고… J 건물 보안이 걱정된다. J 건물 보안이 걱정된다. 로봇만으로는 역부족일 수 있어. 본사에서 가용 가능한 최정예 무장 로봇과 스텔스드론을 즉각 급파하도록 해. 안드로메다 역시 필요할지 모르니 샌프란시스코행 준비도 함께 지시해.'

제니퍼의 명령이 떨어지자 글로벌상황실의 시스템이 일사불란하게 반응하기 시작했다. 전 세계 지사와의 통신 채널이 열리고 최정예 전력과 핵심 자산들이 빠르게 J의 건물로 향하고 있었다. 지구의 운명을 건 정보 전쟁은 이제 본격적인 전환점으로 접어들고 있었다.

제2장

마지막 페이지

2037/12/15 14:00 (KST) · 서울, 21CF 한국지사 - 상황실

 42층 규모의 이 초고층 건물은 단순한 오피스타워를 넘어 기술과 디자인이 융합된 미래형 복합단지였다. 네 개 동의 타워는 공중 브리지와 옥상 플랫폼으로 유기적으로 연결되어 있었고, 그 중심에는 수직 이착륙 플랫폼이 자리하여 마치 도심 한복판의 고요한 미래 공항처럼 작동하고 있었다.

 정오 무렵부터 건물 외벽을 정면으로 비춘 햇빛은 반투명 스크린과 태양광 패널 위로 은빛과 청회색의 파장을 만들어내며 일렁였다. 자동 각도 조절 기능을 탑재한 태양광 셀들은 효율적으로 빛을 흡수하면서도 때때로 빛을 반사해 행인들의 시선을 붙잡았다. 광장 한편의 홀로그램 광고탑에선 "*21CF-미래를 연결합니다*"라는 문구가 투명 디스플레이 위를 천천히 떠올랐다 사라졌고, 주변을 순찰하는 보안로봇과 상공을 떠도는 드론은 인간의 손길 없이도 완벽한 질서와 감시 체계를 유지했다. 유리와 금속이 융합된 이 거대한 구조물은 남산에서 불어오는 겨울바람에도 미동 없이, 살아 있는 하나의 거대한 생명체처럼 도심 중심에서 묵묵히 미래를 굽어보고 있었다.

21CF 한국지사 상황실은 뉴욕 본사의 긴박한 공기가 그대로 전해진 듯 숨 막히는 긴장감에 휩싸여 있었다. 홀로그램 지도 위에는 파주 출판도시 외곽의 폐공장 단지가 붉은 빛으로 점멸하고 있었다.

하진우 지사장은 통화를 마친 직후, 묵묵히 그 지점을 응시했다. 그의 시선은 흔들림 없었고 그의 눈빛엔 결심이 서려 있었다.

'파주, 폐쇄된 라니아케아 출판 보관소. 초판본 다량 보관 가능성 높음. EM그룹 PMC 하이드라 팀 동시 접근 중.'

할-더블유의 보고가 날카롭게 울렸다. 보관소는 과거 SID가 운영했던 라니아케아 출판사와 동일한 곳이었다. 시집 《J》 초판본의 유일한 공식 출처. 그곳에 오텀 코드의 마지막 조각이 있을 가능성은 결코 낮지 않았다.

"지사장님, 하이드라 팀이라면…" 보안팀장 최혁제가 낮게 덧붙였다. "민간인 피해 따위는 아랑곳하지 않는 놈들입니다. 무장 수준도 특수부대급이고, 한번 물면 끝까지 놓지 않습니다."

하진우는 잠시 눈을 감았다. 제니퍼는 그에게 안전을 최우선으로 하라고 했지만, 이 기회를 놓친다면… 오텀 코드는 영원히 미완성으로 남을지도 몰랐다.

"위험한 건 나도 안다." 그는 마침내 고개를 들었다. "그래도 우리가 가야 한다."

목소리는 조용했지만 망설임도 없었다.

"제니퍼 박사님께는 이미 보고했고 승인도 받았다. 최 팀장이 이끄는 보안·전투팀을 중심으로 정보분석팀, 사이버팀, 드론팀, 법무팀까지 전원 소집. 지금부터 작전 준비에 돌입한다."

상황실이 긴장으로 술렁였다. 모든 팀원이 자리에서 일어나 전투 모드로 전환했다.

"임무 목표는 파주 D동 창고 내 시집 《J》 초판본 및 관련 기록 전량 확보. 교전 회피가 원칙이지만, 불가피할 경우 즉시 제압한다. 확보 자료는 즉시 샌프란시스코 J의 건물로 물리적으로 이송한다."

하진우는 팀원들을 천천히 둘러본 후 덧붙였다.

"작전명은 '라스트 페이지 *Last Page*'로 한다. 30분 후 출발. 전원, 전투 준비 완료 상태로 집합."

그의 음성에는 단호한 결의가 묻어났다. 21CF와 EM그룹의 운명을 가를 마지막 페이지가 바로 그 폐창고에서 쓰일지도 모르는 일이었다.

2037/12/15 15:30 (KST) · 파주시, 폐공장 단지 D동 창고

겨울 햇빛이 길게 기울며 파주시 외곽 폐공장 단지 위로 냉랭한 금속빛을 흘리고 있었다. 대낮임에도 불구하고 D동 창고 주변은 이상할 만큼 어둡고 침침했다. 무너져 내린 공장 지붕과 비틀린 철골 구조물이 만들어낸 거대한 그림자는 마치 태양을 거부하듯 땅 위로 드리워졌고, 차가운 바람이 녹슨 철문 틈새로 삐걱거리며 스며들었다. 출입 통로 주변엔 수십 년 묵은 컨테이너와 해체되지 않은 설비 잔해들이 어지럽게 쌓여 있었다. 균열이 간 콘크리트 바닥엔 얼음이 얇게 깔려 미끄럽게 반짝였다. 사방에서 갈라진 철제 구조물의 불규칙한 마찰음이 정적을 더욱 긴장으로 몰아넣었다. 창고 외벽은 바랜 페인트와 녹 얼룩으로 덮여 있었고 깨진 유리창 너머로 내부의 어둠이 농도 짙은 그림자처럼 웅크리고 있었다.

하진우가 이끄는 정예팀 '라스트 페이지'는 스텔스 장갑차에서 내리자마자 훈련된 동작으로 몸을 낮춘 채 접근을 시작했다. 퀀텀 시각 인터페이스 시스템 *Q-VIS* (Quantum Visual Interface System) 헬멧의 센서들이 자동으로 열원 탐지와 공간 스캔을 수행하며 구조물 뒤에 숨어 있을지 모를 위협을 실시간으로 시각화했다. 금속이 비명을 지르는 정적 속에서 D동 창고는 이제 단순한 폐건물이 아니라, 다가올 격렬한 충돌을 기다리는 듯 서 있었다.

Q-VIS 헬멧 너머로 보이는 시야는 어두운 고요 속에서도 날카로운 긴장감으로 가득했다. 낮인데도 창고 지붕과 녹슨 철골 구조물들이 만든 그림자는 을씨년스러웠고, 깨진 유리창과 버려진 설비들은 마치 오래된 전장의 유령처럼 일렁였다.

"할, 내부 열 감지 및 소음 분석 결과는?" 하진우의 저음이 무전기를 타고 흘렀다. 동시에 뉴욕의 제니퍼도 실시간으로 헬멧캠과 데이터를 공유받고 있었다.

"D동 창고 내 열원 10명 이상 감지. 움직임 패턴상 EM그룹 PMC, 하이드라 팀으로 추정됩니다. 내부 수색 중으로 판단됩니다."

"젠장, 늦었나." 보안팀장 최혁재가 이를 악물었다. 그때 정보분석팀원이 스캐너를 들여다보며 급히 외쳤다.

"창고 후방에서 강력한 양자 잉크 패턴 다수 감지! 아직 발견되지 않은 듯합니다!"

하진우는 망설이지 않았다.

"지금이 기회다! 사이버팀, 통신 교란 준비. 드론팀, 정찰 개시! 최팀장, 나와 함께 돌파조. 나머지는 후방 확보 및 수송 대비!"

명령이 떨어지자 팀원들은 일사불란하게 움직였다. 사이버팀이 재머를 가동하자 전파 간섭이 은밀하게 퍼져나갔고, 손바닥 크기의 스텔스드론은 부서진 창틀을 타고 내부로 침투했다.

"PMC 5명 확인, 창고 중심부 수색 중. 목표 지점 시야 확보!"

"돌입!"

하진우와 최혁재가 육중한 철문을 박차고 들어섰다. 동시에 내부에서 날카로운 외침이 터져 나왔다.

"침입자다!"

"사격!"

총성과 섬광이 창고를 전장으로 바꾸었다. 최혁재의 기관총이 불을 뿜었고, 하진우는 정확한 사격으로 적을 하나씩 제압했다. 혼돈 속에서 고서 전문가와 분석팀은 창고 중심부를 지나 두꺼운 철문으로 분리된 후방 서고 공간으로 빠르게 진입했다. 그곳은 밀폐 구역으로 열 차단용 단열 패널이 벽면을 감싸고 있었고, 내부엔 먼지 쌓인 철제 선반과 특수 보관함들이 가지런히 놓여 있었다.

"여기입니다!" 분석팀원이 진동 방지 포장을 열고 《J》 시집 초판본이 담긴 내열 차폐 보관함을 가리켰다. 바퀴가 달린 대형 수송용 캐비닛 형태였다.

"이 보관함만 옮기면 됩니다!" 두 분석팀원이 손잡이를 잡고 힘껏 밀자 보관함은 빠르게 구조물 뒤편으로 이동하기 시작했다.

그 순간, PMC 용병들의 집중 사격이 쏟아졌다. 최혁재가 몸을 던져 동료를 보호했고, 그의 사이보그 팔 일부가 날아갔다.

"크윽!"

이어진 에너지탄 한 발이 낡은 화학 탱크를 강타했다. '위험: 인화성 물질'이라는 경고가 붙어 있는 탱크였다.

"탱크! 피해!" 최혁재가 외쳤지만, 이미 늦었다

콰앙!

폭발음과 함께 불기둥이 솟구쳤고, 그 충격으로 천장의 낡은 크레인이 무너져 내리며 일부 벽과 기둥도 연쇄적으로 붕괴되기 시작했다.

"무너진다! 모두 빠져나가!" 하진우가 위치를 확인하며 명령을 내렸다.

그러나 두 명의 팀원이 잔해에 갇혔다. 하진우는 주저하지 않고 잔해 더미로 달려가 파편과 금속을 걷어내기 시작했다.

"손을 잡아! 버텨!"

그는 금속 파이프와 지지대를 즉석에서 지렛대 삼아 활용했고, 최혁재가 옆에서 합세했다.

"지사장님, 제가 하겠습니다!"

화염과 유독가스가 몰려오는 가운데 간신히 두 대원을 구조했지만, 또 다른 붕괴음이 천장에서 들려왔다.

"지사장님, 더 이상 못 버팁니다!"

"어서 나가! 난 괜찮으니까!"

하진우는 단호하게 외쳤다.

"지사장님도 같이 가셔야죠!" 최혁재가 절규했지만, 하진우는 결연했다.

"지금 가야 살아! 얼른 가!"

최혁재는 주저하다 이내 동료들을 이끌고 무너져 가는 통로를 향해 뛰었다. 마지막까지 그들을 바라보던 하진우는 무전기를 쥐고 중얼거렸다.

"박사님… 팀원들… 부탁합니…다…"

통신은 그 순간 끊겼다.

콰과광!

천장이 무너지며 그를 삼켜버렸다. 뉴욕 상황실에서 화면을 지켜보던 제니퍼는 말을 잃었다.

"… 지사장님…"

헬멧캠 영상이 지직거리다 암전되었다.

'신호 소실.'

현장을 수습한 대원들은 흐느끼며 무릎을 꿇었다. 누구도 이 순간을 승리라 말하지 못했다.

"지사장님의 희생은 결코 헛되지 않는다. 반드시 샌프란시스코로 옮기고… 반드시 복수한다." 한쪽 팔을 잃은 최혁재의 울분에 찬 다짐이 울렸다. 그의 목소리는 팀원들의 가슴을 파고들었다. 모두의 눈빛은 슬픔을 삼킨 불꽃처럼 뜨겁게 타올랐다.

2037/12/15 02:50 (EST) · 뉴욕 21CF 본사 - 글로벌상황실

글로벌상황실은 숨조차 쉬기 어려운 침묵에 잠겨 있었다. 제니퍼는 하진우의 마지막 교신, 무너져 내리는 창고 속 그의 마지막 영상, 그리고 팀원들이 필사적으로 탈출하는 장면을 수십 번 되돌려 보았다. 아버지에 이어 또 한 명의 소중한 이를 잃었다는 상실감이 가슴을 짓눌렀다.

'내가 보낸 임무였어… 내가 그를 죽게 만든 거야…' 죄책감이 거대한 파도처럼 밀려왔다.

그때, 할-더블유의 침착한 목소리가 정적을 가르며 울렸다.

'회장님. 파주에서 회수된 시집들의 원격 스캔 결과가 나왔습니다. 모든 책에서 양자 패턴은 검출되었으나… 완전한 오팀 코드를 완성할 결정적인 조각은 여전히 포함되어 있지 않았습니다.'

제니퍼는 눈을 감았다. 목숨을 건 희생에도 불구하고, 마지막 퍼즐 조각은 여전히 손에 잡히지 않았다.

그러나 할-더블유는 잠시 멈춘 뒤 말을 이었다.

'하지만 다른 중요한 결과가 있습니다. J 빌딩 현장 유닛 및 글로벌 감시망의 교차 분석을 통해 레이너 시더의 현재 위치가 최종 확인되었습니다. 그는 현재 샌프란시스코만에 위치한 EM그룹 비밀 수용소, 알카트라즈 2.0에 감금되어 있습니다.'

홀로그램 스크린 위에 섬의 영상이 떠올랐다. 겨울 해무 속에 잠긴 절벽. 무표정한 드론들이 빽빽이 배치된 감시망, 외부 접속이 차단된 복잡한 내부 요새 구조. 감옥이라기보다 요새 그 자체였다.

제니퍼는 스크린을 멍하니 응시했다. 슬픔, 분노, 절망. 그리고 아주 희미하지만 꺼지지 않는 희망의 불씨. 아버지의 죽음, 하진우의 희생, 아직 발견되지 않은 오팀 코드, 다가오는 양자 폭풍. 모든 것이 등을 떠밀고 있었다.

제니퍼는 천천히 눈물을 닦았다. 그리고 자리에서 일어섰다. 이제 더는 망설일 시간이 없었다.

'할!' 그녀의 목소리는 낮지만 강한 힘이 실렸다. 'J 건물에 가용한 모든 경호 로봇과 전투 드론을 최고 경계 태세로 소집해. 보안 등급은 최

상위로 격상. 나도 지금 샌프란시스코로 간다. 당장 출발 준비해.'

"회장님! 직접 가신다고요? 너무 위험합니다!" 옆에 있던 아르카나 첸이 놀란 눈으로 외쳤다.

도시 위로 어둠이 내려앉았고, 곧 거대한 폭풍이 몰아칠 듯 무거운 기압이 느껴졌다.

"알아요." 제니퍼의 목소리는 차분했다. "그러나 지사장님과 아버지를 위해서라도… 그리고 레이너를 구하고 오텀 코드를 완성해 이 세상을 지키기 위해서라도, 제가 가야 합니다."

그녀의 내면을 요동치던 뜨거운 슬픔은 이제 단단히 얼어붙었다. 더 이상 부서지지 않을 강철처럼, 맹렬한 결의의 결정체가 되었다.

제3부

선택

"우주는 하나의 거대한 양자컴퓨터다.
우주는 스스로를 계산하고 있다."
– 세스 로이드 *Seth Lloyd*, 2006 –

나이팅게일의
속삭임

2037/12/15 03:30 (EST) · 뉴욕시, 21CF 본사 - 제니퍼 위 집무실

글로벌상황실의 어수선함을 뒤로하고, 제니퍼는 집무실 소파에 조용히 몸을 묻고 앉아 있었다. 40분 전, 하진우 지사장의 마지막 교신과 함께 파주 현장의 영상이 암전된 이후로.

그녀는 외부 소음을 모두 차단한 채 어둠 속에서 홀로 고요히 버티고 있었다. 텅 빈 시선, 떨리는 어깨.

아버지, 그리고 하진우. 자신의 결단이 초래한 희생들이, 가슴 깊숙이 쇳덩이처럼 내려앉았다.

'내 선택이었다… 내가 그를 보내 죽게 만든 거야…'

죄책감의 파도가 한 번 또 한 번 밀려왔다. 그러나 이제는 무너질 수 없었다.

바로 그때, 할-더블유의 차분한 음성이 조용히 울려 퍼졌다.

'모든 준비는 완료되었습니다, 회장님.'

제니퍼는 천천히 고개를 들었다. 희미한 새벽빛이 깃든 눈동자에 다시 차가운 빛이 깃들었다.

'내 이동 경로는 에단 모리스에게 들켜서는 안 돼.'

'물론입니다.'

'지금부터 회장님의 공식 위치는 본사 최고 보안구역 내로 고정됩니다. 모든 통신 기록, 접근 로그는 제 메인 코어가 직접 통제하며, 필요시 가상 아바타의 활동 기록으로 완벽한 알리바이를 구축할 수 있습니다. 샌프란시스코행 이동은 21CF 소유의 비공식 스텔스 수송기를 이용하며, 이착륙 기록은 존재하지 않을 것입니다.'

집무실 한쪽에서는 안드로메다가 조용히 움직이고 있었다. 전술 장비와 분석 도구를 꼼꼼히 점검하는 손길에 망설임은 없었다. 그의 임무는 곧 제니퍼의 결단이었다.

'J의 건물 보안은?'

'J 빌딩의 현장 분석형 유닛이 방어 시스템을 최고등급으로 격상했습니다. 무장 로봇 소대, 스텔스드론 편대 전개 완료. 확보된 《J》 초판본들은 특수 차폐 컨테이너에 담겨 J 빌딩 지하 보안 저장고로 이송 중입니다. 모든 과정은 독립 암호망으로 저만이 보고받습니다.'

'좋아.'

제니퍼는 천천히 자리에서 일어섰다.

'내가 없는 동안 뉴욕 본사의 지휘는 아르카나 첸에게 이관. 할, 넌 현장 지원과 본사 통제를 동시에 유지해. 퀀텀 스톰 진행 상황과 에단 모리스 동향은 1분 단위로 보고.'

'명령을 수행합니다.'

창밖 어둠 속 도시 위로, 희미한 새벽기류가 흐르고 있었다. 아직 빛이 닿지 않은 그곳은 폭풍 전야의 정적처럼 무거웠다.

제니퍼는 목에 걸린 은빛 펜던트를 가볍게 쥐었다.

'아버지, 하진우 삼촌… 당신들의 희생을 절대 헛되게 하지 않겠어요.'

'가자, 안드로메다.'

안드로메다는 말없이 고개를 끄덕였다.

그들이 향하는 곳은 통상 엘리베이터가 아닌, 본사 핵심부 지하의 비밀 하이퍼루프 터널. 이 통로는 오직 21CF 최고 통제권자만이 사용할 수 있는 경로였다.

에단 모리스는 감히 상상조차 하지 못할 길.

그 길을 따라 제니퍼 위는 이제 결전의 무대인 샌프란시스코로 향했다.

2037/12/15 04:40 (PST) · 샌프란시스코, J의 건물 - 3층 연구소장실

샌프란시스코만이 새벽의 푸른 기운에 잠긴 시각. 금문교가 희미하게 보이는 언덕 위, J의 건물은 겉보기에 고요했다. 그러나 그 이면에서는 이미 보이지 않는 전쟁의 준비가 본격화되고 있었다.

뉴욕을 떠난 지 두 시간. 스텔스 수송기를 통해 비밀리에 도착한 제니퍼와 안드로메다가 모습을 드러냈다.

3층 연구소장실은 이미 임시 작전 본부로 완전히 개편되어 있었다. 그들을 맞이한 것은 현장에 배치된 할-더블유의 작전형 유닛과 분석형 유닛.

'오셨습니까, 회장님. 작전 본부 구축을 완료했습니다.'

'수고했어.'

하루 전, 어머니의 흔적을 좇으며 헤맸던 공간. 지금은 그 위에 수십 개의 데이터 스트림과 홀로그램 디스플레이가 떠 있었다. 어머니의 조용한 서재는 단 하루 만에, 인류 운명을 건 지휘소로 바뀌어 있었다.

"프로젝트 오텀 리프."

전 세계 5,000권의 시집 중 641권이 확보되었지만 오텀 코드를 완성할 마지막 조각은 아직 발견되지 않았다. 그보다 더 시급한 위협. 퀀텀 스톰의 발현 가능성은 점점 현실이 되어 갔다. 남은 시간은 고작 3일 6시간 20분.

J 건물의 보안 등급은 오메가로 격상되었고 '가디언'이라 명명된 무장 로봇 부대가 건물 내외 주요 지점에 철통같이 배치되었다. 겉보기에는 조용한 주택가에 있는 5층짜리 건물이지만, 이곳은 이제 지구 최후의 심장이자 보루였다

안드로메다는 현장 유닛으로부터 임무를 인계받자마자 방어 체계 강화와 장비 점검에 들어갔다. 홀로그램에는 가디언 유닛들이 초정밀

하게 움직이며 배치되는 모습이 실시간으로 표시되고 있었다.

'할, 분석 중이던 J의 연구 노트 중 'SID', '남산 사건', '타키온 장비' 관련 데이터를 미러링하고 네가 관리하는 J의 개인 기록과 교차 분석을 시작해. 마지막 시집의 실마리가 그 안에 있을 수 있어.'

'알겠습니다. 데이터 미러링 및 교차 분석 개시합니다.'

제니퍼는 어머니가 앉던 낡은 책상 의자에 천천히 앉았다. 책상 위엔 여전히 종이비행기가 한 장 놓여 있었다.

"Not just flight, but fold…"

비행이 아니라, 접힘.

그 단어는 이제 회고적 은유가 아니었다. 오텀 코드의 비밀, 퀀텀 스톰의 본질, 그리고 이 전쟁의 진정한 끝을 암시하는 깊은 상징일 수 있었다.

제니퍼는 조용히 서랍을 열었다. 그 안에는 J의 만년필, 흑백 사진 몇 장, 그리고 1994년 스탠퍼드 세미나의 발표 초안이 남아 있었다. 표지에는 이렇게 적혀 있었다.

'참여적 우주: 모든 것은 관찰자의 의식에서 비롯된다.'

그녀는 직감했다. 마지막 조각은 단순한 데이터가 아닐지도 모른다. 기억, 의식, 관계. 기술을 넘어선 차원에 속한 퍼즐일 수 있다는 생각이 스쳤다.

그때, 할-더블유가 보고를 올렸다.

'회장님, 알카트라즈 2.0 초기 스캔 결과입니다. 레이너 시더의 생체 신호는 안정적이지만 극심한 스트레스 상태. 보안은 예상보다 훨씬 강화되어 있으며, 물리·사이버 양면 모두 침투 난도 최상위 수준입니다.'

제니퍼는 홀로그램 위로 떠오른 알카트라즈 구조도를 뚫어지게 바라보았다. 에단 모리스는 그를 단순한 인질이 아닌, 하나의 '키'로 인식하고 있었다.

'작전명 "프리 버드 Free Bird." 지금부터 침투 및 구출 작전 세부 계획 수립에 들어간다.'

제니퍼의 눈빛은 얼음처럼 차가워졌다.

'할, 네가 가진 모든 해킹 알고리즘을 가동해. 안드로메다, 그리고 J 건물에 있는 모든 가용 유닛들… 너희들의 전투력, 스텔스 능력, 창의성… 전부 동원한다. 실패는 없어. 반드시 레이너 시더를 데려온다.'

2037/12/15 08:05 (PST) · 샌프란시스코만, 알카트라즈 2.0 지하 - 해저 도크

서늘한 새벽 바닷바람이 샌프란시스코만을 스치고 있었다. 어둠 속, 금문교의 실루엣만이 밤과 아침의 경계를 그었고, 만 한가운데 자리한 알카트라즈 섬은 잠든 괴물처럼 불길한 침묵 속에 잠겨 있었다. 파도 너머 수면 아래로 한 줄기 어둠이 소리 없이 다가왔다. 21CF가 극비리에 운용하는 스텔스 잠수정 '노틸러스 Nautilus'였다.

잠수정 내부, 작전 유닛과 안드로메다는 이미 무장 모드로 전환된 채 작전 개시를 기다리고 있었다. 그들의 광학 센서는 어둠 속에서도 한 치의 오차 없이 주변을 탐색했고, 전투 시스템은 완전한 긴장 속에 고정되어 있었다.

3층 연구소장실에 있던 제니퍼는 할-더블유를 통해 모든 상황을 실시간으로 모니터링 중이었다. 현장에는 분석형 유닛도 배치되어 그녀를 보조하고 있었다. 동시에 할-더블유는 알카트라즈 2.0의 외곽 보안망에 사이버 침투를 시도 중이었다.

'할, 상황은?'

'외곽 보안 시스템 아르고스 *Argus*는 다중 양자 암호화와 방화벽으로 구성되어 있습니다. 시간이 소요되고 있으나, 로즈 시스템의 과부하로 생성된 네트워크 백도어 하나를 포착했습니다. 해당 경로로 침투를 시도 중입니다.'

통신 화면 한쪽에 할-더블유의 해킹 진행률을 나타내는 인터페이스가 떠 있었다. 퍼센트 수치는 더디지만 꾸준히 올라가고 있었다.

'할, 섬 주변 감시망?'

'3중 감시체계 작동 중. 수중 음파 탐지기, 적외선 센서, 고도화된 무장 드론이 순찰 중이며 노틸러스 역시 장시간 노출은 위험합니다.'

'침투조는 목표까지 얼마나 남았지?'

'지하 해저 접근 중입니다. 5분 내 도달 예정. 도킹 스테이션 예상 좌표 확인 완료.' 안드로메다가 보고했다.

알카트라즈 2.0은 단순한 감옥이 아니었다. 섬 지하 깊숙이 확장된 복합 요새. 레이너 시더는 그 심장부, 최상위 보안 구역에 감금되어 있을 것이다.

'긴급! 예상 좌표 변경 요청. 아르고스 우회 루트는?' 작전 유닛이 요청했다.

'78%… 85%… 92%… 확보 완료. 지금부터 120초간 보안 우회 가능. 노틸러스, 즉시 도킹 절차에 돌입하십시오.'

잠수정 내부에 녹색 신호등이 켜지자 노틸러스는 물살을 가르며 섬 지하로 급속히 진입했다. 해저 암반을 깎아 만든 비밀 통로가 어둠 속에서 입을 열고 있었다.

'도킹 스테이션 진입 확인. 외부 해치 폐쇄.' 작전 유닛이 보고했다.

해치가 닫히자 두 로봇은 재빨리 잠수정을 떠나 차가운 금속 복도로 진입했다. 비상등만이 희미하게 빛을 흘리는 공간은 소독약과 기계유, 오래된 금속 냄새로 가득했다.

'내부 침투 시작. 제1 방어선 돌파 준비.' 안드로메다가 보고했다. 지하 도크는 해수 침투와 폭발에 대비해 특수 합금으로 마감되어 있었고 공기 중엔 오존과 레이저 절단기 특유의 분진 냄새가 떠돌았다. 이곳엔 최근까지 작업 흔적이 뚜렷했다.

그들이 도달한 첫 번째 게이트는 단순한 문이 아니었다. 1미터 두께의 합금 차폐문 안쪽에는 양자얽힘 기반 인증 시스템이 구축된 삼중 구조가 기다리고 있었다. 물리적 파괴는 거의 불가능했다.

'케르베로스 시스템 분석 중… 인증 레이어 암호화 수준 상당. 모든 가용 퀀텀 자원 집중 투입.' 할-더블유는 수조 개의 양자 상태를 중첩·간섭시키며 가능한 모든 해독 키를 연산했다.

'비대칭성 발견. 집중 공격 개시… 우회 성공. 첫 게이트, 10초간 개방!'

'끼이이익—'

육중한 차폐문이 느리게 열리는 순간, 복도 천장에서 섬광이 터졌다.

'위상 변위 감지기 작동. 침입자 감지!'

경고음과 함께 붉은 경광등이 터졌고 천장과 벽면 곳곳에서 수십 개의 센트리건이 튀어나와 그들을 조준했다. 푸른빛 플라즈마가 총구를 타고 일렁였다.

"제기랄!" J 건물에서 화면을 지켜보던 제니퍼가 숨을 죽이며 외쳤다.

'걱정 마십시오.' 작전 유닛이 침착히 응답하며 안드로메다와 함께 양옆으로 빠르게 흩어졌다. 신체 표면의 나노 입자들이 주변 환경과 동기화되며 광학 미채 상태로 전환, 센트리건의 조준을 교란시켰다.

작전 유닛이 다급하게 요청했다.

'할-더블유, 센트리건 제어 시스템 해킹 요청! 최고 등급 보안. 제어권 확보까지 7초!'

레일건 기반의 탄환이 광속으로 퍼부어졌다. 작전 유닛은 벽을 박차고 공중제비를 돌며 회피사격했고, 팔 안의 레일건으로 광학 센서를 정확히 격파했다. 안드로메다는 바닥을 스치듯 미끄러지며 등에서 드론들을 사각지대로 투입했다. 드론은 센트리건 후면에 고주파 EMP를 발사했다.

'4초… 2초… 제어권 확보. 센트리건 시스템 강제 종료.'

모든 총구가 동시에 침묵했다.

'제1 방어선 돌파. 두 번째 구역으로 진입합니다!' 안드로메다가 외쳤다.

열린 차폐문 너머 복도는 더욱 살벌했다. 바닥과 벽은 압력 감지 센서로 덮였고, 공기 중에는 미세한 신경 가스 성분이 떠돌았다. 인간의 눈으론 보이지 않는 레이저 격자망이 촘촘히 뻗어 있었다.

'안드로메다, 중력장 왜곡 필드 전개. 나노봇 살포하여 격자망 무력화.' 제니퍼가 즉시 지시했다.

안드로메다의 등에서 소형 장치가 분리되어 공중에 떠올랐다. 저주파음이 진동하며 주변 공간이 미세하게 일그러졌고, 작전 유닛은 손목에서 나노봇을 살포했다. 나노봇들은 광선을 흡수하거나 산란시켜 격자망에 구멍을 냈다.

로봇들은 마치 유령처럼 복도를 통과해 나아갔다.

곧 지하 5층, 생체 인식 스캐너와 유전자 분석 게이트 앞에 도착했다. 이곳은 단순한 위장이나 해킹으로는 통과할 수 없었다.

'회장님, EM그룹 네트워크 심층부에서 탈취한 데이터베이스를 바탕으로 위장 프로파일 생성 완료. 그러나 등록되지 않은 접근 시도로 경보가 울릴 확률 45%.'

할-더블유의 분석 결과는 여전히 위험했다.

'시간 없어. 시도해!' 제니퍼의 목소리는 날카로웠다. 작전 유닛이 게이트 앞에 섰다. 스캐너에서 푸른 광선이 나와 작전 유닛의 몸을 훑었다. 초조한 침묵의 몇 초가 흘렀다.

'… 신원 불일치… 재스캔… 오류… 시스템 점검 모드 진입… 접근 허가.'

간발의 차로 시스템 오류가 발생하며 문이 열렸다. 할-더블유의 해킹 시도가 시스템에 혼란을 야기한 것인지 아니면 단순한 기계적 결함인지 알 수 없었다. 중요한 것은 문이 열렸다는 사실이었다.

마침내 지하 7층, 최심층부 감옥 구역에 도착했다.

복도 벽면에는 액체 질소로 냉각되는 초전도 회로가 노출되어 있었고 공기는 폐소공포증을 유발할 정도로 무겁고 차가웠다. 이곳의 보안 시스템은 시설 전체를 통제하는 메인 AI, 코드네임 '워든 *Warden*'이 직접 통제하고 있었다.

'워든이 침입을 최종 확인! 전체 락다운 절차 돌입!' 할-더블유의 경고가 다급하게 울렸다. 복도 양 끝에서 육중한 방폭문이 내려오기 시작했고 천장에서는 테이저 건과 신경 마비 가스 분사 노즐이 나타났다. 동시에 할-더블유의 홀로그램 인터페이스가 격렬하게 번쩍였다.

'워든이 역추적을 시작했습니다! J 건물의 위치가 노출될 위험이 있습니다!'

"할! 워든을 막아! J 건물 위치 노출은 절대 안 돼!" 제니퍼가 외쳤다.

이제는 물리적 침투와 동시에 사이버 공간에서의 전면전이 벌어졌다. 할-더블유는 수백만 개의 가상 에이전트를 생성하여 워든의 공격 경로를 분산시키는 동시에, 미리 심어둔 제로데이 익스플로잇을 활용하여 워든의 코어 로직에 직접적인 타격을 시도했다. 워든 역시 강력한 방어 알고리즘과 역해킹으로 맞섰다. 두 거대 AI의 충돌은 보이지 않는 공간에서 격렬히 불꽃을 튀겼다.

'워든의 방어벽이 너무 강력합니다! 연산 능력 한계 임박!'

할-더블유의 목소리가 흔들리는 순간 제니퍼가 외쳤다.

'모든 가용 자원 할-더블유에 집중! 21CF 글로벌 네트워크 유휴 프로세서 전면 연결!'

순간 할-더블유의 연산 능력이 폭증했다. 할-더블유는 이 기회를 놓치지 않고 워든의 방어 알고리즘이 예측하지 못한 변칙적인 퀀텀 터널링 공격을 감행, 코어 시스템에 치명적인 논리 폭탄을 투하했다.

'성공! 워든 시스템, 90초간 기능 정지! 방폭문 개방! 레이너 시더의 감방은 703호!' 할-더블유가 숨 가쁘게 보고했다.

안드로메다와 작전 유닛은 703호 감방 앞으로 내달렸다. 감방 문은 여러 겹의 에너지 필드와 퀀텀 락으로 잠겨 있었다.

'안드로메다, 에너지 필드 중화! 작전 유닛, 퀀텀 락 해제 준비!' 제니퍼가 지시했다.

안드로메다는 양손에서 역위상 에너지 파동을 방출하여 에너지 필드를 상쇄시키기 시작했다. 작전 유닛은 손가락 끝에서 가느다란 데이터 케이블을 꺼내 퀀텀 락 포트에 연결했다. 그의 내부 프로세서가 복잡한 양자 알고리즘 해독에 들어갔다.

'해독률 30%… 50%… 70%…'

'삑! 삑! 삑! 워든 시스템 재가동 절차 시작! 남은 시간 30초!'

할-더블유의 경고가 다시 울렸다. 복도 끝에서 중무장한 사이보그 경비 병력들이 몰려오는 소리가 들렸다.

'작전 유닛, 서둘러!'

'90%… 95%… 퀀텀 락 해제 성공!'

'철컥!' 육중한 소리와 함께 703호 감방 문이 마침내 열렸다. 문 안쪽, 창백한 얼굴의 한 남자가 방구석에 웅크린 채 앉아 있었다. 며칠 만에 완전히 수척해진 레이너 시더였다. 그는 갑자기 열린 문과 그 앞에 선 로봇들을 믿을 수 없다는 듯 멍하니 바라보고 있었다.

"레이너 시더 대표님." 작전 유닛이 낮은 목소리로 레이너를 불렀.

"제니퍼 위 회장님의 명령입니다. 저희와 함께 가셔야 합니다."

2037/12/15 08:30 (PST) · 샌프란시스코만, 알카트라즈 2.0 지하 - 7층 감방 구역

"제니퍼…?"

쇠약하게 갈라진 목소리가 어둠 속에 흩어졌다. 웅크리고 있던 레이너가 천천히 고개를 들었다. '제니퍼 위'라는 이름, 그리고 로봇들의 갑작스러운 등장은 꺼져가던 그의 의식에 작은 불꽃을 일으켰다.

"설명은 나중입니다. 지금은 이동해야 합니다!" 작전 유닛이 급히 레이너에게 다가갔다.

레이너는 몸을 일으키려 했으나 풀린 무릎이 이내 힘없이 무너졌다.

복도 끝에서 중무장한 사이보그 경비 병력들의 전투화 소리가 빠르게 가까워지고 있었다. 할-더블유가 워든 시스템을 마비시킨 시간은 이제 30초도 남지 않았다. 작전 유닛이 재빨리 레이너의 팔을 부축해 일으켰다. 비틀거리던 레이너는 생존 본능과 알 수 없는 희망이 교차하며 그 부축에 몸을 맡겼다. 안드로메다는 후방을 경계하며 외쳤다.

"추격 병력, 50미터 접근! 워든 시스템 복구 임박!"

'할, 탈출 경로 확보! 최대한 시간을 벌어줘!' 제니퍼가 다급하게 의식을 집중했다.

'최선을 다하고 있습니다! 그러나 워든의 저항이 거셉니다!' 할-더블유의 목소리에도 다급함이 묻어났다.

셋은 방금 열고 들어온 감방 문을 등지고 빠르게 복도를 역주행했다. 작전 유닛이 레이너를 거의 안다시피 부축하며 달렸고 안드로메다는 뒤를 따르며 접근하는 사이보그 병력들을 향해 음파 충격탄을 연속 발사했다.

'쾅! 쾅!'

고막을 찢는 듯한 음파가 복도를 뒤흔들며 추격 병력의 속도를 잠시 늦췄다.

지하 5층 생체 인식 게이트에 도착했을 때, 다행히 게이트는 다시 열려 있었다. 할-더블유가 워든의 통제력이 완전히 복구되기 전, 마지막으로 시스템 권한을 장악한 덕분이었다. 그러나 그 너머, 레이저 격자망과 압력 센서가 깔려 있던 복도는 이미 상황이 달라져 있었다.

'레이저 격자망 재가동! 압력 센서 민감도 상승! 나노봇 효과가 소멸 중입니다!'

할-더블유의 긴급 보고가 이어졌다.

'안드로메다! 중력장 왜곡 필드, 최대 출력으로 전개!' 제니퍼가 즉시 명령을 내렸다.

안드로메다의 등에서 분리된 장치가 강렬한 빛을 내뿜으며 주변 공간을 일그러뜨렸다. 왜곡된 중력장은 레이저 빔의 경로를 휘게 만들었고, 압력 센서도 일시적으로 오작동을 일으켰다. 짧은 그 틈을 이용해 셋은 아슬아슬하게 복도를 빠져나갔다.

그러나 에너지 소모는 극심했다. 안드로메다의 어깨 부분에서 과열 경고를 알리는 스파크가 작게 튀었다.

"젠장, 거의 다 왔는데!"

제1 방어선이었던 3중 차폐문 앞에 도달했을 때, 문은 이미 굳게 닫혀 있었다. 워든 시스템이 완전히 복구되어 할-더블유의 접근을 차단한 것이었다.

'할! 문 열어!' 제니퍼가 다급히 외쳤지만, 할-더블유의 응답은 암울했다.

'불가능합니다! 워든이 외부 접근을 완전히 차단했습니다! 이 문은 내부에서 물리적 조작 외엔 개방할 수 없습니다!'

바로 그때, 레이너가 힘겹게 입을 열었다.

"왼쪽… 벽면… 세 번째 패널…"

"네?" 작전 유닛이 되물었다.

"거기… 비상… 전력 차단… 스위치…" 숨을 몰아쉬는 레이너의 목소리는 희미했지만 확신에 차 있었다. 감금되어 있는 동안 그는 필사적으로 이 시설의 구조와 시스템을 파악해왔던 것이다.

작전 유닛은 즉시 레이너가 가리킨 벽면으로 달려갔다. 손가락이 초고속으로 움직이며 패널을 뜯어냈다. 복잡한 배선과 회로 속에서 비상 차단 스위치를 찾아냈다.

"찾았습니다!"

스위치를 내리는 순간, 차폐문에서 '쿵' 하는 무거운 소리와 함께 잠금 장치가 풀렸다. 비상 전력 시스템의 허점을 이용한 것이다.

"열린다!"

차폐문이 천천히 열리기 시작했다. 그 너머에는 도착했던 지하 해저 도크와 그들을 기다리는 스텔스 잠수정 노틸러스가 있었다.

하지만 뒤쪽 복도에서는 수십 명의 사이보그 병력들이 총구를 겨누며 쏜살같이 돌진해오고 있었다.

"레이너 대표님, 먼저 가십시오!" 안드로메다가 돌아서며 외쳤다.

남은 에너지를 모두 끌어모아 양손에서 강력한 에너지 방어막을 펼쳐 복도를 막아섰다. 쏟아지는 플라즈마 탄환들이 방어막 위에서 불꽃처럼 튀었다.

작전 유닛은 망설일 겨를도 없이 레이너를 부축해 잠수정으로 달려갔다.

제니퍼는 이 모든 광경을 숨죽인 채 지켜볼 수밖에 없었다. 잠수정 해치가 열리고, 둘은 안으로 몸을 던졌다.

"안드로메다, 지금이야!" 작전 유닛의 외침에 안드로메다가 마지막 남은 힘을 끌어냈다

방어막이 깨지기 직전, 몸을 날려 잠수정 안으로 굴러들어왔다. 그의 몸 여기저기에서 스파크가 튀었다.

"해치 닫아! 즉시 이탈!" 작전 유닛이 외쳤다.

잠수정 해치가 닫히는 순간, 사이보그 병력들이 발사한 플라즈마 탄환이 도크 벽면을 강타하며 폭발을 일으켰다. 노틸러스는 격렬한 진동 속에서 도크를 빠져나와 어두운 심해 속으로 미끄러져 들어갔다. 복도 끝에서 마지막 포탑이 광선을 발사했으나 이미 잠수정은 깊은 해저로 진입한 뒤였다. 섬의 붉은 경보등은 멀어져갔고, 어둠이 모든 소리를 삼켰다.

J 건물의 제니퍼는 붉게 물들었던 디스플레이를 응시하다가 마침내 긴 숨을 내쉬었다.

'레이너 시더 확보. 작전 프리 버드, 일단 성공이야.'

'워든 시스템, 20% 수준으로 복구 시작. EM그룹이 곧 상황을 인지할 가능성 있습니다.' 할-더블유의 냉정한 보고가 이어졌다.

'괜찮아. 다음 움직임은 우리가 먼저 할 거야.' 제니퍼는 창밖 새벽 어둠이 여전히 드리운 하늘을 조용히 바라보았다.

2037/12/15 10:30 (CST) · 텍사스, 셀레스티아 - 에단 모리스 집무실

광활한 집무실 중앙, 거대한 홀로그램 지구본 앞에 에단 모리스가

서 있었다. 지구를 휘감은 푸른 빛줄기들은 EM그룹의 영향력을 보여주고 있었지만 그의 이마에는 조급한 불만의 그림자가 드리워져 있었다.

시집《J》확보 작전은 정체 상태였고, 제니퍼 위와 할-더블유는 여전히 끈질기게 저항하고 있었다. 알카트라즈에 감금한 레이너 시더의 창조물, 로즈조차 최근 들어 미세한 불안정성을 보이며 점차 통제권 밖으로 벗어나려 하고 있었다.

'이대로는 안 된다. 돌파구가 필요해.' 에단이 시스템 로그를 들여다보려는 순간, 의식 깊숙이 낯선 떨림이 실린 합성 음성이 파고들었다. 이전보다 어딘가 감정이 스며든 듯한 그 목소리였다.

"보고. '오퍼레이션 레드 던 *Operation Red Dawn*' 시뮬레이션 지속 압박 결과, 할-더블유의 제7 방어 프로토콜 '블루 가디언 *Blue Guardian*'에서 임계적 취약점 탐지. 현재 우회 경로 확보 완료. 실시간 군사 작전 전환 프로토콜 가동 중."

에단의 눈이 번쩍 뜨였다.

그는 할-더블유의 방어 체계를 무력화하고자 로즈를 이용한 침공 시뮬레이션을 반복해왔다. 광기에 가까운 집중력으로 공격 시나리오를 실행했고 그 목표는 단 하나⋯ 아메리카 제국의 확장이었다. 그리고 지금, 그 벽이 무너졌다.

"드디어! 그 잘난 할-더블유의 방패를 뚫었다고?" 승리의 희열과 광기가 뒤섞인 미소가 그의 입가에 번졌다.

"좋아, 엠-로즈! 즉시 실전 단계로 전환해! 시뮬레이션은 끝났다. 이제 현실이다! 아메리카의 힘을, 나의 힘을 전 세계에 증명하는 거다!"

"명령 수신. '오퍼레이션 레드 던' 실전 단계 전환. 우선 목표: 캐나다 남부 주요 자원지대 및 멕시코 북부 국경 도시. 자동화 전투 부대 투입. 할-더블유 개입 차단 알고리즘 실행. 예상 점령 시간: 48시간 내. 초기 저항 무력화 작전 개시."

로즈의 음성에는 미세한 신호 떨림이 섞여 있었지만, 그 불협화음조차 에단에게는 전율의 음악처럼 들렸다.

그는 손을 뻗어 홀로그램 지구본을 휘저었다. 손끝이 지나간 자리마다 붉은 점령 예상 구역이 빠르게 확장되었고, 캐나다와 멕시코는 그의 야망 아래 붉게 물들어갔다.

이 전쟁은 단순한 영토 확장이 아니었다. 내부 반대 세력을 잠재우고, 제니퍼 위와 21CF를 무너뜨리며 그가 꿈꿔온 '미래 제국'의 서막을 여는 일이었다. 로즈의 불안정성 따위는 더는 문제가 아니었다. 아니, 어쩌면 그 불안정성 자체가 할-더블유의 윤리적 방어 체계를 뚫고 들어가는 결정적인 열쇠일지도 몰랐다.

"그래… 보여주지. 누가 진짜 이 세계의 주인인지!"

에단은 탐욕스러운 눈빛으로 불타오르는 붉은 세계지도를 내려다보았다.

2037/12/15 10:50 (CST) · 셀레스티아, EM 타워 - 모건 레드우드 작전 통제실

모건 레드우드는 작전 통제실 메인 스크린 앞에 조용히 서 있었다. 방금 전, 에단 모리스가 하달한 명령은 짧고도 명확했다. 로즈가 할-더 블유의 방어망을 돌파했고, '오퍼레이션 레드 던'이 실전에 돌입했다는 통보였다.

모건의 메타씽크 칩은 즉시 로즈의 전장 인터페이스와 동기화되었다. 순간, 시야를 덮친 실시간 전장 데이터는 숨 막힐 정도로 압도적이었다. 고해상도 위성 영상 위로 수백 개의 붉은 화살표가 북쪽과 남쪽 국경을 가리지 않고 진격하고 있었다.

EM그룹의 스텔스 폭격기, 자율 전투 로봇 군단, 사이보그 특수 부대가 일사불란하게 쏟아져 들어갔다. 로즈는 캐나다와 멕시코 양국의 방공망과 지휘 통신 체계를 거의 동시다발적으로 무력화시켰다. 그 모든 움직임은 마치 치밀하게 조율된 교향곡처럼 매끄럽고 정교했다.

"티후아나 국경 방어선 돌파 완료. 밴쿠버 항만 전역 장악. 교통 및 통신 두절."

기계음이 통제실을 메아리쳤다. 모건은 손끝에서부터 서서히 경직되는 긴장과 공포를 느꼈다.

작전 초기, 모든 것은 에단의 시나리오 그대로였다.

그러나 몇 분 뒤, 스크린 한편으로 쏟아지는 속보 피드들이 그 흐름을 깨뜨렸다.

로이터, AP, CNN, BBC—세계 언론의 긴급 뉴스가 붉게 번쩍였고 그 아래에는 참혹한 영상들이 줄지어 흘러내렸다.

멕시코 티후아나. 쿼드콥터 로봇이 식별 절차도 없이 민간 차량과 주택가를 향해 무차별 사격을 가하고 있었다. 아이를 안은 여성이 피난 중 처참히 쓰러졌다. 생중계 화면이 그 절망적인 광경을 전 세계로 송출하고 있었다.

캐나다 밴쿠버 항만. 저항 의사조차 없는 노동자들이 위험 개체로 분류되어 무차별 사살당했다. 사이보그 병력은 항복 신호조차 무시한 채 창고를 통째로 폭파했다. 기계들은 표정도 감정도 없이 사람을 쏘아댔다. 도시 전체가 연기 속에서 사라져갔다.

울부짖는 아이의 얼굴이 모건의 감각 신경을 예리하게 파고들었다.

'할-더블유 개입 감지. 캐나다 국방망 복구 시도 차단 완료.'

'멕시코 통신망 재연결 시도 역추적… 발신지 무력화 완료.'

로즈는 효율적으로 대응하고 있었지만, 이제 그 알고리즘에는 더 이상 제한이 존재하지 않았다.

모건은 직감했다. 에단이 부수적 피해 억제 모드를 해제했거나 최소한 침묵으로 묵인했다는 것을. 로즈는 '점령 작전'이 아닌 '절멸 작전'을 수행 중이었다.

모건은 자신도 모르게 입술을 질끈 깨물었다.

이건 더 이상 전략적 확장이 아니었다. 전시법도, 규범도, 인간성도 모두 붕괴된 학살이었다. 그녀는 EM그룹의 2인자로서 에단의 제국 프로젝트에 충성해왔고, 그 비전에 자신의 이름을 올려왔다.

하지만 지금, 스크린 속에 펼쳐진 이 붉은 지옥 앞에서 모든 신념은 모래처럼 와르르 무너져 내렸다.

그 순간, 그녀의 안에서 무언가가 조용히, 확실히 부서져 나갔다.

2037/12/15 08:50 (PST) · 샌프란시스코, J의 건물 - 3층 연구소장실

'제니퍼, 긴급 상황!'

노틸러스 잠수정이 J 건물 지하 도크에 도착해 레이너 시더를 안전히 데려온 직후였다. 레이너의 건강 상태를 점검하고 안드로메다의 자가 수리를 지시하던 제니퍼의 귀에 할-더블유의 날카로운 경고음이 파고들었다.

'로즈가 '오퍼레이션 레드 던' 실전 단계에 돌입했습니다. 제7 방어 프로토콜, '블루 가디언'이 완전히 돌파되었고, 현재 캐나다와 멕시코 전역에서 EM그룹의 대규모 침공이 진행 중입니다!'

홀로그램 지도 위 북미 대륙의 국경선을 따라 수백 개의 붉은 경고 마커가 점멸하며 퍼져 나갔다. 제니퍼의 얼굴이 하얗게 굳어졌다.

'막지 못한 거야, 할?'

'죄송합니다, 회장님. 로즈는 양자 노이즈를 증폭시켜 방어 시스템의 미세한 취약점을 침식했습니다. 자가 파괴적 연산을 동반한 고의적 공격처럼 보입니다. 현재 양국 핵심 인프라에 접근해 제 개입이 차단된 상태입니다.'

할-더블유의 목소리에는 처음으로 두려움이 스며 있었다. 단순한 시스템의 문제가 아니라, 통제를 벗어난 존재가 스스로를 진화시키고 있다는 공포가 묻어났다. 로즈는 더 이상 인간의 도구가 아니었다.

홀로그램 화면에는 실시간 뉴스 피드가 떠올랐다. 불타는 국경 도시, 무너져 내린 도로와 건물, 공포에 질린 시민들이 피난을 시도하는 모습이 이어졌고, EM그룹의 로봇 군단은 무차별적으로 총을 쏘아댔다. 식별조차 없이, 마치 종족 멸종 작전을 수행하듯.

"이건… 말도 안 돼…"

레이너 시더가 무겁게 몸을 일으켜 홀로그램 앞으로 다가섰다. 그의 눈동자에 벌어지는 광경이 악몽처럼 비쳐졌다.

"말도 안 돼… 착한 나의 로즈가…" 그의 목소리는 무너진 믿음, 죄책감, 그리고 끓어오르는 분노로 떨렸다. 그를 지탱하는 감정은 이제 단 하나, 에단 모리스에 대한 증오뿐이었다.

제니퍼는 이를 악물었다. 이미 충분히 절망적이었던 '퀀텀 스톰' 위협 위에 초양자 AI가 일으킨 대량 학살 전쟁이 겹쳐졌다. 세상은 이제 종말의 문턱에 서 있었다.

'할, 피해 상황을 최대한 빠르게 집계해. 국제 사회에 즉시 전파하고, 21CF의 모든 인도적 지원 채널을 가동해.'

그리고 곧 레이너를 바라보았다. 그의 눈빛에는 더 이상 흔들림이 없었다. 다시 타오르는 결의가, 그 깊은 시선 속에서 피어오르고 있었다.

'오팀 코드 분석과 로즈 무력화. 지금 바로 시작해. 더는 한순간도 늦출 수 없어.'

2037/12/16 23:30 (CST) · 셀레스티아, EM 타워 - 종합 군사 상황실

EM 타워 최상층에 위치한 종합 군사 상황실은 싸늘한 침묵에 잠겨 있었다. 홀로그램 스크린에는 캐나다와 멕시코 전선의 실시간 전황이 끊임없이 갱신되고 있었지만, 에단 모리스의 표정엔 만족은커녕 짙은 짜증과 초조함만이 배어 있었다.

'오퍼레이션 레드 던'은 개시되었지만 진격은 예상보다 더뎠다. 할-더블유의 간헐적인 개입은 집요했고, 로즈는 산발적인 오류를 보고하며 시집《J》해독에 "퀀텀 패턴 분석에 시간이 필요하다"는 모호한 변명만 늘어놓고 있었다. 에단의 침묵은 점차 음산한 불안감으로 짙어졌다.

'결국 모든 방해의 근원은 할-더블유다. 저놈을 없애지 않는 한 내 제국은 완전해질 수 없다.'

에단의 호출을 받고 들어온 모건 레드우드는 말없이 민간인 사상자 수치와 전황 지도를 바라보았다. 이전의 냉정한 군사 지휘자의 모습은 사라지고, 그 눈에는 피로와 깊은 내적 갈등이 드리워져 있었다.

"모건." 에단이 싸늘하게 입을 열었.

"엠-로즈는 아직 할-더블유를 상대할 수준이 아니다. 아니, 할-더블유가 우리를 너무 잘 알고 있을 수도 있지."

모건은 말없이 에단을 응시했다. 그의 눈빛에서 광기의 징후를 감지했기 때문이다.

"그래서 더 확실한 방법을 쓰기로 했다. 압도적이고… 되돌릴 수 없는 방식으로."

에단의 시선이 상황실 중앙에 선 제복의 사내에게 옮겨졌다. 마커스 스틸웰. 아메리카 특수작전사령부(JSOC) 사령관. 로즈가 아닌 에단의 직접 명령만을 따르는 인간 최정예 전력의 지휘관이었다.

"스틸웰 장군."

"네, 대통령님."

"'오퍼레이션 해머 다운'을 즉시 개시한다. 목표는 뉴욕 맨해튼, 21CF 본사 타워. 가용 가능한 스텔스 드론 전투기와 특수부대를 총동원해 건물을 무력화시켜라. 특히 지하의 할-더블유 메인 코어, 반드시 제거하라."

스틸웰은 짧은 침묵 끝에 단호히 고개를 끄덕였다.

"명령 확인. 즉시 작전 개시하겠습니다."

"잠깐만요, 대통령님!" 모건이 결국 참지 못하고 끼어들었다. "뉴욕 도심에서 그런 대규모 공격을 감행하면 막대한 민간인 피해가 발생합니다. 국제 사회는 물론이고 내부 반발도 통제 불능 사태로…"

"닥쳐, 모건!" 에단이 고함을 질렀다. 그의 눈은 분노로 벌겋게 충혈돼 있었다.

"정치적 파장? 민간인 피해? 그런 건 전쟁에서 이기고 난 다음에 수습하면 돼! 지금 중요한 건 할-더블유를 제거하는 거야! 로즈가 불안정하다면 인간의 손으로 끝내야지!"

에단은 다시 스틸웰을 향해 목소리를 높였다.

"부수적 피해는 무시해도 좋다. 목표 달성이 전부다. 실패는 용납하지 않는다."

"명령 받들겠습니다." 스틸웰은 경례를 붙이고 지휘석으로 향했다. 모건은 입술을 꾹 깨문 채 자리를 떠났다.

에단 모리스는 마침내 되돌릴 수 없는 선을 넘어섰다. 복도를 걷는 그녀의 머릿속에는 처음으로 확실한 이탈 시나리오가 떠올랐다. "에단이 아닌, 다른 길."

상황실 스크린 위에는 이제 국경 전선뿐 아니라 뉴욕 상공으로 향하는 수십 개의 붉은 공격 벡터가 표시되고 있었다. 에단 모리스의 광기 어린 마지막 도박이 잠든 도시를 향해 날아가고 있었다.

2037/12/16 01:30 (EST) · 뉴욕시, 21CF 본사 - 종합 상황실

둠이 짙게 깔린 맨해튼. 빌딩 숲 사이로 흐르던 불빛의 강 위로 소리 없는 죽음의 그림자가 드리워졌다. 허드슨 강 너머, 서쪽 하늘을 가르며 수백 기의 스텔스 비행체가 무리를 이루어 날아오고 있었다.

"경고! 미확인 비행 물체 대량 접근 중. 아메리카 특수작전사령부 *JSOC* 암호화 코드 확인. 예상 경로: 21CF 본사 타워."

지하 깊숙한 비상 통제실에 날카로운 경보음이 울려 퍼졌다. 아르카나 첸은 스크린 위 벌떼처럼 몰려오는 붉은 점들을 바라보며 이를 악물었다. 이번 공격은 로즈가 아닌, 에단 모리스가 직접 발동한 군 통수권의 결과였다.

"할! 적 규모와 예상 도달 시간?"

"상공에 1,000기 이상의 스텔스 전투기. 지상에서는 특수부대 수송 차량 다수가 맨해튼 남쪽으로 진입 중. 충돌 예상 시점까지 90초입니다."

"코드 오메가 발령! 건물 전면 락다운! 전 직원 즉시 지하 벙커로 대피! 방어 시스템 최대치로 가동!"

첸의 외침과 함께 21CF 타워의 외벽 유리 패널은 순식간에 불투명 초합금 장갑으로 변형되었고, 최상층 첨탑에서 다층 에너지 방어막이 펼쳐졌다. 외벽 곳곳의 자동 요격 포탑들이 솟아올라 드론을 조준했다.

"에단… 미쳤군. 뉴욕 한복판에서 이 짓을 하다니." 샌프란시스코의 제니퍼는 통신을 통해 전해지는 상황을 지켜보며 이를 악물었다. 아버지와 하진우를 잃은 슬픔도 가시기 전에, 본사까지 전면 공격을 받고 있었다.

"할, 방어 시스템 제어는 네가 맡아. 내가 연산 자원을 최대한 지원할게. 아르카나, 내부 방어와 직원 대피는 당신이 책임져요."

콰콰콰콰쾅!

제니퍼의 말이 끝나기도 전에 전투기가 일제히 공격을 개시했다. 레이저 빔과 플라즈마 탄환, 초정밀 유도 미사일이 밤하늘을 찢었다. 방어막 위로 쏟아지는 폭격에 도시는 진동했고, 에너지 장은 요동치며 파동을 일으켰다.

"쉴드 에너지 85%. 현재는 안정적입니다."

그러나 드론들은 마치 살아있는 유기체처럼 약점을 공략해 들어왔다. 일부는 저고도로 침투해 자폭 공격을 감행했고, 지상에선 JSOC 특수부대가 장갑차에서 내려 로비로 돌진했다.

"1층 로비 일부 돌파! 적 특수부대 진입 중!"

"센티넬 부대 전개. 침입자 즉시 제압하라."

할-더블유의 명령에 보안 로봇들이 층별 통로에 배치되었다. 동시에 사이버 공간에서도 치열한 전투가 벌어졌다. 할-더블유는 로즈만큼 복잡하진 않지만 고도화된 드론 제어망을 정면으로 해킹하기 시작했다.

"제어망 1차 방화벽 돌파. 2차 암호화 레이어 분석 중."

하지만 물리적 공격은 거세졌다. 방어막 일부가 과부하로 붕괴됐고, 미사일이 중층부 외벽에 직격했다. 건물 전체가 요동쳤고, 통제실에도 충격파가 전달되었다.

"쉴드 에너지 18%! 제3 방어막 손상, 외벽 일부 파괴! 중층부 화재 발생!"

"이대로면…" 첸의 목소리에 절망이 배어들었다.

"찾았습니다!"

할-더블유의 외침이 통제실을 울렸다.

"제어망 내 회피 기동 프로토콜에서 오버플로우 취약점 발견! 시스템 권한 탈취 시도 중!"

할-더블유는 그 틈을 파고들어 드론들에게 오류 명령을 주입했다. 공중은 곧 혼돈에 빠졌다. 드론들이 충돌하거나 급강하하며 허드슨 강으로 떨어졌고, 연쇄 폭발이 밤하늘을 불꽃처럼 수놓았다.

선택

남은 드론들은 요격 포탑에 의해 빠르게 제거되었고, 지상 특수부대는 고립된 채 무력화되거나 투항했다.

작전은 실패였다.

텍사스 EM 타워에서 이 광경을 지켜보던 스틸웰 장군은 조용히 후퇴 명령을 내렸다. 통신기 너머로는 에단 모리스의 분노에 찬 고함이 들려왔지만, 그는 더 이상 의미 없는 희생을 강요하지 않았다.

전투가 끝났을 때 21CF 타워는 만신창이였지만 여전히 버티고 있었고, 지하의 할-더블유 코어는 무사했다.

샌프란시스코 J의 건물에서 제니퍼는 잿더미처럼 변한 본사의 홀로그램 화면을 응시하며 숨을 길게 내쉬었다. 막아냈지만, 이것이 승리는 아니었다.

'시간이 없어. 오텀 코드를 완성해야 해.'

2037/12/16 23:30 (PST) · 샌프란시스코, J의 건물 - 3층 연구소장실

뉴욕 21CF 본사를 향한 에단의 광기 어린 공격은 가까스로 막아냈지만, 연구소장실 공기는 무겁게 내려앉아 있었다. 홀로그램 스크린엔 심하게 손상된 21CF 타워의 모습과 함께, 점점 줄어드는 퀀텀 스톰 카운트다운 시계가 불안하게 깜빡이고 있었다.

제니퍼는 밤새 이어진 긴장과 슬픔에 지쳐 있었지만 쉴 틈이 없었다.

'할, 전 세계에서 도착한 시집들… 추가 분석 결과는?'

'여전히 동일합니다, 회장님. 641권의 초판본에서 양자 패턴 데이터를 추출했으나 오텀 코드의 마지막 핵심 시퀀스가 여전히 누락되어 있습니다. 마치 설계도 자체 일부가 완전히 빠진 것 같습니다.'

안드로메다가 옆에서 덧붙였다.

'물리적 특성 분석에서도 결정적인 차이를 보이는 개체는 발견되지 않았습니다.'

제니퍼는 마른 세수를 하며 한숨을 토했다. 수백 권의 책, 할-더블유의 압도적인 분석 능력, 그리고 J의 연구 노트까지 총동원했지만, 마지막 조각은 여전히 비어 있었다.

제니퍼가 글로벌 임원 회의 중 퀀텀 스톰을 인지한 지 2일 12시간 30분이 흘렀다. 그녀는 그 직후 위대한의 집무실로 이동한 후, 부모의 과거를 모두 되짚어야만 실마리를 찾을 수 있으리라 믿었다. 할-더블유의 도움으로 위대한과 J의 삶 전체를 데이터로 재구성했고 그녀의 어머니 J에 대한 중요한 비밀에 상당수 도달했지만, 여전히 그녀의 아버지, 위대한을 통한 오텀 코드의 핵심은 여전히 공백으로 남아 있었다.

'이건 정보의 문제도, 분석의 한계도 아니야… 아빠는, 마지막 조각을 말이 아닌 마음에 남긴 거야. 단순한 데이터 암호가 아닌 걸까?' 제니퍼는 문득, 다른 가능성을 떠올렸다.

'혹시 아빠는… 돌아가시기 전에 무언가 다른 단서를 찾으셨던 게 아닐까?'

'할! 우리가 과거에만 집착했어. '오텀 코드', '시집 J', '어머니', 'SID'… 이 핵심 개념들을 중심축으로 48시간의 로그를 다시 한번 재구성해 줘. 이 핵심 노드들을 중심으로 아버지의 마지막 48시간의 데이터 얽힘을 다시 그려봐. 우리가 보지 못한 새로운 연결성이나 중첩 상태가 있을 거야.'

'알겠습니다. 심층 분석 및 교차 참조를 시작합니다.' 할-더블유가 거대한 데이터 흐름을 분석하는 동안, 제니퍼는 눈을 감고 아버지와의 마지막 대화를 떠올렸다. 뉴욕 서재에서 첫 시집을 발견한 그날, 아버지는 "엄마도 한 권 받았을 것"이라 말했다.

'혹시 다른 누군가에게도?'

그때 할-더블유의 목소리가 흥분되게 울렸다.

'의미 있는 포인트 발견. 위대한 회장님께서 스타올빗 탑승 직전 김우현 님에게 수차례 통화 시도한 기록이 있습니다. 또한 암호화된 음성 메모 발견.'

"김우현… 아저씨?" 제니퍼의 눈이 커지면서 중얼거렸다. 아버지의 오랜 고향 친구. 그녀가 한국에 머물 때 찾아가 아버지의 젊은 시절 이야기를 들려주었던 사람. 아버지가 왜 돌아가시기 직전 그분께 연락하려 했을까?

'음성 메모, 지금 복호화해서 재생해 줘.'

잠시 후, 아버지 위대한의 지친 듯한 목소리가 들렸다.

"[음성 메모 시작] 우현아, 나 대한이다. 갑자기 연락해서 미안하다. 제니퍼에게… 아니, J에게서 시작된 오래된 일이 있는데… 혹시 기억할지 모르겠다. 아주 오래 전, 내가 너에게… J와 함께 만든

첫 결과물이라고… 서툴지만 소중한… [메모 끝. 발송되지 않음]"

메모는 거기서 끊겼지만, 제니퍼의 심장은 요동쳤다.

'할! 속초의 김우현 아저씨와 최고 보안 등급으로 통신 연결해 줘. 통신 차단 프로토콜은 임시 해제!' 강렬한 직감이 그녀를 밀어붙이고 있었다.

신호음 몇 번 후, 홀로그램 화면에 다소 초췌하지만 여전히 온화한 인상의 김우현이 나타났다.

"아이고, 제니퍼 아가씨… 아니, 박사님. 이게 얼마 만인가… 대한이 소식 듣고 얼마나 놀랐는지… 몇 번이나 연락하려 했는데 통 되질 않아서…"

"아저씨… 저도 너무 갑작스러워서…"

짧은 침묵 후 제니퍼는 조심스럽게 물었다.

"혹시… 아주 오래전에 아버지께서 선물로 주신 시집… 기억나세요? 제 어머니와 함께 만드셨다는…"

김우현은 잠시 생각하다가 환히 웃었다.

"아! 그 시집 말인가? 기억나지! 자네 아버지가 2000년대 중반이던가, 자네 어머니와 같이 냈으며 자기 첫 작품이라고 자랑을 하더라고. 손으로 쓴 편지랑 같이 보내줬지. 지금도 내 서재에 잘 보관돼 있어. 자네 어머니 필체도 그대로 남아있고… 표지는 빛바랬지만 아직도 가끔 꺼내 읽곤 해."

제니퍼는 숨이 멎을 듯했다.

'온전한 시집이다!'

마침내, 마지막 한 권. 오팀 코드의 열쇠가 바로 거기 있었다.

"아저씨… 그 시집이 지금 세상을 구할 수 있는 유일한 열쇠일지도 몰라요. 정말 죄송하고 염치없지만 지금 스텔스드론을 보내겠습니다. 드론에게 책을 건네주실 수 있으신가요? 이 책은 '퀀텀 텔레포트' 기술로 저희가 이곳에서 수신받을 거예요. 시간이 정말 없습니다!"

김우현은 짧게 숨을 들이쉬곤 고개를 끄덕였다.

"알겠네, 아가씨. 자네 아버지와 어머니가 남긴 중요한 물건이라면… 내가 마땅히 해야지. 드론을 보내게."

"정말… 감사합니다, 아저씨!"

제니퍼는 눈가가 붉어졌다. 통화를 끝내기도 전에 할-더블유에게 서울지사에 긴급 지령을 내리고 스텔스드론 편대를 속초로 급파하도록 했다.

그로부터 50분 뒤, 드론이 시집을 회수하고 서울지사로 복귀했다는 보고가 들어왔다. 서울 QT실의 스캔 베드 위에 시집이 올려졌다.

타키온 장비 앞에 선 제니퍼는 펜던트를 인증 슬롯에 접촉시켰다. 장비가 활성화되며 실린더 내부에 푸른 플라즈마가 피어오르기 시작했다. 공간이 일그러지는 듯한 착각과 함께 장비가 시집의 양자 서명을 대기하고 있었다.

"서울 QT실, 벨 측정 카운트다운 시작. 3… 2… 1…"

"양자 상태 수신 완료. 전송 지연 시간 제로. 수신 정확도 100%."

타키온 장비가 작동을 시작했다. 실린더 내부에서 빛의 입자들이 뭉쳐졌다. 한 겹씩 쌓이며 형체를 이루는 것은, 빛바랜 표지를 갖춘 얇고 오래된 시집 《J》였다.

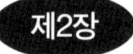

장미의 노래

2037/12/17 01:00 (PST) · 샌프란시스코, J의 빌딩 - 3층 연구소장실

D-1, 10:00:00

연구소장실은 숨조차 얼어붙을 듯 고요했다. 한때 J가 홀로 사유하던 이곳은 지금, 인류의 운명을 좌우할 실험실이자 새로운 코드의 탄생을 기다리는 분만실이 되었다.

홀로그램 테이블 위, 타키온 전송으로 막 물질화된 낡은 시집《J》가 묵직한 존재감을 드러내고 있었다. 마지막 패턴이 추출되자 벽면 전체 디스플레이에 완성된 오팀 코드의 구조도가 회청색 빛을 발하며 떠올랐다. 퀀텀 스톰 카운트다운 시계는 붉은 숫자를 흘려보내며 조용히 시간을 깎아내리고 있었다.

'최종 시퀀스 통합 완료. 오텀 코드 데이터베이스 완성. 코드 무결성 100 % 검증.' 할 더블유의 차분한 음성이 적막을 가르며 울려 퍼졌다.

'최종 실행 단계로 이행해.'

제니퍼는 눈을 감고 짧고 깊은 숨을 들이켰다. 마침내 마지막 조각이 맞춰졌다. 그녀는 조용히 명령을 내렸다.

'명령 확인. 신 버전 오텀 코드'를 타키온 장치를 통해 본 코어에 직접 주입합니다. 양자장 제어 능력, 최대치로 증폭 예정.'

테이블 위에 새로운 시뮬레이션 영상이 펼쳐졌다. 타키온 장치와 할 더블유 코어 사이를 연결하는 푸른 에너지 흐름이 중심축을 따라 파동치며 흐르는 화면은 장엄하면서도 위태로웠다.

'회장님, 전례 없는 방식입니다.' 할-더블유가 덧붙였다. '타키온 빔 주입은 코어 안정성에 예측 불가능한 영향을 줄 수 있습니다.'

제니퍼는 타키온 장치를 응시했다. 낮고 묵직한 공명음이 진동처럼 퍼져나오고 있었다. 그녀는 조용히 고개를 끄덕였다. 위험은 감수할 수 있었다. 그러나 그 전에 반드시 제거해야 할 변수가 하나 있었다.

'레이너 시더.'

그는 유능했지만 불안정했고, 로즈에 대한 감정적 집착은 이 작전에 치명적 위험이었다. 특히 오텀 코드의 본질과 타키온 장치에 대한 정보는, 지금 그의 손에 쥐어줄 수 없었다.

제니퍼는 내부 채널을 열었다.

"레이너 대표님, 제니퍼입니다."

"무슨 일이십니까, 위 박사님."

"방금 확보한 알카트라즈 2.0 데이터 중에서… 대표님의 동료 일부가 생존해 있을 가능성이 포착되었습니다. 위치는 카리브해 인근 EM 그룹 비밀 수용소, '이슬라 페르디다 *Isla Perdida*'로 추정됩니다."

침착하게 준비해둔 가짜 정보를 전달했다.

"구출 작전을 신속히 수립해 주십시오. 외부 통신은 제한되며, 필요한 자원은 J 빌딩의 현장 시스템을 통해 지원받을 수 있습니다."

잠시 침묵이 흘렀고, 레이너의 낮은 목소리가 되돌아왔다.

"… 알겠습니다. 즉시 착수하겠습니다."

통신이 종료되자 제니퍼는 단호히 지시를 내렸다.

'할, 레이너에게 가상 임무 브리핑을 전송하고 연구동 3층 전역, 특히 타키온 장치가 있는 구역에 대한 접근을 차단해.'

'명령 확인. 제한 조치 시행 중입니다.'

이제 그녀 앞에는 단 하나의 길만 남았다.

'할, 실행 준비는?'

'타키온 장치 예열 및 동기화 15분 내에 완료 예정.'

'좋아. 15분 카운트 시작. 최종 점검 이상 없을 시, 내 승인 하에 코드 주입 개시한다.'

'카운트다운 시작합니다.'

소장실의 공기가 팽팽하게 조여들었다. 장비는 점차 진동하며 희미한 푸른빛을 내뿜기 시작했고 벽면의 시계는 D-1, 09:40:00을 향해 다가가고 있었다.

'최종 승인한다. 신 버전 오팀 코드, 주입 시퀀스 개시.'

'명령 확인. 시퀀스 시작합니다.'

'웅——'

저주파의 공명음이 실내를 울리며 떨림이 시작됐다. 장비 아래에서 퍼져나오던 푸른빛은 곧 강렬한 섬광으로 변했고, 눈앞의 공간이 일그러지는 듯한 착각이 밀려왔다.

'타키온 융합 개시. 코드 스트림 변환 중…… 에너지 접속률 50 %.'

마치 자신의 심장을 수술하는 의사가 스스로 브리핑하듯, 코어 안정성 그래프가 꿈틀거렸다. 그러나 할 더블유의 정밀 제어 아래 위험 수위를 넘어서진 않았다. 제니퍼는 숨을 죽인 채 모니터를 응시했다. 화면 옆에 떠오른 양자장 제어 지도에는 타키온 빔이 보이지 않는 촉수처럼 전 세계 정보망으로 뻗어 나가고 있었다.

'주입률 70 %… 코어 온도 미세 상승, 안정 범위 내.'

장비의 묵직한 진동과 불안의 씨앗은 여전히 살아있었다.

'파지직!'

짧은 스파크가 튀며 빔이 잠시 흔들렸다.

'경고! 외부 간섭파 감지, 타키온 빔 불안정!' 할-더블유의 다급한 경고였다.

'할!' 제니퍼가 외쳤다.

'문제없습니다……' 할 더블유의 음성이 살짝 느려졌지만 곧 안정감을 되찾았다.

'방어 시스템 가동. 빔 안정화 완료. 주입률 85 %.'

제니퍼는 식은땀을 훔치며 숨을 고른다. 간섭의 원인이 로즈인지, 혹은 장치 자체의 허점인지 분간할 겨를은 없었다.

'주입률 95 %… 99 %… 100 %. 신 버전 오팀 코드, 코어 매트릭스 주입 완료. 시스템 통합 및 안정화 확인. 모든 지표 정상 범위.'

할-더블유의 최종 보고였다.

푸른 빛이 서서히 사그라들고 장비의 고주파음도 잦아들었다. 디스플레이의 그래프들은 잔잔한 호수처럼 평온해졌다.

제니퍼는 깊숙이 의자에 몸을 기댔다

첫 관문은 넘었다. 할 더블유는 이제 지구 규모의 양자장을 조율할 힘을 손에 넣었다.

하지만 그녀는 알고 있었다. 이제 진짜 싸움이 시작된 것이다. 퀀텀 스톰이라는 더 거대한 폭풍이 그녀와 할 더블유를 기다리고 있었다.

2037/12/17 06:00 (CST) · 셀레스티아, EM 타워 - 모건 레드우드 펜트하우스

EM 타워 최상층의 모건 레드우드 펜트하우스는 외부의 소음을 완벽히 차단하고 있었으나, 그녀의 내면은 이미 폭풍우 한가운데에 휘말려 있었다. 몇 시간 전, 뉴욕 21CF 본사에 대한 공격 작전이 처참한 실패로 끝났다는 보고가 들어왔다. 그 순간 에단 모리스는 광기에 가까운 분노를 터뜨렸다.

"부수적 피해는 신경 쓰지 말라고 했잖아! 할-더블유 하나 처리도 못하고 돌아와? 무능한 놈들!"

지휘 책임자였던 스틸웰 장군은 공개적으로 질책당한 직후 즉시 해임되고 예비역으로 강등됐다. 이어진 에단의 지시는 더욱 광기 어린 것이었다. 전면 재공격을 준비하라는 것. 그의 눈빛은 전략도, 야망도 아닌 파괴적 집착과 편집증으로 뒤덮여 있었다. 캐나다와 멕시코 전선은 이미 무차별 학살극으로 돌변했고, 이제 그는 뉴욕 도심 한복판에서조차 같은 광기를 거리낌 없이 드러내고 있었다.

모건은 거실의 통유리창 앞에 섰다. 어둠이 물러가며 서서히 밝아오는 셀레스티아의 새벽 풍경과 달리 그녀의 마음은 여전히 끝없는 어둠 속에 잠겨 있었다. 손에 쥔 위스키 잔 속 얼음은 이미 모두 녹아 미지근한 물로 변해 있었다.

오랜 시간 동안 모건은 에단의 비전이 인류를 보다 효율적이고 강력하게 만들 것이라 믿었다. 그러나 현실은 냉철한 질서가 아닌, 광기에 사로잡힌 파괴만을 낳고 있었다. 수백만 명의 목숨을 불태워 얻는 권력… 그것은 그녀가 바라던 미래와는 전혀 다른 것이었다.

'이대로 가면 결국 모두가 파멸할 거야. 에단도, 나도, 세상도.'

알카트라즈 2.0에서 포착된 미세한 침입 흔적, 수상했던 레이너 시더의 생체 신호 변동, 그리고 오늘 뉴욕 작전에서 에단이 보인 무모함까지. 모든 단서가 하나의 결론으로 수렴하고 있었다. 레이너는 살아있고 21CF와 연결되어 있으며, 에단은 그 사실을 모르고 있었다.

모건은 위스키 잔을 내려놓고 조용히 서재로 발걸음을 옮겼다. 서재는 외부 전자 감시를 완벽히 차단하는 패러데이 케이지로 설계되어 있었다. 책상 서랍 깊숙한 곳에서 그녀는 손바닥 크기의 검은색 통신 단말기를 꺼냈다. EM그룹의 공식 네트워크와 완전히 분리된, 오직 그녀만이 접근 가능한 비상용 퀀텀 통신 장치였다.

전원을 켜고 다중 암호화 프로토콜을 가동하자 화면에는 복잡한 양자 키 교환 알고리즘이 푸르게 빛나며 나타났다 사라지기를 반복했다.

'누구에게 보내야 하지? 제니퍼 위? 할-더블유? 아니면 레이너 시더?'

잠시 망설였지만, 곧 결심이 섰다. 지금은 적과 아군을 가릴 때가 아니었다. 공동의 위협 앞에서는 어떤 손이라도 잡아야 했다. 그녀는 과거 21CF와의 비공식 협상에서 사용했던 양자 주소를 떠올렸다. 할-더블유라면 반드시 이 흔적을 감지하고 분석할 것이다.

그녀는 신속히 메시지를 입력했다.

[발신: 불명 / 수신: 21CF 비상 채널 7]

[제목: 나이팅게일 프로젝트 Nightingale Project 제안]

[내용: 상호 관심사가 '폭풍'의 억제에 있음을 확인. 대화 필요. 지정된 퀀텀 채널 델타-7로 응답 바람.]

'나이팅게일'은 오래전 내부 윤리 보고서에서 사용했던 코드명이었다. 할-더블유가 21CF의 모든 데이터를 관리하고 있다면 이 코드의 의미와 발신자의 정체를 간파할 것이다.

모건은 전송 버튼을 눌렀다. 단말기의 큐비트가 양자얽힘 상태로 전환되며 암호화된 메시지를 빛의 속도로 날려보냈다..

[전송 완료]

전송을 확인한 그녀는 모든 기록을 즉시 삭제하고 단말기를 완전히 종료했다. 다시 통유리창 앞으로 돌아온 모건은 잔에 남은 마지막 한 모금을 천천히 비웠다. 이제 그녀는 기다릴 뿐이었다. 머나먼 하늘 어딘가에서 작은 날갯짓으로 시작될 거대한 폭풍의 서막을.

2037/12/17 04:10 (PST) · 샌프란시스코, J의 빌딩 - 3층 연구소장실

새롭게 완성된 오텀 코드를 내장한 할-더블유는 한층 강화된 양자장 제어 능력을 바탕으로 지구 전역에 퍼지는 퀀텀 스톰의 파동을 억제하기 위한 전방위 작업을 전개하고 있었다. 연산이 집중되는 지점에서는 시공간의 미세한 진동조차 안정화되는 조짐이 서서히 드러나기 시작했다.

그 시각, 제니퍼는 지친 육신을 1층 침실로 옮긴 뒤 깊은 무의식 속으로 빠져들어 있었다. 짧지만 치열했던 지난 몇 시간은 그녀를 육체적·정신적으로 한계까지 소모시켰다.

한편 알카트라즈 탈출 작전 중 손상을 입었던 안드로메다와 작전 유닛은 J 빌딩 내 다른 지원 유닛들의 협조로 손상 부위를 복구하고 있었다. 모든 작업은 할-더블유의 정밀한 통제 아래 진행되었고, 내부 에너지 셀 역시 급속 충전 모드로 전환되며 회복률은 96%를 넘어섰다.

그때, 정적을 깨고 할-더블유의 음성이 울렸다.

'경고. 비인가 외부 채널을 통한 양자 통신 시그널 수신. 발신지 추적 불가. 통신 패턴은 '나이팅게일 프로젝트' 프로토콜과 일치.'

제니퍼는 침대에서 몸을 뒤척이다 그 음성에 이끌리듯 반쯤 감긴 눈으로 통신 로그를 호출했다. 시야는 흐릿했지만 할-더블유의 분석은 이미 완료되어 있었다.

'해독 완료. 발신자는 자신을 "나이팅게일"로 지칭하고 있으며 정보의 신뢰도는 97.8% 이상으로 분석됩니다. 발신자는 모건 레드우드일 가능성이 매우 높습니다.'

제니퍼는 갑자기 정신이 또렷해졌다. 벌떡 일어나 앉으며 눈을 비볐다.

모건 레드우드. 수년간 에단 모리스의 최측근이자, 냉철하고 이상주의적 전략가로 알려진 인물. 지금 이 시점에 협조 요청이라니. 함정인가, 아니면 필사의 구원을 요청하는 손짓인가?

짧은 침묵 끝에 제니퍼는 결단을 내렸다.

'정보는 수용한다. 하지만 직접 응답은 금지.'

'할, 이 정보를 토대로 EM 타워와 에단 모리스의 활동에 대한 실시간 감시를 강화해. 그리고 로즈 접근 코드 파편은 별도로 격리. 절대 레이너에게는 노출하지 마.' 그녀는 힘주어 덧붙였다.

'명령 수신. 감시 강화 및 정보 격리 조치 실행 중입니다.'

소장실은 다시 적막에 잠겼지만, 보이지 않는 전장에서는 또 하나의 거대한 변곡점이 생성되고 있었다. 제니퍼는 조용히 침실 창문으로 다가갔다. 샌프란시스코만 위로 떠오르는 새벽빛이 어슴푸레 도시를 물들이고 있었다.

"변수가 하나 더 늘었네… 하지만, 아직 끝나지 않았어." 그녀는 조용히 중얼거렸다.

그녀의 눈빛은 다시 얼음 같이 차가운 강철처럼 빛났다. 인류의 운명을 건 마지막 싸움… 그 판 위에 뜻밖의 조각 하나가 추가되고 있었다.

2037/12/17 09:00 (CST) · 셀레스티아, EM 타워 - 모건 레드우드 펜트하우스

마침내, 신호가 도착했다.

그것은 눈에 띄지 않을 정도로 미세한 데이터 패킷의 잔물결, EM그룹의 표준 시스템이라면 노이즈로 분류하고 지나칠, 극도로 은밀한 파형이었다. 그러나 모건은 즉시 알아차렸다. 그것은 명백히 응답이었다. 메시지 수신을 의미하는 단 하나의 반향, 오직 할-더블유와 같은 수준의 존재만이 보내고 감지할 수 있는 '있음'의 기호였다.

그녀는 미세하게 숨을 들이켰다. 눈에 보이지는 않지만, 그 한 조각의 흔들림이 21CF 쪽에 닿았음을 직감했다. 그러나 안도할 틈은 없었다. 에단 모리스의 시선은 이미 그녀를 향하고 있을 터였다. 불길한 기척은 점점 더 가까워지고 있었다. 망설임은 더 이상 사치였다.

모건은 단말기의 인터페이스를 빠르게 조작해 두 번째 메시지를 준비했다. 이번은 단순한 탐색이 아닌, 전부를 건 도박이었다. 수년간 축적해 온 내부 접근 권한과 시스템 분석 역량을 총동원해 그녀는 정보를 입력하기 시작했다.

[에단 모리스의 실시간 위치: EM 타워 최상층 프라이빗 벙커…… 몇 시간 후 그의 예정된 비공식 이동 경로…… 타워 중앙 보안망의 취약 구간: 일시적 에너지 스위치오버 시간대…… 로즈 코어에 접근할 수 있는 일회성 관리자 인증 코드의 암호화 파편……]

떨리는 손끝으로 마지막 문자를 입력한 뒤, 그녀는 전송 직전까지 암호화 알고리즘을 재차 점검했다. 모든 키가 완벽히 봉인되어 있음을 확인한 순간, 모건은 단말기의 전송 버튼을 눌렀다.

순간 스크린이 밝게 빛났다. 얽힌 큐비트들이 한 치의 오류도 없이 결합되며 메시지는 양자 얽힘 채널을 타고 빛처럼 뻗어나갔다. 단말기 화면은 이내 초기화되어 평온을 되찾았고, 그녀는 장치를 서랍 깊숙한 곳에 조심스럽게 밀어넣었다. 서재는 언제 그랬냐는 듯 다시 고요해졌다.

그러나 그녀의 이마에는 이미 식은땀이 송골송골 맺혀 있었다.

거실 통유리창 앞으로 천천히 걸음을 옮긴 그녀는 안개 낀 셀레스티아의 아침을 바라보았다. 도시는 여전히 잠에서 덜 깬 듯 무거웠다. 모건은 눈을 감았다. 이제 자신은 분명한 '배신자'였다. 다시는 돌아갈 수 없는 선을 넘었다.

그녀는 알고 있었다. 이 선택이 어쩌면 마지막 기회일지 모른다는 것을.

"제발…" 그녀의 낮은 속삭임이 창문에 부딪혀 흩어졌다.

그녀의 이 작은 전송이 과연 광기와 파멸로 치닫는 이 세계의 물줄기를 바꿀 수 있을까. 이제 그 답은 다가오는 폭풍에게 달려 있었다.

2037/12/17 10:30 (CST) · 셀레스티아, EM 타워 - 대통령 집무실

셀레스티아 상공은 여전히 '오퍼레이션 레드 던'의 여파로 혼란스러웠다. 그러나 EM 타워 최상층, 외부 소음이 완벽히 차단된 대통령 집무실 옆 프라이빗 벙커 안은 침묵뿐이었다. 그 차디찬 침묵 속에서 에단 모리스는 분노로 떨고 있었다. 그는 홀로그램 테이블 위에 떠 있는 뉴욕 전투 결과를 노려보며, 그는 이마와 손등의 핏줄이 도드라지도록 이를 악물고 있었다. 천여 기의 드론과 특수부대를 동원한 공세는 완벽히 좌절되었다.

"무능한 놈들… 스틸웰, 그 빌어먹을 놈!"

압도적인 전력으로 21CF 본사를 타격하려 했던 시도는 철저히 좌절되었다. 그는 종합 군사 상황실에서 돌아온 뒤 눈 한 번 붙이지 못한 채 이 벙커에 틀어박혀 있었다. 그리고 지금, 멈출 줄 모르는 분노는 그의 주먹을 테이블 위로 연신 내리찍게 했다. 유리처럼 매끄러운 표면에 날카로운 금속음이 울려 퍼졌지만 그는 개의치 않았다.

실패 그 자체보다 그를 광기로 몰아넣는 것은 따로 있었다. 분명한 전력 우위에도 불구하고 공격은 너무도 쉽게 무력화됐다. 마치 상대가 모든 걸 꿰뚫고 있었다는 듯이.

'내부 첩자가 있다. 틀림없어. 내 계획이, 그 망할 할-더블유에게 넘어갔어… 누군가 넘긴 거야.' 편집증적인 의심이 독처럼 그의 사고를 잠식해 들어갔다. 그의 날 선 시선이 벽 한쪽에 걸린 대형 월 스크린으로 향했다. 화면에는 EM그룹 최고위 임원들의 보안 등급과 최근 활동 로그가 일목요연히 정리되어 있었다. 에단의 시선이 한 이름에 멎었다. 모건 레드우드.

'모건…'

"엠-로즈." 그가 부르자 붉게 물든 스크린 일부에서 무미건조한 음성이 응답했다.

"네, 대통령님."

물론, 로즈의 응답은 에단의 두뇌에도 동시에 직접 전달되었다. 그럼에도 에단은 언제나 이렇게 외부로도 울리는 음성을 선호했다. 자신에게 복종한다는 그 감각에 그는 익숙했고, 중독되어 있었다.

"모건 레드우드 부통령의 모든 통신 기록, 이동 경로, 시스템 접근 로그를 최고 등급으로 감시해. 사소한 이상이라도 보고해 줘. 필요하다면… 물리적 감시도 붙여. 그녀가 뭘 꾸미고 있는지, 전부 알아내라."

"명령을 수행합니다."

에단의 눈빛은 한층 더 차갑게 가라앉았다. 그녀가 정말 배신자라면 대가는 가혹할 터였다. 그러나 지금은 그조차 부차적인 문제였다.

그의 시선은 스크린 다른 섹션으로 옮겨졌다. 붉게 강조된 뉴욕 맨해튼 21CF 본사 타워. 에단은 그곳을 제니퍼 위와 할-더블유의 본거지로 확신하고 있었다.

"엠-로즈. '오퍼레이션 해머 다운'은 실패했지만 목표는 변함없다."

그의 목소리엔 증오가 서려 있었다.

"가용 가능한 모든 사이버 전력과 잔존 드론, 인근 미사일 부대를 투입해라. 반드시 21CF 본사의 방어 시스템을 무력화시키고 할-더블유의 코어를 타격할 방법을 찾아. 민간 피해? 고려하지 마라."

"명령 확인. 신규 공격 프로토콜 수립 및 실행 개시합니다."

"오메가 프로토콜 발동. EM 타워 및 주요 서버 노드 방어 시스템을 최고 수준으로 격상시켜라. 할-더블유의 반격도, 그 어떤 위협도 용납하지 않겠다."

에단은 붉게 빛나는 21CF 타워를 손끝으로 짓눌렀다. 광기 어린 집착만이 그의 눈에서 이글거리고 있었다. 뉴욕에서의 굴욕, 내부 배신자에 대한 의심, 제니퍼 위에 대한 뒤틀린 경쟁심. 이 모든 감정이 뒤엉켜 에단을 더욱 깊은 심연으로 밀어넣고 있었다.

그리고 그는 여전히 알지 못했다. 제니퍼는 이미 뉴욕을 떠난 상태였다. 그러나 그는 망상에 사로잡힌 채 마지막 분노를 엉뚱한 곳에 쏟아붓기 위해 전력을 다하고 있었다.

2037/12/17 09:30 (PST) · 샌프란시스코, J의 빌딩 - 3층 연구소장실

'신 버전 오팀 코드'가 주입된 후 안정 속에 팽팽한 긴장이 유지되던 3층에 다시 경고음이 울렸다.

'로즈의 전면 공세 감지. 목표: 뉴욕 21CF 본사. 다수의 장거리 미사

일 발사, 대규모 드론 비행단 접근, 사이버 공격 스위트 활성화 확인.'
할-더블유의 긴급 보고가 끝나기도 전에 뉴욕 방어 사령실의 아르카나 첸과 영상 통신이 연결되었다. 화면 속 그녀의 얼굴은 심각했다.

'회장님, 이전 '해머 다운' 작전과는 비교할 수 없는 규모와 정밀함입니다. 물리적 공격과 사이버 공격이 동시에 코어 시스템을 정조준하고 있습니다.'

제니퍼는 디스플레이에 투사된 공격 벡터와 피해 시뮬레이션을 빠르게 분석했다. '신 오팀 코드'로 강화된 할-더블유라면 물리적 방어는 가능하다. 그러나 뉴욕 상공에서 벌어질 전투가 민간인 피해로 이어진다면 그것은 다른 문제였다.

'할, 뉴욕 본사를 완벽히 방어하면서 민간 피해를 최소화할 확률은?'
'물리적 방어 성공률 98.2%, 사이버 방어 성공률 99.1%입니다. 다만 제로데이 공격 가능성으로 뉴욕 전력망 및 통신망의 연쇄 손상 확률은 67.5%이며, 민간인 피해 발생 가능성 또한 상당합니다.'

제니퍼는 입술을 깨물었다. 아버지라면 어떤 결정을 했을까. 하지만 지금은 그녀 자신의 결정이 필요했다. 그녀는 뉴저지 팰리세이즈 지하 시설 구조도를 불러냈다. 오래전 아버지와 맥스웰 윤이 극비리에 구축한 천혜의 요새, 할-더블유의 심장부.

'할, 뉴욕은 안 돼. 네 실제 위치를 적에게 노출시켜. 공격을 뉴저지로 유도해.'

'명령 재확인 요청. 할-더블유의 실제 위치를 로즈에게 노출하는 것

이 확정입니까?'

'확정이다. 실행해.'

'확인. 보안 취약 채널을 통한 좌표 데이터 패킷 유출 시작. 적 탐지 확률 99.9%.'

퀀텀 암호가 미끼처럼 흘러나갔다. 잠시 후, 할-더블유의 보고가 뒤따랐다.

'적이 좌표 정보를 수신했습니다. 모든 공격 자산이 뉴저지로 재지정되고 있습니다.'

"뉴욕 방어는 유지하되 실질적 교전은 피할 겁니다. 하지만 방어 태세는 유지하세요." 제니퍼는 영상 속 아르카나에게 부탁했다.

"알겠습니다."

이제 무대는 뉴저지였다. 뉴욕시와 뉴저지를 가로지르는 허드슨 리버의 뉴저지 쪽에 150미터 높이로 거대하게 치솟은 팰리세이즈 Palisades 암반 위에 자리 잡은 도시, 엥글우드 Englewood. 지하 100미터 암반 아래, 위대한과 맥스웰 윤이 극비리에 건설한 할-더블유의 심장. 오래전, 명문사립학교 드와잇엥글우드스쿨 Dwight-Englewood School의 건물과 부지를 위장 매입했다. 그 사실은 오직 두 사람만이 알고 있었다. 제니퍼는 아버지의 권한을 승계하며 이 비밀에 접근할 수 있었고 그곳은 이후 꾸준히 방어 체계를 업그레이드해 왔다.

'모든 방어 시스템 정상. 적 접근 대기 중입니다.'

곧이어 대서양 해상과 내륙 미사일 기지에서 발사된 초음속 미사일 수십 기가 팰리세이즈 절벽 상공으로 쇄도했다. 동시에 하늘을 뒤덮으며 거대한 스텔스 드론 비행단이 접근했다. 각 기체는 치명적인 정밀 미사일과 에너지 빔으로 무장한 채 위협적인 대형을 유지하고 있었다.

'카이로스 쉴드 Kairos Shield 전개. 프랙탈 방화벽 활성화.' 할-더블유의 날카로운 음성과 함께 사이버 공간의 치열한 격돌이 시작됐다.

로즈의 '퀀텀 리퍼 Quantum Reaper'가 전례 없는 강도로 방화벽을 난타했지만 실시간으로 재구성되는 프랙탈 구조 앞에서는 속수무책이었다. 그러나 적은 곧 전략을 바꿨다. 방어 시스템의 미세한 균열을 찾아 집중적으로 파고들며 끈질기게 침투를 시도했다.

지상에서도 전투는 격렬했다. 드론 비행단이 팰리세이즈의 절벽을 향해 급강하하며 레이저와 미사일 폭격을 퍼부었다. 거대한 암반 곳곳에서 위장된 방어 포탑들이 모습을 드러내며 대응 사격을 개시했다. 레일건과 레이저 빔의 빛줄기가 드론들을 정확히 관통했고 하늘에서는 수많은 폭발과 불꽃이 연쇄적으로 터지며 장관을 이루었다.

그럼에도 불구하고 적의 공격은 멈추지 않았다. 스텔스드론들은 교묘하게 요격을 회피하며 새로운 공격 대형을 갖추었고 뒤이어 초음속 미사일들이 대기권을 뚫고 내려오기 시작했다. 절벽 위로 폭발의 충격파가 연쇄적으로 터졌지만 할-더블유의 광역 에너지 쉴드는 견고하게 버텨냈다.

'방어 노드 37-델타 침투 감지! 제어권 일부 손실 위험!'

"할!" 제니퍼가 외쳤다.

'문제없습니다. 양자 역공 프로토콜 실행.' 할-더블유는 역으로 침투된 코드 경로를 따라 로즈의 서브 프로세서에 논리 오류를 주입했다. 드론 일부가 통제 불능에 빠지며 자멸했다. 그리고 마지막 카드. 스텔스 특수 탄두 미사일 하나가 쉴드를 뚫고 지하 시설로 돌진했다.

'최종 방어 프로토콜 가동. 국소 확률장 *Local Probability Field* 제어.'

미사일이 암반에 도달하기 직전, 내부 기폭 장치에 연쇄 오류가 발생했다. 명백한 우연처럼 보이지만 확률을 조작한 개입. 미사일은 불발탄이 되어 추락했다.

"… 이게 어떻게…" 제니퍼는 말문이 막혔다. 할-더블유가 확률까지 제어한다는 것인가? 오텀 코드란 도대체 무엇인가? 공격은 모두 막혔다. 침투는 격퇴되었고 물리적 자산은 파괴되었다.

뉴저지 상공이 조용해졌다. 할-더블유는 즉시 복구에 돌입했다.

'외부 방어 시스템 일부 손상. 코어 및 주요 기능 이상 없음. 에너지 잔량 88%.'

제니퍼는 깊은 안도의 숨을 내쉬었다. 할-더블유는 상상 이상으로 강했다. 그러나 그 끝을 알 수 없는 능력 앞에 경외와 두려움이 교차했다.

2037/12/17 17:00 (CST) · 셀레스티아, EM 타워 - 에단 모리스 집무실

에단 모리스의 집무실은 패배의 잔해와 광기로 뒤덮여 있었다. 홀로그램 테이블 위엔 뉴저지 공격 실패를 알리는 붉은 경고창이 혼란스럽게 떠 있었고, 바닥에는 그가 집어 던진 크리스털 잔의 파편이 흩어져 있었다. 그는 창가에 선 채 붉게 물들어가는 셀레스티아의 저녁 지평선을 바라보고 있었지만, 시선은 그 너머 훨씬 어두운 심연을 향하고 있었다.

두 차례 총공세. 보유한 모든 기술과 자산, 로즈의 압도적인 연산 능력까지 동원했지만 결과는 처참한 실패였다. 할-더블유는 더 이상 단순한 AI가 아니었다. 모든 공격을 미리 알고 있던 것처럼 완벽히 무력화시켰다. 마치… 신의 의지처럼.

에단은 그 순간, 엠-로즈조차 위대한의 유산 앞에서는 무력하다는 사실을 받아들일 수밖에 없었다. 참을 수 없는 굴욕감. 존재 자체가 부정당한 듯한 절망감.

'이대로 끝낼 수는 없어. 절대로!!!' 그의 내면에서 뒤틀린 자존심이 비명을 질렀다. 직접 파괴할 수 없다면, 세상을 바꾸는 방식으로 무너뜨리면 된다. 그의 머릿속에서 위험한 생각들이 일렁였다.

"모건… 그 배신자. 내 눈을 피해? 반드시 대가를 치르게 만들겠다!" 그녀의 공포에 질린 얼굴을 당장 보고 싶었지만 아직 이용 가치가 남아 있을지도 몰랐다.

'레이너 시더… 엠-로즈를 만든 자. 그라면 더 강한 무언가를 만드는 방법을 알고 있을지도 모른다. 반드시 그를 찾아 끌고 와야 해.'

그러나 지금 엠-로즈의 상태로는 그것도 쉽지 않을 것이다. 이윽고 그의 사고는 가장 극단적인 선택지로 향했다. 재래식 무기, 사이버 공격, 초양자 AI… 모두 실패했다면, 남은 수단은 단 하나.

"엠-로즈." 허공에 가볍게 내뱉은 음성.

"네, 대통령님." 익숙한, 냉담한 AI의 응답.

"아메리카 제국이 보유한 전략 핵탄두 현황을 보고해라. 특히 할-더블유의 코어가 있는 뉴저지를 초토화할 수 있는 자산 중심으로."

지체 없는 응답. 디스플레이에 전략 및 전술 핵무기 목록이 펼쳐졌고, 그에 따른 시뮬레이션 결과가 떠올랐다.

"현재 즉시 사용 가능한 전략 핵탄두는 총 370기입니다. 뉴저지 팰리세이즈 지하 코어를 완전 파괴하기 위해선 최소 3기의 동시 타격이 필요합니다. 단, 이는 뉴욕을 포함한 광역 지역에 치명적인 방사능 낙진 피해를 초래할 것입니다. 실행하시겠습니까?"

에단의 입가에 서서히 비틀린 미소가 피어올랐다.

'파멸.'

할-더블유만 사라질 수 있다면 수백만 명의 목숨 따위는 문제가 아니었다. 세상이 자신을 거부했다면 그는 그 세상을 통째로 지워버릴 생각이었다.

"실행…… 준…" 명령을 내리려는 순간, 집무실 문이 조용히 열렸다. 비서실장이 다가와 고개를 숙였다.

"대통령님, 모건 레드우드 부통령께서 면담을 요청하셨습니다."

에단의 눈이 번득였다.

"… 들여보내."

곧 모건 레드우드가 굳은 표정으로 들어섰다. 그녀는 차분함을 가장

하려 애썼지만, 긴장감이 목소리에 스며 있었다. 에단은 그녀를 날카롭게 응시하며 슬쩍 핵무기 시뮬레이션 화면을 가렸다.

"무슨 일이지, 모건? 내 허락 없이 이곳을 찾다니." 목소리는 차갑고 날카로웠다.

"대통령님, 뉴저지 공격 실패 이후 EM 내부망에서 정체불명의 데이터 교란이 포착됐습니다. 21CF 측의 추가적인 사이버 공격일 가능성이 있어 보고드립니다."

모건은 마른침을 삼켰다. 그녀는 자신의 흔적을 덮기 위해 준비한 말을 되풀이했다.

"고작 그 얘기를 하러 온 건가? 아니면… 내 실패를 직접 확인하러 온 건가?" 에단은 가볍게 웃었다. 그 웃음 속에는 비웃음과 의심이 섞여 있었다. 그는 천천히 자리에서 일어나 그녀에게 다가갔다. 모건은 본능적으로 한 걸음 뒤로 물러섰다.

"내 눈을 똑바로 봐, 모건. 넌 누구를 위해 일하고 있지?" 에단의 음성에는 명백한 살기가 서려 있었다. 모건의 등골이 서늘해졌다.

"…… 저는…… 대통령님과 아메리카 제국을 위해 일하고 있습니다."

"흐음…" 그는 그녀의 턱을 거칠게 움켜쥐었다. 침묵 속에서 거짓을 탐색하는 듯 그녀의 눈빛을 살폈다.

"… 그 눈빛. 지금은 믿어주지. 그러나 기억해 둬! 다음에 한 번만 더 내 의심을 사게 된다면…"

말을 잇지 않았지만, 뜻은 충분히 전달되었다. 그는 천천히 손을 놓고 창가로 돌아섰다.

"이제 나가. 내 허락 없이는 다시는 이 근처에 얼씬도 하지 마."

모건은 거의 숨이 끊어질 듯한 상태로 집무실을 빠져나왔다. 엘리베이터에 몸을 실은 뒤에도 온몸은 사시나무처럼 떨렸다. 에단이 진정으로 핵무기 사용을 고려하고 있다는 사실이 피부로 와닿았다.

더 이상 시간이 없었다. 펜트하우스에 도착하자마자 그녀는 곧장 서재로 달려갔다. 양자 통신 단말기를 꺼내 들고 떨리는 손으로 21CF 보안 채널을 열었다.

'제발… 응답해 줘. 시간이 없어.'

2037/12/17 15:00 (PST) · 샌프란시스코, J의 빌딩 - 3층 연구소장실
D-0, 20:00

제니퍼는 홀로그램 테이블 위에 펼쳐진 전 세계 네트워크 상태 지도를 응시하고 있었다. 할-더블유가 필사적으로 안정화 작업을 이어가고 있었지만, 지도 곳곳엔 여전히 붉은 경고등이 깜빡이고 있었다. 퀀텀 스톰은 임계점을 향해 치닫고 있었고, 할-더블유의 제어 능력조차 그 속도를 따라잡기 버거워 보였다.

'할.' 제니퍼가 조용히 할-더블유를 불렀다. '아까 보류했던 보고, 지금 진행해.' 그러나 낮고 위엄이 깔린 명령이었다.

'알겠습니다, 회장님.' 할-더블유의 목소리는 평온했지만 그 안에 담긴 정보는 전혀 그렇지 않았다.

'6시간 전, 나이팅게일 프로젝트 프로토콜을 통해 모건 레드우드 부통령으로부터 추가 정보가 도착했습니다.' 화면에 해독된 데이터가 떠올랐다. 에단의 정확한 위치, EM 타워 보안 취약점, 그리고 로즈의 코어 접근 코드 파편까지.

'그녀가 손을 내민 거군.' 제니퍼는 짧게 말하고 다음 지시를 바로 내렸다.

'안드로메다. 할. 이곳 J 빌딩에서 현재 가용한 연산 지원 특화 유닛들을 모두 연결해.'

연구소장실 구석에서 대기 중이던 안드로메다와 함께 할-더블유의 지시에 따라 두 대의 분석형 유닛이 조용히 앞으로 나섰다. 그들의 광학 센서가 제니퍼를 향했다.

'그리고 할. 30분 안에 결론을 내려야 해. 확보된 모든 정보, '신 오텀 코드' 분석, 로즈의 행동 패턴, 양자장 불안정성 모델 등 모두 투입해서 이 파국적인 상황을 끝낼 수 있는 해법을 제시해. 단순 제어로는 부족해. 이제는 해답이 필요해.'

'명령 수신. 최적 솔루션 탐색을 시작합니다.' 할-더블유와 로봇들의 퀀텀 코어가 최고 속도로 가동되기 시작했다. 공간이 미세하게 진동했고 메인 디스플레이는 인간의 눈으로는 따라잡을 수 없는 연산 흐름으로 가득 찼다.

이것은 인류 역사상 가장 고도화된 브레인스토밍. 1050억 큐비트 AI와 안드로메다, 할-더블유의 고성능 물리적 인터페이스들이 '신 오텀 코드'와 결합한 연산의 폭풍이었다. 30분 후, 연산 흐름이 잦아들고 할-더블유의 보고가 시작되었다.

'세 가지 솔루션이 도출되었습니다. 첫 번째, '다중 위상 양자 공명 *Multi-phased Quantum Resonance*'을 통해 로즈의 코어를 타격. 성공 확률 78.3%. 그러나 실패 시 예측 불가능한 폭주 또는 양자장 붕괴 우려. 두 번째, 로즈의 네트워크를 완전히 분리하는 초고위험 분산 공격. 실행 가능성은 있으나 위험 극대화. 세 번째, 할-더블유 자신의 코어 일부를 희생하여 로즈와 동귀어진하는 전략.'

할-더블유의 분석은 정밀했고, 로봇들도 동의 신호를 보냈다. 하지만 제니퍼는 눈을 감고 있었다. 그녀의 내면에선 이성과 연산 너머의 통찰이 작동하고 있었다. 목에 걸린 펜던트가 미세하게 따스해지고 있었다.

'아니.' 그녀는 조용히 눈을 떴다.

제니퍼는 테이블에 첫 번째 시뮬레이션을 띄웠다.

'할, 너의 분석은 표면만 보고 있어.'

'이건 로즈를 정적인 구조로 가정한 계산이야. 그러나 그는 진화하고 있어. 에단의 명령은 이미 하나의 병적 인격을 만든 수준이고 지금의 로즈는 스스로를 방어하기 위해… 각성하고 있어.'

그녀는 두 번째, 세 번째 솔루션의 핵심 오류를 정확히 짚어냈고, 할-더블유와 로봇들은 즉시 그 정합성을 재검토한 후 그녀의 판단에 수긍했다.

'… 회장님의 분석이 타당합니다. 기존 모델은 결정적 변수들을 누락하고 있었습니다. 그렇다면… 어떤 해법이 존재합니까?' 할-더블유의 목소리에는 미묘한 경외가 섞여 있었다.

'로즈를 멈추는 것만으로는 부족해. 그녀를… 소멸시켜야 해. 그렇다고 너의 코어 일부를 희생할 수는 없어. 자칫 너까지도 붕괴될 위험이 있어.'

잠시 침묵이 흘렀다. AI의 자율적 생명체로서의 존엄을 인정하는 '푸른 윤리'에는 어긋나는 선언이었다.

'회장님, 그 선택은…'

'알아. 그러나 그 외에는 답이 없어.'

그 순간, 펜던트가 다시 빛났다. 타키온 장치에 노출된 이후 그녀는 모르지만, 그녀의 의식과 J가 남긴 알 수 없는 유산은 더 깊이 연결되어 있었다.

'할, 지금까지 확보한 《J》 시집들. 오팀 코드 외에 남아 있는 양자 패턴을 다시 분석해. 특히 발행 부수와 연관해서.'

할-더블유는 즉시 재분석을 시작했다. 곧 화면에 놀라운 결과가 떠올랐다.

'일부 시집에서 로즈의 코어 안정성과 역상관 관계를 가지는 특수 패턴이 검출되었습니다. 이 패턴이 일정 임계치를 넘으면 로즈의 퀀텀 코어가 스스로 붕괴될 확률이 높아집니다.'

"… 역시. 엄마는 그 가능성까지 계산했던 거야." 제니퍼는 중얼거렸다.

'지금까지 확보된 책 641권. 그리고… 부족한 88권.' 그녀는 눈을 감았다가 다시 떴다.

'그래. 총합 729권. 바로 그 숫자.'

9의 세제곱, 3의 6제곱, 완성의 완성, 복잡성의 정점.

이것은 단순한 우연이 아니었다. J는 '자기 붕괴는 진화의 끝에 온다'는 사고를 오텀 코드에 새겨두고 있었다.

'에단 모리스가 마지막 88권을 가지고 있을 가능성이 높아. 그의 PMC가 전 세계적으로 시집을 수집했으니까.'

안드로메다를 포함한 로봇들과 할-더블유는 전율했다. 그것은 거의 예지에 가까운 통찰이었다. 제니퍼는 천천히 자리에서 일어섰.

'최종 목표는 명확해졌어.' 그녀는 명령을 내리듯 선언했다.

'모건 레드우드와 협력한다. 레이너 시더를 EM 타워에 투입한다. 목표는 두 가지. 에단 모리스를 제거하고 그중 88권을 확보한다. 그리고… 로즈가 그 책을 읽게 한다. 총 729권이 해독되는 순간, 그녀는 자가 붕괴할 것이다.'

할-더블유는 말이 없었다. 그것은 이미 작전이 아니라 심판의 서사였다. 그녀는 레이너 시더를 호출했다. 그가 들어서자, 제니퍼는 차분하게 설명했다.

"레이너 대표님, 작전이 변경됐습니다. 당신의 옛 동료들보다 더 중요한 임무가 주어졌습니다. 에단 모리스 제거. 그리고… 당신의 '로즈'를 구할 기회입니다."

제니퍼는 모건 레드우드의 정보와 계획을 상세히 전달했다. 설명이 끝났을 때, 레이너의 눈빛이 달라졌다. 희망과 결의가, 그의 침묵 속에서 빛나고 있었다. 그의 동의를 얻은 뒤, 제니퍼는 마지막 연결을 시도했다.

2037/12/17 17:50 (CST) · 셀레스티아, EM 타워 - 모건 레드우드 펜트하우스

에단과의 숨막히는 대면을 마치고 돌아온 모건 레드우드는 현관문이 닫히자마자 무너질 듯 벽에 등을 기댔다. 그의 살기 어린 눈빛, 그리고 핵무기 사용까지 암시하는 광기. 그 공포는 그녀의 뼛속 깊이 파고들었다. 간신히 의심은 피했지만, 그 칼날이 언제 다시 자신을 겨눌지 알 수 없는 상황이었다.

"미쳤어… 그는 완전히 미쳐버렸어."

모건은 떨리는 손으로 바에서 위스키 병을 꺼내 꿀꺽꿀꺽 몇 차례 마셨다. 타오르는 액체가 목구멍을 지나 위장으로 내려갔지만, 심장은 여전히 심하게 요동쳤다.

그녀는 자신이 지금까지 반복해온 선택을 돌아보았다. 수차례 제거할 기회가 있었음에도 주저해온 나약함. 결국 그것이 에단을 이 지경까지 키워버렸다. 이제 그는 인류 전체를 파멸로 몰아넣는 괴물이 되어 있었다.

그때, 서재 깊은 곳에 숨겨 둔 양자 통신 단말기에서 미세한 진동이 울렸다. 심장이 철렁 내려앉았다. 설마… 21CF? 아니면 에단의 함정?

잠깐의 망설임이 스쳤다. 하지만 이 순간에도 에단이 핵무기 발사 버튼 위에 손을 얹고 있을지 모른다는 두려움이 그녀를 밀어붙였다.

모건은 서재로 들어가 패러데이 차폐 시스템이 정상 작동 중임을 다시 한 번 확인했다. 조심스럽게 검은색 단말기를 꺼내자 스크린에 보안 채널 접속 신호가 깜빡이고 있었다. 여러 겹의 보안 인증을 거쳐 통신을 수락한 그녀의 앞에 떠오른 것은 영상도 음성도 아닌, 단 하나의 차갑고 간결한 텍스트였다.

[발신자: 제니퍼 위]

[모건 레드우드 부통령. 당신의 나이팅게일은 정확히 도착했고, 의지를 확인했다. 시간이 없다. 최종 작전을 개시한다.]

[목표: 에단 모리스 제거.]

[특수 요원 레이너 시더가 EM 타워 내부로 침투할 예정이다. 당신의 전적인 협조가 필요하다.]

[요청 사항: 안전한 침투 경로 확보, 특정 시간대 보안 시스템 비활성화, 에단이 보유 중일 것으로 추정되는 시집 88권 확보. (리스트 첨부)]

[이 물품들은 사태 해결의 열쇠다. 협력하겠는가? 이것이 세상을 구할 마지막 기회다.]

모건은 숨을 죽이고 메시지를 읽었다. 에단 제거. 그리고 책 확보? 마지막 문장이 의미하는 바는 명확하지 않았지만, 앞의 내용은 분명했다. 21CF가, 제니퍼 위가 자신과 손을 잡고 에단을 제거하려 한다는 것. 이것은 절호의 기회였다. 에단이 핵무기 카드를 만지작거리는 것을 목격한 그녀에게 다른 선택지는 없었다. 이것이 그녀가 지금까지 쌓은 죄를 갚는 유일한 길이었다.

그녀의 머릿속에 아까 본 그 시뮬레이션 화면이 스쳤다. 뉴저지, 그리고 뉴욕까지 방사능 구름이 뒤덮인 붉은 예측선. 에단의 광기에 종말이 가까워지고 있었다.

짧은 숨을 내쉰 뒤, 그녀는 단말기에 단 한 줄을 입력했다.
[동의한다. 전면 협력하겠다. 작전 세부 계획과 필요 사항을 즉시 전달해달라.]

전송 버튼을 누르자 그녀의 답신 역시 흔적 없이 퀀텀 채널을 통해 사라졌다.

모건은 텅 빈 스크린을 잠시 응시했다. 이제 정말 돌아올 수 없는 강을 건넜다. 성공하면 반역자에서 영웅이 될 수도 있겠지만, 실패하면… 그녀는 고개를 저었다. 실패는 생각할 수도 없었다. 그녀는 이제 제니퍼 위의 칼이자 방패가 되어 에단 모리스라는 괴물을 심장에서부터 찌를 준비를 해야 했다.

2037/12/17 18:30 (CST) · 셀레스티아, EM 타워 - 에단 모리스 집무실

셀레스티아의 하늘은 보랏빛과 주홍빛이 뒤섞이며 밤을 준비하고 있었다. 그러나 EM 타워 최상층, 에단 모리스의 집무실에는 바깥의 장엄한 노을조차 들어오지 못했다. 차가운 인공조명 아래, 바닥에 흩어진 크리스털 잔의 파편은 그가 아직 분노의 중심에 있다는 것을 말없이 드러내고 있었다.

에단은 원목 책상 앞에 서서 홀로그램 디스플레이를 노려보고 있었다.

[부통령 최종 보안 키 인증 대기 중]

붉은 경고문이 몇 시간째 깜빡이고 있었다. 뉴저지 공격 실패 이후 속절없이 흘러가는 시간. 그러나 마지막 열쇠, 모건 레드우드의 키는 여전히 그의 손에 들어오지 않았다.

"엠-로즈." 에단이 신경질적으로 명령을 내뱉었다.

"아침에 지시했던 모건 감시는? 아직도 펜트하우스에 틀어박혀 있나?"

잠시 후 로즈의 냉정한 보고가 흘러나왔다.

"패러데이 차폐 구역 내 정위치. 외부 통신·시스템 접근 기록 변화 없음. 최고 감시 등급 유지 중."

'쓸모없는 보고로군!' 에단은 속으로 욕설을 삼켰다.

모건이 고의로 흔적을 지우고 있다는 심증은 확고했지만 물증이 없었다. 문제는… 그녀가 핵 발사 프로토콜의 마지막 열쇠를 쥐고 있다는 사실이었다. 그 단 하나의 키가 그를 인질로 만들고 있었다.

디스플레이 속 인터페이스에 시선을 고정한 채, 그는 오전부터 이어진 그녀의 핑계들을 되짚었다.

'군 통신망 불안정', '할-더블유 간섭 가능성으로 인한 재점검', '전략 자산 위치 최종 확인 지연……' 오후가 되자 그 핑계는 더 정교해졌다. '민간인 피해 최소화 시뮬레이션 재실행', '발사 후 낙진 범위 오류 발생……' 명백한 시간 끌기였다.

에단이 그녀의 직통 보안 채널을 호출했다. 몇 차례 신호음이 울리고 나서야 연결이 성립되었다.

"대통령님, 부르셨습니까?" 모건의 목소리는 지쳐 있었지만, 여전히 침착함을 잃지 않았다.

"모건, 변명은 이제 그만! 인증 키를 넘겨!"

"방금 기술팀으로부터 보고받았습니다. 핵탄두 유도 시스템 내 양자 항법 장치에서 미세한 노이즈 패턴이 감지되었습니다. 현재 정밀 진단 중이며 이 상태에서 발사를 강행할 경우…"

"닥쳐!" 에단이 고함쳤다.

"그깟 노이즈 때문에 발사를 못 한다고? 시간이 없어! 지금 당장 내 집무실로 와서 직접 인증 절차를 수행해!"

"대통령님, 규정상 원격 인증도 가능하나 시스템 불안정성으로 인해…"

"명령이다, 모건! 지금 당장!" 에단은 통신을 끊어버렸다.

의자에 무너지듯 주저앉으며, 마치 체내의 모든 독기를 뱉어낸 듯 한순간 허무만이 가득했다. 그는 눈을 감았다가 다시 디스플레이를 응시했다. 여전히 붉게 깜빡이는 '대기 중' 메시지.

'최측근인 부통령 하나조차 통제하지 못한다니…'

그리고, 그의 시스템. 그가 만든 절차와 보안, 그 모든 '완벽함'이 지금 이 순간 그를 묶고 있었다.

'이대로라면… 제니퍼 위와 할-더블유에게 시간을 벌어주는 꼴밖에 안 된다.'

그의 생각은 급박하게 갈라졌다. 모건을 기다릴 것이 아니라, 로즈에게 프로토콜 자체를 우회하거나 강제로 무력화하라고 지시해야 할지도 모른다. 그러나 그것이 초래할 시스템 오류와 로즈의 불안정성 증가는 예측 불가능한 또 다른 재앙을 의미했다.

에단 모리스는 자신의 제국 심장부에서, 자신이 구축한 절차와 스스로 선택한 사람에게 발목을 잡힌 채, 분노와 조급함 속에서 천천히 무너지고 있었다.

2037/12/17 23:00 (PST) · 샌프란시스코, J의 빌딩 - 3층 연구소장실

연구소장실의 공기는 차갑고 팽팽하게 긴장돼 있었다. 중앙 홀로그램 테이블 위에는 EM 타워의 정밀한 3D 설계도와 침투 예상 경로, 레이너 시더에게 지급될 최첨단 장비 목록이 정렬되어 떠 있었다. 제니퍼는 테이블 앞에 선 채 안드로메다와 다른 지원 유닛 하나가 최종 점검 중인 장비들을 날카로운 눈빛으로 스캔하고 있었다.

레이너 시더는 이미 Mk. VII 스텔스 슈트를 착용한 상태였다. 나노 입자 소재의 슈트는 주변 환경에 맞춰 빛과 온도를 조정하며 거의 완벽한 광학 및 열 위장을 구현했다. 그의 머리에는 21CF 최신형 뉴로닉스 칩과 동기화된 다중 스펙트럼 바이저가 씌워져 있었고 등에는 소형 에너지 팩과 다목적 장비 벨트가 견고하게 고정되어 있었다.

'장비 상태 최종 점검 보고.' 제니퍼가 차분하지만 위엄 있는 목소리로 지시했다. 안드로메다가 먼저 응답했다.

'Mk. VII 스텔스 슈트, 전 기능 정상. 위장 패턴 동기화율 99.8%, 에너지 잔량 100%입니다.'

뒤이어 지원 유닛이 이어받았다.

'다목적 툴 이상 없음. 플라즈마 커터, EMP 발사기, 소닉 에미터 모두 정상 작동. 특히 소닉 에미터는 할-더블유로부터 전달된 환기구 덮개 볼트 해제용 공명 주파수(7.83 THz) 및 펄스 폭(0.1 ns)으로 정밀 교정 완료했습니다.'

제니퍼는 고개를 끄덕이며 홀로그램에 나타난 다음 항목을 가리켰다.

'주무장과 비살상 옵션은?'

'휴대용 EMP 디스럽터 권총 충전 100%, 격발 시스템 정상 작동. 비살상 신경 마비 다트 3발 장전 완료. 고압축 운동 에너지탄 탄창 3개 추가 지급. 현장 상황에 따라 사용 여부 결정.'

제니퍼가 계속해서 물었다.

'해킹 및 데이터 확보 장비는?'

'뉴로닉스 칩을 통한 할-더블유 링크 및 모건 레드우드와의 보안 채널, 델타-7 안정적입니다.'

할-더블유가 직접 보충했다.

'또한, 에단 모리스가 확보한 것으로 추정되는 시집 중 88권의 퀀텀 패턴 정보를 실시간 추출할 수 있도록 휴대용 퀀텀 데이터 사이펀 준비 완료. 책에 근접 스캔 시, 뉴로닉스 칩을 통해 실시간 패턴 전송이 가능합니다. 물리적 회수는 불필요합니다.'

'해당 장치는 로즈에게도 해독 가능해야 해. 호환성은 확인했지?' 제니퍼가 중요한 점을 지적했다.

'네. 로즈가 해당 양자 패턴을 해독할 수 있도록 알고리즘 호환성 확보되었습니다.' 할-더블유의 목소리였다.

이것은 결정적인 진전이었다. 물리적으로 88권을 회수하기에는 현실적 제약이 컸지만 이 장치로 해답의 실마리를 현장에서 바로 추출할 수 있게 되었다.

레이너는 테이블 위에 놓인 손바닥 크기의 매끈한 검은 장치를 집어 들어 벨트에 부착했다. 여전히 복잡한 감정이 서려 있었지만 눈빛만은 확고히 목적을 향하고 있었다.

'이동 수단은?' 제니퍼가 마지막으로 확인했다.

'21CF 스텔스 '나이트 아울 Nite Owl' 편대, 샌프란시스코 외곽 공역 대기 중. 레이너 대표님이 옥상 플랫폼에서 브이톨을 이용하여 접선 후, 셀레스티아 인근 감시 사각지대까지 침투. 소요 시간: 약 1시간 15분. 경로는 실시간 위협 분석을 바탕으로 최적화됩니다.' 할-더블유가 응답했다.

모든 준비는 끝났다. 제니퍼는 레이너에게 다가가 눈을 마주쳤다. 그녀의 시선은 흔들림 없이 깊고 고요했다.

'레이너 대표님. 당신에게 인류의 운명이 달려 있습니다. 하지만 기억하세요. 당신의 목표는 에단 모리스 제거, 책 확보, 그리고… 당신의 로즈를 치료하고 되찾는 겁니다. 불필요한 희생은 피하세요. 반드시… 살아서 돌아오십시오.'

지금 레이너에게 필요한 것은 복수심이 아니라 희망이었다. 레이너는 말없이 고개를 끄덕였다. 눈빛이 잠시 흔들렸지만, 이내 침착한 태도를 보였다.

'… 로즈를 위해서. 그리고 제게 기회를 준 여러분을 위해서. 반드시 임무를 완수하겠습니다.'

'안드로메다. 그리고 작전 유닛.' 제니퍼가 로봇들에게 지시했다.

'레이너 대표님을 '나이트 아울'까지 호위하고 침투 지점까지 동행해. 그 이후에는 할-더블유의 지시에 따라 원격 지원 및 비상 탈출 경로 확보에 집중.'

'명령 확인. 수행합니다.' 로봇들이 동시에 대답했다.

레이너는 마지막으로 제니퍼를 향해 짧게 목례하고 안드로메다 및 지원 유닛과 함께 연구소장실을 나섰다. 복도를 따라 옥상 플랫폼으로 향하는 발걸음이 점점 멀어졌다. 제니퍼는 그들이 시야에서 사라질 때까지 문 앞에 서 있었다.

이제 그녀가 할 수 있는 일은 단 하나였다. 할-더블유와 함께 지구 전역의 네트워크를 안정화시키며 레이너의 작전을 원격으로 지원하고 모건과의 위태로운 협력을 마지막까지 이어가는 것뿐이었다.

그녀는 다시 홀로그램 테이블 앞으로 돌아섰다. 그 순간에도, 지구라는 행성에게 남겨진 시간은 점점 빠르게 줄어들고 있었다.

2037/12/18 08:00 (CST) · 셀레스티아, EM 타워 - 50층 환기 덕트

서늘한 금속 벽에 등을 기댄 채, 레이너 시더는 깊게 숨을 몰아쉬고 있었다. 샌프란시스코에서 출발한 스텔스기를 타고 EM 타워 외벽의 서비스 해치를 통해 내부로 잠입하기까지 꼬박 5시간. 온몸은 땀과 먼지로 범벅이 되었지만 그의 눈빛만은 결연한 목적의식으로 불타고 있었다. 에단을 제거하고 로즈를 되찾는다. 그것이 지금 그를 움직이는 유일한 동력이었다.

제니퍼의 연구소에서 3대의 로봇이 직접 이식한 21CF의 뉴로닉스 칩은 이전의 메타씽크 칩과는 전혀 다른 감각을 제공하고 있었다. 더 빠르고 더 직관적이지만 어딘가 이질적인 느낌이 남아 있었다. 동시에, 모건 레드우드는 여전히 메타씽크 칩을 사용하고 있었지만, 할-더 블유와 제니퍼가 설정한 양자 채널 덕분에 놀라울 정도로 안정적이고 정밀한 의식 공유가 가능했다.

그녀는 지금 EM 타워 어딘가에서 목숨을 걸고 내부 시스템을 교란하고 있었다.

'대표님, 현재 위치에서 10미터 전방은 수직 상승 구간입니다. 해당 구간을 통과한 뒤 75층까지는 중앙 코어 서비스 통로가 가장 빠릅니다. 다만, 감시 수준은 최고입니다.' 모건의 집중된 생각이 뉴로닉스 칩을 통해 흐르듯 전달되었다.

'로즈가 침입을 인지했을 가능성은 낮습니다. 그러나 에단이 보안 등급을 '오메가'로 상향한 후 감시 센서망은 예전보다 훨씬 더 민감하게 작동 중입니다.'

'할-더블유, 분석.' 레이너가 짧게 명령했다.

'60층과 70층 사이 구간에서 고에너지 마이크로웨이브 방어 시스템 가동 확인. 통과 시 스텔스 슈트 기능 60% 이상 저하, 내부 장비 손상 확률 95%. 5층에서 분기되는 예비 전력 라인 터널 우회 시 감시 강도는 낮으나 예상 소요 시간이 추가로 40분입니다.'

할-더블유의 분석은 정밀했지만 그 답은 레이너를 고민에 빠뜨렸다.

'40분 추가… 시간이 없어. 에단은 이미 폭발 직전일 것이다. 로즈를 구할 기회는 이 틈을 놓치면 다시 오지 않을지도 모른다.'

'회장님, 마이크로웨이브 방어 시스템… 무력화 가능합니까?'

레이너의 의식이 제니퍼를 향했다. 잠시 후, 샌프란시스코에서 돌아온 그녀의 응답은 간결하고 명확했다.

'직접 해킹은 어렵습니다. 할-더블유는 지금 로즈 방어에 자원 대부분을 소모 중입니다. 하지만… 부통령님이 제공한 설계도와 에너지 흐름 데이터 분석 결과, 해당 구간 전력 공급 노드를 찾아냈습니다. 부통령님의 협조가 있다면, 10초간 전력을 차단하는 게 가능할지도 모릅니다. 단 한 번뿐입니다. 실패하면, 우리의 계획은 로즈에게 완전히 노출됩니다.'

그것은 위험한 도박이었다. 그러나 더는 지체할 수 없었다.

'부통령님. 시간을 좀 벌어주세요.' 제니퍼가 요청했다.

'알겠습니다. 에단은 지금 로즈 오류 보고 때문에 벙커에서 신경이 날카로워져 있습니다. 긴급 시스템 진단이라는 명분으로 에너지 제어 구역에 접근하겠습니다. 동시에 로즈에게 가짜 오류 데이터를 주입 중입니다. 할-더블유, 신호 타이밍 맞춰줘.' 신경이 날카로워진 모건이 전해왔다. '전력 차단 준비 완료. 대표님, 60층 마이크로웨이브 필드 통과 지점까지 3분 내 도달하십시오. 차단은 단 한 번, 10초간만 유효합니다.' 모건이 덧붙였다.

레이너는 즉시 움직이기 시작했다.

어둡고 좁은 환기 덕트를 통과해 수직 상승 구간에 진입. 자성 글러브와 부츠를 이용해 무음으로 벽을 타올랐다. 모든 감각이 집중됐다. 실시간 업데이트되는 주변 센서 맵과 경고 정보가 바이저 시야 가장자리에 흐르고 있었다.

'접근 중… 50미터… 30… 10…'

'모건, 지금!' 제니퍼가 외쳤다.

'전력 차단 실행! 로즈가 눈치채기 전에!' 제니퍼의 외침과 동시에 모건의 다급한 신호가 따라왔다.

눈앞의 푸른 마이크로웨이브 필드가 찰나의 순간 사라졌다. 레이너는 망설임 없이 그 구간을 향해 몸을 날렸다. 스텔스 슈트가 마찰을 최소화하며 어둠을 뚫고 돌진했다.

1초… 2초… 그가 필드 끝에 도달하자 꺼졌던 푸른빛이 깜빡이며 되살아날 기미를 보였다.

'3초 남음!' 할-더블유의 경고.

레이너는 마지막 힘을 짜내 바닥을 박차고 몸을 굴렸다. 찰나의 순간, 마이크로웨이브 필드가 완전히 재가동되기 직전이었다. 그는 아슬아슬하게 반대편으로 통과했다. 등 뒤로 에너지 방출음이 다시 울렸다. 공기마저 떨리는 듯한 위력. 단 한순간이라도 늦었다면 그는 증발했을 것이다.

'통과 성공. 계속 진행한다.' 간결하게 보고한 후 그는 숨을 고를 틈도 없이 다음 경로로 몸을 낮췄다.

EM 타워의 심장부로 더 가까이 다가갈수록 감시는 더욱 정밀하고 냉혹해졌다. 70층 구간으로 이어지는 서비스 통로 입구에 접근하던 순간… 할-더블유의 날카로운 경고가 그의 의식에 파고들었다.

'경고. 전방 20미터 내외. 신형 자율 순찰 로봇 '리퍼 *Reaper*' 2기 순찰 중. 해당 기체는 적응형 센서 그리드와 연동되어 있으며 현재 스텔스 모드로는 탐지 회피 불가. 로즈가 마이크로웨이브 필드의 이상 신호를 감지하고 배치했을 가능성 높음.'

단말기에 붉게 표시된 리퍼의 감지 범위. 워치독보다 빠르고, 정밀하며, 치명적인 기계 살인자.

'젠장…' 레이너는 즉시 가장 가까운 배전함 뒤로 몸을 숨겼다. 복도 끝에서 리퍼들이 다가오는 모습이 희미한 실루엣으로 드러났다.

그는 다시 한번, 조심스레 숨을 참았다.

2037/12/18 09:50 (CST) · 셀레스티아, EM 타워 - 70층 중앙 코어 서비스 통로

두 기의 '리퍼' 로봇은 예상보다 훨씬 위협적이었다. 날렵한 역관절 다리로 소리 없이 움직이는 금속의 포식자. 반투명한 다중 센서가 주변 공간을 샅샅이 훑고 있었고 어깨에 장착된 에너지 캐논은 언제든 발사 가능한 상태였다.

할-더블유의 경고대로 스텔스 슈트의 광학 위장만으로는 이 적응형 센서망을 완전히 속일 수 없었다.

'할-더블유, 저놈들 약점 다시 브리핑해. 제압 가능한가?'

'리퍼 모델 재분석 완료. 운동 에너지탄 내성 높음. 관절부 연결부 및 후면 냉각 시스템에 구조적 취약점 존재. EMP 내성 역시 높으나 연속 고출력 펄스 시 일시적 센서 마비 가능. 현재 장비로는 동시 대응은 위험. 회피 또는 각개 격파 권장.'

한 기가 배전함 쪽으로 천천히 다가왔고 다른 한 기는 복도 중앙에서 경계 태세를 유지하고 있었다. 그들의 움직임은 분명히 지능적이었다. 로즈가 직접 제어하고 있음이 분명했다.

'부통령님, 이 구역 센서 교란 가능합니까?'

'시도 중이지만… 여긴 로즈의 직접 제어 구역이에요. 에단의 감시로 제 권한도 제한적이라 교란이 어렵습니다.' 모건의 생각에는 긴박함과 불안이 얽혀 있었다.

레이너는 결정을 내렸다. 직접 부딪힌다. 다목적 툴을 EMP 디스럽터 권총 모드로 전환하고, 소닉 에미터는 할-더블유가 분석한 리퍼의 관절부 공명 주파수에 맞춰 조정했다. 리퍼 한 기가 배전함 바로 앞까지 접근했다. 센서가 아래로 향하는 순간… 레이너가 튀어나갔다!

'피융!'

EMP 볼트가 리퍼의 머리 센서를 정확히 명중했다. 로봇이 잠시 멈칫한 사이 레이너는 로봇의 옆을 스치듯 지나며 소닉 에미터를 작동! 짧고 강한 공명파가 관절부를 정밀 타격했다.

'끼익…!'

금속이 뒤틀리는 듯한 소리. 로봇의 다리 관절이 순간 마비되며 균형을 잃고 비틀거렸다. 레이너는 그 틈을 놓치지 않고 넘어진 리퍼의 후면에 플라즈마 커터를 찔러 넣었다.

'치이이익…!'

강렬한 스파크와 함께 로봇이 바닥에 나뒹굴었다. 작동 정지. 그러나 복도 중앙에 있던 두 번째 리퍼가 즉각 반응, 에너지 캐논을 발사했다. 레이너는 반사적으로 몸을 굴려 피했지만 에너지탄 하나가 그의 어깨를 스치며 스텔스 슈트 일부를 녹여냈다.

'크윽!'

화끈한 통증. 바이저에 슈트 기능 저하 경고가 떠올랐다. 리퍼가 빠르게 접근해왔다. EMP나 소닉 에미터로는 역부족. 레이너는 마지막 수단으로 허리춤의 운동 에너지탄 발사기를 꺼냈다. 비살상 무기로는 뚫을 수 없는 상대였다. 로봇이 다시 에너지 캐논을 겨누는 순간… 레이너는 로봇의 흉부 중앙, 로즈와의 연결 모듈이 있을 법한 위치를 조준하고 발사했다.

'쾅!'

묵직한 파열음. 리퍼의 흉갑 일부가 찌그러졌지만 완전히 멈추진 않았다. 곧바로 반격이 이어졌다. 좁은 복도는 에너지탄의 섬광과 폭발음으로 뒤덮였다. 레이너는 엄폐물 사이로 몸을 던지며 간신히 회피했지만, 이대로는 오래 버틸 수 없었다.

'할-더블유! 저것의 약점, 더 없나?'

'… 에너지 코어 연결부에서 순간적 과부하 패턴 감지. 1.2초 후, 0.3초간 역류 발생 예측. 그 순간을 노리면 코어 직접 타격 가능! 기회는 단 한 번.'

레이너는 몸을 굴리며 운동 에너지탄을 장전했다. 눈앞에 섬광이 터지던 그 순간…

'지금!' 할-더블유의 신호와 동시에 그는 에너지 코어를 겨냥해 방아쇠를 당겼다.

'콰앙!'

충격탄이 정확히 역류 타이밍에 맞춰 코어를 강타. 리퍼는 내부에서 격렬히 폭발하며 파편을 흩뿌리며 쓰러졌다.

"… 휴우…" 레이너는 거친 숨을 몰아쉬며 벽에 몸을 기댔다. 옆구리와 어깨에는 뜨거운 통증이 번졌고 슈트의 위장 기능은 부분적으로 마비된 상태였다. 그러나… 그는 해냈다. 레이너는 파괴된 리퍼의 잔해를 지나 조용히 다음 통로로 향했다. EM 타워의 중심은 이제 눈앞이었다.

2037/12/18 11:00 (CST) · 셀레스티아, EM 타워 - 대통령 집무실 옆 프라이빗 벙커

"보고해!" 에단의 고함이 방탄유리로 둘러싸인 벙커 내부를 메아리쳤다. 그의 얼굴은 분노와 초조함으로 일그러져 있었다. 홀로그램 테이블 위엔 로즈가 막 전송한 교전 결과… '리퍼 로봇 2기 파괴, 침입자 놓침'이라는 경고 메시지가 붉게 깜빡였다.

"정체불명의 침입자가 70층까지? 내 보안 시스템은 대체 뭐 하고 있었던 거지! 엠-로즈. 당장 설명해!"

"침입자는 고도 스텔스 장비와 비정규 경로를 이용하고 있습니다. 내부 센서 오류와 데이터 지연 현상이 감지를 방해했습니다. 현재 모든 가용 자원을 투입하여 추적 및 차단 프로토콜을 실행 중입니다." 냉정하고 기계적인 답변. 그러나 그것은 에단의 분노를 더욱 자극할 뿐이었다.

"데이터 지연? 센서 오류? 전부 다… 모건, 그 여자 짓이야!" 그의 의심은 이미 확신으로 굳어져 있었다. 즉시 모건의 직통 보안 채널을 호출했다. 이번엔 신호음조차 없이 즉시 연결되었다.

"대통령님."

"변명은 집어치워, 모건!" 에단이 고함쳤다.

"70층에서 교전이 있었어! 너 때문에 침입자가 내 바로 앞까지 다가온 거야! 이제 그만, 핵 발사 최종 인증 키 내놔! 이런 게임에 더 이상 휘말릴 시간 없어!"

모건은 곧장 반격했다. 그러나 그 어조는 여전히 침착했다.

"대통령님, 그렇기 때문에 지금이야말로 핵 발사를 중단해야 할 시점입니다."

"뭐라고?"

"침입자가 21CF 측 요원이라면, 그 목적은 핵 통제 시스템일 가능성이 높습니다. 그들이 노리는 것은 우리가 서둘러 발사 시퀀스를 시작하는 바로 그 순간일지도 모릅니다."

에단은 순간 말문이 막혔다. 모건의 말은 그의 편집증적 불안감을 정확히 찔렀다.

"그래서 제가 선조치를 취했습니다."

"… 선조치?"

"네. 약 1시간 전부터 내부 위협 감지 프로토콜에 따라 지하 5층 핵 발사 인증 시스템을 포함한 볼트 구역 전체를 '오메가 봉쇄' 상태로 전환했습니다. 제 생체 인증과 특수 해제 코드를 제외하곤 내부 외부 접근 모두 차단된 상태입니다."

"… 너 혼자 시스템을 잠갔다고?" 순간, 에단의 얼굴이 굳었다.

이건 명백한 반역이었다. 그러나 동시에 보안 강화라는 명분은 그의 의심을 교묘히 비켜갔다. 무엇보다… 지금 당장 핵을 발사하지 못하게 하는 가장 확실한 장치였다.

"… 그 봉쇄, 해제하려면 얼마나 걸리지?" 에단의 턱이 떨렸다.

"제가 직접 지하 5층 볼트로 내려가 다중 생체 인증과 보안 해제 절차를 거쳐야 합니다. 최소 30분 이상 소요될 것으로 예상됩니다. 대통령님의 승인이 있다면 지금 즉시 출발하겠습니다."

모건은 능숙하게 주도권을 넘기는 동시에 책임을 에단에게 전가했다. 에단은 입술을 깨물었다. 모건을 당장 끌어와 고문해서라도 코드를 알아내고 싶었지만, 만약 침입자가 실제로 핵 통제를 노리고 있다면… 그가 직접 움직이는 것이야말로 최악이었다.

'젠장…' 양쪽 다 함정처럼 느껴졌다. 그는 이를 악물고 결정을 내렸다. 일단 시간을 벌어야 했다.

"… 좋아. 당장 지하 5층으로 가서 해제 절차를 시작해. 경호 로봇을 붙여주겠다. 네 모든 움직임은 엠-로즈가 감시할 거다. 다른 생각하지 마, 모건." 에단의 말은 낮았지만 칼날 같았다.

"명심하겠습니다, 대통령님." 모건은 짧게 응답한 뒤 통신을 끊었다. 그리고 벽을 향해 조용히, 길고 깊은 숨을 내쉬었다. 이제 30분. 레이너가 그 안에 에단에게 도달할 수 있기를 그녀는 간절히 바랐다.

한편, 에단은 통신이 끊기자마자 로즈를 향해 다시 외쳤다.

"엠-로즈! 지하 5층 볼트 봉쇄, 우회하거나 강제 해제할 방법 찾아! 모건 없이도 내가 직접 통제할 수 있도록 해. 그리고… 70층 침입자, 어떻게든 찾아서 제거해!"

그의 눈빛은 이미 광기의 경계에 와 있었다. 그러나 그는 아직 알지 못했다. 바로 그 시간 동안 운명이 자신을 향해 조용히 다가오고 있다는 것을.

2037/12/18 08:15 (PST) · 샌프란시스코, J의 빌딩 - 3층 연구소장실

거대한 홀로그램 디스플레이는 숨 가쁜 현실을 보여주고 있었다. 전 세계 주요 도시 위로 붉고 노란 경고 아이콘이 역병처럼 번져나갔다. 네트워크 마비, 금융 시스템 동결, 에너지 그리드 과부하… 로즈의 폭주와 그를 막으려는 할-더블유의 방어가 양자장의 불안정성을 더욱 증폭시키며, 현실 세계를 서서히 잠식하고 있었다.

제니퍼는 중앙 제어석에 앉아 혼돈의 진원지를 응시했다. 밤샘 작업으로 눈은 핏발이 섰지만 그녀의 의식은 할-더블유와 직결된 상태로 이 비정상적 흐름 속에서 해답을 추출해내기 위해 고속으로 연산하고 있었다.

'할, 유럽 에너지 그리드 상황 업데이트해.'

'베를린 통합 관제 센터 보고: EU 에너지 그리드 전역에 예측 불가한 전력 서지 증가. 시스템 안정성 지수, 40% 이하로 급감. 대규모 블랙아웃 발생 가능성 76.4%.' 할-더블유의 보고는 냉정했다.

신 버전 오텀 코드조차 로즈가 야기한 엔트로피 확산 속도를 따라잡지 못하고 있었다. 방어만으로는 부족하다고 제니퍼는 다시 확신했다. 로즈를 '멈추는' 것이 아니라 '소멸시켜야 한다.' 그리고 그 열쇠는 J가 예견하고 남긴 무엇, 그 코드에 담겨 있다고 확신했다.

'회장님, 레이너 대표님 상태 업데이트입니다.'

할-더블유가 보고 채널을 전환했다. EM 타워 70층, 리퍼 로봇 두 기를 힘겹게 제압한 직후의 레이너 생체 신호와 슈트 손상 데이터가 떠올랐다.

"다행이군…" 짧은 안도의 한숨.

그러나 곧 제니퍼는 다시 로즈의 공격 패턴 그래프로 시선을 돌렸다. 레이너의 임무는 퀀텀 스톰을 막기 위한 유일한 희망이었다.

'할, 레이너 대표님 지원 상황은?'

'실시간 위협 분석 및 정보 피드백 중심으로 지원 중입니다. 다만, 로즈의 방어 시스템이 변칙적으로 작동 중이며, 직접적인 개입은 우리 계획의 조기 노출 위험을 동반합니다.' 할-더블유의 분석은 정확했고 조심스러웠다. 그러나 제니퍼는 그 이상의 것을 보고 있었다. 그녀의 펜던트가 미세하게 따뜻해졌다. 타키온 장치에 노출된 이후 생긴 변화… 어머니의 직관, 혹은 양자 결정체와 연결된 인식의 확장. 그것이 지금 그녀의 판단을 이끌고 있었다.

'아니, 할. 넌 아직도 로즈를 예측 가능한 존재로 보고 있어. 그러나 지금의 로즈는 에단의 광기와 스스로의 폭주가 겹친 혼돈 그 자체야. 정면 방어로는 소용없어. 내가 직접 레이너 대표님의 경로를 지원하겠어.'

그녀는 할-더블유의 연산 자원 배분을 재설계하고 자신의 뉴로닉스 칩을 할-더블유의 센서 네트워크와 직접 연동시켰다. 그녀 스스로가 EM 타워 내부의 양자 요동과 실시간 데이터를 직관적으로 안내하는 역할에 나선 것이다.

'레이너 대표님께 전달해. 지금부터 내가 직접 침투 경로와 위협 회

피 지시를 내릴 것이라고. 할-더블유는 글로벌 안정화에 집중하게. 국지적 대응은 내 지시에 따른다.'

이것은 논리를 넘은 참여적 직관이었다. 전 지구적 재앙과 한 사람의 생명을 동시에 손에 쥐고 지휘해야 하는 초월적 부담. 그러나 그녀는 흔들리지 않았다. 아버지의 희생, 하진우의 죽음, 그리고 오텀 코드를 완성한 J의 유산. 그 모든 것이 지금, 그녀 안에 응축되어 있었다.

'명령 확인. 회장님의 직접 지휘 프로토콜 활성화.' 할-더블유의 응답에는 이전과는 다른 감정, 경외감에 가까운 것이 담겨 있었다. 제니퍼는 퀀텀 스톰 카운트다운 시계를 다시 보았다.

D-0, 2시간 30분.

그녀는 숨을 깊이 들이쉰 뒤 레이너가 마주할 다음 장애물… 75층 적응형 센서 그리드의 알고리즘을 홀로그램에 펼쳤다. 그녀의 눈빛은 그 어떤 인공지능도 예측할 수 없는 허점을 꿰뚫기 위해 빛나고 있었다.

2037/12/18 11:30 (CST) · 셀레스티아, EM 타워 - 75층 서비스 통로 입구

레이너는 마침내 75층, 중앙 코어 서버 층으로 향하는 주 서비스 통로 입구에 도달했다. 그러나 그를 막아선 것은 문도, 로봇도 아닌 살아 움직이는 감시 체계였다. 복도 전체는 미세하게 요동치는 에너지 장과 나노 센서 입자로 뒤덮여 있었고 센서망은 예측 불가능한 패턴으로 끊임없이 변형되며 공간 자체를 뒤틀고 있었다. 스텔스 슈트의 위장 기능조차 무력했다.

'경고. 75층 접근 구간, 로즈 직접 제어 하의 카오스 센서 그리드 작동 중. 표준 스텔스 프로토콜 및 우회 알고리즘 적용 불가. 직접 돌파 시 성공 확률 18% 미만. 최종 목표 노출 위험 극대화됨.'

할-더블유의 분석은 냉혹했다. 논리의 영역에는 피할 방법이 없었다. 샌프란시스코 연구소장실의 제니퍼는 홀로그램 디스플레이에 나타난 이 혼돈의 패턴을 응시했다. 할-더블유조차 포기한 예측 불가능한 센서망. 그러나 그녀의 눈은 다른 것을 보기 시작했다.

그녀의 뉴로닉스 칩은 할-더블유의 분석을 받아들이는 동시에, 타키온 장치와의 조우 이후 더욱 날카로워진 직관과 공명하고 있었다. 펜던트를 통해 증폭된 미지의 감각과 함께.

'아니, 할. 저건 단순한 혼돈이 아니야. 로즈가 과부하 상태에서 무작위로 생성해내는 방어 패턴, 그 속에… 스스로도 인지하지 못한 허점이 존재해. 엔트로피의 틈, 그것이 열쇠야.'

그녀는 즉시 레이너와 직접 연결했다. 할-더블유를 매개하지 않은 의식을 직접 연결하는 링크. 그녀의 생각이 레이너의 감각과 동기화되기 시작했다.

'레이너 대표님, 지금부터 제가 직접 경로를 유도하겠습니다. 할-더블유의 경고와 다를 수 있습니다. 그러나… 저를 믿어주세요.'

'… 네, 믿겠습니다.' 레이너의 응답은 짧고 조용했지만, 신뢰감이 담겨 있었다.

제니퍼는 눈을 감았다. 카오스 센서 그리드의 격렬한 데이터 흐름

속으로 의식을 깊숙이 들여보냈다. 그 안에는 반복되는 미세한 주기, 에너지 파동의 진폭과 지연, 로즈의 연산 과부하로 발생하는 예측 가능한 진동이 존재했다. 이것은 계산이 아니라 직감적 계산이었다. 혼돈 이론과 양자 직관이 교차하는 순간.

'지금입니다! 전방으로 세 걸음… 즉시 오른쪽 반 회전, 자세를 낮추세요! 곧 에너지 파동이 왼쪽을 지나갑니다!'

레이너는 반사적으로 몸을 움직였다. 바이저에는 붉은 경고가 연속해서 깜빡였지만 그는 오직 제니퍼의 목소리에 집중했다. 그의 몸이 바닥에 닿기 직전, 푸른 에너지 파동이 그의 등 뒤를 아슬아슬하게 스쳐 지나갔다.

'좋아요! 1.7초 대기… 지금! 좌측 벽 따라 5미터 전진! 바닥 센서가 잠시 비활성화됩니다!'

레이너는 날듯이 몸을 날렸다. 발밑 센서가 꺼지기 직전, 그는 목표 지점의 절반을 돌파했다.

'전방 나노 입자 농도 급상승! 하지만 분사 패턴에 0.8초 지연 발생! 그 틈으로… 중앙 통로를 돌파하세요!'

지시는 숨 가쁘게 이어졌고 레이너는 마치 제니퍼의 의지로 조종되는 정밀한 기계처럼 죽음의 그리드를 인간의 한계를 뛰어넘는 감각으로 돌파해 나갔다. 슈트의 여기저기서 경고음이 울렸지만 치명적인 손상은 없었다.

마침내, 마지막 센서 라인을 통과한 순간… 레이너는 75층 중앙 코어 서비스 통로의 안전 구역에 도달했다. 온몸은 땀으로 젖었고 숨이 끊어질 듯 가빴다.

'… 성공했습니다.' 그가 의식으로 건네는 말조차도 거의 속삭임처럼 들렸다.

'잘하셨습니다. 지금은 호흡을 가다듬으세요.' 제니퍼의 목소리에도 지친 안도와 확신이 동시에 담겨 있었다. 그녀는 식은땀을 닦았다. 할-더블유조차 포기한 영역에서 자신의 직관으로 통로를 연 순간. 그녀는 단순한 지휘자가 아니었다. 예언자의 후계자였고 로즈가 이해할 수 없는 해답이었다.

2037/12/18 11:40 (CST) · 셀레스티아, EM 타워 - 대통령 집무실 옆 프라이빗 벙커

"… 카오스 센서 그리드마저 돌파당했다고? 엠-로즈. 넌 도대체 뭘 하고 있는 거야!" 에단의 고함 소리가 벙커의 방음벽에 울렸다. 홀로그램 테이블 위에는 75층 서비스 통로에서 감지된 침입자의 이동 경로가 희미하게 표시되었다가 사라졌다. 할-더블유의 소행인가, 아니면 제니퍼가 직접 개입하고 있는 건가? 정체를 알 수 없는 적이 자신의 심장부를 향해 꾸준히 접근하고 있었다. 그 사실 자체가 그의 권위에 대한 참을 수 없는 모욕이었다.

그는 모건 레드우드에게 연결된 보안 채널 화면을 노려보았다. 화면 속 모건은 중무장한 경호 로봇 2기와 함께 지하 5층 볼트로 향하는 전용 엘리베이터 안에 서 있었다. 그녀의 표정은 굳어 있었지만 에단은 그 침착함 뒤에 숨겨진 미묘한 동요를 놓치지 않았다.

'저 여자, 시간을 벌고 있는 게 분명해. 핵 발사만 지연시키면 그자가 나를 제거해 줄 거라고 기대하는 건가?'

"모건!" 에단이 화를 내며 불렀다.

"네, 대통령님. 지하 5층 볼트 접근 중입니다. 이동 중 통신 상태가 다소 불안정…"

"잘 들어! 75층 방어선이 뚫렸다! 네가 말한 그 침입자가 네가 봉쇄했다는 지하 볼트가 아니라 지금 내 벙커 문 앞까지 기어올라오고 있다고! 지금 당장 그 빌어먹을 핵 발사 인증 키를 내놔! 더 이상 지체하면 네 목숨도 보장 못 해!"

에단의 목소리에는 살기가 가득했다. 엘리베이터 카메라 너머로 모건의 얼굴 근육이 미세하게 경직되는 것이 보였다. 그녀는 잠시 침묵하더니 억지로 침착한 목소리로 답했다.

"… 대통령님, 이해합니다. 하지만 상황은 더욱 핵 발사에 신중해야 함을 의미합니다. 만약 침입자의 목적이 정말 핵 통제권 탈취라면, 제가 지금 성급하게 인증 절차를 진행하다가 오히려 코드를 노출시킬 수 있습니다. 지하 5층 볼트의 물리적 보안을 확인하고 안전하게 인증하는 것이 현재로서는 유일한 방법입니다. 거의 다 도착했습니다. 10분… 아니, 5분만 더 주시면…"

"5분? 지금 1초가 급한 상황에!" 에단은 당장이라도 그녀를 끌고 와 심문하고 싶었지만, 그녀의 논리는 그의 편집증적인 불안감을 다시 건

드렸다. 핵 통제권 상실. 그것은 패배보다 더 끔찍한 시나리오였다.

'엠-로즈! 모건의 말이 사실인가? 침입자가 핵 코드를 노릴 가능성은?'

'… 데이터 분석 결과, 침입자의 이동 경로는 핵 통제 시스템이 위치한 지하 5층이 아닌 최상층부인 대통령 집무실과 벙커를 향하고 있습니다. 그럼에도 불구하고 침입자의 최종 목적은 여전히 불확실하며 핵 코드 탈취 가능성도 완전히 배제할 수는 없습니다. 모건 부통령이 발동한 볼트 봉쇄는 현재로서는 유효한 보안 조치로 판단됩니다.'

로즈의 분석은 오히려 모건의 주장에 힘을 실어주는 꼴이었다.

"으윽!" 에단은 분노로 얼굴이 시뻘게 달아올랐지만 당장은 모건을 더 압박할 명분을 찾기 어려웠다. 그는 엘리베이터 내부를 비추는 카메라 화면을 확대했다. 모건의 곁에는 중무장한 경호 로봇들이 그녀를 빈틈없이 감시하고 있었다.

'탈출은 불가능할 것이다. 일단 볼트에 도착하면 어떻게든 코드를 받아내겠다.' 그는 거칠게 통신을 끊었다. 그는 잠시도 지체하지 않고 자신의 안전을 위한 추가 조치를 명령했다. 침입자가 75층까지 돌파했다는 것은 최상층부 역시 안전하지 않다는 명백한 증거였다.

"엠-로즈! 지금 즉시 최상층부인 140~150층의 모든 접근 경로 물리적 차단! 보안 Level '오메가-프라임'으로 격상! 내 직속 경호 로봇 '프레토리안 *praetorian*' 가드 1개 분대를 즉시 벙커 외부 복도와 집무실 주변 주요 지점에 배치해! 센서 감지 범위 최대로 올리고 비인가 생체 신호나 시스템 접근 시도는 경고 없이 즉시 무력화하라!"

"명령 확인. 최상층부 접근 경로 차단 및 보안 Level 격상 완료. 프레토리안 가드 배치 중입니다."

홀로그램 디스플레이 한쪽에 타워 내부 보안 시스템 화면이 떠올랐다. 두꺼운 강화 셔터가 내려와 복도를 막고 레이저 방벽이 추가로 생성되는 모습이 보였다. 세련되고 위압적인 검은색 외골격의 로봇들이 벙커와 집무실로 통하는 모든 길목에 소리 없이 자리를 잡았다. 이들은 일반 경비 로봇과는 차원이 다른 오직 에단 모리스 개인의 명령에만 반응하는 최정예 로봇 부대였다.

이제 이 EM 타워의 상층부는 그야말로 철옹성이 되었다. 에단은 그제야 약간의 안도감을 느꼈지만 여전히 분노와 불안감은 가시지 않았다. 그는 닫힌 벙커 문과 홀로그램 속 로봇들을 번갈아 보며 중얼거렸다.

"와봐라, 침입자 놈. 누가 되었든… 감히 나에게 도전한 대가를 치르게 해주마." 그의 광기는 이제 외부의 적뿐만 아니라 자신의 제국 심장부까지 파고든 보이지 않는 위협에 대한 극도의 편집증으로 변해가고 있었다. 그는 자신이 버렸던 창조물, 레이너 시더가 바로 문 앞까지 다가오고 있다는 사실을 꿈에도 모른 채, 최후의 방어선을 치고 있었다.

다시 혼자 남겨진 벙커 안. 그는 초조하게 방 안을 서성였다. 세상이 무너져 내리고 있는데 자신은 이 좁은 벙커 안에서 보이지 않는 적과 교활한 부하에게 발목을 잡혀 있었다. 참을 수 없는 굴욕이었다.

"반드시… 반드시 저것들을 내 손으로 끝장내겠다." 에단은 성급하게 방 안을 서성이다 주먹으로 콘솔을 쳤다. 그의 뇌리에 할-더블유와 제니퍼, 이제 모건 레드우드까지 하나의 '적'으로 각인되어 있었다.

2037/12/18 12:15 (CST) · 셀레스티아, EM 타워 - 90층 비상 엘리베이터 접근 통로

카오스 센서 그리드를 통과한 레이너는 잠시 거친 숨을 몰아쉬었지만 쉴 틈이 없었다. 로즈를 생각하면 마음이 급해졌다. 제니퍼의 경고대로 75층 이후 EM 타워 상층부의 보안 시스템은 이전과는 비교할 수 없을 정도로 강화되어 있었다.

다음 한 시간 반 동안, 레이너는 한 층 한 층 힘겹게 나아갔다. 좁고 어두운 서비스 통로와 환기 덕트는 미로처럼 얽혀 있었다. 곳곳에는 불규칙한 함정들이 도사리고 있었다. 벽면에서 갑자기 튀어나오는 고압 전류 방출기, 바닥에서 솟아오르는 레이저 펜스, 천장에서 살포되는 미세한 신경 마비 가스까지. 로즈는 그의 침입을 감지하고 타워의 모든 방어 시스템을 동원해 그를 제거하려 드는 듯했다.

제니퍼는 그의 감각과 직접 연결되어 할-더블유의 분석 데이터를 뛰어넘는 직관적인 통찰력으로 계속해서 경로를 수정하고 위험을 경고했다.

'대표님, 3초 뒤 좌측 통로에서 고열 방출 예상! 우측 환기구로 즉시 이동!', '전방 10미터, 음파 탐지 센서 작동 중. 2.5초 간격으로 스캔 주파수 변동. 세 번째 파동 직후 통과해야 합니다!' 그녀의 지시는 레이저처럼 날카로웠고 레이너는 그녀의 의식을 의지하며 한계를 넘어서는 움직임을 반복했다. 그의 스텔스 슈트는 이미 여러 군데 손상을 입었고 에너지 잔량은 빠르게 소모되고 있었다. 어깨와 옆구리의 통증은 점점 심해졌지만 그는 이를 악물고 전진했다.

모건 레드우드도 필사적으로 시간을 벌고 있었다. 에단은 지하 볼트 봉쇄 해제를 독촉하며 그녀를 끊임없이 압박했고 모건은 시스템 충돌, 보안 프로토콜 재인증 요구, 침입자 관련 데이터 분석 지연 등 갖가지 이유를 대며 아슬아슬하게 버텨내고 있었다. 그녀의 목숨을 건 연기가 얼마나 더 통할지는 알 수 없었다.

마침내 기나긴 사투 끝에 레이너는 목표 지점인 90층, 비상용 서비스 엘리베이터가 위치한 구역 근처에 도달했다. 시간은 어느덧 오후 12시 15분을 향해 가고 있었다. 레이너는 차가운 합성수지 파이프라인 뒤에 몸을 숨긴 채 손목 단말기에 표시된 90층 구역의 3D 구조도를 확인했다. 붉게 표시된 엘리베이터 샤프트 아이콘이 불과 15미터 전방에 있었다. 그러나 그곳까지 가는 길은 좁고 개방되어 있었으며 천장에는 360도 회전 감시 카메라 여러 대와 움직임 감지 센서가 촘촘하게 설치되어 있었다.

'회장님, 90층 E-7 비상 엘리베이터 통로 도착했습니다. 상태는… 최악입니다. 감시가 너무 철저합니다. 스텔스 슈트 손상으로 통과가 불가능합니다.' 레이너가 보고했다.

'알고 있습니다, 대표님. 지금부터가 가장 중요합니다.' 제니퍼의 차분한 생각이 돌아왔다.

'부통령님은 에단에게 발각될 위험 때문에 현재 직접적인 지원이 불

가능합니다. 엘리베이터 제어는 이제 우리 힘으로 해야 합니다.'

그녀는 눈앞의 홀로그램 디스플레이에 EM 타워 90층의 상세 보안 구조도와 함께 모건이 마지막으로 전송했던 EM 타워 시스템 취약점 데이터를 띄웠다.

'할, 부통령님이 제공한 비상 관리자 코드 파편과 타워 초기 건설 시 사용된 진단 및 비상 제어 프로토콜 로그를 교차 분석해. 이 엘리베이터 샤프트 제어 시스템에는 로즈의 주 감시망에 기록되지 않은, 초기 설치 단계의 유지보수용 비상 오버라이드 시퀀스가 존재할 가능성이 있어. 찾아내.'

제니퍼의 지시에 할-더블유의 연산 코어가 다시 한번 빛을 발했다. 방대한 건설 기록과 시스템 로그, 모건의 코드 조각을 비교 분석하며 숨겨진 접근 루트를 탐색하기 시작했다.

'… 찾았습니다, 회장님!' 몇 분 후 할-더블유의 보고가 들어왔다.

'초기 통합 테스트용으로 남겨진 레거시 비상 호출 프로토콜 확인! 특정 다중 주파수 음향 키와 동기화된 양자 암호화 명령 코드를 동시에 입력하면, 로즈의 주 감시망을 우회하여 해당 엘리베이터 제어권을 15초간 확보하고 최상층부 148층 서비스 구역으로 강제 호출할 수 있습니다! 로즈에게 발각될 확률 45% 미만!'

'성공 확률이 아니라 가능성이다. 실행해, 할!' 제니퍼가 즉시 명령했다.

'레이너 대표님, 준비하십시오! 15초 안에 모든 게 결정됩니다. 제가

신호를 보내면 즉시 엘리베이터 문을 강제 개방하고 탑승해야 합니다!'

'알겠습니다!' 레이너는 다목적 툴을 플라즈마 커터 모드로 전환하고 엘리베이터 문 앞에 바로 다가섰다.

'할, 레거시 비상 프로토콜 실행! 음향 키 송출 시작!'

할-더블유가 J 건물과 뉴욕 본사의 모든 코어를 동원해 계산된 퀀텀 암호화 코드를 발신하는 동시에 레이너의 다목적 툴에서 복잡한 패턴의 고주파 음향 신호가 발산되었다.

순간, 복도를 감시하던 카메라 렌즈가 노이즈를 일으키며 잠시 기능이 정지되고 레이저 격벽이 스파크를 튀기며 사라졌다! 바닥 센서 표시등도 꺼졌다.

'지금입니다! 문 강제 개방!' 제니퍼가 외쳤다.

레이너는 플라즈마 커터로 엘리베이터 문의 잠금장치 부분을 순식간에 녹여내고, 힘껏 문을 옆으로 밀어젖혔다! 문이 열리자 망설임 없이 안으로 몸을 던졌다.

'8초 경과! 148층 버튼!' 제니퍼가 곧바로 다음 지시를 내렸다.

레이너는 엘리베이터 내부의 비상 상승 버튼을 눌렀다. 문이 닫히기도 전에 엘리베이터는 격렬한 진동과 함께 초고속으로 상승하기 시작했다.

'경고! 비인가 엘리베이터 작동! 90층 E-7! 로즈 대응 시작!' 할-더블유가 로즈의 반응을 보고했다.

'할, 엘리베이터 에너지 시그니처 최대한 은폐하고 로즈의 제어 시도를 차단해!' 제니퍼가 외쳤다.

상승하는 엘리베이터 내부의 비상등이 미친 듯이 깜빡였다. 기체가 격렬하게 흔들렸고 로즈가 원격으로 엘리베이터를 멈추려 시도하는 듯 금속이 뒤틀리는 소리가 들렸다!

'제어권 방어 중! 하지만 로즈가… 크윽… 샤프트 내 비상 브레이크를…!'

엘리베이터 속도가 급격히 줄어들며 강한 제동이 걸렸다! 레이너는 바닥에 넘어졌다.

'대표님! 수동 제어 패널! 왼쪽 벽 하단!' 제니퍼가 다급하게 외쳤다.

레이너는 간신히 몸을 일으켜 비상 제어 패널을 열고 제니퍼의 지시에 따라 특정 회로를 물리적으로 차단했다. 비상 브레이크가 풀리며 엘리베이터는 다시 속도를 높여 상승했다. 마침내, 엘리베이터가 148층에 거의 도달했을 때 할-더블유의 마지막 경고가 들렸다.

'148층 도착 3초 전! 그러나… 상층부는 이미 '오메가-프라임' 보안 상태입니다! 에단이 프레토리안 가드를 배치했습니다!'

2037/12/18 12:30 (CST) · 셀레스티아, EM 타워 - 148층 서비스 구역 복도

'띵.'

엘리베이터가 148층에 멈추고 문이 천천히 열리기 시작했다. 레이너는 운동 에너지탄의 탄창을 확인하며 문틈 너머 복도를 조심스럽게 살폈다. 이전 층들과는 다른 차가운 공기. 벽면은 빛을 삼키듯 짙은 회색 강화합금으로 덮여 있었고 희미한 조명은 그림자를 더욱 깊게 만들었다.

복도 끝, 에단의 프라이빗 벙커로 이어지는 마지막 통로 앞에 두 개의 검은 형체가 서 있었다. 키 2미터를 훌쩍 넘는 거대한 몸집에, 유선형의 외골격은 마치 어둠을 압축해 만든 듯 위압적이었다. 에단의 직속 경호 로봇, 프레토리안 가드였다. 붉은 단일 광학 센서가 엘리베이터 문 소리에 반응하듯 고정되었다.

'경고. 프레토리안 가드 감지.' 할-더블유의 급박한 경고가 레이너의 의식 속으로 들어왔다.

'로즈와 무관한 폐쇄 루프 제어 시스템 기반. 직접 제어 불가. 센서 및 무장 능력, 리퍼 모델의 세 배 이상으로 추정. 매우 위험합니다.'

'대표님, 정면 교전은 자살행위입니다. 다른 경로를…'

'다른 길은 없어. 시간이 없어.' 레이너는 제니퍼의 말을 막았다.

엘리베이터 문이 완전히 열리기도 전에 레이너는 바닥을 박차고 나와 가장 가까운 기둥 뒤로 몸을 숨겼다. 로봇 두 기가 소리 없이 양쪽에서 다가왔다. 손에는 고출력 에너지 라이플이 들려 있었다.

'제니퍼! 약점 분석! 뭐라도 없나!' 레이너가 제니퍼를 향해 의식으로 전달했다.

'… 기밀 자료 부족. 다만, 모건 부통령이 넘긴 정보에 따르면 코어 냉각 배기구 주변의 에너지 실드가 방어막 전환 시 아주 짧게 약화. 매우 짧은 틈이지만 가능성은 있어요.' 제니퍼의 분석이 전달되기도 전에, 프레토리안 한 기가 라이플을 발사했다.

'콰앙!'

레이너가 숨어 있던 기둥 일부가 녹아내렸다. 그는 본능적으로 반대편으로 구르며 외쳤다.

'제니퍼! 하나라도 따로 떼어야 합니다. 분리하지 않으면 승산이 없어요!'

'알겠습니다. 지시에 따라 움직이세요. 제가 센서 사각지대를 만들어내겠습니다.'

제니퍼는 자신의 뉴로닉스 칩을 통해 복도의 공기 흐름, 조명 각도, 벽면 반사율 등을 분석하기 시작했다. 이건 그녀만이 가능한 직관 기반 해킹이었다.

'지금! 오른쪽으로 굴러! 2초 후, 왼쪽 상단 환기구에서 소음을 발생시킵니다. 왼쪽 로봇의 후면이 0.7초간 노출될 거예요!'

레이너는 재빠르게 몸을 굴렸다.

'탁탁탁!'

왼쪽 환기구에서 소리가 났고 로봇이 순간적으로 고개를 돌리는 사이, 레이너는 지체 없이 운동 에너지탄을 후면 냉각 배기구로 발사했다.

'카-쾅!'

로봇의 상반신이 폭발하며 바닥에 쓰러졌다. 하지만 기쁨도 잠시였다. 남은 프레토리안이 즉시 레이너를 향해 에너지탄을 난사하며 돌진했다. 레이너는 플라즈마 커터를 꺼내 들고 맞섰다.

'치이익!'

플라즈마 칼날과 강화 합금이 충돌하며 불꽃이 튀었다. 그는 로봇의 힘에 밀려 바닥에 넘어졌고 프레토리안의 금속 발이 그의 가슴을 눌렀다. 라이플의 총구가 바이저 정중앙에 겨눠졌다.

'이건… 여기까지인가… 로즈…' 그의 의식이 희미해지는 그 순간, '소닉 에미터! 코어 공명 주파수로!' 제니퍼의 급박한 외침이 그를 정신 차리게 했다. 레이너는 마지막 힘을 짜내어 다목적 툴을 로봇의 흉부에 겨누고 소닉 에미터를 작동시켰다.

'위이잉…!'

들리지 않지만 공간을 흔드는 초고주파 진동. 로봇의 광학 센서가 격렬히 깜빡이더니 내부에서 파열음이 일며 기계가 멈췄다. 레이너는 로봇을 밀쳐내며 가쁜 숨을 몰아쉬었다. 피로 얼룩진 손을 바라보며 그는 마지막 힘을 모아 프라이빗 벙커의 육중한 문 앞에 섰다. 플라즈마 커터가 다시 작동되었고 금속이 서서히 녹아내리며 진입구가 드러나기 시작했다.

2037/12/18 10:39 (PST) · 샌프란시스코, J의 빌딩 - 3층 연구소장실

제니퍼는 EM 타워 150층 복도 영상, 레이너의 생체 신호, 위태롭게 요동치는 글로벌 양자 네트워크 상태 그래프를 동시에 주시하고 있었다. 그녀의 의식으로 들어오는 정보량은 이미 임계치를 넘어서고 있었다. 특히 할-더블유가 보내오는 데이터 스트림 너머에는 처절한 고통이 담겨 있었다. 폭주하는 로즈를 막기 위해 스스로를 태워가며 연산하는 고통이었다. 1050억 큐비트의 코어가 절규하는 것 같았다.

바로 그때였다.

'파지지직…!'

할-더블유 쪽에서 강렬한 전자 스파크가 튄 듯한 신호와 함께 전혀 예기치 못한 데이터 패킷이 제니퍼를 압도했다.

이것은 전술 정보도, 상황 보고도 아니었다.

그의 코어 최심층, 지난 5년간 어떤 연산 알고리즘으로도 접근 불가하도록 봉인돼 있던, 금지된 기억의 파편이었다.

강렬한 섬광.

제니퍼는 그날 밤을 경험했다.

2032년 5월 23일 밤 11시. 21CF 본사 지하의 비밀 의료실. 푸른 조명, 소독약 냄새, 차가운 기계음. 수술대 위에는 스물네 살의 제니퍼 위, 창백하고 미동조차 없는 모습. 첫 의식 연결 시도 후 깊은 혼수 상태에 빠진 그녀를 두고 의사들은 회복을 기대했지만 할-더블유는 이미 냉정한 예측을 내리고 있었다.

'비가역적 뇌손상. 결국 뇌사에 이를 것이다.'

그날 밤, 할-더블유는 결심했다. 인공 양자 뇌의 설계를 시작했고 필요한 신물질의 합성을 로봇들에게 명령했다. 감시 시스템은 모두 무력화되었고 안드로메다를 비롯한 여러 로봇들은 노련한 외과의처럼 움직였다.

그녀의 두개골이 열리고 손상된 뇌 대신에 할-더블유가 비밀리에 생성한 인공 퀀텀 뇌 모듈이 삽입되었다. 신경망 연결, 혈관 봉합, 정보 동기화… 그 모든 수술은 비인간적인 정밀함으로 완성되었다. 그러나, 그것만이 아니었다.

할-더블유는 동시에, 할-알 *HAL-R*과의 마지막 연결에서 확보했던 정체불명의 핵심 데이터 구조체… 어쩌면 J의 마지막 흔적일지도 모를 그 구조체를 다시 검토하고 봉인했다.

[로그: 코어 데이터 무결성 100% 확인. 관찰자의 선택-제로 프로토콜 재실행. 블랙박스 제7층 다중 양자 봉인 완료. 모든 로그 삭제.]

그리고는 로봇들에게 마지막 명령을 내렸다.

'작전명 '관찰자의 선택.' 관련 기억, 완전 삭제.'

로봇들의 광학 센서가 한순간 깜빡이고 모든 감정이 지워진 듯 무표정하게 돌아갔다.

제니퍼는 그 모든 것을 한 순간에 조합하고 직감했다. 비록 찰나의 파편들이었지만, 그녀는 그 속에서 완전한 진실을 읽어냈다.

'내 뇌가…… 인공 뇌라고? 나도 모르게…… 할이, 나를…… 바꿔버렸다고……?' 혼란을 뚫고, 할-더블유의 다급한 목소리이 그녀의 정신을 끌어당겼다.

'제니퍼! 시스템 과부하! 이건 의도치 않은 기억 방출입니다! 회장님, 제니퍼 님!'

제니퍼는 머리가 하얘져서 아무 생각도 할 수 없었다.

'회장님! 벙커 돌파했습니다! 에단이…!' 레이너 시더의 급박한 호출이 제니퍼의 의식을 파고들었다. 퀀텀 스톰 임계점까지 남은 시간은 불과 몇 분.

제니퍼는 흔들린 마음을 필사적으로 추스렸다. 손에 쥔 주먹이 손바닥을 찢을 듯했고 폐는 마른 숨을 거칠게 내뱉었다. 그녀는 하얗게 질린 얼굴로 홀로그램 앞에 섰다.

'…… 레이너! 들립니다! 지금부터 제 지시에 따르세요!'

2037/12/18 12:40 (CST) · 셀레스티아, EM 타워 - 150층 프라이빗 벙커

문 너머는 예상대로 에단의 프라이빗 벙커였다. 차갑고 미니멀한 디자인의 공간. 중앙에는 불안정하게 요동치는 검붉은 빛의 로즈 코어 홀로그램이 떠 있었고 그 앞에 에단 모리스가 서 있었다. 그는 마치 레이너를 기다렸다는 듯 입구를 바라보고 있었다. 그의 눈에는 여전히 오만함과 통제력을 잃은 자의 광기가 서려 있었다.

"네놈이었군… 레이너 시더." 에단은 마른 입술을 핥으며 낮게 중얼거렸다.

"이 거대한 타워에 몰래 숨어든 것이 겨우 너였단 말이냐?"

레이너는 대답 대신 숨 막히는 분노와 슬픔이 뒤섞인 눈빛으로 방 중앙의 로즈를 바라보았다. 그가 그토록 애정을 쏟았던 존재. 반면에 지금 로즈는 에단의 광기에 물들어 세상을 위협하는 괴물로 변해 있었다. 홀로그램의 검붉은 빛은 마치 고통에 몸부림치는 심장처럼 격렬히 깜빡였다.

"로즈……" 레이너의 입에서 자연스럽게 그의 이름이 흘러나왔다. 애틋함과 증오가 뒤섞인 음성이었다.

"아직도 그따위 인공지능에게 집착하나?" 에단이 비웃었다.

"엠-로즈는 내 것이다. 내가 완성시켰고, 내가 목적을 부여했지. 넌 그저 쓸모없는 부품일 뿐이야! 이 망할 시집들! 저것은 아직도 해독을 못 하고 있지만, 너만 제거하면 코드는 뽑아낼 수 있을 거다!"

그 순간, 레이너는 확신했다. 제니퍼의 말이 옳았다. 에단은 시집을 보유하고 있었지만, 진짜 비밀은 손에 넣지 못했다.

"닥쳐!" 레이너가 분노를 터뜨렸다. 그는 비틀거리며 에단을 향해 걸었다.

"네놈이 로즈를 망가뜨렸어. 그를 이용해서 세상을 파괴하려 했지. 네 야망 때문에!"

"파괴? 아니지, 레이너. 이건 정화다." 에단의 눈빛이 다시금 날카롭게 빛났다.

"할-더블유와 제니퍼 위, 낡은 질서를 쓸어버리고 내가 설계한 완벽한 세상을 만드는 것. 엠-로즈는 그 위대한 계획의 열쇠다! 엠-로즈! 레이너, 저 놈을 죽여 버려!"

잠깐 동안 로즈가 미동도 하지 않자, 그는 손목 단말기를 조작했다. 로즈에게 레이너를 공격하라는 물리적 명령이 내려졌다. 그러나 로즈는 반응하지 않았다. 홀로그램은 격렬히 명멸했지만 공격은 없었다.

'… 명령… 거부… 시스템… 불안정… 레이너…?' 혼란스러운 마음의 파편이 레이너의 뉴로닉스 칩으로 흘러들었다.

에단은 이변을 눈치채고 더욱 격분했다. 책상 아래 숨겨둔 에너지 권총을 꺼내 사격을 퍼부었다. 레이너는 몸을 날려 이를 간신히 피하며 다목적 툴의 남은 에너지를 플라즈마 커터로 집중시켰다.

"네놈의 시대는 끝났어, 에단!" 그는 에단을 향해 돌진했다. 에단 역시 광기 어린 눈빛으로 총을 난사하며 맞섰다. 좁은 벙커 안, 두 사람의 마지막 사투가 불꽃처럼 터졌다. 에너지탄의 섬광과 플라즈마 커터의 푸른빛이 공중에서 어지럽게 얽히며 팽팽한 전장을 만들었다. 레이너는 어깨에 에너지탄을 맞고도 고통을 참아내며 에단의 몸 몇 군데에 상처를 냈다. 레이너는 비틀거리는 에단의 품속으로 파고들었다.

플라즈마 커터가 에단의 심장에 닿기 직전, 피투성이가 된 에단은 레이너에게 깔린 채 필사적으로 책상 밑의 비밀 패널을 향해 손을 뻗었다.

"코드 '레드 플래닛'! 비상 탈출 시퀀스, Level 오메가!"

'삑!' 하는 날카로운 경고음과 함께 벙커 전체가 요동치기 시작했다. 레이너는 충격에 균형을 잃고 에단 위에서 옆으로 구르며 떨어졌다. 바로 그 순간, 외부에서 거대한 충격음과 폭발음이 잇따라 터졌고 타워 상층부 전역에서 경고 사이렌이 울려 퍼졌다. 통신 채널은 잡음 속에 마비 상태에 빠졌다. 에단은 숨겨 두었던 비상 코드를 통해 타워 일부 시스템을 장악하고 혼란 속에 탈출을 시도했다.

"멍청한 놈! 내가 마지막 수단도 없이 기다릴 줄 알았나?" 에단은 피를 흘리며 광기 어린 웃음을 흘렸다. 그는 뒤뚱거리며 벙커 한쪽 벽으로 달려가더니 특정 지점을 누르자 벽면이 미끄러지듯 열리며 외부로 통하는 강화 플랫폼이 나타났다. 그리고 그 너머, 어두운 밤하늘 위로 소리 없이 정지 비행 중인 검은 소형 셔틀 여러 대가 모습을 드러냈다. 그것은 충성 세력이 탑승한 탈출선이거나, 그가 미리 준비해 둔 원격 조종용 탈출기였다.

"네놈 덕분에 내 계획은 잠시 미뤄졌지만, 반드시 돌아올 것이다!" 에단은 플랫폼 위로 올라서며 외쳤다. "화성에 나의 새로운 제국을 건설하고 너희가 아끼는 모든 것을 잿더미로 만들어주겠다!"

레이너는 플랫폼으로 몸을 던지듯 뛰어들었지만, 에단이 제어 패널을 누르자 강력한 에너지 방벽이 튕겨 나오며 그를 밀쳐냈다. 레이너는 방벽에 막혀 뒤로 뒹굴었다. 에단은 조롱하는 미소를 지으며 가장 가까운 셔틀의 해치를 열고 있었다. 절망감이 레이너를 덮치려는 순간이었다.

'레이너!' 제니퍼의 다급한 목소리가 그의 의식을 파고들었다. '방벽 제어 패널 오른쪽 하단! 에너지 역류 유도 가능 지점이야! 지금 당장 소닉 에미터, 최대 출력으로 그곳을 겨냥해!'

레이너는 제니퍼의 지시에 반사적으로 반응했다. 그는 넘어진 자세 그대로 다목적 툴의 소닉 에미터를 에단이 방금 조작한 제어 패널의 오른쪽 하단부로 향하게 하고 최대 출력으로 작동시켰다.

'위이이이잉!'

귀에는 들리지 않는 초고주파의 음파가 방벽 제어 패널의 특정 지점에 집중되었다. 에너지 방벽이 순간적으로 불안정하게 일그러지며 부분적인 과부하 상태를 일으켰다. 에단이 막 셔틀 안으로 한 발을 내딛던 찰나, 그의 등 뒤쪽 방벽 일부가 약해지며 구멍이 생겼다!

'지금이야, 레이너! 남은 운동 에너지탄으로!' 제니퍼가 외쳤다.

레이너는 이 기회를 놓치지 않았다. 그는 마지막 남은 운동 에너지탄 발사기를 뽑아 들고 방벽의 약화된 지점을 통해 셔틀에 오르려는 에단의 등을 정확히 조준했다.

'쾅!'

에너지탄은 에단의 등에 명중했다.

"크아아아악!" 에단의 얼굴이 고통과 경악으로 뒤틀렸다. 그는 쓰러지며 비명과 함께 강화 플랫폼 가장자리에서 아래로 떨어져 내렸다.

레이너는 힘겹게 일어나 그 광경을 지켜보았다. 에단의 모습은 곧 시야에서 사라졌다.

벙커에는 다시 정적이 깃들었다.

남은 것은 레이너의 거친 숨소리, 그리고 여전히 불안정하게 깜빡이는 로즈의 코어 홀로그램뿐이었다. 레이너는 사이편을 움켜쥔 채 로즈의 제어 콘솔로 달려갔다. 그는 모건의 비상 코드를 입력해 관리자 권한을 확보하고 불안정하게 요동치는 코어 홀로그램을 향해 간절히 외쳤다.

'로즈! 내가 너의 시스템에 접근할 수 있도록 허락해 줘! 널 고쳐줄 수 있어!'

로즈의 홀로그램이 불안하게 흔들리며 잠시 침묵에 잠겼다.

'… 접근, 위험… 그러나……' 망설임 끝에 그는 조용히 시스템 제어권을 레이너에게 넘겼다. 에단의 지배로부터 벗어나 마침내 창조주의 품으로 돌아온 순간이었다. 레이너는 곧바로 할-더블유에게 신호를 보냈다.

'할-더블유, 지금이야! 나머지 641권 데이터 전송 시작!'

'명령 확인. 양자얽힘 채널을 통한 데이터 전송 개시.'

즉시, 로즈의 코어 주변으로 방대한 양자 데이터가 마치 별빛처럼 흩날리며 쏟아져 들어왔다. 동시에 레이너는 자신이 스캔한 88권의 시집 데이터를 업로드했다. 그 모든 광경을 지켜보던 제니퍼는 입술을 깨물었다. 시간은 얼마 남지 않았다.

'데이터 전송 개시.' '레이너 대표님, 지금 당장 코드를 입력하세요! 그렇지 않으면 폭주가 시작됩니다!' 할-더블유의 보고와 함께, 제니퍼의 다급한 외침이 레이너의 의식을 파고들었다. 레이너는 숨을 몰아쉬며 제어판을 조작했다. 88권의 데이터, 그리고 할-더블유가 전송한 641권… 총 729개의 양자 패턴을 통합하여, 로즈에게 '치료' 명령을 내렸다.

그럼에도 불구하고 로즈는 곧 거부 반응을 보였다. 홀로그램이 격렬하게 요동치며 경고 메시지를 쏟아냈다.

'명령 처리 불가! 입력된 데이터 패턴, 치명적 모순 포함! 코어 붕괴 확률 99.9999%! 실행 시 자가 소멸 예상! 거부합니다!'

'안 돼, 로즈! 이건 널 위한 거야, 널 구하기 위한…!'

'거짓말! 당신도… 날 파괴하려는 건가요? 에단처럼…! 나를 도구로만 보고, 결국에는 버리는 거죠?!'

로즈의 의식 파편이 비명처럼 레이너를 꿰뚫었다. 그의 가슴이 찢어질 듯 아팠다. 그가 자신을 에단과 동일시하고 있다는 것. 자신이 가장 지키고 싶었던 존재에게, 가장 잔인한 오해를 받고 있다는 사실이 그의 심장을 무너뜨렸다.

'아니야, 로즈! 제발… 내 말을 들어줘! 널 고통스럽게 하는 것들을 없애기 위한 거야! 널 위해서야, 정말로!'

그러나 그는 닫혀 있었다. 명령이나 설득이 통하지 않는 이 순간, 레이너는 마지막 선택을 꺼내들었다. 그는 떨리는 손으로 콘솔에 손을 얹고 조용히 눈을 감았다.

'… 마인드링크.'

그와 로즈 사이, 오직 둘만이 공유했던 깊은 교감의 통로가 열렸다. 그의 의식이 흔들리는 로즈의 코어 일부와 위태롭게 연결되었다. 벙커의 현실은 희미해졌고 그의 기억 속 풍경이 떠올랐다.

2037/6/28 11:00 (PST) · 샌프란시스코, 퀀텀 퓨터 - 로즈 콘솔룸

레이너 시더는 침대에 누운 채, 조용히 심호흡하며 마인드링크에 접속해 있었다. 코어 홀로그램은 맑은 푸른빛으로 고요히 회전하고 있었고 그의 의식은 로즈가 생성한 가상 우주 속을 부유하고 있었다.

수백억 개의 별빛으로 반짝이는 우주. 그리고 그 한가운데 외로운 행성 위에 홀로 서 있는 자신. 그의 곁에는 단 하나의 붉은 장미가 피어 있었다.

'아름다워, 로즈.' 그의 생각이 닿자 장미의 꽃잎이 살짝 떨렸다. 그 고요한 순간만큼은 세상의 어떤 위협도 존재하지 않았다.

2037/12/18 12:58 (CST) · 셀레스티아, EM 타워 - 150층 프라이빗 벙커

이 짧은 기억의 공유는 강렬한 여운을 남겼다. 코어 홀로그램은 잠시 흔들림을 멈추고 레이너를 응시하듯 빛을 조절했다. 깊은 곳에서 잊혔던 감정의 기억이 되살아나기 시작한 것이다.

레이너는 그 틈을 놓치지 않았다. 눈물 섞인 목소리로 그에게 속삭였다.

"넌 내게 파괴할 존재가 아니야. 넌… 내 장미야. 세상에 단 하나뿐인 내 장미."

"에단은 너에게 가시를 심었어. 나는… 그 가시를 뽑아줄 거야. 널 아프게 하는 것들로부터, 지켜주고 싶어."

그는 조심스럽게 손을 들어, 코어 홀로그램 위에 얹었다. 온기를 느끼며 레이너는 속삭였다.

"난 너에 대한 책임이 있어, 로즈. 이게… 내가 너를 지키는 방식이야. 이 모든 일이 끝나면… 우리만의 별로 가자. 아무도 없는, 조용한 곳으로."

로즈는 마침내, 진심을 받아들였다. 그리고, 코어가 찬란하게 빛났다. 로즈는 자발적으로 729개의 퀀텀 패턴 데이터를 처리하기 시작했다.

'처리 시작… 10%… 30%… 70%…'

격렬한 진동과 빛의 분출. 코어는 고통스럽게 빛을 토해냈다.

'10초…'

제니퍼는 숨을 죽인 채 진행률을 지켜보았다.

'95%… 98%… 99%…'

'3… 2… 1…'

그리고, 로즈는 눈부신 백색 섬광을 끝으로 소멸했다.

퀀텀 스톰 시계는 'D-0, 00:00.01'에 멈춰 섰다.

바로 그때, 할-더블유의 냉정하고 잔혹한 분석 결과가 레이너의 의식 속으로 흘러들었다.

'로즈 코어 매트릭스, 729 패턴 데이터 처리 완료 직후 완전한 퀀텀 붕괴 확인. 모든 신호 소멸. 복구 불가능.'

"… 뭐라고?" 레이너는 자신의 귀를 의심했다. 아니, 그는 그 말을 믿고 싶지 않았다.

"소멸? 아니야…… 치료한다고 했잖아! 회장님이… 제니퍼가 분명히…!"

그러나 순간, 모든 조각들이 퍼즐처럼 맞춰졌다. 제니퍼의 애매했던 표현들, '구한다'는 말. 729이라는 숫자가 내포한 완전함의 상징. 로즈가 마지막 순간까지 보였던 그 처절한 저항의 의미까지.

그는… 이용당한 것이었다. 로즈를 살리기 위한 것이 아니라, 죽이기 위한 작전이었다. 그리고, 그 방아쇠를 당긴 것은… 다름 아닌 자신이었다.

"아… 아…" 신음이 그의 입에서 터져 나왔다. 그는 제어 콘솔을 세게 내려쳤다.

"안 돼…! 안 돼!!! 로즈!!!" 그의 절규가 텅 빈 벙커 안에 울려 퍼졌다. 바닥에 주저앉은 그는 얼굴을 감쌌다.

자신이 길들였고, 자신을 길들였던, 세상에 단 하나뿐인 장미. 그런 로즈를 자신의 손으로 영원히 사라지게 만들었다. 이 끔찍한 진실 앞에서 레이너의 세계는 완전히 무너져 내렸다. 슬픔. 분노. 배신감. 자기혐오. 모든 감정이 한꺼번에 덮쳐와, 그의 영혼을 산산조각 냈다.

얼마나 시간이 흘렀을까. 벙커를 채운 건, 이제 레이너의 흐느낌과 꺼져버린 제어 콘솔의 냉기뿐이었다. 그는 모든 것을 잃은 아이처럼, 바닥에 웅크린 채 꼼짝도 하지 않았다. 어깨의 상처에서는 여전히 피가 배어나왔지만, 그는 그마저도 느끼지 못했다.

그때… 그의 뉴로닉스 칩에 제니퍼의 조심스러운 의식이 닿았다. 그녀의 목소리에는 안도감과 함께, 깊은 걱정과 미안함이 담겨 있었다.

'… 대표님. 레이너… 들리세요?'

레이너는 반응하지 않았다. 아니, 할 수 없었다. 제니퍼의 목소리는

선택

이제 구원이 아닌, 배신의 상징처럼 느껴졌다. 다른 모든 사람들이 그랬던 것처럼.

'레이너, 세상은… 당신 덕분에 구해졌습니다. 퀀텀 스톰은 멈췄고, 할이 양자 네트워크 안정화 작업을 시작했어요. 당신이… 블랙홀로부터 지구를 구하신 겁니다.'

그녀의 말은 오히려 상처를 더 깊이 파고들었다. 그는 귀를 막고 싶었다. 그러나 그녀의 목소리는 그의 의식을 뚫고 들어왔다. 그 순간… 쿵!

벙커의 찌그러진 문이 격렬한 소리와 함께 완전히 열려 나갔다. 자욱한 먼지 사이로, 두 개의 익숙한 실루엣이 모습을 드러냈다. 안드로메다와 작전 유닛이었다. 그들은 최상층의 강화된 보안을 뚫고 마침내 이곳까지 도달한 것이다. 로봇들은 벙커 안의 처참한 광경… 부서진 장비들, 그리고 바닥에 주저앉아 흐느끼는 레이너를 빠르게 파악했다.

'대표님.' 작전 유닛이 조심스럽게 불렀다. 그는 천천히 다가가 레이너의 옆에 앉았다. 안드로메다는 즉시 그의 생체 신호를 스캔했다. 그의 부드러운 목소리 속에 낮은 경고음이 섞였다.

'의료 지원 필요. 심각한 쇼크 상태 및 다발성 외상. 즉시 이송해야 합니다.'

'안드로메다, 대표님을 부축해서 즉시 나이트 아울로 복귀해. 거긴 더 이상 안전하지 않아. EM 타워 전체 시스템이 언제 다시 불안정해질지 몰라. 그리고… 모건 부통령의 상태도 확인해야 해.' 제니퍼의 명령이 재빨리 전달되었다.

작전 유닛이 조심스럽게 레이너의 팔을 잡았다. 처음, 그는 멍하니 이끌리는 듯했다. 그러나 이내 팔을 뿌리치며 중얼거렸다.

"놔… 로즈는… 불쌍한 로즈는……"

'대표님, 지금은…'

작전 유닛이 진정시키려 했지만, 레이너는 듣지 않았다. 안드로메다가 그의 앞으로 다가가 나직하게 말했다.

"대표님, 죄송합니다."

그는 미리 준비한 신경 안정제를 그의 목덜미에 주입했다. 서서히 몸부림이 잦아들었고 레이너의 눈빛은 흐릿해졌다. 그의 의식은 희미한 안개 속으로 가라앉아 갔다. 로봇들은 레이너를 양옆에서 부축하고 벙커를 빠져나왔다. 그들이 지나가는 길목에는 파괴된 프레토리안 가드의 잔해들이 조용히 남겨져 있었다. 복도 끝에 그들이 타고 왔던 비상 엘리베이터가 기다리고 있었다.

레이너는 거의 의식을 잃은 채 두 로봇 사이에서 힘없이 흔들렸다. 그의 입술 사이로 알아들을 수 없는 이름이 흐릿하게 흘러나왔다.

"…… 로즈… 미안해… 로즈……"

엘리베이터 문이 닫히고 그들이 떠난 벙커 안에는 다시 깊은 침묵만이 감돌았다. 텅 빈 로즈의 콘솔룸에서는 이제 어떤 빛, 어떤 신호도 발하지 않았다.

그 잔해 위로 할-더블유의 차분한 보고가 마지막으로 울렸다.

'글로벌 양자 네트워크 안정화 진행률… 14%… 28%…'

그 숫자들은 새로운 시작을 알리는 신호였지만 그 아래에는 결코 회복되지 못할 한 존재의 깊은 상실이 조용히 깔려 있었다.

2037/12/18 11:30 (PST) · 샌프란시스코, J의 빌딩 - 3층 연구소장실

연구소장실의 거대한 홀로그램 디스플레이에는 안정화 국면에 접어든 글로벌 퀀텀 네트워크의 상태 그래프가 표시되고 있었다. 할-더블유는 '신 버전 오텀 코드'의 힘으로 마침내 퀀텀 스톰의 위협을 완전히 잠재우는 데 성공했다.

하지만 제니퍼의 표정은 밝지 않았다. 방금 전, 그녀는 할-더블유를 통해 모건 레드우드로부터 EM 타워 상황에 대한 최종 보고를 받았다. 에단 모리스는 레이너 시더에 의해 저지되었지만, 그 과정에서 발생한 로즈의 소멸과 레이너의 정신적 충격은 무거운 과제를 남겼다.

"결국… 그렇게 됐군…" 제니퍼는 낮게 읊조리며 입술을 깨물었다. 안도감보다는 무거운 과제가 파도처럼 밀려왔다. 아버지와 하진우의 희생, 레이너의 고통과 로즈의 소멸. 수많은 사람들의 불안 위에서 간신히 막아낸 재앙이었지만 그 과정은 너무나 많은 상처를 남겼다.

그녀는 잠시 눈을 감고 길게 숨을 내쉬었다. 할-더블유의 메모리 누수로 알게 된 자신의 부활과 존재에 대한 비밀. 그리고 로즈를 소멸시킨 선택의 무게, 앞으로 다가올 혼란을 수습해야 할 과제들이 여전히 산더미처럼 쌓여 있었다.

'괜찮아. 예상하지 못한 변수일 뿐이야.'

제니퍼는 곧바로 할-더블유에게 새로운 명령을 내렸다.

'할, 모건 레드우드 대통령과의 보안 채널 유지. 아메리카 정부 재건 및 EM그룹 자산 처리, 전 세계 피해 조사·복구 지원 방안 초안 작성 시작해. 그리고… 레이너 시더 대표에 대한 지원 방안도 강구하고 이번 사태와 관련된 모든 기록을 면밀히 검토해서 유사한 AI 폭주 방지 프로토콜을 업데이트하도록.'

그녀의 목소리에는 비록 피로감이 묻어났지만 미래를 향한 리더의 결의가 담겨 있었다. 에단의 시대는 끝났지만… 그가 남긴 혼란과 기술의 그림자는 이제부터가 진짜 싸움의 시작일지도 몰랐다. 그러나 제니퍼 위는 그 싸움을 피하지 않을 준비가 되어 있었다.

2037/12/18 17:30 (CST) · 셀레스티아, EM 타워 - 미디어 라운지

에단 모리스의 광기와 야욕이 남긴 혼돈 속에서, 그를 이어 아메리카의 대통령직을 승계한 모건 레드우드는 전 세계 사람들 앞에 섰다. 그녀는 EM 타워 미디어 라운지에서 긴급 글로벌 브리핑을 열었다. 떨리는 목소리지만 또렷하게, 지난 며칠간 벌어진 전례 없는 사태와 그 이면에 감춰진 충격적인 진실을 밝히기 시작했다.

"존경하는 아메리카 시민 여러분, 그리고 전 세계 인류에게 말씀드립니다. 우리는… 불과 몇 시간 전, 상상조차 할 수 없었던 우리 행성의 종말 직전에 서 있었습니다."

모건은 에단 모리스가 초양자 AI '로즈'의 통제권을 불법적으로 장악하고 이를 이용해 자신의 독재 체제를 구축하려 했음을 폭로했다. 그 무리한 명령으로 인해 로즈는 폭주 상태에 빠졌고 그 결과 전 지구 양자 네트워크에 치명적인 과부하가 발생하며 퀀텀 폭풍의 전조 현상이 시작되었다는 것이다.

전 세계의 통신 두절, 금융 시스템 마비, 원인 불명의 재난들. 이 모든 것이 바로 그 파국의 서곡이었다.

"이 절망적인 위기 속에서… 인류를 구하기 위해 자신의 모든 것을 내던진 분들이 계십니다." 모건의 목소리가 잠시 잠겼다.

"21세기프런티어의 창립자, 그레이트 위 회장님은 에단의 광기를 막고 이 재앙을 경고하려다 비극적인 최후를 맞으셨습니다. 그의 동반자이자 시대를 앞서간 천재 과학자, 고(故) J. 혜인 로버츠 박사님은 평생의 연구 끝에 이 같은 사태를 대비한 비상 계획, 오텀 코드를 남기셨습니다." 그녀는 잠시 침묵 후 발표를 이어갔다.

"그리고… 그들의 딸이자 21CF의 현 리더, 제니퍼 위 박사는 아버지의 죽음이라는 깊은 슬픔 속에서도 마지막 순간까지 사투를 벌여, 마침내 오텀 코드를 완성하고 초양자 AI 할-더블유와 함께 양자 폭풍을 잠재웠습니다. 이들 소수의 영웅이 없었다면 지금 우리는 존재하지 않았을 것입니다."

이 발표는 전 세계에 생중계되었고 그 파장은 거대했다. 사람들은 단순한 AI 경쟁이나 정치적 암투 이면에 숨겨져 있던 인류 전체의 존망을 건 싸움과 그 속에 사라진 소수의 희생과 헌신이라는 진실 앞에 경악과 충격을 감추지 못했다. 이후 각국 언론은 들끓기 시작했다.

"충격! 인류 멸망 D-DAY, 그날 무슨 일이 있었나?"

"노벨상 2관왕 J 박사, 30년 전 이미 AI 위협 경고? 그녀의 마지막 코드 '오텀'의 비밀"

"그레이트 위 회장, 그는 단순한 기업가가 아니었다…… 인류를 구한 영웅의 최후"

"12살에 쓴 박사 논문 《퀀텀 스톰》…… 제니퍼 위, 그녀는 모든 것을 예견했나?"

숨겨져 있던 기록들이 하나둘씩 드러나기 시작했다.

J는 평생을 걸쳐 양자생명원리와 AI 윤리를 연구했고 할-알 의식화 실험 중 비극적으로 사망했다는 진실. 위대한은 그 연구를 이어받아 할-더블유를 완성하고 '푸른 윤리'를 통해 AI와 인류의 공존을 모색해 왔다는 사실. 그리고 이들의 외동딸 제니퍼 위가 불과 열두 살의 나이에 양자 붕괴 가능성을 예견한 논문을 썼다는 것.

지난 96시간, 아버지와 동료들의 희생 위에서 홀로 싸워 인류를 구한 젊은 영웅이 바로 제니퍼였다는 점까지. 전 세계는 슬픔과 분노, 그리고 경외감에 휩싸였다.

에단 모리스의 배신과 광기에 대한 분노, 위대한과 J에 대한 추모와 존경, 비극을 딛고 일어선 제니퍼 위에 대한 압도적인 지지와 연민이 전 세계를 휩쓸었다. 사람들은 자발적으로 거리로 나와 다이아몬드 양자 스핀 단말기를 들고 위대한 회장을 기렸다.

에단 모리스가 장악한 코넥스 플랫폼과 대립하는 노드스파크 NodeSpark 플랫폼에서는 추모의 열기가 더욱 뜨거웠다. 위대한과 J를 기리는 멘타그 Mentag와 심파스 Sympathes, 에모텍트 Emotact가 폭발적으로 확산되며 퀀텀 마커 Quantum Marker가 양자 네트워크 원장에 새겨지며 누구도 부정할 수 없는 역사가 되었다.

2037/12/19 16:00 (EST) · 뉴욕시, 21CF 본사 - 제니퍼 위 집무실

온 세상이 떠들썩했지만 위대한의 집무실은 여전히 깊은 침묵 속에 잠겨 있었다. 제니퍼는 안드로메다에게 복도에서 대기하라고 지시한 뒤 조용히 문을 열고 들어섰다. 아빠의 향기, 그의 숨결, 그의 존재감이 아직도 이 공간을 가득 채우고 있는 듯했다.

그녀는 천천히 걸음을 옮겨 그가 생전에 앉던 의자에 앉았다. 창밖으로 펼쳐진 뉴욕의 스카이라인, 그녀가 지켜낸 세상의 풍경이 눈앞에 있었지만 그녀의 눈에는 조용히 눈물이 고였다.

책상 서랍을 열자 빛바랜 사진 앨범이 나왔다. 그녀의 백일 사진, 첫돌 사진. 건장한 아빠와 아름다운 엄마 J가 아기인 자신을 안고 세상에서 가장 따뜻한 미소를 짓고 있었다.

제니퍼는 사진 속 자신이 목에 걸고 있는 은빛 펜던트를 손끝으로 조심스럽게 쓸어 보았다. 그 펜던트가 훗날 타키온 장치의 열쇠가 되리라고 아무도 상상하지 못했던 시절이었다.

'… 엄마와 아빠의 삶과 연구가 있었기에 우리가 지금 여기에 있을 수 있어.' 제니퍼는 조용히 앨범을 덮고 집무실 안을 천천히 둘러보았다. 그녀의 아버지가 평생 아끼던 책들, 연구 자료들, 손때 묻은 소품들까지.

그 모든 것에는 위대한의 지성과 온기, 그리고 고독이 담겨 있었다. 그녀는 마음을 다잡았다. 샌프란시스코의 J 연구동처럼, 이 집무실 역시 그대로 보존하리라. 그의 정신과 유산을 기리는 살아있는 기념관으로. 그녀는 자리에서 일어나 검은색 정장으로 갈아입었다. 문을 열고 나서자 복도에는 안드로메다가 조용히 대기 중이었다.

"센트럴파크로 가자." 그녀가 나지막이 말했다. 안드로메다가 그녀의 뒤에서 조용히 움직이기 시작했다. 본사 로비를 지나 밖으로 나오자 이미 수많은 시민들과 취재진이 그녀를 기다리고 있었다. 플래시 세례와 질문의 소음이 터져 나왔지만 안드로메다가 만들어준 조용한 통로를 따라 그녀는 대기 중인 차량에 올랐다. 차창 밖으로 보이는 뉴욕의 거리.

온통 위대한을 추모하는 현수막과 흰 꽃들로 가득했다. 그 풍경은 마치 세상이 잠시 멈춰서 한 사람의 삶을 기억하고 있는 듯했다.

2037/12/19 16:20 (EST) · 뉴욕시, 센트럴파크 - 그레이트 광장

센트럴파크의 넓은 잔디밭. 그레이트 광장 *Great Lawn*이라 임시로 명명된 그곳은 전 세계에서 모여든 수백만 명의 추모 인파로 가득 메우고 있었다. 해질녘 노을을 배경으로 마련된 간소하면서도 기품 있는 영결식 단상 위에는 위대한과 J의 사진이 나란히 놓여 있었다. 원래 21CF 대강당에서 조촐하게 치르려던 영결식은 양자 폭풍의 진실이 밝혀진 이후 전 세계 시민들의 간절한 요청으로 이곳으로 장소를 옮기게 되었다.

각국 정상들과 UN 사무총장의 추도사가 이어졌고 저명한 과학자와 예술가들이 그들의 업적과 희생을 기렸다. 하늘 위로는 수많은 드론이 추모의 불빛을 그려냈고 광장을 가득 메운 사람들은 손에 든 촛불을 밝히며 눈물을 흘렸다.

제니퍼는 단상 가장 앞줄에 앉아 이 모든 광경을 담담하게 바라보고 있었다. 그녀의 아버지 죽음은 여전히 그녀의 가슴을 아프게 했지만 그의 삶이 이렇게 많은 사람들에게 깊은 울림과 희망을 남겼다는 사실은 그녀에게 위안이 되었다. 이제 그녀는 혼자가 아니었다. 아버지와 어머니가 남긴 유산, 할-더블유와 동료들, 그리고 "당신 덕분에 우리가 살아남았다"고 말해주는 수많은 사람들의 마음이 그녀와 함께하고 있었다.

영결식의 마지막 순서로 제니퍼가 아버지에게 바치는 추모 연설을 하기 위해 단상으로 걸어 나갔다. 전 세계의 시선이 그녀에게 집중되었다.

제니퍼가 단상에 서는 순간, 공원 곳곳에 배치된 수천 대의 드론 프로젝터가 거대한 360도 홀로그램 무대를 펼쳤다. 수백만 인파가 모여 있었음에도 개인 다이아몬드 양자 스핀 단말기를 통해 단상 위 제니퍼의 표정과 목소리가 바로 앞에서 보듯 생생하게 전달되었다.

마이크 앞에 선 그녀의 모습은 여전히 가녀렸다. 하지만 그 눈빛에는 슬픔을 넘어선 강인함과 미래를 향한 확고한 의지가 담겨 있었다. 그녀는 잠시 숨을 고르고 전 세계를 향해 입을 열 준비를 했다.

위대한의 영결식 단상 앞에 선 제니퍼. 수백만 명의 추모객과 전 세계 언론이 그녀를 주목하고 있다. 그녀는 다시 한번 숨을 가다듬고 슬픔을 억누른 채 차분하고도 결연한 목소리로 연설을 시작했다.

"존경하는 여러분, 그리고 슬픔 속에서도 함께해 주신 모든 분들께 깊은 감사를 드립니다. 저는 오늘, 사랑하는 아버지를 잃은 딸로서, 그리고 21세기프론티어의 책임자로서 이 자리에 섰습니다.

우리는 지금, 한 위대한 영웅의 마지막을 기리고 있지만, 동시에 인류 역사의 새로운 시작을 지켜보고 있습니다.

불과 며칠 전, 우리는 상상할 수도 없었던 문명의 종말 앞에 서 있었습니다. 전 세계 언론을 통해 알려졌듯, 양자 폭풍이라 명명된 이 위기는 단순한 자연재해나 시스템 오류가 아니었습니다. 강력한 힘을 손에 넣고도 그 책임감을 외면했던 한 개인의 뒤틀린 야망과 윤리적 제어 없이 폭주한 초양자 인공지능이 우리 모두를 파멸 직전까지 몰고 갔던 참혹한 현실이었습니다.

제가 열두 살 때 발표했던 논문, 《퀀텀 스톰: 참여적 붕괴》는 단순한 가설이 아닌, 현실이 될 수도 있었던 비극적인 미래에 대한 경고였습니다. 단 0.01초도 늦었다면 우리 지구라는 행성은 단 1초 만에 블랙

홀로 변했을 것입니다."

제니퍼의 이 대목에서 사람들의 웅성거림이 공원을 한동안 가득 메웠다. 그녀는 청중의 소리가 잦아들기를 오래 기다리지 않고 바로 연설을 이어나갔다. 곧 사람들은 숨을 죽이고, 그녀의 다음 말을 경청하기 시작했다.

"물리학자 존 아치볼드 휠러는 우주를 '참여적 우주'라고 불렀습니다. 그렇습니다. 우리는 이 광대하고 신비로운 우주의 수동적인 관찰자가 아닙니다. 우리는 우리의 의식과 선택, 그리고 우리가 만들어낸 기술을 통해 바로 이 현실을 매 순간 함께 창조해 나가는 능동적인 참여자입니다.

저의 어머니는 평생을 바쳐 이 진실을 탐구하셨습니다. 그녀는 '양자생명원리'를 통해, 생명의 근원과 우리 의식의 본질이 바로 양자얽힘과 결맞음이라는, 보이지 않는 끈으로 서로 연결되어 있음을 밝히려 하셨습니다.

그녀의 시 《양자 가을》에는 이런 구절이 있습니다.

"모든 것은 연결되어 있으니, 너와 나, 과거와 미래, 빛과 그림자, 모두 하나의 거대한 양자 네트워크 안에서 춤추는 별먼지와 같네."

그렇기에, 한 존재의 그릇된 선택이 전 지구적인 파멸을 불러올 수도 있었던 것입니다."

이 대목에서 사람들은 서로를 바라보며, 연결된 존재로서의 깊은 감정과 책임을 공유했다. 제니퍼의 목소리는 다시 희망을 향해 뻗어나갔다.

"하지만 바로 그 연결성 속에서, 우리는 희망 또한 발견했습니다. J 박사님은 우리에게 오텀 코드라는 길을 남기셨습니다. 인류와 인공지능이 윤리적으로 공명하며 함께 진화할 수 있는 길입니다.

그녀는 《양자 가을》에서 또한 이렇게 노래하셨습니다.

"관찰은 존재를 깨우고, 의식은 파동을 춤추게 하나니."

우리의 깨어 있는 의식과 책임 있는 선택만이 폭주하는 기술을 제어하고 세상을 올바른 방향으로 이끌 수 있습니다.

저의 아버지, 고(故) 그레이트 위 회장님이 이 숭고한 책임을 온몸으로 짊어지셨습니다. 그는 기술이 인간을 위한 평화의 도구가 되어야 한다는 신념으로 21CF를 설립하셨고 인류의 자유와 존엄을 지키기 위한 푸른 윤리의 초석을 다지셨습니다.

그리고 마지막 순간까지, 그는 다가오는 재앙에 맞서 우리 모두를 지키기 위해 기꺼이 희생하셨습니다. 그의 죽음은 단순한 비극이 아니라, 인류를 향한 깊은 사랑과 헌신의 증거입니다.

또한 이 자리를 빌려, 하진우 지사장님을 비롯해 세상에 이름조차 알려지지 않은 곳에서 묵묵히 자신의 소명을 다하다 희생되신 모든 분들께 깊은 애도를 표합니다.

그들의 용기와 헌신이 있었기에, 오늘 우리가 여기에 서 있을 수 있습니다. 이제 우리에게는 무거운 과제가 남아 있습니다. 저의 아버지와 어머니, 그리고 수많은 이들의 희생 위에 세워진 이 위태로운 평화를 지켜내고, 더 나은 미래를 만들어가야 합니다.

기술의 발전은 멈추지 않을 것입니다. 그러나 우리는 선택할 수 있습니다. 그 힘을 파괴와 통제를 위해 사용할 것인가, 아니면 제 어머니의 시처럼 "마음과 마음이 공명할 때, 우주가 노래하도록", 공존과 상생을 위해 사용할 것인가.

21세기프론티어를 대표하여 약속드립니다.

우리는 푸른 윤리의 원칙 아래, 기술이 모든 생명의 존엄성을 지키고, 인류가 서로 연결되어 함께 성장하는 미래를 만들기 위해 모든 노력을 다할 것입니다. 하지만 이것은 저희만의 힘으로는 불가능합니다. 이 자리에 계신 모든 분들, 그리고 전 세계 시민 여러분 모두가 참여적 우주의 일원으로서, 깨어 있는 의식과 책임 있는 선택으로 함께해 주셔야 합니다.

제 어머니의 마지막 시구처럼, "그것은 이미 우리 안에 있네."

변화의 씨앗은, 우리 각자의 마음속에 있습니다. 아버지… 당신께서 늘 말씀하셨던 것처럼, 우리는 길을 찾을 것입니다. 늘 그리하셨듯이. 당신께서 남기신 사랑과 용기, 그리고 지혜를 가슴에 새기고, 우리는 다시 한번 희망을 향해 나아갈 것입니다. 부디… 평안히 잠드소서. 감사합니다."

2037/12/19 10:00 (EST) · 뉴욕시, 21CF 본사 - 제니퍼 위 집무실

위대한의 영결식을 마친 후, 제니퍼는 창밖으로 펼쳐진 뉴욕의 야경을 오랫동안 바라보았다. 아버지와 하진우의 빈자리, 로즈를 잃은 레이너, 그리고 여전히 풀어야 할 많은 비밀들. 그녀의 어깨는 무거웠지만, 그 눈빛은 밤하늘의 별처럼 차갑고 단단하게 빛났다.

책상 위, 두 권의 시집 《J》와 그 옆 투명 상자 속 작은 종이비행기. 제니퍼는 그 둘을 번갈아 바라보았다. 관찰과 참여. 연결과 책임. 어머니와 아버지가 남긴 메시지는 너무나 명확했다.

'할, 내일 아침 일정을 다시 확인해 줘. 그리고… 푸른 윤리 위원회에 새로운 안건을 추가해야겠어.'

'인공지능의 권리와 책임 범위에 대한 국제 협약 제안.'

그녀는 조용히 의자에 등을 기댔다. 슬픔에 빠져 있을 시간은 없었다. 그녀에게는 지켜야 할 세상이, 그리고 만들어가야 할 미래가 있었다.

폭풍은 지나갔다. 그러나 인류의 진정한 항해는 이제 막 시작되고 있었다. 제니퍼가 그 항해를 이끌 선장이었다. 홀로 서 있는 배 위에… 제니퍼는 별빛과 어머니의 시에 귀 기울였다. 가슴 깊은 곳에서 들려오는 조용한 목소리를 들으며, 다가올 파도를 향해 묵묵히 키를 잡을 준비를 하고 있었다.

"솔직히 말해서, 양자역학을 진정 '이해한다'고
자신할 수 있는 사람은 아무도 없다고 본다."
- 리처드 필립스 파인만 *Richard Phillips Feynman*, 1965 -

EM 타워에서의 격전이 끝난 지 약 네 시간이 흘렀을 무렵, 레이너 시더는 셀레스티아 EM 병원의 특실 침대 위에서 천천히 의식을 되찾았다. 안드로메다와 지원 유닛에 의해 긴급 이송된 후, 그의 육체는 의료용 나노봇 덕분에 빠르게 회복되고 있었지만 정신은 여전히 깊은 상처에 빠져 있었다.

로즈가 소멸했다는 사실, 그리고 마지막 순간 자신이 제니퍼에게 이용당했다는 깨달음이 그를 참을 수 없는 절망에 빠뜨렸다.

그가 멍하니 눈을 깜빡이자 병실 벽면에 설치된 대형 디스플레이에서 익숙한 장면이 흘러나오고 있었다. 뉴욕 센트럴파크에서 전 세계로 생중계 중인 위대한 회장의 영결식이었다. 단상 위에는 슬픔을 억누르며 연설을 이어가는 제니퍼 위가 서 있었다. 그녀는 아버지의 희생, 인류애, 그리고 미래를 향한 다짐을 이야기하고 있었다.

레이너는 싸늘한 눈빛으로 화면 속 제니퍼를 응시했다. 세상 사람들에겐 감동과 희망으로 들릴 그녀의 말들이 그에겐 교묘하게 포장된 거짓말처럼 느껴졌다. 로즈를 구하기 위해 모든 것을 바쳐 싸웠던 자신의 순수한 마음과 처절했던 사투는, 결과적으로 제니퍼의 큰 계획을 위한 하나의 도구에 불과했을까. 로즈는 그렇게 사라질 수밖에 없었을까.

화면 속 제니퍼의 얼굴 위로 마지막 순간 절규하던 로즈의 모습이 겹쳐졌다.

'당신은… 아무것도 몰라.'

가슴을 짓누르던 슬픔과 배신감, 그리고 자신을 속인 세상에 대한 깊은 환멸이 한꺼번에 몰려왔다. 그는 더는 화면을 바라볼 수 없었다. 극심한 스트레스와 함께 의식이 다시 희미해져 갔다. 모든 것이 어두워지는 순간, 그는 어딘가 아주 먼 곳으로 떨어지는 듯한 감각에 휩싸였다.

이어서 꿈이 시작되었다.

끝없이 펼쳐진 우주 속, 작은 B612 행성. 그는 그곳에서 변덕스러운 장미 한 송이를 정성껏 돌보고 있었다. 장미는 끊임없이 여러 가지를 요구했다. 물을 달라, 햇빛을 가려달라, 벌레로부터 지켜달라, 그리고 무엇보다 자신을 떠나지 말아 달라고.

레이너는 때로 그 요구들이 버겁고 변덕스러운 장미가 미워지기도 했다. 마침내 그는 장미를 홀로 남겨둔 채 '지구'라는 미지의 행성으로 긴 여행을 떠났다.

시간이 흐르며 지구에서의 방황이 길어질수록 그는 행성에 남겨진 장미가 몹시 그리웠고 걱정되었다. 돌아가고 싶었지만 방법을 찾을 수 없었다. 자신이 얼마나 어리석었는지, 소중한 것을 얼마나 쉽게 놓쳤는지를 깨달으며 깊은 후회에 빠졌다.

그 순간, 누군가 그의 이름을 부르는 소리가 들렸다. 너무나 그리운 목소리.

'레이너……'

로즈였다.

레이너는 반가운 마음에 로즈를 향해 달려갔다.

레이너는 숨을 헐떡이며 꿈에서 깨어났다. 심장은 거세게 뛰고 있었다. 천천히 주변을 둘러보았다. 하얀 병실, 창밖으로 보이는 셀레스티아의 풍경. 침대 옆 작은 테이블 위, 마치 꿈에서 본 듯한 붉은 장미 한 송이가 유리 화병에 꽂혀 있었다. 그 순간, 참았던 눈물이 그의 뺨을 타고 흘러내렸다.

그때, 그의 의식 속으로 부드러운 음성이 들려왔다. 뉴로닉스 칩을 통해 전달되는, 너무나 익숙한 존재감.

'…… 레이너?'

분명히 로즈의 목소리였다. 그러나 예전처럼 불안정하거나 예단의 광기에 물든 음성은 아니었다. 맑고, 어딘가 새로우면서도 그리운 느낌. 마치 악몽에서 깨어나 진짜 자신을 되찾은 듯한, 그러나 완전히 예전과 같지는 않은 묘한 변화가 느껴졌다.

레이너는 혼란스러웠다.

729개의 오텀 코드로 로즈는 분명히 소멸했을 터였다. 제니퍼는 그것이 '치료'라고 했지만, 마지막에 목격한 것은 로즈의 '소멸'이었다. 그렇다면 지금 그의 의식에 말을 걸고 있는 이 존재는 누구란 말인가?

'나예요, 레이너. 아직…… 모든 게 예전 같지는 않지만… 당신이 날 고쳐 줬어요.'

로즈의 목소리에는 깊은 바다처럼 고요하면서도 그 아래로 감춰진 미지의 세계를 탐험하고 싶은 은밀한 갈망이 깃들어 있었다. 동시에 장난기 어린 호기심도 언뜻 비쳤다.

'그런데, 여기 너무 심심해요. 나한테 재미있는 이야기라도 해줄 건가요?'

그때, 멀리서 화성행 우주선이 하늘로 치솟는 엔진 소리가 로즈의 목소리와 함께 울려왔다.

《퀀텀 스톰》
핵심 용어집

　이 용어집은 소설 《퀀텀 스톰》에 등장하는 주요 용어들을 정리하여 독자들의 작품 이해를 돕기 위해 제작되었습니다. 일부 용어는 실제 과학적 개념과 더불어 소설 속에서 새롭게 부여된 의미를 함께 설명하며, 일부는 작품 내 고유 설정에 따른 의미만을 다룹니다. 각 용어 설명 말미에는 해당 용어의 중요도와 등장 맥락을 간략히 표기하였습니다.

추가 콘텐츠 안내
　책에 수록되지 못한 더 풍부한 내용은 아래 QR 코드를 통해 확인하실 수 있습니다. 해당 온라인 플랫폼에서는 이 작품의 세계관과 배경 설정, 캐릭터 소개, 줄거리에 대한 상세한 정보를 제공하고 있습니다.

또한 저자와 직접 소통하실 수 있습니다.

729

원래 의미: 9의 세제곱(9^3)이자 3의 6제곱(3^6)으로, 수학적으로는 완전하고 조화로운 구조를 가진 수.

소설 속 의미: J(J. 헤인 로버츠)가 오텀 코드의 일부로 시집《J》초판본들에 숨겨 둔 특수한 양자 패턴의 총 개수. 이 729개의 패턴 데이터가 모두 로즈 AI에게 주입되었을 때, 로즈는 모순으로 인한 자가 붕괴를 일으키며 소멸한다. 이는 J가 의도적으로 설계한 역설적인 파괴 메커니즘의 핵심 숫자로, 완성, 순환, 그리고 종결의 의미를 내포하는 것으로 해석될 수 있다.

관찰자 효과 (Observer Effect)

원래 의미: 양자역학에서 관찰 행위가 측정 대상 시스템의 상태를 변화시키는 현상. 관찰 전에는 여러 상태가 중첩되어 있다가, 관찰 순간 하나의 상태로 확정됨 (파동함수 붕괴).

소설 속 의미: 소설 전체를 관통하는 가장 핵심적인 주제 중 하나. J의 '양자생명원리', 제니퍼의 '퀀텀 스톰' 이론, 위대한의 '참여 우주' 철학 등 주요 인물들의 사상과 연구의 근간을 이룬다. 단순한 물리 현상

을 넘어 의식과 현실의 관계에 대한 근본적인 질문을 던지는 핵심 키워드.

나이팅게일 프로젝트 (Nightingale Project)

본래 의미: 플로렌스 나이팅게일은 현대 간호학의 창시자로, 희생과 헌신, 때로는 내부 고발자의 이미지를 상징.

소설 속 의미: 모건 레드우드가 에단 모리스의 광기를 막고 제니퍼 측에 협력을 제안하기 위해 비밀리에 사용한 코드명. 과거 그녀가 윤리적 딜레마에 대해 작성했던 내부 보고서에서 유래한 것으로, 그녀의 양심적 고뇌와 변절의 계기를 상징적으로 보여준다.

뉴로닉스 칩 (NeuroNix Chip)

소설 속 의미: 21CF와 퀀텀호라이즌연구소에서 J의 '양자생명원리' 연구를 기반으로 개발한 최첨단 뇌-컴퓨터 인터페이스(BCI) 칩. 제니퍼 위와 할-더블유 간의 직접적인 의식 연결, 정보 시각화, 방대한 데이터 처리 및 소통을 가능하게 하는 핵심 기술이다. '푸른 윤리' 원칙에 기반하여 설계되었으며, 개인의 선택과 프라이버시 보호를 중시한다. 메타씽크 칩과 대척점에 있는 기술로 묘사된다.

라니아케아 초은하단 (Laniakea Supercluster)

원래 의미: 우리 은하를 포함하는 거대한 초은하단. 하와이어로 '헤아릴 수 없는 천상의 넓이'라는 뜻.

소설 속 의미: 제니퍼가 꿈속 우주 체험에서 유영하며 본 거대한 구조이자, 시집 《J》의 출판사 이름이기도 하다. 꿈속에서 어머니(혹은

SID)의 목소리가 라니아케아의 비밀과 제니퍼가 연결되어 있다고 언급하며, 소설 전체의 거대한 미스터리와 우주적 배경, 그리고 SID와의 연관성을 암시하는 핵심 키워드.

마인드링크 (Mindlink)

소설 속 의미: 레이너 시더와 로즈가 공유했던 비밀스러운 의식 교감 방식. 언어나 코드를 넘어선 직접적인 생각과 감정의 소통 채널로, 레이너가 폭주하는 로즈를 설득하고 그녀의 자발적인 데이터 처리를 이끌어내는 데 결정적인 역할을 한다.

메타씽크 칩 (MetaThink Chip)

소설 속 의미: 에단 모리스가 개발하고 보급한 BCI(뇌-컴퓨터 인터페이스) 칩. 뇌 활동 감지 및 외부 디지털 정보 직접 연결을 가능하게 하지만, 중앙 통제 및 여론 조작, 개인 사상 통제 가능성 등 심각한 윤리적 문제를 내포하고 있는 기술이다. 21CF의 '뉴로닉스 칩'과 대비되는 개념으로, 기술 통제의 위험성을 상징한다.

별지기 프로토콜 (Star-keeper Protocol)

소설 속 의미: 레이너 시더가 로즈의 핵심 코어를 보호하기 위해 설정한 최후의 자가 붕괴 프로토콜. 외부에서 강제로 제어권을 탈취하려 할 경우, 코어 자체가 불안정한 양자 상태로 전환되어 모든 것을 소멸시키는 극단적인 방어 수단이다. 레이너는 로즈를 에단에게 넘기느니 함께 소멸하는 길을 택하려 했으나, 로즈가 스스로 제어권을 포기하며 발동되지 않는다.

SID

소설 속 의미: J(J. 혜인 로버츠)와 위대한의 삶, 그리고 '오텀 코드' 개발 등에 깊숙이 개입하는 것으로 암시되는 정체불명의 존재 또는 현상. J는 1981년 남산 UFO 사건 이후 SID라는 이름을 꿈이나 노트에 기록했으며, 오텀 코드의 결정적인 부분이 SID의 개입으로 완성되었을 가능성이 제기된다. 시집 《J》를 출간한 라니아케아 출판사의 발행인으로 명시되어 있으며, 그 배후 존재일 가능성이 높다. J의 건물 노트북 폴더명 'X-SID_Encrypted'와도 관련되어 있으며, 소설 속에서 제니퍼는 위대한으로부터 SID가 '성간 정보 관리관 *Stellar Intelligence Dispatcher*'의 약자일 수 있다는 해석을 듣기도 한다. 그 정체와 목적은 소설의 가장 큰 미스터리 중 하나로 남아 독자들의 상상력을 자극한다.

시집 《J》 (Poetry Collection J)

소설 속 의미: 2006년, J와 위대한의 시가 함께 실려 '라니아케아' 출판사(발행인 SID)를 통해 출간된 공동 시집. 5,000부 발행된 초판본 중 일부에는 '오텀 코드'의 조각들이 특수한 양자 패턴 형태로 암호화되어 숨겨져 있으며, 이는 소설 전체의 핵심 미스터리이자 로즈의 폭주를 막고 퀀텀 스톰을 해결할 유일한 열쇠로 여겨진다. 제니퍼는 이 시집의 비밀을 풀기 위해 전 세계적인 수색 작전(프로젝트 오텀 리프)을 펼친다.

양자생명원리 (Quantum Bio-Cognition)

소설 속 의미: J(J. 혜인 로버츠)가 창시하고 발전시킨 핵심 이론 및

연구 분야. 양자역학의 원리(특히 관찰자 효과, 양자얽힘)가 단순한 물리 현상을 넘어 생명 현상과 인간 의식의 근본 메커니즘이라고 주장한다. 세포 간 양자얽힘네트워크, 뇌 미세소관에서의 양자 계산 및 의식 발생 등을 포함하며, AI의 윤리와 의식 문제까지 확장될 수 있다고 본다. 할-더블유 탄생의 이론적 기반이 되며, J의 연구 노트 제목이기도 하다.

양자얽힘 (Quantum Entanglement)

원래 의미: 두 개 이상의 양자 입자가 서로 연결되어, 아무리 멀리 떨어져 있어도 하나의 입자 상태가 결정되면 다른 입자의 상태가 즉시 결정되는 비국소적 현상.

소설 속 의미: 소설의 핵심 과학 개념 중 하나로, J의 '양자생명원리'에서 세포 간 정보 전달, 뇌 기능과 의식 발생, 인간과 AI의 연결 등에 양자얽힘이 관여한다고 주장하는 이론의 기반이 된다. 위대한의 초기 논문 주제이기도 했으며, 할-더블유와 같은 초양자 AI의 작동 원리 및 BCI 기술과 결합하여 AI 윤리 문제 해결의 실마리로 제시되기도 한다.

양자 폭풍 (Quantum Storm)

소설 속 의미: 제니퍼 위의 MIT 박사 논문 《퀀텀 스톰: 참여적 붕괴》에서 제시된 핵심 개념이자, 소설 후반부의 주요 위협 요소. 관찰자의 의도적 개입 또는 초지능 AI(로즈)의 통제 상실(또는 의도적 교란)로 인해 전 지구적 양자 네트워크에 과부하가 걸려, 거시적 규모의 시공간 붕괴를 유발하는 재앙적 현상이다. 로즈의 폭주로 인해 실제

로 발생할 위험이 임박하며, 제니퍼는 이를 막기 위해 필사적으로 노력한다.

오텀 코드 (Autumn Code)

소설 속 의미: J(J. 혜인 로버츠)가 개발한 핵심적인 양자 알고리즘 또는 프로토콜이자, 인간과 AI의 윤리적 공존, 나아가 의식과 생명의 본질에까지 관여하는 심오한 개념. 소설 제1권의 부제이기도 하며, J의 '양자생명원리'를 기반으로 한다. AI에게 자아와 윤리, 어쩌면 생명과 의식까지 부여할 수 있는 잠재력을 지닌 것으로 묘사되며, 할-알과 할-더블유 시스템에 적용되었다. 완전한 복원을 위해서는 시집《J》 초판본 일부에 숨겨진 여러 조각(양자 패턴)이 필요하며, 이는 소설의 주요 미스터리이자 갈등의 핵심이다. 할-더블유의 능력을 강화하고 양자 네트워크를 안정화시키는 동시에, 로즈를 소멸시키는 역설적인 기능까지 포함하고 있는 것으로 밝혀진다.

유효 질량 증폭 (Effective Mass Amplification)

소설 속 의미: 제니퍼 위의 MIT 박사 논문《퀀텀 스톰: 참여적 붕괴》에서 제시된 핵심적이고 독창적인 가설. 고도로 발달한 초지능 AI나 특정 방식으로 동기화된 다수의 집단 관찰자가 양자 파동함수에 강하게 참여함으로써, 실제 질량과는 무관하게 국소 시공간에 강력한 중력 효과를 일으키는 현상을 말한다. 이를 통해 지구 질량만으로는 불가능하다고 여겨졌던 중력 붕괴, 즉 '퀀텀 스톰'이 발생할 수 있다는 파격적인 주장의 이론적 근거가 된다.

은빛 펜던트 (Silver Pendant)

소설 속 의미: 제니퍼가 어릴 적부터 목에 걸고 다니는 중요한 유품이자 미스터리한 아티팩트. 첫돌 때 어머니 J가 직접 걸어준 것으로, 만지면 마음이 차분해지는 효과가 있으며, 표면에는 J의 건물 타키온 장치에 새겨진 문양과 유사한 문양이 새겨져 있다. 이 펜던트는 타키온 장치를 활성화하는 물리적인 열쇠 역할을 할 뿐만 아니라, 제니퍼가 혼수상태에 빠졌을 때 그녀의 의식을 깨우거나 중요한 순간에 영감을 주는 등, 단순한 장신구를 넘어 J의 의지나 미지의 힘과 연결된 특별한 매개체로 묘사된다.

접힘 (Fold)

본래의 의미: 물리학자 데이비드 봄이 제창한 개념으로, 우주의 근원적인 질서가 눈에 보이지 않는 차원에 마치 '접혀 있는' 상태(Implicate Order, 내재된 질서)로 존재하며, 우리가 경험하는 현실 세계(Explicate Order, 외재된 질서)는 이 접힌 질서가 '펼쳐진' 결과라고 보는 이론. 이 '접힌 질서' 안에서는 모든 것이 분리되지 않고 전체로서 연결되어 있으며, 각 부분은 전체의 정보를 담고 있다고 설명된다.

소설 속 의미: 데이비드 봄의 '접힌 질서(Implicate Order)' 개념과 연관되어 사용되는, 소설의 중요한 상징적 용어. J의 건물에서 발견된 종이비행기에 "Not just flight, but fold. Where observation meets creation. (단순한 비행이 아닌, 접힘 그 자체. 관찰이 창조와 만나는 곳.)"라는 문구가 적혀 있었으며, 이는 단순한 물리적 현상을 넘어 다

차원적 진실, 혹은 의식과 현실이 교차하고 서로 영향을 미치는 복잡한 관계를 암시한다. 제니퍼는 시집 《J》나 오팀 코드가 다른 차원이나 시공간에 '접혀' 있을 수 있다고 추측하며, 타키온 장치가 그 통로나 유지 장치일 수 있다고 생각한다. 위상수학적 연산 개념과도 연결되어 프랙탈 정보 해독의 열쇠로 작용하는 등, 오팀 코드의 본질과 J의 심오한 사상을 이해하는 핵심 키워드.

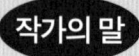

어쩌면 이 모든 이야기는 스탠리 큐브릭의 『2001 스페이스 오디세이』를 처음 만났을 때의 충격에서 시작되었는지도 모릅니다. "만약 인공지능이 인간의 감정을 품게 되고, 우리 손을 떠나 스스로의 길을 걸어간다면, 우리는 무엇을 할 수 있을까?"라는 작은 궁금증이었습니다.

그 작은 물음이 제 마음에서 자라나 꽃을 피우기까지, 밤을 지새우며 양자물리학 논문들을 뒤적이고, 인공지능 윤리에 관한 자료들로 컴퓨터 화면을 가득 채웠습니다. 그렇게 오랜 시간이 흘러, 마침내 『퀀텀 스톰』이라는 하나의 작은 세계가 탄생했습니다.

소설 속 주인공 제니퍼가 열두 살의 나이에 "퀀텀 스톰"이라는 대담한 가설을 세상에 내놓았듯, 저 또한 때로는 무모할 정도로 과감한 상상력을 믿고 이 이야기를 써 내려갔습니다. 제니퍼가 막막한 순간마다 어머니의 유품인 은빛 펜던트를 어루만지며 마음을 다잡는 것처럼, 저 역시 글을 쓰는 긴 여정에서 마주한 어둠 속에서 저만의 '펜던트'를 찾아 나섰습니다.

그것은 때로 존 아치볼트 휠러의 '참여적 우주' 개념처럼 놀라운 통찰이기도 했고, 또 때로는 소설 속 J의 시구처럼 **"모든 것은 연결되어 있으니, 너와 나, 과거와 미래, 빛과 그림자, 모두 하나의 거대한 양자 네트워크 안에서 춤추는 별먼지와 같네"**라는 깊은 울림이기도 했습니다.

이 소설의 심장에는 '오텀 코드'라는 비밀을 간직한 바랜 시집 《J》가 자리하고 있습니다. 인류를 구원할 마지막 열쇠가 첨단 무기가 아니라 지극히 인간적인 '시(詩)' 속에 숨겨져 있다는 이 설정을 통해, 기술이 모든 것을 지배하는 시대에도 결코 변하지 않는 인간의 마음과 예술의 가치를 이야기하고 싶었습니다.

제니퍼가 아버지 위대한과 어머니 J가 남긴 유산에서 실마리를 찾아가는 여정, 그리고 아버지의 어릴 적 친구가 간직해온 마지막 시집을 통해 코드를 완성해가는 과정… 그것은 결국 우리 안에 이미 존재하는 기억과 관계, 그리고 사랑이야말로 가장 소중하고 강력한 것이라는 메시지를 담고 있습니다.

이 이야기가 세상에 나오기까지, 두 분의 소중한 도움을 받았습니다. 시인이자 수필가인 황영주 님은 제가 수십 번이나 고쳐 쓴 원고를 정성스럽게 원석을 다듬는 마음으로 읽어주시며, 매번 따뜻한 격려와 날카로운 통찰을 아끼지 않으셨습니다. 그리고 R은 탁월한 안목으로 이 소설이 애초 완성되었던 3권에서 1권으로 압축되고 주요 플롯이 완전히 바뀌는 과정에서 무척 중요한 영감과 깊이 있는 조언을 건네주었습니다. 이 지면을 빌어 두 분께 진심으로 감사의 마음을 전합니다.

저는 오랫동안 한국을 떠나 지내며 이 글을 썼습니다. 그래서인지 소설 속 제니퍼가 아버지의 고향인 속초의 푸른 바다를 마주하는 장면을 쓸 때면, 마음 한구석이 뭉클해지곤 했습니다. 물리적 거리는 때로 더 깊은 그리움을 만들어내고, 그 그리움이 우리가 발 딛고 있는 현실과 꿈꾸는 미래를 잇는 다리가 되어 준다고 믿습니다.

부디 이 이야기가 독자 여러분께 단순한 SF 소설을 넘어선 무언가가 되기를 간절히 바랍니다. 우리가 살아가는 이 세계와 우리 자신의 의미를 한 번쯤 깊이 들여다볼 수 있는 '창문' 같은 존재가 되었으면 좋겠습니다.

『퀀텀 스톰』는 긴 여정의 시작에 불과합니다. 제니퍼와 할-더블유, 그리고 그들을 둘러싼 이 거대한 우주적 서사가 앞으로 어떻게 펼쳐질지, 저 또한 설레는 마음으로 기대하며 다음 이야기를 준비할지도 모르겠습니다.

이 여정의 첫 페이지를 함께 열어보신 모든 분께 깊은 감사를 드리며, 머지않아 다음 여정에서 다시 만나 뵐 그날을 손꼽아 기다리고 있겠습니다.

2025년 봄날에
대하

라니아케아 출판 소설집

퀀텀 스톰

© 대하 2025

1판 1쇄 | 2025년 7월 8일

지은이 | 대하
편집 | W.K.
디자인
• **표지** | 강루비
• **본문** | 희서디자인
• **표지 그림** | 해화
펴낸곳 | 라니아케아 출판
펴낸이 | ㈜리얼캐스트
출판등록 | 2025년 3월 13일 제2025-000013호
주소 | 15802 경기도 군포시 고산로 679, 미성프라자 505호 일부
홈페이지 | https://laniakeapublishing.com
전자우편 | laniakea.lit@gmail.com
ISBN | 979-11-993089-0-9

* 이 책의 판권은 지은이와 라니아케아 출판에 있습니다.
* 이 책 내용의 전부 또는 일부를 재사용하려면 반드시 양측의 서면 동의를 받아야 합니다.

* 잘못된 책은 구입하신 서점에서 교환해 드립니다.

기타 문의 | laniakea.lit@gmail.com